夏承燾全集

吴蓓 主編

姜白石集編年箋校

〔宋〕姜夔 著 夏承燾 箋校

上册

浙江古籍出版社

圖書在版編目(CIP)數據

姜白石集編年箋校 / (宋)姜夔著;夏承燾箋校;吴蓓主編.—杭州:浙江古籍出版社,2023.12
(夏承燾全集)
ISBN 978-7-5540-1707-4

Ⅰ.①姜… Ⅱ.①姜…②夏…③吴… Ⅲ.①宋詞—注釋 Ⅳ.①I222.844

中國版本圖書館 CIP 數據核字(2020)第 017480 號

中國美術學院視覺中國協同創新中心
The Institute for Collaborative Innovationin Chinese Visual Studies, China Academy of Art
中國美術學院視覺中國研究院
China Institute for Visual Studies, China Academy of Art
出版項目

夏承燾全集

姜白石集編年箋校

(全二册)

〔宋〕姜 夔 著 夏承燾 箋校 吴 蓓 主編

出版發行 浙江古籍出版社
(杭州市體育場路 347 號 郵編:310006)
網 址 https://zjgj.zjcbcm.com
責任編輯 路 偉
文字編輯 曾 拓
特約編輯 鄭凌峰
封面設計 吴思璐
責任校對 吴穎胤
責任印務 樓浩凱
照 排 浙江大千時代文化傳媒有限公司
印 刷 浙江新華印刷技術有限公司
開 本 850mm×1168mm 1/32
印 張 28.375 插頁 16
字 數 552 千字
版 次 2023 年 12 月第 1 版
印 次 2023 年 12 月第 1 次印刷
書 號 ISBN 978-7-5540-1707-4
定 價 178.00 圓

國家博物館藏葉衍蘭繪姜白石像

白石道人小像
（清道光二十三年華亭姜氏宗祠刻《姜堯章先生集》卷首，
實爲范成大像）

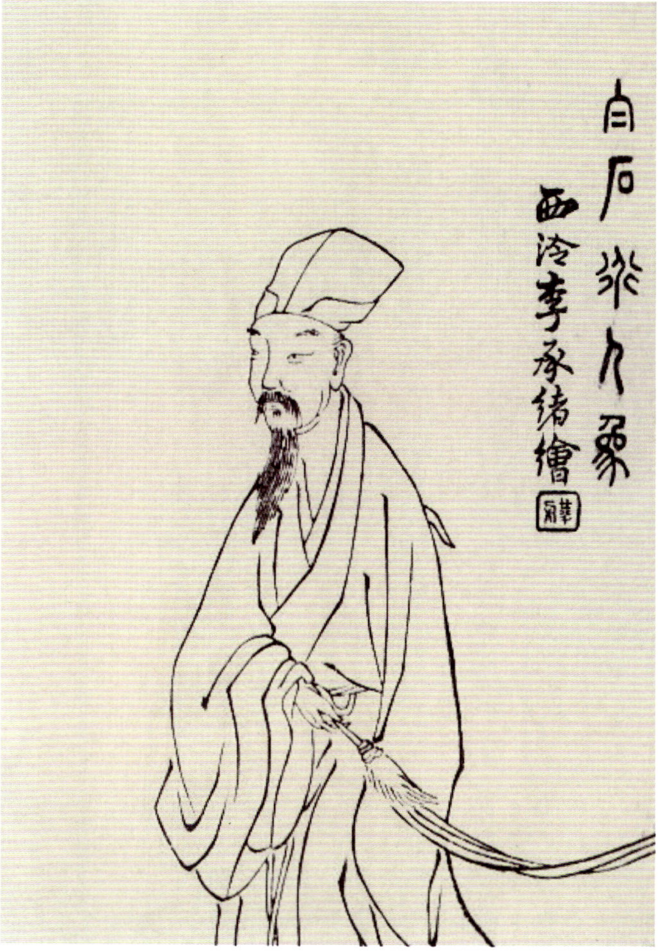

白石道人像
（清同治十年桂林野水閒鷗館刻《姜白石四種》卷首）

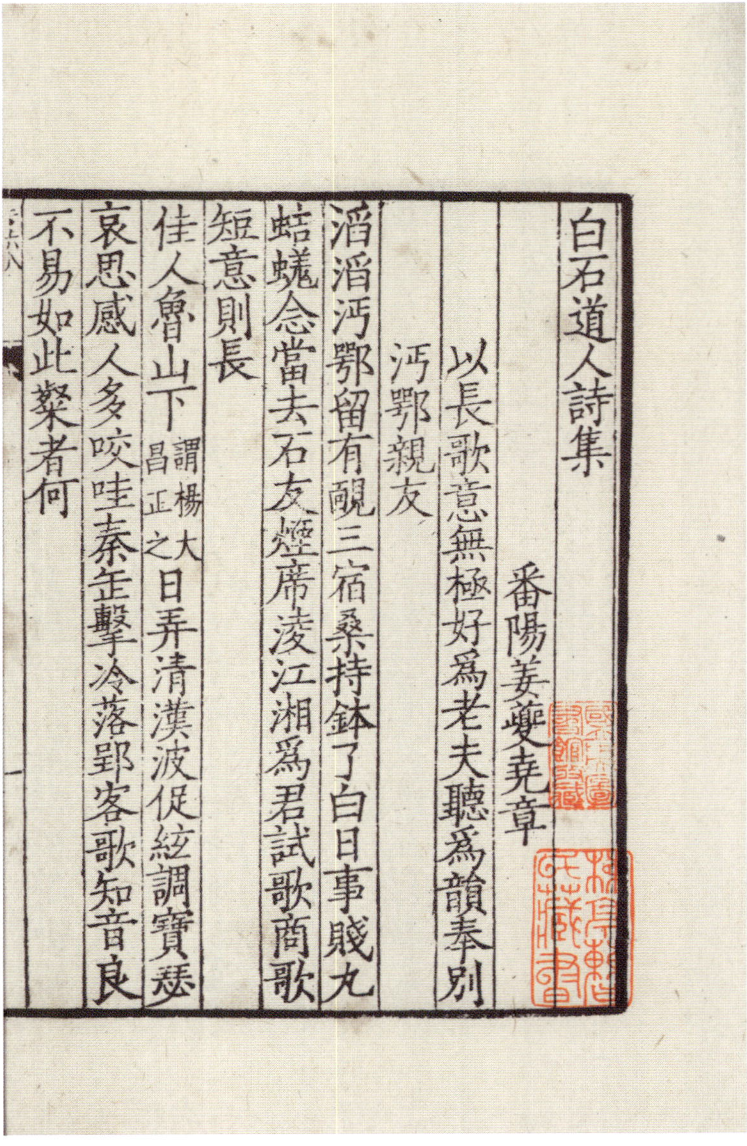

白石道人詩集

番陽姜夔堯章

以長歌意無極好爲老夫聽爲韻奉別
沔鄂親友

滔滔沔鄂留有靦三宿桑持鉢了白日事賤丸
蛣蜣念當去石友煙席淩江湘爲君試歌商歌
短意則長

佳人魯山下謂楊大昌正之日弄清漢波促絃調寶瑟
哀思感人多咬哇秦缶擊冷落郢客歌知音良
不易如此粲者何

臺北“國圖”藏宋刻《南宋羣賢小集》本《白石道人詩集》

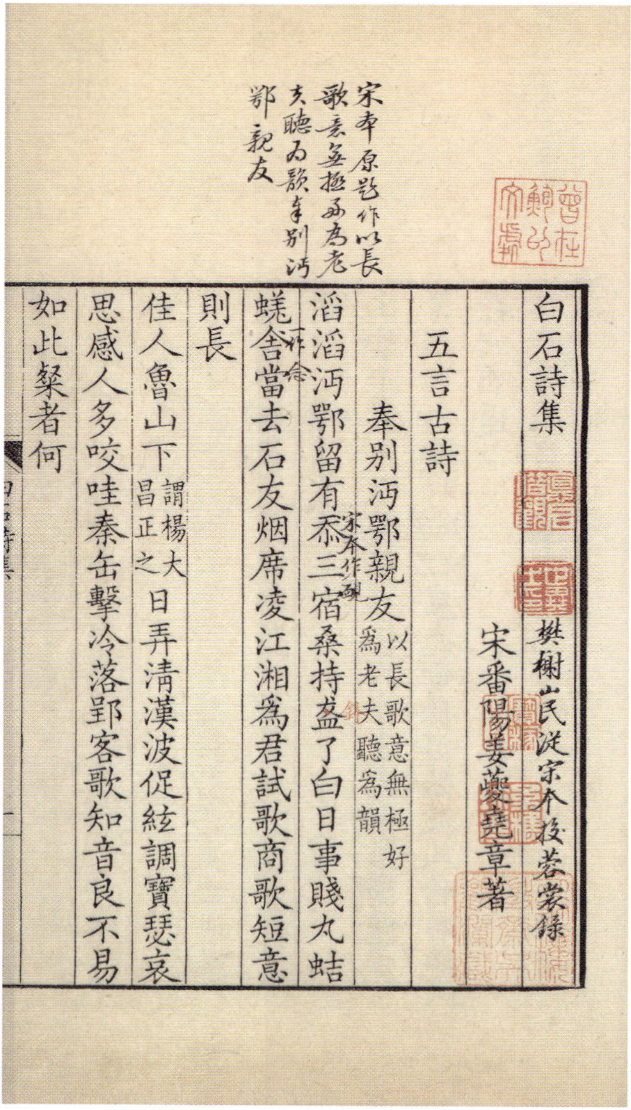

宋本原題作以長歌意無極好爲老夫聽爲韻奉別沔鄂親友

白石詩集　樊榭山民從宋本校茗裳錄

宋番陽姜夔堯章著

五言古詩

奉別沔鄂親友 以長歌意無極好爲老夫聽爲韻

滔滔沔鄂留有忝三宿桑持盞了白日事賤丸蛣蜣舍一作含當去石友烟席凌江湘爲君試歌商歌短意則長

佳人魯山下 謂楊大昌正之 日弄清漢波促絃調寶瑟哀思感人多咬哇秦缶擊冷落郢客歌知音良不易如此粲者何

國家圖書館藏清康熙五十七年曾時燦刻《姜白石詩詞合刻》
（余集過録厲鶚批校）

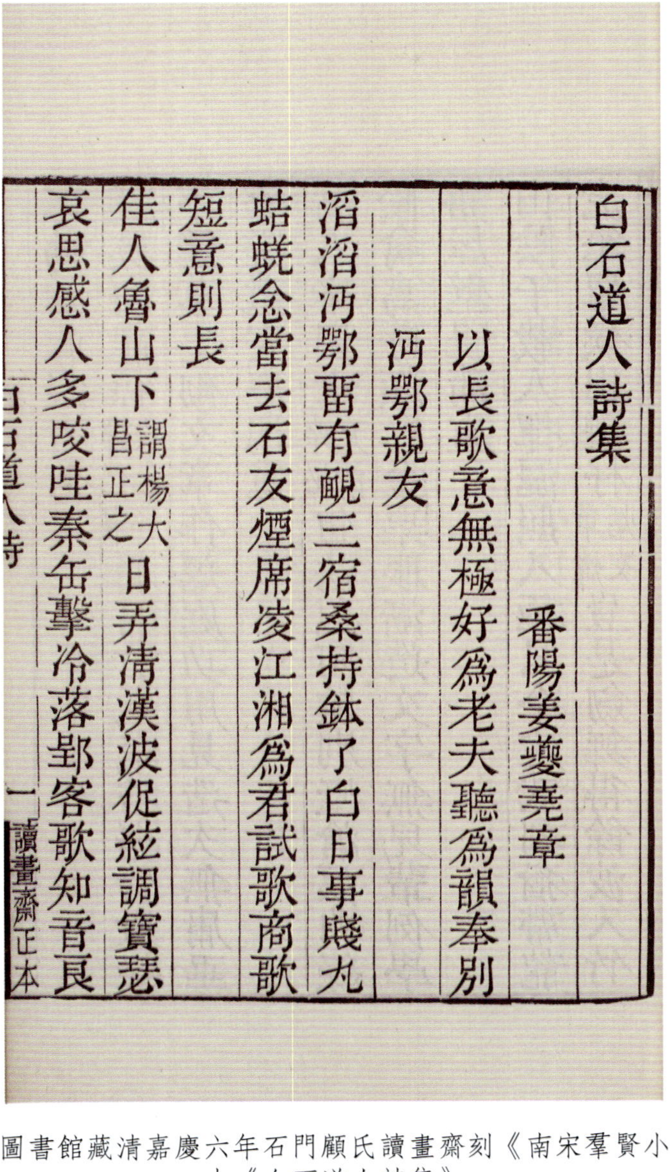
白石道人詩集

番陽姜夔堯章

以長歌意無極好爲老夫聽爲韻奉别沔鄂親友

滔滔沔鄂畱有醜三宿桑持鉢了白日事賤丸蛣蜣念當去石友煙席凌江湘爲君試歌商歌短意則長

佳人魯山下（謂楊大昌正之）日弄清漢波促絃調寶瑟哀思感人多咬哇秦缶擊冷落郢客歌知音艮

浙江圖書館藏清嘉慶六年石門顧氏讀畫齋刻《南宋羣賢小集》本《白石道人詩集》

姜堯章先生集卷一

華亭裔孫　熙輯刊

男崧南校字

金生

品淳

詩上

雜言

聖宋鐃歌鼓吹曲十四首

慶元五年青龍在己亥。番陽民姜夔頓首上尚書。臣聞鐃歌者。漢樂也。殿前謂之鼓吹。軍中謂

温州圖書館藏清道光二十三年華亭姜氏宗祠刻《姜堯章先生集》
（夏承燾舊藏）

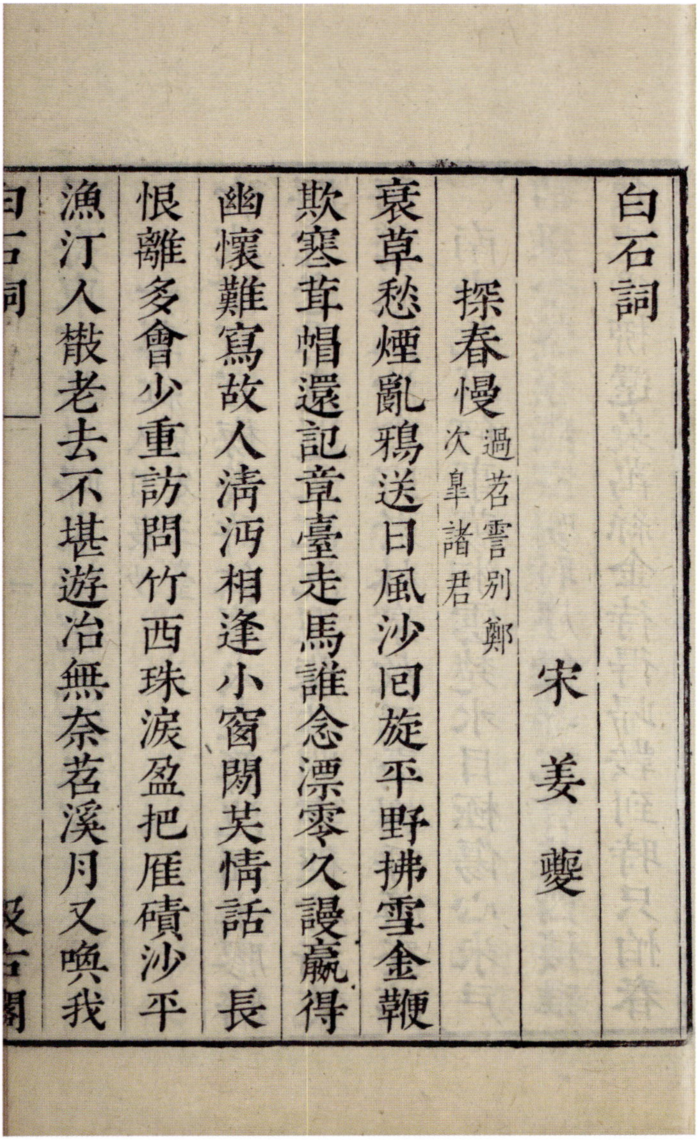
白石詞

宋 姜夔

探春慢 過苕霅別鄭次臯諸君

衰草愁煙亂鴉送日風沙回旋平野拂雪金鞭
欺寒茸帽還記章臺走馬誰念漂零久謾贏得
幽懷難寫故人淸沔相逢小窗閑共情話長
恨離多會少重訪問竹西珠淚盈把雁磧沙平
漁汀人散老去不堪遊冶無奈苕溪月又喚我

白石詞　汲古閣

浙江圖書館藏毛氏汲古閣刻《白石詞》

白石道人歌曲目録

卷之一

皇朝鐃歌鼓吹曲十四首

琴曲一首

卷之二

越九歌十首

帝舜　王禹

越王　越相

項王　濤之神

曹娥　龐將軍

旌忠　蔡孝子

國家圖書館藏項聖謨抄《白石道人歌曲》

白石歌詞别集

番陽姜夔

趙郎中謁告迎侍太夫人將來都下予喜為作
此曲寄小重山令

寒食飛紅滿帝城。慈烏相對立。柳青青。玉堦端笏細陳
情。天恩許。春盡可還京。鵲報倚門人。安輿扶上了。更
親擎。看花攜樂緩行程。爭迎處。堂下拜公卿。

念奴嬌　毀舍後作

昔遊未遠。記湘皐聞瑟。澧浦捐褋。因覓孤山林處士。來
踏梅根殘雪。獠女供花。傖兒行酒。卧看青門轍。一丘吾

國家圖書館藏王曾祥抄《白石道人詩詞》

白石道人歌曲卷之一

聖宋鐃歌鼓吹曲十四首

慶元五年青龍在己亥番易民姜夔頓首上尚書臣聞鐃歌者漢樂也殿前謂之鼓吹軍中謂之騎吹其曲有朱鷺等二十二篇由漢逮隋承用不替雖名數不同而樂紀罔墜各以詠歌祖宗功業唐亡鐃部有柳宗元作十二篇亦棄弗録神宗受命帝績皇烈光耀震動而逸典未舉迺政和七年臣工以請上詔製用中更否擾轂

浙江大學圖書館藏清乾隆二年厲鶚小玲瓏山館抄《白石道人歌曲》

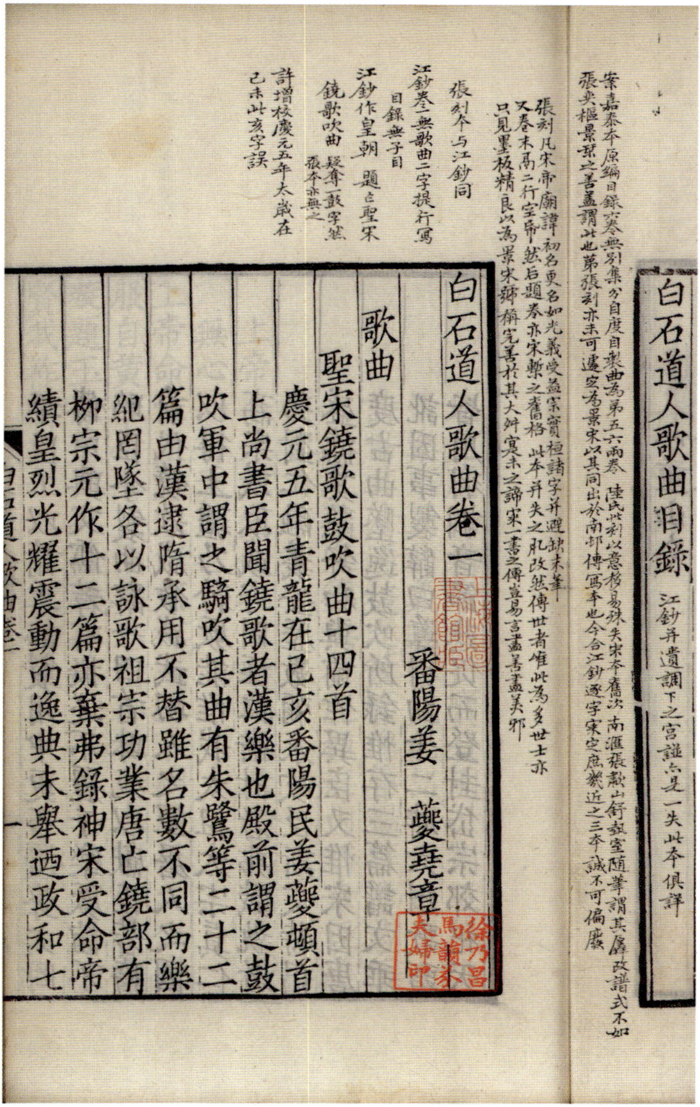
白石道人歌曲目錄
江鈔并遺調下之宮誼亦是一失此本俱詳

案嘉泰本原編目錄六卷無別集分自度自製曲爲第五六兩卷 陸氏此刻以意移易殊失宋本舊次南滙張綱山衎載室隨筆謂其屢改譜式不如張奕樞景宋之善蓋謂此也第張刻亦未可遽定爲景宋以其同出於南邨傳寫本也今合江鈔逐字宋定庶幾近之三本誠不可偏廢

張刻凡宋帝廟諱初名更名如光義受益宗實恒諸字并遲缺末筆又卷末高二行空帝一然后題卷亦宋槧之舊格 此本并失之凡改然傳世者惟此爲多世士亦只見墨板精良以爲景宋舜稱完善於其大舛寠未之諦審一書之傳豈易言盡善盡美邪

張刻本与江鈔同

江鈔卷一無歌曲二字提行寫 目錄無子目

江鈔作皇朝 題上聖宋鐃歌吹曲 疑奪一鼓字然張本亦無之

許增校慶元五年太歲在己未此亥字誤

白石道人歌曲卷一

番陽姜　夔堯章

歌曲

聖宋鐃歌鼓吹曲十四首

慶元五年青龍在己亥番陽民姜夔頓首上尚書臣聞鐃歌者漢樂也殿前謂之鼓吹軍中謂之騎吹其曲有朱鷺等二十二篇由漢逮隋承用不替雖名數不同而樂紀罔墜各以詠歌祖宗功業唐亡鐃部有柳宗元作十二篇亦棄弗錄神宋受命帝續皇烈光耀震動而逸典未舉迺政和七

白石道人歌曲卷一　一

上海圖書館藏清乾隆八年陸鍾輝刻《姜白石詩詞合集》
（張祥齡過録鄭文焯批校）

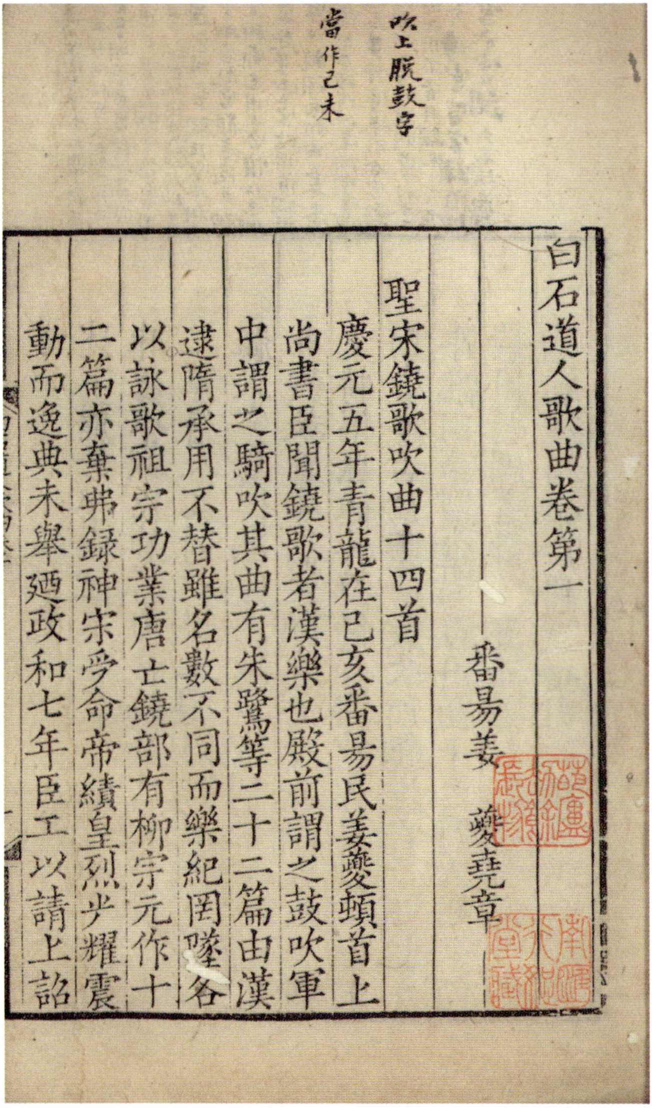
吹上脱鼓字
當作己未

白石道人歌曲卷第一

番昜姜　夔堯章

聖宋鐃歌吹曲十四首

慶元五年青龍在己亥番昜民姜夔頓首上
尚書臣聞鐃歌者漢樂也殿前謂之鼓吹軍
中謂之騎吹其曲有朱鷺等二十二篇由漢
逮隋承用不替雖名數不同而樂紀罔墜各
以詠歌祖宗功業唐亡鐃部有柳宗元作十
二篇亦棄弗録神宗爭命帝績皇烈尸耀震
動而逸典未舉迺政和七年臣工以請上詔

上海圖書館藏清乾隆四十年張奕樞刻《白石道人歌曲》
（張文虎批校）

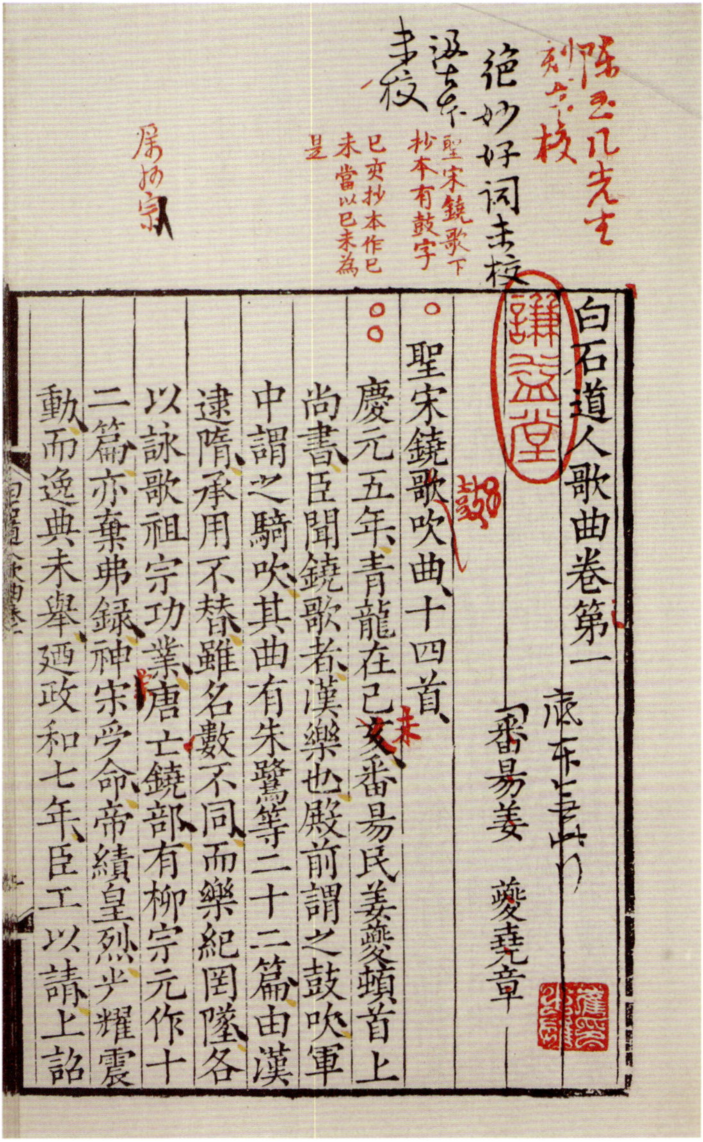

白石道人歌曲卷第一

鄱陽姜　夔堯章

聖宋鐃歌吹曲十四首

慶元五年青龍在己亥鄱陽民姜夔頓首上
尚書臣聞鐃歌者漢樂也殿前謂之鼓吹軍
中謂之騎吹其曲有朱鷺等二十二篇由漢
逮隋承用不替雖名數不同而樂紀罔墜各
以詠歌祖宗功業唐亡鐃部有柳宗元作十
二篇亦棄弗録神宗學命帝績皇烈光耀震
動而逸典未舉迺政和七年臣工以請上詔

絕妙好詞未校

聖宋鐃歌下抄本有鼓字

巳亥抄本作巳未當以巳未為是

四川人民出版社影印鮑廷博批校張奕樞刻《白石道人歌曲》

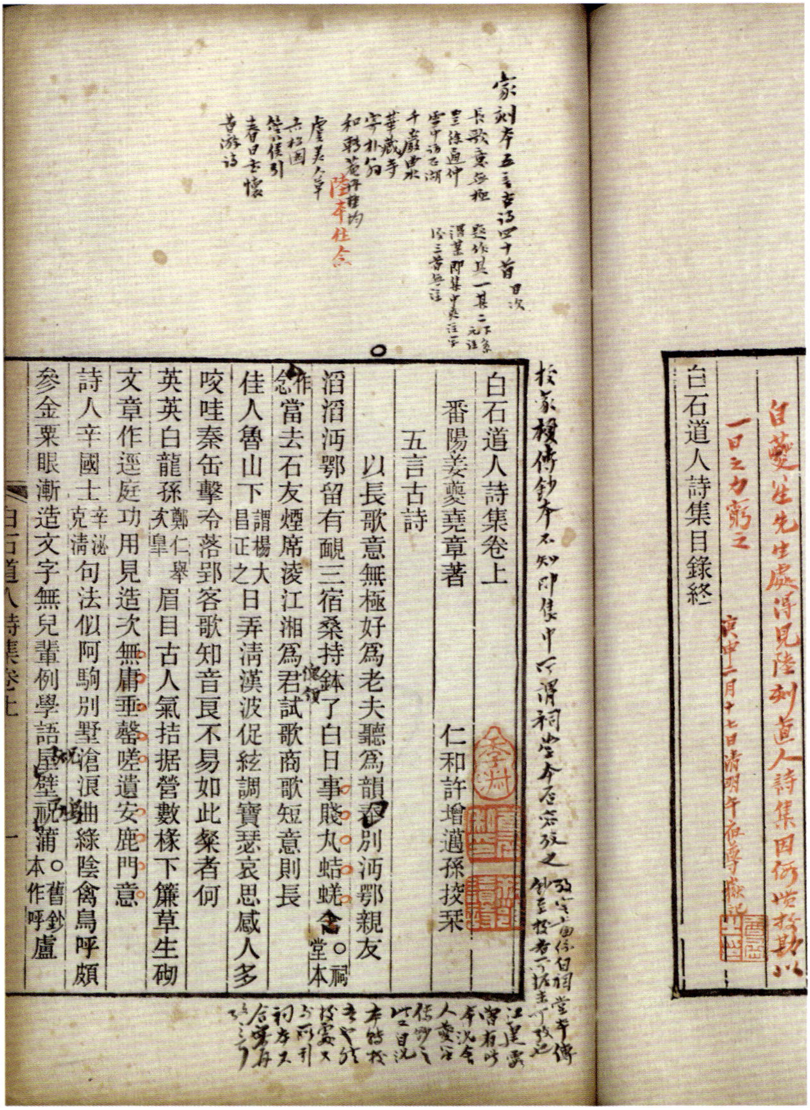
白石道人詩集目録終

白石道人詩集卷上

番陽姜夔堯章著　仁和許增邁孫挍栞

五言古詩

以長歌意無極好爲老夫聽爲韻奉別沔鄂親友

滔滔沔鄂留有䤃三宿桑持鉢了白日事䟫丸蛣蜣〇屬念當去石友煙席淩江湘爲君試歌商歌短意則長

佳人魯山下（謂楊大昌正之）日弄清漢波促絃調寶瑟哀思感人多咬哇秦缶擊令落郢客歌知音良不易如此粲者何

英英白龍孫（鄭仁舉文皐）眉目古人氣拮据營數椽下簾草生砌文章作逕庭功用見造次無庸垂磬嗟遺安鹿門意

詩人辛國士（辛泌克清）句法似阿駒別墅滄浪曲綠陰禽鳥呼頗參金粟眼漸造文字無兒輩例學語屋壁祝蒲〇舊鈔本作呼盧

上海圖書館藏清光緒十年許增刻《榆園叢刻》本《白石詩詞合刻》
（趙尊嶽批校）

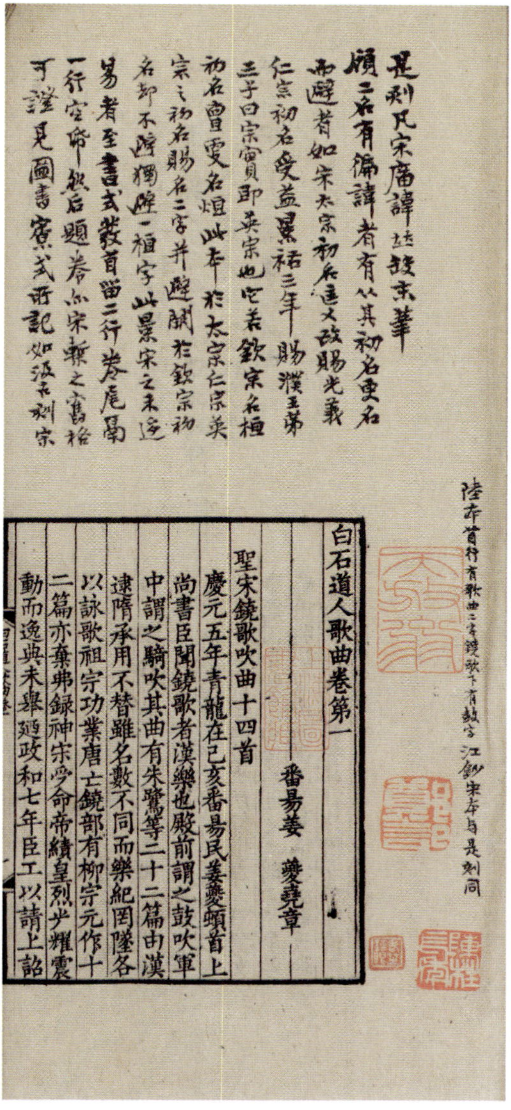
是刻凡宋廟諱並缺末筆
願二名有偏諱者有从其初名更名
而避者如宋太宗初名匡乂改賜光義
仁宗初名受益景祐三年賜濮王第
十三子曰宗實即英宗也定義欽宗名桓
初名亶更名烜此本於太宗仁宗英
宗之初名賜名二字并避闕於欽宗初
名卻不避獨避一桓字此景宋之未逵
易者至書式較首留二行卷尾留
一行空缺一紙后題卷亦宋槧之舊格
可謹見圖書寮式所記如汲古刻宗

白石道人歌曲卷第一

番易姜　夔堯章

聖宋鐃歌吹曲十四首

慶元五年青龍在己亥番易民姜夔頓首上
尚書臣聞鐃歌者漢樂也殿前謂之鼓吹軍
中謂之騎吹其曲有朱鷺等二十二篇由漢
逮隋承用不替雖名數不同而樂紀罔墜各
以詠歌祖宗功業唐亡鐃部有柳宗元作十
二篇亦棄弗録神宗受命帝績皇烈光耀震
動而逸典未舉𨒂政和七年臣工以請上詔

陸本首行有歌曲二字鐃歌下有鼓字　江鈔宋本與是刻同

上海圖書館藏清宣統二年沈曾植影印《白石道人歌曲》
（鄭文焯批校）

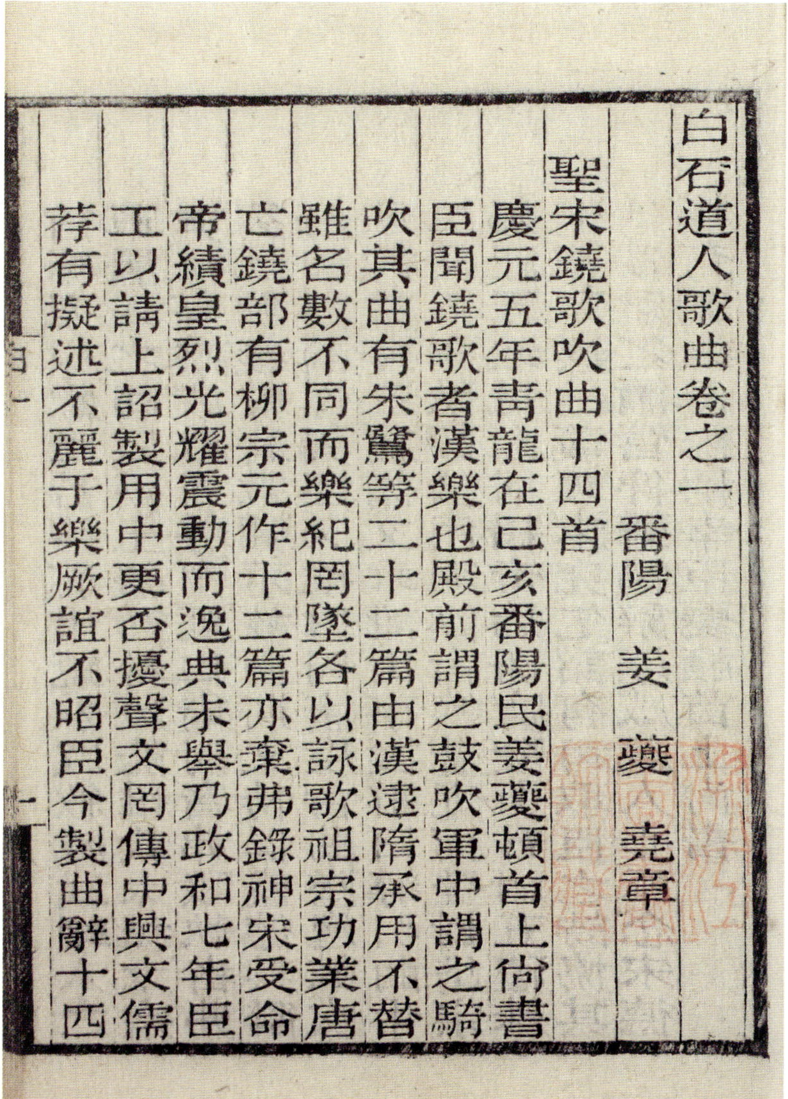
白石道人歌曲卷之一
番陽　姜　夔　堯章
聖宋鐃歌吹曲十四首
慶元五年青龍在己亥番陽民姜夔頓首上尚書
臣聞鐃歌者漢樂也殿前謂之鼓吹軍中謂之騎
吹其曲有朱鷺等二十二篇由漢逮隋承用不替
雖名數不同而樂紀罔墜各以詠歌祖宗功業唐
亡鐃部有柳宗元作十二篇亦棄弗錄神宋受命
帝績皇烈光耀震動而逸典未舉乃政和七年臣
工以請上詔製用中更否擾聲文罔傳中興文儒
荐有擬述不麗于樂厥誼不昭臣今製曲辭十四
白一

浙江圖書館藏《彊邨叢書》本《白石道人歌曲》

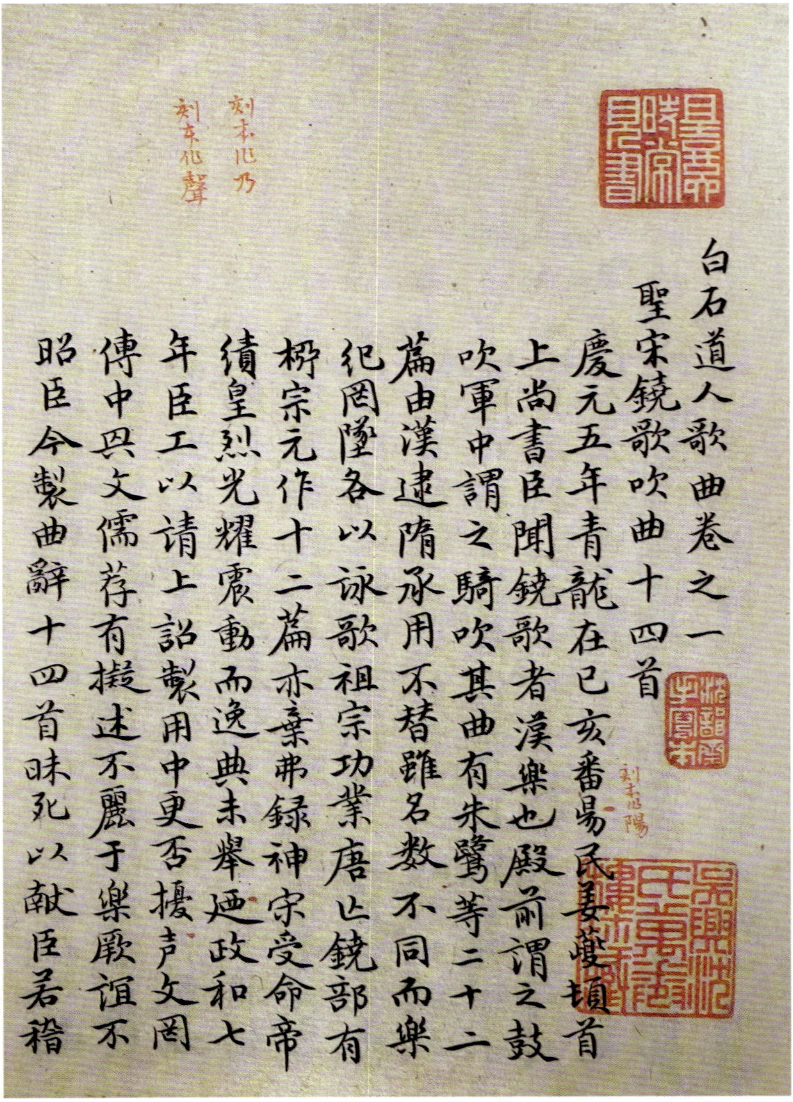
白石道人歌曲卷之一
聖宋鐃歌吹曲十四首
慶元五年青龍在己亥番昜民姜夔頓首
上尚書臣聞鐃歌者漢樂也殿前謂之鼓
吹軍中謂之騎吹其曲有朱鷺等二十二
篇由漢逮隋承用不替雖名数不同而樂
紀罔墜各以詠歌祖宗功業唐亡鐃部有
栁宗元作十二篇亦棄弗録神宗受命帝
績皇烈光耀震動而逸典未舉延政和七
年臣工以請上詔製用中更否擾声文罔
傳中興文儒荐有擬述不麗于樂厥誼不
昭臣今製曲辭十四首昧死以獻臣若稽

沈毅景寫江炳炎抄本《白石道人歌曲》
（范景中、周小英批校）

絳帖平一

日

二十八字　　蒼頡書

述異記云頡葬北海呼為藏書臺周時得其書其識
遂藏之書府至秦李斯識八字云上天作命皇辟迭
王漢叔孫通識十二字杜子美云蒼頡鳥跡既茫昧
字躰變化如浮雲則頡之書亡久矣周宣王時史籀
變古文為大篆李斯又減籀躰爲小篆作蒼頡篇謂

國家圖書館藏明抄本《絳帖平》

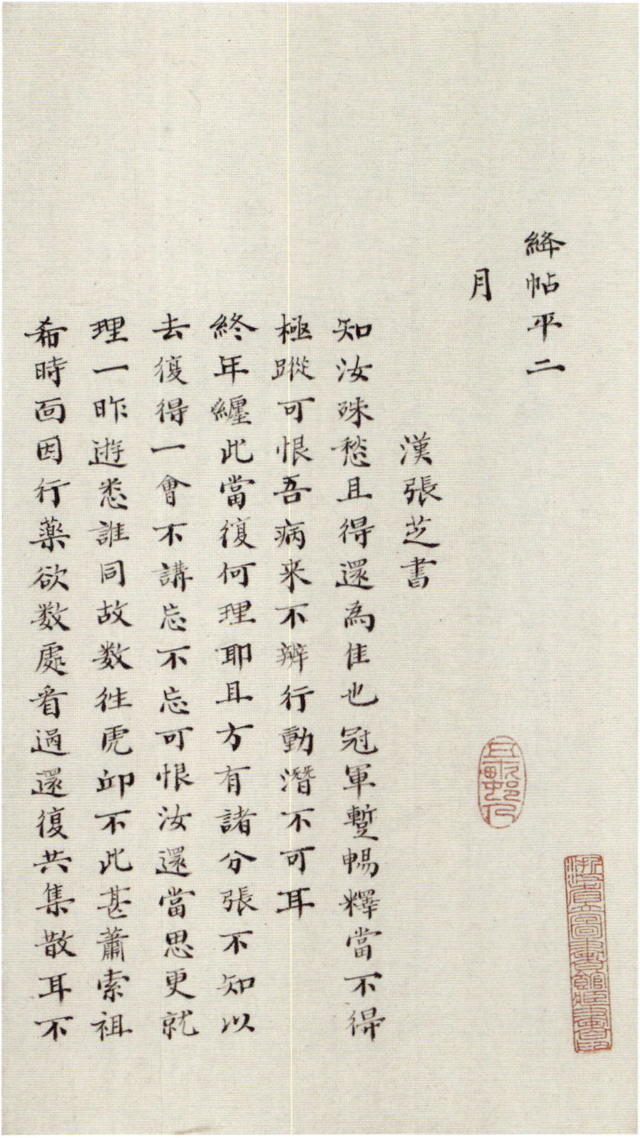
絳帖平二

月

漢張芝書

知汝殊愁且得還為佳也冠軍暫暢釋當不得

極蹤可恨吾病來不辨行動潛不可耳

終年纏此當復何理耶且方有諸分張不知以

去復得一會不講忘不忘可恨汝還當思更就

理一昨遊恣誰同故數往虎卯不此甚蕭索祖

希時面因行藥欲數處看過還復共集散耳不

浙江圖書館藏清乾隆抄本《絳帖平》

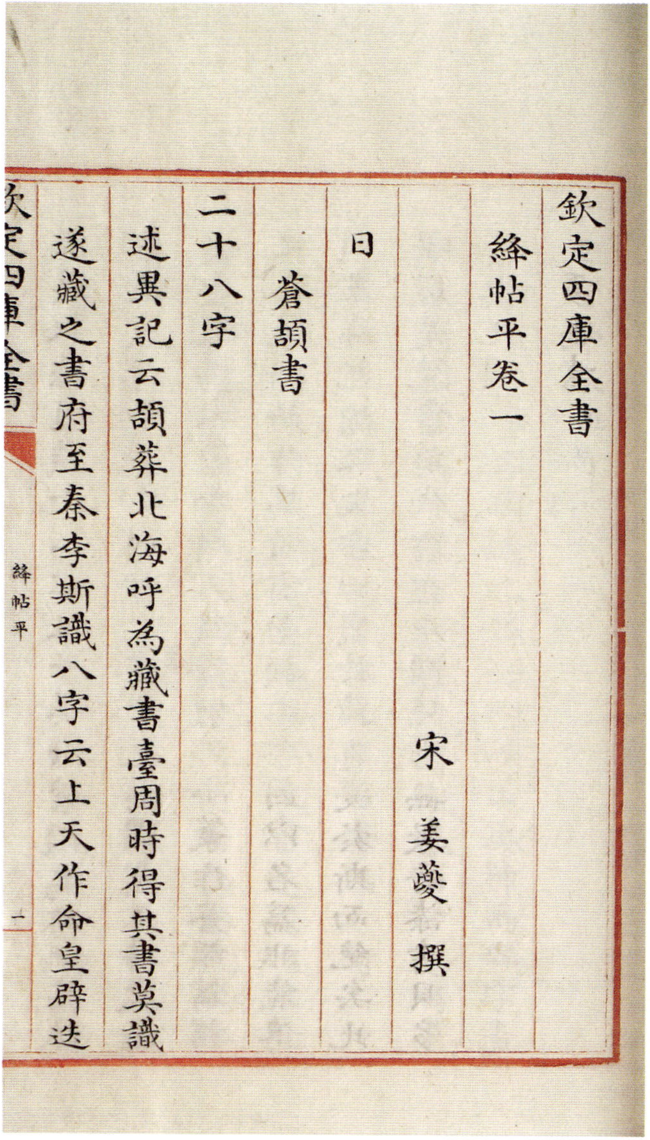
欽定四庫全書

絳帖平卷一

宋 姜夔 撰

日

蒼頡書

二十八字

述異記云頡葬北海呼為藏書臺周時得其書莫識遂藏之書府至秦李斯識八字云上天作命皇辟迭

浙江圖書館藏文瀾閣《四庫全書》本《絳帖平》

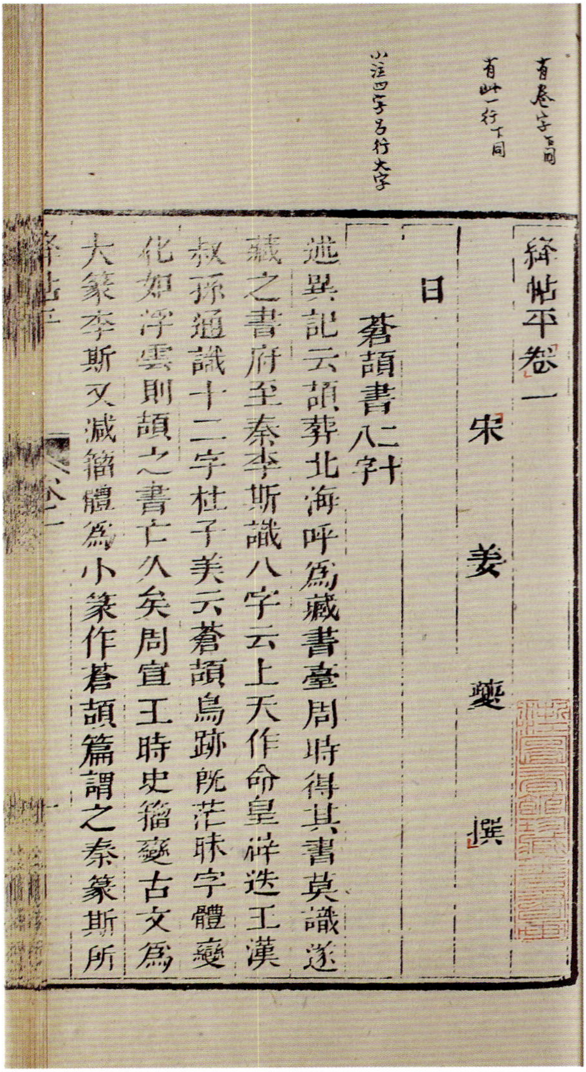
首卷字下同

首此一行下同

小注四字另行大字

絳帖平卷一

宋 姜夔 撰

目

蒼頡書八卄

述異記云頡葬北海呼爲藏書臺周時得其書莫識遂藏之書府至秦李斯識八字云上天作命皇辟迭王漢叔孫通識十二字杜子美云蒼頡鳥跡旣茫昧字體變化如浮雲則頡之書亡久矣周宣王時史籀變古文爲大篆李斯又減籀體爲小篆作蒼頡篇謂之秦篆斯所

浙江圖書館藏清光緒二十五年廣雅書局翻刻《武英殿聚珍版書》本《絳帖平》

（夏承燾屬趙萬里、張宗祥校）

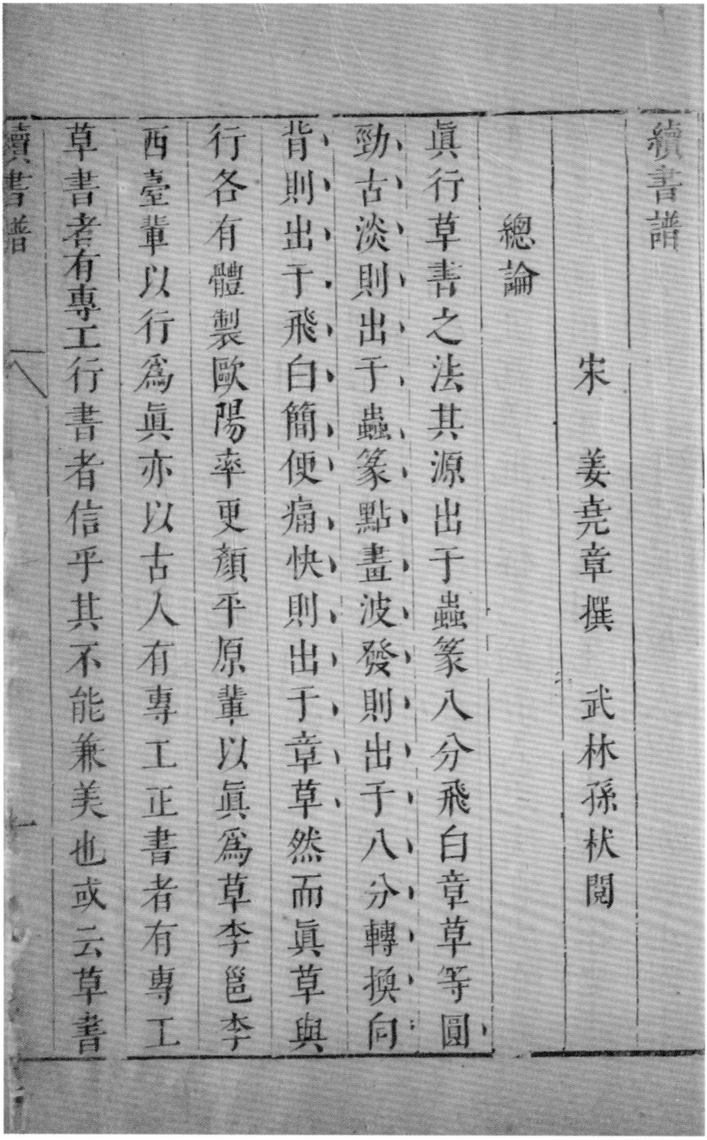
續書譜

宋　姜堯章撰　武林孫杕閱

總論

眞行草書之法其源出于蟲篆八分飛白章草等圓勁古淡則出于蟲篆點畫波發則出于八分轉換向背則出于飛白簡便痛快則出于章草然而眞草與行各有體製歐陽率更顔平原輩以眞爲草李邕李西臺輩以行爲眞亦以古人有專工正書者有專工草書者有專工行書者信乎其不能兼美也或云草書

浙江圖書館藏明刊《百川學海》本《續書譜》

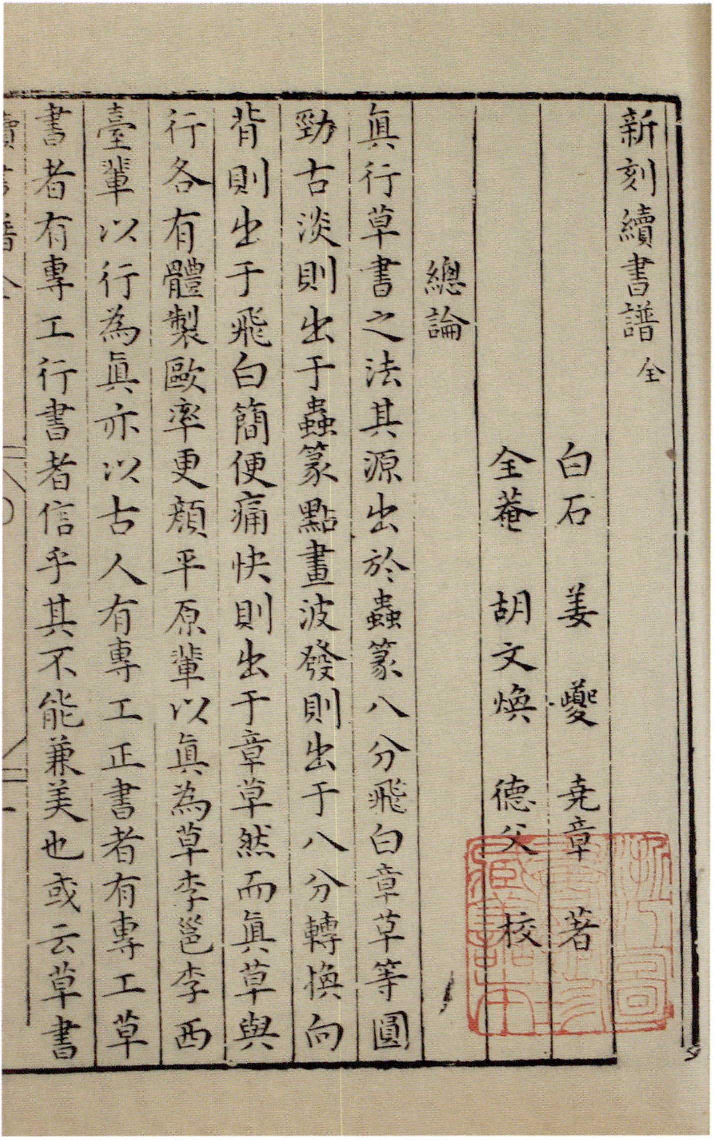

新刻續書譜　全

白石　姜夔　堯章　著

全菴　胡文煥　德父　校

總論

真行草書之法其源出於蟲篆八分飛白章草等圖勁古淡則出于蟲篆點畫波發則出于八分轉換向背則出于飛白簡便痛快則出于章草然而真草與行各有體製歐率更顏平原輩以真為草李邕李西臺輩以行為真亦以古人有專工正書者有專工草書者有專工行書者信乎其不能兼美也或云草書

浙江圖書館藏明萬曆胡文煥刻《格致叢書》本《新刻續書譜》

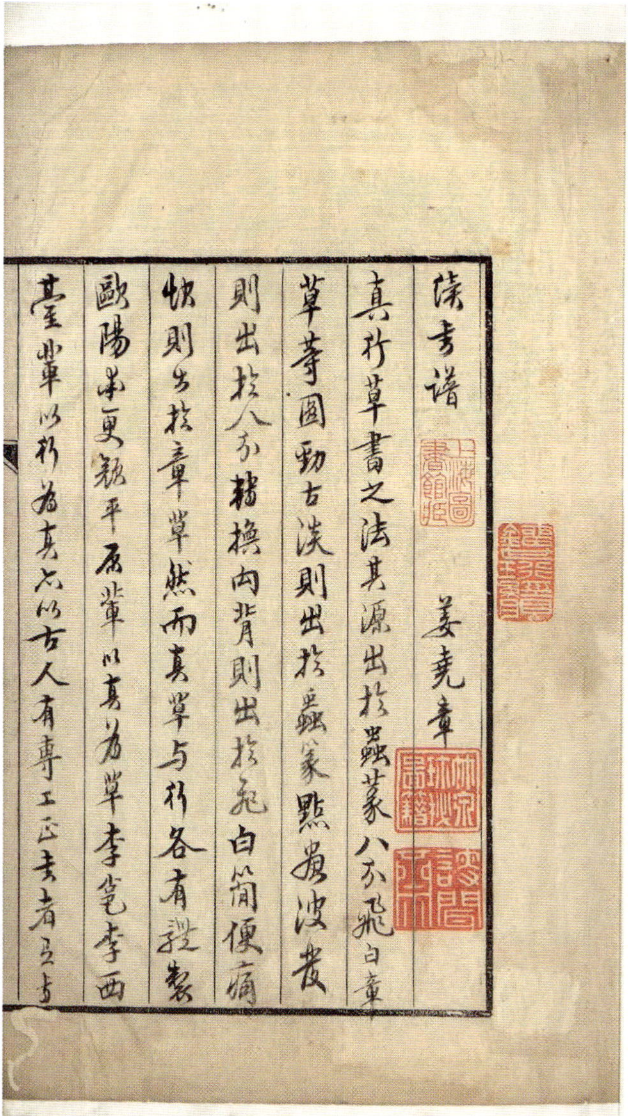
續書譜　姜堯章
真行草書之法其源出於蟲篆八分飛白章
草等圖勁古淡則出於蟲篆點畫波發
則出於八分轉換向背則出於飛白簡便痛
快則出於章草然而真草與行各有體製
歐陽率更顏平原輩以真爲草李邕李西
臺輩以行爲真亦以古人有專工正書者正書

上海圖書館藏清雍正十年繆曰藻抄校本《續書譜》

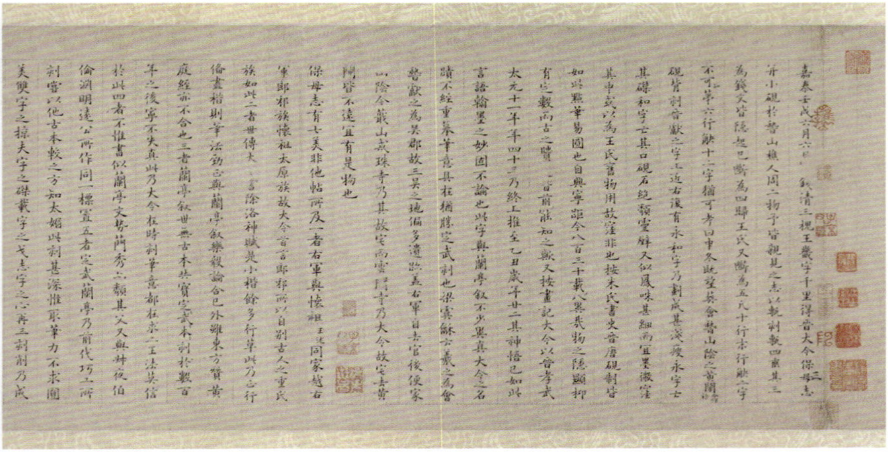

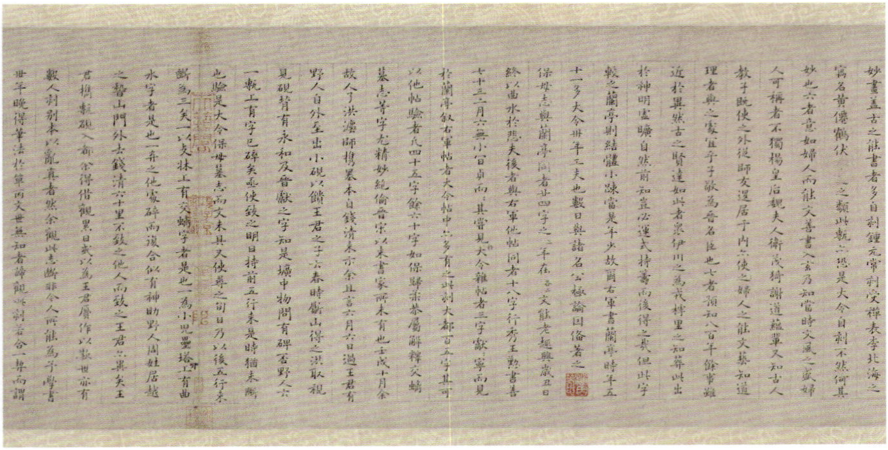

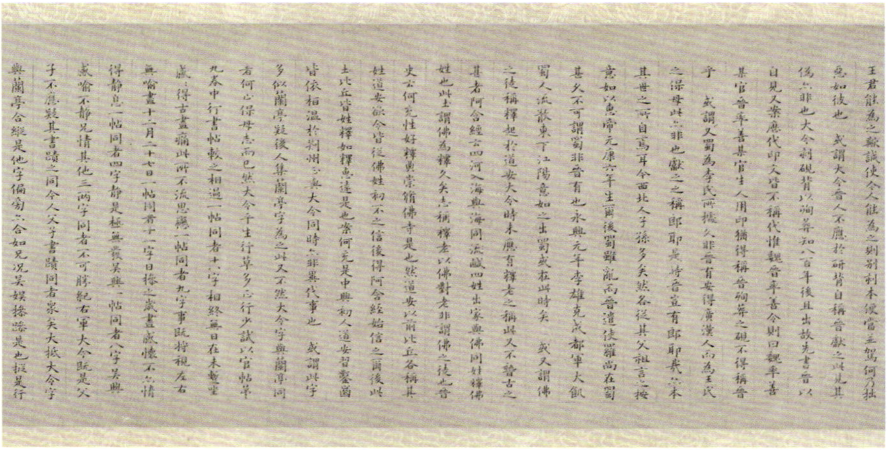

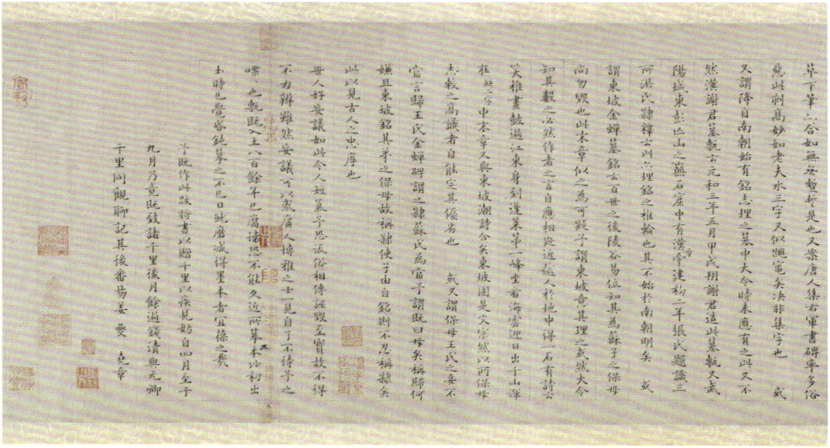

故宫博物館藏姜夔書《王大令楷書保母磚題跋卷》

中國國家博物館藏姜夔梅竹筆筒

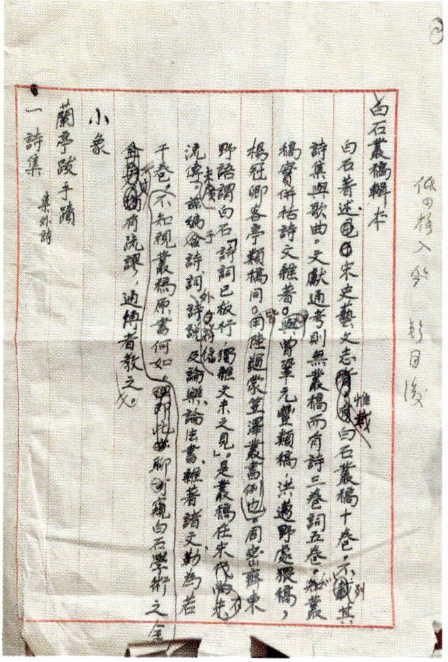

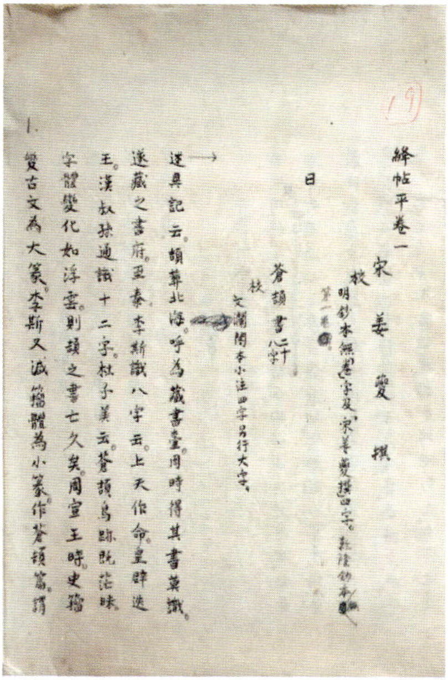

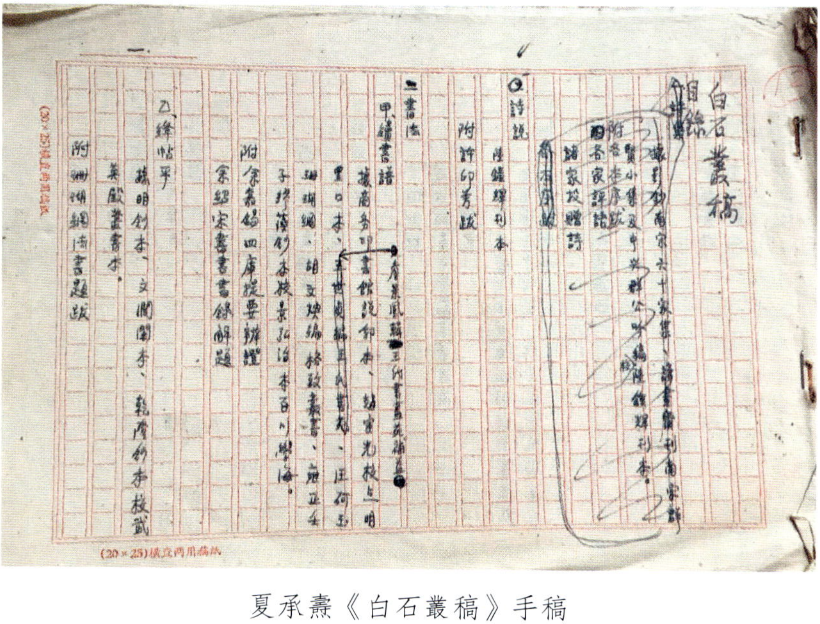

夏承燾《白石叢稿》手稿

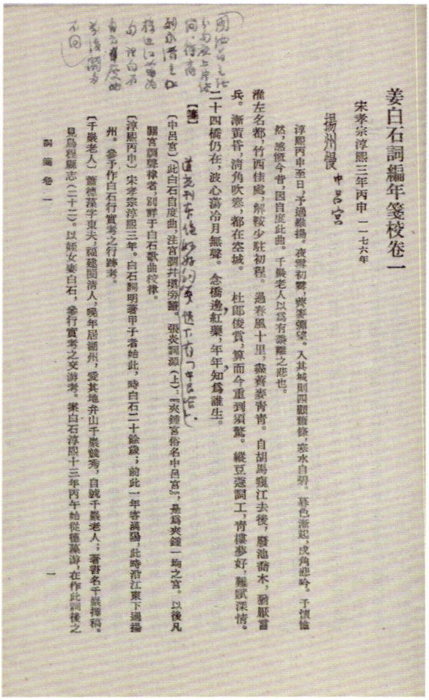

姜白石詞編年箋校卷一

宋孝宗淳熙三年丙申 一一七六年

揚州慢

淳熙丙申至日，予過維揚。夜雪初霽，薺麥彌望。入其城則四顧蕭條，寒水自碧。暮色漸起，戍角悲吟。予懷愴然，感慨今昔，因自度此曲。千巖老人以爲有黍離之悲也。

淮左名都，竹西佳處，解鞍少駐初程。過春風十里，盡薺麥青青。自胡馬窺江去後，廢池喬木，猶厭言兵。漸黃昏，清角吹寒，都在空城。　杜郎俊賞，算而今重到須驚。縱豆蔻詞工，青樓夢好，難賦深情。二十四橋仍在，波心蕩冷月無聲。念橋邊紅藥，年年知爲誰生。

【箋】

〔中呂宮〕此白石自度曲，注宮調并琯旁譜。張炎詞源（上）：「夾鍾宮俗名中呂宮」，是爲夾鍾一均之宮。以後凡關宮調聲律者，別詳于白石歌曲校律。

〔淳熙丙申〕宋孝宗淳熙三年。白石詞明著甲子者始此，時白石二十餘歲；前此一年客漢陽，此時沿江東下過揚州。參予作白石行實考之行跡考。

〔千巖老人〕蕭德藻字東夫，福建閩清人，晚年居湖州，愛其地弁山千巖競秀，自號千巖老人；著書名千巖擇稿。見烏程縣志（二十二）。以姪女妻白石，參行實考之交游考。案白石淳熙十三年丙午始從德藻游，在作此詞後之

詞編卷一　一

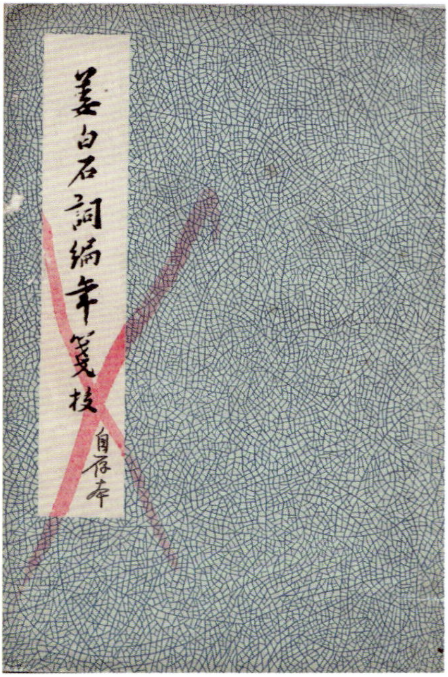

《姜白石詞編年箋校》（夏承燾自存本）

《夏承燾全集》整理委員會

顧　問：吴熊和　吴戰壘　吴常雲　周篤文　施議對
　　　　沈松勤　陳　銘　陸　堅　朱宏達

主　編：吴　蓓

副主編：李劍亮　陶然　黄傑　錢之江

委　員（以筆畫爲序）：
　　李保陽　李越深　李劍亮　吴　敢　吴　蓓　谷輝之
　　金一平　陶　然　黄　傑　張　萍　路　偉　錢之江

《夏承燾全集》前言

夏承燾先生是中國現代著名的詞學家、教育家。畢生致力於詞學研究和教學，是現代詞學的開拓者和奠基人，有『一代詞宗』、『詞學宗師』的美譽。一生治學勤奮，著述宏富。著作一系列經典著作是詞學史上的里程碑，也是二十世紀優秀的學術成果和文化成果。著作流播中外，幾十年來沾溉學界及詩詞愛好者良多，爲無數的後學開啓了治學法門，也爲詩詞文化的普及與傳播做出了傑出的貢獻。爲更好地繼承和發揚這份文化遺産，擴大中華詞學的影響力，我們在八卷本《夏承燾集》的基礎上，彙集未經出版的夏承燾先生手稿以及多方搜羅的散篇、書信等都爲全集，以饗讀者。兹就夏承燾先生學術的淵源背景、主要貢獻、全集的價值意義以及全集編纂情況等略作闡述和介紹。

壹

夏承燾（一九〇〇—一九八六），字瞿禪，晚號瞿髯，浙江永嘉（今温州市）人。一九一八年畢業於温州師範學校，在任橋小學、温州布業國民小學任教。一九二一年七月赴北京任《民意報》副刊編輯，同年冬往陝西教育廳任職，一九二二年在西安中學任教。一九二四年冬離西安返家完婚，次年初再度西行入秦，四月兼任西北大學國文講席。七月返温，任教於甌海公學、温州第十中學、女子中學。一九二七年二月至三月，曾在國民革命軍浙江省防軍秘書處短暫工作。隨後在寧波第四中學、嚴州第九中學任教。一九三〇年秋始任教於之江大學。一九三七年抗日戰争全面爆發，年末避寇返里。一九三八年八月末抵上海繼任之江大學教席（時之江大學遷滬復課），一九三九年兼任無錫國學專科學校和太炎文學院教席。一九四〇年任之江大學國文系代主任。一九四二年上海淪陷後，先後在雁蕩山樂清師範、温州中學任教，年底赴浙江大學龍泉分校任教。一九五二年浙大院系調整後，任浙江師範學院中文系主任。一九五八年浙江師範學院改爲杭州大學，任中文系教授兼語文教研室主任。一九六三年曾在北京大學、北京師範大學講詞學。一九七二年後病假長休。一九七五年七月末離杭赴京調養。一九七九年以後爲中國社會科學院文學研究所特約研究員和《文學評論》雜誌編委。一九八六年逝世於北京。

夏承燾先生前半生經歷晚清民國，這是一個天崩地解、社會轉型的時代，學術界因受西方近代文明的衝擊，力争突破傳統的窠臼而求自新，歷代學術，舉凡先秦諸子、兩漢經學、宋明理學乃至有清一代的學術，都被一一翻檢審視，新舊中西，錯綜交錯，學術思想因此而極爲活躍。夏承燾先生的道德學問，也不可避免地帶有時代的烙印。青年時代的他，曾對陽明心學、關學、諸子學、小學、史地學等等，發生了廣泛的興趣。自然，對兩浙學術地源性傳承的經史之學，更是一度表現出了儒生本色的熱衷。

以一九二七年末夏承燾先生開始研治詞學爲界，此前的十幾年，從入讀浙江省立温州師範學院，到畢業任教、北上西遊、回鄉求職，皆可視爲其藏修階段。

夏承燾先生出身普通商人家庭，雖無家學淵源，却自小勤奮向學，中學時代起，便曾熟背除《爾雅》之外的十三經，打下了扎實的國學基礎。青年時期，更是博覽群書，一面繼續背誦經學原典，一面大量閱讀四部文獻。同時敏鋭捕捉學術動向，在中西新舊的交錯中，努力汲取多種滋養。在西安，他曾癡迷於王陽明心學而發意研治性理。陽明學説儘管在清初被實學家所批判，但它的影響却十分深遠。自陽明學後，儒家似乎已經不再把『道』的實現完全寄託在以『聖君』行使權力中心的政治建制上面，而是把先天妙道通貫到日用常行，對象遍及『愚夫愚婦』。這是儒家由上到下、由聖君賢相到普通百姓、由面向朝廷到面向社會所發生的一種重心的轉移。年輕的夏承燾先生讀王陽明而至於激動到『繞室狂走』，足見陽明學説幾百年來對知識分子心靈的震撼程度。王陽明之後，另一位激起夏承燾先生强烈震動的思想家是顏元（習齋）。顏元與他的學生李塨主張『實文、實行、實體、實用』，人稱『顏李學派』。這是清初把經世致用的思想發揮到極致，並且自成統系的一個流派。顏氏與王氏，一實一空，都被西安時期的夏承燾先生統一在他的以《省身格》爲代表的日常生活化的儒家内修之課中。如果説，性理學給予夏承燾先生以靈動之思從而有助於他的詩性詞情的話，那麽實學對於他最大的影響除『實文』外，恐怕還數『實行』。而無論清初顔李實學，抑或産自夏氏祖籍的永嘉實學，它們作用於夏承燾先生的，更多的似乎不在於事功經濟思想，而在於務實、敏行的行爲方式。這兩者對於成就他的詩詞創作以及催生大量的學術成果而言，當爲不虚的潛在因由。

西安時期，夏承燾先生對小學、諸子學也費力頗多。小學作爲研經的基礎，得到夏承燾先生的重視原是儒生學問格局中的應有之義。許慎的《説文解字》及段玉裁的《説文注》，數年間成爲他堅持不輟的精讀日課。閲讀過程中，曾劄有《段氏説文釋例》一本、《簡名編》兩本、《正名編》兩本、《假借編》及《引申編》三本、《筆樸》一本、許書字義有關於人生哲學者一本，共得劄記十本之多（手稿現存温州市圖書館）。回温州後，繼續通讀各家研治《説文解字》的專著，曾繪製《各家〈説文〉書作表》，分門别類地列舉了七八家七十三種之多，除此之外，尚有如王夫之的《説文廣義》、孔廣居的《説文疑疑》、馮鼎調的《六書準》、潘肇豐的《六書會原》等，因『皆未脱宋元明人鄉壁虚造之陋習。不録』。他還曾作《説文通論》《説文廣例》等。總之，儼然治《説文》的專家裏手。諸子之學興盛於春秋戰國，後由於儒學逐漸定於一尊而日趨消歇；明末隨著儒家思想一統局面的鬆動，思想家李贄等人開始重新宣導諸子學説，子學開始引起人們的興趣；清代考據學興盛，由於考證六經以及三代歷史的需要,先秦諸子成爲證經、證史的重要旁證;晚清民國,在許多學者的大力提倡下,子學開始在西學的映照下而彰顯其多元的價值,不僅走出了『異端』的境遇,而且彰顯一時,成爲近代新學的重要組成部分。這個學術背景,顯然影響到了夏承燾先生,他遍讀諸子,認真作了讀書劄記,有《〈慎子〉〈尹文子〉〈公孫龍子〉〈吕氏春秋〉劄記》一本,《〈揚子法言〉劄記》一本,手稿今存於温州市圖書館。他所作的《荀子界説》,更是超乎一般的讀書筆記之上,具有一定的學術性。

一九二五年秋,夏承燾先生從西安回到温州,爲方便讀書,移家到現温州市圖書館前身舊温屬六縣聯立籀園圖書館附近。用兩年的時間,遍閲籀園九萬餘卷藏書(以經部居多)。一九二七年下半年,赴嚴州九中任教,又得以恣讀原州府書院的二十四史等藏書,對史學的興趣有增無減。中國現代學術中,史學一門可謂人才濟濟,最見實績。其中浙東史學,貢獻尤大。梁啟超的《論中國學術思想變遷之大勢》《清代學術概論》《中國近三百年學術史》諸作,開啟了現代史學中學術史一目的端緒。梁氏之書,對夏承燾先生産生了不小的影響,他後來專治詞學,就頗以學術史的理路來構築詞學研究的系統。在西北大學時,夏承燾先生曾講授章學誠《文史通議》,編《史學外之章學誠》作爲講義,打算合章氏與劉知幾、鄭樵三人作《中國三大史學家之研究》一書。回温州後,曾撰成《五代史記劄記》。嚴州任教期間,發願編撰《中國學者(術)地表》,『此書成,可推求某地域、某學派發生及盛衰之故』(此書稿本,見於二〇一五年西泠印社秋季拍賣會上,内粗列各地域學者名録,眉目略見,而格局未成)。

從十年藏修的經歷來看,青年時代的夏承燾先生,其理想與抱負,是頗以清儒爲模範的:治群經子史,以爲經世濟時之用;一面『尊德性』,講究道德修養,一面『道問學』,熱衷學問考究。然而,正如時代的風雲變幻使清儒濟世的宏大希冀漸次破滅而專意於學問一樣,將近而立的夏承燾先生,也面臨著術業的抉擇。一九二七年四月,蔣介石國民政府成立。内戰頻仍,時局不穩,讓夏承燾先生深感『事功非所望』,於是決意維護書生本色、靠做學問而謀生。究竟以何種學問謀生計、遣生涯?他思忖再三,認爲『惟小學及詞,稍可自勉』。於是,在這一年的年尾,他做了一個階段性的打算:『擬以四五年功夫專精學詞。』(一九二七年十月四日日記)此後又續了十年期約。儘管在續期内,他也依然心有旁騖,幻想回到『大者遠者』的治經治史的『正途』上去,但終究敵不過内心真實的興趣愛好與世易時移下職事觀念的變化所綰合而成的魔力,到底與詞學締結了一生的不解之緣。

詞學對應於當時的時代律動是這樣一個情形。清末民初,傳統的四部之學在西學的衝擊下,分類格局發生了動摇,學者分科分類的意識日益突出,中國現代學術,呈現出由務博的通人之學(如嚴復、康有爲、梁啟超、章太炎、王國維)轉向專精的專家之學(如現代史學重鎮陳寅恪、陳垣)的特點。社會情境也隨之而變,二十年代初,南北各地的高校出現了越來越多的以講授詞學爲職志的學者，如北京俞平伯、吴世昌、劉毓盤，南京吴梅、盧前、陳匪石、唐圭璋，上海龍沐勛，江蘇任二北等。在這樣的背景下，夏承燾先生與他的詞學，也順理成章地成爲這個由新學科與新專業而構成的新棋盤中的浙江方面的代表。這自然是夏承燾先生後來難以脱離詞學軌跡的一個重要的社會客觀因素。從學術背景與學術個體的關係來看，一方面，現代學術的轉型，促成了夏承燾先生由通入精，鍥而不舍，在詞人年譜、詞史、詞樂、詞律、詞韻、詞籍箋校整理及詞論、鑒賞諸方面均取得突破性成果，拓展了詞學研究的疆域，提高了詞學研究的總體水準，促進了詞學向現代轉型。另一方面，在古典文學的研究領域，詞學是最早具備現代學術的架構和體系的專門之學，因此夏承燾先生所代表的詞學，作爲中國現代學術繁榮昌盛的有機組成部分，實具有特殊的學術價值與研究價值。而這個關係的視點，過去似一直未被學術界所關注和認知。

未到而立之年的夏承燾先生，甫一轉到詞學，便表現出非凡的大家氣度。自一九二七年十月四日打定主意治詞後，纔過一月，他已經『搜集歷代詞話竟』，並擬定計劃作四書：《中國詞學史》（或《詞學批評史》）、《歷代名家詞評》《歷代詞話選》《名家論詞書牘》（一九二七年十一月十一日）。不到兩月，他又修訂計劃，要作《詞學考》《歷代詞人傳》《詞學史》《詞林續事》《詞林年表》《學詞問話》（見一九二七年十二月一日日記及眉批）。《詞學考》之一的《詞樂考》所擬綱目，包括源流考、樂器考、制曲考、大晟樂府考、樂工歌妓考、譜字考、詞譜考等内容。這個計劃之所以引起我們高度關注，是因爲它關涉到現代詞學的體系建構問題。詞學界每將現代詞學學科體系的理論構建上溯至龍沐勛先生發表於一九三四年四月的《研究詞學之商榷》一文，認爲這篇文章提出詞學研究的八個方面：圖譜之學、音律之學、詞韻之學、詞史之學、校勘之學以及聲調之學、批評之學、目録之學，正式界定了詞學内涵。我們看到，夏承燾先生於一九二七年底擬定的詞學計劃，實已大體涵蓋了這些方面。到一九三五年，夏承燾先生又擬在《詞學考》基礎上分撰《詞學史》《詞學志》《詞學典》《詞學譜表》四部巨著。一九三九年底，四書擴爲六書：《詞史》《詞史表》《詞人行實及年譜》《詞例》《詞籍考》《詞樂考》。這些計劃，雖然有些未能完成，但其構想和思路，實已奠定了現代詞學研究的基本格局。因此，與其説現代詞學的體系構築成於某人之手，不如説，它是那個時代夏承燾、龍沐勛、唐圭璋先生等精英們相互切磋、相互影響所達成的共識。只不過，龍先生將之理論化，而夏承燾先生呢，更多地付諸實踐。除制定詞學規劃外，自一九二八年起，夏承燾先生的代表作《唐宋詞人年譜》的諸種單譜源源不斷地撰寫出來；對姜夔詞樂、樂譜的考證也成果迭出；另一部重要著作《詞例》也在著手編集之中；一九三二年十二月《燕京學報》第十二期刊登他的第一篇詞學論文《白石歌曲旁譜辨》，也是他的成名作；一九三三年龍沐勛先生主編的《詞學季刊》創刊，夏先生成爲該陣地的三大主力之一。總之，夏承燾先生不僅在涉足詞壇的第一時間構築了龐大的詞學規劃，其詞學成果也在短短幾年内噴薄而出，這兩者的格局和質地，不僅使他迅速成爲詞壇的領軍人物，也为現代詞學做了堅實的奠基。程千帆先生巨眼洞悉夏氏詞學成就之因：『以清儒治群經子史之法治詞，舉凡校勘、目録、版本、箋注、考證之術，無不采用……當世學林，殆無與抗手者。』的確，經史之術便是夏氏詞學的點金術。

夏承燾先生晚年總結自己的治詞經驗時説：『我自師校畢業後，因爲家庭經濟等各方面條件的限制，未能繼續升學，苦無名師指點，纔走了一段彎路，花費了將近十年的探索時間。』這種認識恐不足爲憑。相反，十年研治經史、諸子、小學的經歷，不僅使夏承燾先生對中國學術文化的淵源流變有了較爲深入的瞭解，也使他掌握了校勘、目録、版本、箋注、考證等傳統治學方法。簡單説來，志、典、譜、表，都是史學方法，而考、注、疏、箋，則都是經學長術。從夏承燾先生早年的詞學構架《詞林繫年》《詞學志》《詞學典》《詞學譜表》《詞學考》裏，以及詞學成果《唐宋詞人年譜》《姜白石詞編年箋注》中，經史之法都昭然若揭。因此，以經史之術别立詞學，正是夏承燾先生快速成名的奥妙所在，而他所藉以構築現代詞學堂廡的手法，並非某些人意會的西學之方，而恰恰是騰挪自傳統的經史之術。這是我們審視現代詞學構築元素的一個奇妙的點，也是我們藉以反省中國現代學術的一個有意味的出發場域。

在二十世紀三十年代，夏承燾先生與龍沐勛先生、唐圭璋先生幾乎同時蜚聲詞壇，這三位後來被視爲大師級的人物，不同程度地體現出了宏大的治學氣象，這是與『舊學』的土壤息息相關的。

貳

余英時在《中國思想傳統及其現代變遷》中説：『學術史每當發生革命性的變化時，總會出現新的「典範」。』所謂現代學術的『典範』，不外乎有這樣幾個特徵：其一，有方法論的貢獻，爲後學開啟法門，或取得舉一反三的功效。其二，有體系的建構，爲學科的建立和發展奠定基礎。其三，取得空前的成就、一流的成果，起到高標準的示範作用。其四，在該學術領域留下無數的工作讓後人接續，從而逐漸形成一個新的研究傳統。有著『一代詞宗』之稱的夏承燾先生，正是中國現代詞學的『典範』。試分析特徵如下：

一、方法論建樹：以經史之術別立詞學。

以經史之術别立詞學，對今人而言，理論上似乎顯得有些高深莫測，但從操作層面而言，其實很簡單：夏承燾先生是通過老老實實地閲讀大量的經史之作、沿著目録學的基本路徑而達成此功的。具體説來，可分兩種情形。

其一是通過研讀目録學著作而步入學術殿堂。目録學既是做學問的基礎，它本身也是做學問的方法。夏承燾先生很早就掌握了目録學作武器，在他二十三四歲時，他就讀了《四庫全書簡明目録》《四庫全書提要》這樣的目録學入門書。很快，他就能嫻熟地運用這一武器、快步進入學術正途。比如：一九二三年六月，爲了鑽研諸子，他爲自己開列了一長串『子類』書目。一九二五年，他從錢基博的《古書治要之舉例》中，著録了經、史、子、集四部目録，圈定了今後讀書的重點。他也很快藉目録學而『辨章學術，考鏡源流』。比如，他窮年研讀《説文解字》，作了『《説文》學著作表』，按『考訂小徐本各家』、『考訂大徐本各家』、『訂補段注各家』、『考訂新坿字各家』、『考訂逸字各家』、『各家學説』、『引經考證及古語考各家』七類編排各家著作，爲研修《説文》者提供方便。這樣井然有序的章法，可見目録學的良好訓練。

其二是通過大量閱讀四部書籍，尤其是經、史部書籍，從具體的書籍中借鑒其體例，完成詞學對於經史學的某種『克隆』。比如：夏承燾先生的《唐宋詞人年譜》，是因爲『早年嘗讀蔡上翔所爲《王荊公年譜》，見其考訂荊公事蹟，但以年月比勘，辨誣徵實，判然無疑，因知年譜一體，不特可校核事蹟發生之先後，並可鑒定其流傳之真僞，誠史學一長術也』（見《自序》），從而發意撰著的。再比如：夏承燾先生的另一部未刊稿《詞例》，是他閱讀了清末學者俞樾的經學名著《古書疑義舉例》後起心編著的。在夏承燾先生的日記裏，像這樣因受某書體例的啟發而準備做某項工作的例子不勝枚舉。

目録學知識體系性的涵泳與大量經史著作實證性的不斷刺激，這兩種情形經緯交織，與『詞學』這個新興的學科支點相遭遇，便産生了這樣一種效應：一方面，夏承燾先生運用目録學這一嫻熟的工具，得以準確定位與『詞』有關的資料的出處，從而快速提取他所需要的材料；一方面，目録學的自成體系，尤其是經史兩部目録學所内生的系統性，使得他所參照設立的詞學規劃也别具格局；再一方面，大量經史經典之作的閲讀，不斷刺激著夏承燾先生的靈感與興奮點，從而也不斷催生出一個又一個的詞學項目。因而，夏承燾先生援經史以治詞學，不是簡單的、個别的、偶然的、零碎的取資和克隆，而呈現出『工程』般的、體系騰挪的本質。甫一涉足詞學研究，便能够觸手成春，天才的解釋不免唯心，惟有體系騰挪的效應方能得到合理的解釋。而這，也是我們表述『以經史之術别立詞學』的用意所在。

二、現代詞學的奠基人。

二十世紀詞學，發端於晚清詞學。如果以『傳統派』與『革新派』而論，夏承燾先生無疑屬於『傳統派』。『革新派』曾經造成很大的影響，但是無論是從研究的陣營，還是從研究成果來看，『傳統派』其實都佔主流。這一點，現在尤其有反觀的必要。夏承燾先生之對於現代詞學的奠基意義，在於他個體性地突破了傳統詞學家難免偏向的研究格局，走向了自覺構築系統的、全面的、宏大的詞學研究堂廡。

在夏承燾先生意欲打造成的詞學建構中，詞史、批評史、詞體（包括詞的起源、詞樂、詞律、詞韻等）、詞人（包括年譜、傳記等）、詞作（包括作品繫年、賞析等）、詞論（包括詞話、評論等）、詞集（包括版本、校勘、箋注、輯佚等）等，靡不囊括。姑且不論其體系的結構是否嚴密，無可否認的是其系統建構思維的存在。

夏承燾詞學氣象之大，從體系自不難窺見，而他的許多具體實施項目，也無不體現出這樣一個『大』的特點。比如《唐宋詞人年譜》。詞人年譜，在夏承燾先生之前并非無見，但如此大規模地將譜牒應用於詞學，端爲第一人。在夏承燾先生的計劃中，除了已結集的十種，尚有年譜續集多種。不僅如此，他還有更長序列的《詞林繫年》，是更爲廣泛的詞人詞事的集合。因此前人謂《唐宋詞人年譜》『十種並行，可代一部詞史』並非謬贊。夏承燾先生的詞人年譜，本不出於零星打造，著眼即在於將珍珠成串的詞史構築。又比如《詞例》，這部有關詞體的巨製，分字例、句例、片例、換頭例、調例、體例、辭例、聲例、韻例九大例，每部下又細分數十例，力圖將有關詞體的諸如詞樂、詞律、詞韻、體式等一切問題涵蓋殆盡。夏承燾先生曾編輯《域外詞》，將詞學研究對象拓展到國外，也是『大』的一個例證。『大』之外，夏承燾先生詞學還體現了一個『重』字。能準確判斷詞學研究的重要内容，并且敢碰肯綮，勇擔重任。這方面，可舉姜夔詞聲律考訂爲代表，他對南宋詞人姜夔十七首詞古譜的考訂，是對絶學的挑戰，論文《白石歌曲旁譜辨》，解答了詞史與音樂史上的共同難題，而後彙成的專著《姜白石詞編年箋注》，有『白石聲學研究的小百科全書』之譽，則是『重』與『大』的又一項結合。

對於現代詞學的界定，詞學界每將『現代性』聚焦於西學影響下的詞論，私意以爲，現代詞學得以巍然自立的根基，詞論至多只能算是一個因子，它的根本在於系統的建立。傳統的詞學研究，有對於詩學研究的依附性，更有個體的隨意性、群體的散在性，而現代詞學系統的建立，正以夏承燾先生以經史之術別立詞學爲代表，它是在西學分科的背景影響下，以傳統學術爲手段，體系騰挪、別立新科而形成的，新的理論只不過是浪花，實學的考據方爲汩汩活水。現代詞學系統的構建，自然不免於尊體意識，亦即詞學的自我覺醒。但這種尊體，絶不是胡適以平民文學與白話文學而倡導的尊體，而是承自南宋、明末清初以來對詞體認識的循環往復式遞進，並在民國新學科的客觀背景的觸發下得以固化的。現代詞學系統的構建，有個體的自覺性、群體的集合性，這從夏承燾先生、龍沐勛先生、唐圭璋先生等人的詞學活動、《詞學季刊》陣地的開闢，都可得到印證的。而我們以往的評論，往往關注於某人首發的理論建樹，而忽視當時群體的傾向，更忽視活色生香的詞學實踐。如果我們對於這種重理論、輕實踐的教條主義傾向有所戒備，更重要的是，如果我們能基於對『五四』新文化的反思而重新考量現代詞學的構成與性質的話，我們對於夏承燾先生所代表的詞學，當會有更爲準確而深刻的認知。

三、一系列经典著作是詞学史上的里程碑。

『以經史之術别立詞學』，是著眼於詞學體系建構而用的表述，在具體的運用上，我們也可以用『考據學』來指代經史之術。夏承燾先生詞學成就最尖端之處，體現在考據之學的運用所取得的一系列傑出成果。請舉其三：

（一）詞人譜牒之學的代表作。有意識地將譜牒之學大規模地引入詞學，使之從此成爲顯學，夏承燾先生堪稱首功之人。晚清詞學，長於訂律校勘而疏於考史，詞人生平行實因多隱而不顯，各類書籍記載多有牴牾訛異，不少作品亦因此詞義幽隱，難以考索。夏承燾先生取正史人物本傳，兼羅野史增删之，無本傳者，旁取他證；復博採集部、子部群書，旁搜遠紹，精心考辨，匡謬決疑，積歲月而成《唐宋詞人年譜》，『爲論世知人之事』。由此詞人生平事蹟始若繩貫珠聯，清晰可辨，爲勾稽詞史打下了堅實的基礎，一些難解之作亦遂得妥當詮釋。《唐宋詞人年譜》在《詞學季刊》發表後，反響極大，五十年代結集出版後，更是得到高度的讚譽，如張爾田贊其『湛深譜牒之學，文苑春秋，史家别子，求之近古，未易多覯』；趙百辛贊其『十種並行，可代一部詞史』。『前無古人』（趙尊岳、顧學頡）、『空前之作』（唐圭璋先生）的觀感，代表了詞學界對其領風氣之先的普遍認可。夏承燾先生的詞人年譜實遠不止已結集出版的十種十二家，據日記記載，他還做過范成大、朱敦儒、王衍、孟昶、和凝、孫洙、張孝祥、劉辰翁、郭應祥、王結、劉將孫、王奕、趙文、吴存、黎廷瑞、蒲道源、段克己、段成己、王義山、蔡松年、蔡圭、党懷英、任詢、李獻能、趙秉文、陸游等二十多人的年譜，因不够成熟，最後未予刊發，夏先生晚年曾計劃修改謄抄，但最終稿子零落，本全集《唐宋詞人年譜續編》所收乃殘存的幾種。

（二）詞體研究的代表作。詞原可歌，宋以後詞譜失傳，其唱法遂不可知。姜夔有十七首詞附有樂譜，成爲考訂詞的聲樂的稀罕資料。但白石詞旁譜卻因譜字爲當時俗體，與後世工尺譜有異，釋讀不易，歷來視作絶學。夏承燾先生以此爲突破口，窮年攻治，成《白石歌曲旁譜辨》一文，發表於《燕京大學學報》，是爲其成名之作。此後更進一步對白石詞聲律進行全面研究考訂，其成果彙爲《姜白石詞編年箋注》一書，被譽爲『白石聲學研究的小百科全書』。唐圭璋先生云：『瞿禪對詞之樂律研究，致力最勤，故其校箋姜白石詞，尤爲精當。』王仲聞先生亦謂夏承燾先生『對於唐宋詞之聲律，剖析入微，前無古人』（據《唐宋詞論叢》附録《承教録》）。《詞例》也是夏承燾先生費力尤多的一部詞體研究的巨製，雖未最終成書，而從整理成文、正式發表之若干篇章看，則辨例周詳，創獲甚多。

（三）詞集文獻學代表。對於詞文獻的整理，有别于王鵬運、朱彊村等人的詞總集整理，夏承燾先生的貢獻突出地表現在對於詞人别集的整理上。其中，《姜白石詞編年箋校》、《龍川詞校箋》是編年、箋校之學的代表作，除了編年、箋、校之外，還增添了『輯傳』、『輯評』、『版本考』、『各本序跋』、『白石道人歌曲校勘表』、『行實考』、『集事』（附録一）、

『酬贈』（附録二）等有關詞人的各種資料，極大地深化了詞人的研究。尤其是白石詞箋校，疏解精湛，考訂翔實，搜輯宏富，廣受學界推譽，允稱範本。

四、留下無數的工作，形成新的研究傳統。

在夏承燾先生日記裏，清楚地記載著他爲後人所留下的無數的工作。這些工作，有些是他前後花費數十年心力、最終因種種原因而未能定稿的，最突出的數《詞例》《詞林繫年》兩部書稿；有些是他做了一半而中輟的；有一些則是有計劃而未得實施的；還有一些則是閃念間的著述意願和將來可行之事。這些記載，爲後學開啓了無數法門。

承其法乳，夏承燾先生的一代弟子如吴熊和、吴戰壘、陸堅、施議對、陳銘、周篤文等先生，再傳弟子沈松勤、肖瑞峰等先生，皆已卓然名家，其所形成的新的研究傳統，有如下幾個特點：

（一）具有宏通的視野。夏承燾先生以經史之術别立詞學，今天來看，就是文化學研究的視角。吴熊和先生《唐宋詞通論》後記指出，詞是一種文學—文化現象，倡詞學文化學研究，爲再傳弟子張目。吴戰壘先生廣涉哲學、美學、書畫、陶瓷等諸領域以治詩詞，臻於新境。施議對先生論百年詞學、陳銘先生治民國詞、陸堅先生治唐宋詞，均能擺脱以詞論詞之逼仄而高屋建瓴。沈松勤先生考探黨争與文學的關係，肖瑞峰先生從事海外漢詩研究，都取得了代表性的成就。

（二）運用實學的方法。乾嘉經史考據之學謂之樸學，這種重實學、不尚空論的治學方法，經由夏承燾先生的言傳身教而影響到弟子，成爲他們共同的遵從。傳統經學的一般方法有傳、注、疏、箋、考、辨，其核心更是『注』。爲名家詞集作校注，是夏門弟子的基本功。夏承燾先生詞論多『以資料作底子』，不尚空言，這種踏實的學風，也深刻地影響到了吴熊和先生及其弟子。

（三）創作與研究並舉。夏承燾先生自承作詩『於昌黎取煉韻，於東坡取波瀾，於山谷取造句』，具體而言，古體以韓、蘇諸家爲格範，律絶則以宋人爲基調，兼具唐詩風神，詩風磊落清奇，高明沉著，堪稱二十世紀一大家。填詞則欲『合稼軒、白石、遺山、碧山於一家』，有感而發，情辭並茂，詞筆『堅蒼老辣，每以宋詩之氣骨度入詞中，外柔内剛，戛然獨造，并世詞家，殆罕其匹』。如此，『以其創作心得與經驗印證前人所作，故深知箇中甘苦』，『每有論述，則如燃犀下照，洞見魚龍變幻』（見吴戰壘《前言》）。其弟子吴熊和、吴戰壘、施議對、周篤文等先生也都雅善詩詞，堅持創作與研究並舉，相互促發，爲杜絶『研詞者未能作詞，作詞者未解研詞』之生態惡化作出新的表率。

以上淺析夏承燾先生的學術成就。而從全集編纂的角度而言，它所呈現的，一方面自然是完善其學術體系，深化對其學術價值的認知。另一方面，則是更多的文化價值與社會意義。

全集增收了《詞例》《詞林繫年》《永嘉詞徵》《唐宋詞人年譜續編》《姜白石詩編年箋校》《白石叢稿》《域外詞選》等重要著作，完善了夏承燾先生詞學體系的呈現。增收了夏承燾先生早年詞學之外的一些作品，包括課稿、研讀經史的筆記及論作。還增收了早年日記、缺失年份的日記，這些新增加的内容，可以讓我們『知所從來』，幫助我們瞭解夏承燾先生詞學的淵源、背景。同時，也能讓我們瞭解到，夏承燾先生不僅是二十世紀著名的詞學家、教育家，他也堪稱一位國學家。

補充完整的《夏承燾先生日記全編》，在葆有《天風閣學詞日記》的詞學價值、文學價值之外，爲我們呈現出一個更爲完整的二十世紀詞學生態、學術生態、文化生態，這份價值是難以估量的。其中一些關鍵年份的日記材料，尤爲引人注目。比如一九三三年日記，原先全年缺失，而這一年正好是現代詞學確立的標誌性年份，因爲這一年《詞學季刊》創刊。補足的日記顯示，這一年夏承燾先生與龍沐勛先生交往極密，不僅書札往來數十通，還曾數度會面交流。從這一年裏我們還可以讀到這樣的信息：『年來擬從事全唐五代宋元詞，先從整理毛、王、朱、江各匯刻入手，囑圭璋專輯佚詞，分工合力爲之。』（一月十九日）新增的由吴無聞先生代筆的晚年京華日記，記載了大量與文化名人的交遊往來、晚年詞學著作出版的過程、在京中受禮遇的盛況等等，可折射上世紀七十年代末到八十年代中的文化生態，可考索『一代詞宗』功成名就的多重因素。而新增的『文化大革命』前夕日記，也爲重現特定年代的荒誕提供了真實的腳本。總之，增加了一倍篇幅的《日記全編》，從時間維度上看，由原來的三十幾年上下延展到七十年，人物影像更清晰，脈絡更完整，内容更豐富，也更有價值。以其一生，觀一世紀，這樣的代表性，建立在對人或物或事漫長的歲月雕刻的敬畏裏。而從内容維度上看，依原稿增補完畢的《日記全編》，突破了『學詞』主題的匡限，除讀書劄記、治詞方法、治學方法、作品存録、唱和紀要之外，還廣涉時政要聞、百姓生活、地方風貌、朋從交遊、人物述評、山川遊覽，以及數次運動中知識分子的心態等等，大大拓展了反映面，不僅是『二十世紀最重要的詞學文獻』、『日記文學的上乘之作』，也是二十世紀的珍貴文獻，具有重要的史料價值、文化價值和社會價值，是二十世紀優秀的学术成果和文化成果。

誠然，全集的編纂，也會不可避免地導致負面性效應發生的可能，如在某種程度上，讓『作者』從『毁其少作』或『選集』等手段造就的神壇上跌回人間，這或許會讓一些讀者感到失望和難受。但是，真正有理性、有辨識力的讀者是不會受此干擾的，因爲，惟有考察的視角更多維，我們對『作家』的瞭解纔會更全面，對『作品』的把握纔會更準確，對『成就』的評判纔會更客觀，對其社會成因、個體成因等種種因素的分析纔會更深入。而這些，也是今天的編纂者所應具備的責任和擔當。

叁

夏承燾先生全集的編撰，發意由來已久。據日記記載，早在一九七三年八月廿三日，夏先生本人就與夫人吴無聞先生坐談過此事，當時取名《月輪樓詞學叢書》（以下簡稱《叢書》），開列目録如下：

甲：已出版的十種。乙：未出版的：一、《詞林繫年》。二、《詞例》。三、《詞律駢枝》。四、《宋詞繫》。五、《詞林博聞》。六、《温州詞徵》。七、《湖樓詞問》即《論詞絶句》。八、《域外詞》。九、《詞人年譜續編》。張于湖、王沂孫、趙文、劉須溪、蘇詞繫年等十種。一〇、《唐宋詞論叢續》即《月輪山詞論集》。一一、《詞論十種》。一二、《説詞劄叢》包括《西溪詞話》《湖畔詞談》已整理付印。一三、《學詞記》。一四、《詞日記》。一五、詩創作。一六、詞創作。一七、詞辭典。一八、《樂府補題四考》。一九、《西湖詩詞注釋》。二〇、《西湖楹聯注釋》。二一、《蘇辛詞繫》。二二、《四聲繹（論）［説］》。二三、《〈四庫全書〉詞集提要校議》。二四、《李煜集輯注校附事輯》。二五、《詞調韻目》。外篇：一、《杜詩劄叢》。二、雜稿（包括序跋書劄）。三、《唐長安詩人行迹考》《白居易曲江考》等。四、讀書劄記。五、《月輪樓詩詞歌曲譜》。

這份《叢書》目録既由夏承燾先生親自制定，理應引起我們的高度重視。晚年的夏先生，在吴無聞先生的幫助下，意欲對他半世紀辛勤灌溉出來的成果，進行一次總的收穫。可惜，《月輪樓詞學叢書》的整体出版規劃，並未能果行。但此後十數年，吴無聞先生在悉心照料夏先生的身體与起居之外，顯然將夏先生的名山事業當成了己任，爲此而不遺餘力。在她的辛苦整理和張羅籌措下，《論詞絶句》（一九七九）、《域外詞》（一九八一）、《夏承燾詞集》（一九八一）、《天風閣詩集》（一九八二）、《天風閣詞集》（一九八四）、《天風閣學詞日記》初編（一九八五）相繼出版，文章也得以密集發表。目録『未出版』的一〇、一一、一二、二二、二三項，以及『外篇』的一、三項，多收録於中華書局一九七九年出的《月輪山詞論集》修訂版，以及一九八〇年天津百花文藝出版社出的《唐宋詞欣賞》。從一九七九年至一九八五年，夏承燾先生著作的出版和文章的發表達到了一個井噴期，爲以後全集的整理出版奠定了很好的基礎。

一九八四年底，又有陳邦彦先生與上海古籍出版社洽談出《夏承燾文集》之事，『談妥文集包括《唐宋詞人年譜》、《詞林繫年》、《唐宋詞論叢》、《月輪山詞論集》、序跋（即文集）、詩、詞、《學詞日記》、《論詞絶句》、《姜白石詞編年箋校》、《詞源注》、《姜白石詩詞集》、《域外詞》等』（十二月廿三日）。然此事亦未果行。八十年代出書對於一般的讀書人而言尚難夢見，儘管夏承燾先生當時聲譽隆盛，但是出版叢書，仍然是一件極不容易的事。

先父吴戰壘先生繼一九八四年、一九八九年助吴無聞先生完成《天風閣學詞日記》初編的出版及二編的整理之後(二編於一九九二年出版),復與先師吴熊和先生商議編纂夏承燾先生全集。其時,夏承燾先生與夫人吴無聞皆已辭世,無聞先生原先所挑的擔子就落在了其子吴常雲先生身上。一九九〇年五月,杭州大學中文系朱宏達先生與先父一起赴北京,從吴常雲先生手中接受七十册夏承燾先生日記手稿及其他資料,以作整理出版之用,其中二十三册由先父保管,四十七册日記由杭大中文系保管。爲出全集,先父又屢次與吴常雲先生接洽,接收到大批夏承燾先生的資料,開始布局全集的整理,名之曰《夏承燾詞學全書》。這項工作進展並不算順利,當時適逢出版系統改制,造成整理、出版經費短缺,只得退而求其次,編成八卷本《夏承燾集》(以下簡稱八卷本),由浙江古籍出版社和浙江教育出版社於一九九七年聯合出版。八卷本完成了一次對《叢書》目録的覆蓋,是對夏承燾先生詞學的一次總結。然而,這次覆蓋並不完全,目録中仍然有不少溢出於八卷本之外。先父雖然也許並未看到過這份目録,但他知道:『八卷本遠未能體現夏承燾先生的詞學體系及學術價值,還有更重要、更豐富的著述有待面世。』爲饜初心,他繼續四方化齋,上下奔走。二〇〇四年春夏,在金鑒才、張如元等先生的周旋之下,温州市政協終於承允次年撥款,助成此事。詎料天有不測風雲,這年春節未到,先父竟突然駕鶴西去,全集整理再度擱淺。二〇〇九年元月,吴常雲先生全權委託於我,將浙江古籍出版社的資料轉移到我杭州城西的居地聽風樓。九月，在吴常雲先生授意下，『夏承燾日記整理』經我所在的單位浙江省社會科學院申報成爲『浙江文化研究工程』項目。《夏承燾全集》的編纂工作，隨後也在對所接手資料的慢慢董理中重啟。

這次全集的重啟，可謂困難重重，簡言之有以下幾點：

一、資料歸置的難度。由於先父走得突然，全集之事一無交待，臨危受命，一切從頭開始。浙江古籍出版社的資料交接並不順利，接手的十箱資料散亂無章。因量大而序亂，完成初步的清理工作即達數月之久。此後對照八卷本已出版内容，確定是否收録、如何收録，亦隨著對資料的把握程度的加深而有更新。

二、資料蒐集的難度。存於浙江古籍出版社的資料經與吴常雲先生提供的目録對照已經有所缺失，數經周折發覆於個人私藏及浙江大學人文學院資料室的大批日記手稿，使得啟動項目《日記全編》兩度易版，抄録校工作一再推倒重做。除了公藏於圖書館的資料外，尚有一些私藏的手稿及信札難以收集。

三、抄録核校的難度。此次全集編纂，日記部分悉從手稿整理抄録，由於時間跨度長，晚年日記又出别人之手，字跡辨認難度極大，分配到各人之手的抄、校工作遠遠超乎事先預估，大大影響進程。全集對已出版過的集子重新標點，書名號、引號等的添加需要核對原書，也遠比八卷本工作要費時費力。

四、全集編排的難度。全集雖謂『全』，亦並非將所有資料悉數收納。收哪些，不收哪些；以何種方式整理呈現；文集、詩集等編排如何兼顧到歷史性與内在體系。凡此種種的定奪，雖關乎體例，實關乎原則與主張，亦皆令編委會大費周章。

五、資金短缺的難度。繼日記之後，雖説又通過我院的浙江歷史研究中心争取到一個省課題的立項，但是先父時代的資金困擾依然存在。人文社科類課題每每二三萬元的資助對於這樣難度極高的大型手稿文獻整理工作無異於杯水車薪，極少的點校費只能對義務付出聊作安慰。且因課題經費管理體制的不合理限定，一項課題未出版結題，不得再申請新的課題；經費的使用，勞務支出的比例極有限；申請的課題，又每設限於一年至多兩年内完成整理並出版。如此這般，皆大不利於《夏承燾全集》這樣的大型課題的操作。

六、人才使用的難度。主編、副主編各自單位尚有許多本職工作，全集的整理只能利用業餘時間完成。編委的徵用，又陷入有心者力不足、有力者不得暇的尷尬。而文獻整理成果不能納入考核體系，如此高難度的整理工作效益與付出不成正比的考核制度性缺陷，也在一定程度上影響著編委積極性的充分發揮。

雖然困難重重，所幸在多方的支持下、在編委會成員的共同努力下，歷經坎坷的《夏承燾全集》，總算得以面世。

全集以『求全』、『存真』、『存史』爲編撰宗旨，努力做到以下幾點：

一、收録完備。此前的八卷本，出版字數在三百五十萬，而此全集内容將增加一倍左右。光是日記部分就已趕超八卷本的篇幅。對照《叢書》目録，全集覆蓋了八卷本未能覆蓋的《詞林繫年》《詞例》《詞律駢枝》《詞林博聞》《温州詞徵》《域外詞》《詞人年譜續編》《西湖楹聯注釋》《李煜集輯注校附事輯》《詞調韻目》等。仍然未能覆蓋的幾種中，《詞辭典》《西湖詩詞注釋》《月輪樓詩詞歌曲譜》皆未成，只留存目。《詞辭典》是夏承燾先生很早就計劃要做的事，後來業師吴熊和與馬興榮、曹濟平先生編撰出版第一部《中國詞學大辭典》，也算是對夏承燾先生詞學規劃的一個很好踐行。唯一遺憾的是《蘇辛詞繫》，原目録下注『已成』，但在接收的資料中，並未見完整的抄稿，『蘇辛詞繫』條目紙袋中僅存數頁綱目文字，列蘇系詞人數名、蘇辛過渡詞人數名、辛系詞人數名，完整的抄稿不知流向何處。全集對詩集、詞集、文集皆酌情重做編排，增加内容不少。總之，盡可能收録夏承燾先生已出版過的所有作品，盡最大努力從零散的手稿中整理出有價值的成果，庶幾讓『全集』之『全』得以名副其實。

二、資料可靠。收録的著作均經嚴格甄别，剔除誤認及疑似之作。如温州市圖書館受贈于游止水先生（夏承燾先生妻舅）的著作中，著録有『丙丁存稿』和『戊寅存稿』油印本，題名據卷端。按『丙丁存稿』當爲丙子與丁丑兩年合稿，『戊寅存稿』同理接續之。丙子年爲一九三六年，民國二十五年。此二本既未署名，初實難定作者。考《丙丁存稿》有《秉燭》詩：『歲歲愁將白髮催，自迎明月上瑶臺。何堪秉燭春寒夜，兒女明朝諫疏來。』摩『兒女』詩意，當非夏承燾先生作。又有《寄次女溧陽》詩題，可確定非夏承燾先生作矣。又有詩《定居魚池王祠贈弟子陸孔章並仲卿》：『孔章讀我書，報我以赤血。』注：『名山三集出，孔章坐視半日不起，起乃咯血。』則此二稿乃江南大儒錢名山之作（孔章爲錢名山得意弟子）。又如從浙江古籍出版社接手的資料中，有《清詞人小傳》抄稿，未署姓名，查今全集日記，未見提及，而吴無聞先生過録的夏氏著作目録中亦未見，雖則不必定非夏氏所作，亦必不能貿然收録。

三、底本最佳。全集底本有四大出處：其一，日記以夏承燾先生手稿（包括吴無聞先生代筆手稿）爲底本，不僅增加了一半多的内容，而且還糾正了《天風閣學詞日記》因抄録而造成的失誤；其二，單行本以後出而轉精的八卷本作底本（多依從夏承燾先生手定本）；其三，以抄定本爲底本；其四，單篇文章以正式刊發者爲底本。

四、抄録、點校精細。日記抄録自手稿，辨認難度極高，尤其晚年日記，塗乙嚴重，一校在實行編委互校的基礎上，要求核對手稿。加書名號、引號時，要求核查書目及原著引文。校記務求精要、有選擇，删汰無價值的異文以免校記過於冗雜，最後由主編以簡式校記作統一。

五、編排系統、合理。詩集、詞集由夏先生手自編定的，依其生前，新增者闢爲詩集補編、詞集補編，均按年序編排。文集根據内容分類稍作調整，以清眉目，以成體系。

六、不同手稿區别對待，以最佳方式呈現。全集絶大多數内容皆整理點校出版，《永嘉詞徵》《詞林繫年》《詞例》三種以及《唐宋詞人年譜續編》裏的《放翁年譜》採用影印出版的方式。因《詞林繫年》《詞例》雖爲夏承燾先生極爲重要的作品，向爲詞學界所矚目，但二稿皆乃未成稿。夏先生晚年雖曾多次請人抄録整理，但因難度大，終究未能形成定本。《詞林繫年》王榮初先生曾有部分整理發表，有些内容又爲詞人年譜所資採，今稿本有些欄目之下皆爲留白，需要大量填充，而填充則意味著再創造。《詞例》亦大多留白，需要有相應的卡片内容作填充，而稿本的複雜程度似更大於《詞林繫年》。在這樣的情況下，依原稿影印出版，或許是最好的方式。它一方面滿足了詞學界對此二稿的好奇與期盼之心，一方面以原貌面世，避免厚誣先賢，也鼓勵真正有興趣的研究者前去攻艱，催生一項新的成果。《永嘉詞徵》原稿相對完善，但二〇〇四年出版的『温州文獻叢書』裏已經有了《東甌詞徵》，以如今文獻搜集的便利程度而言，後出而轉精，未爲難事，故此《永嘉詞徵》的使用價值與當年相比已經不可同日而語。但此手稿以毛筆書寫，字跡秀雅，影印出版，欣賞價值更高，同時，也不妨礙有心人拿它與《東甌詞徵》互校，查遺補缺，並不影響發揮它的文獻價值。《唐宋詞人年譜續編》裏的幾種詞人年譜，如今也都已有出版成果，其文獻價值有類《永嘉詞徵》，已然大打折扣，故毛筆書寫的《放翁年譜》亦做同樣處理了。

『求全』是全集的必要條件，但是對於一些合作的成果，因爲有版權糾紛的擔憂，我們的全集不予採録。如：《唐宋詞録最》，夏承燾先生輯，藍江注，一九四八年，上海華夏圖書出版公司出版；《怎樣讀唐宋詞》，夏承燾先生、吴熊和著，一九五七年，浙江人民出版社出版；《讀詞常識》，夏承燾先生、吴熊和著，一九六二年，中華書局出版；《唐宋詞選》，夏承燾先生、盛静霞選注，一九五九年，中國青年出版社出版；《辛棄疾》，夏承燾先生、游止水著，一九六二年，上海中華書局出版；《韋莊集箋注》，劉金城校注，夏承燾先生審訂，一九八一年，中國社會科學出版社出版；《放翁詞編年箋注》，夏承燾先生、吴熊和箋注，一九八一年，上海古籍出版社出版；《蘇軾詩選注》，吴鷺山、夏承燾先生、蕭榻合編，一九八二年，百花文藝出版社出版；《金元明清詞選》，夏承燾先生、張璋編選，一九八三年，人民文學出版社出版。這些合作裏，夏承燾先生的擔責與用力程度當是有所區别的，大家可從日記有所分辨。從中也可以體會出夏承燾先生對於後學的提攜。這些合作的著述，有些也體現出夏承燾先生的詞學思想，比如《金元明清詞選》，與唐宋詞相比較，金元明清詞顯然是冷門。因此這本詞選，也是能體現夏承燾先生詞學的廣度的。也有的合作成果，我們是要做點處理而後加以選録的。如《域外詞選》，夏承燾先生選校，張珍懷、胡樹淼注釋，此次删去張珍懷、胡樹淼的注釋部分内容，而將詞選納入全集。因爲域外詞這個視角很獨特、很重要，也是夏承燾先生詞學堂廡宏大、氣象萬千的一個佐證。

全集重啟後，在繼續蒐集資料的過程中，得到了温州市圖書館、浙江大學圖書館、浙江大學古代文學教研室、浙江圖書館、浙江省社會科學院圖書館、西泠印社等單位以及金鑒才、張如元、胡可先、盧禮陽、陳瑞贊、胡永啟、沈迦等先生的熱情相助。全集編纂出版，得到了多方關心和幫助。浙江省社會科學院、浙江省社科聯、浙江省歷史文化研究中心提供課題經費，浙江古籍出版社領導和編輯全力支援，責任編輯費力尤多，在此均表示誠摯的謝意！最後，也感謝編委會全體成員齊心協力、克服困難，堅持到了勝利的這一天！

凝聚著三代人心血的全集即將面世，在這百感交集的時刻，我們深切緬懷吴無聞、吴戰壘、吴熊和等已故前輩學者，他們是全集的功臣，讓我們牢記他們曾經所做的一切！全集的出版，應該是對他們最好的告慰。

六年來，以小兵而擔重任，誠惶誠恐，如履薄冰。雖竭盡全力，但主觀上因學識有限，各種疏失，情知不免，懇請方家和讀者教正；客觀上，因諸如上所列的種種困難，仍然有些工作未能一步到位，例如《日記全編》的人名索引，依然未能找到的《稼軒詞評注》（書名未確，見張如元《西湖雁蕩寄相思》，《吴戰壘先生紀念集》第二八四頁，中華書局二〇一五年版）、一些手札和部分日記等，但願日後尚有機緣，可俟補充，再呈座下。

吴　蓓

二〇一六年春於杭州城西聽風樓

《夏承燾集》前言

夏承燾（一九〇〇——一九八六），字瞿禪，晚號瞿髯，浙江永嘉（今温州市）人。出身普通商人家庭，雖無家學淵源，却自小勤奮向學，十三經除了《爾雅》外，都能背誦，於經學、小學打下深厚的根基。他最初學填詞，是在温州師範學校求學時期，所填《如夢令》結句：『鸚鵡，鸚鵡，知否夢中言語？』受到國文老師張震軒的激賞，以濃墨加了幾個大圓圈，這給他以很大的鼓舞。師範畢業後，先生在小學任教，參加當地的詩社活動。所作得到林鵾翔、劉次饒等長輩的贊賞，於詩詞創作，興趣更濃，奠定了一生攻治詩詞的始基。一九二一年夏，先生赴北京任《民意報》副刊編輯，同年冬轉赴西安中學任教，一九二五年兼任西北大學國文講席。此時先生曾研究宋明理學，並發願整理研究宋史。一九二五年秋先生回到故鄉，爲方便讀書，乃移家温州市圖書館附近，於兩年間，幾遍讀鄉賢孫仲容『玉海樓』和黄仲弢『蔘綏閣』兩家藏書。一九二七年下半年，先生赴嚴州九中任教，又得以恣讀原州府書院藏書。此時先生正當而立之年，苦苦尋求一生之治學鵠的，終於認定以詞學爲自己終身奮鬥的事業。一九三〇年，先生到之江大學任教，自此以後，幾近半個世紀的時間，先生一直主持東南詞學講席，與海内詞家、學人聲氣相通，治詞授業，多所建樹，終於成爲蜚聲海内外的一代詞學宗師。

先生繼晚清詞學復興之後，以深厚的傳統學殖爲根底，師承朱孝臧等前輩詞學家考信求實的治學風範，却又不爲其所囿，而廣求新知，多方取資，進一步開拓研究領域，改進研究方法，在詞學研究上開闢一個新境界，代表了一個歷史階段的研究水平，具有繼往開來的學術意義。王瑶先生主編《中國文學研究現代化進程》，遴選近百年來二十位中國文學研究大家，在詞學方面獨選了先生。這應是學術界的公論。

綜觀先生一生學術建樹，約有下列數端：

一、開創詞人譜牒之學。

晚清詞學，長於訂律校勘而疏於考史，先生則以詞學與史學結褵，進而『爲論世知人之事』。他博覽羣書，究心尋檢和校核唐宋詞人的年里事迹和創作背景等，積歲月而成《唐宋詞人年譜》十種十二家，由此詞人行實得稱信史。前輩學人張爾田贊其『湛深譜牒之學，文苑春秋，史家别子，求之近古，未易多覯』。趙百辛則稱：『十種并行，可代一部詞史。』唐圭璋先生譽爲『空前之作』，並推爲『詞學研究者必讀之要籍』。先生於詞人事迹考證，尚有更宏大之著作規劃，其遺著《詞林繫年》（一名《唐宋金元詞人繫年總譜》），以年代爲經，詞人事迹爲緯，涵括面極廣，惜未殺青，尚待進一步充實整理。

二、對詞的聲律和表現形式的深入研究。

詞原名曲子詞，是可歌唱的，宋以後詞的樂譜失傳，其唱法遂不可知。但姜白石有十七首詞附有樂譜，却因譜字爲當時俗體，與後世工尺譜有異，釋讀不易，歷來視爲絶學。先生即以此爲突破口，窮年攻治，成《白石歌曲旁譜辨》一文，發表於《燕京大學學報》，是爲先生成名之作。此後先生更進一步對白石詞聲律進行全面研究考訂，其成果彙爲《姜白石詞編年箋注》一書，被譽爲『白石聲學研究的小百科全書』。唐圭璋先生云：『瞿禪對詞之樂律研究，致力最勤，故其校箋姜白石詞，尤爲精當。』先生對於詞的四聲、用韻、字法、句法、换頭等藝術形式規律也進行細心研究，仿俞樾《古書疑義舉例》擬成《詞例》一書，包括字例、句例、片例、辭例、體例、調例、聲例、韻例諸門，規模宏闊，洵爲巨製。雖未最終成書，而從整理發表之若干看，則辨例周詳，創獲甚多。其所積累的豐富資料，有待系統整理。

三、詞學論述。

先生對於詞史、詞人、詞作的研究和評述，早歲已曾着手，但較全面地展開，則是在新中國成立以後。嘗擬撰述一部《詞史》，已完成唐五代温、韋數篇，並於兩宋詞的發展脈絡，自具獨識。他對易安、稼軒、龍川、放翁諸家的評論，準確、深刻，迥出時流。對詞論的研究，也一空依傍，時有卓見。先生還熱心於詞學普及工作，寫了不少深入淺出的鑒賞文章和知識性讀物，受到廣大讀者的歡迎。先生留下許多片段的讀詞感想、詞話雜札和詞籍批注等，尚待整理發表。

四、詩詞創作。

先生早歲即耽吟詠，豪興至老不衰。終其一生，學術研究與詩詞創作並重，以其創作心得與經驗印證前人所作，故深知箇中甘苦，每有論述，則如燃犀下照，洞見魚龍變幻。先生自承作詩『於昌黎取煉韻，於東坡取波瀾，於山谷取造句』，填詞則欲『合稼軒、白石、遺山、碧山於一家』，所作均有感而發，情辭并茂；詩風磊落清奇，高明沉着，詞筆則堅蒼老辣，每以宋詩之氣骨度入詞中，外柔内剛，戛然獨造，并世詞家，殆罕其匹。

五、治詞日記。

先生少時即記日記，今存日記自一九一六年（十六歲）始，迄於易簀之前，數十年來，從未中斷，誠爲可貴。一九二八年後，先生專心治詞，日記中多有讀書教學、研究撰述、詩詞創作、友好過從、函札磋商、南北遊歷等記録，先生原擬在此基礎上另撰《學詞記》，而逡巡未果。一九八一年應施蟄存先生之請，乃選抄從一九二八年起日記爲《天風閣學詞日記》，發表於《詞學》專刊，後次第出版。這是先生一生治學的翔實記録，反映了半個多世紀以來的詞學史和當代許多重要的學術界掌故，具有重要的學術文獻價值。其治學方法與經驗，燦然俱陳，無異現身説法，金針度人。而文筆之雋美，亦堪稱一流。施蟄存先生已有專文贊之。唐圭璋先生也很看重老友的這部日記，認爲先生的許多想法，『提出了治詞的宏偉廣闊課題』，『爲治詞學開闢了生疏的渠道，拓寬了研究領域』，先生的未竟之業，乃是『今後詞學研究發展之奮鬥目標』。

六、培養人才。

先生的一生經歷十分單純，概括起來就是讀書、著書、教書。他是一位大學問家，也是一位大教育家。他先後在小學、中學、大學任教六十餘年，桃李滿天下。『得天下英才而教育之』，先生認爲是平生最大快事。他熱愛教育事業，覺得教書有無窮的滋味，在日記中每有真摯動人的記録。先生還做《教書樂》一文，回顧數十年教育生涯的感想和體會，言之醰醰有味，在豐富的教學經驗中滲透着深刻的哲理和醉人的詩情。聽先生講課，是一大享受。他氣度從容，笑容可掬，娓娓而談，莊諧雜出，課堂氣氛十分活躍，使人有如坐春風之感。先生性情温厚，虚懷若谷，見人一善，則拳拳服膺；見時賢之精彩著述，則喜形於色，『恨不識其人』。先生於門下，也從來不擺師道尊嚴的架子。他送給一位老學生的對聯寫道：『南面教之，北面師之。』其撝謙善納如此。對於學生的優點，他總是盡量加以獎勉，且用以自勵，在日記中亦有不少感人的記述。先生治學門廡廣大，從不以自己的愛好和專長來規範學生，而是因材施教，充分鼓勵學生發揮自己的才性，揚長避短，卓然有所成就。故先生門下，濟濟多士，略舉其著者，如繙譯莎士比亞的專家朱生豪，語言文字學家任銘善、蔣禮鴻，園林建築家陳從周，戲曲小説專家徐朔方，臺灣散文名家琦君（潘希真）等，均親炙先生而另闢學術新境；傳先生詞學一脈而卓然成家者則有吴熊和等。

先生治學勤奮，著作甚豐，已出版者二十多種，遺作尚待整理者，數量亦不少。這次編輯《夏承燾集》，由吴熊和、吴戰壘、吴常雲主編，吴戰壘負責具體編輯工作。商定體例如下：

一、凡經先生寫定，最足以代表其學術成就之著作，全部編入； 已成書者，均按其原貌，不另行分散編排。

二、先生與人合作者暫不收； 尚待整理者亦不收。

三、凡一文數見者，則視其所宜，編入一册，概不重出，而於編後記中加以説明。

四、凡一文數經修改，則收最後改定者； 倘前後差異較大而各有價值者，則兩存之。

五、尊重先生不同時期之行文習慣，如書名號、引號、異體字等，不强求規範和統一。

六、全書分八册編次，每册編輯情況具見編後記。

本書的出版，得到各方面的關心和幫助，浙江古籍出版社的領導和浙江教育出版社的領導，均十分支持，謹於此表示深切的謝意。至於全書在資料收集、編排校對方面的疏失，情知不免，懇望讀者教正。

吴戰壘

一九九七年木樨香中於杭州

全集凡例

一、全集以『求全』、『存真』、『存史』爲編撰宗旨，竭盡所能收集夏承燾先生的全部著述。其中與人合作的爲免版權糾紛，一般不予收録（特殊情況下分離著作權加以採録）；單純摘抄型的讀書筆記不予收録；無法整理的零碎草稿不予收録；檔案資料中的思想匯報不予收録；餘則皆在收録之内。

二、全集按日記、書劄、詞學研究、國學研究、詩詞集等分類編排，每類以時間先後爲次。其中佔全集泰半篇幅的日記十卷以一個書號整理出版，另外十種十卷各用一個書號整理出版。十種十卷裏面，《永嘉詞徵》《詞林繫年》《詞例》三種以及《唐宋詞人年譜續編》裏的《放翁年譜》採用影印出版的方式，其餘均爲點校出版。

三、每種卷首均有編校説明，簡述著作、版本及點校情況。

四、著作内容有重見者，視情形而定是否重出，當交待於編校説明。

五、全集爲符合現行學術規範的引文要求而統一重新標點。標點符號依從一般古籍整理句讀原理。詩詞依韻而斷句。書名號的運用：書籍統稱不加書名號，如：四書、五經、三禮、二十四史；單部書籍簡稱加書名號，如：《毛詩》《論》（《論語》）、《孟》（《孟子》)、《説文》；　叢書名一般需加書名號，如《十三經注疏》；　附屬於某書的注釋之作不加書名號，如：毛傳、鄭箋、五臣注；　作者與書名連用時的簡稱，如『班書』(指班固《漢書》)、『謝沈書』(指謝沈《後漢書》)等，標作班《書》、謝沈《書》；　書名與篇名連用時的簡稱，如『漢表』(指《漢書》諸表)、『隋志』(指《隋書·經籍志》)等，均連標作《漢表》《隋志》；　書名號内又有書名時，裏面一層一般不用標明，如《蘇軾文集》卷六十六《跋嵇叔夜養生論後》，嵇康(叔夜)作《養生論》，蘇軾跋後，《養生論》可不標書名號；　同一書中不同篇名連用，書名號使用如下：《後漢書·竇融傳》《范升傳》《陳元傳》。

六、對原稿訛(錯)、脱(缺、奪)、衍(多)、倒(顛倒)的處理：係明顯錯字、筆誤者，徑改，不出校；　删去原稿中誤字加圓括號『()』表示，改正或增補字加方括號『[　]』表示，一般不再出校，如『《古書疑(意)[義]舉例》』；　顛倒字一般徑改不出校。疑誤，通常無本不改，但可酌情出校。

七、詩詞作品義可兩通者，注存異文。

八、原稿文字不能辨認者，作截圖處理。原稿空缺文字，用空方格『□』表示，每格一字，不出校記；　未能確定字數者，用『□□』表示，並出校記，説明大約字數。原稿文字係作者自行塗墨者，用實方格『■』表示，每格一字，不出校記；　未能確定字數者，用『■■』表示，並出校記，説明大約字數。原稿空缺之人名(多因記時遺忘，晚年尤甚)，以『姓氏』

加『某』表示，如『王某』；若無著姓氏，則以『某某』處理；皆不出校。原稿文字係作者一筆勾去或『×』去者，乃因多種原因，顯見作者猶豫不定，兹編照録，並出校記；原稿文字蠹損者，以省略號『……』表示，並出校記，説明大約行數、字數。

九、原稿中的異體字（多見於早年），較生僻者徑改，如『姓』，徑改爲『晴』。不甚生僻，仍爲一般古籍通用字，不作統一，如『迹』、『跡』、『蹟』；『踪』、『蹤』，均可保留底本原樣。

十、引文與原著有異者，或檃括大意者，一般依原稿，不改；若改動，則出校。

十一、日記卷因情況特殊，在本凡例基礎上另作補充説明。

編校説明

本册收録《姜白石詞編年箋校》《姜白石詩編年箋校》《姜白石叢稿輯校》三種。其前一種爲夏承燾先生生前手自編定，已刊行數過；後兩種爲夏先生未刊手稿，今據以整理校訂。

夏先生研究姜夔，始於一九二九年，諸種撰述，多成於此後數年，其中包括姜夔詞的箋注、編年。一九五七年，夏先生擬修改白石諸舊稿以付梓，其三月十八日日記載：『改《白石詞箋》。此編著手二十年前，迄今未成定稿，自謂已殫心力矣。』是爲《姜白石詞編年箋校》，始刊發於《文學研究》一九五七年第三期，翌年由中華書局上海編輯所出版，一九六一年修訂再版。此後有臺灣中華書局一九六七年翻印版。上海古籍出版社一九八一年修訂版，爲『最後校定本』，後收入浙江古籍出版社、浙江教育出版社一九九七年出版八卷本《夏承燾集》第三卷，按該卷有吴戰壘先生《編後記》云：『《姜白石詞編年箋校》爲作者身前編定本，曾多次刊行，今據其最後校定本付印。書前論姜夔的詞風一文，原作代序，因已收入《月輪山詞論集》，故删去，而以小引代之。』今因《夏承燾全集》本爲各卷單行，爲便於讀者參考，兹參照上海古籍出版社版的編例恢復《論姜白石的詞風》作爲代序（文本則據一九八一年修訂稿，詳後），而將小引仍置於目録之後。此次再版還作了一些訂補，略作説明如下：

夏先生曾有『自存本』《姜白石詞編年箋校》一册，爲中華書局上海編輯所一九五八年初版本，一九七二年夏先生將此本贈與游止水先生，并將『自存本』三字塗去。該本修訂痕迹頗多，其大端有三：一是調整部分詞作編年，二是部分詞題根據明鈔本《絶妙好詞》、清吟堂本《絶妙好詞》、道光刊本《絶妙好詞箋》作了補充校勘，三是改寫箋注。其中編年和箋注的調整已在一九六一年再版本中作出修訂，而詞題校勘則未被採用，其中緣故渺難懸揣。此次再版，將這些校記一律補入。

又查夏先生一九七九至一九八〇年日記，知吴無聞先生在夏先生的指導下，具體承擔《姜白石詞編年箋校》修訂工作，但上海古籍出版社因考慮印刷廠存在困難，無法大量捅版重排，諸多修訂未能照改。廣東人民出版社一九八三年出版夏承燾校、吴無聞注釋《姜白石詞校注》，其中由夏先生負責的代序《論姜白石的詞風》的内容、正文詞作的校勘標點、《輯評》的内容及次序均有調整，足以彌補上海古籍出版社版《姜白石詞編年箋校》所未及。此次再版，參考《姜白石詞校注》，將夏先生的修訂成果加以吸收。

《姜白石詩編年箋校》《姜白石叢稿輯校》爲夏承燾先生的手稿。兩種手稿自標數二十八册（束）：一至十一册歸屬《姜白石詩編年箋校》；十一至二十八册歸屬《姜白石叢稿輯校》。其中，《白石叢稿》之十六、十七、十八三册，原當爲姜夔《絳帖平》書法手迹影印件剪貼稿，每條下有校記，但剪貼件已悉數剪切，空餘校記，校記又已入之後的十九、二十、二十一册《絳帖平》中，是以十六、十七、十八三册實空置而無用。手稿前十一册原名『白石詩集校箋』，後十七册原名『白石叢稿輯校』，因詩集部分有編年之功，且欲與《姜白石詞編年箋校》相匹配，遂將二編改定今名，特此説明。

《姜白石詩編年箋校》手稿中原有《各本序跋》，收陸鍾輝《白石道人詩詞合集序》、陸鍾輝《白石道人詩詞合集》江春序、《榆園叢刻》本《白石道人詩詞合集》許增綴言，因三篇悉見於《姜白石詞編年箋校》之『各本序跋』中，爲免重出複見，亦删去。原有『各家評語』一欄，兹遵依《姜白石詞編年箋校》例，改爲《輯評》。《姜白石叢稿輯校》之第二十七册《白石集版本小記》，經與人民文學出版社一九五九年出版的《白石詩詞集》（夏承燾校輯）中的《白石集版本小記》（後稱刊行版）相對照，刊行版增加關於白石詞版本的介紹，多出『白石歌曲自元代陶宗儀鈔本重見於清初』至『自非周密書之舊矣』五段文字。今用刊行版，並移附於《姜白石詩編年箋校》中。第二十八册《年譜》，則已悉見於《姜白石詞編年箋校》中，亦從《叢稿》中删去。《姜白石叢稿輯校》原稿無序，今將夏先生原附於《叢稿》目録後的識語别立爲序。

《姜白石詩編年箋校》原稿係剪貼本，除卷前有編年目以外，正文并未隨文標識編年。

今仿《姜白石詞編年箋校》例，在正文相應位置補加編年。原稿完成時間當較早，夏承燾先生晚年移居北京，曾見北京圖書館藏《名賢法帖》等稀見資料，據以訂補《姜白石詞編年箋校》及《姜白石繫年》《行實考》，相關修訂成果并未見於《姜白石詩編年箋校》原稿。茲仿《姜白石詞編年箋校》修訂例，參考《姜白石繫年》《行實考》，對原稿部分編年和校勘作出調整。

《姜白石叢稿輯校》原稿《絳帖平》以正文卷一起首，卷首姜夔《原序》及《絳帖平總録》皆無，蓋原稿猶有缺失。今按夏先生一九五五年日記，知其曾以《武英殿聚珍版叢書》本《絳帖平》爲底本，先後請趙萬里先生校以北京圖書館藏明鈔本、張宗祥先生校以浙江圖書館藏《文瀾閣四庫全書》本；查浙江圖書館藏有一部清末廣雅書局翻刻武英殿本《絳帖平》，上有朱墨二色校語，其朱筆即趙氏據明鈔本校、墨筆即張氏據文瀾閣本校，茲據該本，仿《姜白石叢稿輯校》例加以整理，補出卷首《原序》《絳帖平總録》。又張氏據文瀾閣本將武英殿本卷前四庫提要仔細校過，此次一併整理收入。又夏先生所據乾隆鈔本《絳帖平》爲張宗祥先生舊藏，今藏浙江圖書館，原書當爲上下二册，今佚其上册，故卷首《原序》《絳帖平總録》及正文卷一，此本異文皆闕如，特此説明。

兩種手稿皆未經最後編定刊行，略具校勘長編性質，存在校記表述不規範，避諱字、異體字出校尺度不明晰等問題，此次整理除剔除誤校外，皆尊重原貌不作妄改。

夏承燾先生於姜夔研究費力尤多且勤，兹三編，庶幾可都爲姜夔全集，彙輯之外，且合編年、考校、箋注爲一體，更有迄今所未及者。昔年夏先生考校白石作品、版本，疑《宋史·藝文志》所載《白石叢稿》『實並括詩、文、雜著』，擬輯姜夔全集。一九五五年一月三十日日記云：『寫《白石集》目，持與心叔商之。心叔謂可名《白石叢稿輯》，用《宋史·藝文志》原名也。因写一小序。』此次於夏先生稿篋中撿得《白石叢稿輯本》目録一紙，或即爲當日之『《白石集》目』，首語同今《姜白石叢稿輯校序》，目録依次爲：

小象

蘭亭跋手蹟

一、詩集　集外詩

二、歌曲　歌曲別集

三、詩説

四、續書譜附余嘉錫《四庫提要辨證》、余紹宋《書畫書録解題》

五、絳帖平

六、雜著

甲　大樂議　乙　琴瑟考古圖　丙　蘭亭跋　丁　保母志跋　戊　禊帖偏旁考附翁方綱注　己　自述　庚　梅溪詞序　辛　張循王遺事

附録

甲　投贈詩詞　乙　評論　丙　遺事　丁　行實考　戊　詩詞雜著版本考　己　叢稿考異

可見『白石叢稿』，乃即夏先生擬定之姜夔全集之格局。今據二十八册手稿格局分别命名，而總貫名之曰《姜白石集編年箋校》。三編合集，奉諸學林，既可資『窺白石學術之全』，亦可徵夏氏治白石之勤。

二〇一三年八月吴蓓識於聽風樓

二〇二三年十一月鄭凌峰補識

總目録

姜白石詞編年箋校……（一）
姜白石詩編年箋校……（四七九）
姜白石叢稿輯校……（六三三）

姜白石詞編年箋校

目録

論姜白石的詞風(代序)……(五)
輯傳……(二一)
白石詞編年目……(二五)
姜白石詞編年箋校(凡五卷,又不編年一卷,外編一卷)……(三九)
輯評……(二〇一)
版本考……(二三四)
各本序跋……(二六五)
白石道人歌曲校勘表……(二九二)
行實考……(三〇八)
附録一　集事……(四二五)
附録二　酬贈……(四三九)
承教録……(四四九)
讀夏承燾君白石詞樂説箋正書後(羅蔗園)……(四四九)

跋白石琴曲側商調説（繆大年）……（四五八）
汪世清先生四函……（四六〇）
周汝昌先生三函……（四六九）
劉永滑先生一函……（四七八）

予爲《白石詞叢考》數種，頗歷年歲，尚不能自信，兹寫詞論、詞箋、輯傳、版本考、行實考爲此編，以求教通學。友人陳思、吴徵鑄兩先生曩于姜詞各有箋疏之作（陳著《白石道人歌曲疏證》，刊于《遼海叢書》；吴著《白石詞小箋》，載《金陵學報》），二十年前，皆嘗通函討論，其爲予書作先路之導者，兹各著明，不敢攘善。姜詞刊本以朱氏《彊村叢書》出于江炳炎手鈔本者爲最上（江炳炎又名江瀠，徐行恭先生藏《竹里校書圖》有其題名），兹據以爲主，校以張奕樞、陸鍾輝兩刊本，宋明選本如《花庵》《草窗》《花草粹編》諸書，偶亦采擇及之。近見袁克文所藏厲樊榭手録《白石道人歌曲》一册，予疑其是馬氏小玲瓏山館傳録厲氏鈔本。其書與朱、張、陸三家同出于樓儼敬思所藏本，雖非厲氏手筆，亦有較三家本更近宋刻真面者，爰爲一一補校，俾世知宋刻元鈔之遺裔，實有四家。至若旁譜宫律之學，予另有校律諸編，此不具録。

一九六〇年十一月，承燾記。

論姜白石的詞風（代序）

姜白石名夔，鄱陽人。父噩，任湖北漢陽縣知縣。白石幼年隨宦，往來漢陽二十來年。在湖南遇見福建老詩人蕭德藻（千巖），德藻賞識他的詩，把姪女嫁給他，帶他寓居浙江湖州。因此，白石三四十歲以後便長住杭州。宋寧宗慶元三年（一一九七），他作《大樂議》及《琴瑟考古圖》上政府，五年，又上《聖宋鐃歌十二章》，得『免解』與試進士，但仍不及第。寧宗嘉定年間（一二二〇左右）卒于杭州，年六十餘歲。在南宋作家裏，他比陸游、范成大、楊萬里、尤袤少三十來歲，比辛棄疾少十來歲，與葉適、劉過諸人同年輩。

白石一生不曾仕宦，他除了賣字之外，大都是依靠他人的周濟過活的。（他的友人陳造有詩贈他說：『姜郎未仕不求田，倚賴生涯九萬箋。稛載珠璣肯分我？北關當有合肥船。』又說：『念君聚百指，一飽仰臺餽。』）他所依靠的人：在湖南、湖州是蕭德藻；來往蘇州時，是名詩人范成大；相依最久的是寓居杭州時的張鑑（平甫）。張鑑是南宋大將張俊的後裔，有莊園在無錫，曾經要割贈良田供養白石，這時白石四五十。

南宋中葉是江湖游士很盛的時代。他們拿文字作干謁的工具，如宋謙父一見賈似道，得楮幣二十萬，造起闊房子（見方回《瀛奎律髓》）；因此有許多落魄文人依靠做游士過活，白石就是其中之一；不過，他并不是像宋謙父一流人。

白石一生經歷南宋高、孝、光、寧四個朝代，在他二十至五十歲那一階段，正是宋金講和的時候，偏安小朝廷在這三十年『承平』日子裏，朝野荒嬉，置國恥國仇于度外。白石二三十歲時數度客游揚州、合肥等處，江、淮之間在那時已是邊區，符離戰役之後，這一帶地方生産凋敝，風物荒涼，曾經引起這位少年詩人『徘徊望神州，沉歎英雄寡』（《昔遊詩》）的感慨，《揚州慢》《淒涼犯》一類詞也頗有『禾黍之悲』（《揚州慢》詞序）。但三四十歲南歸之後，他的行跡便不出太湖流域附近了。他經常往來的蘇、杭范成大、張鎡兩家，都有園林之勝、聲妓之娱。紹熙二年（一一九一）他從合肥歸訪成大，在他家裏賞雪看梅，製成《暗香》《疏影》兩首自度曲，成大贈他一個歌妓；紹熙五年（一一九四）張鑑帶一隊穿柳黄色的家妓同他觀梅于西湖孤山，他作一首《鶯聲繞紅樓》詞，和國工吹笛。這種生活環境，無疑會影響他在作品中對于社會現實問題的反映。

白石存詞共有八十多首，依它的内容來分：感慨時事、抒寫身世之感的像《揚州慢》《玲瓏四犯》等有十四五首；山水紀游、節序詠懷的像《點絳唇》《鷓鴣天》等，交游酬贈的像《石湖仙》《蓦山溪》等各有十三四首；懷念合肥戀人的却有十八九首（白石二十多歲在合肥戀一琵琶妓，别後二十多年，仍是懷念不忘。詳見拙作《白石行實考》）；其餘二三十首都是詠物之作，其中詠梅花的有十七首，算是他作品中分量最多的一類。後來高觀國、史達祖、周密諸人，各愛好姜詞，也各以詠物擅場。詠物詞有一類是單純描寫事物形象，没有什麽寓意。另一類則是有寄托的詠物詞。白石詠梅有『昭君不慣胡沙遠，但暗憶、江南江北』，前人謂此乃抒寄懷徽、欽二帝之情；詠蟋蟀有『候館迎秋，離宫弔月，别有傷心無數』，亦與二帝北行有關。宋末遺民爲了避忌諱，便多用詠物詞寄託故國滄桑之感。

白石這派詞後來廣泛地被傳誦仿效起來，它的影响一直下逮六七百年的清代浙派詞。朱彝尊説『詞至南宋始極其工，姜堯章氏最爲傑出』（朱氏《詞綜發凡》），又説『詞莫善於姜夔』（《黑蝶齋詩餘序》），于是造成清代初年『家白石而户玉田（張炎）』的風氣。我們看清代幾百年之中，白石詞集的刻本寫本多至三四十種，算是唐宋人詞集版本最多的一家，這可見當時學習姜詞的盛况。白石詞所以會有這麽大的影響，它的主要原因，是由于各個時期裏和他同類型的封建文人特别多，從宋末的張炎到清初的朱彝尊、厲鶚等等都是。他們都依據自己的思想感情有選擇地來學習、摹仿姜詞。其次，由于姜詞在藝術技巧上，有其獨特的成就，可以爲後來者借鑑以抒寫和他同類型的思想感情。所以我們論宋詞發展史，不能忽視他對後來的影響，在分析他的思想感情之外，還須對他的藝術造就作較全面的研究。

白石作品，在文學史上的評價是詞比詩高。我現在論他的詞，却要先從他的詩説起。我以爲若瞭解他的詩風轉變的經過，是會更容易瞭解他的詞的造就的。

白石少年就有詩名，二十多歲蕭德藻介紹他去見詩壇老宿楊萬里；萬里期望他作『尤（袤）蕭（德藻）范（成大）陸（游）四詩翁』的後起。白石是江西人，對當時盛行的江西派詩，曾下一番工夫；但後來對江西派的看法有了轉變。四十多歲時，過無錫訪老詩人尤袤，尤袤問他作詩學哪一家，他答：『三薰三沐師黄太史氏（黄庭堅）；居數年，一語噤不敢吐，始悟學即病，顧不若無所學之爲得，雖黄詩亦偃然高閣矣。』（《詩集自叙》）晚年寫定詩集時，自叙心得説：『作詩求與古人合，不若求與古人異；求與古人異，不若不求與古人合而不能不合，不求與古人異而不能不異。』（同上）也是指學黄詩而言的。

白石早年從黄詩入手，中年要擺脱黄詩，自求獨造，提出蘇軾所説『不能不爲』一句話作爲寫詩的最高境地（同上）。這個轉變固然由于他多年創作的體驗，也和那時文壇的整個趨勢有關。在北宋末葉風靡一時的江西派詩，到了白石那時，已經流弊叢生，招致了很多人的不滿。尤袤對白石評論蕭、楊、范、陸四家詩説：『是皆自出機軸，亶有可觀者，又奚以江西爲？』（同上）楊萬里也時常有類似的話（見他的《荆溪集自序》等文）；葉適攻擊江西更甚于其他諸人（見其所作《徐斯遠文集序》）：三家都是白石的長輩交游，自然會影響他對黄詩的看法。

南宋詩人要修改江西派的，大都主張上窺唐詩；楊萬里自序《荆溪集》和他所作《雙桂老人詩集後序》，都有此主張。白石作《自述》，説『内翰梁公愛其詩似唐人』，今觀白石的近體詩，尤其是絶句，很明顯是從江西派裏出來走向唐人的。白石詩裏時常提起晚唐詩人自號天隨子的陸龜蒙：

詩集下　《除夜自石湖歸苕溪》：『三生定是陸天隨，又向吴松作客歸。』

又　《三高祠》：『沉思只羨天隨子，蓑笠寒江過一生。』

詞集三　《點絳唇·丁未過吴松作》：『第四橋邊，擬共天隨住。』

這些詩詞都是他三十多歲來往蘇州、杭州、湖州時的作品，那時他初識楊萬里。後來作《自述》，記萬里稱讚他：『文無所不工，甚似陸天隨。』大概就在這個時候（淳熙十四年，他以蕭德藻的介紹，見萬里于杭州，那時他約三十三四歲）。

陸龜蒙的詩在從前是不大有人表章的。第一個激賞他的人是楊萬里。我們看萬里《讀笠澤叢書》（龜蒙詩文集）三絶句：

笠澤詩名千載香，一回一讀斷人腸。晚唐異味同誰賞，近日詩人輕晚唐。

松江縣尹送圖經，中有唐詩喜不勝。看到燈青仍火冷，雙眸如割脚如冰。

拈着唐詩廢晚餐，旁人笑我病如癲。世間尤物言西子，西子何曾直一錢。

這真可説是『讚不容口』了。這三首詩是萬里淳熙年間在杭州寫的（編在《朝天續集》第二十九卷），正是他初識白石的時候。我們因此知道：萬里所以拿龜蒙比白石，由于他自己那時正激賞龜蒙詩，這和他要以唐詩修正江西派這個主張是有關係的。白石此後有些作品，好像是有意學龜蒙的。紹熙二年，也就是識萬里後的第四年，他作《除夜自石湖歸苕溪》十首寄萬里，萬里回信稱讚它説：『十詩有裁雲縫月之妙思，敲金戛玉之奇聲。』那就是很像龜蒙的絶句詩。他如《湖上寓居雜詠》十四首，頗近龜蒙的《自遣詩》三十絶；《昔遊詩》裏寫洞庭湖的五古，也像龜蒙和皮日休的二十首太湖詩。

白石四十多歲還考不上進士，一生飄泊江湖；龜蒙也終老布衣，自號『江湖散人』，二人身世遭際頗相似，其脱離現實的生活也很相似，龜蒙所隱居的吴江，又是白石來往蘇、杭屢經之地。有此生活因素，加之楊萬里對他的嘉奬，和當時由江西派上窺唐詩的文學趨勢，于是形成了白石的詩風：饒有縹渺風神而缺少現實内容。

我在這裏詳述白石的詩風，目的是爲便于下文説他的詞風。詞是他全部創作裏主要的部分，我們要更仔細地來分析它。

我們説，白石的詩風是從江西派出來走向晚唐的，他的詞正復相似，也是出入于江西和晚唐的，是要用江西派詩來匡救晚唐温（庭筠）韋（莊）、北宋柳（永）周（邦彦）的詞風的。

白石詞和周邦彦並稱『周、姜』；邦彦詞上承温、韋、柳、秦（觀），這派詞到了白石那時，大都軟媚無力，恰好和那槎枒乾枯的江西末流詩作對照。指出江西派的流弊，拿晚唐詩來修改它的是楊萬里；拿江西詩風入詞的是姜白石。

當時人不滿江西派詩，並不是否定了黄（庭堅）、陳（師道、與義）諸作家，只是不滿學錯了黄、陳詩的人們，不滿他們只會摹擬黄、陳的外表。當時江西作家吕本中也説江西學者『失山谷之旨』（見他與曾茶山論詩書）。楊萬里對學者説學江西之法，以調味爲比：『酸鹹異和，山海異珍，而調胹之妙出乎一手也；似與不似，求之可也，遺之亦可也。』（《西江宗派詩序》）又以飲茶爲比：『至于茶也，人病其苦也，然苦味未既而不勝其甘……三百篇之後，此味絶矣，惟晚唐諸子差近之。』（《劉良佐詩稿序》）他要體味江西和晚唐的嘘息相通的消息，調胹晚唐諸子和黄、陳諸家爲一體。楊萬里所希望在詩裏達到的境地，姜白石却在他的詞裏達到了。試舉一端作例：

晚唐以來温、韋一派詞，内容十之八九是宫體和戀情，它的色澤格調十九是綺麗婉弱的，不如此便被視爲『别調』；這風氣牢籠幾百年，兩宋名家，只有少數例外。白石寫了不少合肥戀情詞，却都運用比較清剛的筆調，像：

淮南皓月冷千山，冥冥歸去無人管。（《踏莎行》）

金陵路。鶯吟燕儛。算潮水、知人最苦。滿汀芳草不成歸，日暮。更移舟向甚處。（《杏花天影》）

閲人多矣。誰得似、長亭樹。樹若有情時，不會得、青青如此。（《長亭怨慢》）

舊游在否，想如今、翠凋紅落。漫寫羊裙，等新雁、來時繫着。怕匆匆、不肯寄與

誤後約。(《淒涼犯》)

這些詞用健筆寫柔情,正是合江西派的黄、陳詩和温、韋詞爲一體。沈義父作《樂府指迷》,評白石『清勁知音,亦未免有生硬處』,以『生硬』不滿白石,就由于他以温、韋、柳、周的尺度衡量白石,並且不瞭解白石詞與江西詩的關係。

又,五代北宋人多以中晚唐詩的辭彙入詞,賀鑄所謂『筆端驅使李賀、李商隱』。後來周邦彦多用六朝小賦和盛唐詩,漸有變化,但還是因多創少。只有白石用辭多是自創自鑄,如『數峯清苦,商略黄昏雨』『冷香飛上詩句』等,意境格局和北宋詞人不盡同,分明也出于江西詩法。白石一方面用中晚唐詩修改江西派,另一方面又用江西詩修改晚唐北宋詞,以修辭這一端來説:他從用唐詩成語辭彙走向用宋詩的造句鑄辭,也是他的詞風特徵之一。

關于白石的詞風,南宋末年張炎著《詞源》,拈出『清空』兩字作爲它的總評,並且爲它下一個比喻:『野雲孤飛,去留無跡。』這對後來評判白石詞影響很大。我在這裏提出一些不同的看法。張炎説:

詞要清空,不要質實;清空則古雅峭拔,質實則凝澀晦昧。姜白石詞如野雲孤飛,去留無跡;吴夢窗詞如七寶樓臺,眩人眼目,碎拆下來,不成片段。此清空、質實之説。……白石詞如《疏影》《暗香》《揚州慢》《一萼紅》《琵琶仙》《探春》《八歸》《澹黄柳》等曲,不惟清空,又且騷雅,讀之使人神觀飛越。

張炎拿『質實』和『清空』作對比,並用『古雅峭拔』四個字來解釋『清空』,其實這只是張炎自己作詞的標準,是他自己『一生受用』的話頭,(張炎的學生陸輔之著《詞旨》,述張炎的話:『「清空」二字,亦一生受用不盡。』)是不能概括白石詞風的。白石没有留下論詞的著作,但是他所著的《詩説》却也可作他的詞論讀(清代謝章鋌《賭棋山莊詞話》已有此説法)。《詩説》裏主張:詩要『有氣象、韻度』,要『沉着痛快』,要『深遠清苦』,我們若拿這些標準來讀白石詞,都有可以相通之處。又我們讀他的《慶宫春》『雙槳蓴波,一蓑松雨』,《滿江紅》『仙姥來時,正一望、千頃翠瀾』,《念奴嬌》『鬧紅一舸,記來時、嘗與鴛鴦爲侣』,《琵琶仙》『雙槳來時,有人似、舊曲桃根桃葉』諸首,知道它既不是温、韋一派,而又與蘇、辛不同,也明顯地可以看出,它原不像沈義父所説的『生硬』,也決不是張炎的『清空』之説所能包括。

五代北宋的婉約一派詞,到了南宋的吴文英,漸由密麗而流爲晦澀。張炎由于不滿文英而服膺白石,所以拈出『清空』二字作爲作詞的最高標準,這本來是他補偏救弊的説法;但是如果以爲這二字可概括白石詞風,那就偏而不全了。

清代從朱彝尊以後,有人甚至推尊白石詞是『三百篇之苗裔』(王昶《春融堂集》),『猶詩家之有杜少陵』（宋翔鳳《樂府餘論》），那是完全不符實際的過譽；我們看北宋末年暴發了尖鋭的民族矛盾，詞壇上陸續出現了許多進步作家和許多反映這個大時代現實的作品，蘇、辛一派詞，于是聲光大耀。作家的生活遭遇各不相同，我們原不應對他們作一致的要求。但文學作品反映現實程度的深淺廣狹，是估定這作家成就高下的主要標準。若以這點意義論，白石詞的地位無疑是不及辛棄疾的。這由于他對生活、對政治的態度和辛棄疾一班人有距離。白石一生從來没有要求自己施展其才力以改變當時的現實。他的《揚州慢》《淒涼犯》《永遇樂・次稼軒北固樓詞韻》各詞，雖然對現實有一定程度的反映，但是他的視野不夠開闊，所反映的社會内容不夠豐富。他的絶大部分詞作，只是用洗鍊的語言，低沉的聲調，來寫他冷僻幽獨的個人心情：

高樹晚蟬，説西風消息。（《惜紅衣》）

西窗又吹暗雨。爲誰頻斷續，相和砧杵。（《齊天樂》）

這是他被傳誦的名句，也就是代表他的作品風格和生活心情的名句。

宋室南渡的時候，北方貴族官僚避亂到江南的，大都没有勞動謀生的能力，在仕途上没出路的，便以『道人』『雅士』的態度寄生游食；他們的遭遇和生活，很近似于南北朝時代的南渡士流；顔之推《家訓》所斥責的不事生産、不懂吏治的游惰文人，正是南宋江湖游士的前身。白石自述：范成大稱贊他『翰墨人品皆似晉、宋之雅士』，恰可説明這點。

在他們隊伍裏，雖然也偶有些人敢于揭發現實的醜惡，使權貴們視爲『口朒可畏』，但『道人』『雅士』的姜白石却不屬于這一流。這種逃避現實的態度表現在文學上，自然只會寫『晉宋雅士』那套放懷山水、怡情歌酒的作品。宋詞在從蘇軾到辛棄疾這一階段中，出現了幾位正視現實的作家，把詞從温、韋的末流頹風裏，從脂粉氣和笙簫細響中，提向銅琶鐵板、鞺鞳笳鼓聲的境界。但是到了白石，又逐漸走向下坡，變成爲西風殘蟬、暗雨冷蛩的氣息。由于這個文學傾向的發展，也由于南宋末年士氣的頹落，到了王沂孫、張炎諸人的作品裏，便只有像螢火、孤雁那樣的光燄和聲調。（王有詠螢詞，張有孤雁詞。）白石這一派詞，也就自然走下坡了。

末了，談談白石詞的樂律：

白石不但是詩家、詞家、書法家，又是南宋著名的音樂家；我們研究他的詞，不可不注意它的音樂性。因爲在南宋詞裏，這是他的特徵之一。

《白石集》裏今存有十七首自注工尺旁譜的詞，這是七八百年前流傳下來唯一的宋代詞樂文獻，它在我國音樂史上有重大的價值。我們要研究他的詞樂，須先瞭解他選調製腔的幾種方法：

一種是截取唐代法曲、大曲的一部分而成的，像他的《霓裳中序第一》，就是截取法曲

《商調霓裳》的中序第一段。

一種是取各宮調之律合成一首宮商相犯的曲子，叫做『犯調』，像《淒涼犯》。

一種是從當時樂工演奏的曲子裏譯出譜來，像《醉吟商小品》，是他從金陵琵琶工『求得品弦法譯成』的。

一種是改變舊譜的聲韻來製新腔，像平韻《滿江紅》，是因爲舊調押仄韻不協律，故改作平韻。《徵招》是因爲北宋大晟府的舊曲音節駁雜，故用正宫《齊天樂》足成新曲。

一種是用琴曲作詞調，像側商調的《古怨》。

一種是他人作譜他來填詞的，像《玉梅令》本范成大家所製。

以上六種方法，都是先有譜而後有詞的。其另一種則是白石自己創製新譜，是先成文辭而後製譜的，就是他詞集裏的『自度曲』『自製曲』。他在自製曲《長亭怨慢》小序裏説：

予頗喜自製曲，初率意爲長短句，然後協以律，故前後闋多不同。

他的『自製曲』『自度曲』二卷，共有《揚州慢》《長亭怨慢》《淡黄柳》《石湖仙》等十二首，都是他自製的新腔。他説『初率意爲長短句』『前後闋多不同』，可見他這些詞是以内容情感爲主，和其他詞人依調死填，因樂造文，因文造情者不同。所以我們讀他的詞，大都舒卷自如，如所欲言，没有受音樂牽制的痕跡；像前文引過的《長亭怨慢》上片：

同詞過變：

閲人多矣。誰得似、長亭樹。樹若有情時，不會得、青青如此。

日暮。望高城不見，只見亂山無數。韋郎去也，怎忘得、玉環分付。第一是、早早歸來，怕紅萼、無人爲主。

在這短短幾行裏，就用了許多虚字和領頭短句，像『矣』『若』『也』，和『只見』『誰得似』『不會得』『怎忘得』『第一是』等，這也是他和按譜填詞者不同之處，所以能做到宛轉相生的地步。

這裏牽涉到一個問題：白石這類先『率意爲長短句』的詞，是否也嚴辨文字的四聲和陰陽上去？換句話説，就是他的詞的音樂聲調和文字聲調的契合程度究竟怎樣？我們知道，從温庭筠到柳永、周邦彦諸人填詞，已逐漸嚴分字聲。白石是精于樂律的作家，他究竟怎樣對待詞裏字聲的問題呢？

我們看他的《滿江紅》小序：

《滿江紅》舊調用仄韻，多不協律，如末句云『無心撲』三字，歌者將『心』字融入去聲，方諧音律。予欲以平韻爲之，久不能成。……

後來他把它改押平韻，『末句云「聞佩環」，則協律矣』。爲了一個字的平聲去聲之異，改動全首的韻脚，他無疑是十分重視字聲的。但是我們細檢他的自度各曲，又不完全如此，舉

《秋宵吟》《疏影》《翠樓吟》三首爲例：

《秋宵吟》是『雙拽頭』體，全詞三段，前面兩小段的字句完全相對（現存的《白石歌曲》各刻本，都誤合前面兩小段爲一段），旁譜工尺也完全相對；但按其四聲，除兩結『箭壺催曉』、『暮帆煙草』二句外，其餘不盡相同。

《疏影》和《翠樓吟》，在自度曲中是上下片相對句子最多的兩首（《疏影》一首，上片『枝上』以下，和下片『飛近』以下，字句全同。《翠樓吟》一首，上片『漢酺』以下，和下片『與君』以下，也完全相同），而四聲相同的只有少數字句。《疏影》上片『無言自倚』是平平仄仄，對下片『早與安排』，是仄仄平平，平仄且不相同。

由此可見白石詞的字聲，有守有不守，因爲他深明樂律，所以能辨識其必須守的和可守可不守的地方（元人説曲裏的『務頭』，一支曲裏須嚴守陰陽四聲的，只有少數的字句。宋詞音律大抵也是如此）。有人也許認爲他是詞樂專家，必定很重視格律聲調，因之把他和一般盲填死腔的作家等量齊觀，而忽略他一部分詞以情感爲主、『先率意爲長短句』的作法，這是不對的，所以我在這裏特爲舉例指出。

總之：姜白石是一個封建社會的文人，他大半生生活在南宋小朝廷向敵人委曲求全的時期，他依人過活的身世，使他不敢表示鮮明的愛憎；狹小的生活圈子，又不可能深透地認識社會現實，于是『仗酒祓清愁，花銷英氣』（白石《翠樓吟》句），就成爲他排遣精神苦悶的唯一方法；表現在文學上的努力，也只會有藝術技巧的追求。江西派已不能滿足于時代要求，但他對它却是積習難忘。陸龜蒙的生活態度又恰和他的心情相契合，于是江西和晚唐的詩風便間雜出現在他的作品裏。

由于階級意識和實際生活的局限，使他的文學在當時不可能屬于代表社會反抗勢力的一邊。南宋末年，民族矛盾成爲當時最主要的矛盾，宋詞在那時放射了它最後一次的光芒。那時的作家像文天祥、劉辰翁、劉將孫等人是屬于辛棄疾一派的；王沂孫、張炎諸人是屬于白石一派的。就思想内容論，足以代表那個時期進步傾向的宋詞，無可懷疑是屬于辛派而不是姜派的了。

不過，在南宋詞壇上，白石詞的影響，還是不應忽視的。白石在婉約和豪放兩派之外，另樹『清剛』一幟，以江西詩瘦硬之筆救周邦彦一派的軟媚，又以晚唐詩的緜邈風神救蘇辛派粗獷的流弊。這樣就吸引了一部分作家。我們看宋末柴望自序《涼州鼓吹》（即《秋堂詩餘》）有云：『……詞起於唐而盛於宋，宋作尤莫盛於宣、靖間，美成、伯可各自堂奥，俱號作者；近世姜白石一洗而更之，《暗香》《疏影》等作，當別家數也。大抵詞以雋永委婉爲尚，組織塗澤次之，呼嘷叫嘯抑末也。惟白石詞登高眺遠，慨然感今悼往之趣，悠然託物寄興之思，殆與古《西河》《桂枝香》同風致，視青樓歌、紅窗曲萬萬矣。故余不敢望靖康家數，白石衣鉢或彷彿焉，故以鼓吹名，亦以自況云爾。……』柴氏于『組織塗澤』『呼嗥叫嘯』之外，特别拈出白石的『雋永委婉』。雖然以『雋永委婉』四字概括白石詞風，未盡確切，但宋季詞壇確有此一派。後來朱彝尊作《黑蝶齋詩餘序》説：『詞莫善于姜夔，宗之者張輯、盧祖皋、史達祖、吴文英、蔣捷、王沂孫、張炎、周密、陳允平、張翥、楊基，皆具夔之一體……』可見這派的聲氣不小（吴文英不應屬姜派，由于朱氏誤以吴詞中之姜石帚當白石，故有此説）。所以我説，白石在蘇辛、周吴兩派之外，的確自成一個派系。

宋末詞家承周與承姜，各有分屬：如吴文英是周的嫡派，張炎屬于白石，而周密則在白石、吴文英之間（周密選《絶妙好詞》，録白石、文英兩家作品都多至十餘首可見）。我們論周、姜兩家的影響利弊，也不能混同。注重研辭鍊句，過分講究技巧，是兩家共同的傾向。但因重視音律而犧牲内容，因塗飾辭藻而隱晦了作品的意義，則周派的流弊大于姜派。南宋黄昇説：『白石詞極精妙，不減清真樂府，其間高處有美成所不能及。』（見《花庵詞選》。美成是邦彦字，『清真』是他的詞集名。）這批評是對的。至于白石在音樂史、書藝史和文學批評史上的地位和貢獻，以及他的樂學、書藝等等與其詞風之影響，都還需要有專著研究，本文戔戔，不復旁涉了。

一九五六年九月初稿，一九六〇年一月重改于杭州西谿，

一九八一年十二月第三次改于北京天風閣。

輯傳

姜夔字堯章，鄱陽人（本集）。九真姜氏，本出天水（清姜虬緑編姜忠肅祠堂本《白石集》附《九真姜氏世系表》）。夔之七世祖泮，宋初教授饒州，乃遷江西（《世系表》）。父噩，紹興三十年進士，以新喻丞知漢陽縣（《世系表》、清嚴杰擬《南宋姜夔傳》），卒於官（姜虬緑《白石道人詩詞年譜》）。夔孩幼隨宦，往來沔、鄂幾二十年（本集）。淳熙間客湖南，識閩清蕭德藻（本集、拙作《姜白石繫年》）。德藻工詩，與楊萬里、范成大、陸游、尤袤齊名（楊萬里《誠齋集》、《烏程縣志》）。既遇夔，自謂四十年作詩，始得此友（宋周密《齊東野語》載《白石自述》）。以其兄之子妻之（宋陳振孫《直齋書録解題》、宋張鎡《南湖集》），攜之同寓湖州。永嘉潘檉字之曰白石道人，以所居鄰苕溪之白石洞天也（本集，參拙作《白石行實考》之《行跡考》）。

夔少以詞名，能自製曲，初率意爲長短句，然後協以律（本集）。嘗以楊萬里介，謁范成大於蘇州（《誠齋集》）。成大以爲翰墨人品皆似晉、宋之雅士（《齊東野語・白石自述》）。授簡徵新聲，爲作《暗香》《疏影》二曲，音節清婉（本集）。成大贈以家妓小紅，大雪載歸過垂虹橋，賦詩有『小紅低唱我吹簫』句（元陸友《硯北雜志》）。萬里嘗稱其文無不工，甚似陸龜蒙。夔來往蘇、杭間，亦頗以龜蒙自擬（本集、《行實考》）。並時名流若樓鑰、葉適、京鏜、謝深甫，皆折節與交，朱熹愛其深于禮樂，辛棄疾深服其長短句（《齊東野語·白石自述》）。

時南渡已六七十載，樂典久墜，士夫多欲講古制以補遺軼。夔于寧宗慶元三年進《大樂議》及《琴瑟考古圖》于朝，論當時樂器、樂曲、歌詩之失。略謂：紹興大樂，多用大晟所造樂器，金石絲竹匏土未必相應；四金之音未必應黄鍾。樂曲知以七律爲一調，而未知度曲之義；知以一律配一字，而未知永言之旨；以平、入配重濁，以上、去配輕清，奏之多不諧協；琴瑟鮮知改絃退柱上下相生之妙，又往往考擊失宜。歌詩則一句而鐘四擊，一字而竽四吹，未協古人槁木貫珠之意；樂工同奏則動手不均，迭奏則發聲不屬。其所倡議者五事：一謂雅俗樂高下不一，宜正權衡度量，以爲作樂器之準；二謂古樂止用十二宫，古人於十二宫又特重黄鍾一宫而已（若鄭譯之八十四調，出於蘇祇婆之琵琶；惟《瀛府》《獻仙音》謂之法曲，即唐之法曲也。凡有催、衮者，皆胡曲耳，法曲無是也），大樂當用十二宫，勿雜胡部。其他三事，則議登歌當與奏樂相合也，議夕牲饗神諸詩歌可删繁也，議作鼓吹曲以歌祖宗功德也。書奏，詔付太常（《宋史·樂志》）。時嫉其能，不獲盡所議（明徐獻忠《吴興掌故》）。五年，又上《聖宋鐃歌十二章》（本集）。詔免解與試禮部，不第（《書録解題》），以布衣終。

夔氣貌若不勝衣，家無立錐，而一飯未嘗無食客；圖書翰墨之藏，汗牛充棟（宋陳郁《藏一話腴》）。張炎比其詞爲『野雲孤飛，去留無跡』（《詞源》）；黄昇謂，其高處周邦彦所不能及（《絶妙詞選》）。其精通樂紀亦如邦彦，今存有旁譜之詞十七首。爲詩初學黄庭堅，而不從江西派出，並不求與楊、范、蕭、尤諸家合（詩集自序）；一以精思獨造，自拔於宋人之外（清人《四庫全書提要》）。所爲《詩説》，多精至之論，嚴羽之前，無與比也（清王士禛《漁洋詩話》）。亦精賞鑑，工翰墨，辨别法帖，察入苗髪，較黄伯思、王厚之爲優（清朱彝尊《曝書亭集》），趙孟堅稱爲書家申韓（《硯北雜志》）。習蘭亭廿餘年（白石《蘭亭序跋》），晚得筆法于單煒（白石《保母志跋》）。其遺蹟猶有存者。

著書可考者十二種。今存詩集、《詩説》、《歌曲》、《續書譜》、《絳帖平》等（參拙作《白石行實考》之《著述考》）。京鏜嘗稱其駢儷之文（《齊東野語·白石自述》），則無一篇傳矣。

張俊之孫曾有名鑑字平甫者居杭州，夔中歲以後，依之十年（《齊東野語·白石自述》）。鑑卒，旅食浙東、嘉興、金陵間（本集、宋吴潛《履齋詩餘》、宋蘇泂《泠然齋集》）。卒于西湖（《履齋詩餘》），年約六十餘（參拙作《白石行實考》之《生卒考》）。貧不能殯，吴潛諸人助之葬于錢唐門外西馬塍（《履齋詩餘》、《硯北雜志》）。子二：瓊，太廟齋郎（《世系表》）；瑛，嘉禾郡簽判（嚴杰擬傳）。

自來爲白石傳者，各地志之外，共得十首：已佚者有宋張輯作小傳，見《齊東野語》；未見者有清鄭文焯補傳，見其《清真集録要》自序；存者明張羽一首，清《詁經精舍文集》卷五嚴杰、徐養源、養灝、張鑑、徐熊飛、何起瀛六首，陸心源《宋史翼》一首。羽，潯陽人而寓吴興，洪武初，徵授太常寺丞，有《静居集》（《明史》），其爲白石傳，蓋居吴興時詮次白石八世孫福四所輯遺事爲之。考福四編《白石集》在洪武十年，去白石之卒已百餘年，故羽傳事實，不出本集及《慶元會要》《齊東野語》《硯北雜志》《藏一話腴》四書。其未諦者三事：一記遇衡山異人得《詩説》；二叙晚年辭張巖辟官；三謂議大樂不合，由遇謝深甫子無殊禮。予皆已辨之於《遺事考》。嚴杰、徐養源、張鑑諸人，皆詁經精舍生，徐、張各傳惟迻録《宋史·樂志》及詞集論詞律各文，無足議者。嚴傳流行最廣，亦最多謬誤，如沿《四庫提要》之誤，以元人蕭𣂏當蕭德藻；謂秦檜當國時，隱居不出，高宗賜書建閣（徐熊飛擬傳同）；謂嘗館西湖水磨方氏（何起瀛擬傳同）：皆顯乖事實。至以泮爲八世祖，父噩登紹興庚午第，猶誤之細者。《江西通志》諸書皆據以爲傳，陸氏《宋史翼》亦仍之無所匡改，而又誤其免解年代。予爲此文，凡已辨于《行實考》者，概不復贅，猶有訂補，俟之異日。一九五〇年，承燾。

白石詞編年目

卷一 揚州、湘中、沔鄂詞十一首

宋孝宗淳熙三年丙申公元一一七六年

揚州

揚州慢 …… （三九）

淳熙十三年丙午公元一一八六年

湘中

一萼紅 …… （四二）

霓裳中序第一 …… （四四）

湘月 …… （四九）

清波引（以下三首附） …… （五二）

八歸 …… （五四）

小重山令人繞（集中同調之詞，録首二字爲別，下倣此。） …… （五五）

眉嫵看垂 …… （五六）

沔鄂
浣溪沙著酒 …… (五七)
探春慢 …… (五九)
翠樓吟 …… (六〇)
卷二金陵、吴興、吴松詞十首
淳熙十四年丁未公元一一八七年
金陵
踏莎行 …… (六二)
杏花天影 …… (六三)
吴興
惜紅衣 …… (六三)
吴松
石湖仙松江 …… (六六)
點絳脣燕雁 …… (六九)
淳熙十六年己酉公元一一八九年
吴興

夜行船……（七〇）
浣溪沙春點……（七一）
琵琶仙……（七二）
鷓鴣天京洛……（七四）
念奴嬌鬧紅（附）……（七四）

卷三合肥、金陵、蘇州詞十三首

光宗紹熙二年辛亥 公元一一九一年

合肥
浣溪沙釵燕……（七七）
滿江紅……（七八）
淡黄柳……（八一）
長亭怨慢（附）……（八二）
金陵
醉吟商小品……（八四）
合肥
摸魚兒向秋……（八七）

淒涼犯……（八八）
秋宵吟（以下三首附）……（九二）
點絳脣 金谷……（九三）
解連環……（九四）
蘇州
玉梅令……（九五）
暗香……（九六）
疏影……（九七）

卷四 越中、杭州、吴松、梁溪詞十四首

紹熙四年癸丑 公元一一九三年

越中
水龍吟……（一〇一）
玲瓏四犯……（一〇二）

紹熙五年甲寅 公元一一九四年

杭州
鶯聲繞紅樓……（一〇三）

角招……（一〇四）

寧宗慶元二年丙辰公元一一九六年

杭州
鷓鴣天曾共……（一〇七）
阮郎歸紅雲……（一〇八）
又旌陽……（一〇九）
齊天樂……（一一〇）
吴松
慶宫春……（一一二）
梁溪
江梅引……（一一五）
鬲溪梅令……（一一六）
浣溪沙花裏……（一一七）
又翦翦……（一一七）
吴松
浣溪沙雁怯……（一一八）

卷五杭州、越中、華亭、括蒼、永嘉詞二十四首

慶元三年丁巳公元一一九七年

杭州

鷓鴣天柏緑……（一二〇）
又巷陌……（一二一）
又憶昨……（一二二）
又肥水……（一二三）
又輦路……（一二四）
月下笛（附）……（一二四）
喜遷鶯慢……（一二五）

寧宗嘉泰元年辛酉公元一二〇一年

越中

徵招……（一二八）

嘉泰二年壬戌公元一二〇二年

華亭

驀山溪與鷗……（一四一）

嘉泰三年癸亥公元一二〇三年
漢宮春雲曰……（一四三）
又一顧……（一四五）
洞仙歌（附）……（一四六）
嘉泰四年甲子公元一二〇四年
杭州
念奴嬌昔遊……（一四七）
寧宗開禧元年乙丑公元一二〇五年
永遇樂雲鬲……（一四九）
開禧二年丙寅公元一二〇六年
括蒼
虞美人闌干……（一五一）
永嘉
水調歌頭……（一五三）
開禧三年丁卯公元一二〇七年
杭州

卜算子八首……（一五四）

卷六不編年十二首，序次依陶鈔

好事近……（一六〇）
虞美人西園……（一六一）
又摩挲……（一六一）
憶王孫……（一六一）
少年遊……（一六二）
訴衷情……（一六三）
念奴嬌楚山……（一六四）
法曲獻仙音……（一六四）
側犯……（一六五）
小重山令寒食……（一六七）
鬲山溪青青……（一六七）
永遇樂我與……（一六八）

外編二十五首

聖宋鐃歌吹曲十四首……（一六九）

越九歌十首……（一八四）
古今譜法……（一九五）
折字法……（一九五）
琴曲……（一九七）

〔附〕陶宗儀鈔本目録

張奕樞、陸鍾輝兩刊本及江炳炎鈔本（即朱孝臧《彊村叢書》底本）皆出于陶鈔，兹列陶鈔目于此。陸本改併卷數，與張、江兩本不同者，加注目下。（厲鶚鈔本無目録）

白石道人歌曲目録

卷之一（陸本各卷皆無『之』字）

皇朝鐃歌鼓吹曲十四首（陸本『皇朝』作『聖宋』，並列十四首子目）

琴曲一首（陸本移于《越九歌》後）

卷之二（陸本併《鐃歌鼓吹曲》、《越九歌》、《琴曲》爲一卷）

越九歌十首

帝舜　王禹

越王　越相

項王　濤之神

曹娥
龐將軍
旌忠
蔡孝子
卷之三（陸本作卷二）
令
小重山令（張本無『令』字）
江梅引
驀山溪
鶯聲繞紅樓
鬲溪梅令
阮郎歸二首
好事近
點絳唇二首
虞美人二首（張本作『巫山十二峰二首』）
憶王孫
少年遊
鷓鴣天七首
夜行船
杏花天影
醉吟商小品
玉梅令
踏莎行
訴衷情
卷之四（陸本作卷三）
浣溪沙六首
慢

霓裳中序第一
齊天樂
一萼紅
眉嫵
清波引
琵琶仙
側犯
水龍吟
八歸
喜遷鶯（陸本『鶯』下有『慢』字）

卷之五（陸本併卷五卷六爲卷四）

自度曲（陸本作『自製曲』）
揚州慢
淡黄柳
暗香
惜紅衣
慶宮春
滿江紅
念奴嬌二首
月下笛
法曲獻仙音
玲瓏四犯此曲雙調，世别有《大石調》一曲（陸本無小注十二字）
探春慢
解連環
摸魚兒
長亭怨慢
石湖仙
疏影
角招

徵招
卷之六
自製曲（陸本無此目，併下列四首入前卷）
秋宵吟　淒涼犯
翠樓吟　湘月（陶鈔目録止此）
別集（陶鈔、張本、江鈔皆無別集目，此依陸本）
小重山令　念奴嬌
卜算子八首　洞仙歌
驀山溪　永遇樂
虞美人　永遇樂
水調歌頭　漢宮春二首

姜白石詞編年箋校卷一

宋孝宗淳熙三年丙申公元一一七六年

揚州慢中吕宫

淳熙丙申至日，予過維揚。夜雪初霽，薺麥彌望。入其城則四顧蕭條，寒水自碧。暮色漸起，戍角悲吟。予懷愴然，感慨今昔，因自度此曲。千巖老人以爲有黍離之悲也。

淮左名都，竹西佳處，解鞍少駐初程。過春風十里，盡薺麥青青。自胡馬、窺江去後，廢池喬木，猶厭言兵。漸黄昏，清角吹寒，都在空城。　杜郎俊賞，算而今、重到須驚。縱豆蔻詞工，青樓夢好，難賦深情。二十四橋仍在，波心蕩、冷月無聲。念橋邊紅藥，年年知爲誰生。

【箋】

〔中吕宫〕此白石自度曲，注宫調并填旁譜。張炎《詞源》（上）：『夾鍾宫俗名中吕宫。』是爲夾鍾一均之宮。以後凡關宮調聲律者，別詳于《白石歌曲校律》。

〔淳熙丙申〕宋孝宗淳熙三年。白石詞明著甲子者始此，時白石二十餘歲，前此一年客漢陽，此時沿江東下過揚州。參予作《白石行實考》之《行跡考》。

〔千巖老人〕蕭德藻字東夫，福建閩清人，晚年居湖州，愛其地弁山千巖競秀，自號千巖老人，著書名《千巖擇稿》。見《烏程縣志》（二十三）。以姪女妻白石，參《行實考》之《交游考》。案白石淳熙十三年丙午始從德藻游，在作此詞後之十年，此詞小序末句蓋後來所增。白石詞序多此例，《翠樓吟》、《滿江紅》、《淒涼犯》皆是。

〔黍離之悲〕南宋人詞寫揚州兵後殘破景象者，趙希邁《八聲甘州·竹西懷古》：『寒雲飛萬里，一番秋，一番攬離懷。向隋隄躍馬，前時柳色，今度蒿萊。錦纜殘香在否？枉被白鷗猜。千古揚州夢，一覺庭槐。　歌吹竹西難問，拚菊邊醉着，吟寄天涯。任紅樓蹤跡，茅屋染蒼苔。幾傷心、橋東片月，趁夜潮、流恨入秦淮。潮回處，引西風恨，又渡江來。』李好古《八聲甘州·揚州》下片：『游子憑闌淒斷，百年故國，飛鳥斜陽。恨當時食肉，一擲封疆。骨冷英雄何在，望荒煙殘戍觸悲涼。無言處，西樓畫角，風轉牙檣。』劉克莊《沁園春·維揚作》上片：『遼鶴重來，不見繁華，只見凋殘。甚都無人誦，何郎詩句；也無人報，書記平安。閭里俱非，江山略是，縱有高樓莫倚欄。沈吟處，但螢飛草際，雁起蘆間。』李、劉兩家皆在白石之後，并録供參證。

〔淮左〕淮揚一帶，宋置淮東路，亦稱淮左。案史，孝宗乾道六年，江淮東路農田荒蕪四十萬畝以上，即白石作此詞之前五六年也。

〔竹西〕杜牧《題禪智寺》詩：『誰知竹西路，歌吹是揚州。』

〔胡馬窺江〕高宗建炎三年，金人初犯揚州，宋無名氏有《建炎維揚遺録》一卷，記劫掠情狀甚詳，時在白石作此詞前四十餘年。其後紹興三十一年、隆興二年，淮南皆嘗被侵，則在作此詞前十餘年。

〔二十四橋〕沈括《補筆談》(三)：『揚州在唐時最爲富盛，舊城南北十五里一百一十步，東西七里三十步，可紀者有二十四橋。』註謂存者有南橋、小市橋、廣濟橋、開明橋、通泗橋、萬歲橋、山光橋，是北宋時僅存七橋，白石謂『二十四橋仍在』，蓋非紀實。李斗《揚州畫舫録》卷十五謂『廿四橋即吴家磚橋，一名紅藥橋，在熙春臺後，跨西門街東西兩岸』，是以爲一橋，與唐詩『玉人何處教吹簫』句不合矣。（梁章鉅《浪跡叢談》謂是一橋而有『二十四橋』題名牓，見茅以昇《名橋談往》引。）

〔橋邊紅藥〕陳思《白石道人歌曲疏證》(五)(《遼海叢書》本，以下簡稱『陳《疏》』)引《一統志》：『揚州府開明橋，在甘泉縣東北，舊傳橋左右春月芍藥花市甚盛。』揚州芍藥，參後《側犯》詞箋。

【校】

道光刊本《絶妙好詞箋》題下有『中吕宫』。

〔少駐〕汲古閣鈔本(以下簡稱『明鈔』)《絶妙好詞》『少』作『小』。

〔喬木〕明鈔《絶妙好詞》『喬』作『高』。

〔空城〕張奕樞本（以下簡稱『張本』）『空』作『江』。

〔清角吹寒句〕此句依文義當斷于『寒』字，鄭文焯校本有『角蘗兩字考音』一條，謂『漸黄昏清角』句，對下片『念橋邊紅藥』，應斷于『角』字；又謂『角』、『藥』二字旁譜『ㄗ』皆是『打』字，宜用入聲。承燾案：宋元人填此調者，如李萊老『歎如今杜郎還見，應賦悲春』，趙以夫『歛羣芳清麗精神，初付揚州』，皆作上七下四句法。餘如《天下同文》羅志可一首，《歷代詩餘》吴元可一首亦然。合鄭説者僅《陽春白雪》卷七鄭覺齋『甚中天月色，被風吹夢南州』一首，云『宜用入聲』，他家亦不盡然。或謂下片結當依此句，以『邊』『年』爲斷，然白石自謂自度曲前後闋不同，似不必上下一致。

淳熙十三年丙午公元一一八六年

一萼紅

丙午人日，予客長沙別駕之觀政堂。堂下曲沼，沼西負古垣，有盧橘幽篁，一徑深曲。穿徑而南，官梅數十株，如椒如菽，或紅破白露，枝影扶疏。著屐蒼苔細石間，野興横生。亟命駕登定王臺。亂湘流入麓山，湘雲低昂，湘波容與。興盡悲來，醉吟成調。

古城陰。有官梅幾許，紅萼未宜簪。池面冰膠，牆腰雪老，雲意還又沈沈。翠藤共、閒穿徑竹，漸笑語、驚起卧沙禽。野老林泉，故王臺榭，呼喚登臨。南去北來何事？蕩湘雲楚水，目極傷心。朱户黏雞，金盤簇燕，空歎時序侵尋。記曾共、西樓雅集，想垂楊、還嫋萬絲金。待得歸鞍到時，只怕春深。

【箋】

〔丙午〕孝宗淳熙十三年。此客長沙游岳麓山詞。此年秋有『客山陽』之《浣溪沙》，明年春有『金陵江上感夢』之《踏莎行》，皆爲合肥情遇作。集中懷念合肥各詞，多託興梅柳，此詞以梅起柳結，序云『興盡悲來』，詞云『待得歸鞍到時，只怕春深』，疑亦爲合肥人作。詳在予作《白石合肥詞事考》。

〔長沙别駕〕蕭德藻淳熙十二年乙巳，任湖北參議，見楊萬里《誠齋集》（一一三）《淳熙薦士録》。白石本年秋，與德藻子姪和父、裕父、時父等泛湘江，見《湘月》詞序；本年冬，隨德藻往湖州，見《探春慢》序。據此合推，本年客長沙當依德藻。德藻此時殆自湖北參議移任湖南通判。别駕，宋代通判之别稱。

〔定王臺〕在長沙縣東。漢長沙定王發既之國，築臺以望母。

〔麓山〕一名嶽麓山，在長沙縣西南，隔湘江六里，蓋衡山之足，故以麓爲名。

【校】

明鈔《絶妙好詞》題作『人日登定王臺』，清吟堂本及《絶妙好詞箋》同。

此調叶平韻者始見于《白石集》。《樂府雅詞》有北宋無名氏仄韻一首，只首三句與此詞不同，其上片結云『未教一萼紅開鮮蕊』，《詞譜》（三十五）謂調名由此。然則白石此詞殆改仄爲平，與其平韻《滿江紅》同例。

〔垂楊〕厲鶚鈔本（以下簡稱『厲鈔』）、《花庵詞選》、《絶妙好詞》『楊』並作『柳』。案『想垂楊還嫋萬絲金』句，對上片『漸笑語驚起卧沙禽』，『楊』對『語』字，似應作『柳』。

〔歸鞍〕明鈔《絶妙好詞》『鞍』作『鞭』。

霓裳中序第一

丙午歲，留長沙，登祝融，因得其祠神之曲，曰《黄帝鹽》、《蘇合香》。又于樂工故書中得商調《霓裳曲》十八闋，皆虚譜無辭。按沈氏《樂律》『霓裳道調』，此乃商調；樂天詩云『散序六闋』，此特兩闋。未知孰是。然音節閒雅，不類今曲。予不暇盡作，作《中序》一闋傳于世。予方羈遊，感此古音，不自知其辭之怨抑也。

亭皋正望極。亂落江蓮歸未得。多病却無氣力。况紈扇漸疏，羅衣初索。流光過隙。歎杏梁、雙燕如客。人何在，一簾淡月，彷彿照顔色。幽寂。亂蛩吟壁。動庾信、清愁似織。沈思年少浪迹。笛裏關山，柳下坊陌。墜紅無信息。漫暗水、涓涓溜碧。漂零久，而今何意，醉卧酒壚側。

【箋】

〔祝融〕衡山七十二峯之最高者。

〔黄帝鹽〕沈括《夢溪筆談》（五）：『唐之杖鼓，本謂之兩杖鼓，兩頭皆用杖。（節）頃王師南征，得《黄帝鹽》於交趾，乃杖鼓曲也。』吴曾《能改齋漫録》（五）駁此説，謂張芸叟《南遷録》載其以元豐中至衡山中謁嶽祠得之，蓋不知南嶽舊有此曲也。洪邁《容齋續筆》（七）云：『今南嶽獻神樂曲有《黄帝鹽》，而俗傳爲《黄帝炎》。』陳田夫《南嶽總勝集》（上）『玉册文』條亦云：『獻迎帝曲《五福降中央》，三獻《蘇合香》、《皇帝炎》、《四朵子》。』（亦見吴曾引《南遷録》）足見南嶽舊有此曲，可爲姜詞小序作證。又案南卓《羯鼓録》，兩杖鼓出羯中，又名羯鼓。是此曲乃羯鼓遺曲。今《羯鼓録》不載，或在徵、羽調中。《羯鼓録》不載徵、羽二部調，以與胡部相同也。

〔蘇合香〕《羯鼓録》載此曲屬太蔟宫，段安節《樂府雜録》屬軟舞曲。日本所傳唐樂，大曲共四曲，中有《蘇合香》，今猶傳其帖數拍數，見源光圀《大日本史·禮樂志》。

〔樂工故書中得商調《霓裳曲》〕王灼《碧雞漫志》（三）載宋代《霓裳》遺曲有三：一引《夢溪筆談》（五）：『蒲中逍遥樓楣上有唐人横書類梵字，相傳是《霓裳譜》，字訓不通，莫知是非。』二引《嘉祐雜志》：『同州樂工翻河中黄幡綽《霓裳譜》，鈎容樂工士守程以爲非是，（「鈎容」，唐代教坊班名，見《碧雞漫志》一。）別依法曲造成。』三謂：『普州府守山東人王平，詞學華贍，自言得夷則商《霓裳羽衣譜》，取陳鴻《白樂天長恨歌傳》並樂天寄元微之《霓裳羽衣曲歌》，又雜取唐人小詩長句及明皇太真事，終以微之《連昌宮詞》，補綴成曲，刻板流傳。曲十一段，起第四遍、第五遍、第六遍、正攧、入破、虚催、衮、實催、衮、歇拍、殺衮，音律節奏，與白氏歌注大異。』案《漫志》謂同州樂工譜及士守程譜當時即不傳。方成培《香研居詞麈》（三）謂白石詞屬商調，疑即王平之所遺（《詞麈》『王平羽衣譜』條）。然白石詞序謂『虚譜無辭』，『散序兩闋』，與平譜皆不合，其不出平譜甚明。據《齊東野語》（十）『混成集』條，謂修内司所刊《混成集》，巨帙百餘，古今歌詞之譜，靡不具備，載《霓裳》一曲，凡三十六段，『嘗聞紫霞翁云：幼日隨其祖郡王曲宴禁中，太后令内人歌之，凡用三十六人，每番十人，奏音極高妙』。此亦宋代《霓裳譜》事。王國維《唐宋大曲考》，謂『每遍二段，則三十六段即十八遍』，與白石序合。白石所謂樂工故書，不知即《混成集》否？惜其書明後散佚，今存於王驥德《曲律》中者止四五十字，無從考驗矣。（另有説云：《混成集》有修内司刊本，當時不難得，未必白石登祝融始能見之，疑非一書。）周密《武林舊事》（七），記淳熙九年八月十五日，駕過德壽宮賞月，『太上（高宗）召小劉貴妃獨吹白玉笙《霓裳中序》』。曾覿進《壺中天慢》云：『玉手瑶笙，一時同色，小按霓裳疊。天津橋上，有人偷記新闋。』此事在白石作此詞之前四年，是其時宮廷中已流傳《霓裳中序》，不知與白石得於南嶽祠中者有何異同。曾覿詞云『新闋』，殆亦當時新製也。

〔沈氏《樂律》『霓裳道調』〕沈括《夢溪筆談》（五）《樂律》（一）論霓裳羽衣曲：『（節）或謂今燕部有

《獻仙音》曲乃其遺聲，然《霓裳》本謂之道調法曲，今《獻仙音》乃小石調耳，未知孰是。』白石引沈氏《樂律》指此（《宋史·藝文志》，有沈括《樂律》一卷，當即《筆談》所載）。案《碧雞漫志》（三）：『（節）按明皇改婆羅門曲爲《霓裳羽衣》，屬黄鍾商，時號越調，即今之越調是也。白樂天《嵩陽觀夜奏霓裳》詩云：「開元道曲自淒涼，況近秋天調自商。」又知其爲黄鍾商無疑。（節）予謂《筆談》知《獻仙音》非是，乃指爲道調法曲，則無所著見。』葛立方《韻語陽秋》（十五）亦引樂天此詩，證《霓裳》用商調，與王説同。又徐鉉《徐文公集》（五）《又聽霓裳羽衣曲送陳君》詩，亦云『清商一曲遠人行』，是《霓裳》本商調而非道調。沈括誤記，《漫志》、《陽秋》已駁正之，白石偶失考耳（王灼紹興間人，葛書成於隆興初，皆在白石前）。又案：姜《譜》用『凡』字住，乃夷則商；明皇所製黄鍾商，即南宋之無射商越調，雖同名『商調』，而實是二調。白石所據樂工故書之《霓裳曲》，出唐文宗時馮定改本，抑李後主詳定本，今不可考矣（馮、李定本亦見《漫志》）。

〔散序六闋〕白居易《霓裳羽衣歌和微之》：『散序六奏未動衣，陽臺宿雲慵不飛。』《碧雞漫志》（三）：『《霓裳》第一至第六疊無拍者，皆散序故也。』《詞源》（下）：『法曲散序無拍，至歌頭始拍。』陳寅恪《長恨歌箋證》云：『今日本樂曲有「清海波」者，據云即《霓裳散序》之遺音，未知然否也。』

〔音節閒雅，不類今曲〕《詞源》（下）：『法曲有散序、歌頭，音聲近古，大曲所不及。』《唐書·禮樂志》：『隋有法曲，其音清而近雅。』白石謂《霓裳》音雅，由是法曲故也。（又唐宋人好以笙吹

《霓裳曲》，前條引《武林舊事》小劉妃獨吹白玉笙《霓裳中序》外，白居易《卧聽法曲霓裳》詩云：『金磬玉笙調已久，牙牀角枕睡常遲。』《秋夜安國觀聞笙》詩云：『月露滿庭人寂寂，霓裳一曲在高樓。』其宜于叶笙，殆亦由其『音節閒雅』。）

〔予不暇盡作〕《碧雞漫志》（三）：『後世就大曲製詞者，類從簡省，而絃管家亦不肯從首至尾吹彈。』宋人詞調，摘法曲大曲之一段而成者，有《徵招調中腔》、《鈿帶長中腔》、《氐州第一》、《法曲第二》、《薄媚摘徧》、《泛清波摘徧》、《水調歌頭》、《六州歌頭》、《齊天樂》、《萬年歡》、《夢行雲》等，白石此調亦其一也。

〔作《中序》一闋〕《霓裳》全曲分三大段：（一）散序，六徧；（二）中序，徧數不詳；（三）破，十二徧。白石詞名『中序第一』，知中序不止一徧，是全曲至少有二十徧。《唐書·樂志》、《碧雞漫志》謂《霓裳》十二徧，《夢溪筆談》（五）謂十疊，皆誤。白居易《霓裳羽衣歌》『繁音急節十二徧』，自注云『《霓裳》破凡十二徧而終』，明云『破』凡十二徧，非謂全曲僅此數也。（周汝昌先生有文辨此，見四三九頁《承教録》周汝昌先生第三函。）

白居易《霓裳羽衣歌》注：『散序六遍無拍，故不舞也。中序始有拍，亦名拍序。』王國維《唐宋大曲考》謂『中序』即『歌頭』，其説曰：『唐以前中序即「排遍」；宋之「排遍」亦稱「歌頭」。如《水調歌頭》，即新水調之排遍起也。』案此雖指大曲言，然《詞源》謂『大曲片數與法曲相上下』。證以白居易詩注『中序始有拍』之説，王説殆可信。

此詞箋參四一一頁《承教録》羅蔗園説。

【校】

〔散序六闋〕厲鈔脱『序』字。

〔江蓮〕《歷代詩餘》、《欽定詞譜》『江』作『紅』。

〔却無〕《欽定詞譜》『却』作『怯』，誤。

湘　月

長溪楊聲伯典長沙楫櫂，居瀕湘江，窗間所見，如燕公、郭熙畫圖，卧起幽適。丙午七月既望，聲伯約予與趙景魯、景望、蕭和父、裕父、時父、恭父，大舟浮湘，放乎中流，山水空寒，煙月交映，淒然其爲秋也。坐客皆小冠練服，或彈琴，或浩歌，或自酌，或援筆搜句。予度此曲，即《念奴嬌》之鬲指聲也，於雙調中吹之。鬲指亦謂之『過腔』，見《晁無咎集》，凡能吹竹者便能過腔也。

五湖舊約，問經年底事，長負清景。暝入西山，漸喚我、一葉夷猶乘興。倦網都收，歸禽時度，月上汀洲冷。中流容與，畫橈不點清鏡。　誰解喚起湘靈，煙鬟霧鬢，理哀弦鴻陣。玉麈談玄，歎坐客、多少風流名勝。暗柳蕭蕭，飛星冉冉，夜久知秋信。鱸魚應好，舊家樂事誰省。

【箋】

此與蕭氏兄弟泛湘江作，白石此時蓋依蕭德藻居。

〔長溪楊聲伯〕長溪，福建縣名，在今霞浦縣南。楊聲伯未詳。南宋長溪名人有楊惇禮、楊興宗、楊楫，聲伯當其族人，見陳《疏》(六)。吴徵鑄《白石道人詞小箋》(以下簡稱『吴《箋》』)引《萬姓統譜》，謂：『楊楫與長溪人楊復皆受業于朱熹，楫嘗官湖南提刑，二楊者雖未必即聲伯，或亦與白石有故也。』

〔燕公〕宋代畫家燕姓者二人。燕文貴，宋端拱中吴興人，精於山水，不師古人，自成一家，稱曰『燕家景致』，見劉道醇《宋朝名畫録》。又，燕肅，益都人，官至禮部侍郎，工山水寒林，《宋史》及夏文彦《圖繪寶鑑》(三)有傳。王安石《臨川集》(一)有《題燕肅侍郎山水圖》詩云：『燕公侍書燕王府，王求一筆終不與。』蘇軾《東坡集·跋蒲傳正燕公山水》，亦謂燕肅。

〔郭熙〕河陽温縣人，爲御畫院藝學，善山水寒林。見《宣和畫譜》。

〔蕭和父、裕父、時父、恭父〕皆蕭德藻子姪，白石妻黨。參《交游考》。

〔即《念奴嬌》之鬲指聲也，於雙調中吹之〕方成培《香研居詞麈》(二)解『鬲指』義云：『蓋《念奴嬌》本大石調，即太蔟商，雙調爲仲吕商，律雖異而同是商音，故其腔可過。太蔟當用「四」字住，仲吕當用「上」字住，簫管「上」「四」字中間只鬲一孔，笛「四」「上」兩孔相聯，只在鬲指之間。又此調畢曲當用「一」字「尺」字，亦鬲指之間，故曰「隔指聲」也，「能吹竹便能過腔」，正此之謂。所以欲過腔者，必緣起韻及兩結字眼用「四」字不諧，配以「上」字聲方諧婉，故不得不過耳。』戈載《七家詞選》、陳澧《聲律通考》(十)、淩廷堪《梅邊吹笛譜》(一)皆用方説。張文虎校姜詞，初據《碧雞漫志》『《念奴嬌》有轉入道調宫，又轉入高工(當作宫)大石』之説，以解『過腔』；後著《舒藝室餘筆》，亦改從方説。周之琦《心日齋詞録》（上）謂：『今之吹笛者，六孔並用，即成北曲，隔第一孔第五孔吹之，便成南曲，隔指過腔，義或如是。』此附會之談，殆由未見方氏書。夏敬觀《詞調溯源》曰：『大石調與雙調，譜字止「一」、「凡」、「勾」與「下一」、「下凡」、「上」三字不同，「一」與「下一」，「凡」與「下凡」，在管色止輕重吹之分；「勾」與「上」則在譜字中相連。沈《筆談》謂「上」字近蕤賓；蕤賓本配「勾」字，而云「上」字近蕤賓，則絲絃中「上」與「勾」極相近，推之管色，當亦如是。至明代則竟將「勾」字删去，蓋以管色中已有「尖上」，「勾」字即「低尺」，而管色中已有「低尺」，亦非無理。總之，以有定之笛孔，配絲絃之譜字，終難準一，故笛中可以有過腔之法。白石所謂「凡能吹竹者便能過腔」，已説明是簫笛；若譜入絲絃中，則仍是大石調，故曰「於雙調中吹之」。』此足補方説。冒廣生校《白石歌曲》，謂：『陳元龍《白石詞選》此調住小石，小石即雅樂之仲吕商，用「尺」字住，白石用雙調吹之，雙調即夾鍾商，用「上」字住，仲吕與夾鍾隔一律，「上」與「尺」則隔一指，故云「鬲指聲」。自來無明此理者。』案張孝祥《于湖詞》《念奴嬌》明注大石調，南北曲亦入大石調，此調無作小石者。陳元龍《詞選》乃僞書，不足信（予别有考），冒氏據之爲説，誤也。戈載謂此調仲吕商，亦誤爲小石，馮登府已辯之，見杜文瀾《憩園詞話》（三）。

〔鬲指亦謂之『過腔』，見《晁無咎集》〕晁氏《琴趣外篇》（一）《消息》注云：『自過腔，即越調《永遇樂》。』《舒藝室餘筆初稿》云：『晁氏不云過入何調，依此鬲指推之，則過入高大石也。』夏敬觀曰：『白石引晁集，證明此法北宋時已有。』此詞箋參四一三頁《承教録》羅蔗園説。

【校】

〔鬲指〕『鬲』即『隔』字，白石《玉梅令》序『鬲河有圃曰范村』，《法曲獻仙音》『樹鬲離宫』，《永遇樂》『雲鬲迷樓』，陸鍾輝本（以下簡稱『陸本』）除《玉梅令》外皆作『鬲』，他三本皆作『隔』。

〔練服〕陸本『練』作『練』，厲鈔同。鄭文焯《白石詞校稿》引《類篇》『禰衡著「練巾」』，《後漢書》衡傳作『疏巾』，徐鉉詩『好風輕透白練衣』，趙以夫詞『蕭然竹枕練衾』，皆讀平聲，以訂陸本之誤。承燾案：劉克莊《賀新郎》有『練衣紈扇』句，周密《采緑吟》序有『短葛練巾』句，《草窗韻語》《泛舟三匯》詩序有『幅巾練衣』句，皆作『練』，鄭説是。

清波引

予久客古沔，滄浪之煙雨，鸚鵡之草樹，頭陀、黄鶴之偉觀，郎官、大别之幽處，無一日不在心目間。勝友二三，極意吟賞。揭來湘浦，歲晚淒然，步繞園梅，摛筆以賦。

冷雲迷浦。倩誰唤、玉妃起舞。歲華如許。野梅弄眉嫵。屐齒印蒼蘚，漸爲尋花來去。自隨秋雁南來，望江國、渺何處。　新詩漫與。好風景、長是暗度。故人知否。抱幽恨難語。何時共漁艇，莫負滄浪煙雨。況有清夜啼猿，怨人良苦。

【箋】

此首與《八歸》、《小重山令》皆客湘時作，而無甲子。案白石此年秋返山陽，見《浣溪沙》序；『冬隨蕭德藻往湖州，見《探春慢》序。三詞當皆此前之作，兹附系于此。陳思《白石道人年譜》（以下簡稱『陳《譜》』）定爲淳熙十一年甲辰作，未允。

〔久客古沔〕古沔即湖北漢陽。陸游《渭南文集》（四十七）《入蜀記》：『唐沔州治漢陽縣。』白石姊嫁漢陽，幼依姊居，中去復來幾二十年，見《探春慢》序。

〔滄浪〕即漢水，見《文選》張衡《南都賦》『流滄浪而爲隍』注。

〔鸚鵡〕《入蜀記》：『離鄂州，便風挂帆，沿鸚鵡洲南行，洲上有茂林、神祠，遠望如小山。洲蓋禰正平被殺處，故太白詩云：「至今芳洲上，蘭蕙不敢生。」』洲在漢陽縣西南大江中。

〔頭陀〕寺名，在漢口西北。《入蜀記》：『寺在州城之東隅石城山，（節）李太白《江夏贈韋南陵》詩云「頭陀雲外多僧氣」，正謂此寺也。黄魯直亦云：「頭陀全盛時，宫殿梯空，級藏殿後。」』

〔黄鶴〕《入蜀記》：『登石鏡亭訪黄鶴樓故址，石鏡亭者，石城山一隅，正枕大江，其西與漢陽相對，止隔一水。（節）黄鶴樓，舊傳費禕飛昇於此，後忽乘黄鶴來歸，故以名樓，號爲天下絶景。（節）今樓已廢，故址不可復存，問老吏，云在石鏡亭、南樓之間，正對鸚鵡洲，猶可想見其地。』今樓址在武昌縣西漢陽門内黄鶴山上。

〔郎官〕湖名，在漢陽城東南隅。《李白集》（二十）有《泛沔州城南郎官湖》詩：『郎官愛此水，因號郎官湖。』『郎官』謂尚書郎張謂也。

〔大别〕詩集《春日書懷》：『垂楊大别寺。』《入蜀記》：『漢陽負山帶江，其南小山有僧寺者，大别山也，又有小别，謂之二别云。』《清一統志》：『太平興國寺在漢陽縣北大别山，唐建，舊名大别寺。』大別山即今龜山。

〔勝友二三〕白石在沔交游，有鄭仁舉、辛泌、楊大昌、姚剛中、單煒、蔡迨。皆詳後《探春慢》及《交游考》。《春日書懷》第三『家巷有石友，合并不待呼。瘦藤倚花樹，花片藉玉壺』云云，即叙客沔吟賞勝游。

【校】

〔漫與〕《舒藝室餘筆》〔三〕：『前《齊天樂》「漫」作「謾」，見杜詩。』《花庵詞選》作『謾』。朱本《齊天樂》亦作『漫』。

八歸

湘中送胡德華

芳蓮墜粉，疏桐吹緑，庭院暗雨乍歇。無端抱影銷魂處，還見篠牆螢暗，蘚階蛩切。送客重尋西去路，問水面、琵琶誰撥。最可惜、一片江山，總付與啼鴂。　長恨相從未款，而今何事，又對西風離別。渚寒煙淡，櫂移人遠，縹緲行舟如葉。想文君望久，倚竹愁生步羅韈。歸來後、翠尊雙飲，下了珠簾，玲瓏閒看月。

【箋】

參前首《清波引》箋。

〔胡德華〕未詳。

【校】

〔誰撥〕厲鈔『撥』作『摘』。

小重山令

賦潭州紅梅

人繞湘皋月墜時。斜橫花樹小，浸愁漪。一春幽事有誰知。東風冷，香遠茜裙歸。

鷗去昔遊非。遥憐花可可，夢依依。九疑雲杳斷魂啼。相思血，都沁緑筠枝。

【箋】

此詠潭州種之紅梅，詞中『相思』字，用湘妃九疑事以切湘中，然與本年懷人各詞互參，似亦念别之作；兹系于此。

〔潭州紅梅〕潭州即長沙。范成大《梅譜》：『紅梅標格是梅，而繁密則如杏。其種來自閩、湘，有「福州紅」、「潭州紅」、「邵武紅」等號。』樓鑰《攻媿集》（九）《謝潘端叔惠紅梅》序：『潘端叔惠紅梅一本，全體皆江梅也，香亦如之，但色紅爾。來自湖湘，非他種比，自此當稱爲紅江梅以别之。王文公、蘇文忠、石曼卿諸公有紅梅詩，意其未見此種也。』據此，此種殆始盛于南宋。

【校】

明鈔《絶妙好詞》題作『湘梅』，清吟堂本及《絶妙好詞箋》同。

〔小重山令〕《絶妙好詞》無『令』字。厲鈔『令』字作小字旁注。

〔斜横〕《絶妙好詞》作『斜横』，明鈔作『横斜』。

〔花樹〕《絶妙好詞箋》『樹』作『自』，清吟堂本《絶妙好詞》同。

眉嫵 一名百宜嬌

戲張仲遠

看垂楊連苑，杜若侵沙，愁損未歸眼。信馬青樓去，重簾下、娉婷人妙飛燕。翠尊共款。聽豔歌、郎意先感。便攜手、月地雲階裏，愛良夜微暖。無限風流疏散。有暗藏弓履，偷寄香翰。明日聞津鼓，湘江上、催人還解春纜。亂紅萬點。悵斷魂、煙水遥遠。又爭似相攜，乘一舸，鎮長見。

【箋】

〔張仲遠〕陳鵠《耆舊續聞》：『姜堯章嘗寓吴興張仲遠家，仲遠屢外出，其室人知書，賓客通問，必先窺來札。性頗妬。堯章戲作《百宜嬌》詞以遺仲遠云（詞略）。仲遠歸，竟莫能辨，則受其爪損面，至不能外出云。』（此據《絶妙好詞箋》〔二〕引，今知不足齋本陳書無此條。）吴《箋》：『張綱《華陽長短句》，有《念奴嬌·次韻張仲遠，是日醉甚逃席》一闋。案張綱卒於乾道二年，其年輩與白石不相及，仲遠恐另是一人。』《詁經精舍文集》（五）徐養灝擬白石傳，以仲遠爲張平甫，誤。又，據詞『湘江上』句，當是淳熙十三年客湘中時作。《絶妙好詞箋》引《耆舊續聞》録自沈雄《古今詞話》，多不知所出，疑非《續聞》佚文，不可信。

【校】

〔一名百宜嬌〕案此詞與吕渭老《聖求詞》之《百宜嬌》句律不同。注語當是後人依《耆舊續聞》增入。

〔張仲遠〕陸本無『張』字。

〔侵沙〕《花庵詞選》、《歷代詩餘》、《欽定詞譜》『侵』皆作『吹』。張本『沙』作『紗』，鄭文焯校：『「沙」「紗」古同，詞中當以「紗」爲窗。《周官》「素沙」，「沙」同「紗」。』案杜若生于芳洲，故云『侵沙』，此點懷人時令，與窗紗無涉，鄭説迂曲。周汝昌曰：沙指沙洲，蘇詩自注『吴人謂水中地可田者曰沙』，即洲義。

浣溪沙

予女須家沔之山陽，左白湖，右雲夢。春水方生，浸數千里，冬寒沙露，衰草入雲。丙午之秋，予與安甥或蕩舟採菱，或舉火罝兔，或觀魚簺下。山行野吟，自適其適，憑虚悵望，因賦是闋。

著酒行行滿袂風。草枯霜鶻落晴空。銷魂都在夕陽中。　恨入四弦人欲老，夢尋千驛意難通。當時何似莫悤悤。

【箋】

此客漢陽遊觀之詞，而實爲懷合肥人作。其人善琵琶，故有『恨入四弦』句。序與詞似不相應，低徊往復之情不欲明言也。參《合肥詞事考》。

〔女須〕詩集《春日書懷》：『九真何蒼蒼，乃在清漢尾。衡茅依草木，念遠獨伯姊。』九真山在漢陽西南。白石父官漢陽，姊因嫁焉。見下首《探春慢》序。

〔山陽〕漢川村名，見詩集《昔遊詩》自注。漢川屬漢陽，村在九真山之陽，故名。

〔白湖〕《漢陽府志》：『太白湖一名九真湖，周二百餘里。』

〔雲夢〕即沔陽西北古雲杜。《漢陽府志》：『雲杜故城在沔陽州西北。』《水經注》：『沔水又東南過江夏縣東，夏水從西來注之，即堵口也。』《禹貢》所謂『雲土夢作乂』，故縣取名焉。

【校】

〔憑虛〕張本、厲鈔『憑』作『馮』。

〔是闋〕陸本『是』作『此』。

〔都在〕張本『都』作『多』。

〔恨入〕張本『恨』作『悵』。

探春慢

予自孩幼從先人宦于古沔，女須因嫁焉。中去復來幾二十年，豈惟姊弟之愛，沔之父老兒女子亦莫不予愛也。丙午冬，千巖老人約予過苕霅，歲晚乘濤載雪而下，顧念依依，殆不能去。作此曲别鄭次皋、辛克清、姚剛中諸君。

衰草愁煙，亂鴉送日，風沙回旋平野。拂雪金鞭，欺寒茸帽，還記章臺走馬。誰念漂零久，漫贏得、幽懷難寫。故人清沔相逢，小窗閒共情話。　長恨離多會少，重訪問竹西，珠淚盈把。雁磧波平，漁汀人散，老去不堪遊冶。無奈苕溪月，又照我、扁舟東下。甚日歸來，梅花零亂春夜。

【箋】

〔中去復來幾二十年〕白石隨宦漢陽，在孝宗隆興初（見姜虬緑《白石道人詩詞年譜》，以下簡稱『姜《譜》』），下數至此年淳熙丙午，共二十餘年；此云『幾二十年』者，以實居其地年月計。此年隨蕭德藻東行，集中遂無復漢陽行跡。

〔千巖老人約予過苕霅〕苕溪在湖州烏程縣南，以多蘆葦名。霅溪在烏程東南，合四水爲一溪，『霅』者四水激射之聲也。見《太平寰宇記》。蕭德藻紹興間登第，初調烏程令，遂家焉。見《直齋書録解題》。此時自湖湘罷官，挈白石同歸。參《行實考》。

〔鄭次皋、辛克清、姚剛中〕皆沔鄂交游，見詩集，參《交游考》。

【校】

〔茸帽〕張本『茸』作『葺』，誤。

〔波平〕《花庵詞選》『波』作『沙』。

〔照我〕張本、厲鈔及《花庵詞選》、《花草粹編》、《歷代詩餘》、《欽定詞譜》『照』皆作『喚』。

〔零亂〕張本、厲鈔『亂』作『落』。案『零亂』對上片『閒共』皆平去聲，作『落』當誤。《花庵》、《粹編》作『亂零』尤非。

翠樓吟 雙調

淳熙丙午冬，武昌安遠樓成，與劉去非諸友落之，度曲見志。予去武昌十年，故人有泊舟鸚鵡洲者，聞小姬歌此詞，問之，頗能道其事，還吳爲予言之。興懷昔游，且傷今之離索也。

月冷龍沙，塵清虎落，今年漢酺初賜。新翻胡部曲，聽氈幕、元戎歌吹。層樓高峙。看檻曲縈紅，簷牙飛翠。人姝麗。粉香吹下，夜寒風細。　此地。宜有詞仙，擁素雲黃鶴，與君遊戲。玉梯凝望久，歎芳草、萋萋千里。天涯情味。仗酒祓清愁，花銷英氣。西山外。晚來還捲、一簾秋霽。

【箋】

此離漢陽赴湖州，道經武昌作。

〔武昌安遠樓〕吳《箋》：『《明一統志》：「武昌南樓有二：一在府城黃鵠山頂，名白雲樓；一在武昌縣，今縣城樓是也。」』案黄鵠山在武昌西南，一名黄鶴山，白石詞中有『擁素雲黄鶴』一語，則所指當即是白雲樓也。意武昌南樓宋時或别名安遠。案劉過《龍洲詞》（下）《唐多令》詞：有『二十年重過南樓』句，又名《南樓令》，而題云『安遠樓小集』。又，黄昇《花庵詞選》（四）有李居厚《水調歌頭》『武昌南樓落成，次王漕韻』，殆與白石此詞同時作。

〔劉去非〕劉過《唐多令》序云：『安遠樓小集，侑觴歌板之姬黄其姓者，乞詞于龍洲道人，爲賦此《唐多令》。同柳阜之、劉去非、石民瞻、周嘉仲、陳孟參、孟容。時八月五日也。』吴《箋》：『案《龍洲詩集》卷一，有《紅酒歌贈京西漕劉郎中立義》，其名字宦蹟與去非相近，或即此人也。』

〔漢酺〕是年正月庚辰，高宗八十壽，犒賜内外諸軍共一百六十萬緡。見《宋史·孝宗紀》。

【校】

〔雙調〕張本『雙』作『霎』，應作『霎』。

〔劉去非〕厲鈔無『劉』字。

〔萋萋〕張本、厲鈔作『淒』，誤。

〔花銷〕《花庵詞選》、《花草粹編》、《歷代詩餘》『銷』皆作『嬌』，誤。

【附録】

趙聞禮《陽春白雪》（七）有譚在庵宣子《玲瓏四犯》一首，序云：『重過南樓，用白石體賦。』謂依白石《玲瓏四犯》之句律，非謂用此首詞體也。

姜白石詞編年箋校卷二

淳熙十四年丁未公元一一八七年

踏莎行

自沔東來，丁未元日至金陵，江上感夢而作。

燕燕輕盈，鶯鶯嬌軟。分明又向華胥見。夜長争得薄情知，春初早被相思染。　別後書辭，別時針線。離魂暗逐郎行遠。淮南皓月冷千山，冥冥歸去無人管。

【箋】

此詞明云『淮南』，爲懷合肥人作無疑。《琵琶仙》云『有人似、舊曲桃根桃葉』，《解連環》云『爲大喬能撥春風，小喬妙移箏，雁啼秋水』，此亦云『燕燕鶯鶯』，其人或是勾闌中姊妹。參《合肥詞事考》。

杏花天影

丙午之冬，發沔口，丁未正月二日，道金陵，北望淮楚，風日清淑，小舟挂席，容與波上。

緑絲低拂鴛鴦浦。想桃葉、當時喚渡。又將愁眼與春風，待去。倚蘭橈、更少駐。

金陵路。鶯吟燕儛。算潮水、知人最苦。滿汀芳草不成歸，日暮。更移舟、向甚處。

【箋】

此金陵道中懷合肥之作，故序云『北望淮楚』，與前首《踏莎行》同意。

〔沔口〕漢水入江處。

【校】

〔杏花天影〕張本、陸本有『影』字，朱本無，而目録有『影』字，兹據補。考此詞句律，比《杏花天》只多『待去』、『日暮』二短句；亦猶白石自度曲《淒涼犯》名《瑞鶴仙影》，與《瑞鶴仙》大同小異。依舊調作新腔，命名曰『影』，殆始于歐陽修《六一詞》之《賀聖朝影》、《虞美人影》，殆謂不盡相合，略存其影耶？

〔燕儛〕張本、陸本作『舞』。

惜紅衣

吴興號水晶宫，荷花盛麗。陳簡齋云：『今年何以報君恩，一路荷花相送到青墩。』亦可見矣。丁未之夏，予遊千巖，數往來紅香中，自度此曲，以無射宫歌之。

簟枕邀涼，琴書换日。睡餘無力。細灑冰泉，并刀破甘碧。牆頭唤酒，誰問訊、城南詩客。岑寂。高柳晚蟬，説西風消息。　虹梁水陌。魚浪吹香，紅衣半狼藉。維舟試望，故國眇天北。可惜渚邊沙外，不共美人遊歷。問甚時同賦，三十六陂秋色。

【箋】

〔吴興號水晶宫〕吴曾《能改齋漫録》（八）：『楊漢公守湖州，賦詩云：「溪上玉樓樓上月，清光合作水晶宫。」其後遂以湖州爲水晶宫。』無名氏《豹隱紀談》（《説郛》卷七引）載林子中賀滕元發得湖州云：『欲識玉皇仙案吏，水晶宫主謫仙人。』程大昌《文簡公詞・水調歌頭》序：『水晶宫之名，天下知之，而此邦圖志元不能主名其所。某嘗思之，苕霅水清可鑑，邑屋之影入焉，而甍棟丹堊，悉能透現本象，有如水玉。故善爲言者得以裒撮其美而曰，此其宫蓋水晶爲之，如騷人之謂寶闕珠宫，正其類也。（節）』

〔陳簡齋云二句〕陳與義《無住詞・虞美人》序：『予甲寅歲，自春官出守湖州，秋杪道中，荷花無復存者。乙卯歲，自瑣闥以病得請奉祠，卜居青墩鎮。立秋後三日，行舟之前後如朝霞相映，望之不斷也。以長短句記之。』詞云：『扁舟三日秋塘路。平度荷花去。病夫因病得來遊。更值滿川微雨洗新秋。　去年長恨拏舟晚。空見殘荷滿。今年何以報君恩。一路繁花相送到青墩。』

〔青墩〕《正德崇德志》：『陳與義宅在青墩廣福院後芙蓉浦上，宋陳與義紹興乙卯自瑣闥請祠，讀書僧閣，自稱簡齋居士。及秋召拜。不一年，免去，復來居此。至元中，趙子昂榜其室曰簡齋讀書處。』《無住詞》有《玉樓春·青墩僧舍作》。案：《宋史》本傳稱與義在紹興四年甲寅、五年乙卯兩知湖州，與《嘉泰吴興志》及《繫年要録》不符。

〔千巖〕在湖州弁山。《弘治湖州府志》：『卞山在烏程縣西北十八里。』

〔三十六陂〕王安石《題西太乙宫壁》詩：『楊柳鳴蜩緑暗，荷花落日紅酣。三十六陂烟水，白頭想見江南。』姜詞用此，蓋虚辭非實地。（《寰宇志》所載『中牟縣圃田澤爲陂三十六』，及《輿地紀勝》所載揚州三十六陂，皆與此無涉。）康與之《洞仙歌》云『波渺渺，三十六陂煙雨』，王沂孫《水龍吟》云『三十六陂烟雨，舊凄涼、向誰堪訴』，白石《念奴嬌》亦有『三十六陂人未到』之句，皆詠荷詞也。

【校】

〔惜紅衣〕陸本調下有『無射宫』三字注，清吟堂本《絶妙好詞》及《絶妙好詞箋》同。明鈔《絶妙好詞》題作『吴興荷花』，清吟堂本及《絶妙好詞箋》同。

〔荷花〕陸本二『花』字皆作『華』。

〔青墩〕張本『墩』作『燉』，誤。

〔簟枕〕厲鈔、清吟堂本《絶妙好詞》、《絶妙好詞箋》、《詞旨》、《欽定詞譜》皆作『枕簟』。明鈔《絶妙好詞》作『簞枕』。

〔問訊〕《詞旨》『訊』作『信』，誤。

〔高柳〕厲鈔、陸本、《花庵詞選》、《詞旨》『柳』皆作『樹』。

〔説西風〕明鈔《絶妙好詞》『説』作『報』。

〔狼藉〕張本、陸本、《絶妙好詞》『藉』作『籍』，二字通用。

〔故國〕《絶妙好詞》明鈔本『國』作『園』，清吟堂本同，注云：『一作「國」。』

〔眇天北〕《絶妙好詞箋》『眇』作『渺』。

〔渚邊〕陸本、張本、厲鈔『渚』作『柳』。

石湖仙 越調

壽石湖居士

松江煙浦。是千古三高，遊衍佳處。須信石湖仙，似鴟夷、翩然引去。浮雲安在，我自愛、緑香紅舞。容與。看世間、幾度今古。　盧溝舊曾駐馬，爲黄花、閒吟秀句。見説胡兒，也學綸巾攲雨。玉友金蕉，玉人金縷。緩移箏柱。聞好語。明年定在槐府。

【箋】

詞無甲子，白石淳熙十四年初識成大，紹熙四年成大卒，詞當作于此五六年間。陳《譜》定爲淳熙十六年作，嫌無顯據。白石訪成大，兩見于集，一在淳熙十四年之春，一在紹熙二年之冬（參《年表》），與此詞時令皆不合，惟淳熙十四年冬有過吴松《點絳唇》詞，或其年嘗在蘇州作此。周汝昌先生見告：成大生于六月初四，其《吴船録》卷上自記：『六月己巳朔，壬申泊青城山，始生之辰也。』此詞『緑香紅舞』寫荷花，與時令合。又成大罷官後嘗以淳熙十五年起知福州，詞云『聞好語，明年定在槐府』，或其時已傳起用消息。據此，詞當作于淳熙十四年之夏。案周説甚是，兹據之編年。

〔三高〕龔明之《中吴紀聞》（三）『三高亭』條：『越上將軍范蠡、江東步兵張翰、贈右補闕陸龜蒙，各有畫像在吴江鱸鄉亭旁。東坡先生嘗有吴江三賢畫像詩。後易其名曰「三高」，且更爲塑像。臞庵主人王文孺獻其地雪灘，因遷之。今在長橋之北，與垂虹亭相望，石湖居士爲之記。』《花庵詞選》：范至能『詩文超絶，《三高祠記》天下之人誦之』。

〔似鴟夷〕《齊東野語》（十）：『乾道壬辰三月上巳，周益公以春官去國，過吴，范公招飲園中，夜分題壁云：「吴臺越壘，距門才十里，而陸沈於荒煙蔓草者且七百年，紫薇舍人始創别墅，登臨得要，甲於東南。豈鴟夷子成功於此，扁舟去之，天閟絶景，須苗裔之賢者，然後享其樂耶？」』鄭校引此，謂：『此白石以鴟夷喻范功成身退之微旨，非亡本也。』按《齊東野語》（十六）樓鑰《讀三高祠記》詩亦有『前身陶朱今董狐，襟抱磊落吞江湖』句。又《石湖詞・念奴嬌》過變『家世回首滄洲，煙波漁釣，有鴟夷仙迹』，又《三登樂》過變『況五湖元有，扁舟祖武』，亦以鴟夷自比。

〔盧溝二句〕范成大乾道六年使金，見《宋史》（三八六）本傳、《孝宗紀》（二）及《鶴林玉露》（四）、《桯史》諸書。鄭文焯《絶妙好詞校録》（二頁）：『案石湖《水調歌頭・燕山九日作》有「無限太行紫翠，相伴過盧溝」之句，又「黄花爲我一笑，不管鬢霜羞」。石帚壽石湖詞，實即演贊其詞中旨要，足徵前賢文不虛綺也。』

〔見説胡兒二句〕《宋史》范傳：『金迓使者慕成大名，至求巾幘效之。』鄭文焯校：『陸刻「雨」誤作「羽」，戈選又改「胡」爲「吴」，謬甚。考《石湖集》有《盧溝燕賓館》一詩，自注「對菊把酒」，故有「雪滿西山把菊看」之句。又有《蹋鵐巾》一首，注云「接送伴田彦皋愛予巾裹，求其樣，指所戴蹋鵐巾有愧色」，故有句云「雨中折角君何愛」，即用郭林宗折角墊雨故事。白石詞即承用石湖詩意。後有詩悼石湖云「尚留巾墊角，胡虜有知音」，正可爲此詞佳證。戈順卿、陸渟川輩乃疏闇至此，可謂胸馳肊斷已。』（案周煇《北轅録》載，歸德府男子無貴賤，所頂巾謂之『蹋鵐』。）

【校】

〔似鵐夷〕《花庵詞選》『似』作『侶』，或『侶』之誤。

〔欹雨〕陸本、厲鈔『雨』作『羽』，誤。參詞箋引鄭文焯校語。《花庵詞選》亦作『雨』。鄭文焯《絶妙好詞校録》又謂綸巾欹羽是用孔明事，應作『羽』，與此説不同。用綸巾則應作『羽』。

【附録】

元松陵陸子敬，居分湖之北，有軒曰『舊時月色』，見《白石集評論補遺》引《東維子集》；

吳中顧氏有舊時月色亭，見《蛾術詞選·暗香》詞；海鹽趙公範亦有舊時月色軒，見《杭州府志》引《始豐類稿》。

道光初，吳門詞人于石湖建祠，祀白石及吳夢窗、張玉田，陳兆元用白石《石湖仙》韻賦詞代引，見丁紹儀《聽秋聲館詞話》(二)、戈載《翠薇花館詞》(十一)。

點絳脣

丁未冬過吳松作

燕雁無心，太湖西畔隨雲去。數峯清苦。商略黃昏雨。　第四橋邊，擬共天隨住。今何許。憑闌懷古。殘柳參差舞。

【箋】

〔丁未冬過吳松〕此年春，白石嘗以楊萬里介往蘇州見范成大，此詞或冬間自湖州再往，道經吳松作。

〔吳松〕陳《疏》引《吳地記》：『松江一名松陵，又名笠澤。(節)松，容也，容裔之貌。』即今吳江。

〔第四橋〕《乾隆蘇州府志》(二十)：『甘泉橋一名第四橋，以泉品居第四也。』鄭文焯《絕妙好詞校録》：『宋詞凡用四橋，大半皆謂吳江城外之甘泉橋。俗以爲西湖六橋之第四橋，誤矣。《蘇州志》：甘泉橋舊名第四橋。白石詞「第四橋邊，擬共天隨住」，陸魯望固吳人也。李廣翁

（演）《摸魚兒・賦太湖》云「又是西風，四橋疏柳」，題屬太湖，是四橋不屬西湖可證。』劉仙倫《招山樂章》《金縷曲・過吴江》亦云：『依舊四橋風景在，爲問坡仙何處。』

〔天隨〕唐陸龜蒙自號天隨子。《吴郡圖經續志》（下）：『陸龜蒙宅在松江上甫里。』《齊東野語》（十二）載白石自叙：『待制楊公以爲于文無所不工，甚似陸天隨。』楊公謂萬里也。《白石詩集》（下）《三高祠》『沉思只羨天隨子，蓑笠寒江過一生』，《除夜自石湖歸苕溪》『三生定是陸天隨，又向吴松作客歸』，皆以龜蒙自比。參《行實考》。

【校】

〔過吴松作〕《花庵詞選》無『作』字。明鈔《絶妙好詞》題作『過松江』，清吟堂本及《絶妙好詞箋》作『松江』。

〔橋邊〕厲鈔作『橋頭』。

淳熙十六年己酉公元一一八九年

夜行船

己酉歲，寓吴興，同田幾道尋梅北山沈氏圃，載雪而歸。

略彴横溪人不度。聽流澌、佩環無數。屋角垂枝，船頭生影，算唯有春知處。回首江南天欲暮。折寒香、倩誰傳語。玉笛無聲，詩人有句，花休道輕分付。

【箋】

〔田幾道〕未詳。《詩集》（下）有《寄田郎》一首，不知即其人否。

〔北山沈氏圃〕吴興宋時有南北沈尚書二園，北沈乃沈賓王尚書園，正依城北奉勝門外，號北村，又名自足，見《癸辛雜識前集》。葉適《水心先生文集》（十）有《北村記》，蓋葉氏同時人。姜虯緑《年譜》謂北山即蒼弁。姜鈔《白石集》有虯緑《白石洞天在苕溪考》三條，謂蒼弁小玲瓏，一名沈家白石洞，後人省其稱直名『沈家』。此詞所謂北山沈氏圃，不知是北村抑沈家。

【校】

〔流澌〕張本『澌』作『嘶』，誤。

浣溪沙

己酉歲客吴興，收燈夜闔户無聊，俞商卿呼之共出，因記所見。

春點疏梅雨後枝。翦燈心事峭寒時。市橋攜手步遲遲。蜜炬來時人更好，玉笙吹徹夜何其。東風落靨不成歸。

【箋】

〔收燈夜〕孟元老《東京夢華録》：『至（正月）十九日收燈。』吴自牧《夢粱録》：『至十六夜收燈。』

此當指正月十六夜，南宋風習也。

【校】

〔俞商卿〕俞灝字商卿，世居杭，父徙烏程，晚年築室西湖九里松，有《青松居士集》。參《交游考》。

〔共出〕陸本、張本、厲鈔『共』皆作『不』。鄭文焯校：『若云「不出」，則末由「記所見」。』

琵琶仙

《吴都賦》云『户藏煙浦，家具畫船』，唯吴興爲然。春遊之盛，西湖未能過也。己酉歲，予與蕭時父載酒南郭，感遇成歌。

雙槳來時，有人似、舊曲桃根桃葉。歌扇輕約飛花，蛾眉正奇絶。春漸遠、汀洲自緑，更添了、幾聲啼鴂。十里揚州，三生杜牧，前事休説。　又還是、宫燭分煙，奈愁裏、悤悤换時節。都把一襟芳思，與空階榆莢。千萬縷、藏鴉細柳，爲玉尊、起舞回雪。想見西出陽關，故人初别。

【箋】

此湖州冶游，棖觸合肥舊事之作，『桃根桃葉』比其人姊妹。合肥人善琵琶，《解連環》有『大喬能撥春風』句，《浣溪沙》有『恨入四弦』句，可知此調名『琵琶仙』之故（此調始見于《白石集》，《詞律》十六、《詞譜》廿八皆謂是其自創）。又，合肥情事與柳有關，紹熙二年辛亥作《醉吟商小品》，全首詠柳，其時正别合肥之年，其調亦琵琶曲。以此互證，知此詞下片隱括唐人詠柳三詩，蓋非泛辭。（『宫燭分煙』用韓翃，『空階榆莢』用韓愈，『西出陽關』用王維。）參《合肥詞事考》。

〔《吴都賦》云『户藏煙浦，家具畫船』〕顧廣圻云：『此《唐文粹》李庾《西都賦》文，作《吴都賦》，誤。李賦云：「其近也方塘含春，曲沼澄秋。户閉煙浦，家藏畫舟。」白石作「具」「藏」，兩字均誤。又誤「舟」爲「船」，致失原韻。且移唐之西都於吴都，地理尤錯。』見《思適齋集》（十五）《姜白石集跋》。

〔春遊之盛二句〕蘇洞《泠然齋集》（六）《苕溪雜興四首》之二云：『美人樓上曉梳頭，人映清波波映樓。來往行舟看不足，此中風景勝揚州。』可略見湖州宋時遊衍盛況。

〔蕭時父〕見前《湘月》箋及《交遊考》。

〔三生杜牧〕端木埰曰：『黄庭堅詩：「春風十里珠簾捲，髣髴三生杜牧之。」詞中用「三生杜牧」，本此。』

【校】

明鈔及清吟堂本《絶妙好詞》調下題作『吴興春游』，《絶妙好詞箋》同。

〔宫燭〕陸本『宫』作『官』，誤。此用唐詩『漢宫傳燭』句。
〔分煙〕清吟堂本《絶妙好詞》作『生煙』，誤。
〔都把〕張本『都』作『多』。

鷓鴣天

己酉之秋，苕溪記所見。

京洛風流絶代人。因何風絮落溪津。籠鞋淺出鴉頭韈，知是淩波縹緲身。　紅乍笑，緑長嚬。與誰同度可憐春。鴛鴦獨宿何曾慣，化作西樓一縷雲。

念奴嬌

予客武陵，湖北憲治在焉。古城野水，喬木參天，予與二三友日蕩舟其間，薄荷花而飲，意象幽閒，不類人境。秋水且涸，荷葉出地尋丈，因列坐其下，上不見日，清風徐來，緑雲自動，間于疏處窺見遊人畫船，亦一樂也。朅來吴興，數得相羊荷花中。又夜泛西湖，光景奇絶。故以此句寫之。

鬧紅一舸，記來時、嘗與鴛鴦爲侶。三十六陂人未到，水佩風裳無數。翠葉吹凉，玉容銷酒，更灑菰蒲雨。嫣然摇動，冷香飛上詩句。　日暮青蓋亭亭，情人不見，争忍淩波去。只恐舞衣寒易落，愁入西風南浦。高柳垂陰，老魚吹浪，留我花間住。田田多少，幾回沙際歸路。

【箋】

〔武陵〕今湖南常德，宋名朗州武陵郡。

〔湖北憲治在焉〕姜《譜》：『考千巖老人曾參議湖北，公客武陵，殆客蕭邸耶？』案楊萬里《誠齋集》（一一三）《淳熙薦士録》，蕭德藻千巖爲湖北參議在淳熙十二年乙巳。陳《譜》謂白石於丁未、己酉之間始往來臨安、吴興，定此詞爲己酉年到臨安游西湖之作。若然，則此詞小序前段所述乃追憶作詞前十二三年之事。兹姑依其説，附系吴興詞後。

〔三十六陂〕見前《惜紅衣》注。

【校】

清吟堂本《絶妙好詞》題作『吴興荷花』，《絶妙好詞箋》同。汲古閣鈔本無。

〔意象〕周密《澄懷録》（下）引此序，無『象』字。

〔幽閒〕同上引『閒』作『閴』。

〔荷葉〕同上引『葉』作『花』。

〔嘗與〕張本、厲鈔『嘗』作『常』，《花庵詞選》、《絶妙好詞》作『長』。

〔吹涼〕《詞旨》引作『垂香』，厲鈔作『招涼』。

〔銷酒〕《詞旨》『銷』作『消』。

【附録】

康與之《順庵樂府》《洞仙歌·詠荷花》云：『若耶溪路，別岸花無數。欲斂嬌紅向人語。與綠荷相倚，恨回首西風，波淼淼，三十六陂煙雨。　新妝明照水，汀渚生香，不嫁東風被誰誤。遣踟躕，騷客意，千里緜緜、仙浪遠，何處淩波微步。想南浦潮生畫橈歸，正月曉風清，斷腸凝竚。』與白石此詞措辭意度皆相近。

姜白石詞編年箋校卷三

光宗紹熙二年辛亥公元一一九一年

浣溪沙

辛亥正月二十四日，發合肥。

釵燕籠雲晚不忺。擬將裙帶繫郎船。別離滋味又今年。　楊柳夜寒猶自舞，鴛鴦風急不成眠。些兒閒事莫縈牽。

【箋】

此合肥惜別之作。白石情詞明著時地與事緣者，此首最早（此前丙午客山陽作《浣溪沙》，猶隱約其詞），時白石年將四十。初遇當在淳熙丙申、丙午間，至此蓋十餘載矣。參《合肥詞事考》。

滿江紅

《滿江紅》舊調用仄韻，多不協律；如末句云『無心撲』三字，歌者將『心』字融入去聲，方諧音律。予欲以平韻爲之，久不能成。因泛巢湖，聞遠岸簫鼓聲，問之舟師，云：『居人爲此湖神姥壽也。』予因祝曰：『得一席風徑至居巢，當以平韻《滿江紅》爲迎送神曲。』言訖，風與筆俱駛，頃刻而成。末句云『聞佩環』，則協律矣。書以緑牋，沈于白浪，辛亥正月晦也。是歲六月，復過祠下，因刻之柱間。有客來自居巢云：『土人祠姥，輒能歌此詞。』按曹操至濡須口，孫權遺操書曰：『春水方生，公宜速去。』操曰：『孫權不欺孤。』乃徹軍還。濡須口與東關相近，江湖水之所出入。予意春水方生，必有司之者，故歸其功于姥云。

仙姥來時，正一望、千頃翠瀾。旌旗共、亂雲俱下，依約前山。命駕羣龍金作軛，相從諸娣玉爲冠。廟中列坐如夫人者十三人。向夜深、風定悄無人，聞佩環。　神奇處，君試看。奠淮右，阻江南。遣六丁雷電，別守東關。却笑英雄無好手，一篙春水走曹瞞。又怎知、人在小紅樓，簾影間。

【箋】

〔無心撲〕周邦彦《滿江紅》『晝日移陰』一首：『最苦是、蝴蝶滿園飛，無心撲。』見毛刻《片玉詞》（下）。白石謂『心』字當作去聲，然宋人作此調無有作去聲者。（趙師俠《坦庵詞》『煙浪連天』

一首，後結『無杜宇』。師俠汴人，此『杜』字殆陽上作去。）張爾田曰：『「撲」字須唱平聲，則「心」字不能不融入去聲；若作上聲，便與平混。然此但指《滿江紅》一調而言，未必通用於他調，以宋詞四聲之説依調而定，有當嚴，有可通融，非一律也。』（張先生函告）繆大年曰：此本入聲韻，『撲』字何以『須唱平聲』，張説疑不可信。又云：『影』字字書多上去兩讀。

〔融入去聲〕宋人歌詞，有融字法。《夢溪筆談》（五）：『古之善歌者有語，謂「當使聲中無字，字中有聲」。（節）如宫聲字而曲合用商聲，則能轉宫爲商歌之。此「字中有聲」也。』朱熹謂：『宫商角徵羽固是就喉舌唇齒上分，不知道喉舌唇齒上亦各有箇宫商角徵羽。』案古人用宫商五音，其義不一：六朝以來相沿以宫商角徵羽爲平上去入聲調之名；唐人字母家又以宫商角徵羽爲喉舌唇齒九音之名；朱熹之説所以創通兩者，以爲名各有當。《夢溪筆談》所用宫商，則指平上去入四聲而言，與喉舌九音無涉，宋詞『融字』，正謂此耳。

〔以平韻爲之〕宋元人明音律者，每改舊腔：如陳允平《日湖漁唱》改《絳都春》、《永遇樂》上聲爲平，改《三犯渡江雲》平聲爲入；元黄子行《蓬甕詞》改《小重山》平韻爲入；白石此詞則改入爲平。《詞源》（下）謂『平聲字可爲上入』，故得互改。賀鑄改《憶秦娥》爲平韻，葉夢得《石林詞》、張元幹《蘆川詞》及《日湖漁唱》，皆有平韻《念奴嬌》。《憶秦娥》、《念奴嬌》亦當用入韻者也。劉毓盤《詞史》第一章云：『梁武帝《江南弄》，起三句皆用平韻，惟《游女曲》、《朝雲曲》二首用入韻。沈約《朝雲曲》同，收四句皆换平韻，惟《采蓮曲》一首换入韻。《六憶詩》通用平韻，惟第三首用入韻。後人填小令若《憶秦娥》，慢詞若《滿江紅》，可用平入聲改叶者即本此。』淩廷堪《梅邊吹笛譜》（下）《湘月》序：『宜興萬氏專以四聲論詞，畏其嚴者多詆之，瀘州先著尤甚，以爲宋詞宫調必有秘傳，不在乎四聲。今案姜夔白石集《滿江紅》云：「末句『無心撲』，歌者將『心』字融入去聲，方諧音律。」《徵招》云：「正宫《齊天樂慢》前兩拍是徵調，故足成之。」及考《徵招》起二句，平仄與《齊天樂》脗合。又《宋史・樂志》載白石《大樂議》云：「七音之協四聲，各有自然之理。」王灼《碧雞漫志》：《楊柳〔枝〕》舊詞，起頭有側字平字之别。然則宋人皆以四聲定宫調，而萬氏之説與古闇合也。先著妄人，寧足哂乎？（節）』此詞箋參四一五頁《承教録》羅蔗園説。

〔巢湖〕在合肥縣東南六十里。『巢』或作『勦』，音子了切，亦名焦湖。見《太平寰宇記》。

〔湖神姥〕《輿地紀勝》（四十五）：巢湖聖姥廟在城左廂明教臺上。曹元忠《淩波詞・滿江紅》序：『考神姥當本淮南王書「歷陽之郡，一夕成湖」事。故《方輿勝覽》云：「姥山在巢湖中。湖陷，姥升此山。有廟。」羅隱詩亦云「借問邑人沉水事，已經秦漢幾千年」也。（節）』

〔濡須〕《輿地紀勝》（四十五）《郡國志》曰：『濡須水自巢湖出，謂之馬尾溝，有偃月塢。』

〔按曹操至濡須口六句〕《三國志・吴書・吴主傳》，建安十八年注引《吴曆》：『曹公出濡須，（節）權爲箋與曹公説：「春水方生，公宜速去。」别紙言：「足下不死，孤不得安。」曹公語諸將曰：「孫權不欺孤。」乃徹軍還。』《方輿勝覽》載宋龔相《濡須塢》詩：『南北安危限兩關，迅流一去幾時還。淒涼千古干戈地，春水方生鷗自閒。』亦用此事。

【校】

〔舊調〕張本『調』作『詞』。

〔因泛〕張本、厲鈔『泛』作『汎』。

〔一席〕劉克莊《後村先生大全集》（一八七）《詩話續集》『席』作『夕』。

〔俱駛〕張本、陸本『駛』作『駃』，誤。

〔共亂雲〕《後村詩話》『共』作『與』，《欽定詞譜》同。《絶妙好詞箋》引《後村詩話》作『擁』。

淡黄柳 正平調近

客居合肥南城赤闌橋之西，巷陌淒涼，與江左異，唯柳色夾道，依依可憐。因度此闋，以紓客懷。

空城曉角。吹入垂楊陌。馬上單衣寒惻惻。看盡鵝黄嫩緑，都是江南舊相識。　正岑寂。明朝又寒食。强攜酒，小橋宅。怕梨花落盡成秋色。燕燕飛來，問春何在，唯有池塘自碧。

【箋】

（此詞應移本卷之首，列《浣溪沙·辛亥正月發合肥》之前。客合肥不始于辛亥也。）

〔赤闌橋〕《詩集》（下）《送范仲訥往合肥》：『我家曾住赤欄橋，鄰里相過不寂寥。君若到時秋已半，西風門巷柳蕭蕭。』

〔小橋宅〕鄭文焯校：『「橋」陸本作「喬」，非是。此所謂「小橋」者，即題叙所云「赤闌橋之西」客居處也，故云「小橋宅」，若作「小喬」，則不得其解已。《絶妙好詞》亦作「橋」，可證。』案：鄭説非；《解連環》亦有『大喬』『小喬』句，張本正作『橋』。《三國志·周瑜傳》，大小橋皆從『木』。喬姓本作『橋』，見戴埴《鼠璞》『姓從人省』條，及莊季裕《雞肋編》（下）『朱希亮與喬世賢相謔』條。宋翔鳳《過庭録》（十二）亦謂《三國志》橋公、大小橋之『橋』不當作『喬』。是姜詞作『橋』不誤也。且詞云『强攜酒，小橋宅』，其非自己寓居之赤闌橋甚明。此小橋蓋謂合肥情侶也。

【校】

清吟堂本《絶妙好詞》題作『客合肥』，《絶妙好詞箋》同，明鈔無題。

〔正岑寂〕《花庵詞選》、《花草粹編》及明鈔《絶妙好詞》，此三字皆屬上片，誤。

〔小橋宅〕陸本『橋』作『喬』，非。《花庵詞選》、《絶妙好詞》、張本、厲鈔皆作『橋』。

長亭怨慢 中吕宫

予頗喜自製曲，初率意爲長短句，然後協以律，故前後闋多不同。桓大司馬云：『昔年種柳，依依漢南。今看摇落，悽愴江潭。樹猶如此，人何以堪。』此語予深愛之。

漸吹盡、枝頭香絮。是處人家，緑深門户。遠浦縈回，暮帆零亂，向何許。閲人多矣。誰得似、長亭樹。樹若有情時，不會得、青青如此。　日暮。望高城不見，只見亂山無數。

韋郎去也，怎忘得、玉環分付。第一是、早早歸來，怕紅萼、無人爲主。算空有并刀，難剪離愁千縷。

【箋】

此亦合肥惜别之詞，序引《枯樹賦》云云，故亂以他辭也。

詞無甲子，陳《疏》（五）定爲『辛亥春自合肥東歸憶别所作』，兹從之。

〔桓大司馬云七句〕案此用桓温事，其文則出庾信《枯樹賦》，白石逕以爲桓語，《四庫全書·白石詞集》提要及吴衡照《蓮子居詞話》已辨之。

〔望高城句〕《青泥蓮花記》引唐歐陽詹贈太原妓詩：『驅馬漸覺遠，回頭長路塵。高城已不見，況復城中人。』此詞用詹詩，亦惜别之一證。

〔玉環〕此用韋臯與玉簫女事，韋臯臨别以玉指環遺玉簫。天籟本改『環』作『簫』。史達祖《玉樓春》詞亦云：『算玉簫、猶逢韋郎。』

【校】

〔日暮〕《花庵詞選》、《花草粹編》此二字屬上片，非。

〔算空有〕陸本『空』作『只』，蓋草書形近致誤。鄭文焯校張本：『案集中《江梅引》亦作「算空有」，是其習用者。』

醉吟商小品

石湖老人謂予云：『琵琶有四曲，今不傳矣，曰《濩索一曰濩絃梁州》、《轉關緑腰》、《醉吟商湖渭州》、《歷絃薄媚》也。』予每念之。辛亥之夏，予謁楊廷秀丈於金陵邸中，遇琵琶工解作《醉吟商湖渭州》，因求得品絃法，譯成此譜，實雙聲耳。

又正是春歸，細柳暗黄千縷。暮鴉啼處。夢逐金鞍去。一點芳心休訴。琵琶解語。

【箋】

此詞作於别合肥之年，用琵琶曲調，又全首以柳起興，疑亦懷人之作。

〔醉吟商小品〕張文虎《舒藝室餘筆》（三）：『吴坰《五總志》：「馬氏南平王時，有王姓者善琵琶，忽夢異人傳之數曲，仙家紫雲之流亞也。」又云：「此譜請元昆〔製叙〕（二字據元書補），刊石於甲寅之方。與世人異者，有獨指《泛清商》、《醉吟商》、《鳳鳴羽》、《聖應羽》之類。」案：如姜序，不過舊譜失傳，偶得之於老樂工耳，吴説近於妖妄。』按《北夢瑣言》載黔南節度使王保義女善彈琵琶，夢美人授曲，内有《醉吟商》一調云云，與吴書所述稍異。小品爲宋詞之一體。王驥德《曲律》（四）『樂府渾成集』條，載林鍾商目云：『品有大品、小品。』

〔石湖老人〕范成大居蘇州之石湖，有《石湖詩集》。楊萬里有《送姜堯章謁石湖先生》詩。白石見范，蓋由楊介。成大淳熙間請病歸石湖，見《石湖詩集》。

〔琵琶有四曲〕《石湖詩集》(三十一)有《復用韻記昨日坐中劇談及趙家琵琶之妙,呈正之提刑二絶》,自注云:『正之云:「《轉關六么》、《濩索梁州》、《歷絃薄媚》、《醉吟商胡渭州》,此四曲,承平時專入琵琶,今不復有能傳者。」』案《石湖集》此詩編在庚戌《秋夕不能佳眠》之下,是琵琶四曲,石湖去年庚戌聞之王正之,今年轉告白石也。

〔《濩索梁州》、《轉關緑腰》、《醉吟商湖渭州》、《歷絃薄媚》〕《梁州》(即《涼州》)、《緑腰》(亦作《六么》或《録要》)、《胡渭州》、《薄媚》,皆唐宋大曲,此翻入琵琶調者。《東坡集·與蔡景繁書》云:『家有胡琴婢,在朐山臨海石室中作《濩索梁州》,凜然有冰車鐵馬之聲。』傅幹注坡詞云:『胡琴,琵琶也。』《高麗史·樂志》《百寶粧》詞云:『變新聲、自成《獲索》,還共聽、一奏《梁州》。』知宋時盛傳此曲。《曲洧舊聞》(五):『(節)《樂志》又云:「《涼州》者,本西涼所獻也,其聲本宫調,有大遍、小遍。正元初,樂工康崑崙寓其聲於琵琶,奏於玉宸殿,因號玉宸宫調。」予嘗聞琵琶中作《轉絃薄媚》者,乃云是玉宸宫調也。』是寓《梁州》於琵琶,始於康崑崙,疑四曲皆創於唐人。《五總志》、《北夢瑣言》所記五代時事,殆不足信。『濩索』、『轉關』、『歷絃』之義,不可盡解,《蔡寬夫詩話》謂『濩索取其音節繁雄,轉關取其聲調諧婉』,亦不明晰。至謂『近時樂家多爲新聲,惟大曲不敢增損,絃索家守之尤嚴』,訓『護』爲『守』,尤近望文生義。蘇軾《減字木蘭花》詞『轉關濩索,春水流絃霜入撥』,『濩』作『鑊』,知『濩索』是聯綿字;吴潛《謁金門》『獨上小樓閒濩索,雲垂天四角』,亦其證。葉夢得《避暑録話》(二)引歐陽修詩,謂『琵琶以撥重爲難,猶琴之用指深,故本色有轢絃、濩索之稱』,然否亦不能定也。

〔予謁楊廷秀丈於金陵邸中〕廷秀，楊萬里字。案《宋史》傳及《誠齋集》，萬里去年（紹熙元年）出爲江東轉運副使，明年（紹熙三年）知贛州不赴。《石湖詩集》（三十三）《謝江東漕楊廷秀秘監送江東集》云『短夢相尋白下門』，是楊今年在金陵爲江東漕也。《白石詩集》有《送朝天集歸誠齋時在金陵》，亦此時作。《誠齋集·送姜堯章謁石湖先生》云：『吾友彝陵蕭太守，逢人説項不離口。袖詩東來謁老夫，慚無高價索璠璵。』淳熙十四年白石初見萬里，蓋以蕭德藻介，本年乃再見于金陵。

〔遇琵琶工解作《醉吟商湖渭州》〕《五總志》：『余先友田不伐，得音律三昧，能度《醉吟商》、《應聖羽》，其聲清越，不可名狀。不伐死矣，恨此曲不傳。』案不伐即田爲，曾爲大晟府製撰官，見《碧雞漫志》。是北宋末年尚有人能歌《醉吟商》。又楊无咎《逃禪詞·解連環》云：『怎似得、斜擁檀槽，看小品吟商，玉纖推却。』无咎，高宗時人，是琵琶調《醉吟商小品》，南宋時猶流行。《宋史·樂志》載宋初教坊所奏十八調四十大（原作『六』，據王國維改）曲，其林鍾商三曲，有《胡渭州》。

《太平廣記》（一四〇）引《廣神異録》：『天寶中，樂人及閭巷好唱《胡渭州》，以回紇爲破。』是《胡渭州》乃唐時民間胡曲小調。（另有説云：《胡渭州》曲名見《教坊記》，天寶中西涼節度使蓋嘉運所進，見宋上交《近事會元》，《樂府詩集》尚有二首。）

〔實雙聲耳〕此詞不注宫調，戴長庚《律話》（中）、陳澧《聲律通考》（十）、張文虎《舒藝室餘筆》（三），皆疑爲雙調。案《詞源》：『夾鍾商俗名雙調，住「上」字。』驗旁譜用字，是雙調無疑。周密記天基聖節排當樂次，有雙聲調《玉簫聲》一曲，似宋時雙調又名『雙聲調』。此詞箋參四一五頁《承教録》羅蔗園説。

【校】

〔湖渭州〕《欽定詞譜》『湖』作『胡』，是。應據正。各本皆作『湖』，蓋清初人避嫌改。

〔一曰濩絃〕厲鈔無此四字注。

〔歷絃〕《欽定詞譜》『絃』作『統』，誤。

〔雙聲〕《欽定詞譜》『聲』下有『調』字。

〔啼處〕張本『處』下空一格，分作二片。

摸魚兒

辛亥秋期，予寓合肥，小雨初霽，偃卧窗下，心事悠然，起與趙君猷露坐月飲，戲吟此曲，蓋欲一洗鈿合金釵之塵。他日野處見之，甚爲予擊節也。

向秋來、漸疏班扇，雨聲時過金井。堂虚已放新涼入，湘竹最宜欹枕。閒記省。又還是、斜河舊約今再整。天風夜冷。自織錦人歸，乘槎客去，此意有誰領。空嬴得，今古三星炯炯。銀波相望千頃。柳州老矣猶兒戲，瓜果爲伊三請。雲路迥。漫説道、年年野鵲曾並影。無人與問。但濁酒相呼，疏簾自捲，微月照清飲。

【箋】

〔趙君猷〕未詳。

〔野處〕洪邁號。按吴榮光《名人年譜》，邁本年歸鄱陽。此序末二句後來所增。

【校】

〔班扇〕厲鈔『班』作『斑』，誤，此用班婕妤事。

〔三星〕鄭文焯校：『「三星」見「跂彼織女」詩疏。唐竇常《七夕》詩：「露盤花水望三星。」』宋人七夕詞常用『三星』，或改爲『雙星』，誤。

淒涼犯

合肥巷陌皆種柳，秋風夕起騷騷然。予客居闔户，時聞馬嘶。出城四顧，則荒煙野草，不勝淒黯，乃著此解。琴有《淒涼調》，假以爲名。凡曲言犯者，謂以宫犯商、商犯宫之類，如道調宫『上』字住，雙調亦『上』字住，所住字同，故道調曲中犯雙調，或於雙調曲中犯道調。其他準此。唐人《樂書》云：『犯有正、旁、偏、側：宫犯宫爲正，宫犯商爲旁，宫犯角爲偏，宫犯羽爲側。』此説非也。十二宫所住字各不同，不容相犯；十二宫特可犯商、角、羽耳。予歸行都，以此曲示國工田正德，使以啞觱栗角吹之，其韻極美。亦曰《瑞鶴仙影》。

緑楊巷陌。秋風起，邊城一片離索。馬嘶漸遠，人歸甚處，戍樓吹角。情懷正惡。更衰草、寒煙淡薄。似當時、將軍部曲，迤邐度沙漠。　追念西湖上，小舫攜歌，晚花行樂。舊遊在否，想如今、翠凋紅落。漫寫羊裙，等新雁、來時繫著。怕匆匆、不肯寄與誤後約。

【箋】

此合肥詞，無甲子，依姜虬緑《年譜》編此年。序末五語，蓋後來所增。

〔凡曲言犯者〕陳暘《樂書》：『樂府諸曲，故不用犯聲，唐自天后末年，劍氣入渾脱，始爲犯聲。劍氣宮調，渾脱角調。』張端義《貴耳集》：『自宣、政間，周美成、柳耆卿輩出，自製樂章，有曰「側犯」、「尾犯」、「花犯」、「玲瓏四犯」。』（《説郛》八引）《詞源》（下）亦云：『崇寧立大晟府，命周美成諸人討論古音，審定古調，（節）而美成諸人又復增慢曲、引、近，或移宮換羽爲三犯、四犯之曲。』『犯曲』蓋盛於北宋末。

『犯曲』如今西樂所謂『轉調』，如本宮調爲黃鍾均宮音，並無大呂、蕤賓二律在内，今忽奏大、夾、仲、蕤、夷、無、應七律，則轉入大呂均宮調矣。如此由甲轉乙，又由乙回甲，所以增樂調之變化。

〔住字〕即《夢溪筆談》所謂『殺聲』，《詞源》所謂『結聲』，蔡元定《律呂新書》、熊朋來《瑟譜》所謂『畢曲』。其二十八調殺聲用某字，即某字調也。

結聲、住字，爲一調基音。王光祈《中國音樂史》曰：『辨調元不能專憑結聲，然結聲終是一大標記，吾人考察樂譜究爲何調，第一應先看結尾是何音，第二看該音在全篇樂中是否佔重要位置（是否出現次數較他音爲多，且多是重要音符；或多在拍中、「板」上，或分配詩詞重要字面上，或常在句尾），並較其他各音符爲長；如該項結尾之音，同時復佔譜中重要位置，則必爲基音無疑，即可斷定是何調。反之，結尾一音在譜中不佔重要位置，其調必屬沈括所謂「偏」、「旁」、「寄」各殺。』

〔故道調曲中犯雙調〕《舒藝室餘筆》（三）：『所謂「道調曲中犯雙調，或於雙調中犯道調」者，雙調是夾鍾之商，道調是仲吕之宫，夾鍾用「一」、「上」、「尺」、「工」、「下凡」、「合」、「四」、「六」、「五」、「高五」，仲吕用「上」、「尺」、「工」、「凡」、「合」、「四」、「一」、「六」、「五」，而皆住聲於「上」字；所不同者，惟「凡」與「下凡」耳，故可相犯。』

〔十二宫所住字不同，不容相犯，十二宫特可犯商、角、羽耳〕十二宫謂黄鍾宫、大吕宫至無射宫、應鍾宫。云『十二宫所住字不同者』，如黄鍾宫住『合』字，大吕宫住『下四』，無射宫住『下凡』，應鍾宫住『凡』字，無一相同者。住字不同則不能相犯。『十二宫特可犯商、角、羽』者，如黄鍾宫可犯無射商、夷則角、夾鍾羽，四者同住『合』字；又如林鍾宫可犯仲吕商、夾鍾角、無射羽，四者同住『尺』字。餘可類推。凌廷堪《燕樂考原》（一）解此未諦。此詞箋參四一六頁《承教録》羅蔗園説。

〔田正德〕周密《武林舊事》（四）乾淳教坊樂部鬻藥色，德壽宫有田正德，注云『教坊大使』，又見同節『拍板』條下。案宋趙昇《朝野類要》（一）『教坊』條：紹興末，臺臣王十朋上章，省罷東西兩教坊、化成殿鈞容班，後有名伶達妓，皆留充壽德宫使臣，自餘多隸臨安府衙前樂。田氏名隸德壽宫，必當時名樂工也。

〔啞觱栗角〕童斐《中樂尋原》（上）：『觱栗今訛爲「喇叭」，蓋誤倒其名，而侈口呼之也。（節）啞觱栗即今頭管，其製以竹爲管，而無笳式之增音器，輭蘆爲哨，長寸餘，音圓而和，下於笛而高於簫。姜白石作《淒涼犯》曲云云，想宋時協曲不用笛而用啞觱栗也。』案《詞源》（下）『音譜』條：『惟慢曲、引、近則不同，名曰小唱，須得聲字清圓，以啞篳篥合之，其音甚正，簫則弗及也。』是宋人歌慢曲、引、近用啞觱栗。陳暘《樂書》稱爲『頭管』，以其音爲衆樂之首，故名。（花蕊夫人《宫詞》：『御製新翻曲子成，六宫初唱未知名。盡將觱栗來抄譜，先按君王玉笛聲。』是五代時亦用觱栗協曲。）

〔其韻極美〕沈義父《樂府指迷》：『詞腔謂之「均」，「均」即「韻」也。』楊纘《作詞五要》：『第一要擇腔，腔不韻則不美。』此非押韻之韻。

〔亦曰《瑞鶴仙影》〕《舒藝室餘筆》（三）：『此與《瑞鶴仙》句調亦大同小異。』《歷代詩餘》（五十四）作『瑞鶴仙引』，誤。此猶《杏花天影》與《杏花天》句調差同也。

〔邊城〕南宋之淮北，已爲敵境，故視淮南爲極邊。王之道《相山集》（十五）有《出合肥北門》二首云：『淮水東來没踝無，只今南北斷修塗。東風却與人心別，布暖吹生偏八區。』『斷垣甃石新修壘，折戟埋沙舊戰場。闤闠凋零煨燼裏，春風生草没牛羊。』之道南宋初人，二詩寫合肥彼時兵後殘破已如此。《齊東野語》（五）『端平入洛』條，記端平元年全子才合淮西之兵赴汴，自合肥渡壽州抵蒙城一帶，『沿途茂林長草，白骨相望，蝱蠅撲面，杳無人蹤』。此則在白石之後。

可見南宋百餘年間淮河流域荒涼景況，録之爲此詞參證。

【校】

〔淒涼犯〕陸本及《花庵詞選》調下有『仙呂調犯商調』六字小注，他本皆無，當是陸據《花庵》補入。『商』應作『雙』，説在校律。

〔雙調曲中〕張本『雙』作『雙』。

〔犯有正旁偏側〕厲鈔『正』下羨一『正』字。

〔宮犯羽爲側〕陸本此句下羨一『宮』字。

〔啞觱栗角〕陸本無『角』字。

〔秋風〕《花庵詞選》『秋』作『西』。

〔漫寫〕《花庵詞選》『漫』作『謾』。

秋宵吟 越調

古簾空，墜月皎。坐久西窗人悄。蛩吟苦，漸漏水丁丁，箭壺催曉。引涼颸，動翠葆。露脚斜飛雲表。因嗟念、似去國情懷，暮帆煙草。　帶眼銷磨，爲近日、愁多頓老。衛娘何在，宋玉歸來，兩地暗縈繞。摇落江楓早。嫩約無憑，幽夢又杳。但盈盈、淚灑單衣，今夕何夕恨未了。

【箋】

此詞『衛娘』、『宋玉』句與前首《摸魚兒》『織錦人歸，乘槎客去』之語合。白石以紹熙二年夏間往金陵，秋間返合肥，時令亦合。據『衛娘』、『織錦』句，其時所眷者殆已離肥他去，故白石此年之後遂無合肥蹤跡。此二詞當同時作，茲連系於此。

陳《譜》以曲用越調，定爲紹熙四年在越中作，非。

【校】

此是雙拽頭調，『引涼颸』句上應空一格，另作一片，説在《校律》。

〔宵〕此張本作『霄』，誤。

〔漏水〕《花庵詞選》『水』作『永』，誤。

〔暮帆煙草〕厲鈔作『暮煙衰草』，《花庵》『帆』作『晚』，皆誤。

點絳脣

金谷人歸，緑楊低掃吹笙道。數聲啼鳥。也學相思調。　月落潮生，掇送劉郎老。淮南好。甚時重到。陌上生春草。

【箋】

陳思《年譜》定此首及《解連環》爲本年秋期後再自合肥東歸時惜别之作，茲從之。

解連環

玉鞭重倚。却沈吟未上，又縈離思。爲大喬、能撥春風，小喬妙移箏，雁啼秋水。柳怯雲鬆，更何必、十分梳洗。道郎攜羽扇，那日鬲簾，半面曾記。　西窗夜涼雨霽。歎幽歡未足，何事輕棄。問後約、空指薔薇，算如此溪山，甚時重至。水驛燈昏，又見在、曲屏近底。念唯有、夜來皓月，照伊自睡。

【箋】

此別合肥詞，兹依陳《譜》編年。『大喬』、『小喬』句與《踏莎行》之『燕燕』、『鶯鶯』，《琵琶仙》之『桃根』、『桃葉』合證，知是姊妹二人。

【校】

〔玉鞭〕《花庵詞選》、《歷代詩餘》『鞭』皆作『鞍』。

〔大喬〕〔小喬〕張本二『喬』皆作『橋』，是。

〔移箏〕《舒藝室餘筆》(三)：『案「移」乃「搊」字之譌。』案白石《石湖仙》云『緩移箏柱』，馮延巳《鵲踏枝》云『誰把鈿箏移玉柱』，『移箏』不誤。《詞綜》改作『攜』，亦非。

〔近底〕朱孝臧校《花庵詞選》『近』下注『平聲』二字。祠堂本《白石詞》亦然。又，《鶯聲繞紅樓》結句『近前舞絲絲』，各本『近』亦注『平聲』，《詞譜》(三十四)以爲可疑。案宋人柳永、周邦彦以次填《解連環》調，此字皆用平聲字。足見白石嚴于字聲。

玉梅令 高平調

石湖家自製此聲，未有語實之，命予作。石湖宅南，鬲河有圃曰范村，梅開雪落，竹院深静，而石湖畏寒不出，故戲及之。

疏疏雪片。散入溪南苑。春寒鎖、舊家亭館。有玉梅幾樹，背立怨東風，高花未吐，暗香已遠。　公來領略，梅花能勸。花長好、願公更健。便揉春爲酒，翦雪作新詩，拚一日、繞花千轉。

【箋】

〔石湖家自製此聲，未有語實之，命予作〕白石製詞，有裁截舊調者，如《霓裳中序第一》等是；有先率意爲長短句，然後協之以律者，如《長亭怨慢》是；有採各宮調之律，合成一調，宮商相犯者，如《淒涼犯》是；有改舊調之韻腔及其宮調者，如《滿江紅》、《湘月》是；有譯舊曲爲新譜者，如《醉吟商小品》是；有他人製腔，己實以詞者，如此詞是。

〔范村〕范成大《梅譜》自序：『余於石湖玉雪坡既有梅數百本，比年又於舍南買王氏僦舍七十楹，盡拆除之，治爲范村。以其地三分之一與梅。吴下栽梅特盛，其品不一，今始盡得之，隨所得爲之譜，以遺好事者。』

〔石湖畏寒不出〕《石湖詩集》是年有《范村雪後》五律、《雪後苦寒》七絶諸詩。案石湖淳熙十年癸卯秋冬之間，以病風眩，請閑歸吴，見《石湖集》。

【校】

《詞譜》（十五）依《詞緯》本，删上片『高花未吐』之『高』字，以對下片之『拚一日』，又於下片『梅花能勸』句『梅』下增『下』字，對上片『散入溪南苑』句。《詞律》（五）亦云：『「高」字恐贅，蓋自「春寒」以下，前後同也。』案白石自謂自度曲『前後闋多不同』，見《長亭怨慢》序；《詞緯》臆改，不可從。此首宋元詞中無他首可校。

〔領略〕陸本、張本、厲鈔皆作『領客』，《花庵詞選》作『領略』。案『領客』較長。石湖畏寒不出，故云『公來領客』，白石《漢宮春》亦云『臨皋領客』，是用杜詩『故人能領客，攜酒重相看』。

暗　香 仙吕宫

辛亥之冬，予載雪詣石湖。止既月，授簡索句，且徵新聲。作此兩曲，石湖把玩不已，使工妓隸習之，音節諧婉，乃名之曰『暗香』、『疏影』。

舊時月色。算幾番照我，梅邊吹笛。唤起玉人，不管清寒與攀摘。何遜而今漸老，都忘却、春風詞筆。但怪得、竹外疏花，香冷入瑶席。　江國。正寂寂。歎寄與路遥，夜雪初積。翠尊易泣。紅萼無言耿相憶。長記曾攜手處，千樹壓、西湖寒碧。又片片、吹盡也，幾時見得。

疏 影

苔枝綴玉。有翠禽小小，枝上同宿。客裏相逢，籬角黄昏，無言自倚修竹。昭君不慣胡沙遠，但暗憶、江南江北。想佩環、月夜歸來，化作此花幽獨。　猶記深宫舊事，那人正睡裏，飛近蛾緑。莫似春風，不管盈盈，早與安排金屋。還教一片隨波去，又却怨、玉龍哀曲。等恁時、重覓幽香，已入小窗横幅。

【箋】

《硯北雜志》（下）：『小紅，順陽公青衣也，有色藝。順陽公之請老，姜堯章詣之。一日，授簡徵新聲，堯章製《暗香》、《疏影》兩曲。公使二妓肄習之，音節清婉。姜堯章歸吴興，公尋以小紅贈之。其夕大雪，過垂虹賦詩曰：「自琢新詞韻最嬌，小紅低唱我吹簫。曲終過盡松陵路，回首煙波十里橋。」』順陽公謂范成大也。

此詞以有『昭君』『胡沙』語，前人皆謂指徽、欽、后妃。張惠言《詞選》謂『以二帝之憤發之』。鄧廷楨《雙硯齋詞話》謂『乃爲北庭後宫言之』。鄭文焯曰：『考唐王建《塞上詠梅》詩曰：「天山路邊一株梅，年年花發黄雲下。昭君已没漢使回，前後征人誰繫馬。」白石詞意當本此。』（案許昂霄《詞綜偶評》引胡銓《詠梅》，亦有『春風自識明妃面』句。）近劉永濟氏以《南燼紀聞》載徽宗北行道中聞笳笛作《眼兒媚》詞，有『春夢繞胡沙，向晚不堪回首，坡頭吹徹梅花』之句，謂即白石昭君云云之由來，此又前人所未及者。然靖康之亂距白石爲此詞時已六七十年，謂專爲此作，殆不可信。此猶今人詠物忽無故闌入六十年前光緒庚子八國聯軍之事，豈非可詫？若謂石湖嘗使金國，故詞涉徽、欽，亦不甚切事理。若謂白石感慨，泛指南宋時局，則未嘗不可。予又疑白石此詞亦與合肥别情有關：如『歎寄與路遥』『紅萼無言耿相憶』『早與安排金屋』等句，皆可作懷人體會。又二詞作于辛亥之冬，正其最後别合肥之年（時所眷者已離合肥他去，參前《秋宵吟》箋）；范成大贈以小紅，似亦爲慰其合肥别情。以此互參，寓意可見。惟二詞爲應成大之折簡索句，不專爲懷人而作，不似《江梅引》、《踏莎行》諸闋之屬辭明顯耳。餘詳《合肥詞事考》及《姜白石繫年》。（劉克莊《沁園春·夢中作梅詞》有『湘娥凝望』『明妃遠嫁』語，高觀國《金人捧露盤》詠梅花有『楚宫閒』『驪歌幾疊，至今愁思怯陽關』句，題曰『夢中作』，調用《金人捧露盤》，似寄託后妃北行事，然不應以此説白石詞。）

張惠言《詞選》又謂：『首章言己嘗有用世之志，今老無能，但望之石湖也。』案石湖此時六十六歲，已宦成身退，白石實少于石湖二十餘歲，張説誤。蔣敦復《芬陀利室詞話》謂指南北議和事，亦嫌無徵據。汪瑔作《旅譚》，謂爲徽宗女柔福作。（《宋史·公主傳》：開封尼静善者，内人言其貌似柔福。韓世忠送至行在，封福國長公主，適永州防禦使高世榮。其後内人從顯仁太后歸，言其妄，静善遂伏誅。《瑣碎録》言其非僞，韋太后惡其言虜中隱事，故急命誅之耳。葉紹翁《四朝聞見録》二集六十六頁『柔福帝姬』條亦云：『或謂太后與柔福俱處北方，恐其訐己，故文之似僞。』)『昭君』四句,言其自金逃歸;『一片隨波』二句,言爲韋后誅死;至《暗香》『翠尊易泣』四句,則就高世榮追憶曩歡言之。其説甚新,其無可徵信,亦同前説。

樓敬思《洗硯齋集》有此兩詞書後二篇,録在卷末,可參閲。

【校】

明鈔本、清吟堂本《絶妙好詞》兩首調名下皆有『梅』字題。《絶妙好詞》《疏影》調名下有『仲吕宫』三字,明鈔無。

〔工妓隸習之〕《花庵詞選》、《硯北雜志》改『工』作『二』,未諦。『工妓相傳』見《魏書·禮志》。《硯北雜志》『隸』作『肄』,是。

〔名之〕張本、厲鈔、《花庵詞選》『名』作『命』。北京圖書館所藏《名賢法帖》卷九載白石手蹟此詞後題:『此詞名《疏影慢》,與前篇同時作。』

〔攀摘〕許增校:『「不管清寒與攀摘」,别本作「折」,吴毅夫次韻亦用「折」字。』案:張、陸、厲三本,《花庵詞選》、《絶妙好詞》及陳允平、邵亨貞和作皆作『摘』,吴潛作『折』,或劉自昭録示偶誤(見吴詞序)。許增所見不知何本。舊鈔本跋(在陶宗儀二跋後,或亦陶作):『「攀摘」他本作「攀折」,誤也。』

〔香冷〕清吟堂本《絶妙好詞》有校注云:『《全芳備祖》「香」下有「暗」字。』

〔易泣〕鄭文焯《絶妙好詞校録》：『清吟堂刻《絶妙好詞》，石帚《暗香》「翠尊易泣」，注云「泣」當作「竭」，不詳所出，近時坊刻遂改作「竭」。按嘉泰本是「泣」字，當從之。黄孝邁《湘春夜月》「空尊易泣」，此可爲石帚作「泣」之證。』案洪正治刻姜詞作『竭』，周邦彦《浪淘沙慢》云『翠尊未竭』，殆其所據；然陳允平《日湖漁唱》、邵亨貞《蛾術詞選》和此首皆作『泣』，知宋本是『泣』無疑。道光刊本《絶妙好詞箋》亦誤作『竭』。

〔疏影〕《花庵詞選》、《絶妙好詞》此調下皆注『仙吕宫』三字。

〔胡沙〕許增校：《歷代詩餘》、《欽定詞譜》『胡』皆作『龍』。清人避嫌改。

〔月夜〕《絶妙好詞箋》『夜』作『下』。《名賢法帖》卷九白石手蹟同。明鈔《絶妙好詞》『夜』誤作『庭』，當本作『夜』。

〔飛近〕《名賢法帖》卷九白石手蹟『近』作『上』。

〔重覓〕陸本、厲鈔『重』作『再』。

姜白石詞編年箋校卷四

紹熙四年癸丑公元一一九三年

水龍吟

黄慶長夜泛鑑湖，有懷歸之曲，課予和之。

夜深客子移舟處，兩兩沙禽驚起。紅衣入槳，青燈摇浪，微涼意思。把酒臨風，不思歸去，有如此水。況茂陵遊倦，長干望久，芳心事，簫聲裏。　屈指歸期尚未。鵲南飛、有人應喜。畫闌桂子，留香小待，提攜影底。我已情多，十年幽夢，略曾如此。甚謝郎、也恨飄零，解道月明千里？

【箋】

〔黄慶長〕未詳。

〔鑑湖〕在紹興城南三里，原名鏡湖，以宋諱改。

玲瓏四犯

越中歲暮，聞簫鼓感懷。

疊鼓夜寒，垂燈春淺，悤悤時事如許。倦遊歡意少，俛仰悲今古。江淹又吟恨賦。記當時、送君南浦。萬里乾坤，百年身世，唯有此情苦。　揚州柳垂官路。有輕盈换馬，端正窺户。酒醒明月下，夢逐潮聲去。文章信美知何用，漫贏得、天涯羇旅。教説與。春來要、尋花伴侣。

【校】

〔玲瓏四犯〕陸本調下有『此曲雙調，世别有大石調一曲』十二字。《絶妙好詞箋》(二)調下注『黄鍾商』三字，清吟堂本《絶妙好詞》同。

〔换馬〕《花草粹編》(十)、明鈔《絶妙好詞》『换』皆作『唤』。《絶妙好詞箋》作『换』。

〔贏〕張作『嬴』，誤。

〔教説與〕《陽春白雪》(七)有譚宣子此調『重過南樓，用白石體賦』一首，末句云：『離别苦。那堪聽、敲窗凍雨。』知白石此句『與』字是韻。

紹熙五年甲寅公元一一九四年

鶯聲繞紅樓

甲寅春，平甫與予自越來吴，攜家妓觀梅于孤山之西村，命國工吹笛，妓皆以柳黄爲衣。

十畝梅花作雪飛。冷香下、攜手多時。兩年不到斷橋西。長笛爲予吹。　人妒垂楊緑，春風爲染作仙衣。垂楊却又妒腰肢。近平聲前舞絲絲。

【箋】

此調前人未填，《詞律》、《詞譜》皆未收，江炳炎批本《白石詞》疑爲白石自度。案陳耀文《花草粹編》（五）載宋徽宗《金蓮繞鳳樓》一首，用仄韻而腔調相似，詳在《白石歌曲校律》。冒廣生疑此爲白石自度之犯調曲，謂凡調名至五字者，皆是犯調曲，不知信否。

〔平甫〕張鑑字，張俊之孫，張鎡功父之弟。白石自述謂與平甫『十年相處，情甚骨肉』。參《交游考》。

〔孤山之西村〕周密《武林舊事》（五）『孤山路』：『西陵橋又名西泠橋，又名西村。』《白石歌曲别集》《卜算子・梅花八詠》注：『西村在孤山後，梅皆阜陵時所種。』

【校】

〔近前〕各本『近』字下皆注『平聲』二字。《舒藝室餘筆》(三)：『案「近」有上去二音，無平聲，此音疑誤。』案《花庵詞選》白石《解連環》『曲屏近底』句，『近』字下亦注『平聲』。

角招 黄鍾角

甲寅春，予與俞商卿燕遊西湖，觀梅于孤山之西村，玉雪照映，吹香薄人。已而商卿歸吴興，予獨來，則山横春煙，新柳被水，遊人容與飛花中，悵然有懷，作此寄之。商卿善歌聲，稍以儒雅緣飾；予每自度曲，吟洞簫，商卿輒歌而和之，極有山林縹緲之思。今予離憂，商卿一行作吏，殆無復此樂矣。

爲春瘦。何堪更、繞西湖盡是垂柳。自看煙外岫。記得與君，湖上攜手。君歸未久。早亂落、香紅千畝。一葉淩波縹緲，過三十六離宫，遣遊人回首。　猶有。畫船障袖。青樓倚扇，相映人争秀。翠翹光欲溜。愛著宫黄，而今時候。傷春似舊。蕩一點、春心如酒。寫入吴絲自奏。問誰識、曲中心，花前友。

【箋】

〔角招〕蔡絛《鐵圍山叢談》：『時燕樂告備，因作《徵招》、《角招》，有曲名《黄河清》、《壽星明》者，極韶美，次膺作一詞云云。』白石《徵招》序云：『《徵招》、《角招》者，政和間大晟府嘗製數十曲。』今案晁次膺《閑齋琴趣》(六)有《並蒂芙蓉》《壽星明》《黄河清》《舜韶新》諸首，即徵調曲。

據此，數十曲統于二招，則二招非詞調之名可知。白石此二詞與《醉吟商小品》，皆以宫商五音爲調名，唐宋詞中所罕見也。參四一七頁《承教録》羅蔗園説。

繆大年曰：『孟子在齊聞《徵招》、《角招》，二招即韶之樂也。不曰「韶」而曰「招」者，此齊人語。《春秋》「渝平」，《公羊》作「輸平」；「浮來」，《公羊》作「包來」；「防」，《公羊》作「邴」。濁音之字，《公羊》齊讀皆成清音，「韶」入齊而爲「招」，其例同也。』案『招』又通作『磬』。

蔣禮鴻曰：『《太平寰宇記》「道州風俗」條：「俗尚韶歌，因舜二妃泣望瀟湘，風俗號曰湘夫人，又云湘君，遂作此辭，由來久矣。」大晟二招之名或本於此。觀晁次膺《舜韶新》之名，其因舊名以製新曲可見。』

〔俞商卿〕俞灝字商卿，白石湖州、杭州交游，參《交游考》及前《浣溪沙》箋。

〔西村〕見前《鶯聲繞紅樓》箋。

〔商卿一行作吏〕案《咸淳臨安志》：俞灝紹熙四年登第。

【校】

〔燕遊〕周密《澄懷録》引此序，無『燕』字。

〔吹香〕《澄懷録》『吹』作『水』，張本作『吚』。《舒藝室餘筆》（三）：『案史晨後碑「吹」作「欠」，故譌爲「吹」，然疑「吹」乃「冷」字誤也。』周汝昌曰：王安石詩『隔屋吹香併是梅』，李商隱詩『桂花吹斷月中香』，吹香自通。

〔容與〕厲鈔『容』誤作『客』。

〔作此〕《澄懷録》『此』作『辭』。

〔吟洞簫〕《舒藝室餘筆》(三)：『此「吟」當爲「吹」。』

〔輒〕厲鈔作『轍』，誤。

〔繞西湖〕《舒藝室餘筆》(三)：『汪曰楨云「西」字衍。』朱孝臧校：『按宋趙以夫、元邵亨貞俱有是調，是句俱作九字，此缺一旁譜，「西」字疑衍。』案：趙詞此句作『苔枝上翦成萬點冰蕚』，邵詞作『東風外畫闌倚徧寒峭』，皆是三、六句法，以上下片旁譜校之，上片『湖盡』至『外岫』十字，與下片『相映』至『欲溜』十字全同。『西』字誤衍無疑。丘瓊齋疑『是』字衍，恐非。

〔花前友〕陸本、厲鈔『友』作『後』。《舒藝室餘筆》初稿謂應依陸本作『後』，『作「友」大謬』，刊《餘筆》時，旋删去此校。鄭文焯校張本，主當作『友』，謂『此結處蓋用對句例』。繆大年曰：『《廣韻》「東」下云「舜七友有東不訾」，元刊簡本作「舜之後」，亦誤「友」爲「後」，由「後」字草書與「友」形近也。』案此詞作『友』較長。

寧宗慶元二年丙辰公元一一九六年

鷓鴣天

予與張平甫自南昌同遊西山玉隆宫，止宿而返，蓋乙卯三月十四日也。是日即平甫初度，因買酒茅舍，並坐古楓下。古楓，旌陽在時物也，旌陽嘗以草屨懸其上，土人謂屨爲屩，因名曰掛屩楓。蒼山四圍，平野盡緑，隔澗野花紅白，照影可喜，使人採擷，以藤糾纏著楓上。少焉月出，大於黄金盆，逸興横生，遂成痛飲，午夜乃寢。明年平甫初度，欲治舟往封禺松竹間。念此遊之不可再也，歌以壽之。

曾共君侯歷聘來。去年今日踏莓苔。旌陽宅裏疏疏磬，挂屩楓前草草杯。呼煮酒，摘青梅。今年官事莫裵徊。移家徑入藍田縣，急急船頭打鼓催。

【箋】

〔張平甫〕張鑑，見前《鶯聲繞紅樓》箋。

〔西山〕《輿地紀勝》（廿六）『隆興府』：西山在新建西，高二千丈，周三百里。《寰宇記》云：又名南昌山。

〔玉隆宫〕《輿地紀勝》（廿六）：玉隆觀『在新建縣界，舊名游帷觀。（節）國朝祥符中改賜玉隆觀額』。

〔旌陽〕《能改齋漫録》（十）『許旌陽作鐵柱鎮蛟』條：『晉許真君爲旌陽令，時江西有蛟爲害，旌陽與其徒吴猛仗劍殺蛟，遂作大鐵柱鎮壓其處。今豫章有鐵柱觀，而柱猶存也。』《豫章古今記·藝術部》：『許真君遜，字敬之，南昌人。晉永和二年八月十五日合家仙去。其宅今游帷觀是也。』

〔封禺〕談鑰《嘉泰吴興志》（四）：『武康有封山、禺山。』《太平寰宇記》：防風山先名封禺山。《弘治湖州志》：禺山本禹十二代孫帝禺所居。

〔君侯〕陳《譜》：『平甫曾宰山陰，故稱君侯。』

〔移家句〕王維有輞川藍田别業，此以比平甫封禺别業。又杜甫《去矣行》：『未試囊中餐玉法，明朝且入藍田山。』仇注引《後魏書》，李預居長安，采訪藍田玉，爲屑食之。案詞序，時平甫初度，此或兼用杜詩爲引年之祝。

【校】

〔謂屨〕陸本『謂』作『以』。

阮郎歸

爲張平甫壽，是日同宿湖西定香寺。

紅雲低壓碧玻瓈。惺憁花上啼。静看樓角拂長枝。朝寒吹翠眉。　休涉筆，且裁詩。年年風絮時。繡衣夜半草符移。月中雙槳歸。

【箋】

此調二首。陳《譜》編前首爲慶元三年三月十四日作，後首爲慶元四年作。姜虬緑《年譜》則疑二首皆此年作。兹從姜《譜》。平甫生日在春間，故列《齊天樂》前。

〔湖西定香寺〕《武林舊事》（五）『西湖三隄路』：『旌德觀元係定香寺。』《西湖志》（十）：『旌德觀在蘇隄映波橋。』《西湖遊覽志》：『觀本定香寺。』

〔繡衣二句〕謂官令禁深夜遊湖。《漢書》：『暴勝之衣繡衣杖斧，逐捕泰山瑯琊盗。』

又

旌陽宫殿昔裵徊。一壇雲葉垂。與君閒看壁間題。夜涼笙鶴期。　茅店酒，壽君時。老楓臨路歧。年年强健得追隨。名山遊遍歸。

【箋】

〔旌陽〕見前二首《鷓鴣天》注。

齊天樂 黄鍾宫

丙辰歲，與張功父會飲張達可之堂，聞屋壁間蟋蟀有聲，功父約予同賦，以授歌者。功父先成，辭甚美。予裴徊茉莉花間，仰見秋月，頓起幽思，尋亦得此。蟋蟀，中都呼爲促織，善鬭，好事者或以三二十萬錢致一枚，鏤象齒爲樓觀以貯之。

庾郎先自吟愁賦，淒淒更聞私語。露溼銅鋪，苔侵石井，都是曾聽伊處。哀音似訴。正思婦無眠，起尋機杼。曲曲屏山，夜涼獨自甚情緒。　西窗又吹暗雨。爲誰頻斷續，相和砧杵。候館迎秋，離宫弔月，別有傷心無數。豳詩漫與。笑籬落呼燈，世間兒女。寫入琴絲，一聲聲更苦。宣政間，有士大夫製《蟋蟀吟》。

【箋】

〔齊天樂〕《名賢法帖》卷九白石手蹟此詞名『齊天樂慢』。

〔張功父〕張鎡字功父，張俊孫，有《南湖集》。參《交游考》。

〔張達可〕張鎡舊字時可，見楊萬里《誠齋集》（廿一），達可與時可連名，或其昆季也。

〔功父先成，辭甚美〕《南湖詩餘》（十頁）《滿庭芳·促織兒》云：『月洗高梧，露溥幽草，寶釵樓外秋深。土花沿翠，螢火墜牆陰。靜聽寒聲斷續，微韻轉、淒咽悲沈。争求侣，殷勤勸織，促破曉機心。兒時曾記得，呼燈灌穴，斂步隨音。任滿身花影，猶自追尋。攜向華堂戲鬥，亭臺小、籠巧妝金。今休説，從渠床下，涼夜伴孤吟。』

〔中都〕猶言都内，謂杭州行在。

〔爲樓觀以貯之〕王仁裕《開元天寶遺事》：『每秋時，宫中妃妾皆以小金籠閉蟋蟀置枕函畔，夜聽其聲。民間争效之。』張鎡詞『籠巧粧金』句用此。鄭校引宋顧文薦《負暄雜録》『禽蟲善鬥』條：『鬥蟲亦起于天寶間，長安富人鏤象牙爲籠而畜之。以萬金之資，付之一喙，其來遠矣。』（見《説郛》十八）吴《箋》引《西湖老人繁勝録》：『促織盛出，都民好養，或用銀絲爲籠，或作樓臺爲籠，（節）鄉民争捉入城貨賣，鬥贏三兩個，便望賣一兩貫錢，若生得大更會鬥，便有一兩銀賣。每日如此，九月盡天寒方休。』

〔庾郎愁賦〕今本《庾子山集》無《愁賦》，前人謂白石此句杜撰。案王若虚《滹南遺老集》（三十四）《文辨》，謂：『嘗讀庾氏詩賦，類不足觀，而《愁賦》尤狂易可怪。』又劉辰翁《須溪詞》《蘭陵王·送春》亦云：『更江令恨别，庾信愁賦。』似宋金人所見庾集實有《愁賦》。（頊錢鍾書先生見告：《愁賦》見葉廷珪《海録碎事》卷九下《愁樂門》，宋代王安石、黄庭堅、韓駒、薛季宣皆嘗引此文。周邦彦《片玉集》（五）《宴清都》陳注亦引。）

【校】

明鈔《絶妙好詞》題作『蟋蟀』，清吟堂本及《絶妙好詞箋》同。

〔黄鍾宫〕張本、厲鈔無此三字注。

〔以授〕厲鈔『授』作『援』，誤。

〔三二〕陸本作『二三』。

〔先自〕《陽春白雪》『先』字下注『去聲』二字。

〔哀音〕此三句十三字，《名賢法帖》卷九白石手蹟作『寒聲未住，歎機杼暫停，倚床思婦』。殆初稿也。

〔候館〕張本『候』作『侯』，誤。

〔豳詩〕明鈔《絶妙好詞》『豳』作『幽』，誤。

〔漫與〕張本、陸本『漫』作『謾』。『與』許增校：『舊鈔本作「譜」。』《歷代詩餘》作『舉』，皆誤。

慶宫春

紹熙辛亥除夕，予别石湖歸吴興，雪後夜過垂虹，嘗賦詩云：『笠澤茫茫雁影微，玉峯重疊護雲衣。長橋寂寞春寒夜，只有詩人一舸歸。』後五年冬，復與俞商卿、張平甫、銛朴翁自封禺同載詣梁溪，道經吴松，山寒天迥，雲浪四合，中夕相呼步垂虹，星斗下垂，錯雜漁火，朔吹凛凛，卮酒不能支。朴翁以衾自纏，猶相與行吟。因賦此闋，蓋過旬塗稾乃定。朴翁咎予無益，然意所耽不能自已也。平甫、商卿、朴翁皆工于詩，所出奇詭，予亦强追逐之。此行既歸，各得五十餘解。

雙槳蓴波，一蓑松雨，暮愁漸滿空闊。呼我盟鷗，翩翩欲下，背人還過木末。那回歸去，蕩雲雪、孤舟夜發。傷心重見，依約眉山，黛痕低壓。采香徑裏春寒，老子婆娑，自歌誰答。垂虹西望，飄然引去，此興平生難遏。酒醒波遠，政凝想、明璫素韈。如今安在，唯有闌干，伴人一霎。

【箋】

〔垂虹〕《吴郡圖經續志》（中）：『吴江利往橋，慶曆八年，縣尉王廷堅所建也。東西千餘尺，用木萬計。縈以修闌，甃以淨甓。前臨具區，横截松陵。湖光海氣，蕩漾一色。乃三吴之絶景也。（節）橋有亭曰垂虹。蘇子美嘗有詩云「長橋跨空古未有，大亭壓浪勢亦豪」，非虚語也。』

〔笠澤〕《名勝志》：太湖『《禹貢》謂之震澤，《周禮》謂之具區，《左傳》謂之笠澤，其實一也』。《吴郡圖經續志》（中）：『松江一名笠澤。』自太湖分流也。

〔只有詩人一舸歸〕此《詩集》（下）《除夜自石湖歸苕溪》十首之一。《詩集》（下）《雪中六解》之四：『曾泛扁舟訪石湖，恍然坐我范寬圖。天寒遠掛一行鴈，三十六峯生玉壺。』亦指此行。

〔俞商卿〕見前《浣溪沙》箋。

〔張平甫〕見前《鶯聲繞紅樓》箋。

〔銛朴翁〕葛天民字無懷，初爲僧，名義銛，字朴翁。山陰人，居西湖。參《交游考》。

〔各得五十餘解〕案《白石詞》可定爲此年冬作者，止此及《江梅引》、《鬲溪梅令》、《浣溪沙》等五首，詩無可考。此云『各得五十餘解』，殆删去十九。白石製一詞『過旬塗稾乃定』，而去取之嚴又如此。

周密《浩然齋雅談》（中）：『慶元丙辰冬，姜堯章與俞商卿、銛朴翁、張平甫自封禺同載詣梁溪，道過吴淞，既歸，各得詩詞若干解，鈔爲一卷，命之曰《載雪録》。其自叙云：「予自武康與商卿、朴翁同載詣南（當作『梁』）谿，道出苕霅、吴淞，天寒野迥，仰見雁鶩飛下玉鑑中，詩興横發，嘲唫吟諷，造次出語便工。而朴翁尤敏不可敵，未浹日，得七十餘解。復有伽語小詞，隨事一笑。大要三人鼎立，朴翁似曹孟德，據詩社出奇無窮；商卿似江東，多奇秀英妙之士；獨予椎魯不武，雖自謂漢家子孫，然不敢與二豪抗也。」且云：此編向見之雪林李與甫，後歸之僧頤蒙，乃朴翁手書也。古律、絶句、贊、頌、偈、聯句、詞曲、紀夢，凡一百五十三，多集中所無者。蕭介父題云：「亂雲連野水連空，只有沙鷗共數公。想得句成天亦喜，雪花迎櫂入吴中。」孫季蕃云：「詩字峥嶸照眼開，人隨塵劫挽難回。清苕載雪流寒碧，老我遍舟獨自來。」』此叙中無平甫，與詞題異。

〔采香徑〕《蘇州府志》（廿六）引范《志》：『采香徑在香山之旁，小溪也。吴王種香於香山，使美人泛舟於溪以采香。今自靈巖山望之，一水直如矢，故俗又名箭涇。』據此，『徑』字當依陸本作『涇』。柳永《樂章集》（中）《雙聲子》『夫差舊國，香徑没，徒有荒丘』，吴文英《八聲甘州》云『箭徑酸風射眼』，則皆作『徑』仄聲。然『涇』本有平去二聲，依范《志》，陸本作『涇』較長。案白石與文英詞皆借用其名，不指實地。

【校】

〔嘗賦〕厲鈔『嘗』作『當』，誤。

〔雲浪〕張本、陸本、厲鈔『雲』皆作『雪』。

〔采香徑〕陸本『徑』作『涇』，張本作『逕』。

【附録】

邵亨貞《蛾術詞選》(一)《擬古十首》之六，《杏花天·擬白石垂虹夜泊》：『月明消却宫娃酒。聽吹笛、清寒滿袖。向時雙槳載離愁，去後。幾春風，待問柳。漫回首、三江渡口。念西子、如今在否。上方鐘動客船開，别久。寄新詩，興未有。』《硯北雜志》(下)：『近世以筆墨爲事者，無如姜堯章、趙子固，二公人品高，故所録皆絶俗。往余見張貫道畫圖，後有子固端平三年監新城商税日叙姜堯章《慶宫春》詞，愛其詞翰丰茸，故備載之。』

清沈濤建姜白石祠於垂虹橋，見朱羲和《萬竹樓詞選·酹江月》詞。

此詞小序，周密收入《澄懷録》中。

江梅引

丙辰之冬，予留梁溪，將詣淮而不得，因夢思以述志。

人間離别易多時。見梅枝，忽相思。幾度小窗幽夢手同攜。今夜夢中無覓處，漫徘徊。寒侵被，尚未知。

溼紅恨墨淺封題。寶箏空，無雁飛。俊遊巷陌，算空有、古木斜暉。舊約扁舟，心事已成非。歌罷淮南春草賦，又萋萋。漂零客，淚滿衣。

【箋】

此憶合肥人作，白石紹熙二年辛亥别合肥，至此五年矣。《詩集》（下）《送范仲訥往合肥》第三首云：『小簾燈火屢題詩，回首青山失後期。未老劉郎定重到，煩君説與故人知。』可與此互參。

【校】

〔淮而〕朱孝臧校張本：『「而」當作「南」』，倪鴻刊本作『南』。

【箋】

〔梁溪〕在無錫西門外，相傳以梁鴻居此得名。張鎡《南湖集》輯本（七）有《題平甫弟梁溪莊園》詩，是張鑑有莊園在無錫，白石此時蓋依鑑居。《自述》謂平甫欲贈錫山膏腴之田，或即此時。

鬲溪梅令

丙辰冬，自無錫歸，作此寓意。

好花不與殢香人。浪粼粼。又恐春風歸去、緑成陰。玉鈿何處尋。　木蘭雙槳夢中雲。小横陳。漫向孤山山下、覓盈盈。翠禽啼一春。

【箋】

〔寓意〕陳《疏》（三）：『案「寓意」即前《江梅引》所夢思者。』周汝昌云：與《慶宫春》合看爲更切。參四三八頁《承教録》。

【校】

〔小横陳〕《欽定詞譜》、《詞律》『小』作『水』。

浣溪沙

丙辰臘，與俞商卿、銛朴翁同寓新安溪莊舍，得臘花韻甚，賦二首。

花裏春風未覺時。美人呵蕊綴横枝。鬲簾飛過蜜蜂兒。　書寄嶺頭封不到，影浮杯面誤人吹。寂寥惟有夜寒知。

又

翦翦寒花小更垂。阿瓊愁裏弄妝遲。東風燒燭夜深歸。　落蕊半黏釵上燕，露黄斜映鬢邊犀。老夫無味已多時。

【箋】

〔俞商卿、銛朴翁〕皆見前《浣溪沙》箋。

〔新安溪莊舍〕陳《疏》（三）引《一統志》：『新安鎮在無錫縣東南三十里，元初置新安巡司。（節）東出吴門，此爲必經之地。』又：張鎡《南湖集》有《離無錫夜入溪莊港口》詩及《題平甫弟梁溪莊園》詩。

〔臘花〕周紫芝《竹坡詩話》（十一頁）：『東南之有臘梅，蓋自近時始，余爲兒童時猶未之見。元祐間魯直諸公方有詩，前此未有賦此詩者。政和間，李端叔在姑溪，元夕見之僧舍中，嘗作兩絶。其後篇云：「程氏園當尺五天，千金争賞凭朱欄。莫因今日家家有，便作尋常兩等看。」可以知前日之未嘗有也。』案張先已有《漢宫春·詠蠟梅》詞，在元祐諸公之前。

【校】

〔莊舍〕張本脱『莊』字。

〔臘花〕厲鈔『臘』作『蠟』。鄭文焯校：『案「臘」當作「蠟」，此因上「臘」字並列成謁。詞中用「蜜蜂」烘托「蠟」字，用庾「嶺」暗切「梅」字，是詠梅可證。』又校下首：『結句用嚼蠟事甚新。』許增校：『「花」舊鈔本作「梅」。』陳《疏》（三）引范成大《梅譜》：『人言臘時開故以「臘」名，非也，爲色正如黄蠟耳。』

〔露黄〕陸本『黄』作『横』，誤。

浣溪沙

丙辰歲不盡五日，吴松作。

雁怯重雲不肯啼。畫船愁過石塘西。打頭風浪惡禁持。　春浦漸生迎櫂緑，小梅應長亞門枝。一年燈火要人歸。

【箋】

〔石塘〕陳《疏》(三)引《一統志》：蘇州府小長橋。《方輿勝覽》：小長橋在石塘，壘石爲之。

姜白石詞編年箋校卷五

慶元三年丁巳公元一一九七年

鷓鴣天

丁巳元日

柏緑椒紅事事新。鬲籬燈影賀年人。三茅鐘動西窗曉，詩鬢無端又一春。　慵對客，緩開門。梅花閒伴老來身。嬌兒學作人間字，鬱壘神荼寫未真。

【箋】

〔三茅鐘〕《咸淳臨安志》（十三）《行在所録》：『寧壽觀在七寶山，本三茅堂。紹興中賜古器玩三種，（節）其二唐鐘，本唐澄清觀舊物，（節）禁中每聽鐘聲以爲寢興食息之節。』陸游《渭南文集》（十六）有《行在寧壽觀碑》。同書卷五二《縱筆》詩：『三茅鐘殘窗欲明。』卷五三《天竺曉行》詩：『三茆聽徹五更鐘。』

又

正月十一日觀燈

巷陌風光縱賞時。籠紗未出馬先嘶。白頭居士無呵殿，只有乘肩小女隨。　花滿市，月侵衣。少年情事老來悲。沙河塘上春寒淺，看了遊人緩緩歸。

【箋】

〔縱賞〕孟元老《東京夢華録》（六）『正月』條：『向晚，貴家婦女縱賞關賭。』

〔籠紗〕〔呵殿〕吴自牧《夢粱録》（一）『元宵』：『公子王孫、五陵年少，更以紗籠喝道，將帶佳人美女，徧地遊賞。』

〔乘肩小女〕《武林舊事》（二）『元夕』條：『都城自舊歲孟冬駕回，已有乘肩小女鼓吹舞綰者數十隊，以供貴邸豪家幕次之玩。』吴文英《夢窗甲稿》《玉樓春·元夕》詞，有『乘肩争看小腰身』之句。周汝昌曰：『黄庭堅《山谷内集》卷六，《陳留市隱》詩：「乘肩嬌小女，邂逅此生同。」序記陳留一刀鑷工，惟有一女七歲，醉飽則簪花吹笛肩女而歸。白石詞用此，謂惟有小女兒在肩頭相隨爲伴。與《武林舊事》所云字面偶同而已。』劉永濟曰：『白石實有意用《武林舊事》字面，以博語趣。自謂不似貴邸豪家攜帶佳人美女，惟有乘肩小女相隨耳。』

〔沙河塘〕蘇軾《望海樓晚景五絶》之五：『沙河燈火照山紅，歌鼓喧呼笑語中。爲問少年心在否？角巾攲側鬢如蓬。』望海樓在杭州鳳凰山半宋府治中，故能見『海上濤頭一線來』。今杭州城東尚有貼沙河，在吴山、鳳凰山之東。《唐書·地理志》謂：『昔時潮水衝擊錢塘江岸，至于奔逸入城，勢莫能禦，故開沙河以決之。河有三，曰外沙、中沙、裏沙。』宋人詩詞記沙河燈火之盛，蓋江干估客舟楫可通闤闠之區，故多妓居也。又案《東坡樂府·虞美人》云：『沙河塘裏燈初上，水調誰家唱。』《花庵詞選》（十）黄昇《感皇恩》云：『沙河塘上，落日繡簾争捲。』劉辰翁《寶鼎現》云：『還轉盼沙河多麗。』《宋詩紀事》（三十九）引王庭珪《初至行在》詩云：『行盡沙河塘上路，夜深燈火識昇平。』《武林舊事》（二）載白石詩亦云：『沙河雲合無行處，惆悵來游路已迷。』皆足見宋時沙河之盛。

又

元夕不出

憶昨天街預賞時。柳慳梅小未教知。而今正是歡遊夕，却怕春寒自掩扉。　簾寂寂，月低低。舊情惟有絳都詞。芙蓉影暗三更後，卧聽鄰娃笑語歸。

【箋】

〔預賞〕陳《疏》（三）引《武林舊事》『元夕』：『禁中自去歲九月賞菊燈之後，迤邐試燈，謂之「預賞」。』案陳元靚《歲時廣記》（十一）：『景龍樓先賞，自十二月十五日便放燈，直至上元，謂之

「預賞」，万俟雅言作《雪明鳷鵲夜慢》。」云云。此蓋北宋汴都舊俗。

〔絳都詞〕丁仙現有《絳都春》詞『融和又報』一首，詠汴都燈夕，見《草堂詩餘》（下）。

〔芙蓉〕花燈。《劍南詩稿》（十四）《燈夕有感》：『芙蕖紅緑亦參差。』詳下首《元夕有所夢》箋。

【校】

〔憶昨〕張本、陸本、厲鈔『憶』皆作『一』。《花庵詞選》亦作『憶』。

〔天街〕張本作『堦』，誤。

又

元夕有所夢

肥水東流無盡期。當初不合種相思。夢中未比丹青見，暗裏忽驚山鳥啼。　春未緑，鬢先絲。人間別久不成悲。誰教歲歲紅蓮夜，兩處沈吟各自知。

【箋】

白石懷人各詞，此首記時地最顯。時白石四十餘歲，距合肥初遇，已二十餘年矣。

〔肥水〕《嘉慶一統志》：源出合肥縣西南紫蓬山，北流三十里分爲二，其一東流經合肥入巢湖，其一西北流至壽州入淮。《爾雅·釋水》：『歸異出同流肥。』

〔紅蓮〕謂燈，與前首芙蓉同。歐陽修《六一詞》《驀山溪·元夕》：『纖手染香羅，翦紅蓮、滿城開偏。』郭應祥《笑笑詞》《好事近·丁卯元夕》：『不比舊家繁盛，有紅蓮千朵。』張鎡《南湖詩餘》《燭影摇紅·燈夕玉照堂梅花盛開》：『柳塘花院，萬朵紅蓮，一宵開了。』周邦彦《解語花·元宵》：『露浥紅蓮，燈市花相射。』

又

十六夜出

輦路珠簾兩行垂。千枝銀燭舞僛僛。東風歷歷紅樓下，誰識三生杜牧之。　歡正好，夜何其。明朝春過小桃枝。鼓聲漸遠遊人散，惆悵歸來有月知。

【箋】

此懷合肥人詞，與前首同意。

【校】

〔遊人〕陸本『遊』作『行』。

月下笛

與客攜壺，梅花過了，夜來風雨。幽禽自語。啄香心、度牆去。春衣都是柔荑翦，尚沾惹、殘茸半縷。悵玉鈿似掃，朱門深閉，再見無路。　凝竚。曾遊處。但繫馬垂楊，認郎鸚鴂。揚州夢覺，彩雲飛過何許。多情須倩梁間燕，問吟袖、弓腰在否。怎知道、誤了人，年少自恁虛度。

【箋】

此亦追念合肥人詞。陳《譜》定爲此年作，謂：『上年秋，范仲訥往合肥，曾煩寄聲，是年冬留梁溪，將詣淮而不得，因夢述志，作《江梅引》，本年元夕又有所夢，作《鷓鴣天》。玩此詞「尚惹殘紅」「再見無路」「揚州夢覺」「問吟袖、弓腰在否」諸句，一往情深，前後輝映。』兹依其説，附系于此。

【校】

〔都是〕張本『都』作『多』。

〔似掃〕張本『似』作『侶』，乃『侶』之誤。

〔認郎〕趙聞禮《陽春白雪》〔二〕『認』作『記』，誤。

〔彩雲〕《陽春白雪》『彩』上有『共』字。

〔梁間〕張本、厲鈔『間』作『上』，案此字對上片『萸』字，應用平聲『間』字。

喜遷鶯慢 太蔟宫

功父新第落成

玉珂朱組。又占了道人，林下真趣。窗户新成，青紅猶潤，雙燕爲君胥宇。秦淮貴人宅第，問誰記、六朝歌舞。總付與。在柳橋花館，玲瓏深處。居士。閒記取。高卧未成，且種松千樹。覓句堂深，寫經窗静，他日任聽風雨。列仙更教誰做，一院雙成儔侶。世間住。且休將雞犬，雲中飛去。

【箋】

〔功父新第〕案張鎡居杭州北城之南湖，《齊東野語》稱其『園池聲妓服玩之麗甲天下』，其治宅年代可考者：淳熙十二年乙巳始爲玉照堂，紹熙五年甲寅成，見《齊東野語》（十五）『玉照堂梅品』條及《癸辛雜誌後集》；淳熙十四年丁未，始爲桂隱，慶元六年庚申成，見《武林舊事》（十）《約齋桂隱百課》；《桂隱百課》備載桂隱堂館橋池之名，有寫經寮，在亦庵，與姜詞『寫經窗静』句合；又桂隱北園有蒼寒堂，注『青松二百株』，《南湖集》（五）有《蒼寒堂夢松》及《蒼寒堂》詩，《集》（六）有《懷參政范公因書桂隱近事奉寄二首》亦云『最是今年多偉績，萬叢蘭四百株松』，與姜詞『種松』句合。此詞當是賀桂隱落成。陳《譜》定爲淳熙十四年丁未功甫始捨宅爲慧雲寺時作，非也。

《嘉靖仁和志》：張鎡之南湖，稱白洋池者是也。張既以園爲寺，今稱張家寺。舊碑猶存。《成化杭州志》：白洋池在梅家橋東，周三里。《浙江通志·山川一》：『白洋池一名南湖。宋時張鎡功甫構園亭其上，號曰桂隱。後捨爲廣壽慧雲寺，俗呼張家寺。碑有鎡捨宅誓願文云「秀踞南湖之上，幽當北郭之鄰」是也。』

〔南湖集〕（七）有《桂隱記詠》四十五首。《蝶戀花·南湖》云：『門外滄洲山色近。鷗鷺雙雙，惱亂行雲影。翠擁高筠陰滿徑。簾垂晝日林堂静。　明月飛來煙欲暝。水面天心，兩個黄金鏡。慢颭輕摇風不定。漁歌欸乃誰同聽。』

〔居士〕張鎡自號約齋居士，見《武林舊事》（十）鎡作《賞心樂事序》。

〔一院雙成儔侣〕《齊東野語》（二十）『張功甫豪侈』條，記王簡卿嘗與功甫牡丹會，極稱其聲伎之盛。《浩然齋雅談》（中），亦記陸游會飲於南湖園，酒酣，主人出小姬新桃者歌自製曲以侑尊。《南湖集》（十）有《夢遊仙》詞題云：『小姬病起，幡然有入道之志。』皆足與姜詞『雙成』之語相證。而史浩爲《廣壽慧雲禪寺記》，則稱其『閒居遠聲色，薄滋味，終日矻矻攻爲詩文。自處不異布衣臞儒，人所難能』，《南湖集》（五）《自詠》詩亦有『紅裙遣去如僧榻』句，或其暮年生活耶？

【校】

〔太蔟宫〕各本皆無此三字注。

〔儔侣〕厲鈔『儔』作『伴』。

〔列仙二句〕《舒藝室餘筆》（三）：『此與前段「秦淮貴人宅第」句同而缺一字，或移下句首「做」字輳韻，不知此句本不須韻，文義又不通，而下句仍缺一字，雖宋人亦有六字句者，而與本詞前後又不合。』案《詞譜》(六)《喜遷鶯》下引此詞，『一院雙成儔侶』上多一『伴』字，以與上片『問誰記、六朝歌舞』句相對，然與上文語意不相承，似不可從。

白石此調，實用康與之一百三字之體(僅上片襯一『問』字)。康詞過變『江南煙水暝』，『南』字不叶；江漢作『丹陛，常注意』，用句中韻。白石作『居士，閒記取』，『士』字亦叶(『士』、『取』通叶，猶白石《長亭怨慢》『樹』、『此』相叶)，其後史達祖作『蹤跡，漫記憶』，吴文英作『公子，留意處』，趙長卿作『歡笑，宜稱壽』，皆用此體。

寧宗嘉泰元年辛酉 公元一二〇一年

徵招

越中山水幽遠，予數上下西興、錢清間，襟抱清曠。越人善爲舟，卷篷方底，舟師行歌，徐徐曳之，如偃卧榻上，無動摇突兀勢，以故得盡情騁望。予欲家焉而未得，作《徵招》以寄興。《徵招》《角招》者，政和間大晟府嘗製數十曲，音節駁矣。予嘗考唐田畸《聲律要訣》云：『徵與二變之調，咸非流美。』故自古少徵調曲也。徵爲去母調，如黄鍾之徵，以黄鍾爲母，不用黄鍾乃諧，故隋唐舊譜不用母聲。琴家無媒調、商調之類皆徵也，亦皆具母弦而不用。其説詳于予所作琴書。然黄鍾以林鍾爲徵，住聲於林鍾，若不用黄鍾聲，便自成林鍾宫矣；故大晟府徵調兼母聲，一句似黄鍾均，一句似林鍾均，所以當時有落韻之譏。予嘗使人吹而聽之，寄君聲於臣民事物之中，清者高而亢，濁者下而遺，萬寶常所謂『宮離而不附』者是已。因再三推尋唐譜并琴弦法而得其意：黄鍾徵雖不用母聲，亦不可多用變徵蕤賓、變宮應鍾聲；若不用黄鍾而用蕤賓、應鍾，即是林鍾宫矣；餘十一均徵調倣此；其法可謂善矣。然無清聲，只可施之琴瑟，難入燕樂；故燕樂闕徵調，不必補可也。此一曲乃予昔所製，因舊曲正宫《齊天樂慢》前兩拍是徵調，故足成之；雖兼用母聲，較大晟曲爲無病矣。此曲依《晉史》，名曰黄鍾下徵調，角招曰黄鍾清角調。

潮回却過西陵浦，扁舟僅容居士。去得幾何時，黍離離如此。客途今倦矣。漫贏得、一襟詩思。記憶江南，落帆沙際，此行還是。　迤邐。剡中山，重相見、依依故人情味。似怨不來遊，擁愁鬟十二。一丘聊復爾。也孤負、幼輿高志。水葓晚，漠漠摇煙，奈未成歸計。

【箋】

此詞不注甲子，姜虬緑《年譜》定爲紹熙四年。然詞序謂『數上下西興、錢清間』，據《絳帖平自序》，嘉泰元年曾入越，《保母帖跋》亦謂嘉泰中曾至錢清。陳《譜》編嘉泰元年，是也。詞序又云『其説詳於予所作琴書』，『琴書』當指《琴瑟考古圖》，乃慶元三年作。亦此詞非紹熙四年作之證。

〔西興〕在蕭山縣西二十里，六朝時謂之西陵，吴越時以陵非吉語，改曰西興。

〔錢清〕錢清江在紹興西北四十五里，上流即浦陽江，以東漢太守劉寵受父老一錢而名，見《一統志》。

〔徵招〕『招』通作『韶』、『磬』，見前《角招》箋。賀鑄《東山詞・木蘭花》云『徵韶新譜日邊來』，作『韶』。王光祈曰：『孟子所謂《徵招》《角招》，即徵調之韶與角調之韶。』

〔政和間大晟府〕徽宗崇寧四年九月朔，以鑄鼎及新樂成，下詔賜新樂名『大晟』。宋代舊以禮樂掌於太常，至是專置大晟府官屬，爲制甚備。大觀三年八月，徽宗親製《大晟樂志》，命太中大夫劉昺編修樂書。宣和間，金人來攻，乃罷之。靖康二年，樂器、樂章、樂書，皆入於金。見《宋史・樂志》（二十八）。

鄭校：『晁公武《郡齋讀書志》載《大晟樂府雅樂圖》一卷，注云：「皇朝政和中，建大晟樂府。」此叙亦云「政和間大晟嘗製數十曲」。惟玉田《詞源》則云：「崇寧初，建大晟樂府。」豈傳聞之世有異耶？』案：《宋史・樂志》記建府年代，明作『崇寧四年』。又宋李攸《宋朝事實》（十四）『樂律』條，載大觀四年八月御製《大晟樂記》有云：『崇寧四年八月庚寅，按奏於崇政殿，（節）越九月，（節）乃賜名曰大晟，置府建官以司掌之。』是大晟府確建於崇寧，《樂志》及《詞源》説是。《樂志》載『政和三年，詔令大晟府刊行新徵、角二調曲譜之已經按試者』，是白石云『政和間』，蓋謂製徵、角曲，非謂建府年代也。晁公武説誤。

〔嘗製數十曲，音節駁矣〕《宋史・樂志》：『（節）宴樂本用唐調，樂器多夷部，亦唐律；徵、角二調，其均句隋唐間已亡。政和初，命大晟府改用大晟律，其聲下唐樂已兩律；然劉昺止用所謂中聲八寸七分琯爲之，又作匏、笙、塤、箎，皆入夷部。至于《徵招》《角招》，終不得其本均，大率皆假之以見徵音；然其譜頗和美，故一時盛行于天下；然教坊樂工嫉之如讎。其後蔡攸復與教坊用事樂工附會，又上唐譜徵、角二聲，遂再命教坊製曲譜，既成，亦不克行而止。然政和徵招、角招，遂傳于世矣。』案《閒齋琴趣外篇》有《黄河清慢》、《壽星明》、《並蒂芙蓉》，即當時所補徵調曲也。

又《閒齋琴趣外編目》（六）『新填徵調曲』有《聖壽齊天歌》二首、《中腔》二首、《踏歌》二首、《侯新恩》《醉桃源》各一首，其詞今皆亡佚。

鄭校引《宋史·文苑傳》：『劉詵字應伯，崇寧中，以通音律爲大晟府典樂。謂宋火德也，音尚徵，徵調不可闕。按古制旋十二宫以七聲，得正徵一調。』云云。《宋史紀事本末》『正雅樂』條：『大觀二年二月，劉詵上徵聲，詔曰：「自唐以來，正聲全失，無徵、角之音，五聲不備，豈足以導和而化俗哉？可令大晟府同教坊依譜按習，仍增徵、角二譜，候熟習上來。」又進士彭几亦嘗上書請補徵調，見同前。

〔唐田畸聲律要訣〕鄭校：『晁公武《郡齋讀書記·樂類》：「《聲律要訣》十卷，唐上黨郡司馬田疇撰。」此謂是田畸，未知孰是，疑偏旁「奇」「壽」以形近易譌。』案《宋史·藝文志》、《通志》、《文獻通考》、《崇文總目》皆作田琦《聲律要訣》，與姜詞作『畸』者亦異。《郡齋讀書記》又誤『訣』作『談』，誤『畸』作『疇』，即是一書無疑。陸友仁《硯北雜志》作田畸，與姜詞同。田氏書已亡，白石引文未詳訖于何句，姑以『流美』以上二語屬之。

〔徵與二變，咸非流美〕馬端臨《通考》、陳暘《樂書》、沈括《補筆談》、蔡元定《律吕新書》，皆謂變宫、變徵非正聲，不可用爲調。《詞麈》（一）論樂無徵、角兩調之故云：『蔡元定謂二變不可用爲調，鄭世子又謂可用爲調，是皆未明其聲之不美耳。』案《詞譜》（二十三）《保壽樂》下，引周密《天基聖節樂次》：『再坐第六盞，觱栗獨吹商角調，筵前保壽樂。』商角調乃夷則閏，知宋時二變亦有用者，特甚少耳。

〔自古少徵調曲〕《琵琶録》：唐太宗朝，樂器内挑絲竹爲胡部，用宫、商、角、羽，並分平、上、去、入四聲，其徵音有其聲無其調。蔡絛《鐵圍山叢談》（二）：『（節）自魏、晉後至隋、唐，已失徵、角二調之均韵矣。』《朱子大全集》：『問：温公言本朝無徵音。朱子答曰：不特本朝，從來無那徵。（節）徽宗嘗令人硬去做，後來做得成，却是頭一聲是徵，尾後聲依舊不是，依舊走了。不知是如何。（節）』《宋史·樂志》白石《大樂議》：『齊景公作《徵招》《角招》之樂，師涓、師曠有清商、清角、清徵之操。漢、魏以來，燕樂或用之，雅樂未聞有以商、角、徵、羽爲調也；惟迎氣有五引而已。』以上皆謂古無徵調曲。惟陳澧《聲律通考》（一）駁白石《大樂議》云：『案姜氏之説誤也。（節）齊景公作《徵招》《角招》，安知其非雅樂？至漢、魏以來，則《晉書》、《宋書》載荀勖笛有正聲調、下徵調、清角調，其清角調自注云「不合雅樂」，則下徵調固雅樂也，姜氏豈未之聞乎？且既云「雅樂未聞」，又云「惟迎氣有五引」，則更不能自守其説矣。』原注：『姜氏之説，蓋本于《隋書·音樂志》牛弘等議無用商、角、徵、羽爲別調之法。（節）案弘等亦不能自守其説，《隋書》言弘不能精知音律，則其説固未可依據矣。』《燕樂考原》（六）亦引《琵琶録》説五絃及元稹五絃彈詩，以證唐人五絃之器有徵調。又引《文獻通考·樂類》，宋太宗製五絃阮亦有徵調，譏宣和時補作徵調，不知以此爲法，乃借宮絃爲之，實大晟府諸人之陋。顧懷三《補五代史·藝文志·聲樂類》，有陳用拙撰《補新徵音》一卷，其書不傳。

〔徵爲去母調，如黃鍾之徵，以黃鍾爲母，不用黃鍾乃諧〕案自黃鍾律爲宮，下生林鍾爲徵，是黃鍾爲黃鍾徵之母，故云『黃鍾之徵，以黃鍾爲母』。但必『不用黃鍾乃諧』之故，今白石琴書已亡，無從索解。《詞麈》(一)解此云：『黃鍾以林鍾爲徵，當用「尺」字兼用「合」字，方是黃鍾徵；黃鍾下生林鍾爲徵，是黃鍾爲林鍾之母也。若不兼用「合」字，便全是林鍾宮，非復黃鍾之徵矣，豈非「去母調」乎？隋唐舊譜，正犯此病。』案依《詞麈》說，則黃鍾徵必不可去黃鍾『合』字，即不應作『去母調』，與白石說適相反矣。《詞麈》之意，以隋、唐舊譜不用母聲爲犯病，故謂大晟府徵調兼母聲爲『欲矯隋唐舊譜之失』，實誤解白石此文也。丘瓊齋曰：《詞麈》之說誤。黃鍾之徵林鍾，黃鍾徵調以黃鍾爲均，以林鍾爲調，與林鍾宮調止差一律；一以黃鍾爲變徵，一以大呂爲變徵，餘悉同。若多用黃鍾(即母)，則類于黃鍾宮調，欲其不類，則惟去母。此黃鍾一律正是變徵聲，故云『不可多用變徵蕤賓』(案此以林鍾爲黃鍾，故以黃鍾爲蕤賓)。夫以黃鍾爲均，乃去黃鍾而不用，所用者止太、姑、蕤、林、南、應六律，又以林鍾爲宮，如此又無異於作林鍾宮調，故又云『即是林鍾宮矣』。此黃鍾徵調之所以難作也。然而既作徵調，雖云『去母』，終不能不用黃鍾，如姜譜起調即用『六』字，以下用『合』字、『六』字處凡十四見，甚至變徵『勾』字、變宮『凡』字亦十二見，此張嘯山所以有『不爲少矣』之說也。

〔琴家無媒調〕楊蔭瀏曰：『琴家所謂無媒調，其七絃定音爲慢三、六絃各一律，即是説七絃依次爲：

		合黃鍾宮	合林鍾宮
一絃	黃鍾	宮	（清角）……母
二絃	太蔟	商	徵
三絃	姑洗	角	羽
四絃	林鍾	徵	宮
五絃	南吕	羽	商
六絃	應鍾	變宫	角
七絃	太蔟	商	徵

若去母不用，則七絃中用到之六絃散聲，實際爲林鍾宮之五正聲，所以無媒調是林鍾宮調而不是黃鍾徵調。』

〔予所作琴書〕鄭校：『琴書今已失傳。』案：《宋史·樂志》載白石《七絃琴圖》説，《慶元會要》載白石進《琴瑟考古圖》一卷，此云琴書，不知别有一書否。

〔黃鍾以林鍾爲徵，住聲於林鍾〕案《詞源》（上）：『黃鍾徵俗名「正黃鍾宮正徵」，住聲林鍾「尺」字。』『住聲』即『殺聲』。《詞麈》（一）謂：『此句人多不解，言每拍住聲處用「尺」字也。』丘瓊齋曰：『詞中均拍所在，非必定用殺聲字，白石譜可按。殺聲指兩結而言。《詞麈》説太泥。』

〔若不用黄鍾聲，便自成林鍾宫矣；故大晟府徵調兼母聲，一句似黄鍾均，一句似林鍾均〕《聲律通考》(七)《論徵調》云：『黄鍾爲宫，用黄、太、姑、蕤、林、南、應七律；林鍾爲宫，用林、南、應、大、太、姑、蕤七律；惟黄、大二律不同，餘六律皆同。故徵調若用黄鍾，則是黄鍾宫之均韻；如不用黄鍾，則便自成林鍾宫也。假如一句黄、太、姑、林四律，則似黄鍾均之宫、商、角、徵四聲；又一句用太、姑、林、南四律，則黄鍾均之商、角、徵、羽四聲；而又似林鍾均之徵、羽、宫、商四聲也。』丘𤳳齋曰：『《聲律通考》説似是而非。律有定而聲無定，聲隨律轉，無論何調，俱以七聲成曲，能不出宫斯可矣。黄鍾均與林鍾均本差一字，即使黄鍾均之商、角、徵、羽聽成林鍾均之徵、羽、宫、商亦何害。凡母調與子調乃必然如此，非徒黄鍾與林鍾爲然。林鍾均之商、角、徵、羽何嘗非太蔟之徵、羽、宫、商哉？是故黄鍾爲林鍾之母調，林鍾又爲太蔟之母調，太蔟又爲大吕之母，南吕又爲姑洗之母，凡十二宫無不皆然，皆差一律。故云「徵爲去母」，言不論何宫作徵調，皆當去母，不僅林鍾當去黄鍾之母也，十二宫皆然。白石此調爲黄鍾徵，適然如此耳。』

〔落韻之譏〕崇寧初，大樂缺徵調，有獻議請補者，併以命教坊宴樂同爲之。大使丁仙現云：『音已久亡，非樂工所能爲，不可以意妄增，徒爲後人笑。』蔡京不聽，屢使度曲，皆辭不能，遂使他工爲之。踰旬獻數曲，即今《黄河清》之類，而聲終不諧，末音寄殺他調。京不通音律，但果于必爲，大喜，亟召衆工按試尚書省庭，使仙現在旁聽之。樂闋，京得色，問仙現：『何如？』仙現環顧座中曰：『曲甚好，只是落韻。』坐客不覺失笑。見葉夢得《避暑録話》卷一。宋人以作詩出韻爲『落韻』，見《詩人玉屑》卷七引《苕谿漁隱叢話》『裴虔餘絶句「垂」「歸」同叶』條。

〔寄君聲於臣民事物之中〕《樂記》：『宫爲君，商爲臣，角爲人，徵爲事，羽爲物。』丘瓊齋曰：『黄鍾徵調以林鍾爲宫，「宫聲」應指林鍾。』

〔清者高而亢，濁者下而遺〕《詞麈》(一)：『以徵爲主，故清者高亢；不重黄鍾，故濁者下遺；此大晟欲矯舊譜之失，而不悟其失愈甚也。』

〔萬寶常所謂『宫離而不附』〕《北史》(九十)《萬寶常傳》附王令言事，曰：『時樂人王令言，亦妙達音律。大業末，煬帝將幸江都，令言之子常於户外彈琵琶，作翻調《安公子曲》，令言時卧室中，聞之驚起(節)曰：「汝慎無從行，帝必不返。」子問其故。令言曰：「此曲宫聲往而不返；宫，君也，吾所以知之。」帝竟被弑于江都。』《碧雞漫志》(四)、《南部新書》、《教坊記》、《盧氏雜説》(《太平廣記》二〇四引)皆略同。《通典》作煬帝征遼，《教坊記》作幸揚州，《搢紳脞説》及《詩話總龜》(四十)作令言聞《水調河傳》云『但有去聲』，皆云王令言事。段安節《樂府雜録》但云『有樂工』。唐鄭棨《開天傳信録》記作寧王憲聞歌《涼州曲》曰：『音始于宫，(節)斯曲也，宫離而不屬，(節)臣恐一日有播遷之禍。』亦不云萬寶常。白石作寶常，殆偶誤也。(白石引書，時有譌誤。《宋史·樂志》載其議樂：『謂古樂止用十二宫，鄭譯之八十四調出于蘇祇婆之琵琶。』《聲律通考》卷四駁之，謂其但據《隋書·音樂志》鄭譯有八十四調，而未考《萬寶常傳》亦有八十四調。其誤記王令言事，或亦由未檢萬傳。)

〔亦不可多用變徵蕤賓、變宫應鍾聲〕黄鍾徵以蕤賓『勾』字爲變徵，應鍾『凡』字爲變宫。《舒藝室餘筆》(三)云：『案此調八用「合」字，七用「凡」字，五用「勾」，不爲少矣。』《詞麈》(一)則曰：『所謂不可多用者，指起調、過變、畢曲而言，非謂曲中七音贊助之處也。』

〔若不用黄鍾而用蕤賓應鍾，即是林鍾宫矣〕案：林鍾均以黄鍾均之變徵蕤賓爲變宫，變宫應鍾爲角，用大吕爲變徵，而不用黄鍾。故黄鍾徵若多用蕤賓應鍾而不用黄鍾，即成林鍾宫矣。此理本淺，《詞麈》(一)乃謂：『此音學分别毫芒處，(節)宋元樂家者流，亦尠明斯理。』其言殊過。

〔然無清聲，只可施之琴瑟，難入燕樂〕《詞麈》(一)：『無清聲者，不用「六」字、「上五」字、「下五」字、「緊五」字。不用此四字，則其聲淡泊，人不喜聽，故燕樂難用。』《舒藝室餘筆》(三)云：『此詞又屢用「六」、「五」。』

《燕樂考原》(六)《徵調説》：『琴之無射均，即徵調也。』又謂：唐人樂器中有五絃彈者，實有徵調，見元稹、張祜詩，宋初尚存。大晟府諸人不之知，借琵琶爲之，致有落韻之譏，白石亦未嘗考也。《聲律通考》(七)《論徵調》云：『淩氏此條，考據最爲精確矣。姜堯章云：「琴家無媒調、商調之類，皆徵也。」然則琴亦有徵調，無徵調者惟琵琶耳。』

〔雖兼用母聲〕譜中有『合』字『六』字，皆黄鍾聲也。

〔依《晉史》，名曰黄鍾下徵調〕馬融《長笛賦》：『反商下徵，每各異善。』李善注引沈約《宋書》曰：『下徵調法：林鍾爲宫，南吕爲商。注云：「第三孔也。本正聲黄鍾之羽，今爲下徵之商也。」』今案《宋書·樂書》無此文，實見《晉書·律曆志》，蓋荀勖笛制。其説曰：『黄鍾之笛，正聲應黄鍾，下徵應林鍾。(節)下徵調法：「林鍾爲宫。」』注云：『第四孔也，本正聲黄鍾之徵;徵清,當在宫上;用笛之宜,倍令濁下;故曰下徵。下徵復爲宫者,《記》所謂「五聲,十二律還相爲宫」也。然則正聲清,下徵爲濁也。』據此,是『下徵』者,即用黄鍾笛而以黄鍾下生林鍾之徵爲宫之謂也。冒廣生據陸鍾輝刊本,定此調住字是『勾』,謂:『「勾」之音下于「尺」而高于「上」,黄鍾徵住「尺」字,黄鍾變住「勾」字,故云下徵。』案:此結聲確是『尺』非『勾』,陸、朱兩本誤,張本是,上片結『是』字旁譜各本皆分明作『尺』可證。十七譜無上下片結聲不同之例。冒説不可信。丘瓊蓀曰:『冒説非是,二十八調中絶無一調住聲于「勾」者,《筆談》故云「惟蕤賓一律都無」也。』

〔黄鍾清角調〕《晋書·律曆志》:黄鍾『清角之調,以姑洗爲宫,(原注:即是笛體中翕聲,於正聲爲角,於下徵爲羽,清角之調乃以爲宫,而哨吹令清,故曰清角。惟得爲宛轉謡俗之曲,不合雅樂也。)蕤賓爲商,林鍾爲角,南吕爲變徵,應鍾爲徵,黄鍾爲羽,太蔟爲變宫。』

《聲律通考》(三):『姜堯章自製曲《徵招》《角招》序云:「依《晋史》名曰黄鍾下徵調,黄鍾清角調。」案姜氏之説非也。《晋史》之黄鍾下徵調者,用黄鍾笛而以林鍾之孔爲宫。黄鍾清角調者,用黄鍾笛而以體中姑洗爲宫也。姜氏《徵招》序云:「不可多用變徵蕤賓、變宫應鍾。」然則,姜氏之《徵招》以黄鍾爲宫,以蕤賓爲變徵,應鍾爲變宫,非《晋史》之黄鍾下徵調。以此推之,其《角招》亦非《晋史》之黄鍾清角調矣。姜氏實未解晋笛三調也。』(案:晋笛三調,謂黄鍾笛、大吕笛等十二笛,每笛有『正聲調』、『下徵調』、『清角調』也。詳見《聲律通考·晋十二笛一笛三調考》。)丘瓊蓀曰:『蘭甫實誤會白石語,變徵蕤賓、變宫應鍾,樂家習慣如此説法。

以林鍾爲宫，即以林鍾爲黄鍾，蘭甫自己亦有「琵琶絃第一聲皆爲黄鍾」之説，此即以各調首音爲黄鍾之意，縱非十分妥善，習慣往往如此，亦無大謬。』此詞箋参四一八頁《承教録》羅蔗園説。

〔剡中〕《嘉泰會稽志》：剡溪在嵊縣南一百五十步，剡山在嵊縣北一里。

【校】

〔卷篷〕張本、厲鈔『篷』作『蓬』，誤。

〔行歌〕張本『歌』誤『哥』。

〔咸非〕厲鈔『咸』誤『成』。

〔母弦〕張本『弦』作『絃』。

〔漫羸〕張本作『慢羸』，誤。

〔迤邐〕剡中山〕此句可作五字句讀，前人亦多如此；惟趙以夫作『天際絶人行』，張炎作『客裏可消憂』，『際』『裏』皆作句中韻，以白石『邐』字叶韻也。

〔高志〕陸本、厲鈔『志』作『致』。

【附録】

白石謂徵爲『去母調』，不用黄鍾乃諧；然此詞旁譜實屢用『合』、『六』，此不可盡解。楊蔭瀏先生嘗與予論此，録其來書于後：

	黃	大	太	夾	姑	仲	蕤	林	夷	南	無	應	黃
(一)黃鍾宮	宮		商		角		變徵	徵		羽		變宮	宮
(二)林鍾宮		變徵	徵		羽		變宮	宮		商		角	

依古來公認的常理言，黃鍾徵應用黃鍾宮所用之諸音。二者之異，僅在黃鍾宮結音在宮(黃鍾)，而黃鍾徵結音在徵(林鍾)而已，所用同爲(一)中各音，並無相異。『去母』是説不通的。因去一母(黃鍾)，則便成了(二)中各音，實際便成了林鍾宮。

徵聲之調，民間其實很多，例如老六板，用『工工四尺上』開頭，用『工尺上四合』作結；所用爲近代工尺譜法，其中『上尺工六五』爲正五音，上爲宮，六、合爲徵，故此曲即爲徵調。

但在古代律家之間，尤其在古琴律家之間，是有着兩種矛盾的不調存在。一種以黃鍾、仲吕等爲均名，一種以宮、商、角、徵、羽等來代替黃鍾、仲吕等作爲均名。用後一系統的人，他所謂徵調，實際就是林鍾宮調，所謂去母調。《徵招》小序中，白石初亦非議唐田畸《聲律要訣》『去母』之説，而謂『然黃鍾以林鍾爲徵，住聲於林鍾，若不用黃鍾聲，便自成林鍾宮矣』，此處他似反對『去母』之説的。但後來他又説，『黃鍾徵雖不用母聲』，則又似承認『去母』爲是。所以從白石的話中前後顯然矛盾一點看來，可見連他自己都很模糊。到了所作曲調中，則白石非但不避其母聲六，而且亦不避(不少用)變徵勾與變宮凡，又是一矛盾。文人論律，往往如此，明清兩代尤多；病在脱離音樂實際，而託之空談。白石亦是如此，不必重視。白石詞調伴奏用簫與管，根本不能如他所標均調旋宫而每音相合，所以他所定宫調與其實際所能唱能奏之音，未必真相符合。但白石確是工于作曲的，他若不用樂律理論勉强作裝飾，其所寫曲調本來不差；若過于相信他的音律理論，照他的理論去譯他的作品，則反而會産生許多不協和音程的關係，而毁了他的曲調。所以我以爲白石是有音樂實踐的，所以工于作曲，但其理論並不能與其實踐相符；其理論前後矛盾和理論與曲調間的矛盾，確是有的。在二者發生矛盾時，我以爲應重視其曲調而修改其理論。（以上楊函）

嘉泰二年壬戌 公元一二〇二年

驀山溪

題錢氏溪月

與鷗爲客。緑野留吟屐。兩行柳垂陰，是當日、仙翁手植。一亭寂寞，煙外帶愁横，荷苒苒，展涼雲，横卧虹千尺。

才因老盡，秀句君休覓。萬緑正迷人，更愁入、山陽夜笛。百年心事，惟有玉闌知，吟未了，放船回，月下空相憶。

【箋】

〔錢氏溪月〕陳《譜》引《嘉慶松江府志》：錢良臣字友魏，紹興二十四年進士。淳熙五年，繇給事中除端明殿學士，簽書樞密院，復除參知政事。九年罷政事，除資政殿學士。（節）光宗時卒。《光緒華亭縣志》：『宋雲間洞天，錢參政良臣園，在里仁坊内。宅居其旁，廣踰數里。至今指其坊猶稱錢家府云。（節）園有東巖堂、巫山十二峯、觀音巖、桃花洞（節）諸佳致。具見方岳《錢府百詠》。』案詩集《錢參政園池》詩，及《錢氏溪月》詞，皆詠雲間洞天也。細玩『綠野留吟屐』『更愁入、山陽夜笛』等句，白石於淳熙戊申、己酉間，不但受知於錢參，且嘗游斯園。良臣與石湖同歲同榜（見《石湖詩集》），受知之由，其由石湖歟？又『秀句君休覓』『機雲韜世業』，則謂希武也。《白石歌曲》後題『刻於東巖之讀書堂』，東巖即雲間洞天之東巖堂。（節）岳珂《桯史》：『彭傳師名法，以恩科得官，依錢東巖之門。』則錢參又號東巖也。（已上皆陳《譜》説）希武蓋良臣之裔。鄭校謂即錢參政，非。吴《箋》引《康熙松江府志》，良臣淳熙五年爲參政，九年罷，十六年十一月卒。是姜詞刊成，良臣卒已十三年矣。

【校】

〔是當日〕《花庵詞選》『日』作『時』。案此對下片『入』字，仄聲，當作『日』。

〔更愁入〕張本『愁』作『秋』。

嘉泰三年癸亥 公元一二〇三年

漢宫春

次韻稼軒

雲曰歸歟，縱垂天曳曳，終反衡廬。揚州十年一夢，俛仰差殊。秦碑越殿，悔舊遊、作計全疏。分付與、高懷老尹，管弦絲竹寧無。　知公愛山入剡，若南尋李白，問訊何如。年年雁飛波上，愁亦關予。臨皋領客，向月邊、攜酒攜鱸。今但借、秋風一榻，公歌我亦能書。

【箋】

此和辛棄疾《會稽秋風亭觀雨》韻。棄疾以此年六月十一日起知紹興府兼浙東安撫使，十二月召赴行在。見《會稽續志》（二）《安撫題名》。此及下首《蓬萊閣》詞當皆本年作，丘崈和此詞題『癸亥中秋前二日』，可證。

此用棄疾韻，即擬其體。《稼軒長短句》（六）《漢宫春·會稽秋風亭觀雨》原詞云：『亭上秋風，記去年嫋嫋，曾到吾廬。山河舉目雖異，風景非殊。功成者去，覺團扇、便與人疏。吹不斷、斜陽依舊，茫茫禹跡都無。　千古茂陵詞在，甚風流章句，解擬相如。只今木落江冷，眇眇愁予。

故人書報，莫因循、忘却蓴鱸。誰念我、新涼燈火，一編太史公書。』《寶慶會稽續志》：『秋風亭在觀風堂側。』丘密和詞云：『選勝卧龍東畔。』是在卧龍山之東。〔公歌我亦能書〕陶九成《書史會要》：『姜堯章書法，迥脱脂粉，一洗塵俗，有如山人隱者，難登廟堂。』《硯北雜志》（上）：『宋人書習鍾法者五人：黄長睿伯思、雒陽朱敦儒希真、李處權巽伯、姜夔堯章、趙孟堅子固。』又（下）：『趙子固目姜堯章爲書家申韓。』

【附録】

同時和棄疾此詞者有張鎡、丘密二首，見張之《南湖詩餘》及丘之《文定公詞》。張詞《稼軒帥浙東，作秋風亭成，以長短句寄余，欲和久之，偶霜晴，小樓登眺，因次來韻，代書奉酬》：『城畔芙蓉，愛吹晴映水，光照園廬。清霜乍彫岸柳，風景偏殊。登樓念遠，望越山、青補林疏。人正在、秋風亭上，高情遠解知無。江南久無豪氣，看規恢意概，當代誰如。乾坤盡歸妙用，何處非予。騎鯨浪海，更那須、采菊思鱸。應會得、文章事業，從來不在詩書。』丘詞《和辛幼安秋風亭韻，癸亥中秋前二日》：『聞説瓢泉，占煙霏空翠，中著精廬。旁連吹臺燕榭，人境清殊。猶疑未足，稱主人、胸次恢疏。天自與、相攸佳處，除今禹會應無。選勝卧龍東畔，望蓬萊對起，巖壑屏如。秋風夜涼弄笛，明月邀予。三英笑粲，更吴天、不隔蓴鱸。新度曲，銀鈎照眼，争看阿素工書。』

又

次韻稼軒蓬萊閣

一顧傾吴，苧蘿人不見，煙杳重湖。當時事如對弈，此亦天乎。大夫仙去，笑人間、千古須臾。有倦客、扁舟夜泛，猶疑水鳥相呼。　秦山對樓自緑，怕越王故壘，時下樵蘇。只今倚闌一笑，然則非歟。小叢解唱，倩松風、爲我吹竽。更坐待、千巖月落，城頭眇眇啼烏。

【箋】

《稼軒長短句》(六)《漢宫春·會稽蓬萊閣懷古》：『秦望山頭，看亂雲急雨，倒立江湖。不知雲者爲雨，雨者雲乎。長空萬里，被西風、變滅須臾。回首聽、月明天籟，人間萬竅號呼。　誰向若耶溪上，倩美人西去，麋鹿姑蘇。至今故國人望，一舸歸歟。歲云莫矣，問何不、鼓瑟吹竽。君不見、王亭謝館，冷煙寒樹啼烏。』

〔蓬萊閣〕《寶慶會稽續志》：在州治設廳後卧龍山下，吴越王錢鏐建。名以蓬萊，蓋取元稹之詩。

〔一顧傾吴〕辛詞换頭詠西施事，此和其意。

〔大夫仙去〕《嘉泰會稽志》：卧龍山舊名種山，越大夫種所葬處。吴文英《夢窗乙稿》有《高陽臺·過種山》，即越文種墓。

〔秦山〕秦望山在(越)州城正南，爲羣峯之傑，秦始皇登之以望南海。見《水經注》。

〔越王故壘〕《浙江通志》：越王臺在卧龍山之西。

〔小叢解唱〕用盛小叢事，乃越中故實。《碧雞漫志》（五）『西河長命女』條：『崔元範自越州幕府拜侍御史，李訥尚書餞於鑑湖，命盛小叢歌。』丘崈和稼軒此詞亦有『阿素工書』句，皆指稼軒侍兒。小叢解唱亦見《雲溪友議》。

【校】

〔眇眇〕張本作『耿耿』。

洞仙歌

黄木香贈辛稼軒

花中慣識，壓架玲瓏雪。乍見緗蕤間琅葉。恨春風將了，染額人歸，留得箇、裊裊垂香帶月。　鵝兒真似酒，我愛幽芳，還比酴醾又嬌絶。自種古松根，待看黄龍，亂飛上、蒼髯五鬣。更老仙、添與筆端春，敢唤起桃花，問誰優劣。

【箋】

詞無甲子。辛棄疾此年正月入京。陳《疏》引《羣芳譜》，黄木香開於四月，詞當是此年夏間作。

此詞又見于毛晉刻《夢窗甲稿》。吴文英不及交棄疾，蓋誤入。

【校】

〔玲瓏〕毛刻《夢窗詞甲稿》載此首，作『瓏璁』。

〔乍見〕張本、《夢窗詞》『乍』皆作『可』。

〔緗蕤〕《夢窗詞》『緗』作『湘』，『蕤』作『英』。張本『蕤』作『枝』。

嘉泰四年甲子 公元一二〇四年

念奴嬌

毀舍後作

昔遊未遠，記湘皋聞瑟，澧浦捐褋。因覓孤山林處士，來踏梅根殘雪。獠女供花，傖兒行酒，卧看青門轍。一丘吾老，可憐情事空切。　曾見海作桑田，仙人雲表，笑汝真癡絶。説與依依王謝燕，應有涼風時節。越只青山，吴惟芳草，萬古皆沈滅。繞枝三匝，白頭歌盡明月。

【箋】

〔毀舍〕陳《譜》引《宋史·五行志》：『嘉泰四年三月丁卯，行都大火，燔尚書省、中書省、樞密院、六部、右丞相府（節）火作時，分數道，燔二千七十餘家。』陳《疏》：『案：「湘皋」、「澧浦」，謂前游潭、鼎也。「因覓孤山林處士，來踏梅根殘雪」，謂游西湖也。「獠女供花」五句，謂移家行都，平甫假以近東青門之別館也。「説與」五句，傷平甫已逝也。詞雖未言舍緣何毁，以周晉仙題堯章新成草堂「壁間古畫身都碎，架上枯琴尾半焦」句，證「王謝燕」句，舍蓋毁於火也。又按《宋史・宰輔表》：「嘉泰三年張巖罷參知政事，以資政殿學士知平江府，四年十月，張巖自資政殿學士知揚州，除參知政事。」《寄上張參政詩》結語：「應念無枝夜飛鵲，月寒風勁羽毛摧。」與詞同。毁舍爲由於三月丁卯大火無疑。』案嘉泰元年杭州大火，亦焚五萬二千餘家，亘卅里。陳《疏》引《上張參政詩》，定爲本年，較可信，兹從之。

〔青門〕《咸淳臨安志》：『城東東青門，俗呼菜市門。』厲鶚《東城雜記》（下）：『元至正間，杭魏一愚自號青門處士。（節）按：青門即東青門。』陳《譜》：紹熙四年，引白石《挽張平甫》詩『吳下宅成花未種』，及玉田《臺城路・遷居》詞『屋破容秋，床空對雨，迷却青門瓜圃』，定平甫新宅近東青門。又引此詞『卧看青門轍』句，及劉過《龍洲集・雨寒寄姜堯章》詩『東城有佳士，詞筆最華逸』，定白石寓齋亦近東青門，去平甫宅不遠。案：嘉泰四年杭州大火在南城，東青門在北城；此詞青門若指東青門，當是被火後移居寓處，非謂被燬之舍也。

【校】

〔捐褋〕陸本、厲鈔『褋』作『㻡』，誤。此用《楚辭・九歌》。

〔王謝〕張本『王』作『玉』，誤。

寧宗開禧元年乙丑公元一二〇五年

永遇樂

次稼軒北固樓詞韻

雲鬲迷樓，苔封很石，人向何處。數騎秋煙，一篙寒汐，千古空來去。使君心在，蒼厓緑嶂，苦被北門留住。有尊中、酒差可飲，大旗盡繡熊虎。　前身諸葛，來遊此地，數語便酬三顧。樓外冥冥，江皋隱隱，認得征西路。中原生聚，神京耆老，南望長淮金鼓。問當時、依依種柳，至今在否。

【箋】

此和辛棄疾《京口北固亭懷古》，棄疾前一年正月自紹興入見，建議伐金，旋即差知鎮江府，預爲恢復之圖。故此詞比爲諸葛、桓温。

棄疾原詞云：『千古江山，英雄無覓，孫仲謀處。舞榭歌臺，風流總被，雨打風吹去。斜陽草樹，尋常巷陌，人道寄奴曾住。想當年、金戈鐵馬，氣吞萬里如虎。　元嘉草草，封狼居胥，贏得倉皇北顧。四十三年，望中猶記，烽火揚州路。可堪回首，佛貍祠下，一片神鴉社鼓。憑誰問，廉頗老矣，尚能飯否？』白石和詞，風格亦近稼軒。

《續通鑑》：『嘉泰四年正月，時金爲北鄙準布等部所擾，無歲不興師討伐，府倉空匱，賦斂日煩。有勸韓侂胄立蓋世功名以自固者，侂胄然之。遂定議伐金。（節）浙東安撫使辛棄疾入見，言金必亂亡，願屬元老大臣備兵爲倉卒應變之計。侂胄大喜，（節）用師之意益鋭。』宋翔鳳《樂府餘論》謂辛詞『意在恢復，故追數孫劉，皆南朝之英主。屢言佛貍，以拓跋比金人也』。

〔北固樓〕北固山在鎮江北一里，下臨長江，其勢險固。梁武帝幸京口登北固樓，遂改名北顧。

〔迷樓〕在揚州。北固山隔江可望揚州。

〔很石〕在北固山甘露寺，狀如伏羊。相傳孫權嘗據其上與劉備共謀曹氏。羅隱有詩，見《蔡寬夫詩話》。陸游《入蜀記》：『石亡已久，寺僧輒取一石充數。』

〔使君三句〕棄疾自紹熙五年在福建安撫使任，爲諫官黄艾論列放罷，歸隱上饒帶湖與鉛山瓢泉之間凡十年，嘉泰三年方起爲浙東安撫使，蓋在爲此詞前之一年，故詞有『心在蒼厓緑嶂』句。

〔前身諸葛〕劉宰《漫堂文集》（十五）《賀辛待制棄疾知鎮江》云：『三輔不見漢官儀，今百年矣；諸公第效楚囚泣，誰一洗之。敢因畫戟之來，遂賀輿圖之復。（節）某官卷懷蓋世之氣，如圯下子房；劑量濟時之策，若隆中諸葛。』云云。亦以諸葛比棄疾。又云：『眷惟京口，實控邊頭。雖地之瘠民之貧，然酒可飲兵可用。』亦用郗超語。

【校】

〔次稼軒北固樓詞韻〕陸本作『北固樓次稼軒韻』，張本作『次韻稼軒北固樓』，厲鈔作『稼軒北固樓詞永遇樂韻』，厲鈔題前不另列調名。

〔雲鬲〕陸本『鬲』作『隔』。

〔很石〕張本『很』作『狠』。

〔使君〕厲鈔作『史君』。宋人『使君』字多作『史』，盧抱經有考（王仲聞云）。

〔長淮〕張本『長』作『清』。

開禧二年丙寅公元一二〇六年

虞美人

括蒼煙雨樓，石湖居士所造也，風景似越之蓬萊閣，而山勢環繞、峯嶺高秀過之。觀居士題顏，且歌其所作《虞美人》，夔亦作一解。

闌干表立蒼龍背。三面巉天翠。東遊纔上小蓬萊。不見此樓煙雨未應回。　而今指點來時路。却是冥濛處。老仙鶴馭幾時歸。未必山川城郭是耶非。

【箋】

陳《疏》：『《宋詩紀事》：「趙廱（一作『雍』）號竹潭。忠簡後人。開禧間，爲處州太守。有《煙雨樓詩》。」案詩集《東堂聯句同趙廱和仲》即此行作，《煙雨樓詩》亦當同詠。』陳《譜》定爲此年，茲從之。

〔括蒼煙雨樓〕《浙江通志·古蹟·處州府》『煙雨樓』條引喻良能《舊州治記》：『由好溪堂層級，三休至煙雨樓。憑闌四顧，目與天遠。』

〔石湖居士所造也〕案《石湖詩集》（三十四）《桂林中秋賦》：『戊子守括蒼。』蓋乾道四年也。乾道五年被召去處，見《詩集》（十一）。

〔居士題顔〕《浙志》引《方輿勝覽》：『煙雨樓在州治，范至能書。』葉昌熾《語石》卷一卷七，甚推成大摩厓各體書，許爲南渡第一。

〔且歌其所作《虞美人》〕今《石湖詞》無此詞。

〔老仙鶴馭〕范成大卒於紹熙四年，見周必大作神道碑。在此年前十三年。

【校】

〔且歌其所作《虞美人》〕張本無『虞美人』三字。厲鈔小序之前不列調名。

〔巉天翠〕厲鈔、陸本『巉』作『攙』。

〔纔上〕張本『纔』作『繞』，誤。

水調歌頭

富覽亭永嘉作

日落愛山紫，沙漲省潮回。平生夢猶不到，一葉眇西來。欲訊桑田成海，人世了無知者，魚鳥兩相推。天外玉笙杳，子晉只空臺。　倚闌干，二三子，總仙才。爾歌遠遊章句，雲氣入吾杯。不問王郎五馬，頗憶謝生雙屐，處處長青苔。東望赤城近，吾興亦悠哉。

【箋】

詞無甲子，當在游處州之後。詞云『一葉眇西來』，蓋自處州泛甌江至永嘉。

〔富覽亭〕《永嘉縣志》（廿一）：『在郭公山上，登者不越几席，而盡山水之勝。』《萬曆温州府志》：『郭公山在郡城西北，晉郭璞登此卜居，故名。』

〔子晉〕《永嘉縣志》引《名勝志》：吹臺山在城南二十里，上有王子晉吹笙臺。

〔王郎五馬〕《永嘉縣志》（廿一）：『五馬坊在舊郡治前。王羲之守永嘉，庭列五馬，繡鞍金勒，出即控之。今有五馬坊。』案《浙江通志》（一一一）辨王羲之本傳無守永嘉事，亦不見他書，由後人誤讀《晉書·孫綽傳》『會稽内史王羲之引爲右軍長史，轉永嘉太守』之語，並附會爲五馬坊、洗硯池諸古蹟。此詞云『不問』，殆亦不之信耶？

〔謝生雙屐〕謝靈運曾爲永嘉太守。今永嘉有池上樓、謝客巖諸古蹟。靈運登躡，常着木屐，上山則去其前齒，下則去其後齒。見《宋書》本傳。

【校】

〔相推〕陸本『推』作『猜』。

〔只空臺〕厲鈔『只』作『亦』。

開禧三年丁卯公元一二〇七年

卜算子

吏部梅花八詠，夔次韻。

江左詠梅人，夢繞青青路。因向淩風臺下看，心事還將與。憶別庾郎時，又過林逋處。萬古西湖寂寞春，惆悵誰能賦。

月上海雲沈，鷗去吴波迴。行過西泠有一枝，竹暗人家静。又見水沈亭，舉目悲風景。花下鋪氊把一盃，緩飲春風影。西泠橋在孤山之西，水沈亭在孤山之北，亭廢。

蘚榦石斜妨，玉蕊松低覆。日暮冥冥一見來，略比年時瘦。涼觀酒初醒，竹閣吟纔就。猶恨幽香作許慳，小遲春心透。涼觀在孤山之麓，南北梅最奇。竹閣在涼觀西，今廢。

家在馬城西，今賦梅屏雪。梅雪相兼不見花，月影玲瓏徹。前度帶愁看，一餉和愁折。若使逋仙及見之，定自成愁絶。馬城在都城西北，梅屏甚見珍愛。

摘蕊暝禽飛，倚樹懸冰落。下竺橋邊淺立時，香已漂流却。空逕晚烟平，古寺春寒惡。老子尋花第一番，常恐吴兒覺。下竺寺前礀石上風景最妙。

緑萼更横枝，多少梅花樣。惆悵西村一塢春，開徧無人賞。細草藉金輿，歲歲長吟想。枝上幺禽一兩聲，猶似宫娥唱。緑萼、横枝，皆梅别種，凡二十許名。西村在孤山後，梅皆阜陵時所種。

象筆帶香題，龍笛吟春咽。楊柳嬌癡未覺愁，花管人離别。路出古昌源，石瘦冰霜潔。折得青鬚碧蘚花，持向人間説。越之昌源，古梅妙天下。

御苑接湖波，松下春風細。雲緑峩峩玉萬枝，别有仙風味。長信昨來看，憶共東皇醉。此樹婆娑一惘然，苔蘚生春意。聚景官梅，皆植之高松之下，芘蔭歲久，萼盡緑。夔昨歲觀梅於彼，所聞於園官者如此，末章及之。

【箋】

〔史部梅花八詠〕張鎡《南湖集》（十）有《卜算子·無逸寄示近作梅詞，次韻回贈》云：『常記十年前，共醉梅邊路。别後頻收尺素書，依舊情相與。早願欲來看，玉照花深處。風暖還聽柳際鶯，休唱閒居賦。』與姜詞第一首同韻。《南湖詩集》有與曾無逸倡酬詩多首。《酬曾無逸架閣見寄一首》自注云：『無逸兄無玷，今主大府簿。』案《宋史》（四二三）《曾三聘傳》：『字無逸。』又（四一五）《曾三復傳》：『字無玷，無逸兄。』是無逸即曾三聘。三聘寧宗初爲考功郎，故白石稱爲『吏部』，此爲和三聘詞無疑。又《南湖集》結集於寧宗嘉定三年庚午，見方回跋。白石此詞在別集，別集十八首，其年代可考者：《漢宮春》二首，嘉泰三年作；《念奴嬌》、《洞仙歌》、《永遇樂》，嘉泰四年作；《虞美人》、《水調歌頭》，開禧初作；是別集一卷必嘉泰二年錢希武刻《歌曲》六卷之後續輯。陳《譜》以此詞末首詠聚景官梅，有『長信昨來看』句，據《宋史·寧宗紀》『開禧二年三月己亥，從太皇太后幸聚景園』，定此詞爲開禧二年作，其説可信。白石詞可考年代者，以此八首爲最後矣。

三聘臨江新淦人，作《獨醒雜志》曾敏行之子。《白石詞別集》一卷，後人掇拾而成，此題『吏部梅花八詠，夔次韻』，蓋依當時寫似三聘墨蹟收入，當改題『和曾無逸梅花八首』。

〔淩風臺〕何遜《早梅》詩：『枝横却月觀，花繞淩風臺。』葛立方《韻語陽秋》（十六）云：『意「却月」、「淩風」皆揚州臺觀名爾。』沈端節《克齋詞·卜算子》亦云：『却月與淩風，謾説揚州夢。』案何遜詩中之揚州，蓋指金陵，非廣陵也。

〔水沈亭〕《西湖志》不載，應據此補。

〔涼觀〕《四朝聞見録》（丙）『蕭照畫』條：『孤山涼堂，西湖奇絶處也。堂規橅壯麗，下植梅數百株。（節）』《萬曆錢塘志》：『涼堂，宋紹興時構。理宗改爲黄庭殿。』當即涼觀。

〔竹閣〕《西湖志》（十六）引《錢塘縣志》：『舊址在孤山，杭人因祀白公於此。宋徙置北山廣化院，而閣已廢。（節）』

〔家在馬城西〕『城』亦作『塍』。蘇泂《泠然齋集》有《到馬塍哭姜堯章》詩，白石卒葬馬塍，殆由其晚年家於此也。《淳祐臨安志》：『東西馬塍，在餘杭門外羊角埂之間。』

〔梅屏〕《南宋雜事詩》注（二）引《北澗集·梅屏賦》：『北山鮑家田尼庵，梅屏甲京都。高宗嘗令待詔院圖進。』當即白石所詠者。

〔下竺寺〕《西湖志》（十三）：『下天竺寺在靈鷲山麓，晉高僧慧理建。』《武林舊事》：『大抵靈竺之勝，周迴數十里，而巖壑尤美，實聚於下天竺寺。』陳注引葛天民《葛無懷小集·懷天竺澗梅》云：『根在巖邊結，枝從水際横。此花殊近道，凡木欠修行。密竹籠幽片，疏篁倚瘦莖。那時香不淺，憶我話無生。』又《竺澗梅》云：『龍脊橋邊鶴膝幽，一枝斜亞水横流。自從識破胡笳曲，吹徹黄昏不解愁。』

〔西村〕見前《鶯聲繞紅樓》箋。

〔阜陵〕宋孝宗葬永阜陵。

〔昌源〕陳《疏》引《嘉泰會稽志》：『越州昌源梅最盛，實大而美。項里、容山、直步、石龜，多出古梅，尤奇古可愛。』

范成大《梅譜》：『古梅會稽最多，四明、吴興亦間有之。其枝樛曲萬狀。蒼蘚鱗皴，封滿花身。又有苔鬚垂于枝間，或長數寸，風至，緑絲飄飄可翫。』又：『項里出古梅，老榦奇怪，苔蘚封枝，疏花點綴，夭矯如畫，殊令人愛翫不忍捨。』鄭校引《武林舊事》：『高宗居德壽宫堂，謂孝宗曰：古梅有二種，宜興張公洞者，苔蘚極厚，花極香；一種出越上，苔如絲，長尺餘。』林景熙《霽山先生集》（一）《昌源懷古》詩：『殘僧相對語寂寞，苔梅隔嶺春年年。』元章祖程注云：『昌源坂在會稽縣南三十五里，吴越王錢氏所葬之處。』

〔聚景官梅〕《武林舊事》（四）『聚景園』條：『清波門外，孝宗致養之地。（節）嘉泰間，寧宗奉成肅太后臨幸，其後並皆荒蕪不修。高疏寮詩云：「翠華不向苑中來，可是年年惜露臺。水際春風寒漠漠，官梅却作野梅開。」』

周密《蘋洲漁笛譜・外集》有《法曲獻仙音・弔香雪亭梅》，李彭老、王沂孫皆作和作，江昱《蘋洲漁笛譜考證》定爲詠聚景園梅。

【校】

〔今賦〕陸本、張本、厲鈔『今』皆作『曾』。

〔一餉〕陸本『餉』作『晌』，陳鋭校：『「餉」或讀如「嚮」，「一餉」猶言一食之頃，「餉」、「晌」，正俗字。』

〔最妙〕陸本『最』作『甚』。

〔開徧〕陸本、張本、厲鈔『徧』皆作『過』。

〔折得〕張本『折』誤『拆』。

〔峩峩〕張本作『莪莪』，誤。

〔婆娑〕陸本作『娑娑』，誤。

〔芘陰〕陸本『芘』作『花』，誤。

〔夔昨歲〕陸本『昨』作『舊』。厲鈔無『夔』字。

姜白石詞編年箋校卷六

不編年，序次依陶鈔。

好事近

賦茉莉

涼夜摘花鈿，苒苒動摇雲緑。金絡一團香露，正紗廚人獨。　朝來碧縷放長穿，釵頭罣層玉。記得如今時候，正荔枝初熟。

【箋】

《武林舊事》『都人避暑』條：『而茉莉爲最盛。初出之時，其價甚穹。』

【校】

〔一團〕張本『團』作『圍』。

虞美人

賦牡丹

西園曾爲梅花醉。葉翦春雲細。玉笙涼夜鬲簾吹。卧看花梢摇動一枝枝。娉娉嫋嫋教誰惜。空壓紗巾側。沈香亭北又青苔。唯有當時蝴蝶自飛來。

又

摩挲紫蓋峯頭石。下瞰蒼厓立。玉盤摇動半厓花。花樹扶疏一半白雲遮。盈盈相望無由摘。惆悵歸來屐。而今仙迹杳難尋。那日青樓曾見似花人。

【箋】

此憶南嶽舊游之作。《詩集》（上）《昔遊詩》『昔遊衡山上』一首亦云：『下窺半厓花，杯盂琢紅玉。』

〔紫蓋峯〕衡山七十二峯之一。

憶王孫

鄱陽彭氏小樓作

冷紅葉葉下塘秋。長與行雲共一舟。零落江南不自由。兩綢繆。料得吟鸞夜夜愁。

【箋】

吴《箋》：彭氏爲宋時鄱陽世族，神宗時彭汝礪官至寶文閣直學士，著《鄱陽集》，其四世孫大雅，嘉熙四年使北，後追謚忠烈。

少年遊

戲平甫

雙螺未合，雙蛾先斂，家在碧雲西。別母情懷，隨郎滋味，桃葉渡江時。扁舟載了，怱怱歸去，今夜泊前溪。楊柳津頭，梨花牆外，心事兩人知。

【箋】

此戲張鑑納妾，鑑有别墅在武康，見前《鷓鴣天》詞箋。

〔前溪〕在浙江武康縣，古永安縣前之溪也。

【校】

〔少年遊〕張本『遊』作『行』，誤。張本目録作『遊』。

〔戲平甫〕《花庵詞選》：『平』作『斗』，誤。張本、厲鈔『甫』皆作『父』。

〔歸去〕《花庵詞選》無『歸』字，誤。

訴衷情

端午宿合路

石榴一樹浸溪紅。零落小橋東。五日淒涼心事，山雨打船篷。　諳世味，楚人弓。莫忡忡。白頭行客，不採蘋花，孤負薰風。

【箋】

〔合路〕嘉興、平望、吴江間一市鎮，地傍運河，居民繁夥，見陸游《入蜀記》(一)六月八日所記。吴《箋》：『《吴郡志》：合路橋在吴江縣管下。按詞中「零落小橋東」一語當指此。宋人詩詞往往用橋名而不書「橋」字，如過垂虹橋即書「過垂虹」是也。』

陳《譜》定爲慶元五年作，謂『諳世味，楚人弓』句指試禮部不第。嫌無顯據，不從。案万俟詠《南歌子》詞『五日淒涼，今古與誰同』，見《歲時廣記》(廿一)，白石『五日』句用此。

【校】

〔忡忡〕陸本作『冲冲』。

念奴嬌

謝人惠竹榻

楚山修竹，自娟娟、不受人間袢暑。我醉欲眠伊伴我，一枕涼生如許。象齒爲材，花藤作面，終是無真趣。梅風吹溽，此君直恁清苦。　須信下榻殷勤，翛然成夢，夢與秋相遇。翠袖佳人來共看，漠漠風煙千畝。蕉葉窗紗，荷花池館，别有留人處。此時歸去，爲君聽盡秋雨。

【校】

〔娟娟〕張本作『涓涓』，誤。

〔翛然〕張本『翛』作『倏』，誤。

〔窗紗〕厲鈔作『紗窗』。

法曲獻仙音

張彥功官舍在鐵冶嶺上，即昔之教坊使宅。高齋下瞰湖山，光景奇絶。予數過之，爲賦此。

虛閣籠寒，小簾通月，暮色偏憐高處。樹鬲離宮，水平馳道，湖山盡入尊俎。奈楚客，淹留久，砧聲帶愁去。　屢回顧。過秋風、未成歸計。誰念我、重見冷楓紅舞。喚起淡妝人，問逋仙、今在何許？象筆鸞牋，甚而今、不道秀句。怕平生幽恨，化作沙邊煙雨。

【箋】

〔張彦功〕劉過《龍洲詞》（下）有贈張彦功《賀新郎》詞，其籍履未詳。

〔鐵冶嶺〕在杭州雲居山下，見《西湖志》（六）。其地名豐寧坊，宋時坊左有景獻太子府，嶺上有右虎翼寨，嶺下有神衛軍寨，見《湖山便覽》。侍步軍司衙在鐵冶嶺，見《錢唐縣志》。姜詞所謂『官舍』，不知何指。

【校】

〔離宫〕朱彭《吴山遺事詩》自注：『考「樹鬲離宫」句，指聚景園也。』

明鈔及清吟堂本《絶妙好詞》題作『張彦功官舍』，《絶妙好詞箋》同。

〔法曲獻仙音〕陸本調下有『俗名大石，黄鍾商』七字注。

〔屢回顧〕《花庵詞選》、明鈔《絶妙好詞》、《陽春白雪》、《花草粹編》，此三字皆屬上片。

〔何許〕明鈔《絶妙好詞》『許』作『處』。

側犯

詠芍藥

恨春易去。甚春却向揚州住。微雨。正繭栗梢頭弄詩句。紅橋二十四，總是行雲處。

無語。漸半脱宫衣笑相顧。金壺細葉，千朵圍歌舞。誰念我、鬢成絲，來此共尊俎。後日西園，緑陰無數。寂寞劉郎，自修花譜。

【箋】

〔揚州〕《能改齋漫録》（十五）『芍藥譜』條，引孔武仲《芍藥譜》云：『揚州芍藥，名於天下，非特以多爲誇也，其敷腴盛大而纖麗巧密，皆他州所不及。（節）唐之詩人，最以模寫風物自喜，如盧仝、杜牧、張祜之徒，皆居揚之日久，亦未有一語及之，是花品未有若今日之盛也。（節）』宋熙寧間，王觀官江都，作《芍藥譜》。

〔千朵圍歌舞〕《能改齋漫録》（十五）引孔武仲《維揚芍藥譜》：『負郭多曠土，種花之家，園舍相望。最盛於朱氏、丁氏、袁氏、徐氏、高氏、張氏，餘不可勝紀。畦分畝別，多者至數萬根。自三月初旬始開，浹旬而甚盛。游觀者相屬於路，障幕相望，笙歌相聞。又浹旬而衰矣。（節）』黄庭堅寄王定國詩：『淮南二十四橋月，馬上時時夢見之。想得揚州醉年少，正圍紅袖寫烏絲。』

〔鬢成絲〕黄庭堅詩：『春風十里珠簾卷，髣髴三生杜牧之。紅藥梢頭初繭栗，揚州風物鬢成絲。』見《豫章黄先生文集》（九）。姜詞用此。（《禮記・王制》：『祭天地之牛，角繭栗。』《漢書》注云：『繭栗，言角之小如繭及栗之形也。』芍藥之蓓蕾似之。）白石淳熙三年游揚州，才二十餘歲，似與此句不合；詞在陶鈔卷四，或嘉泰二年以前四十餘歲重游揚州作（陶鈔六卷刻於嘉泰二年）。又，繭栗，《愛日齋叢鈔》有考。

〔劉郎花譜〕《宋史·藝文志》有劉攽《芍藥譜》一卷，今不傳。

小重山令

趙郎中謁告迎侍太夫人，將來都下，予喜爲作此曲。

寒食飛紅滿帝城。慈烏相對立，柳青青。玉階端笏細陳情。天恩許，春盡可還京。

鵲報倚門人。安輿扶上了，更親擎。看花攜樂緩行程。争迎處，堂下拜公卿。

【箋】

韓淲《澗泉集》（十二）有《送趙户部迎侍回朝》二律，時令詩意皆與白石此詞合，或即其人。

【校】

〔小重山〕厲鈔不列調名，題云：『趙郎中謁告迎侍太夫人，將來都下。予喜爲作此曲，寄《小重山》令。』蓋後人依白石原稿編入，與《卜算子·和吏部梅詞》同例。

鬲山溪

詠柳

青青官柳，飛過雙雙燕。樓上對春寒，捲珠簾、瞥然一見。如今春去，香絮亂因風，沾徑草，惹牆花，一一教誰管。　陽關去也，方表人腸斷。幾度拂行軒，念衣冠、尊前易散。

翠眉織錦，紅葉浪題詩，煙渡口，水亭邊，長是心先亂。

【校】

〔暫然〕張本作『偶然』。

永遇樂

次韻辛克清先生

我與先生，夙期已久，人間無此。不學楊郎，南山種豆，十一徵微利。雲霄直上，諸公袞袞，乃作道邊苦李。五千言、老來受用，肯教造物兒戲。　東岡記得，同來胥宇，歲月幾何難計。柳老悲桓，松高對阮，未辦爲鄰地。長干白下，青樓朱閣，往往夢中槐蟻。却不如、窪尊放滿，老夫未醉。

【箋】

蘇泂《泠然齋集》（六）有《金陵雜興》詩云：『白石鄱姜病更貧，幾年白下往來頻。歌詞翦就能哀怨，未必劉郎是後身。』陳《譜》以此詞有『長干白下』句，定爲晚年客金陵作，謂在寶慶二年蘇泂再入建康幕府之時。嫌無顯據，不從。

〔辛克清〕名泌，白石沔鄂交游，見《探春慢》，參《交游考》。

姜白石詞編年箋校外編

聖宋鐃歌吹曲十四首

慶元五年，青龍在己亥，鄱陽民姜夔頓首上尚書：臣聞鐃歌者，漢樂也。殿前謂之鼓吹，軍中謂之騎吹。其曲有《朱鷺》等二十二篇，由漢逮隋，承用不替，雖名數不同，而樂紀罔墜，各以詠歌祖宗功業。唐亡鐃部，有柳宗元作十二篇，亦棄弗録。神宋受命，帝績皇烈，光耀震動，而逸典未舉。乃政和七年，臣工以請，上詔製用；中更否擾，聲文罔傳；中興文儒，蔫有擬述，不麗于樂，厥誼不昭。臣今製曲辭十四首，昧死以獻。臣若稽前代鐃歌，咸叙威武，衂人之軍，屠人之國，以得土疆，乃矜厥能；惟我太祖、太宗、真、仁、高宗，或取或守，罔匪仁術，討者弗戮，執者弗劉，仁融義安，曆數彌永。故臣斯文，特倡盛德，其辭舒和，與前作異。臣又惟宋因唐度，古曲墜逸，鼓吹所録，惟存三篇，譜文乖訛，因事製辭，曰《導引曲》、《十二時》、《六州歌頭》，皆用羽調，音節悲促；而登封岱宗、郊祀天地、見廟、耕耤、帝后册寶、發引、升祔，五禮殊情，樂不異曲，義理未究。乞詔有司取臣之詩，協其清濁，被之簫管，俾聲暢辭達，感藏人心，永念宋德，無有紀極，海内稱幸。臣夔頓首上尚書。

【箋】

《鐃歌鼓吹曲》與《越九歌》皆非詞體，白石以爲詞集壓卷，其意殆欲推尊詞體以上承古樂府；宋人編集，未有此例，兹列爲外編。

《硯北雜志》（下）：『周公謹云：「姜堯章《鐃歌鼓吹曲》乃步驟尹師魯《皇雅》，《越九歌》乃規模鮮于子駿《九誦》，然言辭峻潔，意度高遠，頗有超越驊騮之意。」』案尹洙《河南先生文集》（二）《皇雅十篇》，其《大鹵篇》叙伐晉云：『晉郊既平，九區以寧。』又云：『聖作聖繼，巍巍相承，皇矣二后，功莫與京。』白石《伐功繼》結語正用此。尹洙《皇雅》第一篇云：『天監，受命也。自梁至周，兵難不息，宋受命統一萬方焉。』『天監下民，亂靡有定。甚武且仁，祚厥真聖。仁實懷徠，武以執競。匪虔匪劉，拯我大命。自昔外禪，曰經曰營。令以挾制，政以陰傾。帝初治兵，志勤於征。奄受神器，匪謀而成。淮潞弗虔，卒污叛跡。戎輅戒嚴，皇威有赫。彼寇詿民，吾勇其百。殄厥渠魁，貸其反側。帝朝法宫，左右宗公。忮夫悍士，以雍以容。爾居爾室，爾工爾農。既息既養，惟天子功。』引此爲例，與姜曲互參。

〔己亥〕許增校：『案慶元五年太歲在己未，「亥」乃「未」誤。』應據改。

〔鐃歌者漢樂也〕《隋書·音樂志》（上）：漢明帝時，樂有四品：一曰大予樂，二曰雅頌樂，三曰黄門鼓吹樂，其四曰短簫鐃歌樂。

〔鼓吹、騎吹〕《通典》（一四六）『前代雜樂』條，引《建初録》：『《務成》、《黄爵》、《玄雲》、《遠期》皆騎吹曲，非鼓吹曲。此則列於殿庭者爲鼓吹，今之從行鼓吹與騎吹，二曲異也。』

〔朱鷺等二十二篇〕漢短簫鐃歌二十二曲，《隋書·音樂志》（中）作：《朱鷺》、《思悲翁》、《艾如張》、《上之回》、《擁離》、《戰城南》、《巫山高》、《上陵》、《將進酒》、《君馬黃》、《芳樹》、《有所思》、《雉子班》、《聖人出》、《上邪》、《臨高臺》、《遠如期》、《石留行》、《務成》、《玄雲》、《黃雀》、《釣竿》。《宋書》（廿二）《樂志》（四）作漢鼓吹鐃歌十八曲，無《務成》、《玄雲》、《黃雀》、《釣竿》四曲。

〔由漢逮隋，承用不替〕《通典・樂》（六）『前代雜樂』條，記鼓吹云：『齊、梁至陳則甚重矣，各製曲辭以頌功德，至隋，亡。』與白石説異。案《樂府詩集》（二十）『鼓吹曲』，隋有《凱樂歌》三首：《述帝德》、《述諸軍用命》、《述天下太平》。則白石云『逮隋承用不替』，是也。

〔名數不同〕魏晉以次，皆改漢短簫鐃歌二十二曲爲新曲，以述功德，如魏改《朱鷺》曰《楚之平》，吴曰《炎精缺》，晉曰《靈之禪》，梁曰《木紀謝》，北齊曰《水德謝》，後周曰《元精季》。見《晉書・樂志》（下）、《隋書》（二）《樂志》（上、中）。

〔柳宗元作十二篇〕《唐柳先生集》（一）《唐鐃歌鼓吹曲》十二篇：《晉陽武》、《獸之窮》、《戰武牢》、《涇水黃》、《奔鯨沛》、《苞枿》、《河右平》、《鐵山碎》、《靖本邦》、《吐谷渾》、《高昌》、《東蠻》。

〔政和七年三句〕《宋史・樂志》（十五）《鼓吹上》：『政和七年三月，議禮局言：「古者鐃歌、鼓吹曲各異其名，以紀功烈。今所設鼓吹，唯備警衛而已，未有鐃歌之曲，非所以彰休德、揚偉績也。乞詔儒臣討論撰述，審協聲律，播之鼓吹，俾工師習之。凡王師大獻，則令鼓吹具奏，以聳羣聽。」從之。』

陳《疏》引《宋史・韓駒傳》：『政和初，以獻頌補假將仕郎，除秘書省正字，知分寧縣，召爲著作郎，正御前文籍。駒言國家祠事，歲一百十有八，用樂者六十有二，舊撰樂章，辭多牴牾。於是召三館士，分撰親祠明堂、圜壇、方澤等樂五十餘章，多駒所作。』案宋祁《宋景文集》（七）有《論乞别撰郊廟歌曲述祖宗積累之業疏》一篇，是政和以前人已有此議。

〔《導引曲》、《十二時》、《六州歌頭》〕皆載《宋史·樂志》。

〔皆用羽調，音節悲促〕《舒藝室餘筆》（三）：『案《宋史·樂志》：「自天聖以來，帝郊祀、躬耕藉田，皇太后恭謝宗廟，悉用正宫《導引》、《六州》、《十二時》，凡四曲。（原節）其後袷享太廟亦用之。大享明堂用黄鍾宫，凡山陵導引靈駕，章獻、章懿皇后用正平調，仁宗用黄鍾羽；神主還宫用大石調。（原節）凡迎奉祖宗御容赴宫觀、寺院并神主祔廟，悉用正宫，惟仁宗御容赴景靈宫，改用道調。（原節）熙寧中，親祀南郊，曲五奏，正宫《導引》、《奉禋》、《降仙臺》；祀明堂，曲四奏，黄鍾宫《導引》、《合宫歌》，皆以《六州》、《十二時》。」然則《導引》、《十二時》、《六州》不皆用羽調，與姜此序不合。』

〔五禮殊情，樂不異曲〕案鼓吹曲《導引》、《六州》、《十二時》，不論吉凶可用。其專用於吉者，《奉禋歌》、《合宫歌》、《降仙臺》；專用於凶者，《祔陵歌》、《虞主歌》（又作《虞神歌》），皆宋太宗時别於大曲而新刱者。見《宋史·樂志》。是宋時吉凶用樂，未嘗不分。至白石時惟存此三篇，五禮同用，故云『義理未究』。

【校】

陸本題前另列『歌曲』一行。『吹』上有『鼓』字。

〔己亥〕應作『己未』，見前箋。

〔真仁高宗〕厲鈔『仁』作『宗』，誤。

上帝命，太祖受命也。五季亂極，人心戴宋，太祖無心而得天下也。

上帝命，惟皇皇。俶作宋祚，五王不綱。陳橋之夕，帝服自黄。惟帝念民，惟民念靖。八紘一春，不曰予聖。璇題玉除，龍路孔蓋。得之非心，遜亦云易。有弟聖賢，我祚萬年。十世之後，乃復其天。

【箋】

〔十世之後〕《舒藝室餘筆》（三）：『案高宗養孝宗于宫中，爲太祖七世孫，此云「十世」，疑字形相近而譌。』

河之表，破澤州也。李筠不知天命，自憑其勇，不能降心，以至於叛而死也。

河之表，曰上黨。彼眈眈，踞奥壤。交韔百斤，不如一仁。撥汗千里，莫能脱身。帝整其旅，疇曰汝武。心飛太行，膽落戰鼓。

【箋】

《宋史》（一）《太祖本紀》：建隆元年夏四月癸巳，昭義軍節度使李筠叛，遣石守信討之。六月辛未，拔澤州，筠赴火死。

〔交韔撥汗〕《宋史》（四八四）《周三臣·李筠傳》：『筠曰：「況（我）有儋珪槍、撥汗馬，何憂天下哉？」儋珪，筠愛將，有勇力，善用槍。撥汗，筠駿馬，日馳七百里，故筠誇焉。』

〔心飛太行〕同上：『太祖遣石守信、高懷德將兵討之，敕曰：「勿縱筠下太行，急進師扼其隘，破之必矣。」』筠從事閭丘仲卿獻策於筠，勸守太行，筠不聽。亦見本傳。

【校】

〔眈眈〕張本、陸本、厲鈔皆作『耽』。

淮海濁，定維揚也。李重進自謂周大臣，不屈於太祖。作鐵券以安之，猶據鎮叛。

淮海濁，老將戾。帝心堯舜，信在券外。汝胡弗思，與越豨輩。皇威壓之，燕壘自碎。維宋佐命，維周碩臣。汝獨狐疑，用殲厥身。

【箋】

《宋史·太祖紀》：『建隆元年九月己未，淮南節度使李重進以揚州叛。十月丁亥，詔親征揚州。十一月丁未，拔之。重進盡室自焚。』

《宋史》（四八四）《周三臣·李重進傳》：『重進與太祖俱事周室，分掌兵柄，常心憚太祖。太祖立，愈不自安，及聞移鎮（青州），陰懷異志。太祖知之，遣六宅使陳思誨齎賜鐵券，以安其心。重進欲治裝隨思誨入朝，爲左右所惑，猶豫不决。又自以周室近親，恐不得全，遂拘思誨，治城隍，繕兵甲。』

【校】

〔淮海濁〕《舒藝室餘筆》（三）：『案歌云：「淮海濁，老將戾。」「濁」字不誤，《宋志》作「淮海清」，誤。』

沅之上，取湖南也。湖南有難，乞援於我，至則拒焉，我師取之。

沅之上，故王都。今焉在，空雲蕪。勢危則噂，勢謐則叛。背予德心，繄爾作難。東届巴丘，西盡九疑。鑾師委伏，願還耕犂。岧岧鎮山，火德之紀。真人方興，百神仰止。

【箋】

《宋史》（四八三）《湖南周氏世家》：『建隆三年十月，（周）行逢卒，（節）子保權年十一，初爲武平節度副使，太祖授以起復檢校太尉、朗州大都督、武平軍節度。初，行逢疾且亟，召將校託保權曰：「吾郡内凶狠者，誅之略盡，唯張文表在焉。吾死，文表必亂，諸公善佐吾兒，無失土宇。必不得已，當舉族歸朝，無令陷於虎口。」行逢卒，明年春，文表果自衡州舉兵據潭州，將攻朗陵，盡滅周氏。保權乞師於朝廷。（節）乃遣山南東道節度慕容延釗爲湖南道行營都部署，（節）將步騎往平之，又發安、復等十州兵會於襄陽。師及江陵，趙璲至潭州，文表已爲保權之衆所殺。保權牙校張從富輩以爲文表已平，而王師繼進不已，懼爲襲取，相與拒守。（節）王師長驅而南，獲從富於西山下，梟首朗市。（節）湖湘悉平。（節）保權至，上章待罪，優詔釋之。（節）授千牛衛上將軍。』《太祖紀》：湖南平，在乾德元年三月。

【校】

〔火德〕張本『火』作『大』，誤。

皇威暢，得荆州也。我師救湖南，道荆州，高繼沖懼，歸其土。

皇威暢，附庸讋。渚宫三月青草發，漢家旌旗繞城堞。小臣不敢煩天威，再拜敢以荆州歸。帝得荆州不爲喜，百萬愁鱗濯春水。

【箋】

《宋史·太祖紀》：乾德元年二月甲午，慕容延釗入荆南，高繼沖請歸朝，得州三，縣十七。

【校】

〔青草發〕陸本『青』作『春』。

〔濯春水〕《舒藝室餘筆》（三）：『「濯」疑「躍」字之譌。』

蜀山邃，取蜀也。孟昶恃其國險，且結河東以拒命，兵加國除。

蜀山邃，蜀主肆。謂當萬年，不亮天意。帝曰『全斌，汝征自秦』。關門不守，吏啼白雲。帝曰『光誼，汝征自峽』。瞿唐反波，助我肆伐。蜀人號呼，乞生于師。蜀囚素衣，天子憐之。

【箋】

《宋史·太祖紀》：乾德二年十一月甲戌，命王全斌、崔彦進出鳳州道，劉光義、曹彬出歸州道，以伐蜀。三年正月乙酉，蜀主孟昶降。

〔且結河東以拒命〕《宋史》（四七九）《西蜀孟氏·孟昶》：『乾德二年，昶遣孫遇、楊蠲、趙彦韜爲諜，至京師，彦韜潛取昶與并書劉鈞蠟丸帛書以告。（節）先是，太祖已有西伐意而未發，及覽書，喜曰：「吾用師有名矣。」』

時雨霈，旱火絶。聖人出，虐政滅。五嶺之君，盲風怪雲。毒蛇臻臻，相其不仁。南兵象陳，自謂孔武。有獻在廟，僞臣僞主。降者榮之，叛者生之。將不若是，彼死争之。十僞之夷，一用此道。天祐烈祖，仁以易暴。

時雨霈，取廣南也。劉鋹淫虐，我師弔其民，俘鋹以歸。

【箋】

《宋史·太祖紀》：開寶四年二月『己丑，潘美克廣州，俘劉鋹，廣南平』。『五月乙未朔，御明德門，受劉鋹俘，釋之。斬其柄臣龔澄樞、李托、薛崇譽』。

〔劉鋹淫虐〕《宋史》（四八一）《南漢劉氏世家》：『乾德中，太祖命師克郴州，獲其内品十餘人，有余延業者，（節）太祖因笑問鋹爲治之迹，延業備言其奢酷，太祖驚駭曰：「吾當救此一方之民。」』

〔南兵象陣〕同上：『十二月，美等攻韶州。都統李承渥以兵數萬陳蓮華山下。初，鋹教象爲陣，每象載十數人，皆執兵仗，凡戰，必置陣前，以壯軍威，至是與美遇，美盡索軍中勁弩布前以射之，象奔踶，乘象者皆墜，反踐承渥軍，遂大敗，承渥僅以身免，韶州陷。』

望鍾山，下江南也。李煜乍臣乍叛，勢窮乃降；而我師未嘗戮一人也。

望鍾山，睇揚子。波湯湯，雲靡靡。主歌臣謡樂未已，詔書屢噓不爲起。鈞絲夜緯匪魴鯉，長虹西徠波可履，嗚呼憑陵果何恃。辯士疾馳拜前陛，曰：『臣有罪當萬死。』帝曰：『盍歸予宥爾。』我師入其都，矢不踐螻蟻。至今鍾山雲，猶帶仁義氣。

【箋】

《宋史》（三）《太祖紀》：開寶八年十一月『乙未，曹彬克昇州，俘其國主（李）煜，江南平。（節）乙亥，封李煜爲違命侯。』

〔未嘗戮一人〕《曲洧舊聞》（一）：『太祖皇帝龍潛時，雖屢以善兵立奇功，而天性不好殺。故受命之後，其取江南日，戒曹秦王、潘鄭王曰：「江南本無罪。但以朕欲大一統，容他不得。卿等至彼，慎勿殺人。」曹、潘兵臨城下，久之不下。乃草奏曰：「兵久無功，不殺無以立威。」太祖覽之赫然，批還其奏曰：「朕寧不得江南，不可輒殺人也。」逮批詔到，而城已破。』

〔詔書屢嘷〕《宋史·南唐李氏世家》：開寶五年，太祖『令從善（李煜弟）諭旨於煜，使來朝。煜但奉方物爲貢。（節）七年秋，遂詔煜赴闕，煜稱疾不奉詔。冬，乃興師致討』。

〔長虹西徠〕《南唐李氏世家》：『初，將有事江表，江南進士樊若水詣闕獻策，請造浮梁以濟師。太祖遣高品石全振往荆湖，造黄黑龍船數千艘，又以大艦載巨竹絙，自荆渚而下。及命曹彬等出師，乃遣八作使郝守濬等率丁匠營之。議者以爲古未有作浮梁渡大江者，恐不能就。乃先試於石牌口。移置采石，三日而成，渡江若履平地。煜初聞朝廷作浮梁，語其臣張泊，泊對曰：「載籍已來，長江無爲梁之事。」煜曰：「吾亦以爲兒戲耳。」』

【校】

〔屢嘷〕張本『嘷』作『下』。

大哉仁，吴越錢俶獻其國也。

大哉仁，萬世輔。后皇明明監于下。俶若曰：『亶爲民。封墳一姓吁不仁。』瞻彼日月，爝火敢出。震震皇皇，帝命是式。吏其税租，府其版圖。爾豈固負，俾民作俘。維宋之仁，中天建國。吴山越濤，衛我帝宅。維俶之仁，世世麗澤。子孫來朝，車馬玉帛。

【箋】

《宋史》（四）《太宗紀》：太平興國三年五月，『錢俶獻其兩浙諸州。（節）丁亥，封錢俶爲淮海國王，其子惟濬徙淮南軍節度使，惟治徙鎮國軍節度使。』

〔爾豈固負〕《宋史》（四八〇）《吴越錢氏世家》：『會劉繼元降，上（太宗）御連城臺誅軍中先亡命太原者，顧謂俶曰：「卿能保全一方，以歸於我，不致血刃，深可嘉也。」俶頓首謝。』

【校】

〔封埴〕陸本『埴』作『殖』。

謳歌歸，陳洪進以漳泉來獻也。

謳歌歸兮四海一，强國潰兮弱國入，彼無諸兮計將安出。天不震兮民不荼，象齒貢兮沈水輸，保室家兮長娭娱。

【箋】

《宋史》（四）《太宗紀》：太平興國三年四月『己卯，陳洪進獻漳、泉二州。（節）癸未，以陳洪進爲武寧軍節度使、同平章事。』

【校】

〔陳洪進〕張本作『陳進洪』，誤。

伐功繼，克河東也。始太祖之伐河東，誓不殺一人，又哀劉氏之不祀，故緩取之，至太宗始得其地。

伐功繼，吁以時。烈祖有造，太宗濟之。河東雖微，方命再世。河東雖强，卒奪其帥。惟漢之葉，保于此都。烈祖念汝，乃貸未鉏。一夫殘生，帝也不取。雨露既洽，河東自舉。河東既平，九有以寧。嗚呼太宗，繼伐有聲。

【箋】

《宋史》（四）《太宗紀》：太平興國四年正月，遣潘美等討太原，二月車駕親征。五月甲申，（劉）繼元降，北漢平。己丑，以繼元爲右衛上將軍、彭城郡公。

〔始太祖之伐河東，誓不殺一人〕《曲洧舊聞》（一）：太祖天性不好殺，『其後革輅至太原，亦徇於師曰：「朕今取河東，誓不殺一人。」』

〔又哀劉氏之不祀〕《宋史》（四八二）《北漢劉氏世家》：『初，太祖嘗因界上諜者謂（劉）鈞曰：「君家與周氏爲世讐，宜其不屈，今我與爾無所間，何爲困此一方人也？若有志中國，宜下太行以决勝負。」鈞遣諜者復命曰：「河東土地甲兵，不足以當中國，然鈞家世非叛者，區區守此，蓋懼漢氏之不血食也。」太祖哀其言，笑謂諜者曰：「爲我語鈞，開爾一生路。」故終其世不加兵焉。』

〔方命再世〕謂劉繼元父鈞、兄繼恩也。

帝臨墉，親征契丹於澶淵也。

帝臨墉，六師厲。胡如雲，暗九地。帝曰：『吁，胡儆予。』準曰：『帝，毋庸虞。晉之謝，胡宅夏。驕弗懲，薄兹野。我謀臧，我武揚。帝在兹，胡且亡。』椎虞機，激流矢。一酋仆，萬胡靡。勝不戰，惟唐虞。魄斯褫，焚穹廬。帝曰：『吁，棄汝過。』粵明年，使來賀。

【箋】

《宋史·真宗紀》：澶淵之役在景德元年。

〔一酋仆，萬胡靡〕《宋史》（二八一）《寇準傳》：『相持十餘日，其統軍撻覽出督戰，時威虎軍頭張瓌守床子弩，弩撼機發，矢中撻覽額，撻覽死，乃密奉書請盟。』

〔粵明年，使來賀〕《真宗紀》：景德二年十一月癸酉，契丹使來賀承天節，十二月癸未，契丹遣使賀明年正旦。

【校】

〔我謀臧〕張本『臧』作『藏』，誤。

〔棄汝過〕許增校：『祠堂本「棄」作「貰」。』

維四葉，美致治也。

維四葉，聖承烈。羣生熙，德施浹。吁嗟仁兮。帝垂衣，澹無爲。日月出，照玉墀。吁嗟仁兮。帝乘輅，六龍儛。神示下，繹鐘鼓。吁嗟仁兮。周八區，耆以醇。稼如海，桑如雲。吁嗟仁兮。

【箋】

此美仁宗，故四曰『吁嗟仁兮』，自太祖至仁宗四代，故曰『維四葉』。

〔神示下，繹鐘鼓〕《宋史》（十二）《仁宗紀》：皇祐二年五月丁亥，新作明堂，禮神玉。六月己未，出新製明堂樂八曲。閏十一月丁卯，詔中書門下省、兩制及太常官詳定大樂。案宋代親祀明堂，始於仁宗。

【校】

〔美致治也〕厲鈔『致』作『政』，誤。

〔乘輅〕厲鈔『乘』作『垂』，誤。

炎精復，歌中興也。

炎精復，天馬度。人漢思，狄爲懼。洛水深深，漠雲陰陰，維帝傷心。帝心激烈，將蹀胡血，天地動色。惟哀盡劉，馳使之輈，包將之矛。皇基再峙，有統有紀，施于孫子。天醻帝仁，迺符夢靈，迺臻太平。

【箋】

〔天馬度〕陳《疏》引《南渡録》：『靖康之變，（康王）質於金。（節）得逸，奔竄疲困，假寐於崔府君廟中。夢神人曰：「金人追及，速去之，已備馬於門首。」康王驚覺，馬已在側，霜蹄霧鬣，昂然翹立。躍馬南馳，既渡河，而馬不復動，下視之，則泥馬也。』

〔遹符夢靈〕《宋史·孝宗紀》：『秀王（孝宗父）夫人張氏，夢人擁一羊遺之曰：「以此爲識。」已而有娠。以建炎元年十月戊寅，生帝於秀州春杉牐之官舍。（節）及元懿太子薨，高宗未有後，而昭慈聖獻皇后亦自江西還行在。后嘗感異夢，密爲高宗言之。高宗大寤。（節）紹興二年五月，選帝育於禁中。（節）三十年二月，立爲皇子。』

越九歌

越人好祠，其神多古聖賢。予依《九歌》爲之辭，且系其聲，使歌以祠之。

南蕤林南　林黄太姑　蕤姑太姑　林黄清太清黄清　應南林南　黄太黄姑　蕤姑太姑　林黄
央央帝斾，羣冕相輿。聿來我嫣，我芸緑滋。維湘與楚，謂狩在陼。雲横九疑，帝若

太黄　南黄清應南　蕤林蕤姑　黄太黄姑　應南林南　太清黄清應南　蕤林蕤姑　姑太黄
來下。我懷厥初，孰耕孰漁。勿忘惠康，疇匪帝餘。博碩于俎，維錯于豆。瑶灑玉

姑 蕤林黃 清黃
離，侑此桂酒。

右帝舜楚調

【箋】

姜虬緑《年譜》定爲紹熙四年客越作。

〔且系其聲〕陳澧《聲律通考》（十）朱子《儀禮經傳通解》，載唐開元《風雅十二詩譜》與白石《越九歌》，皆但注律吕而不注七聲，蓋宋人樂譜皆如此。

《浙江通志·祠祀》（五）引《述異志》：會稽山有虞舜巡狩臺，下有望陵祠。《輿地紀勝》：紹興府，舜廟在會稽縣東一百里。（陳《疏》引）

【校】

〔帝旂〕厲鈔作『帝旆』。

〔瑤灑〕厲鈔『灑』作『洒』。

林南林 仲夾林 南無黃 林仲夾 清黃清太清黃 無南清黃 無南林 夾仲林 仲
登崇邱，懷美功。窋窋在，雲其濛。享維德，輯萬國。轗轇轕，蹇時宅。珠

太黃　夾仲林　無清　黃清　太清　黃清　南無南林　仲夾林　仲太黃　林仲林　無南林　黃清　太清　黃清　林
爲檥，玉爲車。報我則腆，不當厥拘。王旆返，風偃偃。山鳥呼，觚棱晚。豐予諶，菲

仲夾
可薦。

右王禹吴調　夾鍾宫

【箋】

《紹興府志》：山陰大禹廟，在塗山南麓。

陳《疏》引《宋史·光宗紀》，紹熙三年冬十月壬寅，大修禹廟。

【校】

〔窋窀在〕《舒藝室餘筆》〔三〕：『《文選·靈光殿賦》：「窋窀垂珠。」善注：「《説文》：『窋，物在穴中貌。』窀，亦出也。」案：「窋窀」蓋連語，《説文》無「窀」字，疑衹作「吒」，因「窋」而加「穴」，今「窋」又因「窀」而增「口」矣。』楊慎《升庵詞話》〔六〕謂《魯靈光殿賦》之『窋咤』即《咄唶歌》之『咄唶』，非是。

〔王旆〕張本『王』作『玉』。

清黄 清太 清黄 南 林 南 姑 太 黄 南 無 清黄 姑 南 清太 清黄 無 南 林 姑 太 姑 黄 姑 太 姑 林 南 清太 清黄

雲蒼涼，山巘嶭。瞻靈旗，闖越絶。故宮淒淒生緑蕪，謀臣安在空五湖，爵君君毋

無 南 清黄 清太 清黄 清南 清黄 無 南 林 南 林 南 黄 姑 太 姑 林 南 清太 林 清黄 清太 清黄 無 南 林 姑 無 林 南 仲

西入吳。洪濤卷地龍工呼，函堅操剡何睢盱，彼茁竹箭楊梅朱。壺觴有酎盤有魚，千

姑 太 姑 林 姑 太 黄 清黄

春萬春，勿忘此故都。

右越王越調　無射商

【箋】

《紹興府志》：『越王祠，郡有二所，一在府西北，一在會稽縣東南十二里。』

【校】

〔爵君、有酎〕張本『爵』、『酎』皆作『爵』，誤。

應 清黄 應 南 蕤 應 南 應 清太 應 南 蕤 姑 太 黄 太 太 南 應 南 清太 蕤 南 應 清太 應 南 蕤 姑

淒其我思，永矢弗遊。皛曰予肖，以鎏與鏐。載尸載謁，子惠思越。翩其來而，乘

太 黄 太

濤駕月。

右越相側商調　黃鍾商

【箋】

《浙志》山陰無越相祠。《一統志》：紹興府，文種墓在卧龍山麓。

【校】

〔載尸〕厲鈔『尸』作『户』，誤。

無 清黃 無 仲 太 仲 南 林 仲 林 清太 清黃 無　林 南 林 仲 無 太 姑 太　仲 太 仲 林 清太 清黃 無 清太
民荼羸，天紀瀆，羣雄橫徂君逐鹿。博懸於投，匪智伊福。或肉以昌，或斧以亡，

仲 林 南 林 無 清太 仲 無　仲 太 仲 林 清太 清黃 無 清太　仲 林 南 林 南 無 黃 太　仲 太 仲 林
謂予復歸，有如大江。我無君尤，君胡我慊。亦有子孫，在阿在崦。靈兮歸來，

無 清太 清黃 無
築宫崔嵬。

右項王古平調　無射宫

【箋】

《浙志》：項羽廟，在項里溪上。項里山在縣西南二十里，世傳項羽流寓于此。

【校】

〔博懸〕陸本、厲鈔『博』作『傅』。案此用班固《奕旨》語，作『博』是。

〔以昌〕張本『昌』作『曷』，誤。

林仲清黄無南林　仲太黄林仲夾仲　南林仲南黄太　仲太夾仲林仲　林仲黄太仲南

海門碧兮崔嵬，潬上去兮潬下來。予乘舟兮遲女，目屢眩兮漚飛。白馬駃兮素驂

黄清　太黄清清　清南林仲林南　黄太仲太夾太黄　無南林仲太夾仲　南黄太仲黄太仲　南林仲南

舞，驅銀山兮疊萬鼓。汨予從天兮南逝，經西陵兮掠漁浦。夫在舶兮婦在房，風浩浩兮

黄清　太黄清清　清清　南林南清黄　夾太黄　林仲黄太仲林仲

波茫茫。瀝予酒兮神龍府，我征至兮無所苦。

右濤之神　雙調

【箋】

《一統志》：紹興府寧濟廟，在蕭山縣西興鎮，祀浙江潮神。

〔漁浦〕《一統志》：在蕭山縣西三十里。

【校】

〔海門〕陸本『門』作『雲』。

〔駃兮〕張本作『駃』，厲鈔作『駛』，《舒藝室餘筆》(三)云：『「駃」當作「駛」，陳本不誤。』
〔汩予〕《舒藝室餘筆》(三)：『「汩」當作「汩」』。
〔漁浦〕張本『漁』作『魚』。
〔夫在〕陸本『夫』上空一格，另作一段，是。

仲 夾 仲 黄清 林 夷 黄清 太清 黄清 林 仲 夾 仲 太 夾 太 黄 夾 林 夷 黄 夾 仲 折字 仲 黄清 太清 黄清 無 夷
玉副笄，錦結襛，含清揚兮鬱翠眉。嚶嚶歌兮有待，柳屢舞兮僛僛。昔何止兮水

黄清 仲 太 夾 太 黄 夾 仲 夾 仲 林 黄清 無 黄 夷 黄 夾 仲 仲 折字 仲 黄清 太清 黄清 夷 黄清 仲 太 夾 太 黄 仲
湄，今何徵兮未來。吾無欲兮女之佩，羌猶豫兮而裵徊。黄頭兮呼風，旗尾兮栩栩。潮

夾 仲 林 夷 仲 夾 仲 折字 仲 仲 夾 黄清 林 夷 林 仲 太 夾 仲
枯兮汐遲，將子兮無怒。舟去兮人歸，花落兮鳥啼。

右曹娥蜀側調　夷則羽

【箋】
《浙志》：『曹娥廟初屬上虞，後改隸會稽，在府城東九十里。』

【校】
〔汐遲〕各本『汐』皆作『沙』，惟張本作『汐』，應據改。

應南應 太清太姑 應林蕤 姑折字姑
鞭卧龍，躍鏡浦。靈之來，曀如雨。
應折字應 林南應 蕤林蕤 姑太姑 南應折字
環玉廂，翠繽紛。靈之逝，扉出雲。我行其

應 南應南林 蕤姑蕤林 太蕤太姑 南應折字應 林南林應 折字應南林 太蕤太姑 南
野，有穱有稌。入其闉闍，載歌載儛。祓我家室，曰予父母。高田萊蕪，下田舄鹵。爾
應折字應 蕤林南應 南太清 太 姑折字姑
澤毋三，爾煦毋五。益嚴祀，其終古。

右龐將軍高平調　林鍾羽

【箋】

《紹興府志》：『紹興府城隍廟，神姓龐，諱玉，爲越州總管，惠澤在民。既卒，郡人追懷之，以爲城隍神。』案錢鏐《城隍廟記》，龐唐時人。陳《疏》：『《唐書·龐堅傳》：堅四世祖玉。』

〔卧龍〕山名，在紹興。《嘉泰會稽志》：舊名種山。

〔鏡浦〕即鏡湖。

夷南夷蕤夾姑蕤 夾夷南夷蕤夾折字夾 夷蕤夾蕤姑夾太 蕤夷蕤太清應太清應 太清應
師環城兮鳥不度，萬夫投戈兮子獨武。車轍厲兮蟷螂怒，抗予義兮出行伍。詩書

南夷蕤夷夾蕤夷　夾南夷蕤夾夷應夾折字夾　夾南夷蕤姑夾大應太清應夷蕤夷應
發冢兮嗟彼傖父，父老死兮後生莫知其故。廟無人兮鼠穴堵，歌予詩兮詔萬古。

右旌忠中管商調　南呂商

【箋】

《宋史》（四四八）《忠義·唐琦傳》：『唐琦，本衛士，建炎間，高宗航海，琦病留越州。李鄴以城降，金人琶八守之。琦袖石伏道旁，伺其出擊之，不中，被執。琶八詰之。琦曰：「欲碎爾首，死爲趙氏鬼耳。」琶八曰：「使人人如此，趙氏豈至是哉？」又問曰：「李鄴爲帥，尚以城降，汝何人，敢爾？」琦曰：「鄴爲臣不忠，吾恨不得手刃之，尚何言斯人爲。」乃顧鄴曰：「我月給才石五斗米，不肯背其主。爾享國恩厚，乃若此，豈復齒人類哉！」詬罵不少屈。琶八趣殺之，至死不絶口。事聞，詔爲立廟，賜名「旌忠」。』

《浙志》：『旌忠廟，在紹興府東五里。宋太守傅崧卿建，祀衛士唐琦。』

王十朋有《會稽三賢祠》詩，其二唐侯，其三蔡孝子。

【校】

〔發冢〕張本『冢』作『家』，誤。

無 太清 黃清 無 林 夷 無　無 夷 林 仲 仲 夾 仲　黃 太清 黃清 無 太 夾 仲　夷 無 夷 林 仲 夷 無折字 無　太清

愛予親兮保予體，將臨淵兮髮上指。子青衿兮父爲吏，不如緹縈兮鬱陶以死。豺

黃清 無 黃清 無 夷 無　太 夷 林 仲 太 夾 仲　無 太清 黃清 無 夷 林 仲　夾 仲 夾 太 無折字 無　無 太清 黃清 無 林 夷

爲政兮吾已矣，望淵淪兮倏而逝。臥龍山兮若耶水，靈不歸兮父思子。雨鳴荷兮風入

無 無 夷 林 仲 大 夾 仲　夷 太清 黃清 無 仲 夷 黃清 無 夷折字 無

芊，若伊優兮泣未已。率我子兮與弟，屋陽阿兮招爾。

右蔡孝子中管般贍調　大吕羽

【箋】

《宋史》（四五六）《孝義傳》：『蔡定字元應，會稽人。家世微且貧。父革，依郡獄吏傭書以生。資定使學，遊鄉校，稍稍有稱。郡獄吏一日坐舞文法被繫，革以詿誤，年七十餘矣，法當免繫。鞫胥任澤削其籍年而入之，罪且與獄吏等。案具，府奏上之，方待命於朝，故俱久囚，而革不得獨決。定切痛念父耆年，以非罪墮囹陛，誓將身贖。數詣府號愬，請代坐獄，弗許，請效命於戎行，弗許，請隸五符爲兵，又弗許。定知父終不可贖也，仰而呼曰：「天乎，將使定坐視父纏徽纆乎！父老耄不應連繫，傭書罪不應與獄吏等，理明矣，而無所云愬。父老而刑，定之生其何益乎！定圖死矣，庶有司哀憐而釋父，則雖死無憾矣。」於是預爲志銘其墓，又爲狀若詣府者，結置袂間，皆陳叙致死之由，冀其父之免也。以建炎元年十二月甲申，自赴河死。府帥聞之，

鶩曰：「真孝。」立命出革，厚爲定具棺斂事而撫周其家。』《嘉泰會稽志》：『愍孝祠在府東北，（節）（定死）後七年，太守王絢始克請於朝，賜廟額曰「愍孝」。』

【校】

〔子青衿〕張本、厲鈔『子』作『予』。

〔父爲吏〕陸本、張本、厲鈔『吏』作『史』，誤。

【附録】

《硯北雜志》（下）：周公謹謂白石《越九歌》規模鮮于侁《九誦》。案《宋文鑑》（三十）載《九誦》，有《堯祠》、《舜祠》、《周公》、《孔子》、《嶽神》、《瀆神》、《箕子》、《微子》、《雙廟》（張巡、許遠）九篇。《堯祠》云：『車轔轔兮廟陾，鼓坎坎兮祠下。竽瑟兮並奏，潔時羞兮虔祠事。瑶華爲饌兮沆瀣爲漿，象籩玉豆兮金鼎煌，海珍野蔌兮雜錯而致誠。神之來兮風雨蕭蕭，前驅千畢兮上有招摇。羽林爲衛兮虹霓爲旗，鳳皇左右兮擾伏蛟螭。神之降兮金輿，靈欣欣兮肸蠁。德難名兮覆燾，千萬年兮不忘。』（《蘇東坡集》（五）《書鮮于子駿楚詞後》，稱《九誦》『追古屈原宋玉』。《彦周詩話》：『鮮于子駿作《九誦》，東坡大稱之云：「友屈原於千載之上。」觀《堯祠》、《舜祠》二章，氣格高古，自東漢以來鮮及。前輩稱贊人，略緣實也。』）

兹編自度曲及琴曲皆不録旁譜，以已詳于校律，惟《越九歌》因後連古今譜法及折字法，須有譜取證，故特存之。

古今譜法

合	下四	四	下一	一	上	勾	尺	下工	工	下凡	凡	六	下五	五	一五
黄	大	太	夾	姑	仲	蕤	林	夷	南	無	應	黄清	大清	太清	夾清

折字法

篪笛有折字，假如上折字，下『無』字，即其聲比『無』字微高，餘皆以下字爲準。金石弦匏無折字，取同聲代之。

【箋】

繆大年曰：『《夢溪筆談》：「折一分折二分乃至折七八分，皆是舉指有深淺，用氣有輕重。」是專指篪笛而言，金石弦匏不能爲深淺輕重，故無折字。篪笛孔有定位，而琴弦易爲進退，《事林廣記》、《詞源》之「折掣」法及戴長庚《律話》所謂「進復退」，皆指一切管弦而言，與姜氏專指篪笛折字義不盡同。』又曰：『折字説爲《越九歌》作，十七譜無折字，以同音字代之。』

此四十字方成培《香研居詞麈》（三）論折字條、鄭文焯《詞源斠律》皆誤以『無』字爲『有無』之『無』，近人任訥《南宋詞之音譜拍眼考》曰：『蔡孝子乃《九歌》之末篇，其後即載《古今譜法》

及《折字法》，姜氏即引上文之較近者爲例，故曰：如「招爾」二字譜，「上折字，下無字」，即「招」字之聲比「爾」字之聲無射微高也。蓋凡折字者，其聲以下字爲準，如「毋三」二字，「毋」字譜之折字，乃以「三」字譜之應鍾爲準；「終古」二字，「終」字譜之折字，乃以「古」字譜之姑洗爲準也。「爲準」者，非相等之謂，乃比較微高之謂也。姜氏所謂「下無字」，此「無」並非「有無」之「無」，乃「無射」之「無」，《古今譜法》所謂「無」乃下凡是也。』（以上任説）案陳澧《聲律通考》注《越九歌·曹娥章》云：『案此章折字下是「仲」字，則折字比「仲」字微高也。』是陳氏已以『無』爲『無射』字。

【校】

〔篪笛〕張本、陸本、厲鈔『篪』皆作『箎』。陸游《老學庵筆記》（十）：『（節）宣和中，有林虎者賜對，徽宗亦異之，賜名於「虎」上加「竹」。然字書無此字，乃自稱塤篪之「篪」，而書名不敢增，但作「箎」云。』（《集韻》有『箎』字，竹名，音虎。）案《宋史》（八十一）《律曆志》有李如箎，黄庭堅《山谷琴趣外編》（三）《鷓鴣天》題云『表弟李如箎』，李心傳《建炎以來繫年要録》（一八四）紹興間有夔州通判郭箎，是宋代實用『箎』字。《夷堅支志》（四），宋人有霍箎字和卿，可知即『塤篪』字。宋人作《山堂羣書考索》，樂類，塤『篪』字作『箎』，《周禮·春官·笙師》，今本『篪』亦作『箎』，是二字通用久矣。

琴曲

側商調

琴七弦，散聲具宫商角徵羽者爲正弄，慢角、清商、宫調，慢宫、黄鍾調是也；加變宫、變徵爲散聲者曰側弄，側楚、側蜀、側商是也。側商之調久亡。唐人詩云：『側商調裏唱伊州。』予以此語尋之：伊州大食調黄鍾律法之商，乃以慢角轉弦，取變宫、變徵散聲，此調甚流美也。蓋慢角乃黄鍾之正，側商乃黄鍾之側，它言側者同此；然非三代之聲，乃漢燕樂爾。予既得此調，因製品弦法并《古怨》。

調弦法

慢角調慢四一暉，取二弦，十一暉應；慢六一暉，取四弦，十暉應。

大弦黄鍾宫　　二弦黄鍾商
三弦黄鍾角　　四弦黄鍾變徵側
五弦黄鍾羽　　六弦黄鍾變宫側
七弦黄鍾清商

古怨

日暮四山兮，烟霧暗前浦，將維舟兮無所。追我前兮不逮，懷後來兮何處。屢回顧。

泛聲

世事兮何據，手翻覆兮雲雨。過金谷兮花謝委塵土，悲佳人兮薄命誰爲主。豈不猶有春兮，妾自傷兮遲暮。髮將素。

歡有窮兮恨無數，弦欲絶兮聲苦。滿目江山兮淚沾屨。君不見年年汾水上兮，惟秋雁飛去。

【箋】

〔唐人詩云〕案王建詩：『求守管弦聲款逐，側商調裏唱伊州。』《碧雞漫志》(三)解王建《宫詞》云：『林鍾商，今夷則商也。(知不足齋本《漫志》引白石此序，云此「林鍾商」當作「黄鍾商」，又《越九歌》内側商調亦注云「黄鍾商」。)管色以「凡」字殺，若側商則借「尺」字殺。』

〔伊州大食調黄鍾律法之商〕《詞源》(下)：『黄鍾商俗名大石調。』

〔乃以慢角轉弦，取變宫、變徵散聲〕《舒藝室餘筆》(三)：『案琴正宫調，以一弦爲倍徵，二弦爲倍羽，三弦爲宫，四弦爲商，五弦爲角，六弦爲少徵，七弦爲少羽，乃變之遞緊。五二七四一六各弦，至第四變而六弦皆緊，惟第三弦未緊。謂之慢角調者，琴家蓋以第三弦爲角弦故也。』

〔它言側者同此〕《詞麈》（二）論側商調，引白石此序，曰：『此一段甚深難解，培觀姜「越相側商調」一曲，始略悟其旨。蓋大食調爲應鍾角、黄鍾商，乃黄鍾之正聲，當用太蔟起調畢曲。今姜詞用太蔟畢曲，而用應鍾起調，曲中多取應鍾角爲變宫變徵之聲，非黄鍾之正，故曰「側商」耳。「側弄」、「側楚」、「側蜀」，皆是此義。』案：此説未允。《越九歌》皆不拘起調，不獨越相如此。〔慢四一暉，取二弦，十一暉應；慢六一暉，取四弦，十暉應〕《餘筆》（三）：『琴家以四弦爲黄鍾正徵林鍾，今慢一暉，則退位爲黄鍾變宫應鍾也。側商即二十八調之大石調，乃黄鍾一均之商調。而云「側商之調久亡」，蓋據琴曲而言，故自不同。』

王光祈《中國音樂史》第五章，謂自來七弦琴之定弦法，可分三派：一爲姜夔、趙孟頫、張鶴，一爲朱載堉，一爲唐彝銘。張有《琴學入門》，唐有《天聞閣琴譜》。

鄭文焯校云：『古琴譜傳於今者，唯東坡所補《醉翁操》及此《古怨》一曲。惜坡公未注宫調及弦度字譜，莫由臆揣而合聲律；但誦其詞，琅琅如擊秋玉，有一唱三嘆之致，蓋有懷醉翁而作也。此曲則音澹節希，一洗筝琶之耳。曩與李復翁品弦撫之，依慢角調寀音而歌，極爲淒異。其泛音散聲，較今譜幽淡絶俗。乃知古曲之流美，誠得之器冷弦和，非可以緐音動聽也。』案：蘇易簡作《越江吟》，本是奉旨作琴曲，見胡仔《苕溪漁隱叢話》（前集十六），後人以之入詞；此尚在蘇軾之前。

又《東坡集》有《雜書琴曲贈季常》，謂『瑶池怨者，聲幽咽，或作閨怨云云』。《瑶池怨》閨怨詞今見《東坡樂府》（二）。

此詞箋參四二〇頁《承教録》繆大年説。

【校】

陸本琴曲列在卷一之末,《越九歌》、《古今譜法》、《折字法》之後。

〔并古怨〕張本『怨』下有『云』字。

輯評

宋黄昇《絶妙詞選》

（白石）詞極精妙，不減清真樂府，其間高處有美成所不能及。

劉克莊《後村先生大全集》

姜堯章有平聲《滿江紅》、自叙云（節）其詞云（節）此闋佳甚，惜無能歌之者。（卷一七七《詩話續集》）

沈義父《樂府指迷》

姜白石清勁知音，亦未免有生硬處。

張炎《詞源》

（上節）六十家詞可歌可誦者指不多屈，中間如秦少游、高竹屋、姜白石、史邦卿、吴夢

窗，此數家格調不侔，句法挺異，俱能特立清新之意，删削靡曼之詞，自成一家，各名於世。（下節）

作慢詞（中節），最是過片不要斷了曲意，須要承上接下；如姜白石詞云『曲曲屏山，夜涼獨自甚情緒』，於過片則云『西窗又吹暗雨』，此則曲之意脈不斷矣。（下節）（《製曲》）

詞要清空，不要質實。清空則古雅峭拔，質實則凝澀晦昧。姜白石詞如野雲孤飛，去留無跡；吴夢窗詞如七寶樓臺，眩人眼目，碎拆下來，不成片段。此清空質實之説。夢窗《聲聲慢》云：『檀欒金碧，阿娜蓬萊，浮雲不蘸芳洲。』前八字恐亦太澀。如《唐多令》云：『何處合成愁，離人心上秋。縱芭蕉、不雨也颼颼。』（中節）此詞疎快，却不質實。如是者集中尚有，惜不多耳。白石詞如《疏影》、《暗香》、《揚州慢》、《一萼紅》、《琵琶仙》、《探春》、《八歸》、《淡黄柳》等曲，不惟清空，又且騷雅，讀之使人神觀飛越。（《清空》）

詞以意趣爲主，要不蹈襲前人語意。如東坡中秋《水調歌頭》云（詞略），夏夜《洞仙歌》云（詞略），王荆公金陵懷古《桂枝香》云（詞略），姜白石《暗香》賦梅云（詞略），《疏影》云（詞略），此數詞皆清空中有意趣，無筆力者未易到。（《意趣》）

詞中用事最難，要體認著題，融化不澀。如東坡《永遇樂》云『燕子樓空，佳人何在，空鎖樓中燕』，用張建封事；白石《疎影》云『猶記深宫舊事，那人正睡裏，飛近蛾緑』，用壽陽事；又云『昭君不慣胡沙遠，但暗憶、江南江北。想佩環、月夜歸來，化作此花幽獨』，用少

陵詩；此皆用事不爲事所使。（用事）

詩難於詠物，詞爲尤難。體認稍真，則拘而不暢；模寫差遠，則晦而不明。要須收縱聯密，用事合題，一段意思，全在結句，斯爲絶妙。如史邦卿《東風第一枝》詠春雪云（詞略），《綺羅香》詠春雨云（詞略），《雙雙燕》詠燕云（詞略），白石《暗香》、《疏影》詠梅云（詞略），《齊天樂》賦促織云（詞略），此皆全章精粹，所詠瞭然在目，且不留滯於物。（下節）（《詠物》）

『春草碧色，春水緑波。送君南浦，傷如之何。』矧情至於離别，則哀怨必至，苟能調感愴於融會中，斯爲得矣。白石《琵琶仙》云（詞略），秦少游《八六子》云（詞略），離情當如此作，全在情景交鍊，得言外意，有如『勸君更盡一杯酒，西出陽關無故人』，乃爲絶唱。（《離情》）

詩之賦梅，惟和靖一聯而已，世非無詩，不能與之齊驅耳；詞之賦梅，惟白石《暗香》、《疏影》二曲，前無古人，後無來者，自立新意，真爲絶唱。太白云『眼前有景道不得，崔顥題詩在上頭』，誠哉是言也。（《雜論》）

美成詞只當看他渾成處，於軟媚中有氣魄，採唐詩融化如自己者，乃其所長，惜乎意趣却不高遠。所以出奇之語以白石騷雅之句潤色之，真天機雲錦也。（《雜論》）（以上卷下）

元陸輔之《詞旨》

古人詩有翻案法，詞亦然。詞不用雕刻，刻則傷氣，務在自然。周清真之典麗，姜白石之騷雅，史梅溪之句法，吴夢窗之字面。取四家之所長，去四家之所短，此翁之要訣，（節）不可與俗人言，可與知者道。（翁謂樂笑翁張炎也。）

屬對

虛閣籠寒，小簾通月。《法曲獻仙音》。池面冰膠，牆腰雪老。《一萼紅》。枕簟邀涼，琴書换日。《惜紅衣》。

警句

波心蕩、冷月無聲。《揚州慢》。千樹壓、西湖寒碧。《暗香》。昭君不慣胡沙遠，但暗憶、江南江北。《疏影》。牆頭唤酒，誰問訊、城南詩客。岑寂。高樹晚蟬，説西風消息。《惜紅衣》。冷香飛上詩句。《念奴嬌》。

明楊慎《詞品》

姜夔字堯章，號白石道人，南渡詩家名流，詞極精妙，不減清真樂府，其間高處有周美成所不能及者。善吹簫，自製曲，初則率意爲長短句，然後協以音律云。其詠蟋蟀《齊天樂》一詞最勝，其詞曰（詞略）。其過苕霅云：『拂雪金鞭，欺寒茸帽，還記章臺走馬。』『雁磧沙平，漁汀人散，老去不堪遊冶。』人日詞云：『池面冰膠，牆腰雪老，雲意還又沈沈。』『朱户黏雞，金盤簇燕，空歎時序侵尋。』《湘月》詞云：『歸禽時渡，月上汀洲冷。中流容與，畫橈不點清鏡。』從柳子厚『緑浄不可唾』之語翻出。戲張平甫納妾云：『別母情懷，隨郎滋味，桃葉渡江時。』《翠樓吟》云：『檻曲縈紅，檐牙飛翠。』『酒祓清愁，花銷英氣。』《法曲獻仙音》云：『過秋風、未成歸計。』『重見冷楓紅舞。』《玲瓏四犯》云：『輕盈換馬，端正窺户。酒醒明月下，夢逐潮聲去。』其腔皆自度者，傳至今不得其調，難入管絃，祇愛其句之奇麗耳。（卷四）

卓人月《古今詞統》

『商略』二字誕妙。（卷四，《點絳唇》）

賀裳《皺水軒詞筌》

稗史稱韓幹畫馬，人入其齋，見幹身作馬形。凝思之極，理或然也。詩文亦必如此始工，如史邦卿詠燕，幾于形神俱似矣。次則姜白石詠蟋蟀：『露溼銅鋪，苔侵石井，都是曾聽伊處。哀音似訴。正思婦無眠，起尋機杼。』又云：『西窗又吹暗雨。爲誰頻斷續，相和砧杵。』數語刻劃亦工。蟋蟀無可言，而言聽蟋蟀者，正姚鉉所謂『賦水不當僅言水，而言水之前後左右』也。然尚不如張功甫『月洗高梧，露溥幽草，寶釵樓外秋深。土花沿翠，螢火墜牆陰。静聽寒聲斷續，微韻轉、淒咽悲沈。争求侣，慇懃勸織，促破曉機心。兒時曾記得，呼燈灌穴，斂步隨音。任滿身花影，猶自追尋。攜向華堂戲鬬，亭臺小、籠巧妝金。今休説，從渠牀下，涼夜聽孤吟』。不惟曼聲勝其高調，兼形容處心細如絲髮，皆姜詞之所未發。嘗觀姜論史詞，不稱其『輭語商量』，而賞其『柳昏花暝』，固知不免項羽學兵法之恨。

《鷓鴣天》最多佳辭，《草堂》所載，無一善者。如陸放翁『東鄰鬬草歸來晚，忘却新傳子夜歌』，趙德麟『須知月色撩人眼，數夜春寒不下階』，姜白石《元夕不出》『芙蓉影暗三更後，卧聽鄰娃笑語歸』，鬖鬖有詩人之致，選之不及，何也？

劉體仁《七頌堂詞繹》

詞欲婉轉而忌複。不獨『不恨古人吾不見』與『我見青山多嫵媚』爲岳亦齋所誚；即白石之如『露溼銅鋪』與『候館吟秋』，總是一法。

詞亦有初盛中晚，不以代也。牛嶠、和凝、張泌、歐陽炯、韓偓、鹿虔扆輩，不離唐絶句，如唐之初未脱隋調也，然皆小令耳。至宋則極盛，周、張、柳、康，蔚然大家，至姜白石、史邦卿則如唐之中。而明初比唐晚，蓋非不欲勝前人，而中實枵然，取給而已，於神味處全未夢見。

詠物至詞，更難於詩。即『昭君不慣胡沙遠，但暗憶、江南江北』亦費解；放翁『一箇飄蕭身世，十分冷淡心腸』，全首比興，乃更遒逸。

清朱彝尊《詞綜發凡》

世人言詞，必稱北宋，然詞至南宋始極其工，至宋季始極其變。姜堯章氏最爲傑出，惜乎《白石樂府》今僅存二十餘闋也。

言情之作，易流於穢，此北宋人選詞多以雅爲目。法秀道人語涪翁曰：『作豔詞當墮犂舌地獄。』正指涪翁一等體製而言耳。填詞最雅，無過石帚，《草堂詩餘》不登其隻字；見胡浩立春、吉席之作，蜜殊詠桂之章，亟收卷中，可謂無目者也。

朱彝尊《曝書亭集》

詞莫善於姜夔，宗之者張輯、盧祖皋、史達祖、吴文英、蔣捷、王沂孫、張炎、周密、陳允平、張翥、楊基，皆具夔之一體。基之後，得其門者寡矣。（卷四十，《黑蝶齋詩餘序》。）

在昔鄱陽姜堯章、張東澤、弁陽周草窗、西秦張玉田，咸非浙産，然言浙詞者必稱焉，是則浙詞之盛，亦由僑居者爲之助；猶夫豫章詩派不必皆江西人，亦取其同調焉爾矣。（同上卷，《魚計莊詞序》，皆有節文。）

鄒祗謨《遠志齋詞衷》

朱承爵《存餘堂詩話》云：（節）長篇須曲折三致意而氣自流貫乃得。（節）蓋詞至長調而變已極，南宋諸家凡以偏師取勝者，無不以此見長，而梅溪、白石、竹山、夢窗諸家，麗情密藻，盡態極妍，要其瑚琢處莫不有灰蛇蚓線之妙，則所云一氣流貫也。（上節）清真、樂章以短調行長調，故滔滔莽莽處如初唐四傑作七古，嫌其不能盡變；至姜、史、高、吴，而融篇煉句琢字之法無一不備。（下節）

王士禛《花草蒙拾》

宋南渡後，梅溪、白石、竹屋、夢窗諸子，極妍盡態，反有秦、李未到者。雖神韻天然處或減，要自令人有觀止之歎。正如唐絶句至晚唐劉賓客、杜京兆，妙處反進青蓮、龍標一塵。

先著《詞潔》

白石老仙以後，只有此君（張炎）與之並立，以上兩詞（《探春慢》），工力悉敵，試掩姓氏觀之，應不辨孰爲蕘章、孰爲叔夏。（卷三）

『時』字湊。『不會得』三字呆。『韋郎』二句口氣不雅。『只』字疑誤，『只』字喚不起『難』字。白石人工鎔鍊特至，此一二筆容是率處。

『無奈苕溪月，又喚我、扁舟東下』，是『喚』字着力。『二十四橋仍在，波心蕩、冷月無聲』，是『蕩』字着力。所謂一字得力，通首光采，非鍊字不能，然鍊亦未易到。

（周邦彦《應天長慢》）空淡深遠，較之石帚作寧復有異？石帚專得此種筆意，遂於詞家另開宗派，如『條風布暖』句，至石帚皆淘洗盡矣。然淵源相沿，固是一祖一禰也。

意欲靈動，不欲晦澀；語欲穩秀，不欲纖佻。人工勝則天趣減，梅谿、夢窗自不能不讓白石出一頭地。（以上卷四）

美成如杜，白石兼王、孟、韋、柳之長。與白石并有中原者，後起之玉田也。（卷五）

汪森《詞綜序》

西蜀南唐而後，作者日盛，宣和君臣，轉相矜尚，曲調愈多，流派因之亦别。短長互見，言情者或失之俚，使事者或失之伉。鄱陽姜夔出，句琢字鍊，歸於醇雅。於是史達祖、高觀國羽翼之，張輯、吴文英師之於前，趙以夫、周密、陳允衡、王沂孫、張炎、張翥效之於後，譬之於樂，舞箾至於九變，而詞之能事畢矣。（有節文）

厲鶚《樊榭山房全集》

近日言詞者，推浙西六家。獨柘水沈岸登善學白石老仙，爲朱檢討所稱。（下節）（文集卷四，《紅蘭閣詞序》。）

嘗以詞譬之畫，畫家以南宗勝北宗，稼軒、後村諸人，詞之北宗也；清真、白石諸人，詞之南宗也。（有節文）（同上卷，《張今涪紅螺詞序》。）

張宗橚《詞林紀事》引許昂霄語

詞中之有白石，猶文中之有昌黎也。世固有以昌黎爲穿鑿生割者，則以白石爲生硬也亦宜。（卷十三）

白石、梅溪，昔人往往並稱，驟閱之，史似勝姜，其實史少減堯章。昔鈍翁嘗問漁洋曰：『王孟齊名，何以孟不及王？』漁洋答曰：『孟詩味之未能免俗耳。』吾于姜、史亦云。倚聲者試取兩家詞熟玩之，當不以予爲蜉蚍之撼。（同上）

許昂霄《詞綜偶評》

（《琵琶仙》）『都把一襟芳思』至末，句句説景，句句説情，真能融情景于一家者也。曲折頓宕，又不待言。

（《翠樓吟》）『月冷龍沙』五句，題前一層，即爲題中鋪叙，手法最高。『玉梯凝望久』五句，淒婉悲壯，何減王粲《登樓》一賦？

（《八歸》）歷叙離別之情，而終以室家之樂，即《豳風·東山》詩意也，誰謂長短句不源于三百篇乎？

王昶《春融堂集》

（上節）國初詞人輩出，其始猶沿明之舊，及竹垞太史甄選《詞綜》，斥淫哇，删浮俗，取宋季姜夔、張炎諸詞以爲規範，由是江浙詞人繼之，蔚然躋于南宋之盛。（下節）（卷四十一，《姚茝汀詞雅序》。）

（上節）然風雅正變，王者之跡，作者多名卿大夫，莊人正士，而柳永、周邦彦輩不免雜於俳優；後惟姜、張諸人，以高賢志士放迹江湖，其旨遠，其詞文，託物比興，因時傷事，即酒席游戲，無不有黍離周道之感，與詩異曲同其工；且清婉窈眇，言者無罪，聽者淚落，有如陸氏文圭所云者，爲《三百篇》之苗裔無可疑也。（同上）

（上節）唐之末造，詩人間以其餘音綺語，變爲填詞；北宋之季，演爲長調，變愈甚，遂不能復合於詩。故詞至白石、碧山、玉田，與詩分茅設蕝，各極其工。（下節）（卷同上，《琴畫樓詞鈔自序》。）

李調元《雨村詞話》

姜白石夔《鷓鴣天》詞三首，如『鴛鴦獨宿何曾慣，化作西樓一縷雲』，不但韻高，亦由筆妙，何必石湖所贊自製曲之敲金戛玉聲、裁雲縫月手也？（卷三）（案『敲金』二句，乃楊萬里答白石寄詩語，非石湖贊。）

郭麐《靈芬館詞話》

詞之爲體，大略有四：風流華美，渾然天成，如美人臨粧，却扇一顧，花間諸人是也；晏元獻、歐陽永叔諸人繼之。施朱傅粉，學步習容，如宫女題紅，含情幽豔，秦、周、賀、晁諸人是也；柳七則靡曼近俗矣。姜、張諸子，一洗華靡，獨標清綺，如瘦石孤花，清笙幽磬，入其境者疑有仙靈，聞其聲者人人自遠；夢窗、竹窗或揚或沿，皆有新雋，詞之能事備矣。至東坡以横絶一代之才，淩厲一世之氣，間作倚聲，意若不屑，雄詞高唱，别爲一宗；辛、劉則粗豪太甚矣。其餘么絃孤韻，時亦可喜，溯其派别，不出四者。

本朝詞人以竹垞爲至。一廢《草堂》之陋，首闡白石之風；《詞綜》一書，鑒别精審，殆無遺憾。其所自爲，則才力既富，採擇又精，佐以積學，運以靈思，直欲平視《花間》，奴隸周、柳；姜、張諸子，神韻相同，至下字之典雅，出語之渾成，非其比也。（以上卷一）

吴衡照《蓮子居詞話》

白石自製曲，其旁注半字譜，共十七調，譜與《朱子全集》字樣微不同，由涉筆時就各便也。半字之譜，昉自唐以來，陳氏《樂書》可證。黄泰泉佐因《楚辭·大招》『四上競氣』之語，謂即大吕四字、仲吕上字。尋摭穿鑿，不若王叔師舊注爲長。

歌家十六字外，别有疾徐重輕赴節合拍之字，見《夢溪筆談》，亦半字也。白石此譜，有折有掣，折高半格，掣低半格，於畢曲處尤兢兢不苟，足見當時詞律之細。（以上卷一）

言情之詞，必藉景色映托，迺具深宛流美之致。白石『問後約、空指薔薇，算如此溪山，甚時重至』，又『想文君望久，倚竹愁生步羅襪。歸來後，翠尊雙飲，下了珠簾，玲瓏閒

看月』，似此造境，覺秦七、黄九尚有未到，何論餘子！（卷二）

白石《長亭怨慢》小引桓大司馬云云，乃庾信《枯樹賦》，非桓温語。（卷二）

（凌）次仲《湘月》詞序：『宜興萬氏專以四聲論詞，瀘州先著以爲宋詞宫調失傳，決非四聲所可盡。按白石集《滿江紅》云：「末句無心撲，歌者以心字融入去聲方諧。」《徵招》云：「正宫《齊天樂》前兩拍是徵調。」今考《徵招》起二句與《齊天樂》平仄符合。然則宋詞原未嘗不以四聲定宫調，而萬氏之説，初不與古戾也。』先著《詞潔》，意在詆剥萬氏，通融取便。其論在《湘月》之後，故次仲賦《湘月》及之。（卷四）

包世臣《月底修簫譜序》

意内而言外，詞之爲教也。然意内不可强致，言外非學不成。是詞學得失可形論説者，言外而已。言成則有聲，聲成則有色，色成而味出焉。三者具則足以盡言外之才矣。若夫感人之速者莫如聲，故詞别名倚聲。聲之得者又有三：曰清，曰脆，曰澀。不脆則聲不成，脆矣而不清則膩，脆矣清矣而不澀則浮。屯田、夢窗以不清傷氣，淮海、玉田以不澀傷格，清真、白石則殆於兼之矣。六家於言外之旨得矣，以云意内，惟玉田、白石耳，淮海時近之，清真、屯田、夢窗失之彌遠，而俱不害爲可傳者，則以其聲之么妙鏗磬，惻惻動人，無色而豔，無味而甘故也。（有節文）

宋翔鳳《樂府餘論》

《草堂詩餘》，宋無名氏所選，其人當與姜堯章同時，堯章自度腔無一登入者，其時姜名未盛。以後如吴夢窗、張叔夏俱奉姜爲圭臬，則《草堂》之選在夢窗之前矣。（下節）

詞家之有姜石帚，猶詩家之有杜少陵，繼往開來，文中關鍵。其流落江湖，不忘君國，皆借託比興於長短句寄之。如《齊天樂》，傷二帝北狩也；《揚州慢》，惜無意恢復也；《暗香》、《疏影》，恨偏安也。蓋意愈切則辭愈微，屈宋之心，誰能見之，乃長短句中復有白石道人也。

周濟《介存齋論詞雜著》

近人頗知北宋之妙，然終不免有姜、張二字橫亘胸中，豈知姜、張在南宋亦非巨擘乎？論詞之人，叔夏晚出，既與碧山同時，又與夢窗別派，是以過尊白石，但主清空。後人不能細研詞中曲折深淺之故，羣聚而和之，併爲一談，亦固其所也。

北宋詞多就景叙情，故珠圓玉潤，四照玲瓏。至稼軒、白石變而爲即事叙景，使深者反淺，曲者反直。吾十年來服膺白石而以稼軒爲外道，由今思之，可謂瞽人捫籥也。稼軒鬱勃，故情深；白石放曠，故情淺；稼軒縱横，故才大；白石局促，故才小。惟《暗香》、《疏影》二詞，寄意題外，包蘊無窮，可與稼軒伯仲，餘俱據事直書，不過手意近辣耳。

白石詞如明七子詩，看是高格響調，不耐人細思。

白石以詩法入詞，門徑淺狹；如孫過庭書，但便後人模仿。

白石好爲小序，序即是詞，詞仍是序，反覆再觀，如同嚼蠟矣。詞序序作詞緣起，以此意詞中未備也；今人論院本尚知曲白相生，不許複沓，而獨津津於白石詞序，一何可笑。

周濟《宋四家詞選》

白石脱胎稼軒，變雄健爲清剛，變馳驟爲疏宕，蓋二公皆極熱中，故氣味吻合。辛寬姜窄，寬故容薉，窄故鬬硬。

白石號爲宗工，然亦有俗濫處（《揚州慢》『淮左名都，竹西佳處』），寒酸處（《法曲獻仙音》『象管鸞箋，甚而今、不道秀句』），補湊處（《齊天樂》『豳詩漫與，笑籬落呼燈，世間兒女』），敷衍處（《淒涼犯》『追念西湖上』半闋），支處（《湘月》『舊家樂事誰省』），複處（《一萼紅》『翠藤共、閒穿徑竹』，『記曾共、西樓雅集』），不可不知。

白石小序甚可觀，苦與詞複。若序其緣起，不犯詞境，斯爲兩美已。

張文虎《舒藝室雜著》、《賸稿》

往在金陵，嘗與周縵雲侍御論詞。縵老曰：『竹垞言南宋諸家皆宗白石，然竊謂夢窗實本清真，於子何如？』予曰：『白石何嘗不自清真出，特變其穠麗爲淡遠耳。自國初以來，以玉田配白石，正以其得淡遠之趣。近時諸家，又祧姜、張而趨二窗，顧草窗深細而雅，門徑稍寬，或易近似，未見能涉夢窗之藩籬者，此猶白石之於清真矣。』（下節）（《緑楳花龕詞序》）

二十年前言長短句者，家白石而户玉田，使蘇、辛不得爲詞，今則俎豆二窗而祧姜、張矣。（節）同治甲子。（《索笑詞序》）

劉熙載《藝概》

張玉田盛稱白石而不甚許稼軒，耳食者遂於兩家有軒輊意。不知稼軒之體，白石嘗效之矣：集中如《永遇樂》、《漢宫春》諸闋，均次稼軒韻，其吐屬氣味，皆若秘響相通。何後人過分門户耶！

白石才子之詞，稼軒豪傑之詞。才子豪傑，各從其類愛之，强論得失，皆偏辭也。

姜白石詞幽韻冷香，令人挹之無盡。擬諸形容，在樂則琴，在花則梅也。

詞家稱白石曰『白石老仙』。或問：『畢竟與何仙相似？』曰：『藐姑冰雪，蓋爲近之。』

《詞品》喻諸詩：東坡、稼軒，李、杜也；耆卿，香山也；夢窗，義山也；白石、玉田，大曆十子也；其有似韋蘇州者，張子野當之。

東坡《水龍吟》起云『似花還似非花』，此句可作全詞評語，蓋不離不即也。時有舉史梅溪《雙雙燕》詠燕、姜白石《齊天樂》賦蟋蟀，令作評語者，亦曰『似花還似非花』。

詞中用事，貴無事障：晦也，膚也，多也，板也，此類皆障也。姜白石用事入妙，其要訣所在，可於其詩説見之，曰：『僻事實用，熟事虛用。』『學有餘而約以用之，善用事者也；乍叙事而間以理言，得活法者也。』

孫麟趾《詞逕》

路已盡而復開出之，謂之轉。如『誰得似、長亭樹。樹若有情時，不會得、青青如此』，『當時送行，共約雁歸時，人賦歸歟。雁歸時，問人歸、如雁也無』，『甚近來、翻致無書。書縱遠，如何夢也都無』，皆用轉筆，以見其妙也。

沈祥龍《論詞隨筆》

白石詩云：『自製新詞韻最嬌。』『嬌』者，如出水芙蓉，亭亭可愛也。徒以嫣媚爲嬌，則其韻近俗矣。試觀白石詞，何嘗有一語涉於嫣媚？

譚獻評周氏《詞辨》

白石、稼軒，同音笙磬，但清脆與鏜鞳異響，此事自關性分（評姜夔《淡黄柳·客居合肥南城赤闌橋之西，巷陌淒凉，與江左異，惟柳色夾道，依依可憐，因度此闋，以舒客懷》起句『空城曉角』）。　石湖詠梅，是堯章獨到處（評姜夔《疏影》、《暗香》詠梅，首闋起句『舊時月色』）。　一氣旋折，作壯詞須識此法。白石嘤求稼軒，脱胎耆卿，此中消息，願與知音人參之（評張炎《甘州·餞沈秋江》起句『記玉關踏雪事清游』）。

譚獻《篋中詞》

浙派爲人詬病，由其以姜、張爲止境，而又不能如白石之澀、玉田之潤。録乾隆以來詞慎取之。（評厲鶚）

謝章鋌《賭棋山莊詞話》

詞家講琢句而不講養氣，養氣至南宋善矣。白石和永，稼軒豪雅；然稼軒易見而白石難知。史之於姜，有其和而無其永；劉之於辛，有其豪而無其雅。至後來之不善學姜、辛者，非懈則粗。

白石道人爲詞中大宗，論定久矣；讀其説詩諸則，有與長短句相通者，節録一二於左，略以鄙意注之，而傳諸同志焉，無怪予之附會也。

『韻度欲其飄逸，其失也輕。』詞嫌重滯，故渾厚宏大諸説俱用不著。然使其飄逸而輕也，則又無繞梁之致，而不足繫人思。

『雕刻傷氣，敷衍露骨。』若鄙而不精巧，是不雕刻之過；拙而無委曲，是不敷衍之過。』此即疏密相間之説也。故白石字雕句刻，而必準之以雅；雅則氣和而不促，辭穩而不澆，何患其不精巧委曲乎？

『僻事實用，熟事虚用。』『那人正睡裏，飛近蛾緑』，此即熟事虚用之法。

『説景要微妙。』微妙則耐思，而景中有情。『寒鴉數點，流水遶孤村』，『楊柳岸、曉風殘月』，所以膾炙人口也。

『短章醖藉，大篇有開闔乃妙。』不醖藉則吐露，言盡意盡，成何短章；無開闔則板拙，周草窗之詞，或譏之爲平矣。『委曲盡情曰曲。』竹垞贈鈕玉樵曰：『吾最愛姜史，君亦厭辛劉。』亦以其徑直不委曲也。

『語貴含蓄。』『句中無餘字，篇中無長語，非善之善者也；句中有餘味，篇中有餘意，善之善者也。』填詞有一定字數，但使填畢讀之，短不可增，長不可節，已極洗伐操縱功夫矣。若餘味餘意，則詞家率不留心，故講之爲尤難。

『體物不欲寒乞。』今之搜討冷僻者，其去寒乞亦無幾矣，而奈何自以爲淹博哉！

『一曰理高妙，二曰意高妙，三曰想高妙，四曰自然高妙。』自然高妙，詞家最重，所謂本色當行也。（以上卷十二）

宋錢塘鄧牧心牧《伯牙琴》云：『唐宋間始爲長短句，法非古，意古。然數百年來工者幾人，美成、白石逮今膾炙人口，知者謂麗莫若周，賦情或近俚；騷莫若姜，放意或近率。』（《張叔夏詞集序》）此一節持論極精的。（《續編》一）

張德瀛《詞徵》

梅之以色勝者，有潭州紅焉。張南軒長沙梅園二詩，美其嘉實，樂其敷腴，而不言其色。樓鑰謂當稱之爲紅江梅，以别於他種，其詩有云『夢入山房三十樹，何時醉倒看紅雲』，託興遠矣。詞則無逾姜白石《小重山》一闋。白石詞仙，固當有此温韋之筆。

白石《琵琶仙》詞題引《吴都賦》，有『户藏煙浦，家具畫船』二語，今《吴都賦》無其辭。案李庾《西都賦》云：『方塘含春，曲沼澄秋。户閉烟浦，家藏畫舟。』或疑『吴』字乃『西』字之訛；然唐之西都非吴地也，殆白石誤引耳。

白石殁後葬西馬塍，蘇石（承燾案：『石』當作『泂』）挽詩曰：『幸是小紅方嫁了，不然啼損馬塍花。』考《夢粱録》云：『錢塘門外東西馬塍諸圃，皆植怪松異檜、奇花巧果，多爲龍蟠鳳舞之狀，每日市於都城。』此杭之馬塍也。唐陸魯望住淞陵，家近馬塍，諸藝花户在焉，是又吴郡之馬塍也。（以上卷五）

陳廷焯《白雨齋詞話》

姜堯章詞清虚騷雅，每於伊鬱中饒蘊藉，清真之勁敵，南宋一大家也。夢窗、玉田諸人，未易接武。

南渡以後，國勢日非，白石目擊心傷，多於詞中寄慨，不獨《暗香》、《疎影》二章發二帝之幽憤，傷在位之無人也。特感慨全在虚處，無迹可尋，人自不察耳。感慨時事，發爲詩歌，便已力據上游，特不宜説破，只可用比興體。即比興中亦須含蓄不露，斯爲沈鬱，斯爲忠厚。若王子文之《西河》，曹西士之和作，陳經國之《沁園春》，方巨山之《滿江紅》、《水調歌頭》，李秋田之《賀新涼》等，類慷慨發越，終病淺顯。南宋詞人，感時傷事，纏綿温厚者無過碧山，次則白石。白石鬱處不及碧山，而清虚過之。

白石詞以清虚爲體，而時有陰冷處，格調最高。沈伯時譏其生硬，不知白石者也。黄叔暘歎爲美成所不及，亦漫爲可否者也；惟趙子固云『白石，詞家之申韓也』，真刺骨語。（承燾案：趙孟堅謂白石『書家申韓』，蓋許其評法帖，非謂『詞家』，後人多誤引。）

美成、白石，各有至處，不必過爲軒輊，頓挫之妙，理法之精，千古詞宗，自屬美成；而氣體之超妙，則白石獨有千古，美成亦不能至。

美成詞於渾灝流轉中，下字用意，皆有法度；白石則如白雲在空，隨風變滅，所謂各有獨至處。

白石《揚州慢》（淳熙丙申至日過揚州）云：『自胡馬、窺江去後，廢池喬木，猶厭言兵。漸黄昏，清角吹寒，都在空城。』數語寫兵燹後情景逼真；『猶厭言兵』四字，包括無限傷亂語，他人累千百言，亦無此韻味。

白石長調之妙，冠絶南宋。短章亦有不可及者，如《點絳脣》（丁未過吴淞作）一闋，通首只寫眼前景物，至結處云：『今何許，憑欄懷古，殘柳參差舞。』感時傷事，只用『今何許』三字提唱；『憑欄懷古』以下，僅以『殘柳』五字詠歎了之；無窮哀感，都在虚處，令讀者弔古傷今，不能自止，洵推絶調。

白石《齊天樂》一闋，全篇皆寫怨情，獨後半云『笑籬落呼燈，世間兒女』，以無知兒女之樂，反襯出有心人之苦，最爲入妙。用筆亦别有神味，難以言傳。

白石《湘月》云：『暗柳蕭蕭，飛星冉冉，夜久知秋冷。』（案原詞『冷』作『信』）寫夜景高絶，點綴之工，意味之永，他手亦不易到。

白石詞如『無奈苕溪月，又唤我、扁舟東下』，又『冷香飛上詩句』，又『高柳垂陰，老魚吹浪，留我花間住』等語，是開玉田一派，在白石集中，只算雋句，尚非夐高之境。

白石《石湖仙》一闋，自是有感而作，詞亦超妙入神，惟『玉友金蕉，玉人金縷』八字，鄙俚纖俗，與通篇不類，正如賢人高士中著一傖父，愈覺俗不可耐。

白石《翠樓吟》（武昌安遠樓成）後半闋云：『此地。宜有詞仙，擁素雲黄鶴，與君遊戲。玉梯凝望久，歎芳草、萋萋千里。天涯情味。仗酒祓清愁，花銷英氣。』一縱一操，筆如遊龍，意味深厚，是白石最高之作。此詞應有所刺，特不敢穿鑿求之。

彭駿孫云：『南宋詞人如白石、梅溪、竹屋、夢窗、竹山諸家之中，當以史邦卿爲第一，昔人稱其「分鑣清真，平睨方回，紛紛三變行輩，不足比數」，非虚言也。』此論推揚太過，不當其實。三變行輩，信不足數，然同時如東坡、少游，豈梅溪所能壓倒？至以竹屋、竹山與之並列，是又淺視梅溪。大約南宋詞人，自以白石、碧山爲冠，梅溪次之，夢窗、玉田又次之，西麓又次之，草窗又次之，竹屋又次之，竹山雖不論可也。然則梅溪雖佳，亦何能超越白石而與清真抗哉？

梅溪《東風第一枝》（立春），精妙處竟是清真高境。張玉田云：『不獨措詞精粹，又且見時節風物之感。』乃深知梅溪者。余嘗謂白石、梅溪皆祖清真，白石化矣，梅溪或稍遜焉，然高者亦未嘗不化，如此篇是也。

南宋詞家，白石、碧山，純乎純者也；梅溪、夢窗、玉田輩，大純而小疵，能雅不能虚，能清不能厚也。

詞法之密，無過清真；詞格之高，無過白石；詞味之厚，無過碧山。詞壇三絶也。（以上卷二）

唐宋名家流派不同，本原則一。論其派别，大約温飛卿爲一體（皇甫子奇、南唐二主附之），韋端己爲一體（牛松卿附之），馮正中爲一體（唐五代諸詞人以暨北宋晏、歐、小山等附之），張子野爲一體，秦淮海爲一體（柳詞高者附之），蘇東坡爲一體，賀方回爲一體（毛澤民、晁具茨高者附之），周美成爲一體（竹屋、草窗附之），辛稼軒爲一體（張、陸、劉、蔣、陳、杜合者附之），姜白石爲一體，史梅溪爲一體，吴夢窗爲一體，王碧山爲一體（黄公度、陳西麓附之），張玉田爲一體。其間惟飛卿、端己、正中、淮海、美成、梅溪、碧山七家殊塗同歸，餘則各樹一幟而皆不失其正，東坡、白石尤爲矯矯。

汪玉峯（森）之序《詞綜》云：『言情者或失之俚，使事者或失之伉。鄱陽姜夔出，句琢字鍊（此四字甚淺陋，不知本原之言），歸於醇雅；於是史達祖、高觀國羽翼之，張輯、吴文英師之於前，趙以夫、蔣捷、周密、陳允衡、王沂孫、張炎、張翥效之於後，譬之於樂，舞箾至於九變，而詞之能事畢矣。』此論蓋阿附竹垞之意，而不知詞中源流正變也。竊謂白石一家，如閒雲野鶴，超然物外，未易學步；竹屋所造之境不見高妙，烏能爲之羽翼？至梅溪則全祖清真，却與白石分道揚鑣，判然兩途；東澤得詩法於白石，却有似處，詞則取徑狹小，去白石甚遠；夢窗才情橫逸，斟酌於周、秦、姜、史之外，自樹一幟，亦不專師白石也；虚齋樂府較之小山、淮海則嫌平淺，方之美成、梅溪則嫌伉墜，似鬱不紆，亦是一病，絶非取徑於白石；竹山則全襲辛、劉之貌而益以疏快，直率無味，與白石尤屬歧途；草窗、西麓兩家則皆以清真爲宗，而草窗得其姿態，西麓得其意趣；草窗間有與白石相似處，而亦十難獲一；碧山則源出《風》《騷》，兼採衆美，託體最高，與白石亦最異；至玉田乃全祖白石，面目雖變，託根有歸，可爲白石羽翼；仲舉則規模於南宋諸家，而意味漸失，亦非專師白石。總之，謂白石拔幟於周、秦之外，與之各有千古則可，謂南宋名家以迄仲舉皆取法於白石，則吾不謂然也。

白石《長亭怨慢》云：『閱人多矣，誰得似、長亭樹。樹若有情時，不會得、青青如此。』白石諸詞惟此數語最沈痛迫烈。此外如『最可惜、一片江山，總付與啼鴂』，又『文章信美知何用，漫羸得、天涯羈旅』，皆無此沈至。

『別母情懷，隨郎滋味，桃葉渡江時。』白石《少年游》戲平甫詞也。『隨郎滋味』四字，似不經心而別有姿態，蓋全以神味勝，不在字句之間尋痕跡也。

白石、梅溪、碧山、玉田詞修飾皆極工，而無損其真氣，何也？《列子》云：『有色者，有色色者。』知此可以言詞矣。

詞有表裏俱佳，文質適中者，温飛卿、秦少游、周美成、黄公度、姜白石、史梅溪、吴夢窗、陳西麓、王碧山、張玉田、莊中白是也，詞中之上乘也。（下節）

稼軒求勝於東坡，豪壯或過之，而遜其清超，遜其忠厚；玉田追蹤於白石，格調亦近之，而遜其空靈，遜其渾雅。故知東坡、白石，具在天授，非人力所可到。東坡、稼軒，同而不同者也；白石、碧山，不同而同者也。（以上卷八）

陳廷焯《雲韶集》

（《八歸》）聲情激越，筆力精健，而意味仍是和婉，哀而不傷，真詞聖也。（卷六）

張祥齡《詞論》

周清真，詩家之李東川也；姜堯章，杜少陵也；吴夢窗，李玉谿也；張玉田，白香山也。詩至唐末，風氣盡矣，詞家起而争之，如文至齊、梁，風氣盡矣，古文家起而争之。争之者何也？非謂文至六朝，詩至五代，無文與詩也，豪傑於兹踵而爲之，不過仍六朝五代，故變其體格，猶（疑『獨』）絶千古，此文人狡獪也。詞至白石，疏宕極矣，夢窗輩起以密麗爭之；至夢窗而密麗又盡矣，白雲以疏宕爭之。三王之道若循環，皆圖自樹之方，非有優劣。況人之才質限於天，能疏宕者不能密麗，能密麗者不能疏宕。片玉善言羈旅，白雲善言隱逸，終身由之而不知其道者，天也。

馮煦《蒿庵論詞》

白石爲南渡一人，千秋論定，無俟揚搉。《樂府指迷》獨稱其《暗香》、《疏影》、《揚州慢》、《一萼紅》、《琵琶仙》、《探春慢》、《淡黄柳》等曲；《詞品》則以詠蟋蟀《齊天樂》一闋爲最勝。其實石帚所作，超脱蹊逕，天籟人力，兩臻絶頂，筆之所至，神韻俱到；非如樂笑、二窗輩可以奇對警句相與標目，又何事於諸調中强分軒輊也？『野雲孤飛，去留無跡』，彼讀姜詞者必欲求下手處，則自『俗處能雅，滑處能澀』始。

鄭文焯校《白石道人歌曲》

紹興三十年，完顔亮南寇，江淮軍敗，中外震駭。亮尋爲其臣下殺於瓜州。此詞作於淳熙三年，寇平已有十有六年，而景物蕭條，依然『廢池喬木』之感。此與《淒涼犯》當同屬

江淮亂後之作。(《揚州慢》)

長吉有『梨花落盡成愁苑』之句，白石正用以入詞，而改一『色』字協韻。當時如清真、方回多取賀詩雋句爲字面。(《淡黄柳》)

鄭文焯《絶妙好詞校録》

按石湖《水調歌頭·燕山九日作》中有『無限太行紫翠，相伴過盧溝』之句，又『黄花爲我一笑，不管鬢霜羞』。石帚壽石湖詞，實即演贊其詞中旨要，足徵前賢文不虚綺也。

陳鋭《袌碧齋詞話》

古人文字，難可吹求，嘗謂杜詩『國初以來畫馬』句，何能着一『鞍』字？此等處絶不通也。詞句尤甚，姜堯章《齊天樂》詠蟋蟀最爲有名，然開口便説『庾郎愁賦』，捏造故典，『邠詩』四字太覺呆詮，至『銅鋪』、『石井』、『候館』、『離宫』，亦嫌重複。其《揚州慢》『縱豆蔻詞工』三句，語意亦不貫。若張玉田之《南浦》詠春水一首，了不知其佳處，今人和者如牛毛，何也？(承燾案：庾信舊集或本有《愁賦》，非白石捏造，説在詞箋《齊天樂》下。)

換頭處六字句有挺接者，如『南去北來何事』之類；有添字承接者，如『因甚』『回想』

之類，亦各有所宜。若美成之《塞翁吟》换頭『忡忡』二字，賦此者亦衹能疊韻以和琴聲，學者試熟思之即得矣。

詞如詩，可摸擬得也。南唐諸家，回腸蕩氣，絶類建安；柳屯田不着筆墨，似古樂府；辛稼軒俊逸，似鮑明遠；周美成渾厚，擬陸士衡；白石得淵明之性情；夢窗有康樂之標軌。皆苦心孤造，是以被筦弦而格幽明，學者但於面貌求之，抑末矣。宋以後無詞，猶之唐以後無詩，詞故詩之餘也。晏、范、歐、蘇、後山、山谷、放翁，皆極一時之盛。

白石擬稼軒之豪快，而結體于虚；夢窗變美成之面貌，而鍊響於實。南渡以來，雙峯並峙，如盛唐之有李、杜矣。顧詞人領袖，必不相輕，今《夢窗四稿》中屢和石帚，而姜集中不及夢窗，疑不可考。至《草堂詩餘》不選石帚一字，則又咄咄一怪事。（承燾案：石帚非即白石，説在《白石行實考》。）

姜白石《長亭怨慢》云：『樹若有情時，不會得、青青如此。』王碧山云：『水遠，怎知流水外，却是亂山尤遠。』似覺輕俏可喜，細讀之，毫無理由。所以『詞貴清空，尤貴質實』。

況周頤《蕙風詞話》

白石詞『少年情事老來悲』，宋朱服句『而今樂事他年淚』，二語合參，可悟一意化兩之法。宋周端臣《木蘭花慢》云：『料今朝别後，他時有夢，應夢今朝。』與『而今』句同意。

姜白石《鷓鴣天》云：『籠紗未出馬先嘶。』七字寫出華貴氣象，却淡雋不涉俗。

況氏《第一生修梅花館詞話》，嘗以古書家喻詞人：白石如虞伯施，而雋上過之。

此條不見于《蕙風詞話》。

陳洵《海綃説詞》

『稼軒由北開南，夢窗由南追北』，善乎周氏之能言也。南宋諸家，鮮不爲稼軒牢籠者，龍州、後邨、白石皆師法稼軒者也。二劉篤守師門，白石别開家法。白石立而詞之國土蹙矣。至玉田演爲清空，奉白石爲祧廟，畫江畫淮，號令所及，使人遂忘中原，微夢窗誰與言恢復乎！

周止庵曰：『近人頗知北宋之妙，然終不免有姜、張二字横亘胸中，豈知姜、張在南宋亦非巨擘乎？論詞之人，叔夏晚出，既與碧山同時，又與夢窗别派，是以過尊白石，但主清空。後人不能細研詞中淺深曲折之故，羣聚而和之，並爲一談，亦固其所也。』洵按自元以來，若仇仁近、張仲舉皆宗姜、張者，以至於清，竹垞、樊榭極力推演，而周、吴之緒幾絶矣。竹垞至謂夢窗亦宗白石，尤言之無理者。

王國維《人間詞話》

昭明太子稱陶淵明詩：『跌宕昭彰，獨超衆類，抑揚爽朗，莫與之京。』王無功稱薛收賦：『韻趣高奇，詞義晦遠，嵯峨蕭瑟，真不可言。』詞中惜少此二種氣象，前者唯東坡，後者唯白石，略得一二耳。

美成《青玉案》（當作《蘇幕遮》）：『葉上初陽乾宿雨。水面清圓，一一風荷舉。』此真能得荷之神理者，覺白石《念奴嬌》、《惜紅衣》二詞猶有隔霧看花之恨。

詠物之詞，自以東坡《水龍吟》爲最工，邦卿《雙雙燕》次之，白石《暗香》、《疏影》格調雖高，然無一語道着，視古人『江邊一樹垂垂發』等句何如耶？

白石寫景之作，如『二十四橋仍在，波心蕩、冷月無聲』『數峯清苦，商略黃昏雨』『高樹晚蟬，説西風消息』，雖格韻高絶，然如霧裏看花，終隔一層。梅溪、夢窗諸家寫景之病，皆在一『隔』字。北宋風流，渡江遂絶，抑真有運會存乎其間耶？

問『隔』和『不隔』之别。曰：陶、謝之詩不隔，延年則稍隔矣。東坡之詩不隔，山谷則稍隔矣。『池塘生春草』『空梁落燕泥』等二句，妙處唯在不隔。詞亦如是。即以一人一詞論，如歐陽公《少年遊》詠春草上半闋云『闌干十二獨憑春。晴碧遠連雲。千里萬里，二月三月，行色苦愁人』，語語都在目前，便是不隔；至云『謝家池上，江淹浦畔』，則隔矣。白石《翠樓吟》『此地。宜有詞仙，擁素雲黄鶴，與君遊戲。玉梯凝望久，歎芳草、萋萋千里』，便是不隔；至『酒祓清愁，花銷英氣』，則隔矣。然南宋詞雖不隔處，比之前人，自有淺深厚薄之别。

古今詞人格調之高無如白石，惜不於意境上用力，故覺無言外之味，絃外之響，終不能與于第一流之作者也。

南宋詞人，白石有格而無情，劍南有氣而乏韻，其堪與北宋人頡頏者，唯一幼安耳。近人祖南宋而祧北宋，以南宋之詞可學，北宋不可學也。學南宋者，不祖白石則祖夢窗，以白石、夢窗可學，幼安不可學也。（下節）

蘇、辛詞中之狂，白石猶不失爲狷，若夢窗、梅溪、玉田、草窗、中（當作『西』）麓輩，面目不同，同歸于鄉愿而已。（以上卷上）

白石之詞，余所最愛者，亦僅二語：『淮南皓月冷千山，冥冥歸去無人管。』

東坡之曠在神，白石之曠在貌。白石如王衍口不言阿堵物，而暗中爲營三窟之計，此其所以可鄙也。（以上卷下）

周介存謂：『白石以詩法入詞，門徑淺狹，如孫過庭書，但便後人模仿。』予謂近人所以崇拜玉田，亦由于此。（以上《詞辨》眉批）

版本考目録

白石詞集版本考……（二三五）
記厲樊榭手寫《白石道人歌曲》……（二四六）
附録一
白石詩文雜著版本考……（二五三）
附録二
白石詞集辨僞二篇……（二五六）
（一）『姜白石晚年手定集』……（二五六）
（二）陳元龍《白石詞選》……（二六〇）

白石詞集版本考

白石詞刻本，可考者十餘，若合寫本、景印本計之，共得三十餘本。宋人詞集版本之繁，此爲首舉矣。今雖大半亡佚，其條流源委猶約略可述也。分記如次：

（甲）錢希武刻本

雲間錢希武刻《白石道人歌曲》六卷於東巖讀書堂，在嘉泰二年壬戌。（原跋）其時白石尚在。錢希武即參政良臣之裔，集中有《題錢氏溪月》詞及《題華亭錢參政園池》詩，其人蓋與白石世交，（陳思《白石年譜》有考。）其去取必謀之白石，（白石《題錢氏溪月》詞云『才因老盡，秀句君休覓』，鄭文焯據此謂錢刻必謀諸白石。）是爲白石手定稿。後五十年爲淳祐十一年辛亥，約當白石卒後二三十年，此本歸嘉禾郡齋，（趙與訔跋。與訔淳祐十年知嘉興府，見趙孟頫《故宋守尚書户部侍郎趙府君阡表》。）當即白石子瑛爲嘉禾郡簽判之時。自此沉霾不顯，逮元至正十年，陶宗儀始如葉廣居本寫於錢唐（陶跋）。時去淳祐辛亥幾近百年。此爲六卷别集一卷本，（别集一卷不著刻板年代，《四庫提要》疑其出於後人掇拾；今據其中有年代可考者，最後爲《卜算子·梅花八詠》，開禧三年作，别集當刻于此年之後，參《卜算子》詞箋。）鄭文焯謂陶跋稱『再以善本勘讐』，殆其時嘉泰舊刻尚在人間。陶鈔歷元、明三百年，無有能廣其傳者，毛晉刻《六十一家詞》，陳撰刻《白石詩詞合集》，朱彝尊選《詞綜》，皆未嘗見此。至清乾隆初年，始有兩本見於世，而卷數不同。一爲五卷別集一卷本，上海周晚菘一見於漢上，後遂湮晦不彰；（江炳炎寫本序。雍正四年杜詔爲《山中白雲詞序》，謂『往時余友周緯雲謂余云，上海某氏有白石詞三百餘闋，亦出自陶南村手』，當即此本。『三百餘闋』之『三』字，疑是衍文。）一爲六卷別集一卷本，爲雲間樓敬思所藏，發見於北京，時距嘉泰壬戌五六百年矣。（樓敬思，名儼，義烏人，康熙四十八年修《詞譜》，嘗任分纂。著《蓑笠軒僅存稿》。）樓本分傳三支：其一、乾隆二年由符藥林傳鈔於仁和江炳炎；其二、由符藥林傳鈔於江都鉅商陸鍾輝，陸氏以『歌曲第二卷、第六卷爲數寥寥，因合爲四卷』，並別集一卷、詩集三卷、詩説一卷、大樂議一卷、唱酬詩一卷，集事、評論如干條，倣宋板刻於乾隆八年癸亥，蓋後江氏寫本六年，（阮元《廣陵詩事》卷五：『南宋姜白石詩詞，宋板，詞調皆旁注笛色，鹽官張氏既刻復輟，松陵汪氏繼之不果，陸圻南司馬鍾輝刻成之，同時詩人有詩識事。』）陸氏卒後，版歸歙人江春，春以乾隆三十六年辛卯爲增刻集事、評論、投贈若干條，後版歸阮元，道光癸卯，燬於文選樓；（見《舒藝室餘筆》、許增本綴言、鄭文焯校語。）其三、雍正壬子，周耕餘在北京録得樓敬思本於汪澹處，以貽華亭張奕樞，經黄唐堂、厲樊榭、陸恬甫先後點勘，倣宋本刻於乾隆十四年己巳，後陸刻六年，後版入南蕩張氏書三味樓，亡於兵火。（見許綴言、鄭校語。）江、張二本皆仍依陶鈔作六卷別集一卷，惟陸本併第二、第六兩卷爲四卷，非復陶鈔之舊矣。（案江、陸、張三本之外，尚有厲鶚一本，亦出于樓氏所藏，詳見本文後《記厲樊榭手寫白石道人歌曲》。）

江、陸、張三本，同出於樓藏陶鈔，江、陸二本且同傳鈔於符藥林，三本寫刻年代相去又皆止數年，而字句往往不同。張文虎謂陸本『譜式以意改竄，每失故步』，不如張刻之善。（《舒藝室餘筆》卷三）朱祖謀謂『大抵張之失在字畫小譌，尚足存舊文、資異證，陸則併卷移篇，部居失次，大非陶鈔六卷之舊』。（《彊村叢書》自跋）吴昌綬亦稱張本爲最完善。（見《宋元詞見存目》。）鄭文焯謂：『跡其同出敬思所藏，所以致此者，陸氏以意釐定，失之未勘，張刻則經厲樊榭、黄房堂、姚鱣卿諸名士商榷斠訂而後成。』惟許增依陸本刻《榆園叢書》，謂『斠酌精審，當推陸本爲最』，又謂陸、張兩刻，『相去才數年，中間或有鈔胥致譌，兩本對勘，似陸本猶勝。嘯山但據張本訂正，指陸爲譌，其實陸本未嘗譌也』。（許本綴言）張、陸二本優劣之論如此。江炳炎本一九一三年始再見于世，比張、陸二刻遲出百餘年，爲張文虎、許增所未見，朱祖謀謂『江氏手自寫校，未付剞人，亥豕之嫌，自較二刻爲尠』，（彊村本跋）鄭文焯亦許爲『折衷一是』，（鄭校）惟細稽旁譜，則不如張本。至王鵬運《雙白詞跋》，謂陸本『獨稱完善』者，乃以陸本與汲古閣本、洪正治本、祠堂本相較云然；其刻《四印齋詞》時，尚未見江、張二本也。姜文龍刻本跋，自述乾隆甲戌至都門求姜集，詢之先達，並索之各坊，皆無以應。案乾隆十九年甲戌，在陸氏刻書後十一年，而求之不易如是，知其在當時似未盛行。然後來傳刻，則以陸本爲最繁，兹依年代述之如後：

一、姜文龍本　白石裔孫文龍以乾隆廿一年丙子，於北京史匯東處得黄穫村藏本《白石詩集》上下卷，《歌曲》四卷，集外詩、歌曲別集及《詩説》、《續書譜》諸種，謂是『陶南村寫本相沿至今，實五百年碩果』。其實即陸刻也，（四印齋本跋云：陸本即祠堂本所從出。）惟較陸多《續書譜》一種耳。此爲華亭姜氏祠堂本。（予曩從朱彊村先生假得姜詞一本，有史匯東小注數行，爲他本所無，而缺其首卷，當即文龍本。）

二、鮑廷博本　重刊陸本，見《郘亭知見傳本書目》。此本刊于嘉慶初年，詩詞合刻，《歌曲》四卷，別集一卷。題『知不足齋重雕』。前有陸序，行款格式與陸本悉同。單刻單行，不入《知不足齋叢書》。無鮑氏序跋。

三、姜熙本　華亭祠堂本，道光癸卯復有白石裔孫熙刻本。鄭文焯謂：『前有小象，共十卷，合詩詞八卷，後集二卷，附録酬唱及徵事評跋，所引如《詞旨》、《樂府指迷》、《曝書亭集》、《帶經堂集》皆習見。其句讀頗有誤，未足依據也。』（鄭校）此本不刊旁譜。

四、倪鴻本　桂林倪鴻合《詩集》、《詩説》、《歌曲》、《續書譜》，名《白石道人四種》，投贈、評論、集事外，並增《四庫簡明目録》、《詁經精舍集》白石傳，刻於同治十年，後陸刻一百二十八年。丁仁《八千卷樓書目》有粵本白石集，即此本也。

五、王鵬運本　王氏《四印齋所刻詞》，以姜詞與《山中白雲》合編，名《雙白詞》。刻於光緒七年辛巳，後倪刻又十年。依陸本分歌曲爲四卷，而去其《鐃歌》、《琴曲》及集事、評論等，亦不載旁譜。

六、許增本　光緒十年，仁和許增重刊陸本入《榆園叢書》，評論、集事多於他本。張奕樞一叙亦各本所無者。前有小象、嚴杰小傳、《四庫提要》、陸本序。其據以校勘者，有祠堂本、汲古閣本、葉天申《詞譜》、《欽定詞譜》、《歷代詩餘》、《絶妙好詞》、《詞潔》、《詞律》、舊鈔本等。況周頤稱其『參互各家，備極精審。』（《香東漫筆》一）其《石湖仙》『綸巾欹羽』句，『羽』作『雨』，則據張本而改，非陸氏之舊也。

七、宣古愚本　高郵宣古愚，光緒間據陸本刻，有旁譜。（此本未見。十餘年前，晤宣翁于上海，告予如是。《四當齋藏書記》云是排印本。）

八、陶福祥本　陶番禺人，陳澧弟子。此本全據陸本，前有陸序。題『鎔經鑄史齋』，後入廣雅局，則削去齋名。

九、范鍇、金望華本　道光辛丑，烏程范鍇、全椒金望華刊詞三卷于漢口，與王沂孫、張炎合爲三家。

十、四川官書局本　即《宋四家詞》本，依陸本刊。

十一、《四庫全書》本　四庫著録《白石歌曲》四卷、別集一卷。注『監察御史許寶善家藏本』，謂是從宋槧翻刻。鄭文焯曰：『諦審其分卷，實與陸刻無異。據陸氏自叙，合爲四卷，實自伊鼇定。當時《白石歌曲》刻本，嘉泰舊版已久佚不可復得，即貴與馬氏本亦少流傳，汲古閣但依《花庵》選卅四闋，康熙甲午玉山人所刊合集（『玉』下當脱『几』字）及歙縣洪正治本，俱以意羼亂，姜忠肅祠堂本猶未見於世，以《提要》所據爲善本者，當即陸渟川乾隆癸亥從元鈔鋟版，同時許寶善因以進呈。以其所刊譜式大似宋槧，故目之最爲完善也。』（鄭校）予從西湖文瀾閣見丁氏補鈔四庫本姜詞，分卷款式一同陸本。全書惟《角招》詞『繞西湖盡是垂楊柳』句旁譜作『ㄙマ一Nㄎㄙ一マ』，又羨一『楊』字，與陸本、倪鴻本、許增本、張奕樞本、江炳炎本無一合者，當是補鈔誤筆。四庫本出自陸本無疑。四庫修書始於乾隆卅七年，成於四十七年，蓋後於姜文龍本而早於姜熙本也。

近日坊間有掃葉山房石印本，從倪鴻四種本；涵芬樓有影印陸本；中華書局有排印本，從許增《榆園叢刻》。

以上刊本、排印本、影印、石印本、寫本共十餘種，皆出自陸本，幾佔歷代姜詞各本之大半。許增本綴言謂『近又有閩中倪耘劬本』，張文虎《舒藝室餘筆》謂『揚州別有知足知不足齋刊本，字形較寬，止有歌曲』，予皆未見。若非出于毛晉陳撰諸刻，當亦從陸本，其時江、張二本未出也。日本《静嘉堂文庫漢籍書目》有《白石詞》，與沈端節《克齋詞》合綴一本，亦不知出于何本。

吴則虞先生告予：『聞何蝯叟舊藏有王茨檐手鈔本，（茨檐見《道古堂集》，名曾祥。）據厲樊榭手録。樊榭得之符藥林。符本後付陸鍾輝刊行，符、張奕樞同源，各有校訂，樊榭皆參預其中。然陸本增省卷第，致使書棚、嘉泰兩本面目盡失，茨檐之本可貴者在此。詩集補遺較陸刻多《葛蒲》七絶、《三高祠》七絶、《和王秘書遊水樂洞》五律、《於越亭》七絶，共四首。蝯叟此書後散在白門，未識尚在霄壤間否。」

張奕樞本後無傳刻，今惟見沈曾植景印本一種。其書於宋廟諱初名如『光』、『義』、『受』、『宗』等字，並缺筆，别集中『恒』字亦缺末畫，每卷後凡題卷皆空白兩行。鄭文焯據此定爲景宋舊刻，尚是原編六卷本來面目，並賞其《石湖仙》『綸巾欹雨』句『雨』字，足訂陸本之誤。（鄭校）沈本後附《事林廣記・音樂》一卷，乃得之日本故文庫者，所載字譜足與《詞源》、《白石旁譜》互證，乃他本所無。其書影印於宣統二年庚戌，蓋先彊村刻江本三年也。此編未改併卷數，勝於陸刻，惟時有譌字，（如《鐃歌鼓吹曲》『陳洪進』作『進洪』，『我謀臧』作『我謀藏』，《越九歌》『或肉以昌』『昌』作『曷』，《夜行船》『聽流澌』作『流嘶』，《浣溪沙》『共出』作『不出』，《齊天樂》『侯館』作『侯館』，『翛然』作『倏然』，《惜紅衣》『青墩』作『青燉』，《徵招》『卷篷』作『卷蓬』，《秋宵吟》『宵』作『霄』，《念奴嬌》『王謝』作『玉謝』，《卜算子》『折』作『拆』。）此其不及江本處。

江炳炎鈔本，一九一三年，陳方恪得於吴門，以詒朱孝臧。孝臧以張、陸二本及許本、《花庵詞選》、《絶妙好詞》諸書校之（未校旁譜），即今《彊村叢書》本也。江本傳刻，惟此一種。校刊之精，爲近日姜詞首舉矣。

以上出於陸刻者十餘種，出於張刻、江鈔者各一種，皆源於錢刻陶鈔。此爲第一支，傳刻最盛者也。

（乙）《花庵詞選》本

黄昇選《花庵中興以來絶妙詞》，刻於淳祐九年，後嘉泰壬戌錢刻《白石歌曲》四十餘年，載白石詞止三十四闋，於各詞小序間多删削。毛晉刻《六十一家詞》時，陶鈔未出，遂誤以《花庵》所録爲『真完璧』，所刻一依《花庵》，誤處亦仍不改。（如《少年游》『張平甫』作『斗甫』等。）

毛斧季嘗以二鈔本校此卷，刊本章次題注與原刻全别。毛斧季、陸敕先、黄子鴻手校《六十名家詞》，曾藏知不足齋及鐵琴銅劍樓，今藏北京圖書館，尚爲汲古閣原釘家塾本。

陳撰康熙五十七年戊戌，輯白石詩詞，刻於廣陵書局。（陳氏自序、曾時燦序。）《四庫提要》（詞曲類存目）謂其詞『凡五十八闋，較毛晉汲古閣本多二十四闋，然其中多意爲删竄，非其舊文』。

洪正治獲白石集於真州，亦詩詞合編，刻于乾隆辛卯。江炳炎謂其『字畫訛舛，頗多缺失』。（江本自序）鄭文焯譏其與陳撰刻『同一羼亂，等之既灌焉爾』。（鄭校）予從朱彊村先生假得靈鶼閣所藏此本，鐫刻甚精，詞共五十八闋，自度曲無旁譜，末《慶宫春》一闋止餘首六句，而較陶鈔多出《越女鏡心》二闋、《鶯山溪》二闋、《點絳唇》三闋、《湘月》二闋、（洪刻作『鬲指』，大謬）《催雪》一闋、《月上海棠》一闋，其非姜詞，時具顯證。（《鶯山溪·詠梅》，《梅苑》、《歷代詩餘》作曹組；『鴛鴦翡翠』一闋，黄庭堅詞；《點絳唇》『金井空陰』一闋，吴文英詞；『金谷年年』一闋，林逋詞;《湘月·詠月》『海天向曉』一闋,《花草粹編》、《歷代詩餘》作韓駒;『素娥睡起』一闋,《粹編》作姚孝寧;《催雪》一闋,《陽春白雪》作丁注;《越女鏡心》『花匣么絃』一闋,《陽春白雪》作趙聞禮,《絶妙好詞》、《歷代詩餘》作樓采。)其書繆戾疏陋處,與《四庫提要存目》譏陳撰本者無一不符;末附陳撰一跋,與陳刻自序止多末五語。跋署『丁未清和』(雍正五年),蓋在陳刻後九年。是洪氏獲於真州者,顯即陳本矣。(陳撰康熙六十一年客真州,見厲鶚《秋林琴雅序》。)

武唐俞蘭聖梅刻《白石詞鈔》一卷,不題年月,跋云:『玉田《山中白雲詞》錢塘龔氏已有刻,惟白石詞則尚缺然。』知在康熙中龔刻《山中白雲》之後。(龔書刊于康熙,見《四庫提要》,龔氏序無年月。)卷首有改庵居士吴淳還序,謂:『白石樂府相傳凡五卷,常熟毛氏汲古閣本於姜氏一家,僅據《中興絶妙詞選》載三十四闋,其爲不全不備可知。余嘗以暇日,廣搜遠輯,更得散見者廿四闋,合之共計五十八闋,録成一帙。』云云。(吴亦武唐人,武唐即嘉善。)今以洪正治本校之,次序雖異,(此以小令、長調分先後)首數則符,其比《花庵》羨出各首,如《鬲山溪》『洗妝真態』、『鴛鴦翡翠』,《點絳唇》『金井空陰』、『祝壽筵開』、『金谷年年』,以及《越女鏡心》、《催雪》、《月上海棠》等十一首,亦同洪本,《慶宮春》一首亦僅存開首廿八字。洪本出于陳撰本,此或亦用陳本,並非出于淳還之『廣搜遠輯』。惟《點絳唇》『金谷年年』一首題下注『一刻林君復』;《鬲山溪》『鴛鴦翡翠』一首,注『一刻黄山谷』;《越女鏡心》『花匣么絃』一首,注『一刻樓采君亮』;則洪本所無耳。(此編寫刻甚精,亦偶有誤字,如

《齊天樂》『庚郎先自吟愁賦』，『自』誤作『是』；《少年游》『雙螺未合』，『螺』誤作『蜨』等是。此本所注宫調亦同洪本，《玲瓏四犯》上誤作『四犯玲瓏』，《八歸》夾鍾商，則誤『鍾』爲『中』。）

（丙）南宋刊《六十家詞》本

見《詞源》下，卷數及年代皆無考。

（丁）《直齋書録解題》、《文獻通考》著録本

《直齋書録解題》（卷二十一，歌詞類）、《文獻通考》（卷二百四十六，經籍考集部歌詞類）各著《白石詞》五卷，與錢刻陶鈔作六卷者不同，而與周晚菘在漢上所見之陶鈔本相符。（陸鍾輝刊本及吴衡照《蓮子居詞話》卷二皆云『白石詞「六」卷，著録于馬氏《通考》』，誤。）朱彝尊作《黑蜨齋詩餘序》及《詞綜發凡》，皆云『白石詞五卷，今僅存二十餘闋』。時陶鈔未出，當即據《直齋》及《通考》而言。（五卷本又見于《千頃堂書目》，或明代尚在人間。）姜詞傳刻四大支，錢希武本雖亡，猶有陶鈔傳刻十數種；《花庵詞選》至今無恙；其永成廣陵散者，惟此及南宋《六十家詞》刊本，而卷數又顯有異同，無從求得一校今存各本，惜哉。

清初倪燦著《宋史藝文志補》，載有《白石歌曲》四卷别集一卷，此與陶鈔六卷别集一卷及《直齋書録》、《文獻通考》作五卷者又不同。初疑其即陸鍾輝合陶鈔六卷爲四卷之本，然倪氏卒于康熙二十七年戊辰，不及下見乾隆初年之陸刻，而此本又從未見于前人著録，疑莫能明，記之待考。（倪氏補志，署盧文弨校正。文弨乾隆間人，及見陸刻；

此條或盧氏加入耶?)一九五四年,杭州。

此文頗多疏漏,參四二二頁《承教録》汪世清先生四函。

客歲與汪世清先生把晤于北京,承示所藏《白石道人歌曲》一本,六卷,無别集,亦無詩集。首頁有趙與旹序,無陶宗儀跋。鈐『孫烺』『蘭孫』『曾藏紅芙山館』諸印(孫休寧人)。謂十餘年前得于歙縣者。與沈曾植印本字跡全同,但沈本有别集;與張奕樞『松桂讀書堂』本文字異者十餘處,且無張序,無别集,而板式行數與張無殊;與華亭張應時嘉慶間重刻張奕樞本,此無應時序,則又非應時本。汪先生精于姜詞版本考鑒,亦無從定此本所出。爰記于此,以俟博訪。一九六二年冬補識。

記厲樊榭手寫《白石道人歌曲》

浙江師範學院圖書館頃自上海購得舊鈔本《白石道人歌曲》一本，六卷，别集一卷，共四十九頁，半頁九行，行廿一字，書口下方刊『小玲瓏山館』五字，首頁有『小玲瓏山館』朱文方印、『馬佩兮家珍藏』朱文長方印。末頁趙與訔跋與陶宗儀跋之間，低數格有厲樊榭跋云：

白石歌曲世無足本。此册予友符君幼魯得于松江樓君敬思家藏。積年懷慕，獲睹忻慰無量，亟假手録。旁注音律譜，一時難解，故去之，玩其清妙秀遠之詞可矣。時乾隆二年四月立夏日，錢唐蘘葭里人厲鶚。

跋下有『太鴻』小方印，近人袁寒雲據此題爲『厲樊榭手寫本』，並爲作跋曰：『厲太鴻手寫白石歌曲，乃爲馬佩兮過録元本。予曾見厲氏所校書，與此册書法正同，是真跡無疑。或有以纖弱忽之，必未見厲書者也。戊午冬寒雲。』末頁有羅振常二跋，其一有云：『（厲鶚）跋尾署乾隆二年四月立夏日，案《蒲褐山房詩話》：「樊榭以孝廉需次入京，不就選而歸，揚州馬秋玉兄弟延爲上客，來往竹西者數載。」云云。乾隆二年正當樊榭詞科報罷，需次既歸之後，其時恰主馬氏，故所録即藏馬小玲瓏山館。又江研南録本序，亦稱符藥林過揚州，出詞本相示，因而假録，後則署乾隆二年四月十九日。蓋符氏以是本徧示諸人，互相假録，厲、江兩本，同時所寫，故日月亦略同也。』云云。此以年月比勘，亦定爲厲氏手寫。

予頃者繙帋數過，于此有數疑事：

其一爲譌字甚多，有不能諉爲筆誤者，如：

《鐃歌鼓吹曲》『聖宋鐃歌』，『鐃』誤作『鐃』；

《鷓鴣天》『誰識三生杜牧之』，『牧』誤作『枚』；

《角招》序『游人容與飛花中』，『容』誤作『客』；

《摸魚兒》『柳州老矣』，『柳』誤作『抑』；

《淒涼犯》『犯有正旁偏側』，『正』上羨一『正』字；

《湘月》『玉塵談玄』，『塵』誤作『塵』；

《漢宮春》『雲曰歸歟』，『曰』誤作『白』。

此等必出于不解文義者之手，太鴻何致有此！（他如卷二末頁引《硯北雜志》『鮮于子駿』，『子』作『字』，《鷓鴣天》『人間』作『人問』，《角招》『愛著宮黄』，『愛』作『受』，《徵招》『咸非流美』，『咸』作『成』，《念奴嬌》『湘皋聞瑟』，『瑟』作『琴』，他如『染』作『染』，『沔』作『沔』等尚多，兹不具舉。）

其次，書中誤字之旁，有黄色改筆，初疑出于厲氏。然觀其凡遇涉及聲律語，皆不斷句，如《徵招》『予嘗考唐田畸《聲律要訣》云云』以下一段，《淒涼犯》『琴有淒涼調云云』以下一段，《越九歌》後《折字法》『篪笛有折字云云』一段，皆無不如此。厲氏雖不專精樂學，亦何致不能句讀？至若《醉吟商小品》序『琵琶有四曲』一段，于『醉吟商胡渭州』中間加點，而不知其爲一曲；《角招》首句『何堪更繞（西）湖盡是垂柳』句，于繞字下圈，是且誤其詞文之句讀矣。

予得見此本時，杭州方開古畫展覽會，柳卿子畫像一幀，有清初諸老題字，太鴻亦手書一贊，予攜此書往校，則字蹟健弱懸殊，知寒雲所云，實不可信。

據此數端，可決其非太鴻手蹟。但其書確是清初鈔本，並在白石詞版本中自有其真價，不致因非厲鈔而減值，請述之如下：

案元代陶宗儀傳鈔宋刊《白石歌曲》六卷别集一卷，乃今日所見姜詞最全最古之本，其書嘗湮没數百年，至清初始發現于松江樓敬思家，爲後來陸鍾輝、張奕樞、江炳炎、朱孝臧諸刊本鈔本所從出；而此鈔本，厲跋亦云符幼魯得于樓敬思家，則與陸、張、江諸本同出一源。羅振常跋嘗以各本年代比勘，徵據尤顯。

羅跋嘗舉此本文字比他本勝處有三，其説曰：『卷三《江梅引》序「將詣淮南不得」，朱刻作「將詣淮而不得」，案本詞有「歌罷淮南春草賦」之句，則作「淮南」爲是。白石詞中常韻（疑『用』）淮南，《踏莎行》云「淮南皓月冷千山」，《卜算子》云「淮南好，甚時重到」皆是。

淮南爲廣陵，故曰「詣」，若泛指淮水，當云「渡」不當云「詣」也。（燾案：此淮南指合肥而非廣陵，説在予作《白石合肥詞事考》，羅説偶誤。）又朱刻卷三《浣溪紗》第五首序「得臘花韻甚」，校語云「臘」當作「蠟」，此本正作「蠟」不作「臘」。又卷六《秋宵吟》「去國情懷，暮煙衰草」，朱刻作「暮帆煙草」，便不成句。又別集《卜算子》第五首注「下竺寺前」云云朱刻全闕，（燾案：朱刻不闕。）略舉數則，可見此本之善，則欲見陶氏原本真面者，殆莫此本若矣。』案此本勝處，尚不僅此，予頃以各本互校，發現此本有甚可注意之一事，即據其別集製題，可見此本有比他本更近宋本姜詞原始面目者，如：

別集《小重山令》，此本詞題云：

趙郎中謁告迎侍太夫人，將來都下，予喜爲作此，曲寄《小重山令》。（『曲』字亦可屬上句）

他三本則作：

趙郎中謁告迎侍太夫人，將來都下，予喜爲作此曲。

『曲』字連上句讀，『小重山令』四字則另起一行在前，删去『寄』字。

案別集一卷，乃白石卒後後人輯録而成，周文璞弔堯章詩所謂『兒從外舍收殘稿』，或即指此。外集《卜算子》『吏部梅花八詠，夔次韻』八首，乃和曾三聘之作，而題僅稱『吏部』，並自具名于下，當是白石寫奉三聘之原稿，後人即仍其寫式編入；此本《小重山》寄趙郎中之題，正亦同此。又，别集《虞美人》一首，此本不列調名，徑題云：

括蒼煙雨樓，石湖居士所造也，風景似越之蓬萊閣，而山勢環繞，峯嶺高秀過之。觀居士題顔，且歌其所作《虞美人》，夔亦作一解。

張奕樞本則另起一行列《虞美人》調名，而删去題中『虞美人』三字，則『且歌其所作』句，文氣不完，不如此本猶是原題。（别集《洞仙歌·黄木香贈辛稼軒》一首，墨筆脱落《洞仙歌》調名，有黄筆填補；而《小重山》、《虞美人》題中皆無黄筆，知非寫手誤鈔。）

又羅振常跋，指出此本與三本不同者：

如卷三（燾案：當云『卷二』）後，此本有《硯北雜志》一則：『周公謹云：「姜堯章《鐃歌鼓吹曲》，乃步驟尹師魯《皇雅》；《越九歌》乃規模鮮于子駿《九誦》。然言詞峻潔，意度高遠，頗有超越驊騮之意。」』卷六後有《慶元會要》一則：『慶元三年丁巳四月□日，饒州布衣姜夔上書論雅樂事，並進《大樂議》一卷、《琴瑟考古圖》一卷。詔付奉常。有司以其用工頗精，留書以備採擇。』江本均無之。（燾案：張本亦無。）案此雖非詞集本文，然當是趙與訔、陶九成原本所記。趙跋中有「《會要》所載，奉常所録」之語，未可節也。』

案羅説甚是。此亦此本比三本更近宋本元鈔真面之一證。

予意厲氏得見樓敬思藏本時，或曾自鈔一本（朱孝臧跋江炳炎本謂『張刻經黄唐堂、厲樊榭、陸恬浦先後勘定，或有據他本點竄者』，是厲氏或曾以此本校張本）。當時厲氏方主馬家，馬氏屬人過録其本，遂並録其跋語。袁、羅二氏乃因此遂詫爲厲氏手鈔。依予上文所舉譌謬各事以觀，謂其出于厲氏手筆，寧非厚誣厲氏？白石詞傳本，出于陶宗儀校鈔者，清乾隆時但知有陸鍾輝本，宣統庚戌沈曾植影印本出，乃知有張奕樞本，一九一三年，朱孝臧以陳方恪得于吴門者刻入《彊村叢書》，乃知有江炳炎本。今此本發現最後，知者尚少。予慮讀者或以卷中疏誤各事，遂不信袁、羅兩跋之説，因而並忽視其有比陸、江、張三本更近宋刊真面之處，則負此詞林珍秘矣，故不憚覼縷，述之如此。

此書印章『小玲瓏山館』、『馬佩兮』二方之外，首頁有『行素堂藏書記』、『世異之印』、『惪啓借觀』、『江陰繆僧保印』，末頁有『曾藏沈燕謀家』、『僧保珍藏』、『雙若樓』、『蟫隱廬秘籍印』、『振常印信』、『沈燕謀藏書印』、『高氏校閲精鈔善本印』。繆、沈諸家，皆無文字記歲月。驗各跋紀年，寒雲戊午爲最後，殆自袁家散出者也。

【後記】

予曩考姜詞版本，定陶鈔傳本有張、陸、江三家。旋聞之張孟劬先生（爾田），謂三本所從出之符藥林本，有厲樊榭校本，嘗見于蔣孟蘋處；又聞之吴則虞先生，謂何蝯叟藏有王茨檐（曾祥）鈔本，亦出于樊榭手録本。知三家之外，尚有樊榭一本。頃張君慕騫自上海購書歸，收得此册，喜出望外。繙玩累日，成此小文，俾世人知宋刻元鈔之支裔實有四本。《版本考》

憚于改寫，爰附系于後。厲氏手鈔，倘猶在天壤，懸目竚之。

一九五七年冬，寫于玉鄰堂。

羅振常跋稱此本文字比他本勝處有三，案《江梅引》『淮而』作『淮南』，倪鴻本亦然；《浣溪沙》『臘花』作『蠟花』，正符鄭文焯校語；惟謂各本《秋宵吟》『暮帆煙草』句不如此本之『暮煙衰草』，則殊未諦。考《秋宵吟》乃雙拽頭調，此四字爲第二片結句，應對第一片結『箭壺催曉』句，此兩句四聲陰陽皆同，似非無意偶合；若以『壺』對『煙』，則陰陽聲乖異矣。又此本盡删旁譜，不及江、張、陸各本，羅跋謂『欲見陶氏原本真面者，殆莫此本若』，亦過譽也。

一九五八年夏。

【後記二】

頃得汪世清先生北京函承告數事：（一）水雲漁屋藏板即陸鍾輝本；（二）張奕樞本沈曾植影印外尚有嘉慶二十五年庚辰張應時重刊本；（三）陳撰刊本出自朱彝尊舊輯；（四）北京圖書館善本書室藏有清代鈔本《白石詞》一種，目録同陶鈔分六卷，而僅有令、慢、自度曲三部分，排列次序亦有變動，似爲樓敬思所藏之外另一陶鈔過録本，可能是明末項孔彰（易庵）鈔本；（五）王曾祥（茨檐）手鈔本録自厲鶚鈔本者，今亦在北京圖書館。凡此皆足補拙作《姜詞版本考》，亟記于此。其詳見《承教録》汪先生原函。

一九五八年九月。

附録一　白石詩文雜著版本考

《宋史·藝文志》載《白石叢稿》十卷，今已不傳。《齊東野語》十二謂：『堯章詩詞已板行，獨雜文未之見，余嘗於親舊間得其手稿數篇，尚思廣其傳焉。』陳思《白石年譜》云：『《宋史·藝文志》「《白石叢稿》十卷」，《文獻通考》無《叢稿》，有詩三卷、詞五卷，似《叢稿》宋季已佚。然據草窗「獨雜文未見」語證之，叢稿蓋即《慶元會要》所載之《大樂議》一卷、《琴瑟考古圖》一卷，《直齋書録》所載之詩三卷、詞五卷，都爲十卷。馬氏依陳氏作考，故不復著《叢稿》十卷。若嘉泰刻之《歌曲》六卷，則早刻單行。所謂「手稿數篇」，即著於《野語》之《自述》、《禊帖偏旁考》及所藏之《保母帖》、金蓀壁（應桂）補書之白石題跋也。』此說信否不可知。《宋史》所載《叢稿》，亦不悉輯自何人。（《齊東野語》載白石自叙：『丞相京公不獨稱其禮樂之書，又愛其駢儷之文。』駢文今無一篇傳矣。）

《詩集》著録於《直齋書録解題》二十作三卷。今存一卷，當時曾一鏤板於臨安陳起。（曾時燦序。《白石道人詩集》一卷，題云『臨安府棚北大街陳宅書籍鋪刊行』。葉德輝《書林清話》二『南宋臨安陳氏刻書之二』條，定爲陳起刊。）陸鍾輝以其間竄入姜特立《梅山稿》中詩，乃爲分體釐定，削去竄入之作（見陸序）。今陸本分上下二卷，並輯集外詩一卷。《四庫全書》所收編修汪如藻家藏本作一卷者，似猶是流傳原本。陸氏之後，詩詞合刻者，若江春、姜文龍、姜熙、倪鴻、許增諸本，皆一仍陸刻分上下二卷。《四庫提要》引《書録解題》及《武林舊事》、《咸淳臨安志》、《硯北雜志》所載白石佚詩，以一卷本爲非完本。案白石詩詞去取甚嚴，據詞集《慶宫春》序，慶元二年自封禺詣梁溪得詩詞五十餘解，而今集中可考見者止五六首，是已删去十九。《武林舊事》、《硯北雜志》諸佚詩，及和王炎、陳造諸作，安知不在删削之列？疑《提要》所云似未必然。惟直齋所云三卷本，今無可考矣。

《詩説》一卷，舊附刻詞集之首。《四庫全書》嫌爲不倫，移附詩集之末。陸鍾輝、倪鴻、許增諸本，皆次在詩集之後，歌曲之前。以《詩説》附載集中，殆始於陸本也。

《絳帖平》，《齊東野語》十二作十卷。《直齋書録解題》十四，雜藝類作一卷。《曝書亭集》四十三，《絳帖平跋》謂：「《絳帖平》二十卷，予搜訪四十年，始鈔得之，僅存六卷爾。」案《四庫提要》八十六，目録類引曹士冕《法帖譜系》，謂絳州東庫本絳帖「逐卷各分字號，以『日月光天德山河壯帝居太平何以報願上登封書』爲别，今夔所論，每卷字號與士冕所説相合，然則夔所得即東庫本也」云云，又據《墨莊漫録》，謂「其書本二十卷，舊止鈔本相傳，未及雕刻，所載字號止於『山』字，其『河』字以下亡佚十四卷，竟不可復得」，據此，則此書二十卷無疑，《齊東野語》及《直齋書録》之説非矣。今著録《四庫全書》中，有聚珍本、閩覆本。

《續書譜》一卷，著目於《直齋書録解題》卷十四雜藝類，嘉定戊辰刻於天台謝采伯，時白石猶健在。書目分二十則，而實止十八則，『燥潤』、『勁媚』二則有目無書，原注見『用筆』及『性情』條。《四庫提要》謂合之《欽定佩文齋書畫譜》，次序先後不同，『燥潤』、『勁媚』二則則並無其目，知當時流傳另有一本，而其文則無增損也。姜文龍、倪鴻刻姜集載此書，陸鍾輝、江春、許增三本皆無之，《佩文齋書畫譜》外，今另有百川本、《書苑》本、《格致叢書》本、《百名家書》本、《珊瑚網》本、《説郛》本（卷七十六）。

白石慶元三年上書論樂，進《大樂議》一卷、《琴瑟考古圖》一卷（見《慶元會要》），今《宋史·樂志》猶存其略。《禊帖偏旁考》亦見十數條於《齊東野語》十二。《保母志跋》刊于鮑氏知不足齋叢書《四朝聞見録》之後，今上海徐氏素石山房傳其手蹟，真僞不可知。他若《張循王遺事》、《集古印譜》，見其名於《絶妙好詞箋》者，今皆無從徵訪矣。（明人張羽作《白石道人傳》，謂白石有《蘭亭考》一卷，當即《禊帖偏旁考》也。）

一九三〇年一月寫于嚴州，五四年冬改于杭州。

附録二　白石詞集辨僞二篇

（一）『姜白石晚年手定集』

今傳白石詩詞集皆有宋本傳刻：詩有臨安陳起刊本，詞有華亭錢希武刊本。後來自陸鍾輝至朱孝臧一二十家，雖輾轉摹寫，字畫偶有異同，要皆無關宏恉。近世忽有姜忠肅祠堂鈔本出現，云是白石晚年手定，至明洪武十年，白石八世孫福四寫二本，一付其子，一貽猶子通。萬曆廿一年，十六世孫鯉，以側理漿紙臨寫一本；清乾隆九年甲子，二十世孫虬緑，取各刊本校讐，附以歷代詩話掌故，寫爲今本。清季歸江標靈鶼閣，江氏旋以貽鄭文焯。況周頤過得一本，記其梗概于《香東漫筆》，詫爲瓌寶。其詩詞編次，字句增損，皆與世本大異。詞集分『填詞』五十四首，『自製曲』二十首，共七十四首，比世本多三首（《月上海棠》一首、《越女鏡心》二首），少十三首（《阮郎歸》『紅雲低壓』一首，《好事近》『涼夜摘花』一首，《鷓鴣天》『京洛風流』一首，『一昨天街』一首，《浣溪沙》『春點疏梅』一首，《小重山》『寒食飛紅』一首，《卜算子·梅花八詠》之一、二、五、六、七、八共六首，《鬲山溪》『青青官柳』一首），改調名一首（改《滿江紅》爲《仙姥來》），改題目一首（改《虞美人·賦牡丹》爲《賦梅》），點竄字句共一百三四十處，有五六十字之小令而改竄十餘字者

(《鷓鴣天》『輦路珠簾』、《夜行船》『略彴横溪』二首),有併兩首爲一首者(《阮郎歸》『紅雲低壓』首併入『旌陽宫殿』首)。是若真出白石手定,發現于六七百年之後,誠可謂書林星鳳,詞家球璧矣。頃者略爲尋繹,乃知其全出僞託。舉數證如下:

(一)《石湖仙·壽石湖居士》:『見説胡兒,也學綸巾攲雨。』此指石湖使金,金人求其巾幘效之,事見《宋史》。『攲雨』用郭林宗角巾墊雨事。詩集《悼石湖》詩亦云:『尚留巾墊角,胡虜有知音。』此本乃改『雨』爲『羽』,與洪正治、陸鍾輝兩刻本同誤,必非白石自改。

(二)《鶯山溪·題錢氏溪月》,乃詠錢希武家園,詞有『一亭寂寞』句,『溪月』當是亭名。此本改作『月溪』,已爲可疑。詞云『百年心事,惟有玉闌知』,此分明是闌干字,白石弟子張輯《東澤綺語債》,有《好事近》云『月明不見宿鷗鷺,醉把闌干拍。誰識百年心事,恰釣船横笛』,正襲用此詞。此本易『闌』爲『蘭』,遂不成文義矣。

此二者猶可諉爲傳鈔致誤。兹再舉其删改最多二首:

(三)《阮郎歸·爲張平甫壽,是日同宿湖西定香寺》二首,前首『紅雲低壓碧玻璃』云云,皆記湖上景物,下片『繡衣夜半草符移,月中雙槳歸』,亦游湖紀實。次首云『旌陽宫殿昔徘徊』,『茅店酒,壽君時,老楓臨路歧』,則追述昔年平甫在南昌過生日同游西山玉隆宫事,集中另有壽平甫《鷓鴣天》詞小序百餘字,所謂『是日即平甫初度,因買酒茅店,並坐古楓下』，正與此詞相應。此本删去前首，而以前首結三句替後首結句，又改『壽君時』之『時』爲『詩』，以避下句『風絮時』之『時』字，文義雖可勉强湊拍，然合西湖、南昌兩事爲一，却與二首詞題不合。白石爲《慶宫春》序，自謂『過旬塗稿乃定』，其爲詞矜重如彼，豈其晚年重改，乃草率若此？

其足爲辨僞之堅證，尚有下方關係詞律者數端：

（四）《月下笛》句法，中間數十字皆上下片相對，（上片自『幽禽』至『半縷』，對下片自『揚州』至『在否』。）『啄香心度牆去』句，對下片『彩雲飛過何許』句，『多情須倩梁間燕』句，對上片『春衣都是柔荑翦』句，陸鍾輝、張奕樞各刻本于此未嘗有異；此本乃於『啄香心』上加一『暗』字，『度牆』下加一『西』字，『梁間燕』下加一『子』字，上下句法遂參差不齊。此其一。

（五）《探春慢》上片『回旋平野』以下，與下片『珠淚盈把』以下相對，（下片結尾兩句比上片結尾少二字，蓋宋詞常例。）下片『梅花零亂春夜』與上片『小窗閒共情話』平仄正同；此本乃倒『零亂』作『亂零』，則與『閒共』平仄不合矣。萬樹《詞律》謂此調『零亂』、『回旋』、『閒共』、『珠淚』四去聲字最發調，張奕樞本改作『零落』，已不合，何可倒作『亂零』？檢《花草粹編》載此詞，正作『亂零』，知此本實沿《粹編》之誤。此其二。

（六）《暗香》上片結句『香冷入瑶席』，此本倒作『冷香』。案吴文英和此調，四聲多合，此句作『桃李靚春靨』，『桃李』、『香冷』同是平上，張炎、陳允平諸人填此調亦皆如此。張、吴皆嚴于守調，足據之以定姜詞。此其三。

白石十七譜繫詞樂一線，此本一概删去旁譜，已甚可怪，今兹三事，復大違詞格如此，足見作僞者于此，實懵然無識。姜虬緑跋語乃謂『搜取各本彼此讐勘，知公晚年用意之精，審律之細，于此道真有深入』，繆悠之談，徒發人詫笑而已。

此本比世本羡出三詞，其《越女鏡心》『花匣么絃』一首，實即樓采之《法曲獻仙音》，見《絶妙好詞》卷四。（此曩年朱彊村先生告予。）采，宋末人，約與周密同時，《絶妙好詞》載其詞六首，不容有誤。陸輔之詞旨『屬對』，引『花匣』二句，亦注樓氏，其非白石作甚明。（《陽春白雪》則作趙聞禮。）檢清初洪正治重刊陳撰所輯白石詩詞刻本，詞共五十八首，其十一首爲陶南村鈔本所無者，皆非姜詞，具有顯證。《越女鏡心》二首、《月上海棠》一首，即在此十一首之内。況周頤《香東漫筆》乃謂前二首『守律甚嚴，非白石不能爲』，亦千慮一失矣。

此本題跋，以洪武十年姜福四一篇爲最先，而編中改竄各處，往往沿《花草粹編》及洪正治刻本之誤，知最後寫定當在二書行世之後。以意度之，乾隆間『搜取各本彼此讐勘』『獨篇什不敢擅爲增損』之姜虬緑，或即此本作僞之人。黎丘幻技，不足以昡世，徒厚誣其先人而已。

又，宋本《白石歌曲》卷三之《鬲溪梅令》、《杏花天影》、《醉吟商小品》、《玉梅令》，卷四之《霓裳中序第一》，五首皆有旁譜，而不入卷五卷六自度曲自製曲中。此本分編『填詞』『自製曲』二類，則以前五首合入自製曲，與《揚州慢》、《秋宵吟》十二首並列。今細案旁譜：前五首結拍皆作『ㄑ』，與後十二首結拍皆作『ㄣ』者不同；宋本分列，當有微意；此本混而同之，亦作僞者昧于音律之一證。

一九四七年十月十三夕，西湖羅苑。

（二）陳元龍《白石詞選》

《白石詞選》一卷，題『螺川陳元龍少章編』，乃紫芝漫鈔《宋元名家詞》之一。曾藏毛氏汲古閣，今藏北京圖書館，十年前劉君子植録以寄貽。書凡三十八頁，頁十八行，行十五字。選詞六十二首，編次與各本皆異。少章嘗注周美成詞，今所傳《片玉集》，題『廬陵陳元龍少章』，廬陵北有螺子山，又名螺川，故此題『螺川』。《片玉集》有劉肅必欽序，署『嘉定辛未』，知少章實白石同時人。此編若真出少章手，在姜詞選本中比《花庵詞選》尤足珍貴矣。惟細審全編，有不能遽信者數事，約舉如下：

編中於有旁譜各詞，皆題『自製曲』，列于無譜諸詞之後；而《暗香》、《疏影》二首，獨拔冠全編，既已自亂其例；又《揚州慢》小序後綴一語云『此後凡載宫調者，並是自製曲』，此實沿用《花庵詞選》之文，而與其目録次第，乃相戾違。

其目録六十二首中，只五首不注宮調，似可爲校訂音律之助，然就其所注宮調考之：有與世傳《金奩》、《子野》、《片玉》、《于湖》、《明秀》、《夢窗》諸集相符者，如《點絳脣》、《滿江紅》皆注仙吕調，《水龍吟》注越調，《齊天樂》注正宮，《訴衷情》注商調，《側犯》注大石調，《慶宮春》注越調，《浣溪沙》注黄鍾。

亦有訛誤違律者，如《揚州慢》注中宮，奪『吕』字；《阮郎歸》注南吕調，『南』當作『仙』。此或是傳寫筆誤。若《念奴嬌》本大石調，白石過腔作《湘月》，原序明云『雙調』，而此本乃于《念奴嬌》注『仙吕調』，《湘月》注『小石』。《徵招》序明云『此曲依《晉史》名曰黄鍾下徵調，《角招》曰黄鍾清角調』，此本則《徵招》注『越調』，《角招》注『黄鍾角』。《暗香》、《疏影》是仙吕宮，而《疏影》注『仙吕調』，仙吕宮是夷則宮，仙吕調則夷則羽矣。《法曲獻仙音》，陳暘《樂書》及《樂章集》皆作小石，此本乃注『大石』。《玲瓏四犯》乃夾鍾商雙調，而注『大石』。此等皆非小失。有援據元曲者，如：《杏花天影》注『越調』，《鬲山溪》注『大石調』，同《九宮詞譜》。此猶可云元曲宮調或沿自宋詞，若《清波引》注『雙調』，則同元曲之《清江引》，『波』、『江』不辨，非過率耶？（《清波引》始見于白石集，與元曲《清江引》體制全異。）

其無徵難信者，幾占全編三之一，如《小重山令》注『小石調』，《一萼紅》注『夾鍾』，《八歸》、《探春慢》注『黄鍾』，《踏莎行》、《眉嫵》注『正平』，《夜行船》注『小石調』，《琵琶仙》、《鶯聲繞紅樓》注『雙調』，《月下笛》注『仙吕調』，《摸魚兒》注『正宮』，《好事近》注

『越調』，《虞美人》（《巫山十二峯》）注『道宫』，《憶王孫》注『歇指調』，在宋代詞籍樂書中，皆無可考。

其最可詫異者，則指《玲瓏四犯》爲『大石』，案宋本姜詞目録，此首下注云『世別有大石調一曲』，蓋指周美成同調之『穠李夭桃』一首，詞句與此大異，故于此加注分別。兹編乃徑注『大石』，露此罅隙，知其人實昧于樂紀。予疑其書或元明人僞託。白石與美成齊名，以少章曾注美成，故託名少章。在陶鈔姜詞未出之前，此本以較《花庵》所録多出二十餘首，故爲汲古所珍視。陶鈔既出，此即真出少章手，亦無足貴，況又疏陋若此乎？姜詞贋本，姜虬緑所鈔『白石晚年手定本』，近日甚負盛名，此編則知者較少，予既訂『姜鈔』之僞，慮世人或爲此秘籍所眩，爰并辨之如此。

其目録所載宫調，分類列其然疑如下：

（一）與各刊本白石詞集相同者：各調上方數目乃原編次序。

三十六	揚州慢	中宫（奪『吕』字。）	三十七	長亭怨慢	中吕
三十八	淡黄柳	正平	三十九	石湖仙	越調
四十	惜紅衣	無射	四十一	角招	黄鍾角
四十三	秋宵吟	越調	四十四	淒涼犯	仙吕
四十五	翠樓吟	雙調	四十七	霓裳中序第一	商調

四十八　鬲溪梅令　仙吕　　五十　玉梅令　高平調
五十一　醉吟商小品　雙調
（二）同《金奩》、《子野》、《片玉》、《夢窗》諸集者：
九　點絳唇　仙吕調（二首）　　十六　訴衷情　商調
十七　浣溪沙　黄鍾（二首）　　十八　慶宫春　越調
十九　齊天樂　正宫　　二十　滿江紅　仙吕調
廿九　側犯　大石調　　三十　水龍吟　越調
（三）訛誤違律者：
二　疏影　仙吕調　　七　阮郎歸　南吕調（二首）
廿二　念奴嬌　仙吕調（二首）　　廿六　法曲獻仙音　大石
廿八　玲瓏四犯　大石　　四十二　徵招　越調
四十六　湘月　小石
（四）據元明曲調者：
五　驀山溪　大石調　　十三　鷓鴣天　大石調（七首）
廿五　清波引　雙調　　四十九　杏花天影　越調
（五）無徵難信者：
三　小重山令　小石調（『令』原誤『近』）　　六　鶯聲繞紅樓　雙調

八　好事近　越調　十　巫山十二峯　道宮(二首)
十一　憶王孫　歇指調　十四　夜行船　小石調
十五　踏莎行　正平調　廿一　一萼紅　夾鍾
廿三　眉嫵　正平　廿四　月下笛　仙吕調
廿七　琵琶仙　雙調　三十一　探春慢　黄鍾
三十二　八歸　黄鍾　三十五　摸魚兒　正宮

(六)不注宫調者:

一　暗香　四　江梅引
十二　少年遊　二十三　解連環
三十四　喜遷鶯慢

白石《醉吟商小品》不注宫調,序云『實雙聲耳』,戴長庚《律話》、陳澧《聲律通考》及張文虎《舒藝室餘筆》皆疑爲雙調,考旁譜亦確如此,而此本正注『雙調』。又陸鍾輝刊本姜詞及《花庵詞選》《淒涼犯》下皆注『仙吕調犯商調』,予定『商』乃『雙』誤,《夢窗集》正作雙調,此本亦注『雙調』。全編可取者,惟此二事而已。

此本注《鬲山溪》、《杏花天影》宫調,同蔣氏《九宫譜》。考王驥德《律話》,蔣孝《九宫譜》自序作于嘉靖二十八年,此書若出明人假託,其年代當在嘉靖之後。

一九四八年春寫於西湖羅苑,五六年改定於杭州南湖之玉鄰堂。

各本序跋

宋趙與峕跋嘉泰刊本

歌曲特文人餘事耳，或者少諧音律。白石留心學古，有志雅樂，如《會要》所載，奉常所録，未能盡見也。聲文之美，概具此編。嘉泰壬戌，刻於雲間之東巖，其家轉徙自隨，珍藏者五十載。淳祐辛亥，復歸嘉禾郡齋。千歲令威，夫豈偶然！因筆之以識歲月。端午日，菊坡趙與峕書。

元陶宗儀自跋鈔本

至正十年，歲在庚寅，正月望日，如葉君居仲本于錢唐之用拙幽居，既畢，因以識其後云。天台陶宗儀九成。

此書俾他人鈔録，故多有誤字，今將善本勘讐，方可人意。後十一年庚子夏四月也。第五卷《暗香》詞第四句『不管清寒與攀摘』，他本作『攀折』，誤。辛丑校正再記。

舊抄本《白石詞》六卷，無別集。末有三跋，第三跋他本所無。（施君蟄存謂當亦陶宗儀作。）

明毛晉自跋汲古閣刻《宋六十名家詞》本

白石詞盛行於世，多逸『五湖舊約』及『燕鴈無心』諸調。前人云花庵極愛白石，選録無遺，既讀《絶妙詞選》，果一一具載，真完璧也。范石湖評其詩云『有裁雲縫月之妙手，敲金戛玉之奇聲』，予於其詞亦云。蕭東夫於少年客遊中，獨賞其詞，以其兄之子妻之。不第而卒，惜哉！　湖南毛晉識。

清陳撰自跋刊本

南宋詞人，浙東西特盛。若岳肅之、盧申之、張功甫、張叔夏、史邦卿、吴君特、孫季蕃、高賓王、王聖與、尹惟曉、周公謹、仇仁近及家西麓先生，先後輩出。而審音之精，要以白石爲諧極。石帚詞凡五卷，《草窗》、《花庵》所録雖多少不同，均衹十之二三。汲古閣本第增『五湖舊約』、『燕鴈無心』二調，餘佚不傳。詠草《點絳唇》，復見逋翁集中，援據無徵，亦難臆定也。先生事事精習，率妙絶無品。雖終身草萊，而風流氣韻足以標映後世。當乾淳間俗學充斥，文獻湮替，乃能雅尚如此，洵稱豪傑之士矣。蕭東夫愛其詞，妻以兄子。曾以上樂章得免解，訖不第。其出處本末，草窗云具備於張輯所作小傳中，他日當更訪得之，類諸集首。張字宗瑞，即連江太守思順名履信之子。康熙甲午秋禊日，玉几山人陳撰書。

曾時燦序陳撰本

白石道人自定詩一卷，僅一鏤板于同時臨安陳起，故流傳絶鮮。近州錢吴氏《宋詩鈔》，所收殆百家，顧是集獨遺。此爲錢塘陳氏玉几山房勘定本，最爲完善。洎石帚詞一卷，亦多世本所未見者。爰請合刻之廣陵書局以行。他如《絳帖平》、《續書譜》并諸雜文，將次第蒐録編刊，以成全書焉。康熙戊戌五月，龍溪曾時燦二銘識。

洪正治序

白石自定詩一卷，世鮮流傳，詞五卷，所存止草窗、花庵撰録數十首而已。比搜得藏本，顧詩中如《奉天台禄》、《閒詠》、《小孫納婦》，悉係同時姜特立所作。詞雖倍於舊數，然《點絳唇》詠草一首，復見諸林處士集中，蓋嬗世既寡，譌脱相承，所不免矣。夫白石在渡江諸賢中，品目顯著，然且若此，則夫單家孤帙，其爲名湮絶響者知復何限。予幼耽倚聲，於南宋諸家，最愛白石，今始獲覩其合集，因不敢自秘，亟鋟諸木，以廣其傳，庶幾如昔人所云，欲飲則人人適河，索照而家家取燧，詎不稱愉快也耶？雍正丁未四月，歙縣陔華洪正治書。

承燾案：洪本登陳撰一序，文同前篇，只結處『即連江太守思順名履信之子』句下，多『陔華先生服奇道古，雅喜是編，爰爲開雕，冀垂永久，蓋其表章之功匪細也。丁未清和，錢唐陳撰玉几書』數語，知此本實即陳刊。

諸錦序

世傳白石詩凡一百六十有四，外又得《全芳備祖》一首、《姑蘇志》三首、《武林遺事》七首，以潘轉菴樫、韓仲止淲題《昔游篇》附焉。而是編較完。白石在南宋一老布衣，往往爲章服者傾倒，如石湖、誠齋互爲推獎，由是聲價益高，士固不可無所汲引歟？以白石之幼渺清放，來往於菰蘆苕霅中，野鶴翛然，固自不朽，其詩擺落故蹊，了無塵埃想，是可傳者應不在彼也。張輯之爲詩，源於白石，世謂謫仙復生；以輯權之，而白石之詩愈可知。顧聞其暮年落魄無所歸，卒於老伎所，讀其詩又可以哀其遇矣。康熙庚申十月之望，通越諸錦。

承燾案：此序見姜虬緑姜忠肅祠堂鈔本，文中不涉白石詞，似是詩集序，姑附于此。

吴淳還序武唐俞氏《白石詞鈔》

南宋詞至姜氏堯章，始一變《花間》、《草堂》纖穠靡麗之習。『野雲孤飛，去留無跡』，前人稱之審矣。白石樂府相傳凡五卷，常熟毛氏汲古閣本，於姜氏一家，僅據《中興絶妙詞選》載三十四闋，其爲不全不備可知。余嘗以暇日廣搜遠輯，更得散見者廿四闋，合之共計五十八闋，録成一帙。中年無歡，聊代絲竹而已。一日，俞子聖梅過余小齋，讀而善之，遂付諸梓。聖梅故有詞癖，加之好事，致足喜也。刻既竣，因書其端。改菴居士吴淳還。

俞蘭自跋刊本

白石翁以詩稱于南渡，詞尤精詣，惜乎流傳絶少。一日，偶造改菴草堂，出此帙示余，視舊本搜輯不啻倍之。矍然驚歎，如獲拱璧。近人爲詞，競宗白石、玉田兩家。玉田《山中白雲詞》錢塘龔氏已有刻，惟白石詞則尚缺然，洵爲恨事。爰加校勘，鏤版以行，用貽世之好讀白石詞者。武塘俞蘭跋。

厲鶚自跋鈔本（已引在上文《記厲樊榭手寫白石道人歌曲》）

江炳炎自跋鈔本

白石詞世不多見，洪陔華先生獲藏本刻於真州，於是近日詞人稍知南宋有姜堯章者。第字畫訛舛，頗多缺失。上海周晚菘因語予曰：『昔留漢上，見書賈持陶南村手録白石詞五卷別集一卷，可稱善本，索金六十兩，遂不能有，聽其他售。猶記集中有《鶯聲繞紅樓》一調，爲諸譜中未覩，此名至今往來胸臆，歎息不可復見。』未幾，符藥林老友自京師過揚州，於酒座間論及倚聲上乘，遂出白石全詞相示，云自吴淞樓觀察處借鈔，即南村所書舊本，沈淵之珠，忽耀人間，不愉快乎！　爰秉燭三夜，繕完而歸之。後之才人得予此書，其珍惜又復何如！　乾隆二年四月十九日，仁和江炳炎記於揚州寓齋。

藥林宦京師者十年，勤治之暇，不廢吟詠，而於倚聲尤深得此中味外之味，故能搜討幽潛，以發奇秘，且俾朋輩傳鈔，冀有心者爲之雕播，洵稱白石功臣，更可作詞壇津筏。乾隆丁巳清和月下浣，冷紅詞客又書。

是書因速欲繕成，字畫潦草，他日目力未竭，當重書一册，以誌吾快。四月廿六日，研南又記。

筆染滄江虹月，思穿冷岫孤雲。淡然南宋古遺民。抹煞詞壇袞袞。就令秦郎色減，何嫌柳七聲吞。將金鑄像日三薰。舌底宮商細問。是月廿六日，冷紅題《西江月》。

陸鍾輝自序刊本

南宋鄱陽姜堯章，以布衣擅能詩聲，所爲樂章，更妙絶一世。今所傳《白石道人詩集》一卷，蓋本臨安睦親坊陳起所刊《羣賢小集》，更竄入麗水姜特立《梅山稿》中詩，幾于�婁之無辨。樂章自黄叔暘所輯《花庵絶妙詞選》二十餘闋外，流傳者寡，雖以秀水朱竹垞太史之搜討，亦未見其全，疑《白石道人歌曲》六卷著録于貴與馬氏者，久爲廣陵散矣。近雲間樓廉使敬思購得元陶南村手鈔，則六卷完好無恙，若有神物護持者。予友符户部藥林從都下寄示，因并詩集亟爲開雕，公之同好。詩集稍分各體釐定，去竄入之作。歌曲第二卷、第六卷爲數寥寥，因合爲四卷。其中自製曲俱有譜旁注，雖未析其節奏，悉依元本鈎摹，以俟知音識曲者論定云爾。乾隆癸亥冬十月既望，江都陸鍾輝書。

江春序陸鍾輝刊本

荀卿子有言，藝之至者，不能兩而工。王良、韓哀善御而不能爲車，奚仲，天下之善爲車者也；甘蠅、養由基善射而不能爲弓，倕，天下之善爲弓者也。是故工於詩者不必兼於詞，工於詞者或不能長於詩，比比然矣。然吾觀唐之李太白、白樂天、温飛卿，宋之歐陽永叔、蘇子瞻，皆詩詞兼工者，古或有其人焉。其在南渡，則白石道人實起而繼之。其詩初學西江，已而自出機杼，清婉拔俗，其絶句則駸駸乎半山矣。其詞則一屏靡曼之習，清空精妙，夐絶前後。以禪宗論，白石爲曹溪六祖能，竹屋、夢窗、梅溪、玉田之流，則江西讓、南嶽思之分支也。蓋自唐、五代、北宋之南渡，而白石始得其宗，截斷衆流，獨標新旨，可謂長短句之至工者矣。南渡詩家向數尤、蕭、范、陸，白石爲蕭氏弟子；今石湖、劍南集布海内，延之、梁溪集傳世寥寥，千巖雖賴入室傳衣有人，後世推其紹述所自，然遺詩放佚殆盡。乃知古人之集，其得存於後，亦有幸有不幸焉，可爲太息者也。白石又精書法，其所撰《絳帖平》、《續書譜》、《禊帖偏旁考》，論訂精審，不爽絫黍。其言曰：『小學既廢，流爲法書，法書又廢，惟存法帖。』非得其元要而能鑿鑿言之乎？則白石不特工詩詞，又工書矣。荀卿不兩能之説，其果可信也乎？此集刻自陸氏渟川，渟川舊雨襟契，向聯吟社，今墓草已宿，而此版歸我，爲之慨然。陸氏本故有集事、評論各如干條，投贈詩文如干首，族子雲溪病其未備，廣搜博採，所得復多於前。逭暑餘暇，因與汪子雪礓重加審訂，附録於末。汪與吾姪皆喜倚聲，蓋善學白石者。乾隆辛卯秋七月合朔，歙人江春鶴亭撰。

姜文龍自跋刊本

文龍甫識字時，見家乘載有白石公《姑蘇懷古》及與楊誠齋、潘轉菴往來數詩，輒依韻成誦。旋請於家君曰：『公詩僅存此數乎？』家君語以：『此崑崗片玉耳。公生南宋人文稱盛時，就數詩内，已極爲當代推服。而寓號道人，意必隱曜含華，富於著述，好古之家當有得全集而珍藏之者。每愧足跡不出鄉闕，無由遍訪先人遺業，汝他日有四方之役，正須爲此留心。』文龍謹誌不忘。歲甲戌，應朝考至都門，詢及諸先達，并索之各坊，皆無以應，久爲悵然。今年秋，世戚史匯東先生起假來京，于黄穫村先生處得公集，手自鈔録，詳加訂正，歲杪以示文龍。詩分上下卷，歌曲分四卷，又有集外詩、别集歌曲及《詩説》、《續書譜》，各以類附。蓋元人陶南村寫本，相沿至今，實五百年來碩果也。文龍喜出望外，捧至旅館，再四尋繹。竊謂《詩説》中『自然高妙』一語，當是公詩確評。至於歌曲節奏，竟茫然不解，敢謂能讀公之書哉！特念公以曠代逸才，知己遍海内，制作達明廷，而以布衣終老，造物者固當使此書不朽，而文龍又於成均考滿束裝旋里時幸及見之，箕裘之賜，豈曰偶然！用是口誦手寫，風晨雪夜，不敢告勞。蓋藉以還報家君，知此行不爲無益，并欲積硯田餘貲，付剞劂氏，以傳諸無窮耳。校勘既竣，因附識於卷末。時乾隆丙子季冬廿二日也。

四庫全書總目提要

《白石道人歌曲》四卷，别集一卷（監察御史許寶善家藏本）

宋姜夔撰。夔有《絳帖平》，已著録，此其樂府詞也。夔詩格高秀，爲楊萬里等所推，詞亦精深華妙，尤善自度新腔，故音節文采，並冠絶一時，其詩所謂『自製新詞韻最嬌，小紅低唱我吹簫』者，風致尚可想見。惟其集久無善本，舊有毛晉汲古閣刊版，僅三十四闋，而題下小序往往不載原文。康熙甲午，陳撰刻其詩集，以詞附後，亦僅五十八闋，且小序及題下自註多意爲删竄，又出毛本之下。此本從宋槧翻刻，最爲完善。卷一《宋鐃歌》十四首、《越九歌》十首、《琴曲》一首。卷二詞三十三首，總題曰令。卷三詞二十首，總題曰慢。卷四詞十三首，皆題曰自製曲。别集詞十八首，不復標列總名，疑後人所掇拾也。其《九歌》皆註律吕於字旁，《琴曲》亦註指法於字旁，皆尚可解。惟自製曲一卷，及二卷《鬲溪梅令》、《杏花天影》、《醉吟商小品》、《玉梅令》，三卷之《霓中序第一》，皆記拍於字旁。宋代曲譜今不可見，亦無人能歌，莫辨其似波似磔，宛轉欹斜，如西域旁行字者，節奏安在？然歌詞之法，僅僅留此一綫，録而存之，安知無懸解之士能尋其分刌者乎？魯鼓薛鼓亡其音而留其譜，亦此意也。舊本卷首冠以《詩説》，僅三頁有餘，殆以不成卷帙，附詞以行。然夔自有《白石道人詩集》，列於詞集，殊爲不類，今移附詩集之末，此不複録焉。

四庫全書簡明目録

《白石道人歌曲》四卷，别集一卷

宋姜夔撰。夔詩格高秀，迥出一時，詞亦華妙精深。尤嫻於音律，故於《九歌》皆註律吕，《琴曲》亦註指法，自製諸曲皆註節拍於旁，似西域旁行之字，亦足以資考核。

姜福四姜鰲姜虬緑自跋姜忠肅祠堂鈔本

公詩一卷，歌曲六卷，早已板行；暮年復加删竄，定爲五卷，無雕本，藏於家。經兵火兩朝，流離遷播，帖軸無隻字，而此編獨存，屬有呵護其間，非偶然也。病後閒居，録寫兩本，一付兒子，一付猶子通，世世寶之，尚當廣其行焉。洪武十年二月二十四日，八世孫福四謹志。

此青坡徵君手書以遺侍御哦客公者，今又二百餘年，楮雖蠹落，而字跡猶在，前人世守之功不爲不至，因付匠整頓，且命鯉弟以側理漿紙照本臨出，用時莊誦焉。萬曆二十一年歲次癸巳日南至，十六世孫鰲謹書。

公詩多自定取去，務精不務博，初本刻於嘉泰間，晚又塗改删汰，録爲定本，藏於家，五六百年世無知者，雖經青坡、五山兩先生繕寫裝潢，未有能廣其傳也。庚申春杪，山居無事，爰搜取各家刊本，彼此讐勘，知公晚年用意之精，審律之細，於此道真有深入，因附以累朝詩話掌故，有入近代者並爲箋略，獨篇什不敢擅爲增損，間有捃拾，僅以附别之，亦不敢多入，以拂公意。乾隆甲子歲不盡五日，二十世孫虬緑謹書。

姜熙自跋刊本

熙先世由鄱陽流寓吴興，轉徙永康，前明叔世，復僑籍雲間，至熙已九世矣。九世以上，譜牒圖書悉燬於嘉靖間之倭，再燬於鼎革時之盜，自越中來者祇遠祖遺像數幀耳。而堯章公全集亦僅存古近體詩及《詩説》數番。六世祖宏璧府君，繕補成帙，憹藏篋衍中，至先大夫次謀府君，復取詩餘及遺事與夫酬唱之作，彙刻附編，蓋乾隆之丁卯歲也。是歲先大父省試報罷，旋被沈痼，力疾排纂，且馳書遠近，懸購古文及駢體二種，冀還舊觀，而東南藏書家率辭無有，遂書數語志憾，而授諸先大母陳太君，使藏弆無敢失墜。嘉慶初，不戒於火，餘儲蕩焉，唯先世遺像及是書，幸先考格堂府君突入烈燄中得奉以出，官吏咸却立嚄唶曰：『君欲爲趙子固耶？』府君愀然曰：『微特手澤之存也，若《蘭亭序》而必不惜身殉，其與玩物喪志者幾何！』聞者咸爲動容，至有泣下者。烏乎，唐楊公南門樹六闕，史官歎爲前古未有。熙家自七世祖君甫府君以來，均以孝友節義上徹宸聰，視楊氏奚啻倍之。竊夙夜懍懍，以不克承天休、繩祖武爲懼。今行年六十有四矣，顯揚本願，無可言者，惟是率妻子縮衣食竟先人未竟之志，每歲成一二事或二三事，如宗祠支祠及義學義莊義冢，又必經畫十餘載始克於成。既又念同學賓興，則先大母之德音也，因指腴産佽助之。訓俗遺規，則先考之治命也，因付手民雕槧之。而堯章公集緣未獲全稿，因循未果。曩族父豐臺先生幕游永康，冀彼中宗人或有副墨，而卒不可得，并世表亦復迄無可考，唯知自遷松始祖瑶溪府君上溯堯章公十五世耳。熙且垂垂老，恐一旦隕越，爲咎滋大，遂授之梓而謹識其緣起如左云。道光二十有三年太歲癸卯莫春之月，華亭裔孫熙盥手謹叙。

倪鴻自跋刊本

《白石詩集》一卷，附《詩説》一卷、《歌曲》四卷、《別集》一卷、《續書譜》一卷，四庫皆著録。其通行者，有陸氏鍾輝刻本、姜氏文龍刻本、江氏春刻本。姜本、江本皆出於陸本，然陸本無《續書譜》，姜本則有之。江本亦無《續書譜》，而有評論補遺、集事補遺、投贈詩詞補遺。今刻陸本三種及姜本《續書譜》、江本補遺，並增《四庫簡明目録》、《詁經精舍集》姜夔傳。其歌曲旁注字譜，臨寫陸本，無一筆舛誤。白石尚有《絳帖平》一書，當續刻之也。同治十年十月，桂林倪鴻書於野水閒鷗館。

陶方琦序許增刊本

白石道人洞僩音律，大樂建議，緦諸太常，故其爲詞如野雲孤飛，去留無迹，不惟清虚，且又騷雅。昔哲所譽，自稽極程。宜乎五音平章，百祀馨祝，龍齦可辨，雞林不欺。仁和許邁孫先生，雅遜好古，専以遠聞。擷詞苑之菁華，浣聖湖之煙水。國工吹笛，尋孤山之往游；青樓似花，續西園之一醉。新聲古泛，宛約其情。芳樹温央，英山箭籢。符采流映，高吟清逌。所刻《山中白雲詞》、《詞源》諸集，皆篕弄之祖構，篴林之宗鄉，香風不墮，虞心大佳。白石歌曲，舊槧尟存，依乎昔軌，最爲衆美。字旁記曲，拍底量音；分刌不踰，情文既翕。百年心事，惟有玉闌之知；十畝梅花，不隔生香之路。撫兹一卷，契諸千秋。鸑鷟無聲，緑沈永結；琵琶誰撥，紅萼何言。此地宜有詞仙，並世已無作者。琴家三昧，樂府一綖。誰其知音，君洵大雅。光緒甲申二月，會稽陶方琦。

張預序許增刊本

臣里雅譚，文字昵於陶詠；寓公傳作，名氏繡於湖山。則有鄱陽布衣，松陵遊客。蕭家詩派，詫白石之有雙；宋代詞流，除玉田而無偶。然而最工令慢，或揜詩名；絶妙歌行，分傳别集。是以史臣箸録，但標叢稿之名；嘉泰初編，僅有歌曲之刻。流傳將七百載，剞劂且十餘家。縱復競握靈蛇，未必盡窺全豹。兵塵況涉，板槧亦灰，偶貫叢殘，彪離帍蝨，吁其惜矣！邁孫許丈，熱腸媚古，目湮散爲可傷；明眼求書，蕲薈稡而後快。以爲君臣南渡，存於客子文詞；士女西湖，飲彼勝流膏潤。矧如白石翁者，即論人品，有晉宋間風；別擅書名，似申韓家法。幸餘述造，大思畸零。於是羅百琲之散珠，牉兩珪爲合璧。梨鐫並槧，楮帙同函。集長短句而傳及拍文，彙五七言而增以《詩説》。既評跋倡詶之旁采，復遺聞軼事之兼蒐。斯則南村手鈔以還，無兹盛舉；祠堂善本而外，侈爲寶書者也。嗟乎！翰墨有靈，煙霜多感。酹馬塍之酒，墓門没於花田；度石函之橋，寓亭荒於水磨。謝爾費將油素，並傳授簡之人；更誰贈得小紅，解唱吹簫之我。光緒甲申天中節，錢唐張預序於東城之量月樓。

許增《榆園叢刻》本綴言

《宋史·藝文志》載姜夔《白石叢藁》十卷，陳振孫《書録解題》載《白石道人集》三卷，今所傳詩集非足本也。王晦叔（炎）有《和堯章九日送菊》詩二首，陳唐卿（造）有《次堯章寄贈詩原韻》五首，又《次堯章餞南卿韻》一首，集中無此詩，亦未著於目録，恐此外佚者尚多，從此遂成廣陵散矣。

《白石道人歌曲》，無論宋嘉泰本不可得見，即貴與馬氏本亦少流傳。就所知者：常熟汲古閣本、江都陸鍾輝本、華亭張奕樞本、歙縣洪正治本、華亭姜氏祠堂本、揚州知足知不足齋本。陸版後入江鶴亭家，再歸阮文達，道光癸卯燬於火。張版入南潯張氏書三味樓，後亦不存。陸本、洪本、祠堂本皆詩詞合刻，餘則有詞無詩。近又有閩中倪耘劬本、臨桂王鵬運本。至於斠勘精審，當推陸本爲最。兹據陸本重刊，間有與别本互異者，附刊本字之下，以墨圍隔之。

南滙張嘯山徵君（文虎）著《舒藝室餘筆》，載《白石道人歌曲考證》，謂陸鍾輝本所刻譜式，以意竄改，每失故步，不如張奕樞所刻之善。不知陸、張兩刻，皆從樓敬思所藏陶南邨手鈔本録出，陸本刻於乾隆癸亥，張本刻於己巳，相去才數年，中間或以鈔胥致譌；兩本對勘，似陸刻猶勝於張；嘯山但據張本訂正，指陸爲譌，其實陸本未嘗譌也。安得嘉泰本一正是之。

《白石道人歌曲》第四卷後，有『嘉泰壬辰至日刻於東巖之讀書堂雲間錢希武』十九字，似陶南村從宋本録存者。按宋寧宗嘉泰元年辛酉，至乙丑改元開禧，此繫壬辰，當是壬戌之誤。集外詩尚有嘉泰壬戌訪全老之作，希武豈即於是年爲之刻集邪？俟考。

宋之善言樂者，沈括、姜夔兩人而已。其和峴、胡瑗、阮逸、李照諸人紛如聚訟，汔無心得，括、夔所論，皆能推俗樂之條理，以上求合乎雅樂，故立論不同私逞。惜括議已不傳，僅於《筆談》中略見之；夔議原本經術，卓然可信，當時竟不見用，固無能知其奥窔者。因録

《大樂議》、《琴瑟考古圖説》於逸事之後，毋使孤詣絶學，終於湮没云。

吴君特（文英）《夢窗乙稾》有《淒涼犯》一詞，與白石集中題序詞字無少異者，疑當日兩公交厚，彼此唱酬，互竄入集，抑後人裒輯之譌。蓋君特蹤跡未嘗一涉合肥，白石則屢至而屢見於詞，此詞爲白石之作無疑。張宗瑞（輯）所作《白石小傳》，偏索不得，阮文達所刻《詁經精舍文集》中撰姜夔傳者六人，兹録一首以補舊史之闕。白石葬杭之西馬塍，或云葬水磨頭，近亦無能碻指其處，欲仿花山弔柳會，不可得也。光緒甲申夏四月，仁和許增邁孫識。

陸心源《皕宋樓藏書志》

《白石詞》一卷毛斧季手校本

陸氏手跋曰：六月二十九日二鈔本校，章次題注與此本全别。案一本卷面有云『宜依《花庵》章次』，則此本蓋依《花庵》付梓云。（卷一百十九）（此『陸氏手跋』當指陸敕先跋，否則『陸』或『毛』之誤。王仲聞云。）

《白石先生詞》一卷。舊鈔本。（同上卷）

張文虎跋張奕樞刻本

白石詞以張漁村本爲最佳。此本後入南蕩張氏書三味樓，飽白蟻久矣。揚州有陸鍾輝詩詞合刊本，後歸鶴亭江氏，入阮文達家，道光癸卯燬於火。歲乙巳，文達以存本寄余，屬校入《指海》。予乃合陸本及休寧戴氏《律語》（編者按：當作『律話』。）本校之，而仍以漁邨本爲主。屢次塗改，不可認識；又覓得一本過録之，仍時有所改竄。去秋匆忽，（節）竟未攜出，不復可知矣。時時憶及，至形夢寐。今夏在滬寓，夏君貫甫於書攤子上買得此本以見贈，不覺狂喜。秋涼無俚，隨手覆校，於其音節頓挫，似稍能領悟，惜乎無可共語者。晴窗朝爽，有木犀香一縷自遠吹至，鼻觀馡然，獨享爲愧。時同治建元閏月上弦，文虎識於三林塘寓舍。

張文虎《舒藝室餘筆》

姜堯章《白石道人歌曲》六卷，卷一《皇朝鐃歌鼓吹曲》十四首、《琴曲》一首，卷二《越九歌》十首，卷三令三十二首，卷四慢二十首，卷五自度曲十首，卷六自製曲四首，又《別集》一卷十八首。乾隆己巳，我郡張奕樞所刊。自序言壬子春客都門，與周子耕餘過澹慮汪君，見陶南邨手鈔本，爲樓觀察敬思所珍藏者，因録副焉。戊午秋，耕餘以鈔本見屬，質之黄宫允唐堂、厲孝廉樊榭、陸大令恬浦，重加點勘，而與姚徵士鱸香商定付梓。全編字畫放宋頗端秀，琴曲旁箸指法，《越九歌》旁箸律吕，卷三《鬲溪梅令》、《杏花天影》、《醉吟商小品》、《玉梅令》，卷四《霓裳中序第一》，卷五自度曲，卷六《秋宵吟》、《淒涼犯》、《翠樓吟》，皆箸譜字，凡箸旁譜者皆箸宫調名。此板後入南蕩張氏書三味樓，飽白蟻矣。同時又有揚州鉅商陸鍾輝刻本，亦云出自樓敬思，大略相同，而歌曲之外，增輯白石詩三卷、《詩説》一卷，以意改竄，每失故步。此板後入江鶴亭奉宸家，再歸阮文達公，道光癸卯燬於火。揚州别有知足知不足齋刊本，字形較寬，止有歌曲。又有戴氏長庚所箸《律話》，全載姜詞旁譜，易以正字。歲乙巳，文達以陸本寄示，屬刊入《指海》，乃合各本校之，覺總不如張刻之善。然張刻亦不能無舛誤。聞世間尚有宋嘉泰刻本，欲求得一校。因循未遂，(節)書没。(節)壬戌夏，夏君貫甫(今)得此本於滬，市以見詒，猶張刻也。攜之行篋，憶前所見，隨手録記，不忍恝置，姑存之。

許賡颺序王鵬運四印齋刊《雙白詞》

自羣雅音淪，《花間》實倚聲之祖；大晟論定，《片玉》目協律爲工。建炎而還，作者尤盛，竹齋、竹屋，梅谿、梅津。公謹以《漁篴》按腔，君特以《夢牕》名集。《花庵》有選，蘋雲競歌。然好爲纖穠者，不出乎秦、柳；力矯靡曼者，自比於蘇、辛。求其並有中原，後先特幼霞同年立，堯章、叔夏，實爲正宗。此仇氏山邨、鄭氏所南所由揚彼前旌，推爲極軌也。時有新得光禄之筆，乘馬當之風，茹書取腴，餐秀在渌。洎來都下，跌宕琴尊，刻畫宫徵，蒐訪爲意，輒發奇弄。以吾鄉戈順卿先生《詞林正韻》，分别部居，最爲精審。舊刻既燬，乃難，從賡颺乞得鈔本付刊，嘉惠同志。又以毛氏叢刻暨諸家總集，繁簡失均，折衷罕當，屬爲弁首。取堯章所箸《白石道人歌曲》，叔夏《山中白雲詞》，合刻成書，命曰《雙白詞》，竊謂堯章淮左停驂，越中作客。其時天水未碧，晚霞正紅，奏進鐃歌，發明琴旨。從若士而語，嶽雲可披，載小紅而歸，夜雪猶泛，雖在逆旅，不啻飛仙。叔夏則舊日王孫，天涯殘客。夢斗北去，恥逐乎鷺飛；水雲南歸，凄同乎鶴化。雅有袁唐之舊侶，苦無張范之可依，悴羽易沈，么絃多感。豈知意内言外，惟主清新，宣戚導愉，必歸深婉。彼以石帚自號，肖其堅潔；此以春水流譽，合乎清空。正不獨《疏影》《暗香》，《紅情》《緑意》，屬以同調，遂足方軌。譬之璧月，秋皎而春華；例彼幽葩，蕙纕而蘭佩。而且元珠在握，古尺自操，循是以求，導源之美成，分鑣之達祖，亦可識矣。賡颺一隅自囿，四上未諳，敢抒荒言，謬附餘論，亦謂九塗騁軌，或多泛交。萬錢治庖，不如專嗜。辱承諈諉，聊以此爲喤引云爾。吴縣許賡颺。

王鵬運自跋《雙白詞》刊本

白石道人集，余所見凡四：汲古閣《六十家詞》本，裒輯最略；洪氏及陸氏二本，皆詩詞合刻；陸氏以陶南村寫本付梓，獨稱完善，即爲祠堂本所從出。辛巳歲首，合刻《雙白詞集》，此詞即遵用陸本，而去其《鐃歌》、《琴曲》，以意主刻詞，固非與陸異也。三月既望，刻工就竣，識其校勘之略如右。臨桂王鵬運書于四印齋。

沈曾植跋張奕樞刊本

宣統庚戌，試用安慶造紙廠新造紙印此書。《事林廣記・音樂》二卷可與旁注字譜相證明，附印於後，以資樂家研究。遜齋識。

葉德輝《郋園讀書記》（二則）

《姜白石集》詩二卷，歌曲四卷（乾隆癸亥鮑氏知不足齋校刻江都陸鍾輝本）

宋姜堯章撰集曰《白石道人詩集》二卷、《白石道人歌曲》六卷，宋嘉泰壬戌錢希武刻本，卷帙原數，元人陶南村宗儀手鈔以傳者也。乾隆癸亥，江都陸鍾輝據以重刻，乃并歌曲爲四卷，又改易其行格，于是宋元舊本之真全失，今所傳此本是也。然阮文達《廣陵詩事》

五有云，白石詩詞宋版皆旁注笛色，鹽官張氏既刊復輟，松陵汪氏繼之不果，陸南圻司馬鍾輝刻成之，同時詩人皆有詩識事。是則宋元孤本獨賴陸氏以傳，其刊播之功，可以掩其擅改之失矣。陸刻以前，尚有雍正丁未歙人洪陔華正治刻本，凡詩詞各一卷，歌曲無旁注笛色，乾隆辛卯又重刻，未知所據何本，余并藏之。《宋史》無姜堯章傳，阮文達編《詁經精舍文集》，五有徐養源、嚴杰諸人補傳，于其平生事實考證最詳，可云發潛德之幽光矣。光緒三十有三年丁未重九前二日，郎園葉德輝記。

《姜白石歌曲》六卷，《别集》一卷（乾隆己巳張奕樞刻本）

此乾隆己巳雲間張奕樞校刻宋姜夔《白石道人歌曲》六卷《别集》一卷，引曲旁注工尺，據稱原書爲元陶南村手鈔本，分六卷，《别集》爲一卷。先是，乾隆癸亥，長塘鮑氏知不足齋曾刻此書，據稱亦陶南村鈔本，但并六卷爲四卷，殊失原鈔之舊。此鈔悉照原卷，工尺旁注行間，勝于鮑刻遠甚。白石詞《四庫全書》僅據毛晉刻《六十家詞》中一卷本著録，殊爲疏陋；鮑氏收藏多宋元舊鈔，而所刻《知不足齋叢書》實未精審，此亦如毛子晉之好刻古書而不根據善本者同一惡習；即如宋王沂孫《碧山樂府》一卷，鮑氏原藏明文鈔本，在余許，以校鮑刻叢書，確係依據鈔本，而改題爲《花外集》，竟不知其何因。且文鈔經秦太史恩復校補逸詞于書楣，鮑刻既補刻卷末，而不言出自秦手，則此之任意合并，又無足怪矣。

朱孝臧自跋《彊村叢書》刊本

雲間樓敬思得陶南村鈔本《姜白石歌曲》六卷，江都陸渟川（鍾輝）刻於乾隆癸亥，華亭張漁村（奕樞）録於雍正壬子，越十八年乾隆己巳始刻之。陸本合六卷爲四卷，張嘯山（文虎）譏其以意竄改，每失故步，不如張刻之善。許邁孫（增）據陸本重刊，謂：『二刻相去纔數年，中間或以鈔胥致誤。兩本對勘，陸猶勝張。』今年秋，陳彦通（方恪）於吴門得江研南乾隆二年手録《白石道人歌曲》，亦陶南村本也。以校二刻，互爲異同，且有與二刻並歧者。大抵張之失在字畫小譌，尚足存舊文、資異證；陸則併卷移篇，部居失次，大非陶鈔六卷之舊；江氏手自寫校，未付剞人，亥豕之嫌，自較二刻爲尠。惟是張刻經黄厓堂、厲樊榭、陸恬浦先後勘定，或有據他本點竄者；陸刻自稱悉依元本，且與江本同出符藥林，何以並不脗合。三本各有短長，未敢輒下己意，迷瞀來者，爰一依江本授梓，兼臚二家同異，以待甄明。他刻校文，苟非臆説，隨所采案，附著於篇。意有所疑，不復自閟。至其旁譜，亦稍參差，依樣鈎摹，未遑糾舉云爾。癸丑五月日短至，彊村老民朱孝臧跋於蘇州寓園。

羅振常跋厲鶚鈔本

《白石道人歌曲》六卷、《别集》一卷，厲樊榭手寫本，馬氏小玲瓏山館藏書。後有樊榭手跋及『太鴻』朱文方印，第一頁有『小玲瓏山館』朱文方印，『馬佩兮家珍藏』朱文長印，書口下方有『小玲瓏山館』五字。跋稱此本符君幼魯得之婁君敬思家，假以手録，蓋婁氏所藏，乃陶九成鈔本。固與陸渟川、張漁村所刊江研南所録同源者也。卷後趙與旹、陶九成識語均與諸本同。跋尾署『乾隆二年四月立夏日』。案《蒲褐山房詩話》，樊榭以孝廉需次入京，不就選而歸，揚州馬秋玉兄弟延爲上客，來往竹西者數載云。乾隆二年，正當樊榭詞科報罷需次既歸之後，其時恰主馬氏，所録即藏小玲瓏山館。又江研南録本序亦稱符藥林過揚州，出詞本相示，因而假録。後則署『乾隆二年四月十九日』。蓋符氏以是本徧示諸人，互求假録，厲、江兩本同時所寫，故日月亦略同也。余每遇名家詞善本輒諷玩不忍置，况作者、寫者、藏者均爲名家，一開卷間，古香盈把，其爲幸何如乎！因誌眼福，并書歲時。丙辰正月二十一日，上虞羅振常題于海上寓庭之終不忍齋。

白石詞近有朱氏刻，即研南本，而以張、陸兩刻校之，可謂集諸本之大成。彊村老人謂三本同出符藥林，何以並不脗合，頗以爲怪，不知尚有第四本也。今以此本犓校朱刻，仍有異同，如卷三後此本有《硯北雜志》一則，卷六後有《慶元會要》一則，江本均無之。案此雖非詞集本文，然當是趙與旹、陶九成原本所記，故趙跋中有『《會要》所載，奉常所録』之語，未可節也。又卷三《江梅引》序『將詣淮南不得』，朱刻作『將詣淮而不得』。案本詞有『歌罷淮南春草賦』之句，則作『淮南』爲是。白石詞中常韻『淮南』，《踏莎行》云『淮南皓月冷千山』，《卜算子》云『淮南好，甚時重到』皆是。淮南爲廣陵，故曰『詣』，若泛指淮水，當云『渡』不當云『詣』也。又朱刻卷三《浣溪紗》第五首序『得臘花韻甚』，校語云『臘』當作『蠟』，此本正作『蠟』，不作『臘』。又卷六《秋宵吟》『去國情懷，暮煙衰草』，朱刻作『暮帆煙草』，便不成句。又別集《卜算子》第五首注『下竺寺前』云云，朱刻全闕。略舉數則，可見此本之善；則欲見陶氏原本真面者，殆莫此本若矣。振常又記。

夏承燾自跋校本

白石詞自陶南村鈔本重見于清初，世人始窺姜詞之全。清代傳刻傳寫共三十餘本，大半出于陶鈔，而以陸鍾輝本流行最廣，傳刻最多；張奕樞刊本與江炳炎鈔本亦出于陶鈔，而行世較晚。以三本互勘，大抵張本多譌字，多同音假借字（如『都』皆作『多』），其勝處在旁譜依宋本描摹，最少差誤。又《虞美人》別名『巫山十二峯』，僅見于此刻；《醉吟商小品》『暮鴉啼處』以下空一格，定此曲爲雙調；《石湖仙》『綸巾敧雨』，『雨』不作『羽』。皆足正陸刻之誤。故清人校姜詞者如張文虎、吴昌綬、鄭文焯，皆甚推此本。

陸鍾輝本刊于乾隆八年癸亥，比張本刻于乾隆十四年己巳者，僅後五年，而二本頗多異同。後人以其併陶鈔卷一之《鐃歌》、《琴曲》與卷二之《越九歌》爲一卷，併卷五之自度曲與卷六之自製曲爲一卷，爲『部居失次』。然《鐃歌》、《琴曲》、《越九歌》本與詞異體，自度曲與自製曲實無分别（説在姜詞箋）；自製曲僅四首，亦不能成卷，陸氏合繫歸簡，本末可厚非。惟其間譌文，往往有乖樂律者：如《琴曲·古怨》，因第一段泛聲末尾一字之誤移，遂致下二段旁譜皆誤對一格；卷四《淒涼犯》序『宫犯羽爲側』句，『側』下乃誤多一『宫』字。此等不僅點畫小差而已。（近日丘彊齋氏作《白石歌曲通考》，以倪燦《宋史藝文志補》載有《白石歌曲》四卷《别集》一卷本，因疑陸刻不出于陶鈔而是此四卷别集一卷之覆景本或再覆刻本；又以《花庵詞選》《淒涼犯》下注『仙吕調犯商調』，小序『側』下有『宫』字（《詞源》亦然），《惜紅衣》下注『無射宫』，《法曲獻仙音》下注『俗名大石、黄鍾商』，《玲瓏四犯》下注『此曲雙調，世别有大石調一曲』，皆與陸本相合而與張、江二本不同，因并疑《花庵詞選》亦取材于此四卷别集一卷本（以上節録丘文）。案陸本自序明云『從符藥林得陶南村手鈔，因併詩集開雕』，上舉各條，安知非陸氏傳刊陶鈔時，參閲《花庵詞選》添入？丘氏之説，殆亦未允。）

朱孝臧刊《彊村叢書》用江炳炎鈔本，謂『江氏手自寫校，未付剞人，亥豕之嫌，自較二刻爲尠』。今以陶鈔傳刻三本互校，朱刻誠後來居上。惟詳勘全集，仍有三本同誤者，如卷一《鐃歌》序『慶元五年己亥』之『亥』當作『未』，卷二《醉吟商小品》序『湖渭州』，『湖』當作『胡』，《浣溪沙》『臘花』，『臘』當作『蠟』，《角招》次句應删『西』字，《秋宵吟》是雙拽頭曲，『曉』下應空一格分作二片，錢希武題字『辰』應作『戌』，凡此不知由陶氏誤鈔，抑沿嘉泰刊本之譌。

宋人詞選若《陽春白雪》、《花庵》、《草窗》皆録姜詞，當時應據嘉泰原刻，而與陸、張、江三家又互有異同，所注宮調，亦往往爲三家所無，疑莫能明。至若《疏影》上片『昭君不慣胡沙遠』，今本《絶妙好詞》有改『胡』爲『吴』者，此則清人避嫌，必非草窗書之舊矣。一九五七年冬。承燾。

白石道人歌曲校勘表

汪世清

		王	厲	項	朱	沈	張	陸	
小重山令	小◦重◦山◦令◦	小重山令	令作小字旁注	小重山令	小重山令	小重山令	小重山令	小重山令	
江梅引	淮而◦	南	南	而	而	而	而	而	知不足齋本亦作南 姜文龍本亦作南
驀山溪	更愁◦入	愁	愁	秋	愁	秋	秋	愁	
好事近	一團◦	團	團	團	團	圍	團	團	沈本作圍，是譌字 沈、張本不同之一
少年遊	少年遊◦	游	遊	遊	遊	行	行	遊	沈、張本作行，殆刻誤
鷓鴣天（曾共）	謂◦屨	謂	謂	謂	謂	謂	謂	以	姜熙本亦作謂
鷓鴣天（憶昨）	憶◦昨	一	一	憶	憶	一	一	一	

		王	厲	項	朱	沈	張	陸	
	天街◦	街	街	街	街	階	階	堦	江春本、知不足齋本與二姜本均作街
鷓鴣天（鞏路）	遊◦人	遊	遊	遊	遊	遊	遊	行	知不足齋本、姜文龍本亦均作遊
夜行船	流澌◦	澌	澌	澌	澌	嘶	澌	澌	沈本獨異，殆誤 沈、張本不同之二
杏花天影	杏◦花◦天◦影◦	杏花天影	杏花天影	杏花天影	杏花天	杏花天影	杏花天影	杏花天影	
	燕◦儛	儛	儛	舞	儛	舞	舞	儛	
醉吟商小品	啼處	與下句相連	與下句相連	與下句相連	與下句相連	與下句空一格	與下句空一格	與下句相連	
玉梅令	領略◦	客	客	客	略	客	客	客	朱本作略，獨異
訴衷情	忡◦忡◦	忡忡	忡忡	冲冲	忡忡	冲冲	冲冲	冲冲	
浣溪沙（着酒）	憑◦虛	馮	馮	馮	憑	馮	馮	憑	
	是◦闋	是	是	是	是	是	是	此	陸本獨異

		王	厲	項	朱	沈	張	陸	
浣溪沙（着酒）	都。在	都	都	都	都	多	多	都	沈、張同作多，多爲都同音假借字
	恨。入	恨	恨	恨	恨	悵	悵	恨	沈、張本同作悵，或誤
浣溪沙（春點）	共。出	不	不	不	共	不	不	不	朱本獨作共，知不足齋本與姜文龍本亦作共
浣溪沙（花裏）	新。安溪莊舍	新安溪莊舍	新安溪莊舍	新安溪莊舍	新安溪莊舍	新安溪舍	新安溪舍	新安溪莊舍	沈、張本同脱一莊字
	臘。花	蠟	蠟	臈	臘	臘	臘	臘	
浣溪沙（剪剪）	露黄。	黄	黄	黄	黄	黄	黄	横	陸本作横，係誤。知不足齋本與二姜本亦均作黄
霓裳中序第一	散序六闋	散序六闋	散六闋	散序六闋	散序六闋	散序六闋	散序六闋	散序六闋	厲抄脱序字
慶宫春	嘗。賦	嘗	當	嘗	嘗	嘗	嘗	嘗	厲抄作當，誤
	雲。浪	雪	雪	雪	雲	雪	雪	雪	朱本獨作雲

		王	厲	項	朱	沈	張	陸	
念奴嬌（鬧紅）	嘗◦與	常	常	常	嘗	常	常	嘗	
一萼紅	垂楊◦	柳	柳	柳	楊	楊	楊	楊	
	俱駛◦	駛	駛	駛	駛	駃	駃	駃	知不足齋本與二姜本均作駛
	因泛◦	汎	汎	汎	泛	汎	汎	泛	
滿江紅	舊調◦	調	調	詞	調	詞	詞	調	
	謾◦與	謾	謾	謾	漫	謾	謾	謾	
	候◦館	候	候	候	候	侯	侯	候	沈、張本同作侯，殆誤
	三◦二◦	三二	三二	三二	三二	三二	三二	二三	陸本獨作二三
	以授◦	授	援	授	授	授	授	授	厲抄作援，誤
齊天樂	黃◦鍾◦宮◦	無	無	無	有	無	無	有	
	采香徑	徑	徑	逕	徑	逕	逕	涇	

		王	厲	項	朱	沈	張	陸	
	吹。涼	招	招	吹	吹	吹	吹	吹	知不足齋本與姜文龍本亦均作招
念奴嬌（楚山）	娟。娟。	娟娟	娟娟	娟娟	娟娟	涓涓	涓涓	娟娟	沈、張本同作涓涓，誤
	翛。然	翛	翛	翛	翛	倏	翛	翛	沈本獨作倏，誤 沈、張本不同之三
眉嫵	戲張。仲遠	戲張仲遠	戲張仲遠	戲仲遠	戲張仲遠	戲仲遠	戲仲遠	戲仲遠	
	侵沙。	沙	沙	沙	沙	紗	沙	沙	沈本獨作紗 沈、張本不同之四
月下笛	都。是	都	都	都	都	多	多	都	
	似。掃	似	似	似	似	侶	侶	似	沈、張本同作侶，殆侶刻誤
	梁間。	上	上	上	間	上	上	上	朱本獨作間
法曲獻仙音	調。名。下。無。注。	無	無	無	無	無	無	*	*有『俗名大石黄鍾商』七字注
琵琶仙	宮。燭	宮	宮	宮	宮	官	官	官	姜熙本亦作宮

		王	厲	項	朱	沈	張	陸	
摸魚兒	班○扇	斑	斑	班	班	班	班	班	
喜遷鶯慢	儔○侶	伴	伴	儔	儔	儔	儔	儔	
解連環	大喬○	喬	喬	喬	喬	橋	喬	喬	沈本獨作橋 沈、張本不同之六
八歸	誰撥○	摘	摘	撥	撥	撥	撥	撥	王厲抄同作摘，誤
	零○亂○	零落	零落	亂零	零亂	零落	零落	零亂	項抄作亂零，誤
	照○我	喚	喚	喚	照	喚	喚	照	
探春慢	茸○帽	茸	茸	茸	茸	葺	茸	茸	沈本獨作葺，誤 沈、張本不同之五
	漫○贏○	謾贏	漫贏	謾贏	漫贏	謾贏	謾贏	謾贏	
	換○馬	換	換	喚	換	換	換	換	項抄獨作喚
玲瓏四犯	調○名○下○無注	無	無	無	無	無	無	*	*有『此曲雙調世別有大石調一曲』十二字注
	都○把	却	都	都	都	多	多	都	

		王	厲	項	朱	沈	張	陸	
揚州慢	空◦城	空	空	空	空	江	江	空	
長亭怨慢	算空◦有	空	空	只	空	空	空	只	
淡黃柳	小橋◦宅	橋	橋	橋	橋	橋	喬	喬	張、陸本同作喬，誤 沈、張本不同之七
石湖仙	歛雨◦	羽	羽	雨	雨	雨	羽	羽	沈、張本不同之八
暗香	工◦妓隸◦習之	工隸	工隸	工肆	工隸	工隸	工隸	工隸	項抄作『工妓肆習之』，與諸本異
	攀摘◦	摘	摘	摘	摘	摘	摘	摘	
疎影	重◦覓	再	再	重	重	重	重	再	
惜紅衣	調名下無注	無	無	無	無	無	無	*	*有『無射宮』三字注
	荷花◦	花	花	花	花	花	花	華	陸本獨作華
	青墩◦	墩	墩	墩	墩	燉	燉	墩	沈、張本同作燉，誤
	簟◦枕◦	枕簟	枕簟	簟枕	簟枕	簟枕	簟枕	簟枕	
	高柳◦	樹	樹	樹	柳	樹	樹	樹	朱本獨作柳

		王	厲	項	朱	沈	張	陸	
秋宵吟	秋宵◦吟	宵	宵	宵	宵	霄	霄	宵	
	高志◦	致	致	志	志	志	志	致	
	漫◦瀛◦	謾瀛	謾瀛	漫瀛	漫瀛	慢瀛	慢瀛	漫瀛	沈、張本不同之九
	母弦◦	弦	弦	絃	弦	絃	絃	弦	
	咸◦非	咸	成	咸	咸	咸	咸	咸	厲抄獨作成，誤
	行歌◦	歌	歌	哥	歌	哥	哥	歌	
徵招	卷篷◦	篷	蓬	蓬	篷	蓬	蓬	篷	
	花前友◦	後	後	友	友	友	友	後	
	輒◦歌	輒	轍	輒	輒	輒	輒	輒	厲抄獨作轍，誤
	容◦與	容	客	容	容	容	容	容	厲抄獨作客，誤
角招	吹◦香	吹	吹	吹	吹	呩	呩	吹	沈、張本同作呩，誤
	渚◦邊	柳	柳	渚	渚	柳	柳	柳	
	狼藉◦	藉	藉	籍	藉	籍	籍	籍	

調名	原文	王	厲	項	朱	沈	張	陸	校
	暮帆烟草	暮烟衰草	暮烟衰草	暮帆烟草	暮帆烟草	暮帆烟草	暮帆烟草	暮帆烟草	
凄涼犯	調名下無注	無	無	無	無	無	無	*	*有『仙呂調犯商調』六字注
	雙調曲中	雙	雙	雙	雙	䨥	䨥	雙	
	犯有正旁偏側	犯有正旁偏側	犯有正正旁偏側	犯有正旁偏側	犯有正旁偏側	犯有正旁偏側	犯有正旁偏側	犯有正旁偏側	厲抄羡一正字
	宫犯羽爲側	宫犯羽爲側	宫犯羽爲側	宫犯羽爲側	宫犯羽爲側	宫犯羽爲側	宫犯羽爲側	宫犯羽爲側宫	陸本羡一宫字姜熙本不羡
	啞觱栗角	啞觱栗角	啞觱栗角	啞觱栗	啞觱栗角	啞觱栗角	啞觱栗角	啞觱栗	
翠樓吟	雙調	雙	雙	雙	雙	䨥	䨥	雙	
	劉去非	劉去非	去非	劉去非	劉去非	劉去非	劉去非	劉去非	厲抄脱劉字
	萋萋	凄凄	凄凄	萋萋	萋萋	凄凄	凄凄	萋萋	

		王	厲	項	朱	沈	張	陸	
湘月	綀服	綀	綀	綀	綀	綀	綀	綀	沈、張本不同之十
別集									
小重山令（寒食）	小重山令	不列調名	不列調名	小重山令	小重山令	小重山令	小重山令	小重山令	
卜算子	今賦	曾	曾	曾	今	曾	曾	曾	朱本獨作今
	一餉	餉	餉	餉	餉	餉	餉	晌	陸本獨作晌，誤
	最妙	最	最	最	最	最	最	甚	陸本獨作甚
	開徧	遍過	過	過	徧	過	過	過	
	折得	折	折	折	折	拆	拆	折	沈、張本同作拆，誤
	峩峩	峩峩	峩峩	莪莪	峩峩	莪莪	莪莪	峩峩	
	婆娑	婆娑	婆娑	婆娑	婆娑	婆娑	婆娑	娑娑	陸本獨作娑娑，誤 姜文龍本作婆娑
	芘蔭	芘	芘	芘	芘	芘	芘	花	陸本獨作花，誤 知不足齋與二姜本均作芘

		王	厲	項	朱	沈	張	陸	
	昨。歲	昨	昨	昨	昨	昨	昨	舊	
念奴嬌（昔游）	捐褋。	璞	璞	璞	褋	褋	褋	璞	姜熙本亦作褋
	王。謝	王	王	王	王	玉	王	王	沈本獨作玉，誤 沈、張本不同之十一
洞仙歌	乍。見	乍	乍	可	乍	可	可	乍	
	緗。蕤。	蕤	蕤	漢	蕤	枝	枝	蕤	
驀山溪（青青）	瞥。然	瞥	瞥	瞥	瞥	偶	偶	瞥	
永遇樂（雲鬲）	次稼軒北固樓詞韻	不列調名，題作稼軒北固樓詞永遇樂韻	不列調名，題作稼軒北固樓詞永遇樂韻	調名下注稼軒北固樓詞韻	調名下注次稼軒北固樓詞韻	調名下注次韻稼軒北固樓	調名下注次韻稼軒北固樓	調名下注北固樓次稼軒韻	姜熙本作『次韻稼軒北固亭』
永遇樂（雲鬲）	很。石	很	很	狠	很	狠	狠	很	姜熙本亦作狠

		王	厲	項	朱	沈	張	陸	
虞美人（闌干）	長○淮	長	長	波	長	清	清	長	
		不列調名，小序中有虞美人三字	不列調名，小序中有虞美人三字	列調名，小序中有虞美人三字	列調名，小序中有虞美人三字	列調名，小序中無虞美人三字	列調名，小序中無虞美人三字	列調名，小序中有虞美人三字	
	纔○上	纔	纔	纔	纔	繞	纔	纔	沈本獨作繞，誤 沈、張本不同之十二
	攙○天	攙	攙	巉	巉	巉	攙	攙	沈、張本不同之十三
水調歌頭	相推○	推	推	推	推	推	推	推	江春本作猜
	只○空臺	只	亦	只	只	只	只	只	厲抄獨作亦
漢宮春	眇○眇○	眇眇	眇眇	眇眇	眇眇	耖耖	耖耖	眇眇	
鐃歌鼓吹曲（項抄缺）									
河之表	彼眈○眈○	耽耽	耽耽		眈眈	耽耽	耽耽	耽耽	

		王	厲	項	朱	沈	張	陸	
沅之上	火德之紀	火	火		火	大	大	火	沈、張本同作大，誤
皇威暢	青草發	青	青		青	青	青	春	陸本獨作春 姜熙本亦作青
望鍾山	屢嘑	嘑	嘑		嘑	下	下	嘑	
大哉仁	封埴	埴	埴		埴	埴	殖	殖	張、陸本同作殖 沈、張本不同之十四
謳歌歸	陳洪進	陳洪進	陳洪進		陳洪進	陳進洪	陳進洪	陳洪進	
帝臨墉	我謀臧	臧	臧		臧	藏	臧	臧	沈本獨作藏，誤 沈、張本不同之十五
維四葉	美致治也	致	政		致	致	致	致	厲抄獨作政，誤
	乘輅	垂	垂		乘	乘	乘	乘	
越九歌（項抄缺）									
帝舜楚調	瑶灑	洒	洒		灑	灑	灑	灑	
越王越調	酹君	酹	酹		酹	酧	酹	酹	沈本誤作酧 沈、張本不同之十六

		王	厲	項	朱	沈	張	陸	
	有酎。	酎	酎		酎	酧	酧	酎	沈、張本均誤作酧
越相側商調	載尸。	尸	户		尸	尸	尸	尸	厲抄作户，誤
項王古平調	博。懸	傳	傳		博	博	博	傳	
	以昌。	昌	昌		昌	曷	昌	昌	沈本獨作曷，誤 沈、張本不同之十七
濤之神雙調	海門。	門	門		門	門	門	雲	陸本獨作雲
	駃。兮	駛	駛		駃	駚	駚	駃	知不足齋本、姜文龍本作駛，姜熙本作駃
	漁。浦	漁	漁		漁	魚	魚	漁	
曹娥蜀側調	汐。遲	沙	沙		沙	汐	汐	沙	
旌忠中管商調	發冢。	冢	冢		冢	家	家	冢	沈、張本同作家，誤

		王	厲	項	朱	沈	張	陸	
蔡孝子中 管般瞻調	子。青衿兮	予	予		子	予	予	子	
	父爲史。	史	史		史	史	史	史	
折字法	篪。笛	篪	篪		篪	篪	篪	篪	姜熙本亦作篪

版本簡稱

王——王曾祥抄本，今藏北京圖書館善本庫。

厲——厲鶚抄本，今藏杭州大學圖書館（此本余未見，據夏承燾先生《姜白石詞編年箋校》所及者列入）。

項——項聖謨抄本，今藏北京圖書館善本庫。

朱——朱祖謀刻本，《彊邨叢書》本。

沈——沈曾植景印本。

張——張奕樞刻本，今藏北京圖書館善本庫。

陸——陸鍾輝刻本（水雲漁屋藏板）。

一、以項抄與各本相校，共一一七條，相異者如下：

項、王——四三條，項、朱——三八條，項、沈——四五條，項、張——三九條，項、陸——五〇條。

二、以王抄與各本相較，共一四〇條，相異者如下：

王、朱——四六條，王、沈——八〇條，王、張——六八條，王、陸——五七條。

三、以朱本與沈、張、陸三本相較，共一四〇條，相異者如下：

朱、沈——七九條，朱、張——七三條，朱、陸——五三條。

四、以沈本與張、陸本相較，共一四〇條，相異者如下：

沈、張——一七條，沈、陸——九一條。

五、張、陸兩本互校，共一四〇條，相異者有七五條。

行實考目録

一、世系……（三〇九）
二、生卒……（三一一）
三、行跡……（三一五）
四、著述……（三三五）
五、交游……（三三七）
六、議大樂……（三六〇）
七、合肥詞事……（三六五）
八、石帚辨……（三八一）
九、雜考……（三八六）
十、繫年……（四〇一）

行實考

（一）世系

清乾隆間，烏程姜虬緑編校姜忠肅祠堂本白石集，附載《九真姜氏世系略表》及《白石詩詞年譜》。詩詞集字句分卷皆與通行本大異，題作『白石晚年手定』，實是後人僞託（説在《版本考》），姜虬緑作年譜亦簡略無足觀；惟世系表出于家譜，爲諸家補白石傳者所未見，兹録之如後：

九真姜氏世系表略

公輔唐上元進士，德宗朝宰相。謚忠肅。愛州籍，家欽州。忠左拾遺。誠貞元十六年進士，少府大監。援唐末荆州録事。照五季南平高氏辟從事。静宋初肇慶府判。泮饒州教授，因家上饒。岵承信郎。偁光禄寺簿。頤太常博士。俊民紹興八年進士，秘閣修撰。元卽太學録。噩紹興三十年進士，知漢陽縣。夔慶元五年，以樂書準解。自饒州徙湖州。瓊太廟齋郎。

近人陳思作《白石道人年譜》引《新唐書·姜公輔傳》：『公輔，愛州日南人。』又《宰相世系表》：『九真姜氏，本出天水。』案《唐書·地理志》，九真郡屬愛州。愛州，唐屬嶺南道。

據表，泮爲白石七世祖，清嚴杰《擬南宋姜夔傳》云八世祖，誤。嚴《傳》又謂『泮任饒州教授，即家鄱陽』，與上表『因家上饒』之説不同，辨在《行跡考》。

白石父噩，字肅父，見姜虬緑著《年譜》。《世系表》及《饒州府志》皆云紹興三十年庚辰進士，嚴《傳》作紹興二十年庚辰，非。（紹興二十年是庚午而非庚辰，且其年無進士科。）白石《昔遊詩》叙自稱『蚤歲孤貧』，姜《譜》定噩乾道間卒于漢陽官次。案集中《春日書懷》詩四首皆憶客沔鄂事，有云『春雲驛路暗，游子渺歸程。永懷故山下，風雨悲柏庭。翁仲不能語，幽鳥時時鳴』，是其證。

白石姊嫁漢川，見《探春慢》序。《春日書懷》云『念遠獨伯姊』，知爲長姊。又云『兄弟各天涯』，是有昆季。《世系表》謂白石惟一子瓊，嚴《傳》則又有瑛。瓊當是嫡子。蘇泂《泠然齋集》八《到馬塍哭堯章》詩云『兒年十七未更事，曷日文章能世家』，當是指瓊。白石慶元間作《湖上寓居雜詠》『鈎窗不忍見南山，下有三雛骨未寒』，是曾在杭葬三殤子，時白石四十餘歲。白石卒時遺孤年才十七歲，則當生于五十左右。（辛亥《除夜自石湖歸苕溪》詩云『兒女相思未到家』，丁巳元日《鷓鴣天》詞云『嬌兒學作人間字』，以年代推之，皆指殤子。）嚴《傳》謂瑛任嘉禾郡簽判。案：宋趙與旹作《白石歌曲跋》，謂歌曲板『淳祐辛亥，復歸嘉禾郡齋』，當即瑛任簽判之時；辛亥，理宗淳祐十一年也。（與旹，孟頫父，淳祐十年守嘉禾，寳祐元年守平江。見《松雪齋集·先侍郎阡表》。）

姜虬緑鈔本有明洪武十年八世孫福四跋，萬曆二十一年十六世孫鰲跋。虬緑跋云：『此青坡徵君手書，以遺侍御哦客公。』疑福四字青坡，鰲字哦客。虬緑字秋島，號蒼弁山人，又號大海樵人，著《金井志》等書，自稱白石二十世孫。道光癸卯姜熙自序華亭祠堂本《白石集》，謂：『先世由鄱陽流寓吴興，轉徙永康，明叔世復僑寓雲間，至熙已九世矣。』又乾隆廿一年丙子姜文龍跋白石合集，亦自云白石之裔，則不詳其世次。

鄱陽段錚告予：鄱陽姜家壩與磨刀石兩村，今尚多姜姓。

（二）生卒

白石生卒年月，今皆難確定，僅知其生年約當宋高宗紹興二十五年（一一五五）左右，卒年約在宋寧宗嘉定十四年（一二二一）之後而已。其《探春慢》序云『予自孩幼，從先人宦於古沔』，據姜虬緑《年譜》，從宦漢陽（古沔）在隆興初年。若以十歲左右計，當生于紹興二十五年前後。依此推證其平生：别姊離漢陽在淳熙十三年丙午，其甥已能從游（見《浣溪沙》詞），嫁姊當在乾道間白石十四五時。淳熙丙午作《别沔鄂親友》詩，有『宦達羞故妻』一首，知其時已婚于蕭氏，約三十歲左右。紹熙二年辛亥，范成大贈以家妓小紅，白石約三十六七歲。嘉定十三年與吴潛會於揚州（見吴潛《暗香疏影》序），則已六十五六歲，行年情事，都約略相符。陳思《白石年譜》定其生於紹興二十八年戊寅，雖與予説相差無幾，嫌無顯據，兹不從之。

嚴杰《擬南宋姜夔傳》謂：『紹興中，秦檜當國，隱居箬坑之丁山，參政張燾累薦不起，高宗賜宸翰，建御書閣以儲。』依此推算，白石紹興間已知名朝野，至少必已三十左右，當生於高宗建炎初年。然證以《探春慢》序，隆興時從宦漢陽，尚在孩幼，此説不攻自破。且秦檜卒於紹興二十五年，張燾參知政事則在隆興元年，檜當國時張方任官成都（《宋史》三八二張傳）。嚴《傳》所云，蓋出于《饒州府志》及《德興縣志》，二志此説，不知何所從來，殆誤以他人事屬白石也。（劉坤一修《江西通志》、陸心源著《宋史翼》、劉毓崧序《草窗詞》，皆沿此誤。）

《永樂大典》一三〇七五『洞』字十三上『持火入洞』條，引周密《澄懷録》『姜堯章建炎三年八月一日自百合口汎舟順流歸竹山』，建炎三年，白石尚未生，此必非白石事。詩集《壽朴翁》云：『與師同月不同年，歸墨歸儒各自緣。想得山中無壽酒，但攜茶到菊花前。』是白石生辰在秋間。清王鵬運《袖墨詞》《石湖仙》序云『姚景石結社大梁，嘗以九月八日爲白石老仙壽』，明定月日，不知何據。（《半塘定稿》不存此詞。此見近人徐沅《白醉揀話》引。）又潘麐生《香禪集》有《戊午清明壽白石》詞，其日是二月二十二日（亦見《白醉揀話》），亦與白石《壽朴翁》詩不符。

次考白石卒年。白石友人吴柔勝之子吴潛，著《履齋詩餘》，其别集卷一有《暗香疏影》序云：『猶記己卯、庚辰之間（嘉定十二三年），初識堯章於維揚。己丑（紹定二年）嘉興再會，自此契闊。聞堯章死西湖，嘗助諸丈爲殯之，今又不知幾年矣。』白石晚年行跡，賴此數語，得存梗概；近人考白石卒年，多據此定爲紹定二年之後（陳思、李洣皆主此説）。案洪咨夔《平齋集》（三十二）有《提舉俞大中墓誌》，大中即白石舊友俞灝。誌文云灝卒于紹定四年四月朔前三日，即白石客游嘉興之後二年，誌文又謂灝『詩有晚唐風致，詞妙處追秦、晏。或叩其舊作，輒太息言未第時，姜、潘諸故人相與泛苕霅，登垂虹，放浪煙波風露間，更唱遞和，以得句相夸尚，夜深被酒膽壯，拍手嘯歌，魚龍起舞；今無復此樂矣，尚何言哉』。登垂虹云云，即是白石《慶宫春》詞事。以此文與吴潛詞序互證，似白石當卒于紹定四年前。但四庫本韓淲《澗泉集》卷十二，有《蓋希之作烏程縣》詩一律云：『十年重入長安市，常把西林倒載人。少爲絃歌看撫字，莫須杯酒話酸辛。三賢久覺兩無有，千首何爲一已真。禿髮顧予皆老矣，朝家更化孰知津！』原注：『己未秋，潘德久、蓋希之、姜堯章同往西林看木犀，潘、姜下世已三年矣。』據《詩人玉屑》（十九）韓淲卒于嘉定十七年甲申（一二二四），尚在紹定己丑姜、吴再會嘉興之前五年。吴詞序與韓詩注兩相矛盾，必有一誤。今案韓淲確卒于嘉定甲申，其集中《懷古》三首可證。（李洣謂：『戴復古《哭澗泉詩》自註，謂澗泉《懷古》三首爲卒時絶筆，趙蕃跋此詩七古一篇亦有「絶筆」及「淚沾巾」之語，見《詩人玉屑》。蕃以紹定二年卒，則澗泉必卒于其前。（《玉屑》謂在嘉定甲申，當得其實。」）又葉適《水心集》，有《悼路鈐舍人潘公德久》詩，適卒于嘉定十六年，德久之卒猶在其前。嘉定十六年，下距紹定己丑尚有六載，據韓淲詩注，潘、姜同年卒，則吴潛詞序所云『己丑嘉興再會』之説，殆不可信。且《澗泉集》中多與白石、德久、希之唱和之作，西林同看木犀之事，又屢見于其集，（如集十七《次韻昌父》十首之八云：『去歲西林湖寺中，野僧曾與詠晴風。一時潘蓋姜同飲，今日相望我禿翁。』同卷又有《寄抱樸君》三首之一云：『姜蓋潘同看木犀，故交零落竟何之。如今花滿西林寺，猶有無懷可寄詩。』足證韓淲送蓋希之之詩必無差誤。又韓集卷三，《慶元己未二月戊子寄皖山隱翁史虎囊》有『豈不能趨風，擊鮮宰肥羜。獨恨海潮邊，戀禄贍兒女』，亦韓己未在杭州之一證。）據此互推，知考白石卒年之文獻，韓淲詩注比吴潛詞序較爲可信。唐蘭定白石當卒于嘉定十三四年之際，謂：『韓淲即卒于嘉定十七年甲申理宗即位之月，詩云「朝家更化」，當指理宗改元，詩即作于卒前。吴潛「己丑嘉興再會」之語，爲追憶三四十年前事而偶誤，不如淲詩作于白石卒後三年爲較可徵信。』（唐先生寄予函語）兹依唐説，定白石卒于嘉定十四年前後，得年約六十七八歲。韓淲詩謂白石與潘檉同年卒，今但知檉卒于嘉定十六年葉適卒前。他日倘能求得確實年月，則白石卒年之疑，可同時得解矣。

白石卒於西湖，明見於吴潛《暗香詞序》；葬於西馬塍，明見于《硯北雜志》及蘇泂《泠然齋集》。《雜志》下云：『堯章後以末疾故，蘇石挽之云云。』蘇石是蘇洞召叟之誤，四庫《泠然齋集》提要已辨之。《西湖志・詩話》引《雜志》，誤其字句云：『堯章後以疾没於蘇，石湖挽之。』云云。不知石湖先白石數十年卒，白石集中有挽詩。又《雜志》云『以末疾故』，而姜虬綠鈔本詩集載康熙庚申通越諸錦序，乃謂『暮年無所歸，卒於老伎所』。白石卒時，有妻子侍妾，明見蘇洞挽詩，諸錦此文亦誤。

《硯北雜志》：『堯章後以末疾故。』案《左傳・昭元年》『風淫末疾』，『末疾』有二義，賈逵以爲首疾，杜預云是『四肢緩急』。友人吴庠曰：『《宋史・鄭綜傳》：「綜以末疾難拜起。」是宋以末疾屬四肢，蓋用杜説。』案《老學庵筆記》卷三：『瀘州來風亭，梁子輔作守時所創也，亭成，子輔日枕簟其上，得末疾歸雙流，蜀人謂亭名有徵云。』是宋人以風疾爲末疾之證。白石之卒，蓋即今人所謂中風也。

（三）行跡

一、鄱陽

白石籍貫有兩説：《世系表》謂七世祖泮『饒州教授，因家上饒』。嚴杰《傳》則云『泮任饒州教授，即家鄱陽』。案上饒屬于信州，而鄱陽即饒州；教授饒州，即家鄱陽，嚴《傳》似爲近實；然白石高祖俊民（泮之玄孫）紹興八年舉黄公度榜進士，猶著籍上饒，（陳《譜》引《同治上饒縣志》。）則《世系表》之説，亦信而有徵。考葉適《水心文集》（十二）《徐斯遠文集序》及《南宋文録》洪邁《稼軒記》，皆謂南宋上饒『以密邇行都，舟車毊午，處勢便近，士夫樂寄焉』，姜泮教授饒州，因而寓家於信州，或亦由此。白石進《饒歌鼓吹曲》，自稱『鄱陽民』，其何時從上饒移居鄱陽，《世系表》不載，今無從考。若《江西志》及徐熊飛《擬傳》以白石爲德興人，則因箬坑丁山在德興而誤。隱居丁山之説，前文既糾其非實，此不待辨矣。

白石孩幼即隨宦漢陽，未嘗久居故里。黄昇《花庵詞選》記白石行實，僅有『居鄱陽』三字，殊爲失實。詞集有《憶王孫·鄱陽彭氏小樓》一首，姜虬緑鈔本《白石詩詞》有《于越亭》詩一首，（注云：『公饒州詩止此。』）皆無甲子。姜《譜》云『依姊山陽，間歸饒州』，在淳熙元年，亦無明據。陳《譜》謂乾道六年丁父憂，奉喪歸葬，讀書於箬坑丁山；淳熙元年、四年、七年、十年，曾四返饒應試報罷。返鄉應試，容有其事，明定年月，嫌近臆决耳。佚詩有《琵琶洲》一首，作年無考。

二、漢陽

白石少時，久客漢陽，《探春慢》序謂：『中去復來幾二十年。』蓋父卒於官，又依姊居漢川縣之山陽村，淳熙十三年冬，始從蕭德藻於湖州，不再返漢陽。二十餘年之間，雖間歸饒州，歷淮楚，客湖南，行蹤無定，然二三十歲左右，實以居漢陽爲最久。閭里之情，交游之樂，無異故鄉，讀其《探春慢》詞及《别沔鄂親友》詩可以想見。所居漢川之山陽村，在雲夢、白湖之間，其游賞之地，有滄浪、鸚鵡、郎官、大别諸處，交好有鄭仁舉、辛泌、楊大昌、姚剛中，皆詳在詞箋及《交游考》。

三、吴興

白石淳熙十二三年間，識蕭德藻于瀟湘之上，十三年冬，隨其寓吴興，從此至慶元初八九年間，皆在吴興，其間雖嘗往來蘇、杭、合肥、金陵、南昌，皆旅食客游而已，實未嘗久離吴興也。其卜居白石洞之旁，姜虬緑《年譜》定爲紹熙元年，謂：『白石淳熙十六年己酉以前，但僑寄霅川，未定卜築。故《夜行船》詞序止稱「寓吴興」，且其指蒼弁爲「北山」，又載酒曰「南郭」，則寓在城中非山林可知矣；而《辛亥除夕别石湖》乃稱「歸苕」，曰「歸」，則居然有家矣。據前後事蹟並論，則公之卜築在是年無疑。』此説近是。惟白石洞有吴興、武康兩説。徐獻忠《吴興掌故·寓賢録》，謂德藻攜白石過苕霅，遂家武康，舊本《湖州郡志》從之；鄭元慶《湖録》則謂家苕溪之卞山，新本《郡志》從之。姜鈔歷舉三證，定白石洞在吴興而非武康。其説曰：『今按公集，自淳熙丁未至吴興後，其間或處苕，或遠遊，南北蹤跡，備具稿中，曾未有及防風者。惟慶元丙辰春，張平甫欲治舟往封禺松竹間度誕辰，未知果往否，是年秋，始有與葛朴翁在武康丞宅詠牽牛詩，比冬，即與平甫朴翁自封禺詣梁溪，爾後更無復事境及彼。則武康暫寓有之，安有卜築其地，所處僅草草數月耶？然意悟（似當作「誤」）公之屬武康，竊自有説，按譜，秘書公巖由饒州徙武康，卒葬巖山。（後人避公諱，改呼銀子山。）公從弟茶客公徙武康及安吉。豈以茶客公曾住封禺（今其地名姜灣），而遂以爲公之家武康耶？至白石洞天之説，按蒼弁有大小兩玲瓏，小玲瓏一名沈家白石洞，又名沈家洞，吴甘泉《弁山志》可據。（元本下有「今洞中尚鐫有白石洞天字。後人省其呼直稱沈家，不復名白石」二語。）世但知有武康白石洞，謬矣。案公詩「槎頭有風味，人在太湖西」，又「春風橘洲前，白月太湖尾」，則似指弁境。若武康安得言太湖西、太湖尾耶？且公所止，大約依庇千巖，集中并（似是「有」誤）「挽通仲同歸千巖」之約。據千巖家弁山，公亦家弁山，則白石洞之指在弁明矣。』又云：『且考《湖録》，武康白石洞在計籌山。乃據《武康志》，計籌山止有白雲洞，從無白石洞。（李洣曰：此語不確。《武康縣志》據徐獻忠《吴興掌故録》十，謂計籌山有巖幽窅而夷曠，曰白石洞天。惟宋談鑰《吴興志》無之，知徐書不足信耳。）惟貲福寺西北有白石崖，高寄澗上。而元僧來復却有白雲洞天詩，其云「淙瀑泠泠澗道迴」，豈即其處歟？然計籌山在餘杭分境，處地最僻，絶非歌舞前溪舊里。意朴翁以山僧棲静其間，殊境地相宜。公雖雅志林泉，然猶不忘用世，且身老江湖，窮途仗友，何取於人跡罕到之區挈家寂處耶？此必無之理也。（節）』又云：『案公自序止云「居苕溪上，與白石洞天爲鄰」，又有《除夜歸苕溪》詩。若武康以前溪著名，不當云苕溪。』又注詩集《答沈器之》云：『或謂公既居弁，集中何無弁詩？止《夜行船》詞有「尋梅北山」語，卒不言卜築。且以石湖之記玲瓏，何無一語及公耶？然虬考公之來湖，在淳熙丁未，石湖訪弁在乾道壬辰，其疑可破。若公之尋梅在己酉早春，或其卜居在秋冬間未可知耳。』案：白石友人韓淲《澗泉集》卷二，有《題姜堯章白石洞》詩云：『詩眼玩塵世，漫作威鳳鳴。經行苕溪水，乃見白石清。拂衣鑑須眉，喚起仙骨驚。胡爲隨人間，歎息百慮縈。洞中應笑我，何不高舉輕？明時樂未正，尚欲追英莖。他年淳氣合，肯有爵服情。癡人莫說夢，高士徒殉名。轉庵（潘檉）偶饒舌，已足壓旦評。古來曠達者，談笑得此生。臨流賦招隱，一奏朱絃聲。』詩云『經行苕溪水』，亦足見白石洞確在吳興。（武康雖亦苕水所經，然其地實以前溪名。）此可補虬綠之三證也。（遂昌王馨一告予：今武康縣東南三十五里，計籌山麓之通元觀，有白石道人祠。嘉慶二十年知縣林述曾建。此由誤據《湖州郡志》，不可信也。）

四、杭州

白石杭州行跡，最早見于淳熙十四年丁未（一一八七）暮春，其時約三十三四歲，方隨蕭德藻從湘鄂來湖州，道經杭州，德藻介其見楊萬里，萬里復介其往蘇州見范成大，（楊萬里

《誠齋集》二十二《朝天集·送姜堯章奉謁石湖》詩編在此年三月。）此或是首次進京。此後數年，依德藻居湖州，湖、杭相近，當時常來往，（在湖州作《念奴嬌·荷花》詞序云：『揭來吴興，數得相羊荷花中，又夜泛西湖，光景奇絶。』）《鶯聲繞紅樓》序云：『甲寅春，平甫與予自越來吴，攜家妓觀梅于孤山之西村。』甲寅是紹熙五年（一一九四），白石四十歲左右。其前一年，已與張鑑（平甫）納交，後二年，慶元二年丙辰（一一九六）秋間，與張鎡會飲張達可家，同作蟋蟀詞（序云丙辰歲），張鎡是鑑族兄，白石此後久居杭州，殆與張家昆季有關。

白石居杭始于慶元二、三年間，時四十二三歲。（有丁巳作《鷓鴣天》詞及《丁巳七月望湖上書事》詩。）前此數年，隨張鑑來往南昌、武康、無錫；（張家有莊園在無錫，見張鎡《南湖集》。）陳思《白石年譜》引《同治湖州志》、虞儔《尊白堂集》及白石《送項平甫》詩，考定其時蕭德藻子姪時父在池陽作監酒官，迎德藻同去，白石湖州眷屬無依，故移家杭州。從此至老死二十餘年間，皆定居杭州，中間雖嘉泰元年辛酉（四十七八歲）一度游越，開禧二年丙寅（五十二三歲）游浙東，嘉定四、五年（五十七八歲）游金陵，嘉定十二年己卯（六十五六歲）游揚州，皆暫出作客而已。

白石平生著作，皆成于四五十歲居杭之十餘年間。樂書：有《大樂議》一卷、《琴瑟考古圖》一卷，慶元三年四十三四歲作，慶元五年又上《聖宋鐃歌鼓吹》十二章。書法考鑑：嘉泰三年成《絳帖平》二十卷（自序），《保母帖跋》（原跋），《定武舊刻禊帖跋》（《蘭亭序》原跋）。《齊東野語》所云《禊帖偏旁考》，當亦成于此時。詩集可考作年者，以嘉泰四年《寄上張參政》、《賀張肖翁》二首爲最後，當在此時結集。其他雜著，如《張循王（俊）遺事》，必納交張鎡張鑑兄弟以後所作，陳思《白石年譜》定爲慶元二年以後依張鑑之時。總白石一生撰著，除《詩説》一卷、《集古印譜》二卷作年無考外，餘皆成于四十二三歲定居杭州之後。

白石交游，蕭德藻、楊萬里、范成大、俞灝諸人皆結識于杭州之前，其《自述》所列『世之所謂名公鉅儒』，則大半納交于居杭之後。《歌曲別集》有《漢宫春·次韻稼軒會稽秋風亭觀雨》及《次韻稼軒蓬萊閣》二首，考辛氏二詞作于嘉泰三年癸亥，棄疾此年從家居起知紹興府兼浙東安撫使，辛、姜交誼可考者始此，亦居杭時也。

白石杭州住址可考者：慶元三年丁巳（一一九七，四十三四歲），作《鷓鴣天·丁巳元日》詞，有『三茅鐘動西窗曉，詩鬢無端又一春』句，三茅觀在吴山，《咸淳臨安志》（十三）行在所録，謂觀中有唐鐘，『禁中每聽鐘聲，以爲寢興食息之節』。陸游《渭南文集》（五十二）《天竺曉行》詩有『三茆聽徹五更鐘』句，鐘聲可到天竺，則白石住址未必即在南城吴山附近。詩集《和轉庵（潘檉）丹桂韻》有『來禪奉常議，識笳鼓羽葆』句，當指此時上《大樂議》，詩又云『營巢猶是寓，學圃苦不早。淮桂手所植，漢甕躬自抱』，似不在城區闤市，今不能定在何處。詩集有《湖上寓居雜詠》十四首，不題作年，姜虬緑《白石詩詞年譜》定爲慶元六年庚申（一二〇〇）。案第八首『囊封萬字總空言，露滴桐枝欲斷絃』，似指慶元三年議大樂不合；則居西湖當在議樂之後，虬緑所云或即據此。第五首云『朝朝南望宫雲起，白鳥一雙山下來』，第十首云『處士風流不並時，移家相近若依依。夜涼一舸孤山下，林黑草深螢火飛』，是所居在孤山西泠一帶。第二首云『輕舟忽向窗邊過，摇動青蘆一兩枝』，第四首云『處處虚堂望眼寬，荷花荷葉過闌干』，第十一首云『卧榻看山緑漲天，角門長泊釣魚船』，是所居臨湖。

歌曲别集有《念奴嬌·毁舍後作》，上片云：『因覓孤山林處士，來踏梅根殘雪』，知舍在杭州，又云『卧看青門轍』，知近東青門。予以其《寄上張參政》詩及《宋史·五行志》合證，知舍毁于嘉泰四年三月之杭州大火（參詞箋及《年表》）。劉過《龍洲集》有《雨寒寄姜堯章》詩亦有『東城有佳士，詞筆最華逸』句，東青門即今杭州東門之慶春門。其何時自湖上移居東城，則不得詳。周文璞《方泉集》卷二有《題堯章新成草堂》云：『多種竹將挑筍吃，旋栽松待斫柴燒。壁間古畫身都碎，架上枯琴尾半焦。猶有住山窮活計，仙經盈卷一村瓢。』碎畫、焦琴當指被火之後，此住山草堂亦不知其處。

白石卒葬西馬塍，見于元陸友《研北雜志》及蘇泂《泠然齋集》。蘇泂《到馬塍哭堯章》詩四首，有云：『花案空空但滿塵，樂章起草徧窗身。孺人侍妾相持泣，安得君歸更肅賓！』知其晚年即卜居西馬塍。《歌曲别集》有《卜算子·梅花八詠》，予定爲開禧三年丁卯(一二〇七)五十三四歲時作，其第四首云『家在馬塍西，曾賦梅屏雪』，江炳炎抄本『曾賦』作『今賦』；若然，則居西馬塍即在開禧間，下數至卒年嘉定間，已久居十餘年矣。

《研北雜志》謂『宋時花藥皆出東西馬塍，西馬塍皆名人葬處，白石没後葬此』，欒雷發《雪磯叢稿·史主簿以授庵習稿見示，敬題其後，併寄張宗瑞》云『姜夔荒塚白蘋深，鷺鷥無聲結綠沉』，西馬塍在西湖之湖墅，白石荒塚，清代鮑廷博、許增諸人即求訪不得矣。

《西湖志》據吴文英《三姝媚》詞，謂白石寓館在西湖水磨頭，近石函橋(在昭慶寺附近)；此由誤以姜石帚爲白石，不可信也。參《石帚辨》。

五、浙東

白石嘗游浙東，詩集有《過桐廬》及《登烏石寺觀張魏公、劉安成、岳武穆留題》二絶句(烏石寺，《一統志》説在衢州，《嚴州志》説在嚴州。案白石此行溯錢塘而西，不過衢州，《嚴州志》是。)歌曲有括蒼煙雨樓《虞美人》、永嘉富覽亭《水調歌頭》二詞，皆不題作年。煙雨樓詞云『東游纔上小蓬萊』，知在越游之後，富覽亭詞云『一葉眇西來』，知從處州泛甌江到永嘉。陳《譜》引《宋詩紀事》：趙雍開禧間爲處州太守，詩集與雍東堂聯句有『金風丹桂』語，知在開禧秋月(開禧僅三載)。陳《譜》定爲二年，或近實也。

六、金陵

蘇泂《泠然齋詩集》（六）《金陵雜詠》云：『白石鄱姜病更貧，幾年白下往來頻。歌詞翦就能哀怨，未必劉郎是後身。』知白石晚年又曾客游金陵。蘇泂《雜詠》共二百首，其一云『四十之年又過一，春光回施少年人』，查《泠然齋集》（二）《餘姚江上作》云『開禧改歲復峥嶸』『魚鱗年紀今歲是』，是開禧年間，泂年三十六。開禧僅三年，順推至四十一歲，《雜詠》當作于嘉定初年。據其『鐵錢轉手變銅錢，父老相傳喜欲顛』『放散邊頭武定軍，賣刀買犢作農人』『淮南劇賊遽如許，昨日傳聞盡殺之』『笑談容易發倉困，全活生靈百萬人』諸語，按之時事，皆在嘉定二三年間。（聽兩淮諸州行鐵錢於沿江八州，在嘉定二年八月；放諸州新軍及忠義人歸農，在同年六月；發米十萬石振兩淮饑民，在同年八月；誅楚州胡海，在三年三月。皆見《宋史》本紀。）又蘇氏是陸游弟子，集中屢稱游爲三山翁（游居鑑湖三山），《雜詠》有云『三山摻别是前年，除夕還家翁已仙。少小知憐今老矣，每因得句即潸然』，《宋史·陸游傳》説游卒于嘉定二年，錢大昕《疑年録》則定爲嘉定三年臘月。蘇氏《雜詠》當作於嘉定四、五年之春，（據詩，蘇以二月抵金陵，三月成詩。）若此時遇白石于金陵，白石年已五十餘。陳《譜》誤據蘇氏《書懷》詩及《宋史·趙善湘傳》，定《金陵雜詠》是蘇氏寶慶二年再入善湘建康幕府時作，與予説前後相差十餘年，由未詳考雜詠時事及其弔陸游詩語也。

《嘉慶一統志》：『黄度寧宗時知建康，斬盜胡海。』據蘇氏《雜詠》『淮南劇盜』之詩，知洞嘉定年間是游度幕。洪咨夔《平齋集》（三十二）《提舉俞大中（灝）行狀》，記灝在畢再遇軍中，以親老歸。『胡海弄兵，復繇奏邸參幕議，公熟悉淮人情僞，招納盪平，計畫居多。』是俞灝此時正爲度參議。白石與灝舊交，其游金陵，或由此耶？

總白石一生行跡，孩幼隨宦漢陽，依姊漢川；壯歲侍婦翁於湘、浙，從知好于越、贛；除紹熙二年，兩游合肥，事緣無考外，四十以前之行蹤居停，歷歷可稽也。淳熙十三年別沔鄂，作《探春慢》，同年客湘中作《一萼紅》、《霓裳中序》，明年金陵江上作《踏莎行》，始有冶游述夢之語；紹熙二年客合肥，又爲《浣溪沙》之贈別、《摸魚兒》之懺綺懷；慶元二、三年《江梅引》、《鷓鴣天》諸詞，尤一往而情深焉。至慶元以後，上書論樂，既不盡所議，與試不第，又殤其三子而焚所居；謁張巖有『無枝夜鵲』之詩，答蘇虞叟有『投老長安』之慨，蕭寥牢落之況，已非昔比；六十以後，猶衣食奔走于金陵、揚州，殁後舉殯，至仗助于友生，晚境之困，可概見矣。

（四）著述

白石以詩詞知名當世，然當時朱熹愛其深於禮樂，謝深甫、京鏜愛其樂書，鏜又稱其駢儷之文，范成大以爲『翰墨人品皆似晉宋之雅士』。《自述》一文，叙此甚詳也。其詞章、樂書、書學之著述，今可考者十餘種，分記如後：

一、詩文詞

《白石叢稿》十卷（《宋史·藝文志》。佚）

《文獻通考》無叢稿之目，僅有詩三卷、詞五卷。疑其書宋季已佚。陳《譜》謂：『《叢稿》即《慶元會要》所載之《大樂議》一卷、《琴瑟考古圖》一卷、《直齋書録》所載之詩三卷、詞五卷，都爲十卷。馬氏依陳氏作考，故不復著録《叢稿》十卷。』此臆度之辭，疑不可信。《齊東野語》謂：『堯章詩詞已版行，獨雜文未之見，余嘗於親舊間得其手稿數篇，尚思所以廣其傳焉。』今存白石雜文，有《自述》、《禊帖偏旁考》、《保母帖跋》等，或即周密所見，但不知即叢稿之舊文否。

《白石道人集》三卷（《書録解題》。佚）

《白石詩集》一卷（存）

此出陳起《羣賢小集》。陸鍾輝刻本分爲上下兩卷。《四庫提要》以《武林舊事》、《咸淳臨安志》、《研北雜志》所載白石各詩，皆此本所無，疑其非足本。（案陳造《江湖長翁集》卷六有《次姜堯章贈詩卷中韻》五首，卷二十有《次堯章餞南卿韻》二首，今《白石集》皆無原唱。）集中年代可考者：自序有『近過梁溪見尤延之先生』一語，蓋作于慶元二年；下卷有《戊午春帖子》一首，乃慶元四年作；《寄上張參政》、《賀張肖翁》二首，則嘉泰四年作。結集或即在嘉泰年間，但不知是否白手定本耳。

《白石道人集外詩》一卷（存）

此編輯自《武林舊事》、《咸淳臨安志》、《硯北雜志》、《歸田詩話》、《愛日齋叢鈔》，共十一首、二斷句。據乾隆廿一年丙子姜文龍《白石合集跋》，謂史匯東得姜集時已有此種，當輯于清初。文龍以爲陶宗儀寫本，非是。

《白石道人集補遺》一卷（存）

此知不足齋輯録宋集拾遺本，共詩十六首。已見于《集外詩》者，尚有《姑蘇志》《三高祠》一首，廣陵書局刊本《於越亭》一首、《和王秘書游水樂洞》一首，《敖陶孫集》《桂花》一首、《題楊冠卿客亭吟稿》一首。

《詩説》一卷（存）

白石自序謂淳熙丙午遊南嶽雲密峯，得異人傳授，蓋其託辭。姜虬緑録入《年譜》，張羽以之爲傳，皆誤信爲實事。陳《譜》謂黄庭堅生慶曆五年，自序『問其年，則慶曆間生』，異人實指庭堅。今案詩集自序，自謂初年學詩『三薰三沐師黄太史氏』；篇中亦以『清廟之瑟一唱三歎』贊黄詩；又自序末曰『昔軒輳彌明能詩，多在南山，若士豈其儔哉』，前人考昌黎《石鼎詩序》，謂軒輳彌明實韓愈自寓，並無其人。此足證成陳説。白石甚重黄庭堅，而不滿當時西江派之流弊，其故爲廋辭，殆以此耶？

《白石詞》五卷（《書録解題》。《文獻通考》。佚）

《白石道人歌曲》六卷，《別集》一卷。（存）

此嘉泰壬戌錢希武刻。《別集》不著刻於何年。《四庫提要》疑其出于後人掇拾。周文璞弔白石詩『兒從外舍收殘稿』，或即指此。《別集》詞可考年代者，以《卜算子·梅花八詠》爲最後，説在詞箋。宋人詞選若《陽春白雪》、《花庵》、《草窗》，録白石詞皆不及別集所載，疑當時並未盛行。

二、樂書

《大樂議》一卷（《慶元會要》）

《琴瑟考古圖》一卷（同上）

謝采伯《續書譜·序》作『琴瑟考』。《玉海》（一百五）『慶元樂書』條作『進鼓瑟制度、樂書三卷』，『制度』當即《考古圖》，『樂書』即《大樂議》，三卷疑二卷之誤。

《四庫全書總目》（三十八）經部樂類，元熊朋來《瑟譜》，提要謂：『其瑟弦律圖，以中弦爲極清之弦，虚而不用，駁姜氏瑟圖二十五弦全用之非。案聶崇義《三禮圖》「雅瑟二十三弦，其所常用者十九弦，其餘四弦謂之番，番贏也」；頌瑟二十五弦，盡用之」，又《莊子》、《淮南子》均有「鼓之二十五弦皆動」之文，則姜氏之説於古義有徵，未可盡斥。』

右二種皆慶元三年上書論雅樂時作。《宋史·樂志》尚存其略。

琴書（《徵招》詞序。佚）

《徵招》詞作於嘉泰元年，序云：『其説詳於予所作《琴書》。』《琴書》必成于嘉泰之前。或即慶元三年所作之《琴瑟考古圖》。

劉辰翁《須溪集》(六)《劉次莊考樂府序》：『余嘗與祭太學，見太常樂工類市井倩人，被以朱衣。及其歌也，前者呼，後者哦，羣雁(疑是『應』誤)而起，竟亦莫識何語；而音節又極俚，有何律度。而俗儒按之爲曲曰樂章。姜堯章至取編鍾朱瑟，鐵(疑誤)較而字定之，然語言無味，曾不及其自度《香》《影》諸曲之妙。乃知柳子厚《鐃歌》、尹師魯《皇雅》，皆蔽於聲、質於貌。』云云。白石未聞另有樂章之譜，此或指《越九歌》耶？

三、書學

《續書譜》一卷(《書録解題》。存)

天台謝采伯刻於嘉定元年戊辰，采伯有序。時白石尚健在。采伯，丞相深甫子也。

書分二十則，而燥潤、勁媚二則有目無書，實只十八則。《四庫提要·雜藝類》謂，合之《欽定佩文齋書畫譜》，次序先後不同，燥潤、勁媚二則則並無其目，知當時流傳另有一本，而其文則並無增損。(《珊瑚綱書録》二十三，全録白石《續書譜》，爲總論、真書、結體、草書、用筆、用墨、行書、臨摹、書丹、精神、方圓、向背、位置、疏密、風神、筆鋒十六則，目次名類又與《提要》稱《佩文齋書畫譜》所收者不同，蓋別一傳本也。)

董史《皇宋書録》(下):『姜堯章嘗著《書譜》一篇以繼孫過庭,頗造翰墨閫域,其自得當不減古人也。』

鄭杓《衍極》:『「孫虔禮、姜堯章之譜何夸乎?」曰:「語其細而遺其大,趙伯暐《辨妄》所以作也。」』

陶宗儀《書史會要》:『趙必睪字伯暐,官至奏院中丞,善隸楷,作《續書譜辨妄》,以規姜夔之失。』趙書今佚。(近人余紹宋《書畫書録解題》卷十作『趙必曅字伯瑋』。殆清人避諱,改曅作睪。)

《四庫提要》、《書史會要》下曰:『案必睪之書今已佚,不知其所規者何語;然夔此譜自來爲書家所重,必睪獨持異論,似恐未然;殆世以其立説乖謬,故棄而不傳歟?』案必睪規白石之語,今尚存其略于元人劉有定註鄭杓《衍極》。其説曰:『夫真書者,古名隸書,篆生隸,篆隸生八分與飛白、行草,載在古法,歷歷可考。今謂真草出於飛白,其謬尤甚。又謂歐、顔以真爲草,夫魯公草書親受筆法於張長史,又何嘗以真爲草?若謂李西臺以行爲真則是。然自此體漸變,至宋時蘇、黄、米諸人皆然。楷法之妙,獨存蔡君謨一人而已,堯章略不舉,是未知楷書者也。又謂「白雲先生、歐陽率更論書法之大概,孫過庭論之又詳」,殊不知古人法書訣、筆勢、筆論、文字最多,特堯章未之見耳。行書魏晉以來，工此者多，惟蘭亭爲最；唐之名家甚衆，豈特顔、柳而已哉？況至宋朝書法之備無如蔡君謨，今乃置而不論，獨取蘇、米二人，何耶？讀至篇末，又有「濃纖間出」之言，此正米氏字形也。此體流敝至張即之之徒，妖異百出，皆米氏作俑也，豈容厠之顔、柳間哉？』

今人余嘉錫著《四庫提要辨證》，其子部四《續書譜》下辨趙必睪説曰：『必睪之於姜夔，辨詰不遺餘力，無異康成之發墨守，然以二人之説考之，則必睪以意氣相爭，攻擊往往過當。如姜夔謂真書出於飛白，是指鍾、王以下之楷書而言，不謂古隸亦出于飛白。唐人雖謂真書爲隸書，然真之與隸，點畫雖同，其結體用筆則有間矣。夔云云蓋就真書筆法言之，謂鍾、王筆意參合蟲篆、八分、飛白、章草之長自耳，非不知隸書先於飛白也。細翫語氣，其義自明，必睪之言，可謂好辨。夔云「白雲先生、歐陽率更能言梗概，孫過庭論之又詳」者，蓋援引古人以自明其立説之有本，非謂古之論書法者止此數人云也。堯章之在宋末，亦是通人，觀其著作詩詞，非不知古今者，何至并《法書要録》、《墨藪》中所録之《筆勢論》舉未之見耶？必睪吹瘢索垢，吾所不取。惟其不滿米元章而推重蔡君謨，其意欲以救狂放之失，尚不得謂爲毫無所見耳。鄭杓詆虔禮堯章而盛稱伯暐，蓋是丹非素，意有所偏，未能協是非之公也。』

余紹宋《書畫書録解題》（三）《續書譜》下，略曰：『此書非爲續過庭已亡之篇，蓋偶題耳。其中「情性」一篇全録過庭之説，爲續補體例所無，包世臣譏其非過庭本旨，豈知謂其補亡亦非白石本旨乎？兹編大旨，宗元常、右軍，謂大令以下用筆多失，則唐宋以下自不待言，持論不免過高，宜後來諸書加以抨擊。』云云。

馮班《鈍吟書要》曰：『姜白石論書，略有梗概耳，其所得絶粗，趙松雪重之，爲不可解。「如錐畫沙」、「如印印泥」、「如古釵脚」、「如壁坼痕」，古人用筆妙處，白石皆言不然。又言「側筆出鋒」，此大謬，出鋒者末鋭不收，褚云「透過紙背」也，側則露鋒在一面矣。』何焯評注曰：『《續書譜》謂「唐以書判取士，真書類有科舉習氣，以平正爲善」，蓋但見開、寶以後大字碑碣耳。至謂「顔魯公作《干禄字書》是其證」，尤憒憒，此書自論小學也。』

案馮氏于宋人書僅推蔡君謨，謂東坡亦有病筆，最不滿米元章，又言姜白石論書大謬，米元章論書欺人也。（此條見余書卷三《鈍吟書要》下。）

馮氏《鈍吟雜録》（六）：『予見歐陽信本行書真跡及皇甫君碑，始悟蘭亭全是歐法，姜白石不知也。』何焯評注：『如「信可樂也」「樂」字不除肩之類。』

《絳帖平》二十卷（張世南《游宦紀聞》。存六卷）

《紀聞》作二十卷，《齊東野語》（十二）作十卷，《書録解題》（十四）作一卷。《四庫提要》引曹士冕《法帖譜系》説，謂：『絳州東庫本《絳帖》，逐卷各分字號，以「日月光天德，山河壯帝居，太平何以報，願上登封書」爲别。今夔所論，每卷字號，與士冕説合，知夔所得即東庫本。夔所載字號止於「山」字，其「河」字以下亡佚十四卷。』然則此書二十卷無疑。《曝書亭集》（四十二）跋此書亦作二十卷，葉德輝所刻《絳雲樓書目補遺》同。《野語》、《解題》，皆偶誤。

自叙：『嘉泰辛酉，予入越，友人朱子大以《絳帖》遺予。』辛酉，嘉泰元年也。

《游宦紀聞》：『世南嘗藏姜一帖，正與單（煒）論劉次莊輩十數家釋帖非是。又云：「括帖中只張芝《秋涼帖》、鍾繇《宣示帖》、皇象《文武帖》、王廙小字二表，皆在右軍之上。」其説尤新。（承燾案：此與癸亥六月蘭亭跋之説差同，見《蘭亭續考》一。）有《絳帖平》二十卷，恨未之見也。』（《四庫提要》八十六云：『據《墨莊漫録》，其書本二十卷。』案：此云《墨莊漫録》，蓋《宦遊紀聞》之誤。《漫録》張邦基作，南北宋間人，不及下見白石也。）

袁桷《清容居士集》（四十六）《跋晉帖》：姜堯章作《絳帖評》，旁證曲引，有功於金石，缺亦疑之。《硯北雜志》（上）：『趙子固謂其書精妙，過於黄、米。』案《雜志》及《佩楚軒客談》皆謂『趙子固目堯章爲書家申、韓』，蓋指《絳帖平》而言。《詞綜》等書引作『詞家申韓』，誤也。

案《皇宋書録》，單煒有《絳帖雜證》一書，知不足齋刻《閒者軒帖考》，尚存其略。

白石爲《保母帖跋》，自謂『晚得筆法於單丙文』，其著《絳帖平》，或亦由單書導其先路耶？

朱彝尊《曝書亭集》（四十三）有《絳帖平跋》。

毛扆《汲古閣珍藏秘本書目》有周公謹弁陽山房抄本《絳帖平》二本，價一兩二錢。見葉德輝《書林清話》（六）『宋元刻本歷朝之貴賤』條。頃者趙萬里先生爲予過録《絳帖平》校語，云即依此本。

《禊帖偏旁考》一篇（《齊東野語》）

今存十九條於《野語》（十二）、《輟耕録》（六）。翁方綱《蘇米齋蘭亭考》嘗爲之注。

米芾《題褚摹蘭亭卷》，謂世傳衆本皆不及，備記其『長』字、『懷』字、『暫』字用筆形態，前人謂此《禊帖偏旁考》之先例。（見顧文斌《過雲樓書畫記》卷一。）

四、雜著

《集古印譜》二卷（吾丘衍《學古編》附録。佚）

《盛熙明法書攷》（八）作『一卷』。

宋人爲古印譜録者，白石外尚有晁克一、王俅、顏叔夏、王厚之四家，見四庫《學古編》提要，今皆不傳。

《張循王遺事》（樓鑰《攻媿集》。佚）

《攻媿集》（七十一）《跋姜堯章所編張循王遺事》：『堯章慕循王大功，而惜其細行小節人罕知者，矻矻然訪問而得此，將以補史事之遺。』

案白石與張俊（循王）孫鎡（功甫）、鑑（平甫）爲摯交，陳《譜》定此書慶元二年以後依平甫時作。

《硯北雜志》（下）：『姜堯章云：無錫之□，有青山，張循王俊所葬，下爲石室九。』或即《遺事》之一。

《湖州府志·白石傳》，謂白石所著有《韻譜》十卷。《韻譜》之名不見于他書，恐不可信。李洣曰：『《儀顧堂文集》、《湖州府志·人物·姜夔傳》備載白石所著書，無《韻譜》。』

夏敬觀曰：熊朋來《瑟譜》引白石《琴瑟考古圖》之外，又屢引姜氏《瑟譜》一書，不知亦白石所著否。

(五)交游

白石交游可考共百餘人,見于詞集三十人:

一、千巖老人蕭德藻　(《揚州慢》)《烏程縣志》(二十三):『蕭德藻字東夫,閩清人。紹興二十一年進士。乾道中知烏程。悦其山水,留家焉。(節)從知峽州歸隱弁山,千巖競秀,自號千巖老人。著《千巖摘稿》七卷,外編三卷,續編四卷。楊萬里序之曰:「近世詩人若范石湖之清新,尤梁溪之平淡,陸放翁之敷腴,蕭千巖之工緻,皆予所畏也。」時並稱之曰尤蕭范陸云。』周密《齊東野語》(十二)《白石自述》:『復州蕭公,世所謂千巖先生者也,以爲四十年作詩,始得此友。』陳振孫《直齋書録解題》(十二)《白石道人集》下:『蕭東夫識之於年少客游,以其兄之子妻之。』其時當在淳熙十二、三年,參《一萼紅》詞箋。

千巖遺事及佚詩,桐城光聰諧《有不爲齋隨筆》(丁)考之甚詳。四庫《白石詩集提要》及嚴杰《擬南宋姜夔傳》,皆以元人蕭𣂏當千巖,大誤。

二、楊聲伯　(《湘月》)未詳。

三、趙景魯　(同上)未詳。

四、趙景望　(同上)未詳。

五、蕭和父　（同上）

六、蕭裕父　（同上）

七、蕭時父　（同上）

八、蕭恭父　（同上）以上七人皆湖南交游，白石淳熙十三年依蕭德藻於湖南，與和父兄弟浮湘。淳熙末，依德藻於湖州，又與時父載酒南郭，作《琵琶仙》詞。是和父兄弟必德藻子侄。白石《送李萬頃》詩云『問訊千巖及阿灰』，阿灰乃張襌侄，見孫光憲《北夢瑣言》（八）。

宋無名氏《錦繡萬花谷》，載淳熙十五年自叙，稱命名者乃烏江蕭恭父、河南胡恪。『烏江』當是『烏程』之譌。即此恭父也。

九、胡德華　（《八歸》）未詳。

十、鄭次皋　（《探春慢》）《詩集》（上）《奉別沔鄂親友》第三：『英英白龍孫，眉目古人氣。拮据營數椽，下簾草生砌。文章作逕庭，功用見造次。無庸垂罄嗟，遺安鹿門意。』自注：『鄭仁舉次皋。』《漢陽縣志·隱逸傳》云：『隱居郎官湖上，不求聞達，善言名理。』

十一、辛克清　（同上）《奉別沔鄂親友》第四：『詩人辛國士，句法似阿駒。別墅滄浪曲，緑陰禽鳥呼。頗參金粟眼，漸造文字無。兒輩例學語，屋壁祝蒲盧。』自注：『辛泌、克清。』《漢陽縣志》入《文學傳》。

十二、姚剛中　（同上）《詩集》（上）《春日書懷叙沔鄂交游》：『平生子姚子，貌古心甚儒。』謂剛中，名無考。

十三、劉去非　（《翠樓吟》）未詳。或即劉過《龍洲集》中之劉立義，參《翠樓吟》箋。

十四、田幾道　（《夜行船》）未詳。

十五、俞商卿　（《浣溪沙》、《角招》）《咸淳臨安志》（十一）：俞灝字商卿，世居杭，父徙烏程。登紹熙四年第。寶慶二年致仕，築室九里松，號青松居士。《絶妙好詞箋》（一）灝有《青松居士集》。白石居吴興、杭州時交游。

十六、張仲遠　（《眉嫵》）未詳。

十七、石湖老人　（《醉吟商小品》、《暗香》、《疏影》、《石湖仙》）范成大有《石湖詩集》，《宋史》有傳。

十八、楊廷秀　（同上）楊萬里字廷秀，《宋史》有傳。淳熙十四年，白石以蕭德藻介見萬里，以萬里介見范成大，參《年表》。

十九、田正德　（《淒涼犯》）教坊大使，善觱篥，見《武林舊事》（四），杭州交游，參詞箋。

二十、趙君猷　（《摸魚兒》）未詳。合肥交游。

廿一、野處　（同上）洪邁有《野處類稿》，《宋史》有傳。鄱陽人，白石鄉人也。

廿二、黄慶長　（《水龍吟》）未詳。越中交游。

廿三、張平甫　（《鶯聲繞紅樓》、《鷓鴣天》等）吴徵鑄小箋：『按張鎡《南湖集》輯本卷六，有詩題云「余家兄弟未嘗久别，今夏送平甫之官山口，仲冬朔又送深父爲四明船官，因成長句」，卷七又有《題平甫弟梁溪莊園》一絶，可知平甫爲功甫之弟。又案地名「山口」者不一，有山口市者隸屬太平，《康熙太平府志》云「張鑑淳熙間爲州推官」，以名字推之，功父名鎡，深父名鎮（見放翁集），則平甫當名鑑也。』白石與平甫摯交，《齊東野語》（十二）《白石自叙》云：『舊所依倚，惟有張兄平甫，其人甚賢。十年相處，情甚骨肉。而某亦竭誠盡力，憂樂關念。平甫念其困躓場屋，至欲輸資以拜爵。某辭謝不願。又欲割錫山之膏腴，以養其山林無用之身。惜乎平甫下世，今惘惘然若有所失。（節）』平甫卒年，雖無明文，而《白石自叙》於楊萬里、朱熹皆稱『待制』，其文作於平甫卒年，則平甫當卒於嘉泰三年。交平甫始於紹熙癸丑，下距嘉泰三年十載，正與自叙『十年相處』之語合。此陳《譜》説。

廿四、張功甫　（《齊天樂》、《喜遷鶯慢》）《絶妙好詞箋》（一）：『張鎡字功甫，號約齋，西秦人，循王（張俊）諸孫，居臨安，官奉議郎，有《玉照堂詞》一卷。』《齊東野語》（二十）：『功甫於誅韓（侂胄）有力，賞不滿意，又欲以故智去史（彌遠），事洩，謫象臺而殂。』功甫乃平甫之異母兄，見陳思《白石年譜》。

廿五、張達可　（同上）楊萬里《誠齋集》（廿一）：『張功父舊字時可，慕郭功甫，故易之。』達可與時可相連，或功甫昆仲。

廿六、銛朴翁　（《慶宫春》、《浣溪沙》、《同朴翁登卧龍山》詩等）周密《癸辛雜識别集》（上）：『葛天民字無懷，初爲僧，名義銛，字朴翁，其後返初服，居西湖上，一時所交皆勝士。』陳《譜》引《湖山便覽》：『葛嶺，葛無懷居。』周晉仙《過葛嶺新居》云：『極知秦外叟，全似賀知章。』是又别號『秦外』。《劍南詩稿》（廿七）有《贈徑山銛書記》：『銛公聲名滿吴會，惟有放翁最先識。』同書（三十四）有《上方銛老求宿蘆》詩，宿蘆蓋所寓室名。案葛天民《荷葉浦中》詩云『却傍青蘆今夜宿，還思白石去年詩』，知即此人。白石《和朴公悼牽牛》云『愁殺山陰覓句僧』，是山陰人也。嘗居南屏，見韓淲《澗泉集》。白石湖上交游，嘗同游山陰、德清，見詩集。參《年表》。

廿七、稼軒　（《漢宫春》、《永遇樂》、《洞仙歌》）辛棄疾，《宋史》有傳。《白石自述》謂稼軒『深服其長短句』。

廿八、張彦功　（《法曲獻仙音》）未詳。杭州交游。

廿九、趙郎中　（《小重山令》）未詳。

三十、吏部　（《卜算子·梅花八詠》）曾三聘字無逸，臨江新淦人。《宋史》有傳。三聘寧宗初在考功郎任，故白石稱爲吏部。詳《卜算子》詞箋。

楊萬里《誠齋集》(一一三)《淳熙薦士録》:『曾三聘刻意文詞,雅善論事,蕭榜選人,前西外宗學教授。』《誠齋詩集》(廿七)有《送曾無逸入爲掌故》詩,己酉作。陸游《劍南詩鈔》(廿一)有《病中數辱曾無逸架閣見贈》一首,亦己酉在都作。己酉,淳熙十六年也。

見于詩集者三十二人:

卅一、尤延之　(詩集序)尤袤字延之,《宋史》有傳。慶元二年,白石詣延之於梁溪,參《年表》。

卅二、楊大昌、正之　(《别沔鄂親友》詩)未詳。

卅三、單炳文　(同上)《齊東野語》(十二):『單煒字炳文(徐照《芳蘭軒詩集》作『丙文』),沅陵人。博學能文。得二王筆法,字畫遒勁,合古法度。於考訂法書尤精。武舉得官,仕至路分。著聲江湖間,名士大夫多與之交。自號定齋居士。與堯章投分最稔,亦韻士也。』董史《皇宋書録》(下):『單煒字炳文。(曹)谷中云:「西班人。善書,有所刻《定武蘭亭》傳於世。」谷中嘗取其《絳帖辨證》刻於襄陽者重刻於《星鳳帖》後。』李洣曰:『《攻媿集》(七十五)《跋黄子耕定武修禊序》略云:「子耕明遠以古帖相易(節)明遠姓單名丙文,右選之有文者。」是丙文又字明遠也。』白石别單詩云:『山陰千載人,揮灑照八極。只今定武刻,猶帶龍虎筆。單侯出機杼,豈是舞劍得。』乃淳熙丙午去沔鄂時作。又《保母帖跋》：『學書三十年，晚得筆法於單丙文。』《硯北雜志》記單銘古琴遺白石，似白石琴律之學亦與單有關。饒宗頤云。

卅四、蔡武伯　（同上）韓淲《澗泉日記》（中）：『蔡迨字肩吾，許昌人。蔡文忠公齊之孫。流落川蜀，（節）爲桂陽令以殁。其子武子，亦俊爽好文，今流落在荆湘間。』『武子』殆『武伯』之譌。白石詩注：『蔡迨堅吾子，字武伯。』客沔鄂時交游。

肩吾從部銓得桂陽令，行至吴門，暴死舟中。見陸游《渭南文集》（廿八）《跋蔡肩吾所作蘧府君墓誌銘》。

卅五、徐通仲　（《呈徐通仲兼簡仲錫》）陳《譜》謂：『詩有「誠齋去國」之語，據《誠齋集·江東集序》：「紹熙庚戌十月，予上章乞外，蒙恩除江東副漕。」告詞：江東運副告詞，紹熙元年十一月十三日；知贑州告詞，紹熙三年八月十一日。詩當紹熙三年中秋後在行都作。』詩云：『斯文準乾坤，作者難屈指。我從李郭游，知有徐孺子。』所以推許者甚至。惜不詳其籍歷。

卅六、徐仲錫　（同上）未詳。

卅七、轉庵潘德久　（《和轉庵丹桂韻》、《同潘德久作明妃詩》等）《温州府志》：『潘檉，字德久，永嘉人。仕閤門舍人，授福建兵馬鈐轄。有《轉庵集》。』《水心集》（十二）《周會卿詩序》：『永嘉言詩皆本德久。』德久字堯章爲『白石道人』，有贈詩，見《白石集》。是居苕霅時已納交。其《書白石昔遊詩後》云：『起我遠游興，其如髩毛霜。』許及之《涉齋集》（十二）《爲轉庵壽》云『年顔相去追隨得，難老如公壽更頤』，蓋江湖老壽者。

卅八、韓淲　（《昔遊詩》）四庫《澗泉日記》提要：『字仲止，號澗泉，開封人。《宋史》無傳，惟戴復古《石屏集》有挽韓仲止詩，自注云：「時事驚心，得疾而卒。作《所以商山人》、《所以桃源人》、《所以鹿門人》三詩，蓋絶筆也。」參政韓億之裔，吏部尚書韓元吉之子。』《澗泉集》（二）有《題堯章白石洞》詩、《集》（六）有《書白石昔遊詩後》。

卅九、王孟玉　（《送王孟玉歸山陰》）詩起云『淮南雪落雲繞戍』，當是紹熙間客合肥時作。王明清《揮麈前録》有臨汝郭九悳跋，謂『間從清流王孟玉借《揮麈録》觀之』。明清淳熙間人，與白石同時，當即此孟玉。清流爲滁州附郭縣，正淮南地，與詩脗合。蓋孟玉久居滁郭，跋稱清流王孟玉，乃指其所在地，非標明本貫也。王明清嘗官滁，《揮麈前録》（三）第七二條即據王孟玉云。

四十、陳敬甫　（《送陳敬甫》）四庫《捫蝨新話》提要：『陳善字敬甫，號秋堂。史繩祖《學齋佔畢》稱其字子兼，蓋有兩字。羅源人。其始末不可考。』《宋詩紀事》謂淳熙間豪士，有《雪篷夜話》。陳《譜》以詩有『相逢千巖萬壑裏』句，定爲嘉泰元年秋在越交游。（王仲聞曰：『宋有二陳善：一作《捫蝨新話》者，早卒，見《儒學警悟》本《捫蝨新話跋》；一則陳敬甫秋塘〔非秋堂〕，見南宋人别集如《澗泉集》、《東山詩選》中甚多，《北澗詩集》有是詩，蓋卒于理宗時。』）

四十一、項平甫　（《送項平甫倅池陽》）項名安世，松陽人，《宋史》（三九七）有傳。《中興館閣續録》載其淳熙二年同進士出身，紹熙五年除校書郎，慶元元年添差通判池州。白石送項詩，即此時在杭作。

四十二、蕭總管　（《契丹歌》注）陳《譜》引《宋史·張子蓋傳》：『（紹興）三十二年春，金人攻海州急，以子蓋爲鎮江府都統往援之。孝宗即位，（節）子蓋受命還，招金大將蕭鷓巴、耶律适哩將其衆來降。』（『适哩』惟《張子蓋傳》誤作『造哩』，《陳止齋集》及《宋史》它處均作『适哩』，知張傳誤。）又引《貴耳録》：『蕭鷓巴常侍孝宗擊球，每許其除步帥，久不降旨，鷓巴醉語云：「官家會亂説，不除步帥。」怒，送福州居住。德壽問及鷓巴，孝廟奏知，德壽云：「北人性直，可唤取歸。」後遇德壽發引，鷓巴號哭欲絶。』案《稼軒集·美芹十論》云：『辛巳之變，蕭鷓巴反於遼。』辛巳高宗紹興三十一年，完顔亮伐宋之歲也。《建炎以來繫年要録》（一九九）紹興三十二年洪适奏：『蕭鷓巴一家踰二十口，券錢最多日不過六七百緡，尚不給用。』《宋史》本紀：紹興三十二年，以蕭鷓巴爲忠州團練使。陸游《老學庵筆記》（五）：蕭鷓巴『北人實謂之札八』。

四十三、沈器之　（《答沈器之》）未詳。

四十四、張參政　（《寄上張參政》）張巖字肖翁，大梁人。徙家揚州，乾道五年進士。阿附韓侂胄，嚴道學之禁。官至參知政事。《宋史》（三九六）有傳。嘉泰四年，白石有《賀張參政》詩，疑居吴興時交游。見《年表》。

四十五、張思順　（《京口留别張思順》）《絶妙好詞箋》（一）：『張履信，字思順，號游初，鄱陽人。侍郎南仲之孫。嘗監江口鎮，官至連江守。』陳《譜》據《游宦紀聞》紀金山中泠泉、丹陽玉乳泉，定思順淳熙十三年沿檄，十四年攝丹陽，紹熙初監江口鎮，紹熙二年正月廿四自合肥東歸行都，遇白石於京口。白石留别詩此時作。案：思順監江口鎮攝邑事，在淳熙十四年，見《夷堅支志》戊二。思順，張輯父也。

四十六、胡仲方　（《次韻胡仲方因楊伯子見寄》）《宋詩紀事》：『胡桼字仲方，廬陵人，銓之孫。嘉定中官工部尚書，出知福州。』《誠齋集》（一二九）《胡泳妻夫人李氏墓誌銘》：『男三，槻、桼、桯。』同書（一〇九）《答胡撫幹仲方書》云：『澹庵先生有孫，季永亡友有子。』季永，泳字也。白石詩注云：『仲方得萍鄉宰。』陳《譜》引誠齋《退休集·答胡仲方》詩『因君黄綬爲此縣，問古青萍何處鄉』，編於乙丑改元開禧元日之後，白石詩當是開禧元年作。

四十七、楊伯子　（同前）《宋詩紀事》：『楊長孺字伯子，號東山，萬里子。』《宋史翼》（廿二）傳作子伯，誤。

四十八、陳君玉　（《陳君玉以集見歸》）未詳。

四十九、田郎　（《寄田郎》）未詳。

五十、王德和　（《送王德和提舉淮東》）陳《譜》引韓元吉《南澗詞·水調歌頭》題『席上次韻王德和』。案白石此詩云『家邊提節未爲非』，則淮東人。《江陰縣志》（十六）：『王寧字德和，乾道丙戌中乙科，終中奉大夫直徽猷閣，逮事三朝，有《笑庵集》十卷。』或即其人。

五十一、李萬頃　（《送李萬頃》）陳《譜》定送李詩慶元三年作，謂詩有『問訊千巖』句，知李赴池陽。

五十二、鄭郎中　（《寄上鄭郎中》）陳《譜》引《宋詩紀事》：鄭汝諧字舜舉，青田人，紹興中進士，官吏部侍郎，徽猷閣待制致仕，有《東谷集》。《宋史》：『紹熙三年九月戊子，遣鄭汝諧等赴金賀正旦。』《金史·交聘表》：『章宗明昌四年正月己巳朔，宋遣顯謨閣學士鄭汝諧賀正旦。』《乾隆江南通志·職官表》：『鄭汝諧知池州。』鄭郎中即汝諧。表云顯謨閣學士，例借也。使還知池州，故白石詩云『梅根望斷九華雲』『節麾在道催歸漢』。陳《譜》定爲紹熙四年作。

五十三、左真州　（《送左真州還長沙》）陳《譜》引《雍正揚州府志·古蹟》：『壯觀亭，紹熙元年，郡守左昌時復新之。』《誠齋集·真州重建壯觀亭記》稱『今太守左侯昌時』。《薦士録》：『左昌時吏能精密，所至有聲，新知真州。』定左知真州在淳熙十六年。左鄱陽人，爲白石鄉鄰。鄱陽爲歸程所經，故有『望鄉喬木』之句。

五十四、趙鼐　（《東堂聯句》）鼐字竹潭，趙鼎後人。開禧間處州太守。參《虞美人·括蒼煙雨樓》詞箋。鼐淳熙間提舉江南路常平茶鹽義倉司，見《臨川縣志》（三十二）《職官志》。《宋會要輯稿》一〇二册：『紹熙五年二月七日，詔新知常德府趙鼐與宫觀，理作自陳。以臣僚言其癡騃小子，初不知書，觸事面牆，累汙白簡，難任民寄故也。』此趙鼐不知即白石交游否。

五十五、蘇虞叟　（《臨安寓舍答蘇虞叟》）陳《譜》：陸游《劍南詩稿》（廿七）紹熙癸丑有《贈蘇召叟兄弟》，（卅一）紹熙甲寅有《送蘇召叟秀才入蜀》，蘇洞《泠然齋集》有《足虞叟兄句》、《次韻虞叟寄常州晉叟兄》、《次韻潁叟書耕堂即事》，則晉叟、虞叟皆召叟兄也。（以上陳《譜》文。）《劍南詩鈔》（七十六）《題蘇虞叟巖壑隱居》有『千巖萬壑舊卜築』句，知山陰人；又《劍南詩稿》（六十五）《贈蘇召叟》云『君家文獻歷十朝，魏公峩冕加金貂』，召叟蓋元祐時相蘇頌四世孫。

五十六、徐南卿　（《竹友爲徐南卿作》）陳《譜》淳熙十六年，引陳造《江湖長翁集》有徐南卿竹友軒二詩，似南卿又號竹友。

五十七、費山人　（《訪費山人》）《同治上江兩縣志·古今人》，以白石此詩有『忽憶石頭城下路』句，定費爲金陵人。然陸本白石詩『城』作『橋』，不知孰是。

五十八、范仲訥　（《送范仲訥往合肥》）未詳。

五十九、陳日華　（《陳日華侍兒讀書》）《四庫提要》（一四四）《談諧》下：『宋陳日華撰。日華不知何許人。《文獻通考》載所著《金淵利術》八卷，亦不著時代；别有詩話一卷，中引朱子之語。考姜夔《白石詩集》有《陳日華侍兒讀書》，又張端義《貴耳集》稱淳熙間有二婦人足繼李易安之後，曰清庵鮑氏、秀齋方氏，秀齋即陳日華之室。則孝宗時人也。』案曄曾編《夷堅志》，以類相從，刻於湖陰之計臺，疏爲十卷，見何異《容齋隨筆序》。又曾編《善謔詩詞》成帙，見《夷堅三志》（七），殆即四庫著録之《談諧》。《直齋書録解題》（八）《鄞江志》（下）云：『郡守古靈陳昱日華俾昭武士人李皋爲之，時慶元戊午。』（福州有古靈山。鄞江即汀州。）同書（十一）《夷堅志類編》三卷云：『四川總領陳昱日華取《夷堅志》詩文藥方類爲一編。』是其人别名昱，又曾爲四川總領也。李洣曰：『陳曄長樂人，慶元初守汀州，有惠政，見民國《長樂縣志》（二十四）《人物傳》，是即《直齋書録解題》所載主修《鄞江志》之陳昱。疑曄一音昱，遂譌曄爲昱，猶之《容齋隨筆》何異序誤刻爲陳煜也。惟《長樂志》傳不言其爲淳安令及四川總管。然此志甚陋，或不免註漏耳。』《光緒嘉興府志》（四十四）《選舉》，陳曄嘉定十年丁丑進士，金部郎中，守南劍州，此時代不同，乃另一人。

六十、俞子　（《寄俞子》）未詳。

六十一、全老　（《集外詩》、《嘉泰壬戌上元日訪全老於浄林》）陳《譜》引汪孟鋗《龍井聞見録》：僧全。《咸淳臨安志》：主僧可全。蘇籀《雙溪集》：《龍井僧全示寄庵樞密程公累篇季文弟新什求予繼》。又《咸淳臨安志》稱全於浄林創松關南泉，爲留憩之地。

六十二、聰自聞　（鮑氏知不足齋輯本有《酌龍井》二首題云「齋後與全老、銛朴翁、聰自聞酌龍井而歸」）陳《譜》引周紫芝《太倉稊米集·酌龍井泉書聰師房二首》云：『八十霜髭不出門，老師猶是辨才孫。』案《後村大全集》(三)有《懷保寧聰老》詩，不知即自聞否。王仲聞曰：『周紫芝乃紹興時人，及見張文潛、李之儀諸人，與白石交往之聰自聞，當是另一人。』

六十三、王大受　（《咸淳臨安志》二十九水樂洞上有白石《次韻王秘書游水樂洞》詩五律一首，同書有王大受《游水樂》詩。）未詳。

見于雜文者廿五人：

六十四、内翰梁公　未詳。（以下十七人皆見《白石自述》）

六十五、樞使鄭公　陳《譜》引《一統志·福建興化府》：『鄭僑字惠叔，乾道五年進士第一，寧宗即位，拜參知政事，進知樞密院事，後以觀文殿大學士致仕而卒。』案《宋史·宰輔表》，僑以慶元二年正月除知樞密。《自述》謂鄭使座上爲文，當即其時。

六十六、待制朱公　陳《譜》引《宋史·寧宗紀》：『紹熙五年七月召秘閣修撰知潭州朱熹詣行在，八月以朱熹爲焕章閣待制兼侍講，十月以上疏忤韓侂胄罷。』《自述》云：『待制朱公既愛其文，又愛其深於禮樂。』

六十七、丞相京公　京鏜字仲遠，豫章人。紹興二十七年進士，仕至左丞相。《宋史》（三九四）有傳。白石論大樂，鏜實主其議，説在《議樂考》。

六十八、丞相謝公　謝深甫字子肅，台州臨海人。中乾道二年進士第，仕至參知政事，拜右丞相。嘉泰二年卒，《宋史》（三九四）有傳。張羽《白石傳》謂議樂不合，由深甫沮之，非是。已辨于《議樂考》。

六十九、孫公從之　孫逢吉字從之，吉州龍泉人。隆興元年進士。紹熙間官右正言、吏部侍郎，後以忤韓侂胄出知太平州。《宋史》（四〇四）有傳。卒于慶元五年，見樓鑰《攻媿集》（九十六）《孫公神道碑》。陳《譜》謂交白石在淳熙十四年官國子博士時。《誠齋集》（一一三）《淳熙薦士録》：『孫逢吉學邃文工，吏用明敏，（節）前知袁州萍鄉縣。』

七十、胡氏應期　胡紘字應期，處州遂昌人。淳熙進士。未達時，嘗謁朱熹於建安，熹待以脱粟飯，紘不悦，亡去。後劾趙汝愚爲僞學甚力。沈繼祖論朱熹疏，皆紘筆也。《宋史》（三九四）有傳。陳《譜》引《中興館閣續録》：紘字幼度，處州龍泉人，隆興元年木待問榜進士出身。與史不合。

七十一、江陵楊公　《四庫提要》（一六一）《客亭類稿》：『楊冠卿字夢錫，江陵人。季洪子。生紹興八年。嘗舉進士，出知廣州，以事罷職。』案白石贈冠卿詩云『長安城中擇幽棲，静退不願時人知』，在杭交游也。

七十二、南州張公　未詳。

七十三、金陵吴公　陳《譜》引《同治上江兩縣志·科貢譜》：『淳熙八年，吴柔勝，溧水籍，江寧人。通判建康府，秘閣修撰，贈太師，謚正肅。《通志》作宣城人。據袁志補。』『嘉定七年，吴淵，上元人，柔勝子。』『十年，吴潛，上元人，柔勝次子，狀元。』《宋史》俱有傳。金陵吴公即柔勝也。吴潛助白石之葬，蓋兩世交誼矣。

七十四、吴德夫　吴獵字德夫，潭州醴陵人。開禧時，禦金人有功，官至四川安撫使。從張栻、朱熹學，有《畏齋文集》等，《宋史》（三九七）有傳。陳《譜》引《中興館閣續録》：『吴獵紹熙四年三月除正字，五年八月除校書郎。』

七十五、徐淵子　陳《譜》引《萬姓統譜》：徐似道字淵子，天台人。少負才名，爲吴江尉，受知於范成大。及爲秘書少監，聞彈疏，以舟載昌蒲數盤，書兩篋，翩然引去，道間爭望之若神仙。楊萬里《誠齋集》（一一四）《詩話》：『自隆興以來，以詩名：林謙之、范至能、陸務觀、尤延之、蕭東夫；近時後進有張鎡功父、趙蕃昌父、劉翰武子、黄景説巖老、徐似道淵子、項安世平甫、鞏豐仲至、姜夔堯章、徐賀恭仲、汪經仲權。』云云。《石屏續集》（二）有《都中懷竹隱徐淵子直院》一律。《癸辛雜識續集》下：『竹隱徐淵子似道，天台名士也。』是淵子又字竹隱。《中興館閣續録》（七）云：乾道二年進士。

七十六、曾幼度　《四庫提要》（一六〇）《緣督集》：『宋曾丰撰。丰字幼度，樂安人。

乾道五年進士，官至知德慶府事。真德秀幼嘗受學於丰。晚年築室，自號撙齋。』《宋史翼》（卄八）有傳。

七十七、商翬仲　商飛卿，字翬仲，台州臨海人。淳熙初，由太學登進士第。開禧中，官至户部侍郎。侂胄將舉師，嘗問餉計豐約，飛卿以實告，比調遣浩繁，不克支，屬有旨俾飛卿軍前傳宣撫勞，值金兵大至，幾不免，以憂卒。《宋史》（四〇四）有傳。伐金之役，開禧三年也。

七十八、易彦章　《絶妙詞選》（四）：『易彦章名祓，長沙人，寧宗朝狀元。』《四庫提要》（三）《周易總義》：『宋易祓撰。《南宋館閣録》載祓字彦章，潭州寧鄉人。淳熙十一年上舍釋褐出身，慶元六年八月除著作郎，九月知江州。周密《齊東野語》則載其諂事蘇師旦，由司業躍擢左司諫，師旦敗後貶死。』陳《譜》引樂雷發《雪磯叢稿・謁山齋》詩：『細嚼梅花讀總義，只應姬老是知心。』山齋，祓别號也。

七十九、樓公大防　樓鑰字大防，鄞縣人，隆興元年進士，官至參知政事，卒謚宣獻。《宋史》（三九五）有傳。

八十、葉公正則　葉適字正則，永嘉人。登淳熙進士，寧宗時累官寶文閣待制，江淮制置使。學者稱水心先生。《宋史》（四三四）有傳。

以上十七人並見于《白石自述》。《自述》作于嘉泰間，此皆嘉泰以前交游也。

八十一、朱子大　（《絳帖平》自序）陳《譜》定白石入越子大贈《絳帖平》在嘉泰元年。又云：《前賢小集拾遺》，有朱子大鼒《奉題周南仲正字所藏閻立本畫蘇李别》一首；趙蕃《淳熙稿》，有《贈朱子大蘇召叟昆仲》詩；周文璞《方泉集》，有《弔友人朱子大》，自注『鼒居越上，其屋爲勢家所有』；蘇泂《泠然齋集》（三）有《簡朱子大學士》二首、《憶朱子大學士》一首、《見子大後寄》一首。據此，知子大名鼒，越人也。

八十二、王餞　（《保母帖跋》）餞字千里，山陰人。陳《譜》引蘇泂《泠然齋集》（一），有《王千里得晉王獻之保母碑及硯索詩》一首。

八十三、釋了洪　（同前）葉適《水心先生文集》（六）有《吴江華嚴塔院贈了洪講師》五古一首，《再過吴江贈了洪》一首。

八十四、元卿　（同前）未詳。

八十五、湯升伯　（嘉泰壬戌《蘭亭跋》）陳《譜》引《後村大全集》（三）《答湯升伯因悼紫芝》云：『紫芝曾説子能詩，開卷如親玉樹枝。』白石鄉人也，見原跋。

八十六、童道人　（《蘭亭跋》）《雲煙過眼録》（一）：『五字不損本蘭亭，後歸碑驛童道人。』

八十七、黄子邁　（同上）庭堅孫也，見原跋。李涞曰：『《攻媿集》（七十六）有《跋黄子邁所藏山谷乙酉家乘》。』

見於他書者十七人。

八十八、周文璞　《江湖小集》（二十九）周氏《方泉集》（二），有《題堯章新成草堂》一首、《姜堯章金塗佛塔歌》一首、《弔堯章》一首。《絶妙好詞箋》（二）：『周文璞字晉仙，號方泉，又號野齋、山楹。陽穀人。』《四庫提要》（一六二）《方泉集》：文璞『小詩如張端義《貴耳集》所稱《題鍾山》一絶、《晨起》一絶，固可肩隨於白石、澗泉之間，宜其迭相唱和也』。《泠然齋集》（三）有《寄周晉仙》詩，稱爲『四海周風子』。

八十九、王炎　王氏《雙溪集》有《和堯章九日送菊》二首、《題堯章舊游詩卷》一首，《臘中得雪快晴古風呈堯章銛老》一首。炎字晦叔，婺源人。乾道五年進士，官至軍器少監。與朱熹交好，著作甚多。見四庫《雙溪集》提要。王又有《題白石昔遊詩後序》，當是嘉泰初在杭交游。

九十、張輯　《絶妙詞選》（九）：『張宗瑞名輯，鄱陽人，自號東澤。有詞二卷，名《東澤綺語》。朱湛盧爲序，稱其得詩法於姜堯章。』《絶好好詞箋》（二）：『輯，連江太守思順之子。』白石有贈思順詩，已考于前。陳郁《藏一話腴》（下）：『白石姜堯章，奇聲逸響，率多天然，自成一家，不隨近體，有《詩説》行於世。三數十年來，曾景建、劉改之、張韓伯、翁靈舒、趙紫芝、徐無競、高菊磵諸公俱已矣，自餘以詩鳴者，皆非能專傳白石之燈。惟番陽張東澤受訣白石，攻研澄潔，駸駸欲溯太白而上之。余嘗謂東澤家本二千石，而瓶不儲粟，身本貴遊子，而癯如不勝衣，舉世阿附，而日夜延騷人韻士，論説古今，客退吟餘，寄趣徽軫，曾不一毫預塵世事。蓋所養相似，吟亦不相違，信詩人之不得不尚友師也。』

九十一、黄景説　《宋詩紀事》（五十三）：『黄景説字巖老，號白石，閩人。乾道五年進士。嘉定中直秘閣，知静江府，有《白石丁稿》。』《詩人玉屑》（十九）謂景説學詩於蕭德藻，其雪詩與德藻未易伯仲。李洣引《福建通志》，景説閩清人，德藻鄉人也。王士禛《香祖筆記》謂黄、姜皆學詩于蕭千巖，時號雙白石。

九十二、陳造　陳氏《江湖長翁集》（六）有《次堯章贈詩卷中韻》五首，卷二十有《次堯章餞南卿韻》二首。《四庫提要》（一六一）《江湖長翁集》：『造字唐卿，高郵人。淳熙二年進士，官至淮南西路安撫司參議。』《宋史翼》（二十九）有傳。

九十三、吴潛　潛字毅夫，宣州寧國人。嘉定十年進士第一，官至參知政事右丞相兼樞密使，進左丞相，封許國公，後謫化州團練使，安置循州卒。《宋史》（四一八）有傳。嘗助白石殯，參《生卒考》。

九十四、劉過　劉氏《龍洲集》（三）有《雨寒寄姜堯章》一首。《絶妙詞選》（五）：『劉改之名過，太和人。稼軒之客，號龍洲道人。』

九十五、蘇泂　蘇氏《泠然齋集》（五）有《張平父逝後寄堯章》一首，卷八有《到馬塍哭姜堯章》四首、《夢堯章桂花下》一首、《憶堯章》一首、《寄堯章》一首、《寄白石姜堯章》一首、《寄堯章并簡銛老》一首。又卷二《春日懷詹梁》云：『前回識得白石生，聞韶甚美一夔足。此公所向泯涇渭，於我底裏傾心腹。』洞《到馬塍哭堯章》詩云『初聞訃告一場悲，寫盡心肝在挽詞』，今本《泠然齋集》無此挽詞。《直齋書録解題》：『《泠然齋集》，山陰蘇洞召叟撰，丞相子容四世孫，師德仁仲之孫。』子容，元祐時相蘇頌之字。

九十六、史達祖　《絶妙詞選》（七）：『達祖有詞百餘首，張功甫、姜堯章爲序。』《絶妙好詞箋》（二）：『達祖字邦卿，號梅溪，汴人。有《梅溪詞》一卷。《四朝聞見録》（戊集）：「韓侂胄爲平章，專倚省吏史達祖奉行文字，擬帖撰旨，俱出其手，侍從柬札，至用申呈。韓敗，遂黥焉。」』

九十七、敖陶孫　《江湖後集》（十八）敖氏《臞翁集》有《和白石桂花裙字》詩。《後村大全集》（一四八）《臞菴敖先生行狀》：『陶孫字器之，福州福清縣人。中慶元己未第，主通州海門縣簿，教授漳州。寶慶三年卒。』《後村大全集》（一）《别敖器之》云『舊説閩人苦節稀，先生獨抱歲寒姿』，又云『東閣不游緣氣重，草堂未架爲無資』，可略見其行誼。

九十八、蓋希之　見韓淲《澗泉集》，曾宰烏程。慶元己未秋與白石、潘德久同往西泠看木樨。參《生卒考》。

九十九、謝采伯　采伯嘉定元年戊辰刻白石《續書譜》於台州，序云：『略識堯章於友人處。』《四庫提要》（一二二）《密齋筆記》：『采伯字元若，台州臨海人。宰相深甫之子。理宗后謝氏之伯叔行也。中嘉泰二年傅行簡榜進士。』

一〇〇、謝渠伯　深甫次子，字元石，官澧州判。女爲理宗后。度宗立，追封魏王。（參《議大樂考》。）《自述》『丞相謝公愛其樂書，使次子來謁焉』，即渠伯也。

一〇一、郭敬叔　白石與吉水郭敬叔同學書於京師單炳文（煒）。單在沅州，嘗云：『堯章得吾骨，敬叔得吾肉。』見宋無名氏《東南紀聞》。（此友人吴徵鑄先生見告。）

一〇二、蕭澋　趙孟堅藏五字不損本《蘭亭》，有孟堅跋云：『丁亥歲，大滂後，孟堅到霅城，甫識蕭千巖孫澋，首出示《蘭亭叙》肥瘦二本，此肥本也。』云云。『澋』字《齊東野語》誤作『滾』。《雲煙過眼録》（二）作『蕭況介文』，當是『蕭澋介父』之譌。《浩然齋雅談》（中）記白石載雪録有蕭介父題詩，即其人。孟堅跋云千巖之孫；《齊東野語》謂千巖姪，亦誤也。案孟堅生年猶及白石，澋與白石爲姻親，《蘭亭》又先後爲兩家所藏，其人當曾奉手白石者。

一〇三、馮去非　去非爲范晞文《對床夜語》序，附一札有『去非若夫興懷姜堯章同游時』語。王仲聞曰：『去非生紹熙三年，白石卒時才三十左右，蓋白石忘年交。』《絶妙好詞箋》（三）：『去非字可遷，號深居。南康都昌人。淳祐元年進士，幹辨淮東轉運使，寶祐四年，召爲宗學諭。』

一〇四、錢希武　華亭人，參政錢良臣之裔，嘗刻白石歌曲。參《蕎山谿·題錢氏溪月》箋。

一〇五、王簡卿　宋林師蔵等編《天台集》續集，有白石《送王簡卿歸天台》詩二首。簡卿即王安居，黄巖人，淳熙進士，爲右司監首論韓侂胄弄權，宜肆諸市朝。《宋史》（四〇五）有傳。著《方巖集》。

一〇六、龔明　《名賢法帖》卷九有白石《禊帖跋》：『觀于紅橋龔明之寓舍，余宜中適至。嘉泰二年浴佛後一日。』

一〇七、余宜中　（見一〇六條）

以上考白石交游共一〇七人，略述其籍歷如右。陳郁《藏一話腴》有稱道白石語，樂雷發《雪磯叢稿》有弔白石詩，二人曾否奉手白石，今不可考。若吴文英不及上交白石，已詳于《石帚辨》。又，鮑廷博跋范晞文《對床夜語》云『景文（晞文别名）嘗與高菊磵、姜白石諸人游』，案范氏《對床夜語》（二）雖引白石『文以文而工，不以文而妙』二語，但全書五卷中無與白石往還之跡。晞文在太學上書詆賈似道，其時是咸淳丙寅；馮去非序《夜語》，附一書札，作于景定三年十月二日，又在咸淳丙寅之前四年。細繹札中詞氣，直視晞文爲後輩，其時晞文如年僅三十，則不及見白石；即使已四十，當白石卒時，上不過十齡左右而已。鮑廷博因序《夜語》之馮去非是白石交游，遂連及晞文，疑不可信。白石與陸游同時，而兩家集中無往還之跡。洪正治刻《白石詩集》，有《寄陸放翁》二首，不見于宋本《白石集》，當是誤録他人之作。（陸游長于白石三十歲，而此詩自稱『老夫』，非白石作甚明。）《研北雜志》記白石議大樂不合，歸鄱陽，過吴見陸務觀云云，予爲《議樂考》，已辨其不可信。今案楊萬里《朝天集》皆淳熙間在杭州作，其中有《雲龍歌調陸務觀》、《跋陸務觀劍南詩稿》二首，編在淳熙丙午元日之後，其後即是《送姜堯章謁石湖》一首。萬里贈白石詩，起句『蕭尤范陸四詩翁』，即連及放翁；其介白石謁石湖，在淳熙十四年丁未，時放翁方自蜀東歸，實與白石同客杭州。當時文壇名勝與姜陸兩家同有友誼者，今可考尚有數十人，如會稽蘇洞乃白石摯交，而又爲陸氏弟子，其爲《金陵雜詠》二百首，且兼懷姜陸兩人。（詳《行跡考》『金陵』條。）兩人必不至于不相知聞。王士禛《香祖筆記》謂『於南渡後詩，自放翁外最喜姜夔堯章』，後人想望爲同聲笙磬，當時却無一字酬答，此藝林一疑事。作《交游考》成，并記于此。

（六）議大樂

《宋史》無白石傳，而以其上書議大樂，得見名于《樂志》。議雖不行，於白石平生爲一大事矣。《慶元會要》云：『慶元三年丁巳四月□日，饒州布衣姜夔上書論雅樂，并進《大樂議》一卷、《琴瑟考古圖》一卷，詔付奉常，有司以其用工頗精，留書以備採擇。』（《玉海》一百五作慶元元年。『元』乃『三』之形譌，考在《年表》。）其本事簡略僅此。《大樂議》今具存于《樂志》，亦無待考辨。惟其議樂不合之故，後人記載，頗涉謬悠。徐獻忠《吴興掌故》云：『姜堯章長於音律，嘗著《大樂議》，欲正廟樂。時嫉其能，是以不獲盡其所議，人大惜之。』張羽爲《白石傳》，謂嫉之者乃丞相謝深甫。今按《宰輔表》，深甫慶元三年正月以參知政事兼樞密院事，與張傳年代合。然白石作《自述》云『丞相謝公愛其樂書，使次子來謁焉』，似非嫉其能者。張傳又謂：『謝使其子來謁，夔遇之無殊禮。銜之。』案深甫四子：長采伯，次渠伯。渠伯即理宗后謝道清之父，字元石，仕至朝奉大夫，通判澧州，見《光緒台州府志·人物傳》（七）。其與白石交誼不可考。采伯則嘉定戊辰嘗爲白石刻《續書譜》，作序稱白石『好學無所不通』，述其議樂之事，僅云『嘗請于朝欲正頌臺樂律，以議不合而罷』，未嘗及他故。張傳多失實，此説疑亦不可信。白石《自述》謂京鏜愛其禮樂之書，宋張仲文《白獺髓》亦謂鏜主白石之議。則議樂或由謝、京二人之慫恿，嫉之者另有人，而非深甫也。《白獺髓》『姜夔正樂』條記其詳云：『慶元間，有士人姜夔上書乞正奉常雅樂。京仲遠丞相主此議，送斯人赴太常寺，同寺官校正。斯人詣寺，與寺官列坐，召樂師賫出大樂，首見錦瑟，姜君問曰：「此是何樂？」衆官已有謾文之歎，正樂不識樂器。斯人又令樂師

〔彈之。師〕曰：「《語》云『鼓瑟希』，未聞彈之。」衆官咸笑而散去，其議遂寢。至今其書流行於世，但據文而言耳。』（原書有闕文，『彈之師』三字據《説郛》卷廿五補。《吴興掌故・寓賢録》引林兆珂《宙合編》與此略同。）案白石著《琴瑟考古圖》，何致不識樂器？《玉海》（一〇五）『慶元樂書』條謂白石『進鼓瑟制度、樂書三卷』，何致不知鼓瑟？且其《大樂議》明有『鼓瑟之聲』一語，《白獺髓》之讕詞，或出于寺官樂師之虚構，忌能沮議，殆即此輩寺官樂師。元陸友《研北雜志》卷下又增益一事曰：『姜堯章從奉常議樂，以彈瑟之説不合，歸鄱陽，過吴，見陸務觀，談其事，務觀曰：「何不憶『二十五絃彈夜月』之詩乎？」堯章聞之，不覺自失。』此説案之二人行歷，皆不相符，白石慶元三年四月議樂之後，集中無鄱陽蹤跡；（詩集有《丁巳七月望湖上書事》及《和轉庵丹桂韻》，皆慶元三年作，見《年表》。）陸游自紹熙元年至嘉泰二年，十餘年間皆罷官居越，兩家文字無一語往還；且所謂『返鄱陽過吴』，路徑亦不合。（宋人有稱杭州爲吴者，如白石《鶯聲繞紅樓》序『平甫與予自越來吴，攜家妓觀梅于孤山』是也，白石在杭議大樂，自不得云返鄱陽而過杭州。宋人亦有稱越州爲吴者，如陸游《渭南文集》卷八十《排悶》詩『歸吴得小休』、卷八十四《嘉定己巳》『八月吴中風露秋』、卷七十九《聞吴中米價甚貴》，凡此皆指越中，以古會稽郡兼有今江蘇東部浙江西部地也。但自杭返鄱陽，亦不經越。若指蘇州則與二人行跡益不符。）《白石詩集》有《戊午春帖子》一絶云：『晴窗日日擬雕蟲，惆悵明時不易逢。二十五絃人不識，淡黄楊柳舞春風。』戊午乃慶元四年，即議樂之次年，故有明時不逢之句。《白獺髓》、《研北雜志》

所記或是輾轉附會此詩爲之。(『二十五絃人不識』云云，本白石致慨於知音之難，而淺人妄傳，乃誤謂白石不識二十五絃，嫉其能者從而增飾之，又由唐人彈夜月之詩造爲彈瑟鼓瑟之說。)《白獺髓》諧笑短書，本不足深詰，以其出于白石同時人，易啓人疑，故不憚辭費，辨之如此。

律呂之學，累代聚訟。白石所論亦有偶誤者。如《大樂議》主以十二宮爲雅樂云：『古人於十二宮，又特重黄鍾一宮而已。齊景公作《徵招》、《角招》之樂，師曠有清商、清角、清徵之操，漢、魏以來，燕樂或用之，雅樂未有聞以商、角、徵、羽爲調者，惟迎氣有五引而已。』陳澧《聲律通考》辨曰：『齊景公作《徵招》、《角招》，安知其非雅樂？至漢、魏以來，則《晉書》、《宋書》載荀勖笛有正聲調、下徵調、清角調，其清角調下自注云「不合雅樂」，然則下徵調固雅樂也。且既云「雅樂未聞」，又云「惟迎氣有五引」，則更不能自守其說矣。姜氏之說，蓋本於《隋書・音樂志》牛弘等議無用商、角、徵、羽爲别調之法(節)然隋志言弘不能精知音律，則其説固未可依據矣。』此其一也。《大樂議》又謂：『鄭譯八十四調出於蘇祇婆琵琶。』陳氏引《舊五代史・樂志》張昭之説及《隋書・萬寶常傳》，譏姜氏『但據《隋書・樂志》鄭譯有八十四調，而未考梁武帝萬寶常亦有八十四調。白石之意，欲不使胡樂亂古樂，而於古之所有者，亦棄去之以與胡樂相避，則矯枉而過直』。此其二也。他若序《霓裳中序第一》引沈括《樂律》定《霓裳》爲道調，而不知《霓裳》實商調，沈括誤説，王灼《碧雞漫志》及葛立方《韻語陽秋》已駁正之；序《徵招》謂自古少徵調曲，而不知唐人五弦彈及宋太宗之五絃阮各有徵調，皆千慮一失（説皆詳于詞箋）。當時寺官樂師不能舉此相稽，而惟摭倍謾之辭，架誣求勝，足見其蒙然亡識矣。

王國維《唐宋大樂考》引《大樂議》：『大食小食般涉者（句）胡語伊州、石州、甘州（句）。』（依王氏讀）注云：『此説誤也。大食、小食亦作大石、小石。《唐書·地理志》有大石城、小石城，大石、小石，當由此二城得名。般涉，《隋志》又作般贍，又與大石、小石均爲調名，而伊州、石州則曲名，不得混合爲一也。』（以上王説）案王氏考大石、小石得名之由是也，而謂白石混調名爲曲名，則實未審。《大樂議》原文云：『鄭譯八十四調，出于蘇祇婆之琵琶。大石、小石、般涉者胡語（句），《伊州》、《石州》、《甘州》、《婆羅門》者胡曲（句），《綠腰》、《誕黄龍》、《新水調》者，華聲而用胡樂之節奏（句）。惟《瀛府》、《獻仙音》謂之法曲，即唐之法部也。』此文並無疏牾，王氏偶舛其句讀，乃以不狂爲狂矣。此亦妄詆白石之一事，爰併書之。

南宋人與白石同時倡議大樂者尚有孔元忠。劉宰《漫塘集》（三十五）《孔元忠行述》：元忠爲太常寺主簿，會大饗閲樂，上疏言四清聲，謂作樂當夷、南、無、應四律爲宫，則宜殺其黄、大、太、夾四正聲（母聲），而用其子聲（清聲），使臣民不勝于君。乞行釐正，仍詔詞臣改潤樂曲。朝廷是而從之云云。元忠卒于寶慶丙戌，年六十八，與白石同行輩，不知論樂孰爲先後也。

（七）合肥詞事

予往年讀白石詞，有再三繹誦而不得其解者兩首：其一爲卷三《浣溪沙》山陽作；其二爲卷五自製曲《長亭怨慢》。《浣溪沙》詞序云：

予女須家沔之山陽，左白湖，右雲夢。春水方生，浸數千里，冬寒沙露，衰草入雲。丙午之秋，予與安甥或蕩舟采菱，或舉火罝兔，或觀魚簺下。山野行吟，自適其適，憑虛悵望，因賦是闋。

詞云：

著酒行行滿袂風。草枯霜鶻落晴空。銷魂都在夕陽中。　恨入四弦人欲老，夢尋千驛意難通。當時何似莫匆匆。

序記游觀之適，而與詞語『銷魂』以下四句意不相屬，且不知詞所云『四弦』『千驛』者所感何事。《長亭怨慢》序云：

予頗喜自製曲，初率意爲長短句，然後協以律，故前後闋多不同。桓大司馬云：『昔年種柳，依依漢南。今看搖落，悽愴江潭。樹猶如此，人何以堪。』此語予深愛之。

詞云：

漸吹盡、枝頭香絮。是處人家，綠深門户。遠浦縈回，暮帆零亂，向何許。閲人多矣。誰得似、長亭樹。樹若有情時，不會得、青青如此。　日暮。望高城不見，只見亂山無數。韋郎去也，怎忘得、玉環分付。第一是、早早歸來，怕紅萼、無人爲主。算空有并刀，難剪離愁千縷。

初玩此詞與序，似僅敷衍庾信《枯樹賦》語，近乎因文造情，白石不應有此；又詞用韋皋玉簫事，序中所無，亦不知何指。

近日翻覆白石全集，乃知此兩首皆是有本事之情詞；其集中此類情詞，往往被人忽略或誤解。今鈎稽其人地事緣，分述如後：

白石詞中記此人地事緣最明顯者，有卷三《鷓鴣天·元夕有所夢》『肥水東流無盡期，當初不合種相思』，及同卷《浣溪沙·辛亥正月二十四日發合肥》一首，知其遇合之地是淮南之合肥。

白石客游合肥，屢見于其詩詞集，其詞序紀年最早者有詞集卷三丁未年之《踏莎行》，乃別淮南後感夢之作，可見客合肥猶在丁未之前；丁未是淳熙十四年（一一八七），時白石約三十三四歲。（《踏莎行》詞見後文。）白石少年行踪，歷歷可考，惟淳熙三年丙申（一一七六）至十三年丙午（一一八六）十載中，缺略不詳；淳熙三年嘗過揚州作《揚州慢》，疑來往江淮間，即在其時，時白石約二三十歲；《霓裳中序第一》所云『年少浪跡』或即指此。（《昔遊詩》『濠梁四無山』一首云『自矜意氣豪，敢騎雪中馬』，正寫少年在江淮間事。）

合肥所遇，以詞語揣之，似是勾闌中姊妹二人。丁未金陵江上感夢作《踏莎行》有『燕燕輕盈，鶯鶯嬌軟』句，歌曲卷四《解連環》有『大喬』『小喬』之語，同卷《琵琶仙》湖州感遇亦云『有人似、舊曲桃根桃葉』。《解連環》、《琵琶仙》皆憶合肥之作也。（説詳後文。）

懷人各詞多涉及箏琶，如《解連環》云『爲大喬能撥春風，小喬妙移箏』，《江梅引》云『寶箏空，無雁飛』，《浣溪沙》云『恨入四絃人欲老』，知其人妙擅音樂；又白石以『琵琶仙』名調，并填琵琶調《醉吟商小品》作懷人語，殆亦由此。（琵琶爲隋唐詞主要樂器；白石精通詞樂，或與此少年情遇有關。）

合肥巷陌多柳，屢見于白石詩詞。自度曲《淡黃柳》序：『客居合肥南城赤闌橋之西，巷陌淒涼，與江左異，惟柳色夾道，依依可憐。』《淒涼犯》序：『合肥巷陌皆種柳，秋風夕起騷騷然。』《送范仲訥往合肥》詩：『我家曾住赤闌橋。』『西風門巷柳蕭蕭。』故懷人各詞如《點絳唇》（『金谷人歸』一首）、《浣溪沙》（『發合肥』）、《琵琶仙》、《醉吟商小品》、《長亭怨慢》諸首，皆以柳託興。舉《琵琶仙》一首示例如後。

《琵琶仙》序云：

《吳都賦》云：『户藏烟浦，家具畫船。』唯吳興爲然，春游之盛，西湖未能過也。己酉歲，予與蕭時父載酒南郭，感遇成歌。

詞云：

雙槳來時，有人似、舊曲桃根桃葉。歌扇輕約飛花，蛾眉正奇絶。春漸遠、汀洲自緑，更添了、幾聲啼鴂。十里揚州，三生杜牡，前事休説。　又還是、宫燭分烟，奈愁裏、悤悤换時節。都把一襟芳思，與空階榆莢。千萬縷、藏鴉細柳，爲玉尊、起舞回雪。想見西出陽關，故人初别。

此詞下片只檃括三首唐人詠柳詩，（『宫燭分烟』用韓翃，『空階榆莢』用韓愈，『西出陽關』用王維。）初讀不解其意；今知詠柳與合肥有關，『桃根桃葉』是比合肥二女。讀《解連環》『大喬能撥春風』及《浣溪沙》『恨入四絃』之句，知用《琵琶仙》調亦非無意。又卷三有《醉吟商小品》一首，亦以柳起興，全詞皆懷人語，作于辛亥之夏，即别合肥之年，序詞謂是琵琶調。以此互證，《琵琶仙》當是懷人之作。

白石此類情詞有其本事，而題序時時亂以他辭，此見其孤往之懷有不見諒于人而宛轉不能自已者。以此意讀《長亭怨慢》、山陽《浣溪沙》諸作，隱旨躍然矣。

白石客合肥，嘗屢屢來往，其最後之别在光宗紹熙二年辛亥（一一九一），辛亥一年間亦嘗數次往返，兩次離别皆在梅花時候，一爲初春（有正月二十四日發合肥之《浣溪沙》詞），其一疑在冬間。（其年七夕尚在合肥作《摸魚兒》詞，冬間即載雪詣范成大于蘇州，見《暗香》、《疏影》詞序。）故集中詠梅之詞亦如其詠柳，多與此情事有關。慶元二年丙辰（一一九六）在無錫作《江梅引》一首，語更明顯。

江梅引（丙辰之冬，予留梁溪，將詣淮南不得，因夢思以述志）

人間離別易多時。見梅枝，忽相思。幾度小窗幽夢手同攜。今夜夢中無覓處，漫裴徊。寒侵被，尚未知。　溼紅恨墨淺封題。寶箏空，無雁飛。俊遊巷陌，算空有、古木斜暉。舊約扁舟，心事已成非。歌罷淮南春草賦，又萋萋。漂零客，淚滿衣。

《鷓鴣天·元夕》數詞，有『誰教歲歲紅蓮夜，兩處沉吟各自知』『芙蓉影暗三更後，卧聽鄰娃笑語歸』之句，知燈節景物亦與此有關（『紅蓮』、『芙蓉』皆謂燈），惟沉吟寄意，不如梅柳之多耳。

予于此乃觸悟白石《暗香》、《疏影》兩詞之寓意。前人以其有『昭君不慣胡沙遠』之語，謂指徽欽后妃，但予疑兩詞亦關係其合肥情事，其證有三：（一）兩詞作于紹熙二年辛亥之冬，即是白石最後一次别合肥之時，詞成于范成大家，成大贈以家妓小紅，似即爲慰其合肥傷别之懷；（二）白石梅柳之詞，大都爲合肥人作，此兩詞中如『江國，正寂寂，歎寄與路遥』，『翠尊易泣，紅萼無言耿相憶』及『早與安排金屋』諸語，皆可作懷人體會；（三）其年除夕，自石湖歸苕溪（湖州），作十絕句，有『十年心事只淒涼，舊時曾作梅花賦』句，案合肥情遇，在作此二詞之前十餘年，則『十年心事』句亦甚可玩味。特兩詞爲應成大之『授簡索句』，不專爲懷人而作，故不似《江梅引》諸詞之語語著實；然于此流露其當時傷别之懷，固亦情理所能有。前讀兩詞，每恨其無確説，今偶以推排白石行年得之，聊發其疑如此。前人評兩詞者，劉體仁《七頌堂詞繹》以爲『費解』，王國維《人間詞話》謂『無一語道着』，皆由未詳此合肥本事也。

茲依年月先後，列其有本事各詞于後：

孝宗淳熙十三年丙午（一一八六）

一萼紅

丙午人日，予客長沙別駕之觀政堂。堂下曲沼，沼西負古垣，有盧橘幽篁，一徑深曲。穿徑而南，官梅數十株，如椒如菽，或紅破白露，枝影扶疏。著屐蒼苔細石間，野興横生。亟命駕登定王臺。亂湘流入麓山，湘雲低昂，湘波容與。興盡悲來，醉吟成調。

古城陰。有官梅幾許，紅萼未宜簪。池面冰膠，牆腰雪老，雲意還又沈沈。翠藤共、閒穿徑竹，漸笑語、驚起卧沙禽。野老林泉，故王臺榭，呼喚登臨。南去北來何事？蕩湘雲楚水，目極傷心。朱户黏雞，金盤簇燕，空歎時序侵尋。記曾共、西樓雅集，想垂楊、還嫋萬絲金。待得歸鞍到時，只怕春深。

此詠梅詞，以『紅萼』起而以『垂楊』結；以時代考之，白石淳熙三年（一一七六）客揚州，方往來江淮間，此詞或是初別合肥來長沙時作。懷人各詞，殆以此爲最早，時白石約三十二歲。

霓裳中序第一

丙午歲，留長沙，登祝融，因得其祠神之曲，曰《黄帝鹽》、《蘇合香》。又于樂工故書中得商調《霓裳曲》十八闋，皆虚譜無辭。按沈氏《樂律》『霓裳道調』，此乃商調；樂天詩云『散序六闋』，此特兩闋。未知孰是。然音節閒雅，不類今曲。予不暇盡作，作《中序》一闋傳于世。予方羈遊，感此古音，不自知其辭之怨抑也。

亭皋正望極。亂落江蓮歸未得。多病却無氣力。況紈扇漸疏，羅衣初索。流光過隙。歎杏梁、雙燕如客。人何在，一簾淡月，彷彿照顔色。　幽寂。亂蛩吟壁。動庾信、清愁似織。沈思年少浪迹。笛裏關山，柳下坊陌。墜紅無信息。漫暗水、涓涓溜碧。漂零久，而今何意，醉卧酒壚側。

此與前首《一萼紅》同年作，詞云『淡月照顔色』『墜紅無信息』，又云『醉卧酒壚側』，懷人語意甚顯。

小重山令

賦潭州紅梅

人繞湘皋月墜時。斜横花樹小，浸愁漪。一春幽事有誰知。東風冷，香遠茜裙歸。鷗去昔遊非。遥憐花可可，夢依依。九疑雲杳斷魂啼。相思血，都沁緑筠枝。

『相思』句用湘妃典故，本以切湘中，然與本年各詞互參，亦關合懷人之意。

浣溪沙　山陽姊家作

全文已引在上文。

淳熙十四年丁未（一一八七）

踏莎行

自沔東來，丁未元日至金陵，江上感夢而作。

燕燕輕盈，鶯鶯嬌軟。分明又向華胥見。夜長爭得薄情知，春初早被相思染。　别後書辭，别時針線。離魂暗逐郎行遠。淮南皓月冷千山，冥冥歸去無人管。

白石去年冬隨其婦翁蕭德藻離湘鄂往湖州，沿長江東下，此時道過金陵，其詞涉淮南者，蓋翹望合肥之作。

杏花天影

丙午之冬，發沔口，丁未正月二日，道金陵，北望淮楚，風日清淑，小舟挂席，容與波上。

綠絲低拂鴛鴦浦。想桃葉、當時喚渡。又將愁眼與春風，待去。倚蘭橈、更少駐。

金陵路。鶯吟燕儛。算潮水、知人最苦。滿汀芳草不成歸，日暮。更移舟、向甚處。

此與前首同時作，詞云『北望淮楚』，明指合肥。

淳熙十六年己酉（一一八九）

琵琶仙

全詞及說解皆在前文。

光宗紹熙元年庚戌（一一九〇）

淡黃柳

客居合肥南城赤闌橋之西，巷陌淒涼，與江左異，唯柳色夾道，依依可憐。因度此闋，以紓客懷。

空城曉角。吹入垂楊陌。馬上單衣寒惻惻。看盡鵝黄嫩緑，都是江南舊相識。正岑寂。明朝又寒食。强攜酒，小橋宅。怕梨花落盡成秋色。燕燕飛來，問春何在，唯有池塘自碧。

詞無甲子。去年秋，白石在吴興（有《浣溪沙》『己酉客吴興』），明年正月離合肥（有《浣溪沙》『辛亥（一一九一）正月二十四日發合肥』），則此詞當本年作。詞中『小橋』是人名，即《解連環》詞之『大喬小喬』，古喬姓皆作『橋』，説在詞箋。

紹熙二年辛亥（一一九一）

浣溪沙

辛亥正月二十四日，發合肥。

釵燕籠雲晚不忺。擬將裙帶繫郎船。別離滋味又今年。　楊柳夜寒猶自舞，鴛鴦風急不成眠。些兒閒事莫縈牽。

詞云『別離滋味又今年』，知此非初別。

解連環

玉鞭重倚。却沈吟未上，又縈離思。爲大喬、能撥春風，小喬妙移筝，雁啼秋水。柳怯雲鬆，更何必、十分梳洗。道郎攜羽扇，那日鬲簾，半面曾記。西窗夜涼雨霽。歎幽歡未足，何事輕棄。問後約、空指薔薇，算如此溪山，甚時重至。水驛燈昏，又見在、曲屏近底。念唯有、夜來皓月，照伊自睡。

此惜别之詞，無題序可考年月，姑系于此。上片結尾『道郎攜羽扇』三語，當是記初遇情事。

長亭怨慢

全詞已見上文。據『望高城不見』及『韋郎』『玉環』諸句，當是離合肥道中作，與《解連環》、《醉吟商小品》同；詞無甲子，姑系于二者之間。

醉吟商小品（？）

石湖老人謂予云：『琵琶有四曲，今不傳矣，曰《濩索梁州》、《轉關綠腰》、《醉吟商胡渭州》、《歷絃薄媚》也。』予每念之。辛亥之夏，予謁楊廷秀丈於金陵邸中，遇琵琶工解作《醉吟商胡渭州》，因求得品絃法，譯成此譜，實雙聲耳。

又正是春歸，細柳暗黄千縷。暮鴉啼處。夢逐金鞍去。一點芳心休訴。琵琶解語。

此作于别合肥之年，以柳起興，又用琵琶曲調，疑亦懷人詞。

點絳脣

金谷人歸，綠楊低掃吹笙道。數聲啼鳥。也學相思調。　月落潮生，掇送劉郎老。淮南好。甚時重到。陌上生春草。

詞無甲子，姑繫于此。

《詩集》（下）《送范仲訥往合肥》云：『小簾燈火屢題詩，回首青山失後期。未老劉郎定重到，煩君說與故人知。』可與此詞參證。

暗香

辛亥之冬，予載雪詣石湖。止既月，授簡索句，且徵新聲。作此兩曲，石湖把玩不已，使工妓隸習之，音節諧婉，乃名之曰『暗香』、『疏影』。

舊時月色。算幾番照我，梅邊吹笛。喚起玉人，不管清寒與攀摘。何遜而今漸老，都忘却、春風詞筆。但怪得、竹外疏花，香冷入瑤席。　江國。正寂寂。歎寄與路遥，夜雪初積。翠尊易泣。紅萼無言耿相憶。長記曾攜手處，千樹壓、西湖寒碧。又片片、吹盡也，幾時見得。

疏影

苔枝綴玉。有翠禽小小，枝上同宿。客裏相逢，籬角黄昏，無言自倚修竹。昭君不慣胡沙遠，但暗憶、江南江北。想佩環、月夜歸來，化作此花幽獨。猶記深宫舊事，那人正睡裏，飛近蛾緑。莫似春風，不管盈盈，早與安排金屋。還教一片隨波去，又却怨、玉龍哀曲。等恁時、重覓幽香，已入小窗横幅。

二詞作于别合肥之年，説詳于上文。

紹熙四年癸丑（一一九三）

水龍吟（？）

黄慶長夜泛鑑湖，有懷歸之曲，課予和之。

夜深客子移舟處，兩兩沙禽驚起。紅衣入槳，青燈摇浪，微涼意思。把酒臨風，不思歸去，有如此水。況茂陵遊倦，長干望久，芳心事，簫聲裏。屈指歸期尚未。鵲南飛、有人應喜。畫闌桂子，留香小待，提攜影底。我已情多，十年幽夢，略曾如此。甚謝郎、也恨飄零，解道月明千里。

此詞『十年幽夢』數句，以年代案之，似指合肥事。此詞作年見下首。

玲瓏四犯（？）

越中歲暮，聞簫鼓感懷。

疊鼓夜寒，垂燈春淺，悤悤時事如許。倦遊歡意少，俛仰悲今古。江淹又吟恨賦。記當時、送君南浦。萬里乾坤，百年身世，唯有此情苦。　揚州柳垂官路。有輕盈換馬，端正窺户。酒醒明月下，夢逐潮聲去。文章信美知何用，漫赢得、天涯羈旅。教説與。春來要、尋花伴侣。

上二詞皆無甲子，案卷三《鶯聲繞紅樓》詞序，謂『甲寅（一一九四）春自越來吴』，則客越當在紹熙四年癸丑。以上二詞及《醉吟商》一首是否爲合肥人作，無確據，姑繫于此。

慶元二年丙辰（一一九六）

江梅引

全詞已引于上文，序云：『丙辰之冬，予留梁溪（無錫），將詣淮南不得，因夢思以述志。』『南』原本作『而』，誤。

鬲溪梅令(?)

丙辰冬，自無錫歸，作此寓意。

好花不與殢香人。浪粼粼。又恐春風歸去、綠成陰。玉鈿何處尋。　木蘭雙槳夢中雲。小横陳。漫向孤山山下、覓盈盈。翠禽啼一春。

詞云『又恐春風歸去綠成陰』，序云『作此寓意』，蓋寓意懷人。懷人各序，《江梅引》曰『述志』，《琵琶仙》曰『感遇』，《玲瓏四犯》曰『感懷』，此曰『寓意』，皆同爲隱約之辭。

慶元三年丁巳(一一九七)

鷓鴣天

元夕有所夢

肥水東流無盡期。當初不合種相思。夢中未比丹青見，暗裏忽驚山鳥啼。　春未綠，鬢先絲。人間別久不成悲。誰教歲歲紅蓮夜，兩處沈吟各自知。

鷓鴣天

十六夜出

輦路珠簾兩行垂。千枝銀燭舞僛僛。東風歷歷紅樓下，誰識三生杜牧之。　歡正好，夜何其。明朝春過小桃枝。鼓聲漸遠遊人散，惆悵歸來有月知。

二詞乃懷人最後之作。時白石已四十三四歲，距最後一次别合肥已經六年，距二三十歲初遇之時已二十年左右矣。

詞集卷六《秋宵吟》云：『古簾空，墜月皎。坐久西窗人悄。蛩吟苦，漸漏水丁丁，箭壺催曉。引涼颸，動翠葆。露脚斜飛雲表。因嗟念、似去國情懷，暮帆烟草。　帶眼銷磨，爲近日、愁多頓老。衛娘何在，宋玉歸來，兩地暗縈繞。摇落江楓早。嫩約無憑，幽夢又杳。但盈盈、淚灑單衣，今夕何夕恨未了。』又卷四《月下笛》云：『與客攜壺，梅花過了，夜來風雨。幽禽自語。啄香心、度牆去。春衣都是柔荑翦，尚沾惹、殘茸半縷。悵玉鈿似掃，朱門深閉，再見無路。　凝佇。曾游處。但繫馬垂楊，認郎鸚鵡。揚州夢覺，彩雲飛過何許。多情須倩梁間燕，問吟袖、弓腰在否。怎知道、誤了人，年少自恁虚度。』揣二首辭意，亦懷人之作，以無顯據，不列譜内。

以上譜中列詞共廿二首，除三首存疑外，尚得十九首。不以予説爲然者，謂予説將貶低姜詞之思想内容，然情實具在，欲全面瞭解姜詞，何可忽此？況白石誠摯之態度，純似友情，不類狎妓，在唐宋情詞中最爲突出，又何必諱耶？

此文寫成逾年，得翟田君合肥函，謂白石《淒涼犯》作于紹熙二年辛亥，其詞下片有云『追念西湖上，小舫攜歌，晚花行樂』『漫寫羊裙，等新雁、來時繫着』，揣其語意，似于合肥無復戀戀，疑彼時情侶已不在肥。云云。案此説甚是。白石辛亥秋期，與趙君猷露坐月飲，作《摸魚兒》，序云『心事悠然』『欲一洗鈿盒金釵之塵』，詞有『自織錦人歸，乘槎客去，此意有誰領』之句，與《淒涼犯》同時作，語意亦正足相發。知白石此年六月離合肥，秋間重返，其時所戀當已他往。自度曲《秋宵吟》下片亦云『衛娘何在，宋玉歸來，兩地暗縈繞』，當與《淒涼犯》同感。白石紹熙二年之後，所以無復有合肥蹤跡，得翟君之説，乃瞭然其故。爰記于此，并以補予作《白石繫年》之闕。一九五六年九月。

（八）石帚辨

吴文英詞集有贈姜石帚詞六首，其《惜紅衣》序云：『予從姜石帚遊苕霅間，三十五年矣，重來傷今感昔，聊以詠懷。』前人以《惜紅衣》是姜白石自度曲，苕霅又白石舊遊之地，遂以爲石帚即白石之别號。近代易順鼎、陳鋭、王國維始以爲疑，但皆未詳著其説。梁啓超嘗爲文申易、王之旨，而亦未有顯據。頃稍稍鉤稽雜書，乃知石帚確非白石。易、王諸家，發疑良是。請舉四證，以申鄙見：（易説見鄭文焯《夢窗詞校稿》，陳説見其《褎碧齋詞話》，王説見梁啓超文，梁文名《吴夢窗年齒與姜白石》，見《圖書館學季刊》三卷三期。）

一、白石客苕霅，尚在吴文英出生前

白石以淳熙十三年冬隨婦翁蕭德藻發漢陽，十四年至苕霅，自此旅食江湖，時時往返。慶元三年以後，定居杭州，集中遂無復苕霅行跡。（由其時蕭德藻父子已離苕霅。見《行跡考》『杭州』條。）文英生年無考，予嘗據吴潛開慶元年和翁處静桃源洞詞，排比夢窗詞中甲子，參互酌定約生于寧宗慶元末年（説在《唐宋詞人年譜·吴夢窗繫年》）。慶元末年上距淳熙、紹熙間，爲時十餘年，即白石客居苕霅，尚在文英出生前十餘年。知文英同游苕霅之姜石帚，必非白石，此其一。

二、文英《拜星月慢》贈姜石帚詞作于白石卒後

文英贈石帚六詞，皆不注作年，明朱存理《鐵網珊瑚》載『文英新詞稿』十六闋，其第十二闋即『姜石帚以盆蓮百餘本移置中庭，讌客同賞，賦《拜星月》』。第一闋《瑞鶴仙》題爲『癸卯歲爲先生壽』，汲古閣本則作『壽方蕙巖寺簿』。鄭文焯《夢窗詞校議》，據此定其所録詞稿即寫似方蕙巖者，謂『十六闋又皆其一時之作，故曰新詞』。今案鄭説是也。新詞稿第六闋爲《思佳客·賦閏中秋》，查《宋史》本紀，淳祐三年癸卯閏八月，與鄭説合。可見贈石帚《拜星月》詞亦作於淳祐三年癸卯。白石卒于嘉定年間，下距淳祐三年已逾二十

年，即文英作《拜星月》之時，白石已卒二十餘年。石帚必非白石，此其二。（冒廣生先生嘗著文説白石石帚是一人，謂：『寧宗嘉定十七年甲申亦閏八月，不獨淳祐三年癸卯，疑十六闋非同時之作。』案嘉定甲申下距淳祐癸卯已二十年，二十年前之作，不得云『新詞』。又謂『方蕙巖或即水磨方氏』，亦無確證。）

三、文英贈石帚各詞與白石身世不合

嘉泰四年白石杭州舍毀，《寄上張參政》詩云『應念無枝夜飛鵲，月寒風勁羽毛摧』，《臨安旅邸答蘇虞叟》云『萬里青山無處隱，可憐投老客長安』，其栖泊無依可知。陳郁《藏一話腴》記白石平生『家無立錐』，陳造《江湖長翁集·次姜堯章贈詩卷中韻》云『念君聚百指，一飽仰臺饋』，其衣食窮迫可知。蘇泂《泠然齋集·金陵雜詠》云：『白石鄱姜病更貧，幾年白下往來頻。』其時白石已年逾五十。（説在《行跡考》。）參之吴潛《暗香》詞序，知其六十以後而猶跋涉道塗，潦倒困阨之情尤足想見。而文英贈石帚各詞，一則曰：『幾酬花唱月，連夜浮白。省聽風聽雨，笙簫向別。』（《解連環·留別姜石帚》。）再則曰：『暫賞吟花酌露尊俎，冷玉紅香罍洗。』『蕩蘭煙、麝馥濃侵醉。吹不散、繡屋重門閉。』（《拜新月慢·姜石帚以盆蓮數十置中庭宴客其中》。）三則曰：『笙歌醉裹，步明月丁東，靜傳環佩。』（《齊天樂·贈姜石帚》。）此其人必豪華貴游，擅園宅服食之勝，在文英交游中當是史宅之一流，必非生老貧困、歿不能殯之白石。石帚必非白石，此其三。（此條參用楊鐵夫先生説。）

四、姜石帚另有其人，乃宋末元初杭州士子

陳世崇《隨隱漫録》（三）：『林可山稱和靖七世孫，不知和靖不娶已見於梅聖俞序中矣。姜石帚嘲之曰：「和靖當年不娶妻，何因七代有孫兒。蓋非鶴種并龍種，定是瓜皮搭李皮。」（節）』（近人余嘉錫《四庫提要辨證》子部卷七《隨隱漫録》條，據臨川陳氏族譜《隨隱行狀》，世崇卒于至大元年（一三〇八），年六十四，上距白石之卒七八十年。）此詩另見於元人孔齊《至正直記》（四），文云：『國初有人自稱林和靖七世孫，杭人戲贈詩。』云云。石帚之時代籍貫，可以此互證得之。云『國初』，其人必已入元。（林可山名洪，著《山家清供》一書，有《種梅券鶴記》，所述同時交游，亦皆宋末元初人。南宋人别集如《竹所吟稿》、《馬塍稿》、《順適堂吟稿》、《江湖後集》等皆屢見其名。曹元忠校《白石詩集》，謂：『《洞霄詩集》有和靖《宿洞霄宫》二首，云：「二詩不見先生集中，乃得真蹟于先生七世孫可山林君洪處。」即其人也。』）又元人韋居安《梅磵詩話》亦載此詩，則題無名子作。若是白石，安得目爲無名子？石帚必非白石，此其四。（世崇之父郁，作《藏一話腴》，屢稱道白石，從無石帚之稱。）

予定二姜非一人之徵據，大略如此。前人鄭文焯輩主二姜即一人者，大抵皆謂使石帚非白石，何爲懷若霅舊游必填《惜紅衣》，且必效其詞體。其實宋人填白石自度曲者，不但

文英一人；文英以懷苕霅舊游，而用白石詠苕霅之詞，亦猶後人詠梅者之填《暗香》《疏影》、游石湖者之填《石湖仙》耳。近人阮君成璞謂：『諸家贈答白石之作，不曰「白石」即曰「堯章」，惟夢窗始終曰「石帚」，即此可以滋疑竇。』以予所見宋元人書，亦從無稱白石曰『石帚』者。（若謂姜石帚即姜白石，則謂陸游趙蕃集中之吴夢與即吴夢窗，可乎？）

明人張羽爲《白石傳》尚未有此稱，清初朱彝尊爲《漁計莊詞序》，偶然誤舉。（康熙二十三年甲午陳撰《刻石帚詞序》、康熙二十七年戊戌曾時燦《白石詩詞合刻序》皆稱白石詞爲石帚詞，不知與朱氏作《漁計莊詞序》孰先孰後。）

乾隆間，陸鍾輝、江春諸人刊白石集，遂於酬贈詩詞中，收文英贈石帚六詞，始傳此繆種。（厲鶚《南宋雜事詩》詠白石，有『一擔琴書留水磨』句，亦誤以寓水磨頭方氏之姜石帚當白石。）後來何起瀛擬姜夔傳，不檢白石答潘檉詩，乃謂所居近白石洞天，因號石帚。陳思爲《白石年譜》，又附會文英六詞，謂白石開禧間曾卜居西湖葛嶺之掃帚塢，廬名石帚漁隱。其説已甚附會。若梁啓超疑『石帚』二字或白石之子增減乃父之號以自號，則尤好奇過甚，鄰乎談諧矣。

南宋詞家，多承流白石；如張炎固心摹手追者，王沂孫亦『有白石意度』（見張炎《瑣窗寒》悼沂孫詞序），史達祖、周密則游驛于清真、白石之間；惟吴文英與白石最少瓜葛。周濟稱其『返南宋之清泚，爲北宋之穠摯』，似欲度越白石而徑承清真者。朱彝尊諸人混淆石帚白石爲一人，乃謂文英親受白石薰聞。稱名偶誤，遂連涉文章流別，予文辨此，或亦可免辭費之誚耶？

（九）雜考

一

白石工書，其嘉泰癸亥《跋保母志》云：『予學書三十年，晚得筆法於單丙文，世無知者。』同年作《定武蘭亭跋》云：『廿餘年習《蘭亭》，皆無入處，今夕燈下觀之，頗有所悟。』其自述如此。陳造《次姜堯章贈詩卷中韻》云：『詩傳王侯家，翰墨到省寺。姜郎粲然文，羣飛見孔翠。』又《次韻姜堯章餞南卿》云：『姜郎未仕不求田，倚賴生涯九萬箋。稇載珠璣肯分我，北關當有合肥船。』是白石四十以前客合肥時，即已以賣字爲活。（『九萬箋』用王羲之事，《語林》：『王右軍爲會稽，謝公就乞牋紙，庫中有九萬枚，悉與之。』見任淵《後山詩注》引。）

無名氏《東南紀聞》載單丙文論書，謂『堯章得吾骨』。陳櫄《負暄野録》（上）『近世諸體書』條：『草則有蔣宣卿、吴傳朋、王逸老、單炳文、姜堯章、張于湖、范石湖。』又謂：『單字法本楊少師凝式，而微加婉麗，姜蓋學單而入室者。』《齊東野語》（十二）謂范成大稱其翰墨似晉宋。《硯北雜志》（上）謂『宋人習鍾法者五人：黄長睿伯思、雒陽朱敦儒希真、李處權巽伯、姜夔堯章、趙孟堅子固』。趙孟堅亦稱其精妙過黄、米。陶宗儀稱其『迥脱脂粉，一洗塵俗』。（《書史會要》。）其爲時流推重如此。廖羣玉曾以所藏陳簡齋、任斯庵、虞柳南及白石四家書爲小帖，當時名《世綵堂小帖》。（《癸辛雜識後集》。又見《志雅堂雜鈔》上，謂四家遺墨共十三卷。任斯庵作任希夷，斯庵之名也。）《志雅堂雜鈔》（下）謂『杭州北關接待寺（節）有給衆庫，石碑立於側，其文乃銛朴翁撰，姜堯章書』。（亦見《癸辛雜識續集》。）《輟耕録》（六）『淳化祖石刻』條云：『大梁劉衍卿世昌云：「大德己亥，婦翁張君錫攜余同觀淳化祖石刻，卷尾各有題識，（節）第五卷末，東坡、張文潛等題。又姜白石小楷三四十字。」』桑世昌《蘭亭考》（七）、俞松《蘭亭續考》（一）各載白石題跋數則。王獻之《保母志》亦有白石跋一千餘字，鮑廷博曾見之，稱其備盡楷則。清代嘗藏高士奇家。（見知不足齋刊《四朝聞見録》戊集注。）此其遺墨可考者。今得見者，惟影印《落水蘭亭》有其嘉泰壬戌癸亥二跋，僅九十六字而已。《游宦紀聞》謂『姜帖今少有』，可知宋時已然。（張文虎《舒藝室集》謂紹興蕺山有白石書刻石，予曾往覓不得。）又啓元白君告予，《落水蘭亭》之白石跋乃張瑗玉兄弟僞造（《蘭亭》用王鐸本翻印），真跋在香港某鉅商手，今已出賣。元白謂聞之張蔥玉。施蟄存君告予，餘杭縣署有唐太宗屏風帖石刻，碑陰有白石跋。

二

桑世昌《蘭亭考》（七）記白石藏《蘭亭》共四本：第一本有黄庭堅題，白石跋云『嘉泰壬戌得於童道人』；第二本王晉之、葛次顔題；第三本單丙文題；第四本注『嘉定二年長至日題』，當出白石手。據桑注第一本云：『今此本歸檢正黄犖家。或云姜以他本聯此跋耳。』俞松《蘭亭續考》（二）載其家藏有白石三跋本，其前二跋今猶見於影印《落水蘭亭》。第三跋作于癸亥六月，趙孟堅得時猶在，不知何時失去。又有蕭德藻藏一本，亦有白石跋二百餘字，作于嘉泰壬戌十二月，與桑考第一本跋同時。翁方綱合桑、俞二考核之，定俞松家藏有白石三跋者爲趙孟堅所得之《落水蘭亭》，桑考所謂第一本則别是一本。其説詳於《蘇米齋蘭亭考》（一）。桑考所云白石藏第四本，雖亦五字不損，亦得於臺史盧宗邁，與《落水蘭亭》同，實則非《落水蘭亭》。詳白石此本原跋，謂：『都下有董承旨者，其先任定武，藏褉帖甚富。紹興中有中貴任道源欲盡買之，不許。後尚方取去百本，酬以僧牒。時有堂後官高良臣及臺史盧宗邁皆得之。高、盧死，出以轉售，故吾得之。皆熙、豐以前舊拓本，五字不損，紙墨如新，未經裝者，末後尚有一空行，姑存之，亦驗定刻之一助。嘉定長至日。』是白石得于盧氏者不止一本甚明。桑世昌云白石藏四本，據其所見而言耳。（五字不損者，謂『湍』『帶』『右』『流』『天』五字，相傳熙寧間被薛紹彭鑱損，見曾宏父《石刻鋪叙》卷下。）白石所藏五字不損本，本臺史盧宗邁家物，歸碑驛童道人。嘉泰壬戌十二月，白石從童處得之（見原跋），後歸蕭德藻之孫滾。見周密《雲煙過眼録》（一）。（『孫滾』原作『姪滾』，誤，見《交游考》。）又歸俞松、滿師、高幹辨，趙孟堅以半萬券得之，歸舟覆於霅之弁山（見趙跋）。旋歸賈似道悦生堂，元初歸王子慶、濟南張參政斯立、李叔固、分湖陸氏。《雲烟過眼録》（一）、《齊東野語》（十九）、《輟耕録》（九）、《清容集》（四十六），記之甚詳。今坊間有影印本，載白石嘉泰壬戌癸亥二跋、趙孟堅癸卯一跋。翁方綱稱爲《蘭亭》石刻第一、古今法帖第一。即所謂《落水蘭亭》也。

文徵明《停雲館帖》有宋姜白石書一件，（嘉靖十三年摹勒上石。）文云：『《蘭亭》真蹟隱，臨本行于世；臨本少，石本行于世；石本雜，定武本行于世。何延之記云：右軍書此時，乃有神助，及醒後，他日更書數十百本，終無〔如〕祓禊所書。右軍亦自珍愛，此書付子孫傳掌，至七世孫智永禪師，永付弟子辯才。太宗求之不得，乃遣監察御使蕭翼以計取之。太宗殁，殉葬昭陵。及唐末温韜發昭陵，其所藏書皆剔取裝軸金玉而棄之，於是魏晉以來諸賢墨蹟遂復流落人間，然獨《蘭亭》亡矣。張芸叟云：「靖康中，有得《蘭亭》真蹟者，詣闕獻之，半途而京城破，後不知所在。或謂嘗入梁、陳御府。上有徐僧權押縫，今行間「僧」字是也。如此則不得爲子孫傳掌矣。」案梁武收右軍帖至二百七十餘軸，當時惟言《黄庭》、《樂毅》、《告誓》，不説《蘭亭》，則後人指『僧』字爲僧權，似未足深據。張芸叟云：『靖康中有得

《蘭亭》真蹟者，將獻之朝，至中途而京城破，後不知所終。』此真蹟之本末也。』（此文後連白石《臨蘭亭》。）

案此文引張芸叟語，『詣闕獻之』之『闕』字上，『半途而京城破』之『京』字上，皆空一格，必是宋代人書，文氏定爲白石手書，當可信。小注張芸叟云云，先後重引，結尾『此真蹟之本末也』亦與上文不連，疑是臨《蘭亭》時偶然涉筆之草稿。《名賢法帖》卷九有白石手蹟《蘭亭跋》三條。白石遺文不多見，此是吉光片羽，亟録存之。

三

陳郁《藏一話腴》謂白石『圖書翰墨之藏，汗牛充棟』。今可考見于載籍者，《蘭亭》之外，惟有金塗塔、琴、硯三物。《曝書亭集》（四十六）『書錢武肅造金塗塔事』，謂：『武肅當日嘗于宫中冶烏金爲瓦，繪梵夾故事，塗之以金以成塔。鄱陽姜堯章得其一版，乃如來舍身相。』周文璞《方泉集》有《姜堯章金塗佛塔歌》云『我疑此塔非世有，白石云是錢王禁中物』。上作如來捨身相，饑鷹餓虎紛相向』，又云『一枚傳到白石生』，朱氏所云據此。李洣謂戴咸弼《東甌金石記》（二）記金塗塔形橅尺度及各家藏品略備，朱氏誤以忠懿所造爲武肅，戴氏亦已考及。錢泳刻有《金塗塔考》，未知曾及白石所藏否。文璞《題堯章新成草堂》云『壁間古畫身都碎，架上枯琴尾半焦』，當指嘉泰四年杭州舍燬。蘇泂《到馬塍弔堯章》詩云『除却樂書誰殉葬，一琴一硯一蘭亭』，《硯北雜志》謂海昌人家有古琴，音韻清越，相傳是單炳文遺姜堯章，背有銘云云，殆即此古琴。惟一硯不見于他書。

三物之外，今北京歷史博物館藏有白石椶竹筆斗。《文物參考資料》一九五七年第七期，載近人史樹青《漆林識小録》『宋姜夔筆斗』一條云：『陳蓮生舊藏，姜夔製椶竹筆斗，周圍陰刻梅竹，上有姜夔題字，旁有明代文彭及文震孟題詩。』白石自題云：『丙辰秋得椶竹笔（不作『筆』）斗，而刻梅竹于上，以寄文房清興云。白石道人姜夔。』丙辰，慶元二年也。文彭題云：『先君子待詔歸來，今忽忽三十年矣，今兒子震孟，子朗兄遊契之甚，貽自（疑『目』）白石道人梅竹筆斗，爲吟一章，記子朗之盛。雁門文彭。』震孟篆書銘曰：『夫子賜也，而先子題之，幸領春官，得待禁□（似『近』），謹銘于後：燦燦玉堂，峙于垣省，□□□珥，思弗述俞。吾祖之令□（似『名』）。』史樹青云謂梅竹當是白石自繪自刻。（筆斗予一九六一年在北京嘗見于歷史博物館庫藏中。）

四

《白石叢稿》既佚，其雜文可見者僅十七篇。見于本集者：詩集自序二篇，《詩説》自序一篇，《絳帖平》自序一篇。見於《齊東野語》者：《自述》一篇，《禊帖偏旁考》十九條。見於《宋史·樂志》者：《大樂議》一篇，《琴瑟考》一篇。（《玉海》作《鼓瑟制度》，《慶元會要》作

《琴瑟考古圖》，此從謝采伯《續書譜序》。）見于桑世昌《蘭亭考》俞松《續考》者：《蘭亭跋》七篇。（桑書七、俞書四。）見于知不足齋本《四朝聞見録》附録者：《保母志跋》一篇。見于《停雲館帖》者：《題蘭亭序》一篇（張世南《游宦紀聞》有白石論括帖數語。）彙爲一書，亦庶幾《叢稿》之十一。若其古文、駢體二種，乾隆間華亭裔孫即馳書懸購而不得矣。（見姜熙《白石集序》。）《花庵詞選》（七）謂白石、張鎡皆嘗爲史達祖詞作序，今《梅溪集》僅有張序，白石之序，惟《花庵詞選》『達祖』條下存其『奇秀清逸，有李長吉之韻，蓋能融情景於一家，會句意於兩得』二十四字，白石平生論詞之語，今亦僅存此二十四字而已。（《花庵詞選》史達祖《雙雙燕》、《東風第一枝》二詞下各有贊賞語，但未引原文。）

五

白石遺文長篇鉅製，《大樂議》之外，今尚存二千餘字之《王獻之保母志跋》，兹參考葉紹翁《四朝聞見録》（戊集）及諸家志跋，合記如次：嘉泰二年壬戌六月六日（時白石四十餘），山陰錢清人王畿，於稽山樵人周某處得晉王獻之保母墓志磚，並一小硯，硯背有『永和』及『晉獻之』字。僧了洪以告樓鑰，鑰爲題詩證據其事，（詩在《攻媿集》卷四，題云『錢清王千里得王大令保母甎刻，爲賦長句』，七古一首。）謂其間『曲水』『悲夫』數字勝于《蘭亭》。惟志文有『後八百餘載，知獻之保母，宦于兹土者，尚□□焉』數語，與蘇軾金蟬墓銘所云『百世之後，陵谷易位，知其爲蘇子之保母，尚勿毁也』之文相似；且志作於晉興寧三年，下距嘉泰出土之時，適八百三十八載。或頗疑其巧合。華亭朱日新又以志文稱保母『解釋、老旨趣』，謂『釋』之一字特出于『彌天釋道安』之句，自晉宋以來，未有合『釋老』二字爲一者；爰盡翦《蘭亭序》中字與之合者，辨爲贋造，著文刊之，與樓鑰争，樓不與深辯。白石於志文出土後四月，以了洪攜示墨本，并親見磚硯。次年夏秋間，爲作三長跋，謂志有七美，非他帖所及：一、首稱『郎耶王獻之』，以自别于同家越中之王述（述，太原族），可見古人之重氏族；二、獻之書除《洛神賦》外多行草，此志備盡楷則，與《蘭亭叙》《樂毅論》合；三、《蘭亭叙》定武本刻于數百年後，不如此志得真；四、文勢秀簡，亦類其父；五、《蘭亭》乃前代巧工刻，失之太媚，此志似獻之自刻；六、志稱保母能文善書，可知當時文風，及古人教子之方；七、預知八百年餘，出於神明虚曠，自然前知。并記志與《蘭亭》同者廿四字，與右軍他帖同者十八字，其嘗見於獻之雜帖者三字，餘六十字尤精妙絶倫，晉、宋以來書家所未有，以爲斷非時人所能贋造。又條舉不必疑者七事：一、引魏晉率善令印文，明生人用印猶可稱代，則獻之自可稱『晉獻之』；二、據保母意如生年，案之晉代西蜀亂事，明意如雖廣漢人，仍得爲王氏保母；三、引《阿含經》及《晉史》何充事，明釋老即佛老對稱，非謂佛徒，不得謂獻之時不應有此稱；四、引官帖中獻之字與羲之相同者，辨志非集《蘭亭》字爲之；五、引漢謝君墓甎及洪氏《隸釋》，明漢時已有埋于墓中之銘志，非始於南朝；六、引越中石刻詩，辨志文與蘇軾金蟬墓銘相似，出于偶合；七、謂保母雖妾，然既稱母矣，無嫌稱『歸王氏』。其全文大要如此。其所詰難，皆朱日新説也。宋人自米芾、黄伯思始有考證法書風氣，然若此洋洋纚纚，在宋人中亦爲僅見。

據《四朝聞見録》保母志硯出土未久，了洪以獻韓侂胄，侂胄以上進皇室，遂入秘省；秘省焚後，殆已不存。白石所跋拓本，後歸周密，嘗邀鮮于樞、仇遠、白珽、王易簡、王沂孫、王英孫諸人賦詩張之。元延祐間，歸方義齋白雲書房，至正間歸錢唐張子英，明歸項元汴，清康熙己巳歸高士奇，乾隆間鮑廷博刊《知不足齋叢書》猶及見之，因附刊志文及各題跋於《四朝聞見録》之後，謂『白石道人小字二千餘，備盡楷則，尤爲希世之寶，不特其評鑒之確也』。今《保母志》猶傳拓本，白石跋手蹟曾藏上海徐小圃醫師處。（徐以此與懷素自序名其所居曰素石山房。往年在滬展覽，予曾見之。）後有王沂孫、周密、仇遠諸家詩。近人馬衡據明詹景鳳《東圖玄覽》謂『懷素自序舊藏文待詔家，羅龍文者欲買此以獻嚴嵩，文以僞序裝真跋售與』。（馬衡文題爲《關於鑑别書畫的問題》，見《張菊生先生七十紀念論文集》。）今傳懷素自序不止一本，馬氏謂清故宫另有一黄紙本。或亦疑徐藏《保母志跋》王沂孫、周密、仇遠諸家印章色澤皆同，然否待考。

六

王士禛謂黄巖老亦號白石，亦學詩於蕭千巖，時稱雙白石。（《香祖筆記》。）宋葉大慶《愛日齋叢鈔》又有三白石之目，謂：『近時稱白石者，樂清錢文季、鄱陽姜夔堯章、三山黄景説巖老，各因所居號之耳。』（《説郛》十七引。）案：景説淳熙辛丑進士，有《白石丁稾》一卷，見《書録解題》，自號白石居士，見楊萬里《誠齋集》（三十七）《送黄通判全州》詩。《誠齋集》（三十六）《答賦永豐宰黄巖老》云『吾友蕭東夫，今日陳后山。（節）鄰邑黄永豐，與渠中表間』，是黄乃蕭德藻中表，年輩高於堯章。《齊東野語》（十二）引其推服堯章之言，其人當是堯章友好。錢文季名文子，紹熙三年由上舍釋褐出身；《書録解題》載其《白石書傳》二十卷；今傳《補漢兵志》一卷，有嘉定甲戌陳元粹序，嘉定乙亥王大昌跋，亦堯章同時人。又朱子再傳弟子有蔡和字廷傑，亦號白石，年輩後於堯章。平陽林德暘號白石樵，詩名《白石樵唱》，則宋末人。是宋人共有五白石。（宋後人以白石爲别號者，若陳繼儒、沈周，不下二三十人。何適達生亦號白石道人，明東莞人。）

盧祖皋《蒲江詞》有《漁家傲・壽白石先生》云：『白石山中風景異。先生日日懷歸計。何事黄岡飛雪地。偏着意。畫堂却爲東坡起。人説前身坡老是。文章氣節渾相似。只待鼎彝勳業遂。梅花外。歸來長向山中醉。』或以堯章曾客沔鄂，定爲壽堯章詞。

今案祖皋慶元五年登進士（《浙江通志·選舉》），正堯章獻《鐃歌》免解之年，是二人曾同試禮部；惟堯章離沔鄂在淳熙十三年，終身未嘗再到，其時祖皋才十餘歲，『鼎彝勳業』句亦不合堯章身世，其非堯章甚明。考錢文季歷仕宗正少卿，嘉定一代稱正學宗師，又與祖皋同爲温州人，陳元粹序其《補漢兵志》謂『世居樂邑白石山下，因自號白石山人』，白石山在温州樂清，盧詞曰『白石山中』，曰『懷歸』，是壽文季詞無疑。陳瑋《白石山志》載祖皋嘉定十三年爲《錢白石壙志》，又其顯證也。（朱彝尊跋《補漢兵志》，亦謂文季所輯詩傳及是書，皆以白石著録，不知者以爲姜夔書，誤矣。）祖皋先堯章而卒，（盧以軍器少監權學士院，在嘉定十四年，見《齊東野語》十九『嘉定寶璽』條。俄卒於官，年五十一，見戴栩《浣川集》三《盧直院輓詩》。卒年當在嘉定之末，生淳熙初，年輩稍後於堯章。）二人交誼無考，詞格亦不盡同。朱彝尊論詞，乃以祖皋附庸堯章，與張輯、史達祖、張炎並列，欠商量矣。

七

白石蕭夫人，是德藻姪女，以文字締緣。《樂府紀聞》曰：『鄱陽姜堯章，流寓吴興，嘗暇日游金閶，徘徊弔古，賦《柳枝詞》，有「行人悵望蘇臺柳，曾與吴王掃落花」之句，楊誠齋極喜誦之。蕭東夫尤愛其詞，以其兄之子妻焉。』張鎡《南湖集》（六）《因過田倅坐間得姜堯章所贈詩卷以七字爲報》結云：『應是冰清逢玉潤，只因佳句不因媒。』亦指此。案詩集

《奉别沔鄂親友》之八云：『宦達羞故妻，貧賤厭丘嫂。上書雲雨迴，還舍筍蕨老。江皋鉏帶經，決計恨不早。士無五羖皮，没世抱枯槁。』是贈妻詩。《别沔鄂親友》十詩作于淳熙十三年冬從德藻發漢陽往湖州時，是娶蕭夫人必在此前。蘇洞《到馬塍哭堯章》詩云『孺人侍妾相持泣，安得君歸更肅賓』，孺人若即蕭夫人，白石卒時，當亦老壽過六十矣。

《硯北雜志》載范成大贈小紅，其時在紹熙二年之冬，白石三十餘歲。（《誠齋集》中多調成大侍兒詩，足見成大暮年聲伎之盛。）蘇洞《哭堯章》詩云：『所幸小紅方嫁了，不然啼損馬塍花。』江生超中謂白石《慶宫春》詞序首言『辛亥（紹熙二年）除夕别石湖歸吴興』即是小紅來歸之年，詞作于其後五年（慶元二年）重過垂虹，有『那回歸去』『傷心重見，依約眉山，黛痕低壓』句，或隱指小紅。若然，則小紅下堂，或即在慶元初年，相處僅四五年而已。（蘇洞《哭堯章》詩有『孺人侍妾相持泣』句，是小紅嫁後又有一妾，陳《譜》引洞《寄堯章》詩『聞似磻溪隱姓名，阿鬟仍是許飛瓊』，謂阿鬟即後妾之名，亦即白石次子瑛之生母。）

八

《雲烟過眼録》（一）：『白石有「白石生」四㔸之印，又有「鷹揚周郊」「鳳儀虞庭」印甚奇。』蓋自寓其姓名。（姜虬緑曰：『「鷹揚周郊」寓姓，「鳳儀虞庭」寓名。』）白石生見《神仙傳》，中黄丈人弟子。《愛日齋叢鈔》有考。四㔸印今見于《落水蘭亭跋》後。

沙文若《沙邨印話》謂聞之易忠籙：『楊星吾家藏兩宋私印鈎摹本，中有白石兩印，但言「鷹揚」「鳳儀」，無「周郊」「虞庭」字，與傳聞異。或者別有此一耦爾。』

九

《愛日精廬藏書續志》（四）《唐詩極元》二卷，唐諫議大夫姚合纂，宋白石先生姜夔點，板心有『又玄齋』三字。今藏常熟瞿良士家，見《鐵琴銅劍樓書目》（二十三）。李洣曰：『《唐詩極元》即《極玄集》（著録《唐志》），元人坊刻增「唐詩」字去「集」字，皆妄也。汲古閣刻《極玄集》，毛晉跋云：「向傳姜白石點本最善，竟不行於世，即留署中，近刻祇挂空名于簡端。」按汲古閣刻卷首有蔣易題詞（蔣易即刻《皇元風雅》者），與秦酉巖抄本同，然則所署「宋白石先生姜夔點」，恐亦如毛晉所云「祇挂空名」者耳。』頃閱傅增湘《藏園羣書題記續集》卷五《校唐人選唐詩八種跋》，知此書白石評點有何焯臨本，傅氏取以校鈔。是白石之評點尚有傳本。傅氏之書今藏北京圖書館，當就求之。白石于唐選專評姚合之書，必與詩法承受有關，或能因以益明其《詩説》之旨。

十

張羽作《白石傳》：『參政張巖欲辟爲屬官，夔不就，曰：「昔張平甫欲爲夔營之，夔辭不願，今老矣，不能也。」』案此説非實。詩集《寄上張參政》云『應念無枝夜飛鵲，月寒風勁羽毛摧』，《賀張肖翁參政》云『從此與人爲雨露，應憐有客卧雲嵐』，皆嘉泰四年毁舍後之作（説在詞箋），是白石曾有干乞於張巖。《瀛奎律髓》謂慶元嘉定以來，乃有以詩人爲謁客者，干求一二要路之書，謂之闊匾，副以詩篇，動獲千萬緡；如壺山宋謙父，一謁賈似道，獲楮幣二十萬，以造華居，是也。白石雖非謙父一流，然當時江湖詩人風氣如是。張羽之傳疑出于白石後人，爲其祖先諱耳。

十一

楊慎《升庵長短句續集》（三）有《花犯念奴》一曲賦劉元瑞神樓圖，謂：『以白石譜《花犯念奴》按之，可歌也。』詞云：『雲軿不輾地，仙居多麗譙。湖海廿年龍卧，錦漣清霅苕。甫里筆床茶竈，山陰楸枰方罫，香籀記昏朝。醉鄉無畔岸，北斗挹天瓢。樓中人，誰是伴，有松喬。靈文緑帙，齊物與逍遥。肯念草玄寂寞，暫遣壺公縮地，風御驀琅霄。闌干誰憑到，共和曉仙謡。』案：此與《水調歌頭》稍異數字平仄而已。白石集並無《花犯念奴》之名，或楊氏誤記《湘月》詞序耳。（《欽定詞譜》二十二載白石《法曲獻仙音》『風竹吹香』一首，亦不知何人作。）

十二

徐熊飛《白鵠山房文鈔》(三)《白石道人畫像記》云:『宋白良玉作姜堯章白石道人畫像,今爲菰城管夢笙所收貯,雖絹素漸裂,而神采未渝。同郡石西谷摹其副本贈余。』同治間倪鴻刊《白石道人四種》,有烏程管以金(品湘)道光元年白石畫像跋云:『嘉慶丙子(二十一年),於郡城觀風卷巷口購得古人像殘縑尺許,題詞剥蝕,僅存「風賦情芳草」五字,歸以《硯北雜志》校之,始知是白石道人也。(節)吾友姜君玉溪見而愛之,云道人乃其二十三世祖,此像世藏弁山之寥天一碧樓。乾隆辛卯,樓遭鬱攸之災,遂遺失人間,今幸得落余手,因再三乞贈。(節)頃玉溪屬仁和許君玉年臨摹一本,壽諸樂石,將供奉於孤山林處士祠。』云云。往年石刻猶在孤山放鶴亭。又有道光二年江介(石如)所摹一石,則改良玉原本坐執羽扇者爲曳杖行歌狀。道光二十三年姜熙刊華亭祠堂本《白石集》、光緒間許氏榆園本《白石集》皆有畫象,亦出于此。冒廣生先生告予:『《研北雜志》所載白石絶句,其第三句「黑頭辦了人間事」,非宰相不能當,殆白石爲石湖題象;《雜志》云自題畫象,誤矣。』夏敬觀先生曰:『石湖園中有淩霄峯,其淩霄花甚著名,見《石湖詩集》。白石題象云「來看淩霄數點紅」,當是爲石湖象。其第一句「鶴氅羽扇」句亦用宰相事。』案《誠齋集》(十二)有《和范至能參政》云『夢中相見慰相思,玉立長身漆點髭』,與良玉所圖亦合。今傳白石象是范成大象無疑矣。（武康東南三十五里計籌山麓白石道人祠，有嘉慶二十年知縣林述曾祠記，云『白石二十三世孫恭壽出元人所作白石象』，予初疑另有元人本，後見孫原湘爲恭壽作題姜白石像詩，序首明云『錢唐白良玉寫』，因知亦誤用范成大象。據《圖繪寶鑑》二十，良玉寧宗時畫院待詔，述曾誤以爲元人也。）

十三

施蟄存君見告：日本刊宋蔡蒙叟《連珠詩格》有白石《水亭》詩一首云：『啼殺清鶯春正寒，一亭長占緑楊灣。客來日日拋香餌，慣得游魚傍玉闌。』

（十）繫年

高宗紹興二十五年乙亥（一一五五）〔一歲〕

白石約生于此年。（説在《生卒考》。以後年歲，暫依此推算。）

白石交游：洪邁三十三歲（宣和五年生）。范成大三十歲（靖康元年生）。楊萬里、尤袤二十九歲（建炎元年生）。吴獵、朱熹二十六歲（建炎四年生）。陳造二十三歲（紹興三年生）。孫從之二十一歲（紹興五年生）。樓鑰十九歲（紹興七年生）。京鏜、楊冠卿、王炎十八歲

（紹興八年生）。辛棄疾十六歲（紹興十年生）。俞灝十歲（紹興十六年生）。葉適六歲（紹興二十年生）。張鎡三歲（紹興二十三年生）。敖陶孫、劉過、吴柔勝二歲（紹興二十四年生）。

北宋詞人：秦觀卒已五十五年（元符三年）。蘇軾卒已五十四年（建中靖國元年）。黄庭堅卒已五十年（崇寧四年）。周邦彦卒已三十四年（宣和三年）。

魏良臣參知政事。

秦檜卒。

紹興二十七年丁丑〔三歲〕

京鏜第進士國。（《交游考》。）

紹興二十九年己卯〔五歲〕

韓淲生。

紹興三十年庚辰〔六歲〕

父噩中進士。（《世系考》。）

紹興三十二年壬午〔八歲〕

楊萬里初識蕭德藻于零陵。（葉渭清《誠齋年譜》。）

辛棄疾自山東奉耿京表歸宋。

孝宗隆興元年癸未〔九歲〕

侍父宦漢陽。（姜虬緑《白石道人詩詞年譜》。）

三月，張燾參知政事，四月，罷。

據《宋史》（三八一）燾傳，燾此後二年即卒，足徵《江西志》『累薦白石』説之無稽。

孫逢吉、胡紘、樓鑰第進士。（《交游考》。）

孝宗乾道二年丙戌（十二歲）

曾三聘、謝深甫、徐似道第進士。（詞箋、《交游考》。）

乾道四年戊子（十四歲）

姊嫁漢川，父卒於漢陽任，約在此時。（《世系考》、《生卒考》。）

乾道五年己丑（十五歲）

鄭僑、王炎、曾丰、黄景説第進士。（《交游考》。）

乾道六年庚寅（十六歲）

蘇泂約生於此年。

據《泠然齋集》，開禧間三十六歲，參《行跡考》。

乾道九年癸巳（十九歲）

范成大使金。

初學書。

嘉泰癸亥《跋王獻之保母誌》云：『予學書三十年。』

癸亥，嘉泰三年也。

孝宗淳熙元年甲午（二十歲）

依姊山陽（漢川村名），間歸饒州。（姜《譜》。）

《昔遊詩》『天寒白馬渡，落日山陽村』一首，叙依姊事而無甲子，姜《譜》不知何據。（姜《譜》注云：『有《于越亭》詩。』今見知不足齋詩集補遺。）

淳熙二年乙未（二十一歲）

留漢陽，交鄭仁舉、辛泌、楊大昌、姚剛中。（詩集。）

項安世、劉過、陳造第進士。（《交游考》。）

淳熙三年丙申（二十二歲）

冬，下大江，留鼇背洲十日。雪霽下揚子，歷楚洲，西游濠梁。（《昔遊詩》。）至日，過揚州，作《揚州慢》。（詞序。）是後十年行跡不詳，當來往湘鄂間。

合肥情遇當在此後十年間，參《合肥詞事考》。

淳熙四年丁酉（二十三歲）

蕭德藻爲龍川丞。（《誠齋文集》八十一《千巖摘稿叙》。）

淳熙五年戊戌（二十四歲）

葉適第進士。

淳熙八年辛丑（二十七歲）

初習《蘭亭》，約在此時。

嘉泰癸亥《定武蘭亭跋》云：『二十餘年習《蘭亭》，皆無入處。』嘉泰壬戌又有題山谷跋本。壬癸至本年二十二年。（陳《譜》。）

吴柔勝登進士。（《交游考》。）

淳熙十二年乙巳（三十一歲）

蕭德藻任湖北參議。（《誠齋集》一一三《淳熙薦士録》。）

淳熙十三年丙午（三十二歲）

人日，客長沙别駕之觀政堂，亂湘流入麓山，作《一萼紅》。識蕭德藻當在此時。長沙别駕當即德藻，此時或由湖北參議調任。《詩集自叙》：『余識蕭千巖於瀟湘之上。』

《小重山令》潭州紅梅詞，當此時作。

立夏日，遊南嶽至密雲峯。（《詩説序》。）

姜《譜》：『《昔遊詩》「昔遊衡山上，未曉入幽宫」，當指是事。以下有「雷雨」句可證。又「昔遊衡山下，看水入朱陵」，是在雪霽後，殆又一時也。』

秋，登祝融峯，作《霓裳中序第一》。（詞序。）

七月既望，與楊聲伯、趙景魯、景望、蕭和父、裕父、時父、恭父，大舟浮湘，作《湘月》。（詞序。）

《待千巖》五古、《過湘陰寄千巖》七絶，皆秋景，當此時作。姜《譜》列下首於本年春，誤。

《昔遊詩》『洞庭八百里』、『放舟龍陽縣』、『九山如馬首』、『蕭蕭湘陰縣』、『昔遊桃源山』、『昔遊衡山下』、『昔遊衡山上』、『衡山爲真宫』諸首，皆遊湘作。

返漢陽，寓山陽姊氏，作《浣溪沙》。（詞序。）

懷合肥情侣詞始見于此。（參《合肥詞事考》。）

冬，蕭德藻約往湖州。（《探春慢序》。）

發漢陽，作《奉别沔鄂親友》十詩，作《探春慢》别鄭次皋諸人。（詞序。）

自此不復返沔鄂。

過武昌，值安遠樓成，作《翠樓吟》。（詞序。）

姜《譜》：『《雪中六解》「黄鶴磯邊晚渡時」，指此。』

度揚子。

姜《譜》：『《昔遊詩》「揚舲下大江，日日風雨雪」，又「既離湖口縣，（節）程程見廬山」，正爾時事。』

蕭夫人時已來歸，説在《生卒考》及《雜考》七。

淳熙十四年丁未〔三十三歲〕

元日，過金陵，江上感夢作《踏莎行》。（詞序。）

二日，道金陵，作《杏花天影》。（詞序。）

《昔遊詩》『雪霽下揚子』一首，指此。

三月後，遊杭州，以蕭德藻介，袖詩謁楊萬里。萬里譽其『文無不工，甚似陸天隨』。并以詩送往見范成大，作《次韻誠齋送僕往見石湖》長句。

楊萬里《誠齋集》（二十二）《朝天集·送姜堯章奉謁石湖》詩，編在丁未春間，後一首是《三月二十六日殿試進士》。

夏，依蕭德藻居湖州，作《惜紅衣》。（詞序。）

姜《譜》：《賦千巖曲水》詩此時作。

赴蘇州謁范成大，作《石湖仙》壽范生日，或此年事。

范成大生于六月初四，見其《吴船録》卷上自記。此詞云『緑香紅舞』，寫荷花，時令合。詞又云：『聞好語，明年定在槐府。』成大罷官後，淳熙十五年曾起知福州，作詞時或先得起用消息。此周汝昌先生見告。

《醉吟商小品》序謂成大告以琵琶四曲，當即此時。

冬，過吴松，作《點絳唇》。（詞序。）

姜《譜》：《三高祠》、《姑蘇懷古》詩此時作。（姜鈔詩集據《姑蘇志》，另有《三高》一絶。）

劉克莊生。

王安居第進士。

淳熙十五年戊申〔三十四歲〕

客臨安，還寓湖州。（姜《譜》。）

姜《譜》此條無考證。案《念奴嬌·賞荷》序云：『予客武陵，湖北憲治在焉。（節）揭來吴興，數得相羊荷花中，又夜泛西湖，光景奇絶，故以此句寫之。』殆即其所據。

姜《譜》：『案公嘗寓吴興張仲遠家，有《百宜嬌》詞，未知何年。』案此誤信《耆舊續聞》『百宜嬌』紀事之説，今本《續聞》無此條。《百宜嬌》疑是湘中詞。參《眉嫵》詞箋。

淳熙十六年己酉〔三十五歲〕

寓湖州，早春與田幾道尋梅北山沈氏圃，作《夜行船》。（詞序。）

收燈夜，與俞灝商卿出遊，作《浣溪沙》。（詞序。）

暮春，與蕭時父載酒南郭，作《琵琶仙》。（詞序。）

秋，作《鷓鴣天》，記所見。（詞序。）

潘檉隨使節赴金。（見于北山《陸游年譜》第二六七頁。）

光宗紹熙元年庚戌（三十六歲）

卜居白石洞下，潘檉字之曰白石道人，爲長句報之。（姜《譜》，參《行跡考》。）

客合肥，居赤闌橋之西，作《淡黄柳》或在此時。送王孟玉歸山陰。（陳《譜》。）

白石淳熙間已有懷合肥情侣詞（參前淳熙十三年譜），紹熙間又兩度游肥，此爲其平生行跡最遠之地，而事緣無考。送王孟玉詩有『十年雪裏看淮南，聚米能作淮南山，籌邊妙處須急吐，政爾不容修竹閒』。其人當亦游幕合肥。白石客肥，或由孟玉耶？

十月，楊萬里除江東轉運副使。（《誠齋集》八十一《朝天集序》。）

紹熙二年辛亥（三十七歲）

正月二十四日，發合肥，作《浣溪沙》。（詞序。）

晦日，泛巢湖，作平韻《滿江紅》。（詞序。）

初夏，至金陵謁楊萬里，作《送朝天續集歸誠齋》詩及《醉吟商小品》。（詞序。）詞云『又正是春歸』，當是初夏。《點絳唇》『金谷人歸』或亦此時作。

六月，復過巢湖，刻平韻《滿江紅》於神姥祠。（詞序。）周汝昌云：『或是由金陵再赴合肥時作。』

七月，與趙君猷坐月，作《摸魚兒》。（詞序。）

此時情侣似已離肥他往，故白石此年之後遂無合肥蹤跡。參《合肥詞事考·後記》。

寓合肥，作《淒涼犯》。（姜《譜》。）

詞中風物是深秋，當在《摸魚兒》之後。

過牛渚作詩。

周汝昌云：『或再發合肥經牛渚作。』

冬，作詩《送左真州歸長沙》。（《交游考》。）

載雪詣范成大於蘇州，（《暗香序》。）作《雪中訪石湖》詩，范有和作。

范成大自淳熙間請病歸蘇州，至此已十餘年，見《石湖居士詩集》。《石湖詩集》（卅三）《次韻姜堯章雪中見贈》一首，編在紹熙三年，（在《次韻養正元月》六言『歲踰耳順俄七年去古稀才三』一首及《閏月四日石湖衆芳爛縵》一首之間。據《宋史》本紀，紹熙三年閏二月。）與白石詞序異，范殆依成詩歲月編入，非姜詞紀年誤也。

止月餘，賞梅范村，作《玉梅令》。（詞序、《暗香》序。）成大徵新聲，作《暗香》、《疏影》。（詞序。）成大以青衣小紅爲贈。（《研北雜志》下。參《合肥詞事考》。）

除夕，自石湖歸湖州，成十絶句。（詩題。）大雪過垂虹，作『小紅低唱我吹簫』詩。（《研北雜志》下。）

陳《譜》謂《京口留别張思順》詩，本年正月作。
楊萬里此年九月爲蕭德藻作《千巖摘稿序》：『東夫貧又疾，又喪其妻若子，惟一子與諸孫在耳。』

紹熙三年壬子（三十八歲）

居湖州。（姜《譜》。）

姜《譜》：『按辛亥除夕詩「但得明年少行役」，是歲殆居苕不出。』
陳《譜》定《呈徐通仲兼簡仲錫》詩本年中秋後在杭州作，參《交游考》。又，後二年紹熙五年作孤山看梅《鶯聲繞紅樓》有『兩年不到斷橋西』句，可證成陳説。

秋，楊萬里由江東轉運副使改知贛州，不赴，乞祠。（陳《譜》。）

紹熙四年癸丑（三十九歲）

春客紹興，與張鑑、葛天民同游。
《陪張平甫游禹廟》《同朴翁登卧龍山》《次朴翁遊蘭亭韻》《越中仕女游春》《項里苕梅》《蕭山》諸詩，當皆此時作。

交張鑑始見於此。

秋，與黄慶長夜泛鑑湖，作《水龍吟》。（詞序。）
歲暮留越，作《玲瓏四犯》。（詞序。）

《雪中六解》：『萬壑千巖一樣寒，城中别有玉龍蟠。』玉龍指越中卧龍山。

九月，范成大卒，十二月，赴蘇州弔之，復還越中。

《悼石湖》詩有『來弔只空堂』句。　陳《譜》云：周必大《范公成大神道碑》載成大九月五日卒，十二月十三歸窆。

陳《譜》：作《寄上鄭郎中》詩。（《交游考》。）

俞灝登進士。（《平齋集》三十二《行狀》。）

紹熙五年甲寅（四十歲）

春，與張鑑自越之吴，攜家妓觀梅于孤山之西村，作《鶯聲繞紅樓》。（詞序。）

與俞灝觀梅于孤山之西村，已而灝歸吴興，獨游孤山作《角招》。（詞序。）

八月，朱熹爲焕章閣待制兼侍講。　閏十月，忤韓侂胄，罷。

陳《譜》『受知朱子』，即在此時。（參《交游考》。）

楊萬里致仕。

胡紘監都進奏院，遷司農寺主簿、秘書郎。

項安世除校書郎。（《交游考》。）

吴獵除校書郎。（《交游考》。）

張履信官江西。（《夷堅支景》一。）

寧宗慶元元年乙卯〔四十一歲〕

三月十四日，與張鑑同遊南昌西山玉隆宫，止宿而返。（《鷓鴣天》序。）

作送項安世倅池陽詩。（參《交游考》。）

曾三聘爲考功郎。（參《卜算子》箋。）

京鏜知樞密院事。（《宋史·宰輔表》。）

吴潛生。

慶元二年丙辰〔四十二歲〕

三月，欲與張鑑治舟往武康，作《鷓鴣天》。（詞序。）

欲往與鑑度生日，故知爲三月。姜《譜》謂：『《阮郎歸》詞有「平甫壽日同宿湖西定香寺」，恐防風之約，未必果往。』《阮郎歸》當亦此年作。姜《譜》列在去年，似誤。

秋，與張鎡會飲張達可家，作《齊天樂·蟋蟀》詞（詞序。）

製梅竹筆斗。（參《雜考》三。）

依葛天民寓武康，作《武康丞宅同朴翁詠牽牛》詩。（姜《譜》。）

冬，與俞灝、張鑑、葛天民自武康同載詣無錫。（《慶宫春》序。）

姜《譜》：『公有云「平甫欲割錫山之田以養某」，疑即此時。』《南湖集》（七）有《題平甫弟梁溪莊園》詩，是鑑有别業在無錫，故欲割膏腴之田以養白石。

道經吴松，作《慶宫春》，過旬塗稿乃定。（詞序。）

止無錫月餘，（姜《譜》。）謁尤袤論詩。

姜《譜》注：『謁尤延之當在爾時。』案：元尤玘《萬柳溪邊舊話》記袤當陳源、姜特立召用，人情驚駭，上封事極言二人之惡，不聽，時年七十，遂引年歸。《舊話》記袤生靖康丁未，則致仕歸梁溪正在此年。《宋史》（四六九）《陳源傳》：慶元元年貶居撫州，二年，以生皇子恩，將許自便，爲給事中汪義端所駁，乃移婺州。袤上封事，當在此時。（《宋史》四七〇《姜特立傳》僅云『寧宗即位，特立遷和州防禦使，再奉祠』，不云被彈。）《舊話》又載袤致政歸，不居許舍山，造圃溪上。似亦與詩集自序過梁溪見袤之語合。陳《譜》謂淳熙十六年五月，延之被逐歸梁溪；白石過梁溪見尤，在淳熙十六年之秋，殊誤。詩集自序云『近過梁溪』，則序即作於此時。

將詣淮不果，作《江梅引》。（詞序。）

爲杭州歸計，作《鬲溪梅令》。（詞序。）

陳《譜》：『此年移家行都，依張鑑居近東青門。』

臘月，與俞灝、葛天民同寓新安溪莊舍，作《浣溪沙·詠蠟梅》二闋。（詞序。）

歲不盡五日，歸舟過吴松，作《浣溪沙》。（詞序。）

既歸，録所得詩若干解爲一卷，命之曰《載雪録》。（《浩然齋雅談》中《載雪録》自叙。）

《翠樓吟》淳熙十三年過武昌時作。《翠樓吟》序有『去武昌十年』語，序當作于此時。

鄭僑知樞密院事。（《交游考》。）

京鏜除右丞相。

謝深甫參知政事。

慶元三年丁巳（四十三歲）

正月，居杭，作《鷓鴣天》『丁巳元日』、『正月十一日觀燈』、『元夕不出』、『元夕有所夢』、『十六夜出』五首。

詞中皆有懷人語，懷人各詞可考作年者，此爲最後。

四月，上書論雅樂，進《大樂議》一卷、《琴瑟考古圖》一卷，不獲盡所議。（《慶元會要》。）

李洣曰：『《玉海》（一百五）『慶元樂書』條云：「元年五月十七日，布衣姜夔進鼓瑟制度、樂書三卷（按三卷疑是二卷之譌），送太常看詳。」按慶元元年四五月間，正當趙汝愚罷相之後，明廷水火，禮樂未遑，白石必不以此時上書。且是年三月十四日，白石正同張平甫游南昌西山，亦未必能於逾月匆匆還都。當從《慶元會要》作三年。《玉海》之元年，元、三形近，或刻誤耳。（京鏜爲右丞相，謝深甫參知政事並在二年正月，亦可爲白石上樂書在三年之證。）惟所稱五月十七日，當是詔付太常看詳之日，可補《會要》所未及。』案慶元四年作《戊午春帖子》，指議樂事，亦議樂在今年之證。

秋，在杭，作《丁巳七月望湖上書事》及《和轉庵丹桂韻》。和轉庵詩，有『來禩奉常議』句，知今秋作。（姜《譜》同。）

冬，送李萬頃之池陽。（陳《譜》。）

正月，鄭僑罷參知政事。

慶元四年戊午（四十四歲）

作《戊午春帖子》詩。『二十五絃人不識』，指去年議樂不合。

謝深甫知樞密院事。

慶元五年己未（四十五歲）

上《聖宋鐃歌鼓吹》十二章，（詩序。）詔免解與試禮部，不第。（《直齋書録解題》。）

秋，與韓淲、潘檉、蓋希之遊西林。（《澗泉集》，詩題作『己未秋』，參《生卒考》。）

盧祖皋第進士。（《浙江通志·選舉志》四。）

敖陶孫第進士。（《交游考》。）

孫逢吉卒，六十五歲。（《交游考》。）

趙孟堅生。

慶元六年庚申（四十六歲）

寓西湖，作《湖上寓居雜詠》十四首。詩無甲子，此依姜《譜》。案第八首有『囊封萬字總空言，露滴桐枝欲斷絃』句，知在論大樂、考琴瑟之後。

作《喜遷鶯慢》『功父新第落成』。（詞箋。）

易祓除著作郎。（《交游考》。）

朱熹卒，七十一歲。

京鏜卒，六十三歲。（《誠齋集》一二三墓誌。）

吴獵卒，七十一歲。

謝深甫爲右丞相。

寧宗嘉泰元年辛酉（四十七歲）

《昔遊詩》當作于本年秋。（姜《譜》。）

姜《譜》注：『按公小序云：「數年以來，始獲寧處。」今歷考編年，惟戊申、己酉、庚戌三載及丁巳以來至是年，不從遠役，而初刻本列是詩於卷末，知爲辛酉詩無疑也。』案『昔遊桃源山』一首結云『於今二十年』，客武陵在淳熙丙午間，至此正廿年左右，姜說是。

秋，入越，朱鼐贈絳帖。（見《絳帖平自序》。）《送陳敬甫》詩、《徵招》詞，皆此年作。（陳

《譜》。）

張巖參政知事。

嘉泰二年壬戌〔四十八歲〕

上元，與葛天民過浄林，作《同樸翁過浄林廣福院》及《嘉泰壬戌上元日訪全老於浄林廣福院，觀沈傳師碑隆茂宗畫贈詩》、《齋後與全老、銛樸翁、聰自聞酌龍井而歸》三詩。

浴佛後一日（四月九日）觀《蘭亭帖》於紅橋龔明之寓舍，作跋。後三日又作一跋。（見《名賢法帖》卷九。）

秋，客松江，作《華亭錢參政園池》詩、《鷰山溪·題錢氏溪月》詞。

詩無甲子，此依姜《譜》。

十月，于僧了洪處見《保母帖》。（《保母帖跋》。）

至日，編《歌曲》六卷成，松江錢希武刻於東巖之讀書堂。（錢希武跋。原跋作壬辰，誤。依趙與訔跋改。）

十二月，從童道人處得烏臺盧提點所藏定武舊刻禊帖。（原跋。）

陳《譜》：是年山谷之孫農丞黄子邁過寓齋，見千巖老人藏本禊帖，有山谷題跋，欲乞去，不忍予。有與單丙文論劉次莊數十家釋帖非是帖。（見俞松《蘭亭續考》。）

張鑑約卒於此時。

交張鑑始于紹熙四年，《自述》有『十年相處、情甚骨肉』之語，鑑當卒於此年左右。詩集有《張平甫哀輓》一首，又《自述》云『惜乎平甫下世，今惘惘然若有所失』，據此，《自述》或即此時作。

洪邁卒，八十歲。

謝采伯登進士。（《交游考》。）

嘉泰三年癸亥〔四十九歲〕

三月上澣，寫《契丹歌》二首。並題云：『右白石道人《契丹歌》二首，嘉泰癸亥三月上澣。』（見《名賢法帖》卷八。）

三月十二日，再跋所得禊帖。（原跋。）

五月九日，《絳帖平》成。（自序。）

六月九日，三跋禊帖。（原跋。）

九月，作《保母帖跋》成。後月餘，過錢清，又記其後。（《保母帖跋》。）

作《漢宮春》『次稼軒韻』及『次韻稼軒蓬萊閣』。

辛詞此年作，見白石詞箋。姜《譜》列下首于紹熙四年，誤。

姜《譜》：『《詩集》二卷，當刻于是年，以集中有華亭錢園詩，知在壬戌後。』按此後一年尚有《賀張肖翁參政》詩，必刻于甲子之後。

姜《譜》止於是年，謂：『是歲後詩無成刻，事蹟亦無可徵。惟《春詩》二首，乃嘉定四年辛亥作，餘皆缺落，故不復譜。』

楊萬里《進退格寄張功甫姜堯章》詩，《誠齋集》（四十）《退休集》編在此年十月後。

謝深甫罷相。

陳造卒，七十一歲。

據《嘉靖吴江志》，此年彭法作吴江釣雪亭。集中有《吴江釣雪亭》詩，無甲子。

嘉泰四年甲子（五十歲）

杭州舍燬。作《念奴嬌》。（詞箋。）

作《洞仙歌·黄木香贈辛稼軒》。（詞箋。）

十月，作詩賀張巖除參政。

詩集《寄上張參政》云：『姑蘇臺下梅花樹，應爲調羹故早開。』又云：『前時甲第仍垂柳，今度沙隄已種梅。』《賀張肖翁參政》云：『太乙圖書客屢談，已知上相出淮南。』結云：『明朝起爲蒼生賀，旋着藤冠紫竹簪。』案《宋史》（三九六）《張巖傳》及《宰輔表》，巖曾兩爲參知政事：先在嘉泰元年八月，三年正月罷知平江府（蘇州），旋升大學士知揚州，分帥兩淮，至本年十月，重召還爲參知政事。前詩當作于去年正月至本年十月間，後詩必本年十月作。集中詩年代可考者，此爲最後，詩集結集或即在此時。

巖紹興末渡江居湖州，見《四庫提要》《拙軒集》下。（拙軒，張侃字，巖之子也。）白石交巖或在寓湖州時。

辛棄疾建議伐金。

尤袤卒。

尤玘《萬柳溪舊話》，謂袤七十引年歸，又八年薨。當卒於本年。《宋史》謂七十終於位，誤。

寧宗開禧元年乙丑（五十一歲）

作《次韻胡仲方因楊伯子見寄》詩。（參《交游考》。）作《永遇樂·北固樓次稼軒韻》。（詞箋。）

子瓊約生于此時。（《泠然齋集八·哭堯章》詩：『兒年十七未更事。』）

開禧二年丙寅（五十二歲）

南游浙東，過桐廬作《登烏石寺》詩。秋至括蒼，作登煙雨樓《虞美人》詞。與處守趙巖東堂聯句。抵永嘉，作富覽亭《水調歌頭》詞。（浙東之行在開禧間，未詳何年，此姑從陳《譜》。參《行跡考》。）

五月，韓侂胄伐金，敗績。

六月，張巖知樞密院事。

楊萬里卒，八十歲。（據葉渭清《誠齋年譜》。《宋史》作年八十三，誤。）

劉過卒，五十三歲。（羅振常《龍洲詞跋》。）

開禧三年丁卯（五十三歲）

作《卜算子·梅花八詠》和曾三聘。（詞別集。）

白石詞可考年代者，此爲最後，説在詞箋。

第四首云『家在馬塍西，曾賦梅屏雪』，江炳炎抄本『曾賦』作『今賦』，若然，白石晚年居馬塍即在此時。

九月，辛棄疾卒，六十八歲。

十一月，張鎡預謀殺韓侂胄。

寧宗嘉定元年戊辰（五十四歲）

謝采伯刻《續書譜》成。（謝序。）

嘉定二年己巳（五十五歲）

長至日，題《蘭亭跋》。（《蘭亭考》七，參《雜考》二。）

六月，張鎡貶。

樓鑰參知政事。

陸游卒，八十五歲。

嘉定四年辛未（五十七歲）

作《春詩》二首。（姜《譜》。）

今集中無此題，惟外集有《春詞》二首，引自《武林舊事》卷一，亦無年月，姜《譜》未詳何據。

嘉定五年壬申（五十八歲）

十二月，張鎡除名象州羈管。

楊長孺守湖州。（《宋史翼》廿二。）

游金陵，晤蘇洞，約在此時。（參《行跡考》。）

嘉定六年癸酉（五十九歲）

樓鑰罷參知政事，卒，七十七歲。

嘉定十年丁丑（六十三歲）

吴潛登進士。（《交游考》。）

嘉定十一年戊寅（六十四歲）

王炎卒，八十一歲。

嘉定十二年己卯（六十五歲）

客揚州，初識吴潛。（吴潛《暗香、疏影》序。）

吴潛本年廿五歲。前年進士第一，授承事郎，簽鎮東軍節度判官，改簽廣德軍判官。見《宋史》（四一八）傳。

嘉定十四年辛巳（一二二一）〔六十七歲〕

卒于西湖，約在此時。（參《生卒考》。）

後二年，嘉定十六年，葉適卒。後三年，嘉定十七年，韓淲卒。後八年，紹定四年，俞灝卒。

附録

錢仲聯君見告：《永樂大典》卷一三〇七五洞字『持火入洞』條引周密《澄懷録》：『姜堯章建炎三年八月一日，自百合口汎舟順流歸竹山。是日午過蒲溪入峽，有大龕名曰漁陀……有洞在山腹，去水面數十丈，斬絶不可至。土人攬蔓而上，持火入洞中，行三丈餘，不敢復前，意其有神仙或蛟龍居之，惜舟過時已晚，不得一窺洞口也。』按白石生活年代與建炎三年懸絶，此文『姜堯章』、『建炎』二者必有一誤，姑存録之。

附録一

集　事

白石道人傳

明　張　羽

白石道人夔，字堯章，九真姜氏。其先乃徙於饒州，遂爲饒人。夔生于饒，長于沔，流寓于湖。湖有白石洞，在蒼弁之間，夔之家依焉，因號白石道人。夔少孤貧，喜讀書苦吟遠遊。長泛洞庭，浮湘，登衡山。循澗深入，忽老人坐大石上，夔心異之，與接，温甚，老人出袖中書一卷授夔曰《詩説》。問其姓名，不道，但云生慶曆間，蓋已百數十歲人矣，然詢土人無知者。夔自是益深于詩，解知音，通陰陽律吕、古今南北樂部，凡管絃雜調，皆能以詞譜其音。嘗著《琴瑟考古圖》一卷、《大樂議》一卷。慶元三年遂上書乞正雅樂，詔奉常與議。先是，丞相謝深甫聞其書，使其子就謁，夔遇之無殊禮，銜之。會樂師出錦瑟，夔不能辨，其議不果用。越明年，復上《聖宋鐃歌鼓吹》十三章，詔免解與試禮部，復不第。然夔體貌清瑩，望之若神仙中人，善言論有物，工翰墨，尤精鑒法書古器。東南人士無不傾慕于夔，夔之名殆滿于天下。夔始在沔時，復州蕭德藻過沔。初，夔之父噩與蕭同進士，宰沔，夔有姊嫁於沔之山陽，夔父卒于官，夔遂依姊氏以居。時以故人子謁蕭，蕭奇其詩，以爲四十年作詩始得一敵，以兄子妻夔。明年，蕭歸湖州，夔因相依過苕溪。時范成大方致政居吴中，載雪詣之，館諸石湖月餘，徵新聲，夔爲製兩曲，音節清婉，曰『暗香』、『疏影』。范有妓小紅，尤喜其聲，比歸苕，范舉以屬夔。過垂虹，大雪，紅爲歌其詞，夔吹洞簫和之，人羡之如登仙云。夔家居不問生産，然圖書古董之藏，恒縱横几榻；座上無虚客，雖内無擔石，亦每飯必食數人。夔居沔最久，居苕不數載，時時往來江湖間。性孤癖，嘗遇溪山清絶處，縱情深詣，人莫知其所入；或夜深星月滿垂，朗吟獨步，每寒濤朔吹凛凛迫人，夷猶自若也。晚年倦於津梁，常僦居西湖，屢困不能給資，貸于故人，或賣文以自食；然食客如故，亦仍不廢嘯傲。參政張巖欲辟爲屬官，夔不就，曰：『昔張平甫早欲爲夔營之，夔辭不願，今老又病矣，不能官也。』卒殁于湖上，葬之馬塍之西。夔有詩二卷、《歌曲》六卷、《續書譜》一卷、《蘭亭考》一卷、《絳帖評》二十卷行于世。其他雜文多散軼，人間未有傳焉。論曰：世傳白石有小傳，未之見也；及余來吴興，其八世孫福四，能薈萃其遺事，因詮次之。白石翛然遺老，遊食江湖，人品之爲逸客；然其所交皆當世偉儒，朱熹、樓鑰、項安世、葉適、楊萬里、尤袤、辛棄疾之徒，交相推譽。語云『不知其人視其友』，白石豈江湖逸客已哉！

張羽潯陽人，從父宦游江浙，卜居吴興。洪武中官太常寺丞，旋自沉於龍江。見《明史》（二八五）《高啓傳》。（羽卒于洪武十八年。）此傳謂本於白石八世孫福四所輯白石遺事；福四寫《白石集》在洪武十年（見原跋），其時去白石之卒已百餘年，故所記不出于白石本集及宋元人筆記。白石弟子張輯所爲《白石小傳》既失傳，使此文而非僞，則今所見白石傳此爲最早。惟羽著《静居集》今僅存詩四卷，此文見近人劉承幹所輯《詞林考鑒》，不知引自何書。

擬南宋姜夔傳

清 嚴 杰

姜夔字堯章，系出九真，唐諫議大夫同中書門下平章事公輔之裔。八世祖泮，任饒州教授，即家於鄱陽。父噩，紹興庚午擢進士第，以新喻丞知漢陽縣；夔從父宦遊，流落古沔。恬淡寡欲，不樂時趨，氣貌若不勝衣。工書法，箸《續書譜》以繼孫過庭，頗造翰墨閫域。詩律高秀，詞亦精深華妙，尤嫺於音律。初學詩於蕭㪷，攜至苕上，遂以兄子妻之。時張燾、楊萬里皆折節與交，而樓鑰、范成大更相友善，成大曾以青衣小紅贈之。紹興中，秦檜當國，隱箬坑之丁山，參政張燾累薦不起，高宗賜宸翰，建御書閣以儲。夔嘗患樂典久墜，欲正頌臺樂律，寧宗慶元丁巳，上書論雅樂，并進《大樂議》；詔付有司收掌，時有嫉其能者，以議不合而罷。己未，作《鐃歌鼓吹曲》一十四章，上於尚書省，書奏，詔付太常。周密以爲『言辭峻絜，意度高遠，有超越驊騮之意』，非虚譽也。居與白石洞天爲鄰，因號白石道人。時往來西湖，館水磨方氏。後以疾卒，葬西馬塍。故蘇洞挽之云：『幸是小紅方嫁了，不然啼損馬塍花。』著有《琴瑟考古圖》一卷、《絳帖平》二十卷、《禊帖偏旁考》、《集古印譜》、《張循王遺事》、《白石道人叢稿》十卷、《詩説》一卷、《歌曲》四卷。子二：瓊，太廟齋郎；瑛，禾郡僉判。

此文見清阮元所編《詁經精舍文集》。嚴氏乃精舍生，此爲精舍課題，同作者數人。後人刊白石集多選登此篇及徐養源所作。此篇誤處如以元人蕭𣂏當白石婦翁蕭千巖，謂秦檜當國時隱居箬坑之丁山，參政張燾屢薦不起，謂嘗館于水磨方氏，皆已辨于《交游考》、《生卒考》、《石帚辨》諸篇中。

擬南宋姜夔傳

清　徐養源

姜夔字堯章，鄱陽人。從父宦游，流落古沔。蕭德藻在沔，與之相得，攜至吴興，以兄子妻之，遂家武康。所居近白石洞天，故自號白石道人。夔洞曉音律，嘗患中興以來樂典久墜，乃詣京師上《大樂議》一卷、《琴瑟考古圖》一卷。其略曰：『紹興大樂，多用大晟所造，有編鐘、鎛鐘、景鐘，有特磬、玉磬、編磬，未必相應。塤有大小，簫篪篴有長短，笙竽之簧有厚薄，未必能合度。琴瑟弦有緩急燥溼，軫有旋復，柱有進退，未必能合調。總衆音而言之，金欲應石，石欲應絲，絲欲應竹，竹欲應匏，匏欲應土，而四金之音又欲應黄鐘，不知其果應否。樂曲知以七律爲一調，而未知度曲之義；知以一律配一字，而未知永言之旨。黄鐘奏而聲或林鐘，林鐘奏而聲或太簇。七音之協四聲，各有自然之理，今以平入配重濁，以上去配輕清，奏之多不諧協。八音之中，琴瑟尤難；琴必每調而改弦，瑟必每調而退柱，上下相生，其理至妙，知之者鮮。又琴瑟聲微，常見蔽於鐘磬鼓簫之聲，匏竹土聲長，而金石常不能以相待，往往考擊失宜，消息未盡。至於歌詩，則一句而鐘四擊，一字而竽一吹，未協古人槁木貫珠之意。況樂工苟焉奉職（《宋史》「大樂議」作「占籍」），擊鐘磬者不知聲，吹匏竹者不知穴，操琴瑟者不知弦；同奏則動手不均，迭奏則發聲不屬，非所以格神人、召和氣也。願詔求知音之士，考正太常之器，取所用樂曲，條理五音，隱括四聲，而使協和；然後品擇樂工，其上者教以金石絲竹匏土詩歌之事，其次者教以戛擊干羽四金之事，其下不可教者汰之。雖古樂未易遽復，而追還祖宗盛典，實在兹舉。其議樂凡五事：一議俗樂高下不一，宜正權衡度量；一議古樂止用十二宫；一議登歌當與奏樂相合；一議祀享惟登歌徹豆當歌詩；一議作鼓吹曲以歌祖宗功德。』其議琴瑟：『分琴爲三準，自一暉至四暉謂之上準，上準四寸半，以象黄鐘之半律；自四暉至七暉謂之中準，中準九寸，以象黄鐘之正律；自七暉至龍齦謂之下準，下準一尺八寸，以象黄鐘之倍律。三準各具十二律聲，按弦附木而取，然須轉弦合本律所用之字，若不轉弦，則誤觸散聲落别律矣。每一弦各具三十六聲，皆自然也。分五、七、九弦琴，各述轉弦合調圖。又以古者大琴則有大瑟，中琴則有中瑟，有雅琴、頌琴則雅瑟、頌瑟，實爲之合。乃定瑟之制，桐爲背，梓爲腹，長九尺九寸，首尾各九寸，隱間八尺一寸，廣尺有八寸，岳崇寸有八分，中施九梁，皆象黄鐘之數。梁下相連，使其聲沖融，首尾之下爲兩穴，使其聲條達，是傳所謂大瑟達越也。四隅刻雲，以緣其武，象其出於雲和。漆其壁與首尾腹，取椅桐梓漆之全。設二十五弦，弦一柱，崇二寸七分，别以五色，五五相次，蒼爲上，朱次之，黄次之，素與黔又次之，使肄習者便於擇弦。弦八十一絲而朱之，是謂朱弦。其尺則用漢尺。凡瑟弦具五聲，五聲爲均，凡五均，其二變之聲，則柱後抑角羽而取之。五均凡三十五聲。十二律六十均四百二十聲。瑟之能事畢矣。』慶元三年奏上，得免解，詔以其書付有司收掌，并令太常與議大樂，不合，歸。夔善爲詞，每喜自度曲，初率意爲長短句，後乃協之聲律。俗樂缺徵調，而角調亦不用，政和中大晟樂府補爲《徵招》、《角招》數十曲，夔以爲未善，别製二詞。其説云：『徵爲去母調，如黄鐘之徵，以黄鐘爲母，不用黄鐘乃諧，故隋唐舊譜不用母聲。琴家無媒調、商調之類皆徵也，亦皆具母弦而不用。然黄鐘以林鐘爲徵，住聲於林鐘，若不用黄鐘聲，便自成林鐘宫矣。雖不用母聲，亦不多用變徵蕤賓、變宫應鐘聲，則自不與林鐘宫相混。餘十一均徵調倣此，然無清聲，只可施之琴瑟，難入燕樂，故燕樂闕徵調，不補可也。』夔又以琴有側商之調，其亡已久，『唐人詩云「側商調裏唱伊州」，以此語尋之，伊州大食調黄鐘律法之商，乃以慢角轉弦，取變宫變徵散聲，調甚流美。蓋慢角乃黄鐘之正，側商乃黄鐘之側，然非三代之聲，乃漢燕樂爾。因製品弦法并古怨曲』。其神解多類此。又工於詩，從德藻授詩法，琢句精工。楊萬里亟賞之，謂其子曰：吾與汝弗如也。然卒不第，以布衣終。所著詩詞，並傳於世。

論曰：世之論雅樂者，輒恥言俗樂；夫樂以音爲主，雅樂俗樂雖邪正不同，而音之條理各有所當；未有於四聲二十八調茫然莫解而能知旋宫之義者也。宋自建隆已來，和峴、胡瑗、阮逸、李照、范鎮、司馬光、楊傑、劉几之徒，考論鐘律，紛如聚訟，大抵漫無心得，而徒騰口説而已。其最善言樂者，中朝惟有沈括，南渡惟有姜夔，之二人者，深明俗樂，而又能推俗樂之條理，上求合乎雅樂，故其立論悉中竅要，非憑私逞臆者可同日道也。括議已不傳，僅存其略于《筆談》。夔之議，原本經術，可謂卓矣。當時既不用，而後人亦徒以詞客目之，史氏并軼其行事，用可喟也。故特爲之傳，以補其缺，毋使孤詣絶學，終于漂没云。

（此文亦見《詁經精舍文集》。）

遺像跋

清 管以金

嘉慶丙子冬十月既望，余於郡城觀風巷口購得古人像，殘縑尺許，題詞剥蝕，僅存『風賦情芳草』五字，歸以《硯北雜志》校之，始知是白石道人也。時嚴丈修能、倪丈米樓歎爲希世珍。藏弆經年，吾友姜君玉溪見而愛之，云道人乃其二十三世祖，此像世藏弁山之寥天一碧樓，乾隆辛卯，樓遭鬱攸之災，遂遺失人間，今幸落余手。因再三乞贈。余思道人一代詞宗，超前軼後，像垂六百年，而面目無損，謂非天之呵護有不爽耶？輒允其請，而割愛歸之。頃玉溪屬仁和許君玉年臨摹一本，壽諸樂石，將供奉於孤山林處士祠，索跋於余，爲述其緣起如此。它日浪迹西湖，當約同調六七人，敬薰瓣香以志嚮往；惜嚴、倪二丈先後歸道山，俱不得一見耳。道光紀元歲次重光大荒落夏六月十有八日，烏程管以金品湘甫書於梅邊竹外填詞屋。

此像石刻往年尚在西湖放鶴亭，實是范成大像，後人誤以爲白石。已辨于《雜考》。

《藏一話腴》一則

宋 陳 郁

白石道人姜堯章，氣貌若不勝衣，而筆力足以扛百斛之鼎。家無立錐，而一飯未嘗無食客。圖史翰墨之藏，充棟汗牛。襟期灑落，如晉宋間人。意到語工，不期於高遠而自高遠。

此條有删節。亦見于陶宗儀《説郛》卷五。

《慶元會要》一則

慶元三年丁巳四月□日，饒州布衣姜夔上書論雅樂事，并進《大樂議》一卷、《琴瑟考古圖》一卷。詔付奉常。有司以其用工頗精，留書以備採擇。

《白獺髓》一則

宋　張仲文

慶元間，有士人姜夔上書乞正奉常雅樂。京仲遠丞相主此議，送斯人赴太常，同寺官校正。斯人詣寺，與寺官列坐，召樂師賫出大樂，首見錦瑟。姜君問曰：『此是何樂？』衆官已有謾文之歎：『正樂不識樂器！』斯人又令樂師〔彈之。師〕曰：『語云「鼓瑟希」，未聞彈之。』衆官咸笑而散去。其議遂寢。至今其書流行於世，但據文而言耳。

『彈之師』三字，據《説郛》卷二十五補。

《直齋書録解題》

宋　陳振孫

《白石道人集》三卷，鄱陽姜夔堯章撰。千巖蕭東夫識之於年少客遊，以其兄之子妻之。石湖范至能尤愛其詩。楊誠齋亦愛之，嘗稱其歲除舟行十絶，以爲有『裁雲縫月之妙思，敲金戛玉之奇聲』。夔頗解音律，進樂書，免解，不第而卒。詞亦工。

《齊東野語》一則

宋　周　密

番易布衣姜夔堯章，出處備見張輯宗瑞所著《白石小傳》矣。近得其一書，自述頗詳，可與前傳相表裏。云：『某早孤不振，幸不墜先人之緒業，少日奔走，凡世之所謂名公鉅儒，皆嘗受其知矣。内翰梁公，於某爲鄉曲，愛其詩似唐人，謂長短句妙天下。樞使鄭公，愛其文，使坐上爲之，因擊節稱賞。參政范公，以爲翰墨人品皆似晉宋之雅士。待制楊公，以爲「于文無所不工，甚似陸天隨」，於是爲忘年友。復州蕭公，世所謂千巖先生者也，以爲「四十年作詩始得此友」。待制朱公，既愛其文，又愛其深於禮樂。丞相京公，不獨稱其禮樂之書，又愛其駢儷之文。丞相謝公，愛其樂書，使次子來謁焉。稼軒辛公深服其長短句。如二卿孫公從之、胡氏應期、江陵楊公、南州張公、金陵吳公及吳德夫、項平甫、徐子淵、曾幼度、商翬仲、王晦叔、易彥章之徒，皆當世俊士，不可悉數，或愛其人，或愛其詩，或愛其文，或愛其字，或折節交之。若東州之士，則樓公大防、葉公正則，則尤所賞激者。嗟乎，四海之内知己者不爲少矣，而未有能振之於窶困無聊之地者。舊所依倚，惟有張兄平甫，其人甚賢，十年相處，情甚骨肉。而某亦竭誠盡力，憂樂關念。平甫念某困躓場屋，至欲輸資以拜爵，某辭謝不願；又欲割錫山之膏腴，以養其山林無用之身。惜乎平甫下世，今惘惘然若有所失。人生百年有幾，賓主如某與平甫復有幾。撫事感慨，不能爲懷。平甫既没，稚子甚幼，入其門則必爲之悽然，終日獨坐，逡巡而歸。思欲捨去，則念平甫垂絶之言，何忍言去；留而不去，則既無主人矣，其能久乎。』云云。同時黄白石景説之言曰：『造物者不欲以富貴浼堯章，使之聲名焜耀於無窮也，此意甚厚。』又楊伯子長孺之言曰：『先君在朝列時，薄海英才，雲次鱗集，亦不少矣，而布衣中得一人焉，曰姜堯章。』嗚呼，堯章一布衣耳，乃得盛名於天壤間若此，則軒冕鐘鼎，真可敝屣矣。是時又有單煒丙文者，沅陵人。博學能文。得二王筆法，字畫遒勁，合古法度。于考訂法書尤精。武舉得官，仕至路分。著聲江湖間，名士大夫多與之交。自號定齋居士。與堯章投分最稔，亦韻士也。堯章詩詞已板行，獨雜文未之見，余嘗於親舊間得其手稿數篇，尚思所以廣其傳焉。

《雲煙過眼録》一則

前　人

姜白石有『鷹揚周郊』『鳳儀虞廷』印，蓋寓姓名二字，甚奇。

『鷹揚』四字寓姜姓，『鳳儀』四字寓名夔。此條見《雲烟過眼録》卷上『王子慶所藏五字不損本蘭亭』條。

《浩然齋雅談》二則

前　人

姜堯章《鐃歌鼓吹曲》乃步驟尹師魯《皇雅》，《越九歌》乃規模鮮于子駿《九誦》，然言辭峻潔，意度蕭遠，似或過之。

此條又見元陸友《研北雜志》卷下，末句作『頗有超越驊騮之意』。

姜堯章雪中訪范至能于石湖，詩云『雪矸如玉城（節）』，至能酬之云：『鵞鶩聲喑雪臆豪，直前不憚夜行勞。更能橐鞬尊裴度，千古人知李愬高。』前輩稱獎後進，不以名位自高，交相尊讓，亦可見一時士大夫風俗之美也。

《鶴林玉露》二則

宋　羅大經

姜堯章學詩于蕭千巖，琢句精工。有《姑蘇懷古》詩，楊誠齋喜誦之。嘗以詩送江東集歸誠齋（二詩俱見集中），誠齋大稱賞，謂其冢嗣伯子曰：『吾與汝勿如姜堯章也。』報之以詩云：『尤蕭范陸四詩翁，此後誰當第一功？新拜南湖爲上將，更推白石作先鋒。可憐公等俱癡絶，不見詞人到老窮。謝遣管城儂已晚，酒泉端欲乞疏（當作「移」）封。』南湖謂張功甫也。

嚴州烏石寺，在高山之上，有岳忠武飛、張循王俊、劉太尉光世題名。劉不能書，令侍兒意真代書。姜堯章題詩云：『諸老凋零極可哀，尚留名姓壓崔嵬。劉郎可是疎文墨？幾點臙脂涴緑苔。』

《耆舊續聞》一則

宋　陳　鵠

姜堯章嘗寓吴興張仲遠家，仲遠屢外出，其室人知書，賓客通問必，先窺來札。性頗妬。堯章戲作《百宜嬌》以遺仲遠（詞見集中）。仲遠歸，竟莫能辨，則受其指爪損面，至不能外出云。

此則不見于今本《耆舊續聞》。案詞云『明日聞津鼓，湘江上、催人還解春纜』，當是客湘時作，此云『寓吴興』，殆不可信。

《硯北雜志》二則

元　陸友仁

海昌人家有古琴一張，音韻清越，相傳是單丙文遺姜堯章。背有銘曰：『深山長谷，雲入我屋。單伯解衣，作葛天氏之曲。懷我白石，東望黄鵠。』

小紅，順陽公（即范石湖）青衣也，有色藝。順陽公之請老，姜堯章詣之，一日，授簡徵新聲，堯章製《暗香》《疎影》兩曲。公使二妓肄習之，音節清婉。姜堯章歸吴興，公尋以小紅贈之。其夕大雪，過垂虹賦詩曰：『自琢新詞韻最嬌，小紅低唱我吹簫。曲終過盡松陵路，回首烟波十里橋。』堯章每喜自度曲，吹洞簫，小紅輒歌而和之。堯章後以末疾故，蘇石（當作『洞』）挽之曰：『幸是小紅方嫁了，不然啼損馬塍花。』宋時花藥皆出東西馬塍，西馬塍皆名人葬處，白石没後葬此。

《吴興掌故》一則

明 徐獻忠

姜堯章長於聲律，嘗著《大樂議》，欲正廟樂。慶元之年，詔付奉常有司收掌，并令太常寺與議大樂。時嫉其能，是以不獲盡其所議，人大惜之。

附録二

酬贈

次韻姜堯章雪中見贈

宋　范成大

玉龍陣長空，皋比忽先犯。鱗甲塞天飛，戰逐三百萬。當時訪戴舟，却訪一寒范。新詩如美人，蓬蓽愧三粲。

送姜夔堯章謁石湖先生

宋　楊萬里

釣璜英氣横白蜺，咳唾珠玉皆新詩。江山愁訴鶯爲泣，鬼神露索天洩機。彭蠡波心弄明月，詩星入腸肺肝裂。吐作春風百種花，吹散瀕湖數峯雪。青鞵布襪軟紅塵，千詩只博一字貧。吾友彝陵蕭太守，逢人説君不離口。袖詩東來謁老夫，慚無高價當璠璵。翻然却買松江艇，逕去蘇州參石湖。

進退格寄張功父姜堯章

前　人

尤蕭范陸四詩翁，此後誰當第一功。新拜南湖爲上將，更推白石作先鋒。可憐公等俱癡絶，不見詞人到老窮。謝遣管城儂已晚，酒泉端欲乞移封。

次姜堯章贈詩卷中韻

宋　陳　造

徐郎巢已焚，庭竹亦無在。太倉五升米，舉室枵腹待。云何鮭菜供，日與長翁對。世有作金術，閭里頗猜怪。丘嫂剪髻餘，舊質疊新債。詩傳侯王家，翰墨到省寺。姜郎粲然文，羣蜚見孔翠。論交辱見予，盧馬果同異。念君聚百指，一飽仰臺魄。我亦多病過，忍口嚴酒戒。終勝柳柳州，吐水賦解祟。壯年志在行，皇皇困無君。老矣此念灰，去住如閒雲。詩壇二三子，一見勝百聞。徐郎吴下蒙，絢麗工語言。滔天自濫觴，昔人求其源。隱几有妙領，未覺市聲喧。自甘謝祖風，屑屑掃一室。準擬高史來，函丈置三席。聲名絶輩行，文字追古昔。黄白馬上郎，覿面不相挹。眼青節食事，日耐饑雷吼。兹幸陪衆後，酒卮甫到口。不離寂寞濱，徑造無何有。問津歸有期，尚許尋盟否。

次姜堯章餞徐南卿韻二首

前　人

姜郎未仕不求田，倚賴生涯九萬箋。稛載珠璣肯分我？北關當有合肥船。
風調心期契鑰同，誰教社燕辟秋鴻。莫年孤陋仍漂泊，可得斯人慰眼中。

臘中得雪快晴成古風呈堯章銛老

宋　王　炎

蒼頭熟睡喚不應，光射紙窗疑月明。更籌可數夜方半，杙上一雞先誤鳴。曉起飛花堆户外，幻出人間無色界。九街車馬不知寒，蹴蹋銀杯翻縞帶。杲杲日升東海東，須臾光彩蒸霞紅。不憂桂玉頓增價，人在沖融和氣中。貝闕珠宮五雲際，遥知天上龍顔喜。麥畦白白覆青青，農事年來定豐美。

題堯章舊遊詩卷

前　人

出郭栽花涉小園，歸調琴譜輯詩編。少年豪健今擎斂，休羡騎鯨李謫仙。

和堯章九日送菊二首

前　人

對花懶舉玉東西，孤負金錢滿緑枝。短髩不堪重落帽，枯腸何可强搜詩。

花品若將人品較，此花風味似吾儒。秋英餐罷含清思，曾有離騷續筆無。

雨寒寄姜堯章

宋 劉 過

一冬無此寒，十日不得出。閉門坐如釣，老去萬感入。冶游亦餘事，況乃燈火畢。獨憐鏡湖春，一一各秀發。枝條綴芳蕤，慘悴變倉卒。凡草何足云，誰弔梅柳屈。東城有佳士，詞筆最華逸。持此往問之，雨濺袍袴溼。蠻箋定送似，來時詩思澀。醉字作龍蛇，行草倩蘇十。

題姜堯章白石洞

宋 韓 淲

詩眼玩塵世，漫作威鳳鳴。經行苕溪水，乃見白石清。拂衣鑑鬢眉，喚起仙骨驚。胡爲隨人間，歎息百慮縈。洞中應笑我，何不高舉輕。明時樂未正，尚欲追英莖。他年淳氣合，肯有爵服情。癡人莫説夢，俗士徒徇名。轉庵偶饒舌，已足壓旦評。古來曠達者，談笑得此生。臨流賦招隱，一奏朱絃聲。

書姜白石昔遊詩後

前 人

平生未踏洞庭野，亦不曾登南嶽峯。因君談舊遊，恍如常相從。江淮歷歷轉湘浦，裘馬意氣傳邊烽。吾嘗汎大江，只見匡廬松。乘風醉卧帆影底，高浪直濺嵐光濃。日暮泊船時，是時方嚴冬。雪花壓船船背重，纜摇舵鼓聲如鐘。當年意淺語不到，無句可寫波濤舂。君詩乃如許，景物不易供。盡歸一毫端，狀出三飛龍。人間勝處貴著眼，雖有此興無由逢。錢唐山水亦自好，奈何薄宦難從容。南高北高一千丈，潮頭日夜鳴靈蹤。應有隱者爲識賞，青鞵布韈扶杖筇。君無詫彼我愧此，急還詩卷心徒忪。

重訪白石

宋 葛天民

長安惟白石，與我最相關。每到難逢面，翻思懶下山。欲歸愁路永，小住待君還。盡日看幽桂，無人似我閒。

荷葉浦中

前 人

急雨捎荷分外奇，珠璣狼藉錦紛披。下塘六月關心處，西塞扁舟入手時。却傍青蘆深處宿，還思白石去年詩。平生浩蕩烟波趣，月淡風微衹自知。

清明日訪白石不值

前 人

花薺懸燈柳拂簷，老懷那得似餳甜。畫船已載先生去，燕子無人自入簾。

六月一日與堯章泛湖

前　人

六月西湖帶雨山，小舟終日傍鷗閒。風烟如許關情甚，賓主相推下語難。幾點送君歸大雅，一涼今夜滿長安。江湖遠思知多少，歸去風前各倚闌。

姜堯章金塗佛塔歌

宋　周文璞

白石招我入書齋，使我速禮金塗塔。我疑此塔非世有，白石云是錢王禁中物。上作如來捨身相，飢鷹餓虎紛相向。拈起靈山受記時，龍天帝釋應惆悵。形模遠自流沙至，鑄出今回更精緻。錢王納土歸京師，流落多在西湖寺。錢王本是英雄人，白蓮花現國主身。蛇鄉虎落狗脚朕，何如紅袍玉帶稱功臣。天封坼開即退聽，兩浙不聞笳鼓競。歸來佛子作護持，太師尚父尚書令。一枚傳到白石生，生今但有能詩聲。同袍秦外銛師兄，哦詩禮塔作佛事，同喫地罏山芋羹。何曾薰陸綺牀供，但見相輪銅綠明。哦詩禮塔猶未畢，蘆葉低飛山雨濕。

弔堯章

前　人

相逢蕭寺已纍然，自詠離騷講太玄。極目舊遊惟白石，傷心孤塚只蒼烟。兒從外舍收殘稿，客向空山泣斷絃。帝所修文與張樂，魂兮應是到鈞天。

題堯章新成草堂

前　人

早將心事付漁樵，若被幽人苦見招。多種竹將挑筍喫，旋栽松待斫柴燒。壁間古畫身都碎，架上枯琴尾半焦。猶有住山窮活計，仙經盈卷一村瓢。

書姜白石昔遊詩後

宋　潘　檉

我行半天下，未能到瀟湘。君詩如畫圖，歷歷記所嘗。起我遠遊興，其如髩毛霜。何以舒此懷，轉軫彈清商。

張平父逝後寄堯章

宋　蘇　泂

入門回首事如麻，豈意銘旌落主家。有夢合尋苕水路，何心更種馬塍花。十年知遇分生死，八口飢寒足嘆嗟。我亦此公門下客，只今垂淚過京華。

金陵雜興二百首之三十三

前　人

白石鄱姜病更貧，幾年白下往來頻。歌詞剪就能哀怨，未必劉郎是後身。

寄白石姜堯章　前人

稽山却棹酒船回，冷水灣頭兩意開。一路有詩吟不穩，當時悔不共君來。

寄堯章並簡銛老　前人

山繞樓臺水接天，袈裟同上闔門船。相思一夜楳花落，儻有人來寄短篇。

寄堯章　前人

聞似磻溪隱姓名，阿鬟仍是許飛瓊。涼風昨夜驚新鴈，想見吹簫又月明。

憶堯章　前人

數月書窗懶出門，眼前世事但紛紛。長安豈是無相識，除却西湖但憶君。

夢堯章桂花下　前人

撲鼻清香兩絶詩，分明參到小山辭。如今獨自秋風下，不似當初並馬時。

到馬塍哭堯章

前　人

初聞訃告一場悲，寫盡心肝在挽詞。今日親來見靈柩，對君妻子但如癡。

南宫垂上鬢星星，畢竟襴衫不肯青。除却樂書誰殉葬，一琴一硯一蘭亭。

花按空空但滿塵，樂章起草徧窗身。孺人侍妾相持泣，安得君歸更肅賓。

兒年十七未更事，曷日文章能世家。賴是小紅渠已嫁，不然啼碎馬塍花。

暗香疏影

宋　吴　潛

猶記己卯、庚辰之間，初識堯章于維揚，至己丑嘉興再會，自此契闊。聞堯章死西湖，嘗助諸丈爲殯之，今又不知幾年矣。自昭忽録示堯章《暗香》《疎影》二詞，因信手酬酢，并賡潘德久之詩云。

曉霜一色。正恁時隴上，征人横笛。驛使不來，借問孤芳爲誰折。休説和羹未晚，都付與、逋仙吟筆。算只是，野店疏籬，樵子共争席。寒圃，衆籟寂。想暗裏度香，萬斛堆積。惱他鼻觀，巡索還無最堪憶。萼緑堂前一笑，封老榦、苔青莓碧。春漏也，應念我、要歸未得。

右《暗香》

佳人步玉。待月來弄影，天掛參宿。冷透屏幃，清入肌膚，風敲又聽檐竹。前村不管深雪閉，猶自繞、枝南枝北。算平生、此段幽奇，占壓百花曾獨。閑想羅浮舊恨，有人正醉裏，姝翠娥緑。夢斷魂驚，幾許淒涼，却是千秋梅屋。雞聲野渡溪橋滑，又角引、戍樓悲曲。怎得知、清足亭邊，自在杖藜巾幅。（自注云：梅聖俞詩云『十分清意足』，余別墅有梅亭，扁曰『清足』。）

右《疎影》

題暗香疏影詞後用潘德久贈姜白石韻

前　人

人生浮脆若菰蒲，四十年前此丈夫。擬向西湖酹孤魄，想應風月易招呼。

見《開慶四明續志》。

予二十年來治姜詞之雜稿，都凡八種：關於樂律者有《歌曲校律》、《十七譜譯文》、《旁譜説》、《旁譜辨》；關於作品者有《歌曲編年箋校》、《論姜白石的詞風》、《白石叢稿輯本》；關於事蹟者有《行實考》。兹寫定《行實考》附《歌曲箋校》之後。集事、酬贈較前人所輯亦稍有增益，并綴其末。一九六一年一月夏承燾記于杭州道古橋。

承教録

讀夏承燾君白石詞樂説箋正書後

羅蔗園

霓裳中序第一

蔗按《霓裳羽衣》爲明皇就隋唐以來法曲中之《婆羅門曲》改製而成，婆羅門樂當初亦有五調之分，與龜茲樂之五旦同。《舊唐書·樂志》云：舊傳樂章五卷，孫玄成整比爲七卷。又云：孫玄成所集者工人多不能通。蓋《婆羅門曲》爲印度傳入中國之佛教樂曲，既云五卷七卷，必非一宫一調可知。而《霓裳羽衣》之曲亦非僅取婆羅門樂之一宫一調以製曲，亦可知也。唐天寶中所傳爲黄鐘商之越調，王灼《碧雞漫志》亦謂屬越調。此蓋唐宋之所同也。《夢溪筆談》乃謂：『今燕都有《獻仙音》曲乃其遺聲。然《霓裳》本謂之道調法曲，今《獻仙音》乃小石調耳。』予按，沈氏樂書，《補筆談》一所舉十二律配二十八調煞聲諸字一段，頗多錯誤。如『黄鐘宫今爲正宫用六字』一語，所指當爲正黄鐘宫；而其下一句則云『黄鐘商今爲越調用六字』一語，所云又爲黄鐘商之越調，乃屬之無射宫；至『黄鐘角今爲林鐘角用尺字』一句，乃指正黄鐘宫中之大石角而言，其煞聲非尺字，乃凡字；其他如『太蔟商今爲大石調』，則誤爲『太蔟調今爲大石調用四字』，『林鐘羽今爲黄鐘調用尺字』，又誤爲『大吕調』。據此諸誤，知沈氏之於七宫二十八調，實尚有一間未達，故其對於《獻仙音》之與《霓裳》，道調法曲之與小石，乃未知其孰是也。

姜夔後於沈氏，故沈氏之未知孰是者，夔亦無法辨别。因姜氏所見之樂工故書爲夷則商調，故姜氏所作亦係屬於商調者也。

又按王灼《碧雞漫志》與葛立方《韻語陽秋》均引白樂天詩『開元道曲自淒涼，況近秋天調自商』，認爲黄鐘商之越調；葛書又引徐鉉《徐文公集》卷五《又聽霓裳羽衣曲》『清商一曲遠人行』，以證《霓裳》本商調而非道調，沈括誤記云云。亦有一間未達。蓋沈氏所記，明云『然《霓裳》本謂之道調法曲，今《獻仙音》乃小石調耳，未知孰是』，足見沈氏所見所聞，必有所本，並非誤記。惟沈於宫調尚有一間未達，故未知其孰是而已。根據以上論證，予謂《霓裳羽衣曲》在開元中初爲黄鐘商之越調，屬七商中之第一運之無射宫，其對宫則爲道調宫。用商韻則爲小石調，屬七商中之第五運。越調、小石子母調，一正一反，故可相犯。《霓裳》本之法曲，小石原屬道調，故謂之道調法曲者，略其調名而舉其本宫耳。沈括之未知孰是者，坐在誤以道調法曲一語爲中吕爲宫之道調宫耳。白樂天詩『況近秋天調自商』，明指無射爲商之商調，當屬之第七運之夷則宫，亦即清商調也（詳拙著《燕樂宫調命名考》中）。蓋黄鐘商之越調爲正調，道調宫之小石爲平調，而夷則宫之商調屬第七運，音最高而清，故謂之清商。古今所記，均爲樂工常用之轉調方法，然記録之者皆屬之士大夫，故不能證之於樂器樂理，而不能辨别其孰是也。

湘月

考《念奴嬌》一曲，王灼謂今大石調《念奴嬌》，有入道調宫，再次轉入高宫大石調（而盛行的是大石調）。予按《念奴嬌》本詞爲入聲韻，當用七商均填製。故王灼所稱入道宫者，當爲道調宫之小石調，再次轉入高宫者，當爲高宫中之高大石調。又考大石以太簇爲均，高大石以夾鐘爲均，小石則以林鐘爲均，三均之中僅高夾鐘宫之雙調未入調耳。但大石屬七商中之第二運，高大石屬第三運，雙調屬第四運，小石屬第五運。今既二三五均可入調，則第四運之雙調自屬自然可用。故《湘月》一曲爲别於《念奴嬌》之故，乃用其工尺而變其宫調以别之耳。其實儘可稱『雙調念奴嬌』也。又白石詞除《湘月》外，尚有《念奴嬌》二首，其『鬧紅一舸』一首與《湘月》均同用其聲韻，『楚山修竹』一首則用上聲均而未用入聲，蓋亦古人商角同用之理。然《湘月》與『鬧紅一舸』兩詞，照理則當改用宫韻也。

又《詞律》載陳允平一首用平均，蓋平入互用之理，在宫調中自可用商聲七運也。

至論鬲指過腔一語，當以方成培《香研居詞麈》爲最佳，然亦有未盡處。如云『簫管四、上字中間只隔一孔，笛四、上字兩孔相聯，只在隔指之間』，其實古今簫管與笛，四、上之間均隔一孔，豈方氏所見之笛獨有不同耶？又稱『此兩調畢曲當用一字尺字，亦在隔指之間，故曰隔指聲也』，夫《念奴嬌》之用大石，方氏既言之矣，大石之爲太蔟商，雙調之爲仲吕商，方氏既知之矣，而又云『此兩調畢曲當用一字尺字』，則又何所據而云然耶？此蓋迷於蔡元定起調畢曲之説，而又不知段安節七運之用所致也。

予於淩廷堪之《燕樂考原》，發見淩氏知四絃而不識琵琶，今又發見方氏乃能説隔指過腔而不識簫笛。文人案頭之作，不能與物理結合，亦可笑也。又方氏書卷四『近世度曲七調之圖』，亦係俗工之作，其工尺亦有錯誤，與燕樂旋宫之法亦有未合者也。

據上所舉《念奴嬌》，既有正宫之大石、高宫之高大石、道宫之小石三種，則由《念奴嬌》過腔而轉入雙調，其過腔之法當然不止一法。如高大石過腔，則由大吕轉入夾鐘，所差僅一音，只須推上一孔即得。若由大石入雙調，則須推上二孔，即中隔一孔矣。又若由小石轉入雙調，則又須退下一孔也。凡此皆可謂之隔指過腔之法，不必囿於大石一調也。又古人吹樂多用啞觱篥，亦稱頭管，有倍四倍六之分。倍六者疑爲黄鐘，倍四者疑爲大吕。若由大吕之高大石轉入夾鐘之雙調，自以倍四頭管爲宜，而倍六頭管則不適用。至於崑曲所用之笛色，則須開闔半孔以吹之，其聲多不正確，頗不適於燕樂宫調及詞曲之用也。

滿江紅

蔗按《滿江紅》調，柳永、周邦彦詞均入夷則羽，蓋用平聲入聲落韻，自可用羽七運之調也。吴文英詞入夷則宫，蓋用去聲落韻，自可用宫七運之調也。凡此移宫换羽之法，皆見於段安節《樂府雜録》。姜氏謂『將「心」字融入去聲方諧音律，予欲以平韻爲之』，『末句云「聞珮環」則協律矣』，此旋宫法也。而方氏《詞麈》不明白石换韻協律之法，而乃大談其融入去聲之法，而引《筆談》『聲中無字、字中有聲』之説，蓋與白石原意相去遠矣。

醉吟商小品

蔗按《詞譜》(二)：『《胡渭州》，唐教坊曲名，醉吟商，其宫調也。姜夔自度乃夾鐘商曲，蓋借舊曲另傳新聲耳。』又考《胡渭州》曲，王灼云『今小石調』，《宋志・教坊》所奏入本調(小石)，又入夷則商。蓋夾夷爲子母宫調，商雙爲子母商調，至仲吕商之小石，則由雙調緊一音而來，即由七商中之第四運轉入第五運而已。唐宋人作曲，不惟詞牌改名，即宫調亦頗改易新名，如民間之獨指泛清商、醉吟商、鳳鳴羽、聖應羽之類，燕樂中之鳳鸞商、金石角、龍仙羽、聖德商，皆宫調之别名也。其實皆不出廿八調範圍。至用中管之調，則偶然耳。

淒涼犯

蔗按古琴有淒涼調，絃用無射，轉絃訣云『清商側羽轉淒涼』，則似用無射爲商之商調。而葛見堯《泰律外篇》云『義和一名碧玉，夾鐘清商也，一名淒涼，一名楚商，一名離憂』，則又似用夾鐘爲商之商調。予按無射爲商實清商調，轉絃訣云『清商側羽轉淒涼』，又似由夷則之商之商調，對轉夾鐘，而用雙調爲淒涼也。白石謂十二宮僅可犯商、角、羽，故淒涼一曲乃注云『仙吕調犯商調』，其中僅『澹薄』之『薄』、『繫著』之『著』，兩均用凡字落均，餘均六上相間，實應認爲仙吕調犯商調，然非琴曲中之淒涼調也。惟吴文英詞則注仙吕犯雙調，則頗與琴調相符耳。又吴文英詞之仙吕犯雙調，即仙吕入雙調，仙吕爲夷則之羽，上字住，雙調爲夾鐘之商，亦上字住，此即羽犯商之實例。《九宫大成譜》不明相犯之理，改曰仙吕入雙角，謬矣。

又考四犯之例，見於張炎《詞源》，然其羽犯角、角歸本宫一欄，實乃大謬，予已另著《改正律吕四犯表》、《角歸本宫説》以明之。姜夔謂：『唐人樂書云「犯有正旁偏側，宫犯宫爲正，宫犯商爲旁，宫犯角爲偏，宫犯羽爲側」，此説非也。十二宫所住字不同，不容相犯；十二宫特可犯商、角、羽耳。』關於此點，余别有《四犯新説》，備論正旁偏側各犯轉絃換調諸法，姜、張皆未談及。唐人樂書所記，正未可厚非也。

角招

《角招》《徵招》皆古代聚衆人之樂，舜舉招樂，又糾合諸酋之義，故曰九招。然漢人所注箾韶、簫韶、箾磬、韺韶、大韶、大磬、九韶、九招、九磬諸義，均詳於箾韶及九成，而不及招。《白虎通》謂『舜曰簫韶者，繼堯之道也』，《周禮》鄭注『大磬，舜樂也，言其德能紹堯之道也』，似以招爲紹，頗覺不類。又按《樂叶圖徵》『舜曰大招』，注亦以繼訓招，與鄭注同。惟《太平御覽·樂部》九，引《書大傳》『《招》爲賓客，《雍》爲主人』，注曰『《招》、《雍》皆樂章名也』，似有勞徠之義，與古之樂會及今之少數民族舞會相似。孟子曰『爲我作君臣相悦之樂』，蓋《徵招》、《角招》是也。

夏敬觀《詞調溯源》云：『姜夔自度曲，按本調當用凡字煞，考旁譜係用乙字煞，則所用是姑洗律之黄鐘角，故夔集題曰黄鐘角，其自序則曰依《晉史》名曰《黄鐘清角調》。實則譜字與黄鐘宫同，本調譜字亦與黄鐘宫同。』

蔗按，八十四調中，雖列十二正角、十二閏角，其實皆以閏角爲體。如黄鐘宫則用大石角，夾鐘宫則用雙角，仲吕宫則用小石角，皆因七商得名，故曰商角同用也。然閏宫爲角，仍歸本宫，故姜夔之《角招》，實爲仲吕之閏，歸之本宫，乃爲黄鐘之正角也。倘用計正不計正之理，則黄之閏角即林之正角，仲之閏角即黄之正角，名爲廿四調，實僅十二調耳。又據夏書所舉七角之目，其中閏角之調，凡無射閏廿一調，黄鐘閏十一調，大吕閏十調，夾鐘閏十調，中吕閏十一調，林鐘閏十調，夷則閏十三調，是《宋志》所載，凡可名《角招》之調者，總八十七調，或即白石所謂『政和間大晟府嘗製之數十曲』耶？然姜之所補，其異於大晟府所製者將何所在，則吾人實不得而論别之矣。

徵招

蔗按，《徵招》《角招》爲君臣相悦之樂，其以黄鐘爲宫，則用林鐘之徵爲均，用林鐘之下徵爲君，則以太蔟之徵爲均，而黄鐘之律乃入之二變之中，此十二律旋宫之法。旋相爲宫，即旋爲君絃，依宫徵相生之例，則一句是黄鐘，一句是林鐘，亦甚自然合理。且子母相生之外，如黄鐘徵可兼黄、林，林鐘徵可兼林、太，凡生我我生，皆可兼用，子母應合，爲樂音之正。姜氏謂之駁雜，丁仙現謂之落韻，均非篤論也。往日曾有《徵調考》一篇，即詳論此旨。今姜氏乃謂推尋唐譜並琴絃法而得其意，多用變徵變宫兩聲，以爲雖避黄鐘不用，仍爲黄鐘之本宫，而不致入於林鐘。然用黄鐘本宫而多用二變，不幾成二變之韻耶，尚何徵調之足云？用黄鐘本宫而避去黄鐘不用，不幾於君聲往而不返耶？是姜氏『徵爲去母調』之説，與萬寶常宫離而不附者何異。

至謂『無清聲，只可施之琴瑟，難入燕樂』云云，蓋不知下徵之調，應由倍林鐘起君聲，而以正林爲清聲，此即古人五降之理，夔實未之知也。餘詳拙著《徵調考》及《古今琵琶宮調弦柱考》中。

跋

讀羅君『書後』之文，更欲獻疑者蓋有數事。《霓裳中序第一》，宮商各異，竊以爲論者必當以唐還唐，以宋還宋，以姜還姜。所以相混者，坐白詩『況近秋天調自商』一句耳。既云『道曲』，又云『調商』，宜若矛盾。然『調商』承『秋天』爲言，此『商』字固不必指斥曲調爲名，但以形其淒涼之音耳。沈氏『未解孰是』者，以唐宋異律，不得其解。然唐人七商起于太蔟，本不用夷則，南宋燕樂乃有夷則商，朱子《儀禮經傳通解》嘗言之矣。白石用夷則商，則南宋之法，非唐人道調之律，亦沈氏之所未知，執道調、越調、商調之異，以之互證互駁，宜若未易貫通矣。《湘月》，羅氏辨其別於《念奴嬌》者，論至精到。惟『鬲指』之名，似宜專指大石過雙調一法，乃於『鬲』字爲合，惜《湘月》譜已不存，不能於其用字驗之耳。若用韻之上聲入聲，乃是別一事，不必涉商角之律。姜氏於平調《滿江紅》，亦但云融字之法，未見曲調之異。吴夢窗平調《滿江紅》用夷則宮，入調末句作『看新月』，亦必融字乃協，不別注宮調，蓋亦夷則宮歟？則似無涉於『旋宮』。大抵聲字爲一事，曲律又爲一事，聲字必合曲律，而曲律非可局限聲字，兩者固不並而論之矣。蓋姜氏詞樂自有與前人異者，南宋律數自有與先代異者。然姜氏製詞，必合於其所自爲説。用姜氏之製，明姜氏之説，而因以益通姜氏之詞，此吾師之旨，所謂成一家之言者也。故其本緒言而爲之贅語，更書於羅君文後。

繆大年。

跋白石琴曲側商調説

繆大年

白石引王建詩『側商調裏唱伊州』，因謂伊州乃大石調，大石調於南宋爲黄鍾商，姜氏《越九歌》『越相側商調』亦注黄鍾商，而王灼《碧雞漫志》乃云林鍾商。夏瞿禪師《姜詞箋校》引知不足齋《漫志》鮑氏校『林鍾商當爲黄鍾商』。謹案，《漫志》作林鍾不爲誤字。《漫志》之黄鍾商，乃越調而非大石，與《宋史·律曆志》合，而與白石相去一運。其以側商爲林鍾商，是小石調，故云借尺字殺。北宋林鍾商殺聲用尺字也。若白石黄鍾商則用四字殺。不能據白石以改《碧雞》鮑氏校字爲非。

姜氏此説，以側弄對正弄爲言，此於琴聲正閏則然，然非所論於側名之原也。側當與平對言，蓋本諸清商三調。謝靈運《會吟行》云『三調佇繁音』，李善注：『沈約《宋書》曰：「第一平調，第二清調，第三瑟調，第四楚調，第五側調。今三調蓋清平側也。」』《夢溪筆談》亦謂古樂有三調聲，謂清調、平調、側調。《唐志》以爲側調生於楚調（見《樂府詩集》二十六引），即姜氏所謂側楚。淩氏《燕樂考原》謂側調即《宋書》之瑟調，非也。然清商雖古調，而清、平、側之名則後起。《宋書・樂志》以三調荀勗爲之，荀勗笛律三調，曰正聲、下徵、清角，以平側爲名者，實借自梵唱。按慧皎《高僧傳》十三云『釋法璘平調牒句』『智欣善能側調』，敦煌所出《維摩詰講經文》偈句有云平側斷者，此見平調側調諸名所出。（《通典・樂典》列清樂中七調有聲無辭，有《上林》、《鳳曲》、《平調》、《清調》、《瑟調》、《平折》、《命嘯》等。按《高僧傳》説轉讀有平折放殺諸法，則平折之名亦出梵音矣。）詞調之中，有《清平樂》（清、平並舉，蓋謂清商之平也），《宋史・樂志》、張子野詞皆在大石調，《樂章集》、《碧雞漫志》皆在越調。此平調也。側商，白石云大石調；伊州爲側商，《宋史・樂志》在越調、歇指調；清真詞有《側犯》，白石、夢窗皆爲之，在大石調，乃側商之犯調。此側調也。是商聲諸調中平側相對爲名者。白石《越九歌》『曹娥蜀側調』，即所謂側蜀也，在夷則羽。《宋史・律曆志》以太蔟羽爲平調，於南宋爲仲呂羽。是羽聲中平側相對爲名者。詞調之名涉樂事者，如《徵招》、《角招》以五音爲名，《水調歌頭》、《尾犯》以曲遍爲名，《清平樂》、《側犯》以三調爲名。曲調之側，與平對言，亦唐宋人之常語矣。

《文鏡秘府論》一述聲病之説，以平與上去入或去上入對言，未立側稱。其見於沈約、陸厥、劉勰諸家書者，則有云浮聲切響，有云聲有飛沈（飛沈亦本梵唱。《高僧傳》十三慧光喜騁飛聲。按梵唱飛聲與平調爲二，而劉勰以飛爲平，則借用之名，不復初誼耳）有云宫商、宫徵、宫羽、商徵、角徵，皆各爲譬況，不稱平側。始以平側命聲者，今所見惟殷璠《河岳英靈集》爲先。殷氏序曰：『曹劉詩多直語，少切對，或五字並側，或十字俱平，而逸駕終存。』殷氏世代未詳，據所鈔録，殆不在天寶以降。寒山詩云『平側不解壓』，蓋唐世近體既盛，平側之稱乃習。爰溯厥源，則亦借梵唱平調側調之名也。自來詩人音學，皆以平側常語，不屑論究，亦爲闕事。因説側商，乃並及之。至四聲判而爲二，上去入共爲一類，其於音理，亦有可言者，詳在别篇。（按唐人有以平上去入謂琵琶四絃者，見《樂府雜録》，宋人有以平側稱渾天儀二天輪者，見《玉海》，皆借通行之名以取便。然亦足亂名義，不可不辨耳。）

汪世清先生四函

第一函

讀大著《姜白石詞編年箋校》，獲益很多。在版本方面，對姜詞自宋以來的刻本和抄本縷述其條流源委，至爲清晰，也給我以很大的幫助。兹就接觸到的有關姜詞的版本提出幾點，以供參考。

一、乾隆間水雲漁屋刊本即陸本。在北京圖書館普通閱覽室有陸刊兩種藏板，一爲隨月讀書樓藏板，一爲水雲漁屋藏板。另善本室有李越縵藏姜詞陸本，亦爲水雲漁屋藏板。

二、張奕樞本除沈曾植景印本一種外，有張應時重刻本，除有張奕樞序外，還有張應時序，序末註明係嘉慶二十五年歲次庚辰七月既望的作序時日。此本與沈本字形很近，每頁十一行，每行十九字。但有幾處與張本、沈本皆不同。如《好事近》『金絡一團』不作『圍』，《夜行船》『流澌』不作『嘶』，《石湖仙》『綸巾攲羽』不作『雨』，等等。此本現北京圖書館藏有一本。

三、北京圖書館善本室還藏有清抄本姜詞一種，目録悉依陶抄分六卷，而内容則僅有令、慢、自度曲三部分，排列次序亦有變動。如令的排列次序如下：

小重山令　浣溪沙（著酒行行）　踏莎行　杏花天影　點絳唇（燕雁無心）　夜行船　浣溪沙（春點疏梅）　鷓鴣天（京洛風流）　浣溪沙（釵燕籠雲）　醉吟商小品　玉梅令　鶯聲繞紅樓　鷓鴣天（曾共君侯）　少年遊　憶王孫　鷓鴣天（柏綠椒紅）　鷓鴣天（巷陌風光）　鷓鴣天（憶昨天街）　鷓鴣天（肥水東流）　鷓鴣天（輦路珠簾）　阮郎歸（紅雲低壓）　阮郎歸（旌陽宮殿）　江梅引　鬲溪梅令　浣溪沙（雁怯重雲）　浣溪沙（花裏春風）　浣溪沙（翦翦寒花）　訴衷情　點絳唇（金谷人歸）　巫山十二峯（摩挲紫蓋）　驀山溪　好事近　巫山十二峯（西園曾爲）

看來有些近于按創作年代作了以上的排列。此本在目録最後一頁的左下角有『項孔彰』『易庵』兩章，曾爲蔣鳳藻收藏，據蔣跋斷爲項易庵手抄。果爾則此便是明末清初抄本，當係樓敬思所藏之外另一陶抄姜詞。（中節）此抄本可能的確早于陸本與張本。但是否項易庵手抄尚有可疑之處，如在《石湖仙》末句下加一小註『《詞綜》「雨」作「羽」』，考易庵殁于一六五八年，當年朱彝尊僅十八歲，當未及見《詞綜》問世，則從此小註可知不是出于易庵手抄。又此抄本卷一第一頁的右下角有劉石庵的圖章，則此雖非項易庵手抄，其抄寫年代可能在乾隆以前。另外，此抄本還有與其他刻本不同的一處，即在陶跋後還抄有《慶元會要》一則。因此抄本在大著中未見提及，故以相告。

四、我藏有一本《白石道人歌曲》，分六卷而無別集，趙與訔跋在前而無陶跋，仿宋刻，其内容幾與沈遜齋本相同，如《念奴嬌》『争忍淩波去』『争』字也脱而在末句下補一字。但我另有沈本則係袖珍本（去年在杭州浙江圖書館見一本也是袖珍本），是否沈本有兩種，一爲大型本，一爲袖珍本，若然則此當爲沈本。又從紙墨上看，此本似較宣統（沈本刻于宣統庚戌）爲早，不知是否即係沈本直接據以影印之本，識見淺陋，未敢肯定。尚希賜教。

我在工作之餘，對姜詞亦甚愛好，而對先生在姜詞的研究方面所取得的成績和實事求是的治學精神都非常敬佩，故不揣冒昧寫此以告。

一九五八，九，十八日

第二函

（前略）近北京圖書館新藏王曾祥手抄本《白石詩集》一卷《詞集》一卷，確係據樊抄手録。詞後有跋：

此同里王茨檐先生（曾祥）手鈔本，舊藏高丈蘭陔香艸齋中，後歸松窗家兄珍弆有年。兄每謂先生楷法乃以率更勁骨參以香光風韻者，況録成數萬字無一弱筆，尤可寶貴。至白石詩詞則厲山民『清妙秀遠』四字盡之。道光六年丙戌春人日。成憲翰畢，還之姪孫大綸、大綱，時年七十有一。

另有一跋叙述此本與陸本、張本同源，後有數語：『傳此書舊爲高蘭陔所藏，後歸魏松窗家守之三世。余則在長沙得之何蝯叟後人者。……己未十月晦。㪅年。』末蓋朱章『曼青』二字。

此抄本未知先生曾見過否？因匆匆寓目，未及詳校，如先生欲知其詳，當細加審閱，舉以奉告。王茨檐杭縣人，《杭縣志·文苑》有傳。

一九五八，十二，十四日

第三函

近在北大圖書館看到清抄本《白石道人詩集詞集》、《大樂議》、《續書譜》、《禊帖偏傍考》、《詩説》一册(見《北京大學圖書館藏李氏書目》下册第九十一頁),前有柯崇樸序文,對白石詞集版本的考證頗有參考價值。不知先生曾見過否,兹抄上以供參考:

『右《白石道人詩集》一卷,係宋刻舊本,朱檢討竹垞向總憲徐立齋先生借抄得之,其長短句則竹垞自虞山毛氏所刻宋詞樂章集,更旁采諸書合得五十八首爲一卷,復以其所爲《大樂議》、《續書譜》、《蘭亭跋》、《禊帖偏傍考》、《詩説》並附其後。於是白石先生所著,裒然成集。嗚呼,書缺有間矣,况自李獻吉論詩謂唐以後書可勿讀,唐以後事可勿使,學者耳食其説,將宋人詩集屏置不覽而湮没,可勝道哉! 近者天子右文,諸博雅好古之士争置宋元諸書,遺文始往往間出,然散逸既久,蒐輯爲難,今竹垞不獨廣爲繕録,且彙萃成編,其有功于白石也大已! 余既轉寫之,因述其始末如此。所惜擬《宋鐃歌曲》十四篇未睹其辭。復聞虞山錢子遵王藏有《補漢兵志》一卷、《絳帖評》二十卷,又從來言姜白石所未及者,乃知古今文字其不經見者多也。異日者冀得併購而合編之,則余之幸也夫! 康熙乙丑孟秋下澣題于東魯道中。』下有『柯印崇樸』與『敬一』二章。

此本詞集共收詞五十八首,各詞及其排列次序均與陳撰本完全相同。據柯序,此五十八首原爲朱彝尊所輯，而柯序寫于康熙二十四年，早于陳刻三十多年，則陳刻可能即據朱本或其傳抄本。最近見丘瓊蓀先生所著《白石道人歌曲通考》，其版本考中列有白石詞明鈔本一種，並疑陳本或即據此明鈔本而刻，看來對于陳刻來源一向還是不大明白的。今據柯序，這一問題似乎可以解決了。因未暇與陳本細校，其間異同，無從詳告，殊以爲歉。

一九五九，八，五日

第四函

（前略）北京圖書館善本室所藏幾種白石詞，均有名家批校，極爲可貴。兹遵囑將下列三種刻本的批校語抄上，以供參考。

（甲）鮑倚雲批校《姜白石詩詞合集》，是洪正治刻本，並非曾時燦原刻本。書末有鮑氏識語數則如下：

一、詞集最後一闋《慶春宫》的闕文，下有小記：『乾隆丁巳夏，客邗江，從冷紅江君所借得全闋補註于下。』在補註後又云：『「鏡裏春寒」誤作「逢春」，庚申十一月朔日燈下改正。』蓋前次補註中『春寒』誤作『逢春』，已改正了。按冷紅爲江炳炎號，丁巳爲乾隆二年，恰爲江炳炎從符藥林借鈔陶南村所書舊本白石詞之後。則鮑氏所據以批校洪本者即爲江炳炎鈔本。

二、『旅夕無聊，一編自遣，借冷紅點定白石集，丹黄一過。冷紅于詞學頗極研搜，近得白石詞足本，此板訛處悉正脱失，小序補列其上，餘闋當别録之爲藏本也。詩校勘稍略，姑存其概，他日仍擬自加點定。乾隆庚申冬十月廿六日夜分，識于揚州桐香閣。』

三、『冷紅所抄詞集足本，圈點略别；此本校對，余亦間出己意。前跋書冷紅點定者，不忍没其來由。頃復自贅，恐魚目混珠光也。評語附綴，艸艸無當，則自列名以别之。』

四、『足本開雕矣，爲友人所誤，因復中輟。余勸冷紅何不自書付刻，卒苦牽率不克辦。古籍之不易流傳也如是！次日晨起，倚雲又誌。』

（乙）余集校跋《姜白石詩詞合刻》，是曾時燦原刻本。有厲鶚跋四則：

一、『明瞿宗吉《歸田詩話》云：「姜堯章詩『小山不能雲，大山半爲天』，造語奇特，此二句集中所無，蓋逸其全矣。」白石詩詞爲吾友陳君楞山刻于揚州，詩中《奉天台祠禄》、《閒詠》、《負暄》等，俱是麗水姜梅山特立之作，詞中更竄入他作居多，余嘗于北墅吴三丈志上家見宋臨安府睦親坊書肆陳起所刻原本，次第與此不同，後又有《詩説》一卷。使有好事者照宋槧本重鏤版以存白石老仙之真面，殊勝事也。樊榭山民厲鶚書。』

二、『余從《咸淳臨安志》補入五絶二首、七絶一首，《硯北雜志》補入七絶一首，《澄懷録》補入詞序二篇，白石作者甚少，無不高妙。此靈珠斷璧，宜亟收拾之。雍正七年歲次己酉，正月九日雪中，樊榭又書。』

三、『此本譌脱頗多，今照宋本一一刊定。己酉落燈夜雪中書。』

四、『詞集校《花庵絶妙詞選》所收，獨多數首。己酉正月廿六日書。』

以上各跋，均爲余集手抄，末署『己卯清和月松里余集校正』，下有『余集』、『蓉裳』二章。

（丙）周南跋之《白石道人歌曲》，確是張奕樞刻本。封面有吴梅題識云：

『張刻白石詞，全一册。

此書先後爲鮑以文、盧文弨、周南、張鳴珂所藏，心淵表叔得之冷攤，乙亥季冬，舉以見贈云。是歲除夕，霜厓記。』

其前有周南跋：

『辛酉冬十月二十一日，玉珊詞兄來鐵沙寶重室，談詞論詩，相視莫逆，因以此詞奉贈，憶己未冬仲獲讀尊著《秋風紅豆樓詞》，積慕已二載矣，獲此快晤，何幸如之。荔軒周南記。』

跋後有吴梅按語：

『按玉珊爲張鳴珂，嘉興孝廉，寓居吴中，身後遺書星散，心淵遂以賤值得之，今既歸余，爲點朱細讀一過。霜厓吴梅。』

書尾有小字一行：『戊寅正月晦，霜厓讀一過，時客潭州。』

書中有吴梅朱批評語及史事等多條，兹不詳録。

又該館所藏有蔣鳳藻跋之清抄本《白石道人歌曲》，據蔣跋爲項易安之手鈔本。在『白石道人歌曲目録終』下有一行小字『此原本目録也，别集一卷不載』，其下有『項孔彰』、『項易菴』二章。書後有蔣氏跋三則：

（一）『書之顯晦不時，有前人所未見而今轉易得之者，此白石詞亦其一也。國初竹垞朱先生竟未及見，當日此本項氏鈔之，宜如何珍重矣。聞汪閬原曾得舊刊本，照目録全，今藏吴平齋處，我甥曾見之，詞傍有圈仄，想爲音節起見云。』

（二）『此檇李項易安舊鈔也，項氏手藏甲于江浙，不少秘本，此蓋易安手録，尤足珍重云。小除夕，香生蔣鳳藻誌。』

（三）『宋詞最著者姜夔、周密、張炎。汲古閣毛氏曾編刻《宋六十名家詞》，白石詞已刻入，此係名鈔，據善本校勘者，卷目後有「項易安」圖記，故疑爲手鈔，以其字跡甚似耳。至卷後有俾他人抄録，故多誤字云云。蓋後十一年之跋，即至正十年之後十一年也，當據陶氏舊本附録，非易安自謂云。香生又誌于滬上寓齋。』

此抄本别集後有趙與訔跋、《慶元會要》一則與陶宗儀二跋。其中《念奴嬌》（鬧紅一舸）末句下有『「來時」《詞綜》作「年時」』，《石湖仙》末句下有『「歆雨」《詞綜》作「歆羽」』，《翠樓吟》末句下有『「詞仙」《詞綜》作「神仙」』。按項易安爲項聖謨號，聖謨卒于清順治十五年（一六五八），當不及見《詞綜》問世，此是否項氏手鈔，還屬可疑。

最近曾以王茨檐抄本校張奕樞本（即有周南跋者），校記俟整理後，即可抄奉。

一九五九，八，十七晚

周汝昌先生三函

第一函

瞿老惠鑒：復辱書，殷殷下問，感與媿并。頃來忙病相兼，奉覆稽遲；此紙草草摘録管見，細碎尤甚，無關弘旨者，所以敢塵清覽，聊報不棄末學之高誼，並幸進而教之也。詞翰苟簡，統望寛諒。不盡所懷，俟有微閒，尚當續啓。

《輯傳》有云：『爲詩初學黄庭堅，而不從江西派出，並不求與楊、范、蕭、陸諸家合。』竊疑末語毋乃稍過。玩其詩集自序，大旨端在『奚以江西爲』一點，凡先援尤梁谿之論，復證以千巖、誠齋、石湖三家之言，皆所以明己見不謬，諸老僉同，差足自信。此爲主意。至下文繼有云云，似無過藉表虚懷，不敢即此沾沾自喜，疑諸老謂同，或有獎掖後起，故爲徇借之言耳。是以『合』爲主，『不合』爲賓爲襯。不應纔引以證己見，又即所以證之者而斥之，并以爲不屑與之合；斯二者，理無兩存，義難並立。爲文有爲文之道，自有義法，有理路；使白石原意欲明所以不合，其序次措語，故當另有所出。梁谿與白石之交誼姑不論，至蕭、楊、范三家，或懿親，或先輩，皆於白石爲特賞、爲義交，所以助白石者殆不止文字齒牙遠甚，皆白石所以深感激者，縱於其詩有所不然，其當於論江西之際而并加微詞耶？殆不爾也。其末云：『余又自喟曰：余之詩，余之詩耳！窮居而野處，用是陶寫寂寞則可；必欲其步武作者，以釣能詩聲，不惟不可，亦不敢。』則恐世人譏其遍引名賢，標榜自圖，故設語以解；『窮居野處』『陶寫寂寞』，以是爲文，名不易立，謗則每來，舊時之恒情；語涉牢騷，故不難窺，而辭鋒所向，在恒情而不在諸老，亦易見者。准是而言，竊疑尊論末語稍過。質之高明，以爲是否？尊輯下文緊接以『一以精思獨造，自拔於宋人之外』，引《四庫提要》語以實之。然《提要》『故序中又述千巖、誠齋、石湖，咸以爲與己合，而己不欲與合，其自命亦不凡矣』『傲視諸家，有以也』諸語，疑失穿鑿，恐非確論。先生精思灼見，當不苟同。《提要》殆欲以此而高白石，自今視之，此又實非所以高之道矣。（又，序中雖嘗因尤梁谿語一及放翁，主意實於此翁無涉。尊云『楊、范、蕭、陸』，不如以尤易陸爲得。）

一、尊校頗備，特重宋刻元鈔一支，是也。旁涉它本，采及詞譜詩話。獨厚詬病洪正治本，除間一之及，藉發其誤外（如論《暗香》『翠尊易泣』句洪本『泣』作『竭』之類），略不稍顧，殆同可棄。竊意莫少過否？嘗試論之。錢刻陶鈔雖可信，然流布未早，姜集既久稀覯，清初始賴此本稍還舊觀，網羅放失之功，未可輕没。一也。其本何出，雖不可知，殆非陳氏洪氏所得而妄篡者，亦非甚謬陋者所能辨。先生《版本考》列之於（乙）項『《花庵詞選》本』之下，或不免疑此出陳洪等人摭拾宋明人選本總集如《花庵》、《花草》之類以湊泊而成，復『意爲删竄』《提要》『同一羼亂』鄭校，故無足取。實則不然。兹舉一力證，如《淡黄柳》過片『正岑寂』三字，尊校云：『《花庵詞選》、《花草粹編》及明鈔《絶妙好詞》，此三字皆屬上片，誤。』而洪本此三字屬下不屬上，是其非襲宋明諸選編可知。夫《淡黄柳》是白石自度曲，非有舊譜可按、衆作可稽者比，然則洪本何以訂其誤耶？使洪氏而有此詞學、具此特識，則豈當復以謬陋妄人視之？使洪氏而無此學此識，則必有所據，而其刻之非出摭拾湊泊也益明。二者必居其一，有一即足以爲洪本重。二也。檢尊校，凡宋明編選及清人《欽定詞譜》之不足從而爲先生抉出者，洪本往往不同其不足從而與佳本合，不止一處。三也。其獨具之異文，有不得概斥爲訛謬者，如《鷓鴣天》京洛風流絶代人下片云『紅乍笑，緑長嚬。與誰同度可憐春』，洪本作『紅半笑』。按詞意，緑長嚬謂眉長蹙也，則紅當指唇頰，故云笑。然則半笑與長嚬爲仗，非不可通也。如《滿江紅》『旌旗共、亂雲俱下，依約前山』，尊校云『《後村詩話》「共」作「與」，《欽定詞譜》同』，而洪本獨與後村引文合。復次，『却笑英雄無好手，一篙春水走曹瞞』，洪本作『應笑英雄無好手』，以詞意論，『却』『應』各有神情，難定優劣，遑論是非。此亦斷非音似形近之譌，而洪氏果故意改竄，意何居乎？洪縱妄陋，恐不至是，轉難辨此。復次，原注『廟中列坐如夫人者十三人』，洪本作『十五人』，何者爲是，似亦不妨並存待定。類是者時有之。四也。洪本頗有誤字，然諸本所不免，大抵無過如張本厲鈔之『篷』誤『蓬』、『歌』誤『哥』、『咸』誤『成』、『羸』誤『嬴』以及『流嘶』、『侯館』、『青燉』之類，不應獨爲洪本病。五也。至如小序往往竄剪，他作時時羼亂，固是疵累，然定底本與校衆文其義有分。選取底本，約其大齊，唯善是擇，固當摒洪本於不齒之列；若視爲别本而取校衆文，則不妨廣存歧異，一以辨魯魚，一以采片善。如尊校中凡清人避諱之妄改與夫筆記逞臆之庸言（如改『胡』爲『吴』，疑『移』作『搊』之類，不無騰笑之資），尚且不惜品衡，予以地位，洪本顧並此地位而不得有，豈得謂平？此本久不爲人知，幾就湮滅，故願先生量宜存舊，以備文獻而資來脩。

如先生所云：『江、陸、張三本，同出於樓藏陶鈔，江、陸二本且同傳鈔於符藥林，三本寫刻年代相去又皆止數年，而字句往往不同。』《版本考》『宋人詞選若《陽春白雪》、《花庵》、《草窗》皆録姜詞，當時應據嘉泰原刻，而與陸、張、江三家又互有異同，所注宮調，亦往往爲三家所無，疑莫能明。』自跋校本最足以説明問題。僅賴宋刊元鈔以及同時選録，尚不能事如劃一；犂然於懷，猶有所竢；而當時手稿流傳，或後先不一，或篡輯不同，亦固其所；嘉泰一本之外，未必不有别録；時世既遠，片羽足珍。如洪本者，倘亦不無可貴。惟先生更審論之。（此本詩集部分似尤有異文，不審先生於校詩集時嘗一采擷否。兹以題外，不復覼縷。）

一、《八歸》『問水面、琵琶誰撥』，尊校云：『厲鈔「撥」作「摘」，誤。』按摘有搊彈一義，字書雖不載，然往往見於實用，如山谷有《聽宋宗儒摘阮歌》是也。琵琶既可曰搊（《通考》），疑亦可曰摘，（《辭源》引《熊朋來賦》『立搊卧摘』，亦可參證。）此字有義可尋，韻亦略可通借，莫不得即謂誤否？

第二函

一、《慶宮春》（雙槳蓴波） 詳其詞意：上來即點出『暮愁漸滿』，愁字是眼，一篇皆寫此也。所愁者何指？即下所云『明璫素韈，如今安在』與夫『傷心重見，依約眉山黛痕』甚明。詞中所凝想悵念之人，已若『盟鷗』，『背人』飛去，此不煩解説。然此所念究又何人耶？嘗謂『那回歸去，蕩雲雪，孤舟夜發』與序中明言是辛亥除夕之事，正《研北雜志》所記『大雪載歸過垂虹』，作『小紅低唱我吹簫』時也。而此際重來，則『老子婆娑，自歌誰答』矣，明係鍼對。故『垂虹西望，飄然引去，此興平生難遏』，所謂『愁』耳。竊意此白石追念小紅之作。詞序云云，皆誠如先生所云『故亂以他辭也』（《長亭怨慢》箋）。此例尤顯。如所揣有合，則小紅此時即已他適矣。（蘇洞弔詩，乃詞家之言，不妨云云，亦無拘必係白石卒前方嫁耳。又，石湖所贈青衣，是否即真名小紅，疑尚難定。小紅乃唐人吹笙伎，見《劉禹錫集》，意白石或用之借稱，不必拘看。陸友仁之説，每有可商之處，以其時略後，故常涇渭相混，不盡得實。（如先生所舉誤以白石題石湖像詩爲自題像即是。）

一、同詞　『垂虹』箋第引《吴郡圖經續志》一條。按《東坡志林》卷一『記遊松江』：『……置酒垂虹亭上……此樂未嘗忘也。今七年耳，子野、孝叔、令舉皆爲異物，而松江橋亭，今歲七月九日海風架潮平地丈餘，蕩盡無復孑遺矣！追思曩時，真一夢耳。元豐四年十二月十二日黄州臨皋亭夜坐書。』然則垂虹建於公元一〇四八年，至一〇八一年爲水蕩毁。此不可不稍説明之，不爾則令讀者謂至白石時所遊橋亭猶是慶曆八年故物也。

一、同詞　『采香徑』箋，引柳詞『香徑没』及吴詞『箭徑酸風射眼』二句以證字當作仄。按玉谿《杏花》詩『吴王采香徑，失路入烟村』，早於耆卿、夢窗甚遠，亦作仄。又馮注引《吴地志》：『香山吴王遣美人採香於山，因以爲名，故有采香徑。』惜其語欠明晰，不悉引文起訖及何者爲馮自説。如所引無誤，解説可靠，則似自有采香徑，與范志之采香徑並存，一山路，一小溪，名同而實異復相亂耶？總之，詞章中似作徑者多，恐非盡屬譌誤。

一、白石好用小杜事，詞中或逕以自況。至《漢宫春》（次韻稼軒）『揚州十年一夢，俛仰差殊』而益著。此固詞家常語，然亦有可得而析論者。考『十年一覺揚州夢，赢得青樓薄倖名』一詩，殆牧之於開成二年（八三七）作。牧之大和二年（八二八）及第、登科、釋褐弘文館校書郎、試左武衛兵曹參軍，是爲仕宦之始。至開成二年，因弟顗居揚州禪智寺患眼疾，遂迎同州眼醫石生，請假百日，東赴揚以視弟疾。唐制：職事官假滿百日即合停解，故牧之居揚假滿百日，即棄官焉（以上本諸繆鉞先生《年譜》）。自釋褐之年至此棄官之日，正滿十年，情事券合。故拙見以爲詩實作於既棄官、仍居揚州時。其云十年夢覺，實謂宦途至是已告段落，回視利名，不過如夢，而所得者何哉？青樓已著薄倖之名矣。此蓋借言而深斥名場，自傷耿介，嘅嘆實長，用意甚苦。而自昔以來，不明此旨，凡詩話引爲談助，詞家用爲故事，莫不以此爲口實，幾成爲冶遊子、輕薄兒儇佻放蕩之代表，毋亦少負詩人否？向日嘗與繆鉞先生論之，不知先生以爲如何？稼軒原唱，雖纔經起廢，歸興已濃，同時諸作，舉可覆按。今白石此詞首曰『雲曰歸歟，縱垂天曳曳，終返衡廬』，並非自指而係謂辛。然則接以『揚州十年一夢，俛仰差殊』，無論自指指辛，豈謂二人『冶遊老手』耶？必別有深意矣。白石詩人，其於樊川詩當有會心而非隨俗濫用。先生幸一討論之。

一、同詞『年年雁飛波上，愁亦關予。』此虛詞，似無可箋。然竊意箋者除分疏具體事蹟之外，亦有發明微隱之義。南宋詩人凡言雁，此物自北來，故每涉故國之悲，抗敵之志，其例殆不勝舉，稼軒『生怕見、花開花落，朝來塞雁先還』，龍川『寂寞憑高念遠，向南樓、一聲歸雁』，特其一二耳。白石此處則表其愛國憂時之夙志，與《點絳唇》『燕雁無心，太湖西畔隨雲去』同一寓意。尊代序中亦只舉『中原生聚，神京耆老，南望長淮金鼓』較淺露者，似可并論之也。（以平時留意所及，知人每不曉『燕雁』之義，更無論『燕』字之讀平聲與夫南宋人對『燕』地之感情何似。尤可駭怪者，近人《宋詞三百首箋注》本竟作『雁燕』，幾不令讀者疑爲『詩人老去鶯鶯在，公子歸來燕燕忙』哉？初疑爲『手民』之誤神州國光社版，及又見其新出中華書局版，『雁燕』依然，亦别無注語，知非偶然之事矣。茲義有關白石作品之思想性，故附及。）

一、《浣溪沙》序『己酉歲客吴興，收鐙夜闔户無聊……』依尊箋體例，『收鐙夜』應入箋，蓋此乃一代之習俗所關，非泛語也。向嘗與友人細論宋人所謂收鐙究指何日，乃知北宋殆指十八日（或指十九日），蓋三日元宵益以兩日，而南宋每指十六日。然此或渡江之初，軍馬倥偬，諸事苟簡，後雖略定，亦不能盡復北宋之舊。及至宴安既久，荒樂滋深，即又不止十六日，仍有延賞之迹。諸書所載不一，職是之故。先生必能詳之也。

一、《齊天樂》『先自』校『《陽春白雪》「先」字下注「去聲」二字』。案洪本亦爾。

一、《鬲溪梅令》箋引陳《疏》『案「寓意」即前《江梅引》夢思者』。然玩諸詞，與合肥人殆無『木蘭雙槳夢中雲』之迹，其『漫向孤山山下覓盈盈』等語亦不甚合。竊疑此詞不如與前《慶宫春》合看爲更切也。

一、《漢宫春》二闋，箋後闋之秦山而不及前闋之秦碑。按《十道志》：『秦始皇登秦望山，使李斯刻石，其碑尚存。』似可并入箋。

一、《版本考》（二〇八頁）『洪正治獲白石集於真州，亦詩詞合編，刻于乾隆辛卯。』按洪序題『雍正丁未』（一七二七），不應遲至一七七一始刊之，相距至五十餘年之久，莫有誤否？（燾案：『辛卯』或『辛酉』之誤，乾隆六年也。）

第三函

《霓裳中序第一》，箋〔作《中序》一闋〕，說明《霓裳》全曲共分三大段落：一、散序，六偏；二、中序，偏數不詳；三、破，十二偏。又說：『白石詞名「中序第一」，知中序不止一偏，是全曲至少有二十偏。』這裏推算並無錯誤，但似乎有些小混亂。首先，如前文各條箋語所指出，姜白石所見樂工故書中《霓裳》虛譜十八闋，並非唐時原曲，其出于馮定改本抑李後主詳定本，亦不可考。如此，則實不應逕據白石所見者牽入以證唐時《霓裳》原曲情況，或者反過來逕以《霓裳》原曲情況來推證白石所見虛譜。因爲，假如可以互證，那麼，白石已說明見譜散序是兩闋，則十八闋中減去散序二偏、破十二偏，當然剩下是中序四偏（包括『歌頭』一偏），然則我們豈不可以逕稱『霓裳全曲至少有二十二偏』了嗎？

其實，中序就是排偏（也稱疊偏），開始有拍（故又稱拍序），這是散序以後的正式曲腔了，顧名思義，以排疊爲稱，當然不會是『止于一偏』，如現存宋大曲，董穎《道宮薄媚》排遍尾數（即攧偏）是『第十』，曾布《水調歌頭》排遍尾數是『第七』（都不計『歌頭』一偏）；現存宋法曲曹勛『道情』連『歌頭』帶『攧偏』也共有五偏。照道理講，正曲排偏實不應反少于引子散序。姜見譜散序兩闋之外，排偏與破如何分配，並不可知，上文假設排偏二、破十二的比例，實際是不合乎情理的。至于唐《霓裳》原曲散序和破既已有六徧與十二徧之多，這顯然是個規模很大的法曲，其排徧也絕不會形成蜂腰只有三四徧，最少亦不能少過散序六徧；但到底多少，無法確考了（如姑以『六徧』計，那全曲也就至少有二十四徧了）。

箋語又引王國維舊説『中序即歌頭』『宋之排遍亦稱歌頭』，别無附語訂正。其實歌頭只是散序完畢以後、排徧開始時的最前一闋，單稱『歌頭』，並不和排遍共計徧數。王氏逕以『歌頭』代稱整個排徧，其説似不可從。

因此，箋《霓裳中序第一》時，似可説明這就是姜見譜《霓裳》全曲中的排徧的第一支曲，『中序第一』並非『歌頭』，這樣就清楚多了。

劉永濟先生一函

大著《白石詞箋》謹拜領。此書弟早經讀過。前致恭三先生函曾提及，謂對詞的樂律的研究，作者致力最勤。弟於詞律爲門外漢，對作者最精采處苦無領會，自嘆負此好書。《暗香》《疏影》兩詞，説者紛紜，莫衷一是。尊箋對此詞似仍主北庭後宫之説，而又疑亦與合肥别情有關，見仁見智，原不相妨。但謂於追悼后妃同時，念想愛侣，恐非昔人所敢承。不如《繫年》所附暗香疏影説，認后妃北行於時相隔已久而專主思念合肥人爲能自圓也。（下略）

夏承燾全集

吴蓓 主編

姜白石集編年箋校

〔宋〕姜夔 著 夏承燾 箋校

下册

浙江古籍出版社

姜白石詩編年箋校

姜白石詩編年箋校目録

白石道人詩集自叙……（四八三）
自叙二……（四八四）
編年詩凡例……（四八五）
編年詩目録……（四八六）
作年作地無考詩目録……（四九三）
附：白石道人詩集原目……（四九五）
姜白石詩編年箋校……（五〇三）
輯評……（六一四）
各家酬贈詩……（六一八）
白石集版本小記……（六二六）

白石道人詩集自叙

詩本無體，《三百篇》皆天籟自鳴。下逮黄初迄於今，人異韞，故所出亦異。或者弗省，遂艷其各有體也。近過梁谿，見尤延之先生。問余詩自誰氏。余對以異時泛閲衆作，已而病其駁如也，三薰三沐師黄太史氏。居數年，一語噤不敢吐。始大悟學即病，顧不若無所學之爲得，雖黄詩亦偃然高閣矣。先生因爲余言：『近世人士喜宗江西，温潤有如范致能者乎？痛快有如楊廷秀者乎？高古如蕭東夫，俊逸如陸務觀。是皆自出機軸，亶有可觀者，又奚以江西爲！』余曰：『誠齋之説政爾。昔聞其歷數作者，亦無出諸公右，特不肯自屈一指耳。雖然，諸公之作，殆方圓曲直之不相似，則其所許可亦可知矣。余識千巖於瀟湘之上，東來識誠齋、石湖，嘗試論兹事，而諸公咸謂其與我合也。豈見其合者而遺其不合者耶？抑不合乃所以爲合耶？抑亦欲俎豆余於作者之間而姑謂其合耶？不然，何其合者衆也？』余又自喟曰：『余之詩，余之詩耳！窮居而野處，用是陶寫寂寞則可；必欲其步武作者，以釣能詩聲，不惟不可，亦不敢。』

自叙二

作詩求與古人合，不若求與古人異。求與古人異，不若不求與古人合而不能不合，不求與古人異而不能不異。彼惟有見乎詩也，故向也求與古人合，今也求與古人異。及其無見乎詩已，故不求與古人合而不能不合，不求與古人異而不能不異。其來如風，其止如雨。如印印泥，如水在器。其蘇子所謂不能不爲者乎！余之詩蓋未能進乎此也。未進乎此，則不當自附於作者之列。悉取舊作秉畀炎火，俟其庶幾於不能不爲而後録之。或曰：『不可。物以蜕而化，不以蜕而累，以其有蜕，是以有化。君於詩將化矣，其可以舊作自爲累乎？』姑存之，以俟他日。

編年詩凡例

（一）作年無考而作地可考者，附于作地相同各詩之後。

（二）投贈諸作年地無考者，分系于所贈各人詩之後。（以上二類詩目皆低一格寫）

（三）無可歸系者，另列一卷。

編年詩目録

宋孝宗淳熙十一年甲辰公元一一八四年

待千巖……（五〇三）

淳熙十三年丙午公元一一八六年

過湘陰寄千巖……（五〇五）

以長歌意無極好爲老夫聽爲韻奉别沔鄂親友……（五〇六）

春日書懷四首……（五一一）

女郎山……（五一三）

次韻鴛鴦梅二首……（五一三）

淳熙十四年丁未公元一一八七年

京口留别張思順……（五一四）

次韻誠齋送僕往見石湖長句……（五一五）

烏夜啼……（五一六）

賦千巖曲水……（五一七）

次韻千巖雜謠……（五一七）
思陵發引詩斷句……（五一八）
送左真州還長沙……（五一九）
三高祠……（五二〇）
三高祠……（五二一）
姑蘇懷古……（五二一）

宋光宗紹熙元年庚戌公元一一九〇年

余居苕溪上與白石洞天爲鄰潘德久字予曰白石道人且以詩見畀其詞曰人間官爵似樗蒱采到枯松亦大夫白石道人新拜號斷無繳駁任稱呼予以長句報貺……（五二二）
同潘德久作明妃詩……（五二三）
次韻德久……（五二四）
送王孟玉歸山陰……（五二四）

紹熙二年辛亥公元一一九一年

送朝天續集歸誠齋時在金陵……（五二六）
牛渚……（五二七）
雪中訪石湖……（五二七）

次石湖書扇韻……（五二八）
除夜自石湖歸苕溪……（五二九）
過垂虹……（五三二）
紹熙三年壬子公元一一九二年
呈徐通仲兼簡仲錫通仲與誠齋爲鄉人近來赴調而誠齋去國又通仲久與千巖有苕霅之約而未至余挽通仲欲與同歸千巖故末章及之……（五三三）
紹熙四年癸丑公元一一九三年
陪張平甫遊禹廟……（五三五）
同朴翁登卧龍山……（五三六）
次朴翁遊蘭亭韻……（五三七）
越中士女遊春……（五三八）
項里苔梅……（五三八）
悼石湖三首……（五三九）
自題畫像……（五四一）
寄上鄭郎中……（五四二）
宋寧宗慶元元年乙卯公元一一九五年

送項平甫倅池陽……（五四三）

慶元二年丙辰公元一一九六年

武康丞宅同朴翁咏牽牛……（五四四）
朴公悼牽牛甚奇余亦作……（五四五）
禽言如曰哥哥……（五四五）
下菰城……（五四六）
過德清……（五四七）

慶元三年丁巳公元一一九七年

燈詞四首……（五四七）
觀燈口號十首……（五四九）
華藏寺雲海亭望具區……（五五三）
丁巳七月望湖上書事……（五五四）
和轉菴丹桂韻……（五五五）
送李萬頃……（五五五）

慶元四年戊午公元一一九八年

戊午春帖子……（五五六）

蕭山……（五五七）
慶元六年庚申公元一二〇〇年
湖上寓居雜咏十四首……（五五七）
宋寧宗嘉泰元年辛酉公元一二〇一年
昔遊詩十五首……（五六〇）
送陳敬甫……（五七三）
嘉泰二年壬戌公元一二〇二年
題華亭錢參園池……（五七四）
張平甫哀挽……（五七五）
平甫見招不欲往……（五七五）
平甫放三十六鷗於吴松余不及與盟……（五七六）
同朴翁過浄林廣福院……（五七七）
嘉泰壬戌上元日訪全老於浄林廣福院觀沈傳師碑隆茂宗畫贈詩……（五七七）
龍井……（五七八）
乍涼寄朴翁……（五七九）
壽朴翁……（五七九）

夏日寄朴翁朴翁時在靈隱……（五八〇）
嘉泰三年癸亥公元一二〇三年
契丹歌……（五八〇）
寄上張參政……（五八二）
釣雪亭……（五八三）
嘉泰四年甲子公元一二〇四年
賀張肖翁參政……（五八四）
宋寧宗開禧元年乙丑公元一二〇五年
次韻胡仲方因楊伯子見寄……（五八五）
開禧二年丙寅公元一二〇六年
過桐廬……（五八六）
登烏石寺觀張魏公劉安成岳武穆留題劉云侍兒意真奉命題記……（五八七）
東堂聯句……（五八七）
開禧三年丁卯公元一二〇七年
送王德和提舉淮東……（五八八）
宋寧宗嘉定四年辛未公元一二一一年

赤松圖……（五八九）
坐上和約齋……（五九〇）
春詞二首……（五九〇）
臨安旅邸答蘇虞叟……（五九一）
出北關……（五九二）
和王秘書游水樂洞……（五九三）
桂花……（五九四）
題楊冠卿客亭吟稿……（五九四）
竹友爲徐南卿作……（五九五）
雪中六解……（五九五）

作年作地無考詩目録

虞美人草……（五九八）
箜篌引……（五九八）
古樂府三首……（五九九）
李陵臺……（五九九）
生雲軒……（六〇〇）
書乞米帖後……（六〇〇）
答沈器之二首……（六〇一）
陳君玉以小集見歸用余還誠齋朝天續集韻作七字夔報貺……（六〇一）
寄田郎……（六〇二）
寄時甫……（六〇二）
與和甫時甫分題畫卷夔得剡溪圖……（六〇三）
金神夜獵圖二首……（六〇三）
馬上值牧兒……（六〇四）

雁圖……（六〇四）
訪費山人……（六〇四）
送范仲訥往合肥三首……（六〇五）
偶題……（六〇六）
陳日華侍兒讀書……（六〇六）
緑萼梅……（六〇七）
次韻武伯……（六〇八）
寄俞子二首……（六〇八）
干越亭……（六〇九）
有送……（六一〇）
菖蒲……（六一〇）
送王簡卿歸天台二首……（六一一）
斷句……（六一二）

附：白石道人詩集原目

卷上

五言古詩

以長歌意無極好爲老夫聽爲韵奉别沔鄂親友
赤松圖
虞美人草
華藏寺雲海亭望具區
夏日寄朴翁朴翁時在靈隱
春日書懷四首
箜篌引
待千巖
古樂府
雪中訪石湖范成大和詩附
賦千巖曲水

李陵臺
呈徐通仲兼簡仲錫通仲與誠齋爲鄉人近來赴調而誠齋去國又通仲久與千巖有苕霅之約而未至余挽通仲欲與同歸千巖故末章及之
和轉庵丹桂韵
昔遊詩潘檉韓淲書後詩附

七言古詩

送王孟玉歸山陰
烏夜啼
余居苕溪上與白石洞天爲鄰潘德久字予曰白石道人且以詩見畀其詞曰人間官爵似㩮蒱采到枯松大夫白石道人新拜號斷無繳駁任稱呼予以長句報貺
丁巳七月望湖上書事
送陳敬甫
生雲軒
送項平甫倅池陽
書乞米帖後
契丹歌

禽言如曰哥哥
次韵誠齋送僕往見石湖長句楊萬里原作附
卷下
五言律詩
題華亭錢參園池
同朴翁登卧龍山
坐上和約齋
出北關
答沈器之二首
悼石湖三首
七言律詩
送朝天續集歸誠齋時在金陵
寄上張參政
京口留別張思順
次朴翁遊蘭亭韵
次韵胡仲方因楊伯子見寄

賀張肖翁參政
陳君玉以小集見歸用余還誠齋朝天續集韵作七字虁報貺
寄田郎
送王德和提舉淮東
寄時甫
送李萬頃
次韵千巖雜謡
寄上鄭郎中
送左真州還長沙
乍涼寄朴翁
張平甫哀挽

五言絶句

同潘德久作明妃詩
東堂聯句
與和甫時甫分題畫卷虁得剡溪圖

六言絶句

金神夜獵圖二首
次韵鴛鴦梅二首
馬上值牧兒

七言絶句

過湘陰寄千巖
雁圖
除夜自石湖歸苕溪
臨安旅邸答蘇虞叟
姑蘇懷古
次韵德久
次石湖書扇韵
竹友爲徐南卿作
壽朴翁
湖上寓居雜咏
平甫見招不欲往
三高祠

過桐廬

登烏石寺觀張魏公劉安成岳武穆留題劉云侍兒意真奉命題記

過垂虹

訪費山人

牛渚

武康丞宅同朴翁詠牽牛

朴公悼牽牛甚奇余亦作

過德清

項里苔梅

雪中六解

越中士女春遊

送范仲訥往合肥三首

下菰城

平甫放三十六鷗於吴松余不及與盟

蕭山

戊午春帖子

偶題
陳日華侍兒讀書
女郎山
釣雪亭
緑萼梅
次韵武伯
觀燈口號十首
陪張平甫遊禹廟
寄俞子二首
集外詩
燈詞
春詞
同朴翁過浄林廣福院
嘉泰壬戌上元日訪全老於浄林廣福院觀沈傳師碑隆茂宗畫贈詩
龍井
自題畫像

句

集外詩補遺

桂花

題楊冠卿客亭吟稿

三高祠

於越亭

和王秘書游水樂洞

有送

菖蒲

思陵發引詩斷句

姜白石詩編年箋校

宋孝宗淳熙十一年甲辰公元一一八四年

待千巖

褰裳望洞庭，眼過天一角。初別未甚愁，別久今始覺。作箋非無筆，寒雁不肯落。蘆花待拏音，怪底北風惡。

若人金石心，試命洞庭浪。傳聞下巴陵，灑酒喜無恙。我行丹楓林，屢騁白蘋望。烏鵲不可嗔，論功當坐上。

【校】

〔蘋〕此句用《楚辭·九歌》『登白薠兮騁望』，當作『薠』。但《楚辭》刻本及唐人寫本已有作『蘋』者。

【箋】

陳思《白石道人年譜》（以下簡稱『陳《譜》』）據千巖《登岳陽樓》『三年洞庭客，一舵洞庭秋』句，定千巖於淳熙九年壬寅春自長沙游夜郎。淳熙十一年甲辰下巴陵，西之荆州，爲湖北參議。壬寅至甲辰正三年。案詞集《一萼紅》小序：『丙午（淳熙十三年）予客長沙别駕之觀政堂（節）。』蕭德藻淳熙間爲湖南通判，時白石當依蕭居。白石識蕭當在淳熙十年前後。此詩陳《譜》定爲淳熙十一年甲辰作，嫌未有顯據，兹姑依之。

〔千巖〕千巖老人蕭德藻。《烏程縣志》（二十三）：『蕭德藻字東夫，閩清人。紹興三十一年進士。乾道中知烏程縣，悦其山水，留家焉。（節）從知峽州歸隱弁山，千巖競秀，自號千巖老人。著《千巖擇稿》七卷、《外編》三卷、《續編》四卷。楊萬里序之曰：「近世詩人若范石湖之清新，尤梁溪之平淡，陸放翁之敷腴，蕭千巖之工緻，皆余所畏也。」』陳振孫《直齋書録解題》（十二）《白石道人集》下：『蕭東夫識之於年少客游，以其兄之子妻之。』千巖遺事及佚詩，桐城光聰諧《有不爲齋隨筆》（丁）考之甚詳。四庫《白石詩集》提要及嚴杰《擬南宋姜夔傳》皆以元人蕭𣂏當千巖，大誤。

淳熙十三年丙午公元一一八六年

過湘陰寄千巖

渺渺臨風思美人，荻花楓葉帶離聲。夜深吹笛移船去，三十六灣秋月明。

【校】

《全唐詩》卷五百三十八，許渾下有此詩，題作《三十六灣》。詩除第一字『渺』作『縹』外，餘皆同。

【箋】

白石是年在湘，此詩皆秋景，與《湘月》詞時令合，當此時作。

〔千巖〕見前《待千巖》箋。

〔湘陰〕縣名。在湖南長沙縣北，城瀕湘水東岸。

〔三十六灣〕《明一統志》：『三十六灣水，在湘陰縣南。本湘江，北流至縣門徑江口，乃分一派東流，爲三十六折。』清《嘉慶一統志》：『水流凡三十六折，又名三十六灣。』

以長歌意無極好爲老夫聽爲韻奉別沔鄂親友

滔滔沔鄂留，有醧三宿桑。持鉢了白日，事賤丸蛣蜣。念當去石友，烟席凌江湘。爲君試歌商，歌短意則長。

【箋】

此十詩，淳熙十三年發漢陽時作。

〔長歌二句〕杜甫《行次鹽亭縣聊題四韻奉簡嚴遂州蓬州兩使君咨議諸昆季》結句：『長歌意無極，好爲老夫聽。』（《杜詩詳注》卷十二。）

佳人魯山下，謂楊大昌正之。日弄清漢波。促絃調寶瑟，哀思感人多。咬哇秦缶擊，冷落郢客歌。知音良不易，如此粲者何。

【箋】

〔楊大昌〕未詳。

英英白龍孫，鄭仁舉次皋。眉目古人氣。拮据營數椽，下簾草生砌。文章作逕庭，功用見造次。無庸垂罄嗟，遺安鹿門意。

【箋】

〔鄭仁舉次皋〕《漢陽縣志·隱逸傳》：『隱居郎官湖上，不求聞達，善言名理。』

詩人辛國士，辛泌克清。句法似阿駒。别墅滄浪曲，緑陰禽鳥呼。頗參金粟眼，漸造文字無。兒輩例學語，屋壁祝蒲盧。

【箋】

〔辛泌克清〕《漢陽縣志》入《文學傳》。

山陰千載人，揮灑照八極。只今定武刻，猶帶龍虎筆。單侯出機杼，單煒炳文。豈是劍舞得。餘波入竹石，絶嘆咄咄逼。

【箋】

〔單煒炳文〕《齊東野語》(十二)：『有單煒炳文(徐照《芳蘭軒詩集》作『丙文』)者，沅陵人。博學能文。得二王筆法，字畫遒勁，合古法度。於考訂法書尤精。武舉得官，仕至路分。著聲江湖間，名士大夫多與之交。自號定齋居士。與堯章投分最稔，亦韻士也。』董史《皇宋書録》(下)：『單煒字炳文，(曹)谷中云：「西班人。善書，有所刻定武《蘭亭》傳於世。」谷中嘗取其

《絳帖辨証》刻於襄陽者，重刻於《星鳳帖》後。』李洣曰：『《攻媿集》（七十五）《跋黄子耕定武修禊序》略云：「子耕、明遠以古帖相易，（節）明遠姓單名丙文，右選之有文者。」是丙文又字明遠也。』又白石《保母帖跋》：『學書三十年，晚得筆法於單丙文。』《硯北雜志》：『海昌人家有古琴一張，音韻清越，相傳是單丙文遺姜堯章者。背有銘曰：「深山長谷，雲入我屋。單伯解衣，作葛天氏之曲。懷我白石，東望黄鵠。」』白石樂律之學殆亦有得於單氏。

異時之罘君，在涅守白顥。黄鐘欠牛鐸，淋漓弔遺稿。有子殊可人，蔡迨堅吾，子武子，字武伯。特未見此老。客來請論文，但道曲肱好。

【校】

〔武子〕原無『武子』二字，今依影鈔、《小集》、《吟稾》三本增。

【箋】

〔蔡迨堅吾，子武子，字武伯〕陸游《渭南文集》（廿八）《跋蔡肩吾所作蘧府君墓誌銘》：『蔡迨肩吾與予同官犍爲郡，文辭字畫皆過人。自蜀入吴，持予書見友人許昌韓无咎。无咎時爲吏部侍郎，薦之甚力。且有除命矣，蜀士有排之者，肩吾遂從銓部得桂陽令，行至吴門，暴死舟中。每念之，未嘗不流涕也。不識肩吾者，讀此文亦足知其不凡矣。』又卷廿七《跋之罘先生稿》：『肩吾，文忠公（案蔡齊，字子思，仁宗朝官參知政事）四世孫，博學工文章，與予蓋莫逆也。晚來行在，諸公貴人頗知之，欲引置要津，有毁之者。肩吾既不偶，乃調桂陽令去，客姑蘇，未繫舟，暴疾，一夕死，哀哉！』韓淲《澗泉日記》卷中：『蔡迨字肩吾，許昌人，蔡文忠公齊之孫。流落川蜀。先公典銓，日以文卷來訪，先公奇之。既薦之，又作《鼎説》以送之。議論從容，有故家典則。爲桂陽令以歿。其子武子，亦俊爽好文，今漂流在荆湘間。』此又云『武子』，殆『武伯』之譌。

中郎逝千霜，曲高復誰爲。龐翁趣無絃，鄭伯功斲鼻。春風桃花溪，寒淥繞蒼翠。何當從兩君，放浪討幽事。

【校】

〔逝〕原作『遊』，兹依影鈔、《小集》改。

〔討〕原作『計』，依三本改作『討』。

宦達羞故妻，貧賤厭丘嫂。上書雲雨迴，還舍筍蕨老。江皋鉏帶經，决計恨不早。士無五羖皮，没世抱枯槁。

【校】

〔貧賤〕三本都作『賤貧』。

伐木響虛牝，我願友褐夫。九關呀虎豹，何時内高祛。黄鵠眇雲樹，鸚鵡澹烟蕪。倚杖得清賞，洗心觀本初。

【箋】

〔黄鵠〕即黄鶴樓。《入蜀記》：『登石鏡亭，訪黄鶴樓故址。石鏡亭者，石城山一隅，正枕大江，其西與漢陽相對，止隔一水。（節）黄鶴樓，舊傳費禕飛昇於此，後忽乘黄鶴來歸，故以名樓，號爲天下絶景。（節）今樓已廢，故址不復存矣，問老吏，云在石鏡亭、南樓之間，正對鸚鵡洲，猶可想見其地。』

〔鸚鵡〕《入蜀記》：『離鄂州，便風掛帆，沿鸚鵡洲南行，洲上有茂林、神祠，遠望如小山。洲蓋禰正平被殺處，故太白詩云：「至今芳洲上，蘭蕙不敢生。」』洲在漢陽縣西南大江中。

孤鴻度關山，風霜摧翅翎。影低白雲暮，哀嗷那忍聽。士生有如此，儲粟不滿瓶。著書窮愁濱，可續《離騷經》。

【校】

〔摧〕原作『催』，依三本改。

春日書懷四首

九真何蒼蒼，乃在清漢尾。衡茅依草木，念遠獨伯姊。春來衆芳滋，春去衆芳委。兄弟各天涯，啼鴂見料理。漢江出巨魚，風雷入驅使。安得挾我翰，西征二千里。

【校】

〔委〕原作『萎』，依三本改。

【箋】

〔九真〕九真山在漢陽西南。白石父官漢陽，姊因嫁焉。《探春慢》詞序：『予自孩幼從先人宦于古沔，女須因嫁焉。』此四詩或與《探春慢》詞同爲淳熙十三年離漢陽客湘中時作，參拙作《白石詞箋》《探春慢》下。

春雲驛路暗，遊子眇歸程。永懷故山下，風雨悲柏庭。翁仲不解語，幽鳥時時鳴。人家插垂柳，客裏又清明。

垂楊大別寺，春草郎官湖。家巷有石友，合并不待呼。瘦籐倚花樹，花片藉玉壺。老鄭談絶妙，辛楊句敷腴。平生子姚子，貌古心甚儒。時邀野僧語，閒與琴工俱。酒闌興未了，左轉城南隅。大江圍楚碧，烟水入玄虛。留落不自恨，惟嗟故人疎。一月三見夢，夢中相與娛。日日潮風起，悵望武昌魚。

【校】

〔玄〕原作『元』，依影鈔、《吟稾》改。

【箋】

〔大别寺〕《入蜀記》：『漢陽負山帶江，其南小山有僧寺者，大别山也。又有小别，謂之二别云。』《清一統志》：『太平興國寺在漢陽縣北大别山，唐建，舊名大别寺。』大别山即今龜山。

〔郎官湖〕在漢陽城東南隅。《李白集》（二十）有《泛沔州城南郎官湖》詩：『郎官愛此水，因號郎官湖。』『郎官』謂尚書郎張謂也。

武昌十萬家，落日紫烟低。亭亭頭陀塔，高處白鳥棲。白鳥忽飛去，春山空四圍。南樓有佳人，再召且再辭。閉門課文史，攖物深天機。斯人不可致，白鳥會來歸。

【箋】

〔頭陀〕寺名，在漢口西北。《入蜀記》：『寺在州城之東隅石城山，（節）李太白《江夏贈韋南陵》詩云「頭陀雲外多僧氣」，正謂此寺也。黄魯直亦云：「頭陀全盛時，宫殿梯空級。」』

女郎山 漢陽縣西二十里

不見郢中能賦客，可憐負此女郎山。冰魂寂寞無歸處，獨宿鴛鴦沙水寒。

【箋】

此詩當作於客居漢陽時。

〔女郎山〕《水經注》（二十七）：『漢水南有女郎山，山下有女郎冢。（節）下有女郎廟及擣衣石。言張魯女也。有小水北流入漢，謂之女郎水。』

次韻鴛鴦梅二首

晴日小溪沙暖，春夢憐渠頸交。只怕笛聲驚散，費人月咏風嘲。

漠漠江南烟雨，于飛似報初春。折過女郎山下，料應愁殺佳人。

【箋】

〔女郎山〕在漢陽縣西，見前首箋。詩有『折過女郎山下』句，或亦在沔作。

淳熙十四年丁未公元一一八七年

京口留别張思順

伯勞飛燕若爲忙，還憶東齋夜共牀。别後無書非棄我，春前會面却他鄉。連宵爲説經憂患，異日相逢各老蒼。更欲少留天不許，曉風吹艇入垂楊。

【箋】

〔張思順〕《絶妙好詞箋》（一）：『張履信，字思順，號游初，鄱陽人。侍郎南仲之孫。嘗監江口鎮，官至連江守。』陳《譜》據《游宦紀聞》紀金山中泠泉、丹陽玉乳泉，定思順淳熙十三年沿檄，十四年攝丹陽，紹熙初監江口鎮，紹熙二年正月廿四日自合肥東歸行都，遇白石於京口。白石留别詩此時作。承燾案：思順監江口鎮攝邑事，在淳熙十四年。見《夷堅支志》戊二。思順，張輯父也。

〔京口〕今江蘇鎮江。《元和郡縣圖志》：孫權自吴徙丹徒，號曰京城；後遷建業，於此置京口鎮。《清一統志》：『《通典》謂潤州因京峴山在城東，故稱京口。』

次韻誠齋送僕往見石湖長句

客來讀賦作雌蜺，平生未聞衡説詩。省中詩人官事了，狎鷗入夢心無機。韻高落落懸清月，鏗鏘妙語春冰裂。一自長安識子雲，三歎郢中無《白雪》。范公蕭爽思出塵，有客如此渠不貧。堂堂五字作城守，平章勁敵君任口。二公句法妙萬夫，西來囊中藏魯璵。只今擊節《烏棲曲》，不愧當年賀鑑湖。

【校】

〔囊〕影鈔、《小集》作『橐』。

【箋】

淳熙十四年丁未，春，遊杭州，以蕭德藻介，袖詩謁楊萬里。萬里譽其『文無不工，甚似陸天隨』，并以詩送往見范成大。楊萬里《誠齋集》（二十二）《朝天集》送姜堯章奉謁石湖詩，編在丁未春間，後一首是《三月二十六日殿試進士》。

〔誠齋〕見後《呈徐通仲兼簡仲錫》詩箋。

〔烏棲曲二句〕用賀知章贊李白《烏棲曲》可泣鬼神事。案白石有《烏夜啼》一首。

【附録】

楊萬里《送姜夔堯章謁石湖先生》：『釣璜英氣横白蜺，咳唾珠玉皆新詩。江山愁訴鶯爲泣，鬼神露索天洩機。彭蠡波心弄明月，詩星入腸肺肝裂。吐作春風百種花，吹散瀕湖數峯雪。青鞵布襪軟紅塵，千詩只博一字貧。吾友彝陵蕭太守，逢人説君不離口。袖詩東來謁老夫，慚無高價當璠璵。翻然却買松江艇，逕去蘇州參石湖。」

烏夜啼

老烏棲棲飛且號，晨來枝上啄楮桃。楮桃已空楮葉死，猶啄枯枝覓蟲蟻。老烏賦分何其貧，未啼已被鄰公嗔。吁嗟老烏不自知，牆頭屋上紛成羣。吴中貴遊重鸜鵒，千金遠致能言語。花底紅絛鄭袖擎，盤中碧果秦宫取。天生靈物得人憐，過者須來鸜鵒邊。老烏事事無足録，人間猶傳夜啼曲。

【校】

〔知〕三本都作『省』。

【箋】

此詩無作年，依前首《次韻誠齋》詩結句，姑繫於此。

賦千巖曲水

紅雨灑溪流，下瀨仍小駐。魚隊獵殘香，故故作吞吐。老子把一盞，微風忽吹去。

【校】

〔盞〕三本皆作『盃』。

【箋】

《惜紅衣》小序：『丁未之夏，予游千巖。』丁未是淳熙十四年，時白石蓋依蕭德藻居湖州。姜虬緑《白石道人詩詞年譜》（以下簡稱姜《譜》）定《賦千巖曲水》詩此時作。

〔千巖〕在湖州弁山。《弘治湖州府志》：『卞山在（烏程）縣西北十八里。』《同治湖州府志》：『封溪在（武康）縣東一百步。』詩所云『溪流』，殆即封溪耶？

次韻千巖雜謡

中散平生七不堪，鳳麈時時伴燕談。道士有神傳火棗，故人無字入雲藍。雨涼竹葉宜三酌，日落荷花倚半酣。極欲扁舟南蕩去，泠鷗輕燕略相諳。

【校】

〔中散平生〕影鈔、《小集》作『平生中散』。

【箋】

此首作年無考，附録于此。

〔千巖〕見前首箋。

〔南蕩〕陳《譜》謂南蕩即上渚。《同治湖州府志》武康縣：『風渚湖在縣東南十七里。（節）左有上渚，故名下渚。』

思陵發引詩 斷句

中興無限艱難意，日暮湖平力士歸。

【校】

〔湖平〕『湖』字疑是『潮』之誤。

【箋】

《宋史》：高宗葬思陵，卒於淳熙十四年十月。

陳模《懷古録》卷中：『山谷稱後山挽温公之詩「時方隨日化，身已要人扶」，以爲天不憖遺一老之悲盡於是矣。近時姜白石《思陵發引》詩云云，施之於高宗，正（疑是『甚』誤）爲親切，此詩卻有終天之痛，讀者當以意會也。』模字子宏，廬陵人。《懷古録》三卷，自序署寶祐二年甲寅四月。

送左真州還長沙

吴兒牽挽醉尊罏，今日西歸略自如。別路冷雲隨驛馬，望鄉喬木記吾廬。湘中花月偏憐酒，淮左兒童待擁車。凡我舊遊君更歷，橘洲相見訝無書。

【箋】

〔左真州〕陳《譜》引《雍正揚州府志》『古蹟』『壯觀亭，紹熙元年，郡守左昌時復新之』，《誠齋集·真州重建壯觀亭記》稱『今太守左侯昌時』，《薦士録》『左昌時吏能精密，所至有聲，新知真州』，定左知真州在淳熙十六年，是年歸長沙。左鄱陽人，爲白石鄉鄰。鄱陽爲歸程所經，故有『望鄉喬木』之句。依『冷雲』句，送左時初冬也。

〔淮左〕淮揚一帶，宋置淮東路，亦稱淮左。

〔橘洲〕在湖南長沙縣西湘江中。一名水鷺洲，俗名下洲。《方輿勝覽》：『湘江中四洲，曰橘洲、曰直洲、曰誓洲、曰白小洲。夏中水泛，惟此不没。上多美橘，故名。』

三高祠

越國霸來頭已白，洛京歸後夢猶驚。沉思只羡天隨子，蓑笠寒江過一生。

【箋】

淳熙十四年冬，過吴松，見《點絳唇》小序。姜《譜》：《三高祠》、《姑蘇懷古》此時作。

〔三高祠〕周密《齊東野語》(十六)《三高亭記改本》：『(范成大)記云：「乾道三年二月，吴江縣新作三高祠成。三高者，越上將軍姓范氏，是爲鴟夷子皮；晉大司馬東曹掾姓張氏，是爲江東步兵；唐贈右補闕姓陸氏，是爲甫里先生。」』龔明之《中吴紀聞》(三)『三高亭』條：『越上將軍范蠡、江東步兵張翰、贈右補闕陸龜蒙，各有畫像在吴江鱸鄉亭。東坡先生嘗有吴江三賢畫象詩。後易其名曰「三高」，且更爲塑像。臞菴主人王文孺獻其地雪灘，因遷之。今在長橋之北，與垂虹亭相望，石湖居士爲之記。』《花菴詞選》：范至能『詩文超絶，《三高亭記》天下之人誦之』。《吴郡志》云：『三高祠在吴江縣垂虹橋南，即王氏臞菴之雪灘也。昔堂在垂虹南，圮極偏仄，乾道三年縣令趙伯虚徙之雪灘。』

〔天隨子〕唐陸龜蒙自號天隨子。《吴郡圖經續志》(下)：『陸龜蒙宅在松江上甫里。』《齊東野語》

〔十二〕載《白石自叙》：『待制楊公以爲子文無所不工，甚似陸天隨。』楊公謂萬里也。此詩『沉思』兩句及《除夜自石湖歸苕溪》詩『三生定是陸天隨，又向吴松作客歸』，皆以龜蒙自比。參拙作《白石行實考》。

三高祠

不貪名爵伐功勞，勇退深虞禍患遭。甫里閒居耕釣樂，范張高處陸尤高。

【箋】

見王鏊《姑蘇志》。

〔三高祠〕見前首箋。

姑蘇懷古

夜暗歸雲繞柁牙，江涵星影鷺眠沙。行人悵望蘇臺柳，曾與吴王掃落花。

【校】

〔鷺眠〕曹元忠校：《鶴林玉露》引作『雁團』。

【箋】

姜《譜》定爲淳熙十四年冬作，見前首《三高祠》箋。

〔姑蘇〕江蘇省吴縣，亦稱姑蘇，以其地姑蘇山得名。山上有姑蘇臺。

宋光宗紹熙元年庚戌 公元一一九〇年

余居苕溪上與白石洞天爲鄰潘德久字予曰白石道人且以詩見畀其詞曰人間官爵似樗蒱采到枯松亦大夫白石道人新拜號斷無繳駁任稱呼予以長句報貺

南山仙人何所食，夜夜山中煮白石。世人唤作白石仙，一生費齒不費錢。仙人食罷腹便便，七十二峰生肺肝。真祖只在南山南，我欲從之不憚遠，無方煮石何由軟。佳名錫我何敢辭，但愁自此長苦飢。囊中只有轉菴詩，便當掬水三嚥之。轉菴，德久自號云。

【校】

〔唤〕《吟稾》作『叫』。

【箋】

姜《譜》定爲紹熙元年作，參《年譜》。

〔苕溪〕《太平寰宇記》：『在烏程縣南，五十步大溪是也。以其兩岸多生蘆葦，故曰苕溪。』

〔白石洞天〕有吴興、武康兩説。徐獻忠《吴興掌故·寓賢録》，謂德藻攜白石過苕霅，遂家武康，舊本《湖州志》從之。鄭元慶《湖録》則謂家苕溪之卞山，新本《郡志》從之。姜虬緑鈔本白石集歷舉三証，定白石洞在吴興而非武康。案白石友人韓淲《澗泉集》卷二有《題姜堯章白石洞》詩云『經行苕溪水，乃見白石清』，亦足證白石洞在吴興（詳見《年譜》）。

〔潘德久〕《温州府志》：『潘檉，字德久，永嘉人。任閤門舍人，授福建兵馬鈐轄。詩名籍甚，永嘉言唐詩者自檉始。有《轉庵集》。』據此詩，知白石居苕霅時二人已納交。其《書白石昔遊詩後》云：『起我遠游興，其如髩毛霜。』許及之《涉齋集》（十二）《爲轉庵壽》云：『年顔相去追隨得，難老如公壽更頤。』蓋江湖老壽者。

同潘德久作明妃詩

明妃未嫁時，滿宫妬娥眉。一朝辭玉陛，人人淚雙垂。

年年心隨雁，日日穹廬中。遥見沙上月，忽憶建章宫。

身同漢使來，不同漢使歸。雖爲胡中婦，只著漢家衣。

【箋】

〔潘德久〕見前箋。

次韻德久

籬落青青花倒垂，避人黄鳥雨中飛。西郊寂寞無車馬，時有溪童賣菜歸。

【箋】

以上二詩作年無考，附此。

送王孟玉歸山陰

淮南雪落雲繞戍，王郎鳴鞭獵狐兔。問君本是山陰人，何不扁舟剡溪去？人生樂事將無同，知君此心如太空。只今去踏龍尾道，也似寒江簑笠翁。鑑湖一曲荷花浦，君不歸來花有語。舊宅應添竹幾竿，到家不覺秋如許。十年雪裏看淮南，聚米能作淮南山。籌邊妙處須急吐，政自不容修竹閑。人道長江無六月，日光正射青蘆葉。何以贈居濯炎熱，雪即是詩詩是雪。

【箋】

陳《譜》定爲紹熙元年客合肥時作。

〔王孟玉〕王明清《揮麈前録》有臨汝郭九悳跋，謂『間從清流王孟玉借《揮麈録》觀之』。明清淳熙間人，與白石同時，當即此孟玉。清流爲滁州附郭縣，正淮南地，與詩脗合。蓋孟玉久居滁郭，跋稱清流王孟玉，乃指其所居地，非標明本貫也（據此詩，當是山陰籍）。王明清嘗官滁，《揮麈前録》（三）第七十二條即據王孟玉云。

〔剡溪〕嘉泰《會稽志》：『在縣南一百五十步。』《太平寰宇記》：『即王子猷雪夜訪戴逵之所，亦名戴溪。』

〔龍尾道〕或指越中之龍山。

〔鑑湖〕在紹興城南三里，原名鏡湖，以宋諱改。

紹熙二年辛亥公元一一九一年

送朝天續集歸誠齋時在金陵

翰墨場中老斲輪，真能一筆掃千軍。年年花月無閑日，處處山川怕見君。箭在的中非爾力，風行水上自成文。先生只可三千首，回施江東日暮雲。

【校】

〔閑〕曹元忠校：《鶴林玉露》二引作『虚』。

〔山川〕曹校：《鶴林玉露》二引作『江山』。

〔回施〕《鶴林玉露》二引作『回視』。

【箋】

紹熙二年初夏，至金陵謁楊萬里作。參《年譜》。

〔送朝天續集歸誠齋時在金陵〕誠齋，楊萬里號。案《宋史》傳及《誠齋集》，萬里紹熙元年出爲江東轉運副使，明年知贛州，不赴。《石湖詩集》（三十三）《謝江東漕楊廷秀秘監送江東集并索近詩》云『短夢相尋白下門』，是楊今年在金陵爲江東漕也。白石此詩作於此時。《誠齋集·送姜堯章謁石湖先生》云：『吾友彝陵蕭太守，逢人説君不離口。袖詩東來謁老夫，慚無高價當璠璵。』淳熙十四年，白石初見萬里，蓋以蕭德藻介，此時乃再見於金陵。

〔金陵〕《元和郡縣圖志》引《輿地志》：『鍾山，古金陵山也。邑縣之名，皆由此而立。』王導謂『建康，古之金陵，舊爲帝里』（見《晉書》本傳），則謂建康爲金陵，蓋始於晉。

〔三千首〕楊萬里《誠齋朝天集續集序》云：『余詩自壬午至今，凡七集近三千首。』

牛　渚

牛渚磯邊渺渺秋，笛聲吹月下中流。西風不識張京兆，畫得蛾眉如許愁。

【箋】

紹熙三年秋，白石過牛渚，見《年譜》。周汝昌云：此年秋再發合肥經牛渚作。

〔牛渚〕牛渚山，在安徽當塗縣西北二十里，《太平寰宇記》：『牛渚山突出江中。謂爲牛渚圻。山北謂之采石，對采石渡口。商旅於此取石至都，輸造石渚，因名采石。』

雪中訪石湖

雪矸如玉城，偏師敢輕犯。黄蘆陣野鶩，我自將十萬。三戰渠未降，北面石湖范。先生霸越手，定自一笑粲。

【校】

〔矸〕原作『矸』，依影鈔、《小集》改，『石』旁從『干』。

【箋】

紹興二年冬，白石載雪詣范成大於蘇州作。范成大自淳熙間請病歸蘇州，至此已十餘年，見《石湖居士詩集》。《石湖詩集》（卅三）有《次韻姜堯章雪中見贈》：『玉龍陣長空，皋比忽先犯。鱗甲塞天飛，戰逐三百萬。當時訪戴舟，却訪一寒范。新詩如美人，蓬蓽愧三粲。』編在紹熙三年。（在《次韻養正元月》六言『歲踰耳順俄七，年去古稀才三』一首及《閏月四日石湖眾芳爛漫》一首之間。據《宋史》本紀，紹熙三年閏二月。）與白石詞序年月異，范殆依成詩歲月編入，非姜詞紀年誤也。楊萬里有《送姜堯章謁石湖先生》詩。白石見范，蓋由楊介。

〔石湖〕范成大居蘇州之石湖，有《石湖居士詩集》，《宋史》有傳。石湖，在江蘇吴縣盤門西南十里，界吴縣、吴江間。范蠡所經入五湖者。諸峯映帶，風景絶勝。范成大因越來溪故址，小築臺榭。孝宗書『石湖』二字賜之，成大因以自號。

次石湖書扇韻

橋西一曲水通村，岸閣浮萍緑有痕。家住石湖人不到，藕花多處别開門。

【箋】

當與前首同時作。

〔石湖〕見前首箋。

除夜自石湖歸苕溪

此詩録寄誠齋，得報云：『所寄十詩，有裁雲縫霧之妙思，敲金戛玉之奇聲。』

細草穿沙雪半銷，吴宫烟冷水迢迢。梅花竹裏無人見，一夜吹香過石橋。

【箋】

紹熙二年作。

〔石湖〕見前首。

〔苕溪〕見前《余居苕溪上》箋。

〔誠齋〕楊萬里，見《次韻誠齋》箋。

美人臺上昔歡娱，今日空臺望五湖。殘雪未融青草死，苦無麋鹿過姑蘇。

【箋】

〔五湖〕指太湖及其附近之四湖。韋昭《三吴郡國志》：『游湖、莫湖、胥湖、貢湖，就太湖爲五湖。』又云：『胥湖、蠡湖、洮湖、滆湖就太湖爲五也。』《水經注》（二十九）沔水：『南江東注於具區，謂之五湖口，五湖謂長蕩湖、太湖、射湖、貴湖、滆湖也。』其餘五湖之説甚多。

〔姑蘇〕見《姑蘇懷古》箋。

黄帽傳呼睡不成，投篙細細激一作擊流冰。分明舊泊江南岸，舟尾春風颭客燈。

千門列炬散林鴉，兒女相思未到家。應是不眠非守歲，小窗春色入燈花。

【校】

〔春色〕三本『色』都作『意』。

三生定是陸天隨，又向吴松作客歸。已拚新年舟上過，倩人和雪洗征衣。

【箋】

〔陸天隨〕陸龜蒙，見前《三高祠》箋。

〔吴松〕陸廣微《吴地記》：『松江一名松陵，又名笠澤。（節）松，容也，容裔之貌。』即今吴江。

沙尾風迴一棹寒，椒花今夕不登盤。百年草草都如此，自琢春詞剪燭看。
笠澤茫茫雁影微，玉峰重疊護雲衣。長橋寂寞春寒夜，只有詩人一舸歸。

【校】

〔重疊護〕曹元忠校：郁逢慶《書畫題跋記》卷六《趙文敏書卷》「重疊護」作「高下藹」。

【箋】

〔笠澤〕即松江。見前「三生定是陸天隨」一首「吴松」箋。《揚州記》：「太湖一名笠澤，一名洞庭。」

〔長橋〕《清一統志》蘇州府下有小長橋。《方輿勝覽》：「小長橋在石塘，累石爲之。」

桑間篝火却宜蠶，風土相傳我未諳。但得明年少行役，只裁白紵作春衫。
少小知名翰墨場，十年心事只淒涼。舊時曾作梅花賦，研墨於今亦自香。

【箋】

〔十年心事〕似懷合肥人。合肥情遇始於淳熙十三年前後，至此八九年矣。

環玦隨波冷未銷，古苔留雪卧牆腰。誰家玉笛吹春怨？看見鵝黄上柳條。

過垂虹

自作新詞韻最嬌，小紅低唱我吹簫。曲終過盡松陵路，回首烟波十四橋。

【箋】

紹熙二年除夕，自石湖歸湖州，大雪過垂虹作。《慶宫春》詞序：『紹熙辛亥除夕，予别石湖歸吳興，雪後夜過垂虹。』即是小紅來歸之年。

〔垂虹〕《吳郡圖經續志》（中）：『吳江利往橋，慶曆八年，縣尉王廷堅所建也。東西千餘尺，用木萬計，縈以修闌，甃以浄甓。前臨具區，横截松陵，湖光海氣，蕩漾一色，乃三吳之絶景也。（節）橋有亭曰「垂虹」。蘇子美嘗有詩云：「長橋跨空古未有，大亭壓浪勢亦蒙。」非虚語也。』

〔小紅〕《硯北雜志》（下）：『小紅，順陽公青衣也，有色藝。順陽公之請老，姜堯章詣之。一日受簡徵新聲，堯章制《暗香》、《疎影》兩曲。公使二妓肄習之，音節清婉。堯章歸吳興，公尋以小紅贈之。其夕大雪，過垂虹賦詩云云。（詩略）堯章每喜自度曲，吹洞簫，小紅輒歌而和之。堯章後以末疾故，蘇石（應作『洞』）挽之曰：「所幸小紅方嫁了，不然啼損馬塍花。」宋時，花藥皆出東、西馬塍。西馬塍，皆名人葬處。白石没後葬此。蘇石謂小紅若不嫁，則哭損馬塍花矣。』順陽公謂范成大也。周汝昌曰：『小紅乃唐人吹笙伎，見劉禹錫集。』意白石或用之借稱，非真名，《硯北雜志》説不可盡信。

〔松陵〕《吴地記》：『松江一名松陵。』即今吴江。

紹熙三年壬子公元一一九二年

呈徐通仲兼簡仲錫通仲與誠齋爲鄉人近來赴調而誠齋去國又通仲久與千巖有苕霅之約而未至余挽通仲欲與同歸千巖故末章及之

斯文準乾坤，作者難屈指。我從李郭遊，知有徐孺子。春風橘洲前，白月太湖尾。懷哉來無期，玉唾烱在紙。去年識仲氏，何啻空谷喜。合并忽自天，傾倒見底裏。維君天下士，竹箭東南美。胡不在石渠，諸公當料理。千巖今林宗，泉石助風軌。示疾不下堂，有句高八米。此老筆硯交，誠齋古元禮。毫端灑秋露，去國詞愈偉。屬聞都門别，回首即桑梓。獨憐苕溪上，垂榻俟行李。烟波肯尋盟，歸櫂爲君艤。

【校】

〔傾〕原作『顛』。依影鈔、《小集》改。

〔八米〕吴曾《能改齋漫録》卷五有『八米八采』條，引《北史》盧思道故事，『八米』當作『八采』，但以白石此詩用韻觀之，疑是『米』非『采』。

【箋】

〔徐通仲〕陳《譜》謂：『詩有「誠齋去國」之語，據《誠齋集·江東集序》：「紹熙庚戌十月，予上章匄外，蒙恩除江東副漕。」告詞：江東運副告詞，紹熙元年十一月十三日；知贛州告詞，紹熙三年八月十一日。詩當紹熙三年中秋後在杭州作。』

〔誠齋〕楊萬里字廷秀，號誠齋。《宋史》有傳。淳熙十四年，白石以蕭德藻介見萬里，以萬里介見范成大，參《年譜》。

〔徐仲錫〕未詳。詩云：『斯文準乾坤，作者難屈指。我從李郭游，知有徐孺子。』所推許者甚至，惜其籍歷無考。

〔千巖〕見《賦千巖曲水》箋。

〔苕霅〕二溪名。苕溪在湖州烏程縣南，以多蘆葦名；霅溪在烏程東南，合四水爲一溪，『霅』者四水激射之聲也。見《太平寰宇記》。

〔橘洲〕吴曾《能改齋漫録》卷九『橘洲』條：『在郡南，對南津。常看如在下。及至夏水，懷山諸洲皆没，橘洲獨在。故杜子美《岳麓山道林二寺行》云：「橘洲田土仍膏腴。」然橘洲有二處，其一在龍陽；子美之詩所本乃長沙之橘洲，距州十里。』此詩云『春風橘洲前』，或在湘時舊游之地。

紹熙四年癸丑公元一一九三年

陪張平甫遊禹廟

鏡裏山林緑到天，春風只在禹祠前。一聲何處提壺鳥，猛省紅塵二十年。

【箋】

白石紹熙四年春，客紹興，與張鑑、葛天民同游，此以下五詩當皆此時作。交張鑑始見於此。

〔張平甫〕吴徵鑄《白石道人歌曲小箋》：『按張鎡《南湖集》輯本卷六有詩題云《余家兄弟未嘗久别，今夏送平甫之官山口，仲冬朔，又送深父爲四明船官，因成長句》，卷七又有《題平甫弟梁溪莊園》一絶，可知平甫爲功甫之弟。又案地名「山口」者不一，有山口市者隸屬太平，《康熙太平府志》云「張鑑淳熙間爲州推官」，以名字推之，功父名鎡，深父名錤（見放翁集），則平甫當名鑑也。』白石與平甫摯交，《齊東野語》（十二）《白石自叙》云：『舊所依倚，惟有張兄平甫，其人甚賢，十年相處，情甚骨肉。而某亦竭誠盡力，憂樂關念。平甫念某困躓場屋，至欲輸資以拜爵，某辭謝不願；又欲割錫山之膏腴以養其山林無用之身。惜乎平甫下世，今惘惘然若有所失。（節）』平甫卒年，雖無明文，而《白石自叙》於楊萬里、朱熹皆稱『待制』，以年代推之，此文當作於平甫卒年，其時約在嘉泰三年前後。文平甫始於紹熙癸丑，下距嘉泰三年十載，正與《自叙》『十年相處』之語合。此陳《譜》説。

〔禹廟〕在浙江省紹興縣東南會稽山。《越絶書》載禹巡狩大越，死葬會稽，葦槨桐棺，穿壙七尺，壇高三尺，延袤一畝。《清一統志》：『宋乾德四年，詔吴越立禹廟於會稽，置守陵五户。』《宋史·光宗紀》：紹熙三年冬十月壬寅，修大禹陵廟。

同朴翁登卧龍山

龍尾回平野，簷牙出翠微。望山憐緑遠，坐樹覺春歸。草合平吴路，鷗忘霸越機。午涼松影亂，白羽對禪衣。

【箋】

〔朴翁〕銛朴翁。周密《癸辛雜識·别集》（上）：『葛天民字無懷，初爲僧，名義銛，字朴翁。其後返初服，居西湖上，一時所交皆勝士。』陳《譜》引《湖山便覽》『葛嶺葛無懷居』條，周晉仙《過葛天民新居》云『極知秦外叟，全似賀知章』，是又别號『秦外』。《劍南詩稿》（廿七）有《贈徑山銛書記》：『銛公聲名滿吴會，惟有放翁最先識。』同書（三十四）有《上方銛老求宿蘆詩宿蘆蓋所寓室名以其似漁舟也》。案葛天民《荷葉浦中》詩云『却傍青蘆今夜宿，還思白石去年詩』，知即此人。白石《和朴公悼牽牛》云『愁殺山陰覓句僧』，是山陰人也。嘗居南屏，見韓淲《澗泉集》。朴翁嘗與白石同游山陰、德清，參《年譜》。

〔卧龍山〕在浙江紹興縣治後。《嘉泰會稽志》：『舊名種山，越大夫種所葬處。一名重山，「種」訛成「重」。』《紹興府志》：『今府署據其東麓。山陰縣署在南麓。』

次朴翁遊蘭亭韻

亞字橋亭面面風，六人同坐樹陰中。松交歸路如留客，石礙流杯故惱公。山色最憐秦望緑，野花只作晉時紅。夕陽啼鳥人將散，俯仰興懷自昔同。右軍祠堂有杜鵑花兩株極照灼。

【校】

〔花〕原無『花』字，據三本補。

【箋】

〔朴翁〕見前箋。

〔蘭亭〕《水經注》(四十)『漸江水』：『浙江又東與蘭谿合，湖南有天柱山，湖口有亭，號曰蘭亭，亦曰蘭上里。太守王羲之、謝安兄弟數往造焉。』王隱《晉書》：『王羲之初渡江，會稽有佳山水，名士多居之，與孫綽、許詢、謝尚、支遁等宴集於山陰之蘭亭。』《太平寰宇記》：『在(山陰)縣西南二十七里。《輿地志》云：「山陰郭西有蘭渚，渚有蘭亭，王羲之所謂曲水之勝境。」』

〔右軍祠堂〕在蘭亭後。（見《嘉慶山陰府志·古蹟》）

越中士女遊春

秦山越樹兩依依，閒倚闌干看落暉。楊柳梢頭春又暗，玉簫聲裏夜遊歸。

【箋】

〔秦山〕秦望山，在（越）州城正南，爲眾峯之傑，秦始皇登之以望南海。見《水經注》（四十）『漸江水』。

項里苔梅

項里，項王之里也，在山陰西南二十餘里。地多楊梅、苔梅，皆妙天下。王性之賦《項里楊梅》云：『只今枝頭萬顆紅，猶似咸陽三月火。』予近得苔梅一株，古怪特甚，爲作七言。

舊國婆娑幾樹梅，將軍逐鹿未歸來。江東父老空相憶，枝上年年長緑苔。

【校】

原有『項里』二字題，三本都無，即以小序作題。今依詩意，於原題下補『苔梅』二字。

【箋】

〔苔梅〕梅之根幹著有苔蘚者。苔梅有二種：一種出宜興張公洞者，苔蘚甚厚，花極香；一種出越上，苔如綠絲，長尺餘。見周密《武林舊事》。陳《譜》引《嘉泰會稽志》：『梅一名柟，杏類也。越州昌原梅最盛，實大而美。項里、容山、直步、石龜多出古梅，尤奇古可愛。綠蘚封枝，苔鬚如綠纓，疏花點綴其上，夭嬌如畫。』

悼石湖三首

身退詩仍健，官高病已侵。江山平日眼，花鳥暮年心。九轉終無助，三高竟欲尋。尚留巾墊角，胡虜有知音。

【校】

曹元忠校：元本《新編事文類聚翰墨全書》戊集引作『挽范石湖二首』，缺第一首。殆因結句有『胡虜』二字而删。

【箋】

紹熙四年九月，范成大卒。十二月，赴蘇州悼之，復還越中。見《年譜》。

〔三高〕見《三高祠》箋。

〔巾墊角二句〕《宋史·范成大傳》：『金迎使者慕成大名，至求巾幘效之。』《石湖集》有《盧溝》《燕賓館》二詩，又有《蹋鴟巾》一首，注云：『接送伴田彦皋，愛予巾裏求其樣，指所戴蹋鴟有愧色。』故有句云『雨中折角君何愛』，用郭林宗折角墊雨故事。白石詩蓋用石湖詩意。其《石湖仙·壽石湖居士》詞亦有『見説胡兒，也學綸巾欹雨』之句。（案周輝《北轅録》載，歸德府男子無貴賤，所頂巾謂之『蹋鴟』。）

未作龍蛇夢，驚聞露電身。百年無此老，千首屬何人？安得公長健，那知事轉新。酸風憂國淚，高塚卧麒麟。

未定情鍾痛，何堪更悼亡。遺書知伏枕，來弔只空堂。雪裏評詩句，梅邊按樂章。沉思酒杯落，天闊意一作正茫茫。

【校】

〔遺〕原作『遺』，依三本改。

〔句〕曹校：《事文類聚》戊作『卷』。

【箋】

〔來弔句〕陳《譜》：周必大《范公成大神道碑》載成大九月卒，十二月十三日歸窆。

〔雪裏二句〕指《暗香》、《疏影》詞。《暗香》詞序：『辛亥之冬，予載雪詣石湖。止既月，授簡索句，且徵新聲。作此兩曲，石湖把玩不已，使工妓隸習之，音節諧婉，乃名之曰「暗香」、「疏影」。』

自題畫像見《硯北雜志》

鶴氅如煙羽扇風，寄情芳草緑陰中。黑頭辦了人間事，來看凌霜數點紅。

【箋】

同治間倪鴻刊《白石道人四種》，有烏程管以金（品湘）道光元年白石畫像跋云：『嘉慶丙子（二十一年）既望，余於郡城觀風巷口購得古人像，殘縑尺許，題詞剥蝕，僅存「風賦情芳草」五字，歸以《硯北雜志》校之，始知是白石道人也。』今案此題范成大像，非自題畫像。冒廣生先生告予：『《硯北雜志》所載白石絶句，其第三句「黑頭辦了人間事」，非宰相不能當，殆白石爲石湖題像。《雜志》云自題畫像，誤矣。』夏敬觀先生告予：『石湖園中有凌霄峯，其凌霄花甚著名，見《石湖詩集》。白石題像云「來看凌霄數點紅」，當是爲石湖像。其第一句「鶴氅羽扇」句亦用宰相事。』案《誠齋集》（十二）有《和范至能參政》云：『夢中相見慰相思，玉立長身漆點髭。』

與南宋白良玉所作此圖亦合。今傳白石像是范成大像無疑矣。此詩題當改作《題石湖畫像》。此詩作年無考，附列于此。

寄上鄭郎中

梅根東望九華雲，中有風流衣繡人。名下一生勞夢想，尊前數語倍情親。節旄在道催歸漢，花鳥留君且作春。見説祥風挾時雨，故園松菊亦精神。

【箋】

〔鄭郎中〕陳《譜》引《宋詩紀事》：『鄭汝諧字舜舉，青田人。紹興中進士，官吏部侍郎，徽猷閣待制致仕，有《東谷集》。』《宋史》：『紹熙三年九月戊子，遣鄭汝諧等赴金賀正旦。』《金史·交聘表》：『章宗明昌四年正月己巳朔，宋顯謨閣學士鄭汝諧賀正旦。』《乾隆江南通志·職官表》：『鄭汝諧知池州。』此鄭郎中即汝諧。《表》云顯謨閣學士，例借也。使還知池州，故詩云『梅根東望九華雲』『節麾在道催歸漢』。陳《譜》定爲紹熙四年作。《澗泉集》（十二）亦有《鄭中卿池陽倅貳》詩一律。

〔梅根〕見後《送項平甫倅池陽》箋。

〔九華〕九華山，在安徽青陽縣西南四十里。《太平寰宇記》：『舊名九子山，李白以九峯如蓮花削成，改爲九華山。』

宋寧宗慶元元年乙卯公元一一九五年

送項平甫倅池陽

項侯聲名天宇窄，與君俱是荆湖客。向來相聞不相值，長安城中乃相識。論文要得文中天，邯鄲學步終不然。如君筆墨與性合，妙處突過蘇李前。我如切切秋蟲語，自詭平生用心苦。神凝或與元氣接，屢舉似君君亦許。西湖一曲古牆陰，清坐論詩夜向深。見謂人間有公等，不知來者不如今。乾坤雖大知者少，君不見古人拙處今人巧。我徂山林口挂壁，如君合救狂瀾倒。石渠春水緑泱泱，閣下無人白日長。萬里江湖入歸夢，子雲不願校書郎。九華山色梅根渡，半日風帆即秋浦。六條察吏安用許，幸有千巖作詩侶。

【箋】

〔項平甫〕項安世，字平甫，松陽人，《宋史》（三九七）有傳。《中興館閣續録》載其淳熙二年同進士出身，紹熙五年除校書郎，慶元元年添差通判池州。此詩即此時在杭作。《硯北雜志》（下）：

『項平父詩云：「日長沙岸立，看雲只念家。如何永州夢，偏愛在長沙。」』

〔池陽〕屬安徽省。宋曰池州池陽郡。

〔荆湖〕宋初湖南路、湖北路，熙寧以後改曰荆湖南路、荆湖北路。

〔九華山〕見《寄上鄭郎中》箋。

〔梅根渡〕梅根河，在安徽貴池縣東四十五里，亦曰錢溪。源出太樸山，與青陽縣五溪河合於雙河。

〔幸有千巖作詩侣〕虞儔《尊白堂集·述情》叙：『與蕭東夫相别二十年矣，比來假守吴興，而東夫令嗣監酒赴官池陽，迎侍以行舟次城下，遂得一見，小詩述情。』陳《譜》引此，謂時父迎侍千巖，爲慶元元年春。

慶元二年丙辰公元一一九六年

武康丞宅同朴翁咏牽牛

青花緑葉上疎籬，别有長條竹尾垂。老覺淡妝差有味，滿身秋露立多時。

【箋】

寧宗慶元二年，與葛天民同游武康時作（參《年譜》）。後一首當亦同時作。

〔武康〕《浙江通志》：在湖州府治西南一百七十里。

〔朴翁〕見《同朴翁遊禹廟》箋。

朴公悼牽牛甚奇余亦作

不見青青繞竹生，西風籬落抱枯藤。道人一任空花過，愁殺山陰覓句僧。

【箋】

〔朴公〕即朴翁葛天民。

禽言如曰哥哥

君不見苕溪西南石鼓山，鳥如鸜鵒啼其間。土人相傳是阿弟，千呼萬唤去復還。身爲獨雁失儔侶，所愧鶺鴒圖急難。繞林哀哀訴明月，夜闌月落聲澌咽。天地闊遠兄不聞，蒼厓下淚山竹裂。豈無鵶舅與鵓姑，人各有心非友于，陟岡四顧空欷歔。君不見江南望夫誰家子，登山化石不得語。

【校】

〔土〕原作『一』，依影鈔、《小集》改。

【箋】

以下三詩作年無考，附湖州詩後。

〔苕溪〕見《余居苕溪上》箋。

〔石鼓山〕《同治湖州府志》引胡志：『石鼓山在（安吉）縣南十五里，與石虎山並。』《吳興掌故集》：『下有溪，其聲如鼓。』

下菰城

人家多在竹籬中，楊柳疎疎尚帶風。記得下菰城下路，白雲依舊兩三峰。

【校】

〔菰〕原作『孤』，依《小集》改。

【箋】

〔菰城〕在浙江吳興縣南二十五里。《太平寰宇記》：『楚春申君立菰城縣，秦改爲烏程。』按《郡國志》有五菰城在烏程縣南十八里，蓋即菰城之訛也。舊志謂之下菰城，有内城外城，故址猶存。又下菰村，在縣南三十四里。

過德清

木末誰家縹緲亭，畫堂臨水更虚明。經過此處無相識，塔下秋雲爲我生。
溪上佳人看客舟，舟中行客思悠悠。烟波漸遠橋東去，猶見闌干一點愁。

【箋】

〔德清〕縣名，屬浙江省，在吴興縣南。縣有德清山，因名。

慶元三年丁巳公元一一九七年

燈詞見《武林舊事》

南陌東城盡舞兒，畫金刺繡滿羅衣。也知愛惜春遊夜，舞落銀蟾不肯歸。

【箋】

白石慶元三年正月，居杭曾作《鷓鴣天·丁巳元日》、《正月十一日觀燈》、《元夕不出》、《元夕有所夢》、《十六夜出》五首。此《燈詞》四首及後《觀燈口號》十首或同時作。

燈已闌珊月氣寒，舞兒往往夜深還。只因不盡婆娑意，更向階心弄影看。

沙河雲合無行處，惆悵來遊路已迷。却入静坊燈火空，門門相似列蛾眉。

【箋】

〔沙河〕沙河塘。王文誥《蘇文忠公詩編年箋注集成》卷八《湖上夜歸》詩：『行到孤山西，夜色已蒼蒼。(節)入城定何時，賓客半在亡。睡眼忽驚矍，繁燈鬧河塘。』注云：『沙河塘乃杭州街名。在餘杭門内，以其門外爲裏沙河堰，而因以沙河塘名街也。宋之錢塘門在錢塘尉司石函橋相近處，故由孤山而入〔城〕，必轉出河塘街。』案《東坡樂府·虞美人》云：『沙河塘上燈初上，水調誰家唱。』《花庵詞選》(十)黄昇《感皇恩》云：『沙河塘上，落日繡簾争捲。』劉辰翁《寶鼎現》云：『還轉盼、沙河多麗。』《宋詩紀事》(三九)王庭珪《初至行在》詩云：『行盡沙河塘上路，夜深燈火識昇平。』皆足見宋時沙河之盛。

《武林舊事》(二)『元夕』條：『都城自舊歲孟冬駕回，則已有乘肩小女、鼓吹舞綰者數十隊，以供貴邸豪家幕次之翫。而天街茶肆，漸已羅列燈毬等求售，謂之「燈市」。自此以後，每夕皆然。三橋等處，客邸最盛，舞者往來最多。每夕樓燈初上，則簫鼓已紛然自獻於下。酒邊一笑，所費殊不多。往往至四鼓乃還。自此日盛一日。（節）邸第好事者，如清河張府、蔣御藥家，間設雅戲煙火，花邊水際，燈燭燦然。遊人士女縱觀，則迎門酌酒而去。又有幽坊静巷好事之家，多設五色琉璃泡燈，更自雅潔，靚妝笑語，望之如神仙。』

遊人歸後天街静，坊陌人家未閉門。簾裏垂燈照尊俎，坐中嬉笑覺春温。

觀燈口號十首

世間形象盡成燈，烘火旋紗巧思生。列肆又多看不遍，遊人一一把燈行。

【校】

〔紗〕影鈔、《小集》作『沙』。

【箋】

〔烘火〕《武林舊事》卷二『燈品』條：『所謂「無骨燈」者，其法用絹囊貯粟爲胎，因之燒綴，及成去粟，則混然玻璃毬也。景物奇巧，前無其比。』

市樓歌吹太喧譁，燈若連珠照萬家。太守令嚴君莫舞，遊人空戴玉梅花。

【校】

〔吹〕影鈔、《小集》作『鼓』。

遊人總戴孟家蟬，争托星投萬眼圓。鬧裏傳呼大官過，後車多少盡嬋娟。

【校】

〔托〕原作『託』，依影鈔改，《小集》作『詫』。

【箋】

〔孟家蟬〕張德瀛《詞徵》：『朱彧《可談》云：孟后衣服畫作雙蟬，目爲孟家蟬。識者謂蟬有禪意，久之竟廢。姜堯章詩「游人總戴孟家蟬」、張伯雨詞「玉梅金縷孟家蟬」指此。』案詩云『戴』，當是首飾。

花帽籠頭幾歲兒，女兒學著内人衣。燈前月下無歸路，不到天明亦不歸。

好燈須買不論錢，别有琉璃價百千。都下貴人多預賞，買時長在一陽前。

【箋】

〔琉璃〕《武林舊事》（二）『元夕』條：『燈之品極多，每以蘇燈爲最，圈片大者徑三四尺，皆五色琉璃所成，山水人物，衣竹翎毛，種種奇妙，儼然著色便面也。其後福州所進，則純用白玉，晃耀奪目，如清冰玉壺，爽徹心目。』

〔預賞〕《武林舊事》（二）『元夕』條：『禁中自去歲九月賞菊燈之後，迤邐試燈，謂之「預賞」。』

〔一陽〕《夢粱録》（六）『十一月冬至』條：『晨雞之際，太史觀雲氣以卜休祥，一陽後，日晷漸長，比孟月則添一線之功。』『一陽』謂冬至。

珠絡琉璃到地垂，鳳頭銜帶玉交枝。君王不賞無人進，天竺堂深夜雨時。

【箋】

〔珠絡琉璃〕《武林舊事》（二）『燈品』條：『燈品至多，蘇、福爲冠，新安晚出，精妙絶倫。（節）珠子燈則以五色珠爲網，下垂流蘇，或爲龍船、鳳輦、樓臺、故事。』《武林舊事》（二）『元夕』條：『西湖諸寺，惟三竺張燈最盛，往往有宫禁所賜、貴璫所遺者。都人好奇，亦往觀焉。』

紛紛鐵馬小回旋，幻出曹公大戰年。若使英雄知此事，不教兒女戲燈前。

【校】

〔此〕原闕，依《小集》補。

貴客鈎簾看御街，市中珍品一時來。簾前花架無行路，不得金錢不肯回。

【箋】

《武林舊事》（二）『元夕』條：『節食所尚，則乳糖圓子、䭔飳、科斗粉、豉湯、水晶膾、韭餅，及南北珍果，並皂兒糕（節）十般糖之類，皆用鏤鍮裝花盤架車兒，簇插飛蛾紅燈綵盉，歌叫喧闐。幕次往往使之吟叫，倍酬其直。白石亦有詩云云。（詩略）競以金盤鈿盒簇飣饋遺。』

修内司人編戲鼓，輦宫營裏獨燒燈。春風到處皆君賜，金柳絲絲滿鳳城。

【校】

〔編〕影鈔、《小集》作『偏』。

〔宫〕影鈔、《小集》作『官』。

【箋】

〔修内司〕《夢粱録》卷八『内諸司』條：『殿中省下有修内司。』

正好嬉遊天作魔，翠裙無奈雨沾何。御街暗裏無燈火，處處但聞樓上歌。

華藏寺雲海亭望具區 寺爲張循王功德院

茫茫復茫茫，中有山蒼蒼。大哉夫差國，坐占天一方。夫差醉蓮宮，巨浪摇不醒。越師何從來，奪我玉萬頃。年年亭上秋，一笛千古愁。誰能知許事？飛下雙白鷗。

【校】

〔占〕三本都作『斷』。

〔巨〕三本都作『大』。

【箋】

陳《譜》謂白石今夏與朴翁、平甫同遊，此詩自注『寺爲張循王功德院』，寺爲循王香火，必平甫同行，因編此詩入慶元三年。兹依之。

〔華藏寺〕陳《譜》引《湖州府志》：『利濟寺，一作北利濟院，在烏鎮利濟橋之南。唐末爲董昌桃花寨。宋南渡，張循王俊置莊於此，乃移寨皂林。後俊故，改莊爲香火院，始名華嚴精舍。宋末改爲利濟寺。』《南湖集》亦有《至華藏寺先呈璉長老詩》，知志作『華嚴』誤。

丁巳七月望湖上書事

白石碎碎如拆綿，黑天昧昧如陳玄。白黑破處青天出，海月飛來光尚濕。是夜太史奏月蝕，三家各自矜算術。或云七分或食既，或云食晝不在夕。上令御史登吴山，下視海門監月出。年來曆失無人修，三家之説誰爲優？乍如破鏡光炯炯，漸若小兒初食餅。時方下令嚴禁銅，破鏡何爲來海東？天邊有餅不可食，聞説饑民滿淮北。是鏡是餅且勿論，須臾還我黄金盆。金盆當空四山静，平波倒浸雲天影。下連八表共此光，上接銀河通一冷。御史歸家太史眠，人間不聞鐘鼓傳。白石道人呼釣船，一瓢欲酌湖中天。荷葉擺頭君睡去，西風急送敲窗句。

【箋】

〔丁巳〕寧宗慶元三年。

《宋史·天文志》：『慶元三年七月己未，月食，既。』據此詩，知是夜詔御史登吴山監視，太史與草澤聚驗，足補史闕。禁銅謂本年閏六月甲戌，内出銅器，付尚書毁之，申嚴私鑄之禁。見《宋史·寧宗紀》。

《澗泉集》（六）有《十五夜月蝕聞差中余正言監測清臺》一首，與白石此詩同作。

和轉菴丹桂韻

野人復何知？自謂山澤好。來禪奉常議，識笳鼓羽葆。誰憐老垂垂，却入鬧浩浩！營巢猶是寓，學圃何不早？淮桂手所植，漢甕躬自抱。花開不忍出，花落不忍掃。佳客夜深來，清尊月中倒。一禪兩居士，更約踐幽討。

【箋】

詩有『來禪奉常議』句，指上《大樂議》，此詩當是慶元三年秋在杭作。

〔轉菴〕潘德久。見前《余居苕溪上》箋。

〔淮桂〕朴翁《重訪白石》詩『盡日看幽桂』，潘檉《丹桂》，蘇泂《夢堯章桂花下》，皆此桂也。陳《譜》云。

送李萬頃

猛相思路得君來，正喜歡時却便回。別路恐無青柳折，到家應有小桃開。起居五馬兼堂上，問信千巖及阿灰。張禕姪張曙小字阿灰。兒女癡頑夫婦健，漂零何日共尊罍。

【校】

〔恐〕影鈔、《小集》作『苦』。

【箋】

〔李萬頃〕陳《譜》定此詩慶元三年冬作，謂詩有『問信千巖』句，知李赴池陽。

〔千巖〕見《待千巖》箋。

慶元四年戊午公元一一九八年

戊午春帖子

晴窗日日擬雕蟲，惆悵明時不易逢。二十五絃人不識，淡黄楊柳舞春風。

【箋】

戊午乃寧宗慶元四年。『二十五絃人不識』指去年議樂不合。《硯北雜志》：『姜堯章從奉常議樂，以「彈瑟」之語不合，歸番陽。過吴，見陸務觀談其事，務觀曰：「何不憶『二十五絃彈夜月』之詩乎？」堯章聞之，不覺自失。』

蕭山

歸心已逐晚雲輕，又見越中長短亭。十里水邊山下路，桃花無數麥青青。

【箋】

陳《譜》謂：『此甲寅自越來吳之後，辛酉入越以前，暮春三月，又游越中之作。所以次句亭云「又見」。』定爲慶元四年，兹姑依其説。

〔蕭山〕浙江有蕭山縣，縣以山名。《清一統志》引《太平寰宇記》：『山在縣西一里，又名西山。有林泉之勝。』

慶元六年庚申公元一二〇〇年

湖上寓居雜咏

荷葉披披一浦涼，青蘆奕奕夜吟商。平生最識江湖味，聽得秋聲憶故鄉。

【箋】

詩無甲子，依姜《譜》定爲慶元六年作。案第八首有『囊封萬字總空言，露滴桐枝欲斷絃』句，知在論大樂、考琴瑟之後。

湖上風恬月淡時，卧看雲影入玻瓈。輕舟忽向窗邊過，摇動青蘆一兩枝。
秋風低結亂山愁，千頃銀波凝不流。隄畔畫船隄上馬，緑楊風裏兩悠悠。
處處虚堂望眼寬，荷花荷葉過闌干。遊人去後無歌鼓，白水青山生晚寒。
輦路垂楊兩行栽，苑門秋水欲平階。朝朝南望宫雲起，白鳥一雙山下來。
微波衝得緑萍開，數點青青黏石階。緑葑自來還自去，來時須載白鷗來。
布衣何用揖王公，歸向蘆根濯軟紅。自覺此心無一事，小魚跳出緑萍中。
囊封萬字總空言，露滴桐枝欲斷絃。時事悠悠吾亦嬾，卧看秋水浸山烟。

【箋】

首二句當指慶元三年議大樂不合。

苑牆曲曲柳冥冥，人静山空見一燈。荷葉似雲香不斷，小船摇曳入西陵。

【箋】

〔一燈〕《癸辛雜識》：『西湖四聖觀前，每至昏後，有一燈浮水上，其色青紅，自施食亭南至西陵橋復回。風雨中光愈盛，月明則稍淡，雷電之時，則與雷電争光閃爍。金一之所居積慶山巔，每夕觀之無少差，凡看二十餘年矣。』

〔西陵〕《武陵舊事》（五）『孤山路』條：『西陵橋，又名西泠橋，又名西村。』詞《卜算子・梅花詠》注：『西村在孤山後。』

處士風流不並時，移家相近若依依。夜涼一舸孤山下，林黑草深螢火飛。

【箋】

〔處士〕林逋，宋錢塘人，字君復。隱居西湖孤山，有墓在焉。據此，白石湖上寓廬當在孤山附近。

臥榻看山緑漲天，角門長泊釣魚船。而今漸欲抛塵事，未了菟裘一悵然。

鈎窗不忍見南山，下有三雛骨未寒。惆悵古今同此味，二陵風雨晉師還。

【箋】

〔三雛〕謂三殤子。

柳下軒窗枕水開，畫船忽載故人來。與君同過西城路，却指烟波獨自回。

指點移舟著柳隄，美人相顧復相攜。上橋更覺秋香重，花在西陵小苑西。

【箋】

〔西陵〕見前『苑牆曲曲』一首注。

宋寧宗嘉泰元年辛酉公元一二〇一年

昔遊詩

夔蚤歲孤貧，奔走川陸。數年以來，始獲寧處。秋日無謂，追述舊遊可喜可愕者，吟爲五字古句。時欲展閱，自省生平，不足以爲詩也。

洞庭八百里，玉盤盛水銀。長虹忽照影，大哉五色輪。我舟度其中，晃晃驚我神。朝發黄陵祠，暮至赤沙曲。借問此何處，滄灣三十六。青蘆望不盡，明月耿如燭。灣灣無人家，只就蘆邊宿。

【箋】

姜《譜》：『按公小序云：「數年以來，始獲寧處。」今歷考編年，惟戊申、己酉、庚戌三載及丁巳以來至是年，不從遠役，而初刻本列是詩於卷末，知爲辛酉（嘉泰元年）詩無疑也。』案『昔遊桃源山』一首結云『於今二十年』，客武陵在淳熙丙午間，至此廿年左右，姜説是。

陳《譜》云：淳熙五年春，遊洞庭，此首及『放舟龍陽縣』、『昔遊桃源山』皆詠此行。

〔洞庭八百里〕在巴陵縣西南。《清一統志》：『每夏秋水漲，周圍八百餘里。其沿邊則有青草湖、翁湖、赤沙湖、黄驛湖、安南湖、大通湖，并合爲洞庭。』《岳陽風土記》：『澧、鼎、沅、湘合諸蠻、黔南之水，匯爲洞庭，至巴陵與荆江合。』《山海經》注：『洞庭，地穴也。』

〔黄陵祠〕在湖南湘陰縣北四十里。《水經注》：『湖水西流逕二妃廟南，世謂之黄陵廟也。言大舜之陟方也，二妃從征，溺於湘江（節）故民爲立祠於水側焉。』

〔赤沙曲〕赤沙湖，《清一統志》：『在華容縣南，亦謂之赤亭湖。』《岳陽風土記》：『赤沙湖，夏秋水漲，與洞庭湖通。』

〔三十六灣〕見《過湘陰寄千巖》箋。

放舟龍陽縣，洞庭包五河。澧、沅、潰、湘、大江。洶洶不得道，茫茫將奈何！篙師請小泊，石矸沈泥沙。是中大無岸，强指葦與莎。滞留三四晨，大浪山嵯峨。同舟總下淚，自謂餧黿鼉。白水日以長，僅存青草芽。轉眄又已没，但見千頃波。此時羡白鳥，飛入青山阿。

【校】

〔大〕影鈔、《小集》都作『太』。

〔眄〕影鈔、《小集》都作『盼』。

【箋】

〔龍陽縣〕屬湖南常德府。宋紹興五年嘗移治黄城砦，在今漢壽縣西。

九山如馬首，一一奔洞庭。小舟過其下，幸哉波浪平。大風忽怒起，我舟如葉輕。或升千丈坡，或落千丈坑。回望九馬山，政與大浪爭。如飛鶴車礮，亂打睢陽城。又如白獅子，山下跳髿髵。須臾入別浦，萬死得一生。始知前席濕，盡覆杯中羹。髿髵，一作狰獰。

【箋】

陳《譜》云：下四首皆淳熙九年自長沙冬還古沔省姊時事。

〔九馬山〕查《湖南通志》、《清一統志》皆無此山名。

蕭蕭湘陰縣，寂寂黄陵祠。喬木蔭樓殿，畫壁半傾欹。蘆洲雨中淡，漁網烟外歸。重華不可見，但見江鷗飛。假令無恨事，過此亦依依。

【箋】

〔湘陰縣〕見《過湘陰寄千巖》箋。

〔黄陵祠〕見前『洞庭八百里』箋。

我乘五板船，將入沌河口。大江風浪起，夜黑不見手。同行子周子，渠膽大如斗。長竿插蘆席，船作野馬走。不知何所詣，生死付之偶。忽聞入草聲，燈火亦稍有。杙船遂登岸，亟買野家酒。

【校】

〔杙〕原作『劃』，依影鈔、《小集》改作『杙』。王安石《後元豐行》：『楊柳中間杙小舟。』

【箋】

〔沌河〕《水經注》（三十五）『江水』：『沌水上承沌陽縣之太白湖，東南流爲沌水。逕沌陽縣南注於江，謂之沌口。』

天寒白馬渡，漢川縣界。落日山陽村。是時無霜雪，萬里風奔奔。外旓吹已透，内纊冰不温。吹馬馬欲倒，吹笠任飛翻。不見行路人，但見草木蕃。忽看野燒起，大燄燒乾坤。聲如震雷震，勢若江湖吞。虎豹走散亂，麋鹿不足言。夜投野店宿，無壁亦無門。此行值三厄，幸得軀命存。明發見老姊，斗酒爲招魂。

【箋】

〔漢川〕《太平寰宇記》：『析漢陽縣之地隨軍置漢川縣，在江之曲。』

〔山陽村〕漢川屬漢陽，村在九真山之陽，故名。

〔忽看二句〕陳《譜》淳熙九年引《入蜀記》：『凡行沌中七日，自是泛江入石首界。夜觀隔江燒蘆場，烟燄亘天如火城，光照舟中皆赤。』

揚舲下大江，日日風雨雪。留滯鼉背洲，十日不得發。岸冰一尺厚，刀劍觸舟楫。岸雪一丈深，屹如玉城堞。同舟二三士，頗壯不恐懾。蒙氊閉篷臥，波裏任傾攧。晨興視氊上，積雪何皎潔。欲上不得梯，欲留岸頻裂。扳援始得上，幸有人見接。荒村兩三家，寒苦衣食缺。買豬祭波神，入市路已絶。如今得安坐，閑對妻兒説。

【校】

〔攧〕原作『側』，依影鈔、《小集》改作『攧』。字書無『攧』字，案唐宋大曲有『攧編』。又楊无咎《逃禪祠·天下樂》『睡不着、身心自暗攧』，與『雪』『熱』叶。此詩用十八部韻，『側』是『職』韻，屬十七部。顧學頡曰：『《西廂》、《水滸》及明人説部多用「攧」字，與「迭」「趺」等字通假。方注本《西廂》注明音「迭」。』案『迭』是『屑』韻，正可叶『雪』『説』。

〔兩三〕影鈔、《小集》作『三兩』。

【箋】

白石曾於淳熙十三年冬度揚子。姜《譜》：『《昔遊詩》「揚舲下大江，日日風雨雪」，又「既離湖口縣，（節）程程見廬山」，正爾時事。』

陳《譜》：『「揚舲下大江」、「雪霽下揚子」、「濠梁四無山」三首，皆記淳熙三年自沔下揚子、過維揚、北歷楚州、西游濠梁事。』

青草長沙境，洞庭渺相連。洞庭西北角，雲夢更無邊。後有白湖沌，渺漭里數千。豈惟大盜窟，神龍所盤旋。白湖辛巳歲，忽墮死蜿蜒。一鱗大如箕，一鬐大如椽。白身青鬣鬣，兩角上捎天。半體卧沙上，半體猶沈淵。里正聞之官，官使吏致虔。作齋爲禳祓，觀者足闐闐。斂席覆其體，數里聞腥羶。一夕雷雨過，此物忽已遷。遺跡陷成川，中可行大船。是年虜亮至，送死江之壖。或云祖龍讖，詭異非偶然。近日山陽人，采菱不知還。望見三龍浮，目若電火然。見龍多見尾，少見四體全。一龍已爲異，三者亦罕傳。又因漁湖側，水中忽生烟。烟中一驢出，繞身步蹁躚。俄隨霹靂去，欲詰無由緣。我聞語此事，乘舟往觀焉。徑往枯葭浦，白鷺爭相先。湖有劉備廟，實司浩渺權。徘徊無所見，歸櫂月明前。

【校】

〔漭〕原作『莽』，依《小集》改。

〔袚〕影鈔、《小集》作『禬』。

〔詰〕原作『語』，依影鈔、《小集》改。

【箋】

〔青草〕青草湖，《清一統志》：『在巴陵縣西南，湘水所匯，爲洞庭之南涘，接長沙府湘陰縣界，亦名巴丘湖。』《荆州記》：『巴陵南有青草湖周迴數百里，日月出没其中。湖南有青草山故，因以爲名。』

〔雲夢〕即沔陽西北古雲杜。《漢陽府志》：『雲杜故城在沔陽州西北。』《水經注》（二十八）『沔水』：『（沔水）又東南過江夏雲杜縣東，夏水從西來注之。《禹貢》所謂「雲土夢作乂」，故縣取名焉。』

〔白湖〕《漢陽府志》：『太白湖一名九真湖，周二百餘里。』

〔是年虜亮至〕詩云『辛巳歲』，『辛巳』爲宋高宗紹興三十一年。是年金主亮侵宋，身死。

〔山陽〕漢川村名，見『天寒白馬渡』箋。

〔劉備廟〕《清一統志》：『漢昭烈帝廟，在華容縣東北十五里鼎山，明初建。疑是故址重建。』

昔遊桃源山，先次白馬渡。桃源縣界。渡頭何清深，鴻鵠在高樹。白馬亦洞天，昔人有奇遇。洞門不可見，但聞水聲怒。瞻彼羽人宅，乃乘方船渡。修廊夾五殿，重閣映千樹。

規模象魏壯，回合綠陰護。山椒望五溪，壺頭入指顧。故宮在其北，屋瓦帶松霧。古杉晉時物，中空野人住。外圍四十尺，内可十客聚。我遊瞿仙館，壇上表遺步。却下八疊坡，一亭衆妙具。兩山抱澄潭，老木枝幹互。瞻前秀而迴，坐久凜難駐。桃源獨不見，僻在宫南路。山行轉深邃，狙猿紛上下。石竇出微涓，令我意猶豫。昔聞漁舟子，水際見洞户。今看去溪遠，定自後人誤。惆悵却歸來，此遊不得屢。於今二十年，歷歷經行處。

【箋】

〔桃源山〕《清一統志》：『在桃源縣西南三十里。』

〔白馬渡〕在湖南桃源縣西南二十五里，白馬關下。《明一統志》：『(沅)水入桃源，逕白馬洞爲白馬江，亦名桃川江。』

〔白馬亦洞天〕白馬洞，《清一統志》：『在桃源縣西南二十五里，桃花溪北。洞中有濤湧出，奇怪如神物之狀。』《明一統志》：『即道書第三十五洞天。』《夷堅三志》辛卷四『白馬洞天』條，記漁者張翁白馬渡遇神，可足見其地煙浪晦翳之狀。

〔五溪、壺頭〕《水經注》(三十七)『沅水』：『武陵有五溪，謂雄溪、樠溪、無溪、西溪、辰溪。』《清一統志》：『壺山在沅陵縣東一百三十里，接常德府桃源縣界。』《荆州記》：『山有巨石狀如壺。』《水經注》：『山高一百里，廣圓三百里，山下水際有新息侯馬援征武溪蠻停軍處。壺頭徑曲多險，其中紆折千灘。』按『壺頭』即『壺頭山』。

〔瞿仙館〕《嘉慶湖南通志》：『在〔辰州府辰谿〕縣東北二十里，相傳瞿柏庭於此修道。』

〔二十年〕淳熙十三年至嘉泰元年，首尾十六年。

昔遊衡山下，看水入朱陵。半空掃積雪，萬萬玉花凝。或如生綃挂，或作薄霧横。紛紛虎豹吼，往往蛟龍驚。人語不相聞，濺雹漂我纓。有魚緣峭壁，上上終不停。此中有神物，雷雨周八紘。

【校】

〔或如〕影鈔、《小集》作『或作』。

〔我〕原作『風』，依影鈔、《小集》改。

【箋】

〔衡山〕在湖南。爲湘、資二水之分水嶺。主峯在衡山縣西北，衡陽縣北，即古之南嶽。

〔朱陵〕《一統志》：『朱陵洞在衡山縣北，一名水簾洞，山上有泉至洞門作垂簾狀。』

昔遊衡山上，未曉入幽谷。欲識所坐輿，横板挂兩竹。狀如秋千垂，高下不傾覆。登山九千丈，中道多佛屋。一峰高一峰，峰峰秀林木。仰看同來客，木末見冠服。高臺石橋路，尋常雲所宿。下方雷雨時，此上自晴旭。紫蓋何突兀，萬里在一目。餘峰六七十，僅如翠浪矗。北有嬾瓚巖，大石庇樵牧。下窺半庢花，杯盂琢紅玉。飛雲身畔遇，攬之不盈掬。祝融最高絶，紫蓋不足録。俯視同仰觀，蒼蒼萬形伏。惟餘岣嶁峰，南睇半空緑。髣髴認瀟湘，向嶽流屈曲。高處驚我魂，翻思宅平陸。其東有雷穴，靈異謹勿觸。雲來綿世界，雲去一峰獨。僧窗或留罅，雲入不可逐。絶頂横石梁，仙人有遺躅。山多金光草，夜半如列燭。靈藥不可尋，吁嗟歸太速。

【箋】

淳熙十三年丙午，立夏日，遊南嶽至密雲峯。（《詩説序》）姜《譜》：『「昔遊衡山上，未曉入幽谷」，當指是事。以下有「雷雨」句可証。又「昔遊衡山下，看水入朱陵」，是在雪霽後，殆又一時也。』

〔衡山〕見前箋。

〔紫蓋峯〕《嘉慶湖南通志》：『在（衡山）縣西北，距嶽廟二十里。』《南嶽總勝集》：『有紫霞華籠之狀，其形如蓋，亦謂之華蓋峯。』

〔嬾瓚巖〕《嘉慶湖南通志》引《舊志》：在衡山後，唐僧懶殘居此。《甘澤謡》：『嬾殘名明瓚，衡嶽寺執役僧也，性嬾而食殘，故號嬾殘。』

〔祝融峯〕《嘉慶湖南通志》：『在（衡山）縣西北，距嶽廟三十里，乃七十二峯之最高者。』《南嶽總勝集》：『昔炎黄之世，祝融君游息之所，因而名焉。』

〔岣嶁峯〕《嘉慶湖南通志》衡陽縣：『岣嶁峰在縣北五十里。』『衡山南有峯曰岣嶁，東西七十里，南北三十里。《湘水記》』

〔瀟湘〕湘水合瀟水之稱也。《山海經》：『交瀟湘之淵。』今瀟湘合流處，在湖南零陵縣西。

濠梁四無山，坡陁亘長野。吾披紫茸氈，縱飲面無赭。自矜意氣豪，敢騎雪中馬。行行逆風去，初亦略霑灑。疾風吹大片，忽若亂飄瓦。側身當其衝，絲鞚袖中把。重圍萬箭急，馳突更叱咤。酒力不支吾，數里進一斝。燎茅烘濕衣，客有見留者。徘徊望神州，沈歎英雄寡。

【校】

〔無〕影鈔、《小集》作『微』。

【箋】

陳《譜》謂《雪中六解》『塞草汀雲』一首，即述此行濠梁逢雪。

〔濠梁〕在安徽鳳陽縣東北十五里。臨淮鎮西南東濠水上。

既離湖口縣，未至落星灣。舟中兩三程，程程見廬山。廬山遮半天，五老雲爲冠。朝看金叠叠，暮看紫巉巉。瀑布在山半，髣髴認一斑。廬山忽不見，雲雨滿人間。

【校】

〔兩三〕影鈔、《小集》作『三兩』。

【箋】

陳《譜》謂此述淳熙四年自淮西歸鄱陽。冬，游古沔，舟自東來，至湖口折而南行，所以『程程見廬山』。如自沔西來，則未至九江口早見廬山矣。

〔湖口縣〕屬江西省，在九江縣隔江之東。漢彭澤縣地，唐置湖口戍，以在鄱陽湖之口，故名。

〔落星灣〕落星湖在江西鄱陽湖之北部，因落星石而名也。《明一統志》：『在彭蠡湖西北。陳王僧辯破侯景於落星灣。』

〔廬山〕在江西省九江縣南，古有匡俗者，結廬此山，故名廬山。亦名匡山，又稱廬阜，總名匡廬。朱子以爲即《禹貢》之敷淺原。

〔五老〕五老峯，江西廬山南郭盡處之高峯也。位星子縣北，峯勢突兀陵霄，形如五老人駢肩而立，故名。

雪霽下揚子，閒望江上山。山山如白玉，日照金孱顔。是時江水浄，影落清鏡寒。潮催庾信老，雲送佛貍還。萬古感心事，惆悵垂楊灣。

【箋】

白石淳熙十四年元日過金陵江上。參《年譜》。

〔揚子〕長江在江都至鎮江之間，古稱揚子江。

衡山爲真宫，道士飲我酒。共坐有何人，山中白衣叟。問叟家何在，近住山洞口。殷勤起見邀，徐步入林藪。雲深險徑黑，石亂湍水吼。尋源行漸遠，茅屋剪如帚。老烹茶味苦，野琢琴形醜。叟云司馬遷，學道此居久。屋東大磐石，棋畫今尚有。古木庇覆之，清泉石根走。因悲百年内，汲汲成白首。仙人固難值，隱者亦可偶。追惟恍如夢，欲畫無好手。

【箋】

〔衡山〕見前『昔遊衡山下』箋。

【附録】

韓淲仲止《書姜白石昔遊詩後》：『平生未踏洞庭野，亦不曾登南嶽峯。因君談舊遊，恍如常相從。江淮歷歷轉湘浦，裘馬意氣傳邊烽。吾嘗汎大江，只見匡廬松。乘風醉卧帆影底，高浪直濺嵐光濃。日暮泊船時，是時方嚴冬。雪花壓船船背重，攙摇舵鼓聲如鐘。當年意淺語不到，無句可寫波濤舂。君詩乃如許，景物不易供。盡歸一毫端，狀出三飛龍。人間勝處貴著眼，雖有此興無由逢。錢唐山水亦自好，奈何薄宦難從容。南高北高一千丈，潮頭日夜鳴靈蹤。應有隱者爲識賞，青鞵布襪扶杖筇。君無詑彼我愧此，急還詩卷心徒忪。」

潘檉德久《書姜白石昔遊詩後》：「我行半天下，未能到瀟湘。君詩如畫圖，歷歷記所嘗。起我遠遊興，其如鬢毛霜。何以舒此懷，轉軫彈清商。」

送陳敬甫

十年所聞溢我耳，去年誦君書一紙。古人三語得奇士，況此磊落數百字。相逢千巖萬壑裏，有客如君請兄事。才高自古人所忌，論高不售反驚世，好詩取客如券契。我無三者猶至是，如君之貧不可避。如君之貧不可避，呼舟徑渡寒潮外。

【箋】

〔陳敬甫〕《四庫提要·捫蝨新話》：「陳善字敬甫，號秋塘。史繩祖《學齋佔畢》稱其字子兼，蓋有兩字。羅源人。其始末不可考。」《宋詩紀事》謂淳熙間豪士，有《雪篷夜話》。陳《譜》以詩有「相逢千巖萬壑裏」句，定爲嘉泰元年秋，在越交游，詩即此年作。

陳《譜》謂「千巖萬壑」，越中也；「徑渡寒潮」，秋深也。才高不第，免解不第，哀陳而自哀也。

嘉泰二年壬戌公元一二〇二年

題華亭錢參園池

花裏藏仙宅，簾邊駐客舟。浦涵滄海潤，雲接洞庭秋。草木山山秀，闌干處處幽。機雲韜世業，暇日此夷猶。

【箋】

寧宗嘉泰二年秋，客松江作。（參《年譜》）

〔華亭錢參園池〕陳《譜》引《嘉慶松江府志》：錢良臣字友魏，紹興二十四年進士。淳熙五年，繇給事中除端明殿學士，簽書樞密院，復除參知政事。九年罷政事，除資政殿學士。（節）光宗時卒。《光緒華亭縣志》：『宋雲間洞天，錢參政良臣園，在里仁坊内。宅居其旁，廣踰數里。至今指其坊，猶稱錢家府云。（節）園有東巖堂、巫山十二峯、觀音巖、桃花洞（節）諸佳致。具見方岳《錢府百詠》詩。』案詩集《錢參政園池》詩及《錢氏溪月》詞，皆詠雲間洞天也。

張平甫哀挽

將軍家世出臞儒，合上青雲作計疎。吴下宅成花未種，湖邊地吉草新鉏。空嗟過隙催人世，賴有提孩讀父書。他日石羊芳草路，弟兄來此一沾裾。

【箋】

〔張平甫〕張鑑。陳《譜》謂白石交平甫始於紹熙四年，平甫當卒於嘉泰三年。見《陪張平甫遊禹廟》箋。姑附於此。

〔將軍家世〕謂平甫爲循王張俊孫。

〔吴下宅成二句〕陳《譜》：『淳熙間，循王子孫皆於清和坊賜第外別營新宅。或居南園，或居新市，或居南湖。平甫與功甫異母，既不同居南湖之西宅，當然別營新居。』

平甫見招不欲往

老去無心聽管絃，病來杯酒不相便。人生難得秋前雨，乞我虚堂自在眠。

樓閣萬重秋雨裏，峰巒四合暮潮邊。鳳城今夕涼如水，多少人家試管絃。

【校】

《吟稾》此題作《張平甫招飲不赴以詩謝之》，兩詩只録第一首。

【箋】

此首與後一首作年無考，附此。

〔平甫〕見《陪張平甫遊禹廟》箋。

平甫放三十六鷗於吴松余不及與盟

橋下松陵緑浪横，來遲不與白鷗盟。知君久對青山立，飛盡梨花好句成。

【校】

〔六〕影鈔、《小集》作『二』。

【箋】

〔平甫〕張平甫。見前箋。

〔吴松〕見前《除夜自石湖歸苕溪》箋。

同朴翁過浄林廣福院見《咸淳臨安志》

四人松下共盤桓，筆硯花壺石上安。今日興懷同此味，老仙留字在孱顔。

【箋】

此首與後二首，皆寧宗嘉泰二年上元，與葛天民過浄林作。見下首詩題。

〔朴翁〕見《同朴翁登卧龍山》箋。

〔浄林廣福院〕《西湖志》：『在風篁嶺，久圮。』《武林舊事》：『開府楊慶祖墳菴，土人呼爲上楊庵，後爲演福寺，遂廢。』

嘉泰壬戌上元日訪全老於浄林廣福院觀沈傳師碑隆茂宗畫贈詩見《咸淳臨安志》

深衣跨羸驂，杳杳春山路。入寺君未知，閑看移桂樹。

沈碑含秀潤，隆畫出神奇。道人那得此，老子乃躭之。

【箋】

〔嘉泰壬戌〕寧宗嘉泰二年。

〔全老〕陳《譜》引汪孟鋗《龍井聞見録》『僧全』，《咸淳臨安志》『主僧可全』，蘇籀《雙溪集》『龍井僧全示寄庵樞密程公累篇季文弟新什求予繼其末一首』，又《咸淳臨安志》稱全於浄林『創松關南泉，爲留憩之地』。

〔浄林廣福院〕見前首箋。

〔沈傳師〕《新唐書》（一三二）傳：『傳師字子言，材行有餘，能治《春秋》，工書，有楷法。少爲杜佑所器。貞元末舉進士。』官至吏部侍郎。

〔隆茂宗〕《古今圖書集成》引宋程俱《北山集》有隆師，宋僧人，畫山水，筆墨精簡而能藴蓄『有餘不盡』的含意。不知即隆茂宗否。

龍　井見《咸淳臨安志》

年時六月海揚塵，遥見青山起白雲。聞有高僧來誦咒，巖前抛珓問龍君。

【箋】

〔龍井〕《萬曆杭州府志》：『龍井本名龍泓。』《西湖志・寺觀二・南山路》：『龍井延恩衍慶院，在風篁嶺下，俗稱龍井寺。』

乍涼寄朴翁

前日松間步屧歸，更將荷葉障秋暉。如今城裏抛團扇，應是山中試裌衣。水有秋容蓮漸少，樹含涼氣鳥慵飛。炎天既懶趨城市，從此尤須戀翠微。

【箋】

以下各首皆寄朴翁詩，作年無考，附此。

〔朴翁〕見《同朴翁登卧龍山》箋。

壽朴翁

與師同月不同年，歸墨歸儒各自緣。想得山中無壽酒，但擕茶到菊花前。

【箋】

〔朴翁〕見《同朴翁登卧龍山》箋。

夏日寄朴翁朴翁時在靈隱

風吹松樹枝，懷我松間友。雲從北山來，令我屢回首。山雲夜夜起，山雨浸人衣。遥知竹窗裏，自吟新雨詩。

【箋】

〔朴翁〕見《同朴翁登卧龍山》箋。

〔靈隱〕《西湖志》：『雲林禪寺在武林山之陰，北高峯下，即靈隱寺。』

嘉泰三年癸亥公元一二〇三年

契丹歌都下聞蕭總管自説其風土如此

契丹家住雲沙中，耆車如水馬若龍。春來草色一萬里，芍藥牡丹相間紅。大胡牽車小胡舞，彈胡琵琶調胡女。一春浪蕩不歸家，自有穹廬障風雨。平沙軟草天鵞肥，胡兒千騎曉打圍。皁旗低昂圍漸急，驚作羊角凌空飛。海東健鶻健如許，韝上風生看一舉。萬里追奔未可知，劃見紛紛落毛羽。平章俊味天下無，年年海上驅羣胡。一鷙先得金百兩，天使走送賢王廬。天鷙之飛鐵爲翼，射生小兒空看得。腹中驚怪有新薑，元是江南經宿食。

【校】

北京圖書館所藏《名賢法帖》卷八載白石此詩手蹟，後題：『右白石道人《契丹歌》一首，嘉泰癸亥三月上澣。』各本此詩皆作一首，兹據改。

〔平沙軟草〕《名賢法帖》卷八白石手蹟作『沙平草軟』。

〔驚怪〕同上作『疑恠』。

〔元是〕同上作『乃是』。

【箋】

〔蕭總管〕《宋史·張子蓋傳》：『（紹興）三十一年春，金人攻海州急，以子蓋爲鎮江府都統往援之。（節）孝宗即位，（節）子蓋受命還，招金大將蕭鷓巴、耶律适哩，將其衆來降。』（『适哩』，惟《張子蓋傳》誤作『造哩』，陳止齋集及《宋史》它處均作『适哩』，知《張傳》誤。）《貴耳録》：『蕭鷓巴常侍孝宗擊毬，每許除步帥，久不降旨。鷓巴醉語云：「官家會亂説，不除步帥。」〔上〕怒，送福州居住。德壽問及鷓巴，孝廟奏知，德壽云：「北人性直，可唤取歸！」後遇德壽發引，鷓巴號哭欲絶。』《稼軒集·美芹十論》云：『辛巳之變，蕭鷓巴反於遼。』辛巳，高宗紹興三十一年，完顔亮伐宋之歲也。《建炎以來繫年要録》（一九九）紹興三十二年洪适奏：『蕭鷓巴一家踰二十口，券錢最多日不過六七百錢，尚不給用。』《宋史》本紀：『紹興三十二年，以蕭鷓巴爲忠州團練使。』《老學庵筆記》（五）：蕭鷓巴『北人實謂之札八』。燾案張子蓋即張俊之侄，見《武林舊事・高宗幸張府節次略》，白石或遇蕭於張府。

寄上張參政

姑蘇臺下梅花樹，應爲調羹故早開。燕寢休誇香霧重，鴛行却望衮衣來。前時甲第仍垂柳，今度沙隄已種槐。應念無枝夜飛鵲，月寒風勁羽毛摧。

【箋】

〔張參政〕張巖字肖翁，大梁人。徙家揚州、湖州。乾道五年進士。官至參知政事。《宋史》（三九六）有傳。嘉泰四年，白石有《賀張參政》詩，當是居湖州時交游。見《年譜》。此詩當作於嘉泰三年正月至四年十月間。詳見《賀張肖翁參政》箋。

〔姑蘇臺〕見前《姑蘇懷古》箋。

〔應念無枝二句〕嘉泰四年甲子有《念奴嬌・毁舍後作》，陳《譜》引《宋史・五行志》：『嘉泰四年三月丁卯，行都大火，燔尚書省、中書省、樞密院、六部、右丞相府。（節）火作時，分數道，燔二千七十餘家。』陳《疏》：『案詞雖未言舍緣何毁，以周晉仙《題堯章新成草堂》「壁間古畫身都碎，架上枯琴尾半焦」句証「王謝燕」句，舍蓋毁於火也。又按《宋史·宰輔表》：「嘉泰三年張巖罷參知政事，以資政殿學士知平江府。四年十月，張巖自資政殿學士、知揚州詔除參知政事。」《寄上張參政》詩結語「應念無枝夜飛鵲，月寒風勁羽毛摧」，與詞同。毁舍爲由於三月丁卯大火無疑。』案：嘉泰元年杭州大火，亦焚五萬二千餘家，亘卅里。陳《疏》引《上張參政》詩，定爲本年，較可信，兹從之。

釣雪亭

闌干風冷雪漫漫，惆悵無人把釣竿。時有官船橋畔過，白鷗飛去落前灘。

【箋】

〔釣雪亭〕《嘉靖吴江縣志》：『釣雪亭在雪灘。宋嘉泰三年縣尉彭法建，華亭林至記。』此詩當嘉泰三年後作。

嘉泰四年甲子公元一二〇四年

賀張肖翁參政

太乙圖書客屢談，已知上相出淮南。銀臺日月非虛過，金鼎功名得細參。從此與人爲雨露，應憐有客卧雲嵐。明朝起爲蒼生賀，旋著藤冠紫竹簪。

【箋】

《宋史》（三九六）《張巖傳》及《宰輔表》，巖曾兩爲參知政事：先在嘉泰元年八月，三年正月罷知平江府（蘇州），旋升大學士知揚州，分帥兩淮，四年十月，重召還爲參知政事。此詩當作於嘉泰四年十月。

〔張肖翁〕張巖字肖翁，紹興末渡江居湖州，見《四庫提要·拙軒集》下。（拙軒，張侃字，巖之子也。）白石交巖，當在寓湖州時，見前《寄上張肖翁參政》箋。

宋寧宗開禧元年乙丑公元一二〇五年

次韻胡仲方因楊伯子見寄

此去廬陵定幾程，向來邛杖未經行。懸知征棹雲邊集，大有吟情雪裏生。楚渡食萍應甚美，舜祠吹玉直能清。二君即日青冥上，惟我春山帶雨耕。仲方得萍鄉宰，伯子得營道倅。

【校】

〔邛〕原作『卭』，依三本改。

【箋】

〔胡仲方〕《宋詩紀事》：『胡槼字仲方，廬陵人，銓之孫。嘉定中官工部尚書，出知福州。』《誠齋集》（一二九）胡泳妻《夫人李氏墓誌銘》：男三，槻、槼、桯。同書（一〇九）《答胡撫幹仲方》云：『澹庵先生有孫，季永亡友有子。』季永，泳字也。白石此詩自注云『仲方得萍鄉宰』，陳《譜》引誠齋《退休集·答胡仲方》詩『因君黄綬爲此縣，問古青蘋何處鄉』，編於乙丑改元開禧元日之後，白石詩當是開禧元年作。

〔楊伯子〕《宋詩紀事》：『楊長孺字伯子，號東山，萬里子。』《宋史翼》（廿二）傳，作子伯，誤。

〔廬陵〕縣名，故城在今江西吉安縣南。

〔舜祠〕《清一統志》：『在（吉安府）萬安縣，韶山側。』

〔萍鄉〕縣名，故城在今江西萍鄉縣東四十里。今屬江西廬陵道。

〔營道〕縣名，故城在今湖南寧遠縣西。

開禧二年丙寅公元一二〇六年

過桐廬

橫看山色仰看雲，十幅風帆不藉人。記取合江江畔樹，他年此處好垂綸。

【箋】

開禧二年，南游浙東作（依陳《譜》）。

〔桐廬〕在浙江省建德縣北。城瀕錢塘江西岸。錢塘江在本縣境内亦稱桐江。

〔合江〕《浙江通志·山川》『桐江』條引《嚴陵志》：『在縣南六十步，其源有三，一出徽州，一出衢州，一出金華。三水合而東北遠注九十里，至縣郭之南曰桐江，東流歷富陽，是謂浙江，以入於海。』桐江口有合江亭。

登烏石寺觀張魏公劉安成岳武穆留題劉云侍兒意真奉命題記

諸老凋零極可哀，尚留名字壓崔嵬。劉郎可是疎文墨，幾點胭脂汙緑苔。

【校】

〔字〕曹元忠校：《鶴林玉露》十二『嚴州烏石寺題名』條引作『姓』。

【箋】

〔烏石寺〕《清一統志》：『浙江嚴州府桐廬縣，在府東北九十五里。衢州府西安縣，附郭。烏石山，在縣西四十里，趨江右者多道此。有張浚、岳飛題名石。龍游縣，在府東七十里。烏石寺，在縣北。宋紹興中，岳飛過此有題識。』案白石自杭往永嘉，桐廬、衢州、龍游皆所經過，三處皆有烏石山或烏石寺，據下條《清波雜志》所引，似以桐廬近是。

〔劉云侍兒意真奉命題記〕《清波雜志》：『煇頃隨侍赴官上饒，舟行至釣臺，敬謁祠下，詩板留題，莫知其數。劉武僖自柯山赴召，亦記歲月仰高臺上，末云「侍兒意真代書」。後有人題云：「一入侯門海樣深，謾留名字惱行人。夜來髣髴高唐夢，猶恐行雲意未真。」』

東堂聯句

金風涼夜深，吹我蕭蕭髮。趙雍和仲。起折丹桂枝，驚落花上月。白石。

【箋】

此開禧二年南游浙東至括蒼時作，參《年譜》。

〔趙雍和仲〕雍號竹潭，趙鼎後人。開禧間處州太守（雍，《宋詩紀事》作『廱』）。參《虞美人·括蒼煙雨樓》詞箋。

開禧三年丁卯 公元一二〇七年

送王德和提舉淮東

京塵吹帽汗淋衣，相見頻年只道歸。省裏移文那得了，家邊持節未爲非。煮乾碧海知誰用？割盡黄雲尚告飢。可得不爲根本計，秋風還見雁南飛。

【箋】

〔王德和〕陳《譜》引韓元吉《南澗詞》《水調歌頭·席上次韻王德和》。案白石此詩云『家邊持節未爲非』，則淮東人。《江陰縣志》（十六）：『王寧字德和，乾道丙戌中乙科，終中奉大夫直徽猷閣，逮事三朝，有《笑庵集》十卷。』當即其人。

〔淮東〕淮陽一帶，宋置淮東路，亦稱淮左。

〔煮乾碧海句〕陳《譜》引《宋史·食貨志》：『慶元初，詔罷循環鹽鈔（節）。以淮東提舉陳損之言循環鈔多弊，故有是命。於是富商巨賈有願爲貧民者矣。』『煮乾碧海』句，謂上年詔也。定爲開禧三年作。

宋寧宗嘉定四年辛未公元一二一一年

赤松圖

山東隆準公，未語心已解。按劍堂下人，成事汝應退。非無帶礪約，政爾有恩害。平生三寸舌，松間漱寒瀨。

【箋】

陳《譜》謂此詩規張鎡：『《赤松圖》蓋以子房爲呂后畫計衛太子，功成身退，規功甫也。《南湖集·分韻賦薝蔔得松字》結云：「我祖已封侯，便當隨赤松。」赤松諷勸，因功甫志也。』功甫嘉定四年除名象州羈管，《譜》定爲此年作，姑依之。

坐上和約齋

句入冰輪冷，愁因玉宇開。可無如此客，猶恨不能杯。好句長城立，寒鴉結陣來。笠簑莫停手，拚却斷腸回。

【箋】

〔約齋〕張鎡自號約齋居士，見《武林舊事》（十）鎡作《賞心樂事序》。《絶妙好詞箋》（一）：『張鎡字功甫，號約齋，西秦人。循王（張俊）諸孫，居臨安。官奉議郎。有《玉照堂詞》一卷。』《齊東野語》（二十）：『功甫於誅韓（侂胄）有力，賞不滿意，又欲以故智去史（彌遠），事洩，謫象臺而殂。』功甫蓋平甫異母兄也。張鎡《南湖集》卷四有《過湖至郭氏庵》：『山色稜層出，荷花浪漫開。只如平日看，自喜此時來。楊柳侵船影，蜻蜓傍酒杯。僧廬須過夜，城禁莫催回。』白石所和當即此首。

春　詞見《武林舊事》

六軍文武浩如雲，花簇頭冠樣樣新。惟有至尊渾不戴，盡將春色賜羣臣。

【校】

〔戴〕曹元忠校：《隨隱漫録》卷三引作『帶』。

〔將〕同上引作『分』。

【箋】

姜《譜》謂嘉定四年作《春詩》二首，今集中無此題，惟《外集》有《春詞》二首，引自《武林舊事》卷一，亦無年月，未詳何據。此二首及以後各詩，作年無考，以皆杭州詩，並附於此。《武林舊事》（一）『恭謝』條：『大禮後，擇日行恭謝禮。（節）禮畢，宣宰臣以下合赴，坐官並簪花，對御賜宴。上服幞頭，紅上蓋，玉束帶，不簪花。（節）御筵畢，百官侍衛吏卒等並賜簪花從駕，縷翠滴金，各競華麗，望之如錦繡。衙前樂都管已下三百人，自新椿橋西中道排立迎駕，念致語口號如前。（節）姜白石有詩云（節）。』

萬數簪花滿御街，聖人先自景靈回。不知後面花多少，但見紅雲冉冉來。

臨安旅邸答蘇虞叟

垂楊風雨小樓寒，宋玉秋詞不忍看。萬里青山無處隱，可憐投老客長安！

【箋】

〔蘇虞叟〕陳《譜》：陸游《劍南詩稿》（廿七）紹熙癸丑有《贈蘇召叟兄弟》，（卅一）紹熙甲寅有《送蘇召秀才入蜀》。蘇泂《泠然齋集》有《足虞叟兄句》、《次韻虞叟寄常州晉叟兄》、《次韻潁叟書耕堂即事》。則虞叟、晉叟皆召叟兄也。（以上陳《譜》文。）《劍南詩鈔》（七十六）《題蘇虞叟巖壑隱居》有『千巖萬壑歸卜築』句，知山陰人。又（六十五）《簡蘇邵叟》云『君家文獻歷十朝，魏公峩冕加金貂』，召叟蓋元祐時相蘇頌四世孫。

出北關

吴兒臨水宅，四面見行舟。蒲葉侵鵝項，楊枝蘸馬頭。年年人去國，夜夜月窺樓。傳語城中客，功名半是愁。

【箋】

〔北關〕《夢粱録》（七）『杭州』：『城北門者三：曰天宗水門；曰餘杭水門；曰餘杭門，舊名「北關」是也。蓋北門浙西蘇、湖、常、秀，直至江、淮諸道，水陸俱通。』《西湖志》（三）《名勝一》『北關夜市』：『凡郭門之外，皆曰關。武林門在城北，故門以外皆稱北關。』《西湖遊覽志》（二十）：『武林門，宋名餘杭門，俗稱北關門。』

和王秘書游水樂洞

自是瀛洲客，還因野趣來。解衣吟寂寞，攜酒上崔嵬。石洞山山秀，梔花處處（原注『英宗廟諱』）開。只應巖下水，相送上船回。

【校】

見《咸淳臨安志》。

【箋】

〔王秘書〕《咸淳臨安志》（二十九）：水樂洞上有白石《次韻王秘書游水樂洞》詩五律一首，又有王大受《游水樂洞》詩。大受或即其人。

〔水樂洞〕《湖山便覽》：『在煙霞嶺下。舊爲錢氏西關淨化院。四望林巒聳秀，巖石蟠峙，有洞雙啟，穹若大廈。水泉左發右出，其味清甘，與龍井埒。洞中水聲如金石。熙寧二年守鄭獬名之曰水樂洞。』

桂　花

空山尋桂樹，折香思故人。故人隔秋水，一望一回顰。南山北山路，載花如行雲。闌干望雙槳，穠枝儲待君。西陵蔭歌舞，夜夜月明嗔。棄捐頳玉佩，香盡作秋塵。楚調秋更苦，寂寥無復聞。來吟緑叢下，涼風吹練裙。

【校】

此首見《江湖後集》卷十八敖陶孫詩中，題白石作。

題楊冠卿客亭吟稿

楊侯筆力天下奇，早歲豪彦相追隨。一斑略見《客亭稿》，文采炳蔚驚群兒。長安城中擇幽棲，静退不願時人知。大書前榮號霧隱，意與風虎雲龍期。人皆炫耀身陸離，見草而悦忘皋比。南山十日不下食，君子一變誰能窺？正論不作世道微，通都大邑多狐狸。惜君爪牙不得施，公超五里亦奚爲。

【校】

此首見宋本《客亭類稿》附録諸老先生惠答客亭書啓編。今四庫本《客亭類稿》不載。

竹友爲徐南卿作

髮已星星帶已寬，徐卿猶自客長安。家山竹好無由看，漫種庭心一兩竿。
世路蒼黄總是愁，暮年須得小優游。如今漸覺知心少，賸種青青伴白頭。

【箋】

〔徐南卿〕陳《譜》淳熙十六年，引陳造《江湖長翁集》有《徐南卿竹友軒》二詩。

雪中六解

塞草汀雲護玉鞍，連天花落路漫漫。如今却憶當時健，下馬題詩不怕寒。

【校】

〔怕〕影鈔、《小集》作『道』。

【箋】

陳《譜》：首述淳熙丙申北游濠梁之雪，終以嘉泰癸亥入越與稼軒秋風亭觀雪。其中間則沔鄂黄鶴之雪、行都吴山之雪、除夕垂虹之雪。雪雖五地，而三十年之游蹤皆以雪顯，與《昔遊詩》同一章法。又云此首即述《昔遊詩》『濠梁四無山』北行濠梁逢雪。

黄鶴磯邊晚渡時，柳花風急片帆飛。一聲長笛魚龍舞，白浪如山不肯歸。

【箋】

淳熙十三年，過武昌，值安遠樓成。姜《譜》：『《雪中六解》「黄鶴磯邊晚渡時」，指此。』

〔黄鶴磯〕在湖北省武昌縣治西黄鶴山西北。《南齊書·州郡志》：『黄鵠磯，世傳仙人子安乘黄鶴過此。』按黄鶴山一名黄鵠山，黄鵠磯即是黄鶴磯。

萬馬行空轉屋簷，高寒屢索酒杯添。故人家住吴山上，借得西湖自捲簾。

【箋】

〔吴山〕《浙江通志》：『在府城内之南。春秋時爲吴南界，以别於越，故曰吴山。或曰以伍子胥訛伍爲吴，故郡志又稱胥山。凡城南隅諸山，蔓衍相屬，總曰吴山。』

曾泛扁舟訪石湖，恍然坐我范寬圖。天寒遠挂一行雁，三十六峰生玉壺。

【箋】

〔訪石湖〕紹熙二年冬，載雪詣范成大於蘇州。

〔三十六峯〕當是虛數。

萬壑千巖一樣寒，城中别有玉龍蟠。舊人乘興扁舟處，今日詩仙戴笠看。

【箋】

陳《譜》定爲指嘉泰癸亥入越與辛棄疾秋風亭觀雪。

〔萬壑千巖〕謂越中。

〔玉龍蟠〕指卧龍山。見《同朴翁登卧龍山》箋。

沈香火裏笙簫合，煖玉鞍邊雉兔空。辦得煎茶有驕色，先生只合作詩窮。

作年作地無考詩

虞美人草

夜闌浩歌起，玉帳生悲風。江東可千里，棄妾蓬蒿中。化石那解語，作草猶可舞。陌上望騅來，翻愁不相顧。

【箋】

陳《譜》淳熙八年，下引《全芳備祖》蕭東夫《詠虞美人草》云『魯公死後一抔荒，誰與竿頭薦一觴。妾願得生墳土上，日翻舞袖向君王』，定白石此首是與蕭德藻同作。又謂辛棄疾《浪淘沙·賦虞美人草》亦與蕭分詠。

箜篌引

箜篌且勿彈，老夫不可聽。河邊風浪起，亦作箜篌聲。古人抱恨死，今人抱恨生。南鄰賣妻者，秋夜難爲情。長安買歌舞，半是良家婦。主人雖愛憐，賤妾那久住。緣貧來賣身，不緣觸夫怒。日日登高樓，悵望宮南樹。

古樂府

裁衣贈所歡，曲領再三安。歡出無人試，閨中自著看。
甚欲逐郎行，畏人笑無媒。日日東風起，西家桃李開。
令我歌一曲，曲終郎見留。萬一不當意，翻作平生羞。

李陵臺

李陵歸不得，高築望鄉臺。長安一萬里，鴻雁隔年回。望望雖不見，時時一上來。

【箋】

〔李陵臺〕《明一統志》引《唐地志》：『雲中都護府有燕然山，山有李陵臺。』按白石無朔方行迹，此懷古作也。

生雲軒

在山長與雲同齋，出山憶雲雲不來。千金買得太湖石，數峰相對寒崔嵬。朝來忽覺青苔濕，靉靉如炊石間出。白雲何處不相逢，却怪年年枉相憶。王郎胸中横一丘，在山出山與雲遊。更呼白石老居士，來倚雲根吟七字。

【箋】

〔生雲軒〕未詳。

〔王郎〕詩集有《送王孟玉歸山陰》云『王郎鳴鞭獵狐兔』，此詩之王郎或即王孟玉耶？

書乞米帖後

銀鈎鐵畫太師字，從人乞米亦可憐。五倉空虚胃神哭，竟日悄悄無炊烟。仙人留書説服氣，道士辟穀期引年。人生不食浪自苦，獨不見子桑鼓琴十日雨。

答沈器之二首

江漢乘流客，乾坤不繫舟。玉琴虛素月，金劍落清秋。野鹿知隨草，飢鷹故上韝。風流大隄曲，一唱使人愁。

【箋】

〔沈器之〕未詳。

涉遠身良苦，登高望欲迷。試吟《青玉案》，不是《白銅鞮》。露下秋蟲怨，風高北馬嘶。槎頭有新味，人在太湖西。

【校】

〔是〕影鈔、《小集》作『似』。

陳君玉以小集見歸用余還誠齋朝天續集韻作七字夔報貺

筆陣無功汗左輪，而今老去不能軍。水邊白鳥閑於我，窗外梅花疑是君。欲向江湖行此話，可無朋友託斯文？新篇大是相料理，因憶西山楊子雲。

【校】

〔話〕原作『語』，三本皆作『話』，近是。

【箋】

〔陳君玉〕未詳。

寄田郎

楚楚田郎亦大奇，少年風味我曾知。春城寒食誰相伴，夜月梨花有所思。剪燭屢呼金鑿落，倚窗閒品玉參差。含情不擬逢人説，鸚鵡能歌自作詞。

【箋】

〔田郎〕未詳。

寄時甫

遲君日日數歸程，到得君歸我已行。一路好山思共看，半年有酒不同傾。吾儕正坐清貧累，各自而今白髮生。人物渺然須强飯，天工應不負才名。

【箋】

〔時甫〕詞集有《琵琶仙》己酉歲與蕭時父載酒南郭一首，又有《湘月》丙午七月與蕭和父、裕父、時父、菉父大舟浮湘一首。時父當是蕭德藻子姪，曾同寄家吴興、同游長沙者。

與和甫時甫分題畫卷夔得剡溪圖

枯楂啅乾鵲，交臂失夫君。奈此一尊酒，憑高空水雲。

【箋】

〔和甫、時甫〕見《寄時甫》箋。

金神夜獵圖二首

夜半金神羽獵，奔走山川百靈。雲氣旍旗來下，颯然已入青冥。

後宫嬋娟玉女，自鞚八尺飛龍。兩兩鳴鞭争導，緑雲斜墜春風。

馬上值牧兒

馬背何如牛背？短衣落日空山。只麽身歸盤谷，未須名滿人間。

雁　圖

萬里晴沙夕照西，此心唯有斷雲知。年年數盡秋風字，想見江南摇落時。

訪費山人

稻叢茁茁欲齊肩，楊柳僛僛不蔽蟬。忽憶石頭城下路，槿花斜壓釣魚船。

【箋】

〔費山人〕《同治上江兩縣志·古今人》以白石此詩有『忽憶石頭城下路』句，定費爲金陵人。然陸本白石詩『城』作『橋』，不知孰是。

〔石頭城〕《元和郡縣圖志》：『石頭城在（上元）縣西四里，即楚之金陵城也，吴改爲石頭城。』

送范仲訥往合肥三首

壯志只便鞍馬上，客夢長在江淮間。誰能辛苦運河裏，夜與商人争往還。

【校】

〔范〕影鈔、《小集》作『彭』。

〔在〕影鈔、《小集》作『到』。

【箋】

〔范仲訥〕未詳。白石紹熙元年，客合肥，居赤欄橋之西。次年夏，往金陵，其秋返肥，情侣似已他往（參《年譜》）。據『未老劉郎定重到，煩君説與故人知』之句，詩當作於此後。詞集《點絳唇》亦有『掇送劉郎老。淮南好。甚時重到』之語。

我家曾住赤闌橋，鄰里相過不寂寥。君若到時秋已半，西風門巷柳蕭蕭。

【箋】

〔赤闌橋〕詞集《淡黄柳》小序：『客居合肥城南赤闌橋之西。』『柳色夾道，依依可憐。』

小簾燈火屢題詩，回首青山失後期。未老劉郎定重到，煩君説與故人知。

【箋】

〔未老句〕詞集《點絳脣》下片：『月落潮生，掇送劉郎老。淮南好。甚時重到？陌上生春草。』

偶　題

阿八宫中酒未醒，天風吹髮夜泠泠。歸來只怕扶桑暖，赤脚横騎太乙鯨。

【校】

〔暖〕原作『晚』，依影鈔、《小集》改。緣次句云『夜』，此不應作『晚』，末句『赤脚』亦與『暖』相應。

陳日華侍兒讀書

繹句尋章久未休，花房日晏不梳頭。誰教郎主能多事，乞與冥冥千古愁。

【箋】

〔陳日華〕《四庫提要》（一四四）《談諧》下：『宋陳日華撰。日華不知何許人。《文獻通考》載所著

《金淵利術》八卷，亦不著時代。別有詩話一卷，中引朱子之語。考姜夔《白石詩集》有《陳日華侍兒讀書》詩，又張端義《貴耳集》稱「淳熙間有二婦人足繼李易安之後，曰清庵鮑氏、秀齋方氏，秀齋即陳日華之室」，則孝宗時人也。』案日華名曄，曾重編《夷堅志》，以類相從，刻於湖陰之計臺，疏爲十卷，見何異《容齋隨筆序》。又曾編《善謔詩詞》成帙，見《夷堅三志》（七），殆即四庫著録之《談諧》。《直齋書録解題》（八）『鄞江志八卷』云：『郡守古靈陳昱日華、俾昭武士人李皋爲之，時慶元戊午。』（福州有古靈山。鄞江即汀洲。）同書（十二）『夷堅志類編三卷』云：『四川總領陳昱日華，取《夷堅志》詩文藥方類爲一編。』是其人别名昱，又曾爲四川總領也。李洣曰：『陳曄長樂人，慶元初守汀洲，有惠政，見民國《長樂縣志》（二十四）《人物傳》。是即《直齋書録解題》所載主修《鄞江志》之陳昱。疑「曄」一音「昱」，遂譌「曄」爲「昱」，猶之《容齋隨筆》何異序誤刻爲陳煜也。惟《長樂志》傳不言其爲淳安令及四川總管。然此志甚陋，或不免詿漏耳。』《光緒嘉興府志》（四十四）《選舉》，陳曄嘉定十年丁丑進士，金部郎官，守南劍州，此時代不同，乃另一人。

緑萼梅

黄雲承韈知何處，招得冰魂付北枝。金谷樓高愁欲墮，斷腸誰把玉龍吹。

次韻武伯

楊柳風微約暮寒，野禽容與只波閒。道人心性知天馬，可愛青絲十二閑。

【校】

〔心〕曹元忠校：朱存理《鐵網珊瑚·龔翠巖天馬圖自題》作『野』。

〔可愛〕同上作『欲擺』。

〔十二〕同上作『出帝』。

【箋】

此當是題畫馬詩，首二句是畫中景物。

〔武伯〕蔡迨子，見《别沔鄂親友》詩箋。

寄俞子二首

此郎都無子弟氣，夜對黄妳籠青燈。只今落脚墮鳶外，欲往從之歎未能。

郎罷才名今白髮，佐州亦復坐窮邊。甚欲出手相料理，東南風高難寄箋。

【箋】

〔俞子〕未詳。

干越亭

松尾颼颼石浪寒，胡啼番曲轉辛酸。人間無此春風手，應是江妃夜夜彈。

【校】

此首見王象之《輿地紀勝》卷廿三《饒州琵琶洲》下。廣陵書局刊本收。

〔干〕梅聖俞《宛陵集》卷三十七《得餘干李尉書録示唐人干越亭詩因以寄題》云：『餘水之干越之鄙，築基相對琵琶尾。琵琶日日有秋聲，雁過洞庭風入葦。』云云。又《詩話總龜》卷十五引《談苑》：『楊文公罷虔州，過饒州餘干縣，登干越亭，前瞰琵琶洲。』云云。可見此題字當作『干』，不作『于』，作『於』更誤。唐施肩吾亦有《宿干越亭》詩。（見《全唐詩》十八册。）

〔石〕廣陵書局刊本作『碧』。

〔辛〕同上作『聲』。

〔手〕同上作『苦』。

〔夜夜〕同上上『夜』字作『月』。

【箋】

陳《譜》編入淳熙十年癸卯，謂是年秋自漢陽歸鄱陽應試。嫌無顯據。

有送

憐君歸橐路迢迢，到得茆齋轉寂寥。應歎藥欄經雨潤，土肥抽盡縮砂苗。

【校】

見《宋詩存》。《香祖筆記》卷三引此，第三句「潤」作「爛」。

菖蒲

岳麓溪毛秀，湘濱玉水香。靈苗憐勁直，達節著芬芳。豈謂盤盂小，而忘臭味長。拳山並勺水，所至未能量。

【校】

見《全芳備祖》後集卷十。

右五首曹元忠録别本集外詩，見廣陵書局刊本。

送王簡卿歸天台

迎風吹白髮，送客向黄巖。在事何爲爾，如君自不凡。城陰當復會，詩卷可頻緘。縱别無多久，江沙望遠帆。

讎書雖不願，治粟亦何爲。夜月同遊處，春潮獨往時。無心資造化，任運有成虧。護冷加湌食，幽居且自怡。

【校】

此二首見宋林表民編《天台續集别編》卷五。

【箋】

〔王簡卿〕王居安，字資道，黄巖人。始名居敬，字簡卿，避嫌易名。淳熙十四年舉進士。厲鋒氣，人莫敢嬰。遇事有不可平，面力争不少屈。入爲國子正、太學博士。遷著作郎，兼國史實録院檢討編修官。誅韓侂胄，居安實贊其決。有《方巖集》。《天台集》劉過《送王居安》詩云：『班行失士國輕重，道路不言心是非。』又一首云：『事可語人酬對易，面無慚色去留輕。』可見居安爲人。

斷句

小山不能雲，大山半爲天。見《歸田詩話》。

【校】

此二句本見《詩説自序》。

【箋】

瞿佑《歸田詩話》：『姜堯章詩云：「小山不能雲，大山半爲天。」造語奇特。王從周亦云：「未知真是嶽，祇見半爲雲。」似頗近之。然較之唐人「野水多於地，春山半是雲」之句，殊覺安閒有味也。』按『野水』二語，南宋趙紫芝語也。

屋角紅梅樹，花前白石生。見《愛日齋叢鈔》

【箋】

〔白石生〕《説郛》卷十七：『近時稱白石者：樂清錢文子文季、鄱陽姜夔堯章、三山黄景説巖老，各因其居號之爾故。堯章以居苕溪上，與白石洞天爲鄰，潘德久字之曰「白石道人」。詩云「屋角紅梅樹，花前白石生」，或本樂天「黄醅酒」對「白侍郎」，陳去非「簡齋老」對「白桂花」，此祖其格者。然白石生見《神仙傳》，中黄丈人弟子也，至彭祖時已年二千餘歲，煮白石爲糧，因就白石山居，時號曰白石生。堯章稱此三字蓋有據而後用。』

輯評

直齋書録解題

《白石道人集》三卷，鄱陽姜夔堯章撰。千巖蕭東夫識之於年少客遊，以其兄之子妻之。石湖范至能尤愛其詩。楊誠齋亦愛之，嘗稱其歲除舟行十絶，以爲『有裁雲縫月之妙思、敲金戛玉之奇聲』。夔頗解音律，進樂書，免解，不第而卒。詞亦工。

藏一話腴

白石道人姜堯章，氣貌若不勝衣，而筆力足以扛百斛之鼎。家無立錐，而一飯未嘗無食客。圖史翰墨之藏，充棟汗牛。襟期灑落，如晉宋間人。意到語工，不期於高遠而自高遠。

雪磯叢稿

《題許介之譽文堂》詩曰：『姜夔劉過竟何依？空向江湖老布衣。』又《題史主簿授庵集稿後》云：『姜夔荒塚白蘋深，鷩鷟無聲結緑沈。』

樂府紀聞

鄱陽姜堯章流寓吴興，嘗暇日遊金閶，徘徊弔古，賦《柳枝詞》，有『行人悵望蘇臺柳，曾與吴王掃落花』之句，楊誠齋極喜誦之。蕭東父尤愛其詞，以其兄之子妻焉。

浩然齋雅談

姜堯章《鐃歌鼓吹曲》乃步驟尹師魯《皇雅》，《越九歌》乃規模鮮于子駿《九誦》，然言辭峻潔，意度蕭遠，頗有超越驊騮之意。

趙氏鐵網珊瑚

往余見姜白石詩一卷，有絶句作小草尤佳，云：『道人野性如天馬，欲擺青絲出帝閑。』甚愛此詩，第恨不通畫，不能使無聲詩有聲畫相表見，此爲欠事，因戲作前馬。既又念此句此馬終無出路，復成後紙。去冬有瘦馬一匹寄天台僧存書記（承燾案：此句可疑。）鶴臞亦以書來取畫，久之未報。今得此歸丈室，如有數也。天隨言『凡物爲散者爲得』，（承燾案：陸龜蒙有《江湖散人歌》。上『爲』疑是『以』誤。）二馬得失何如？白石不可作，析而辨之，其在鶴臞。有知道能言者，併幸惠教。楚龔開。

曝書亭集

謫仙云：『詩傳謝朓清。』惟清之至，乃能麗密。唐之孟襄陽、宋之姜白石、明之徐迪功，盡洗鉛華，極蕭散自得之趣，故獨步一時。

鄱陽姜堯章撰《絳帖評》二十卷，予搜訪四十年始鈔得之，僅存六卷爾。堯章於書法最稱精鑒。其言曰：『小學既廢，流爲法書。法書又廢，惟存法帖。』『帖雖小技，上下千載，關涉史傳爲多。』故於是編條疏而考證之，一一别其僞真，察及苗髮。其餘若《續書譜》、《禊帖偏旁考》、保母墓甎，皆能伐其皮毛，啜其精髓，比諸黄長睿、王順伯爲優。

香祖筆記

宋姜夔堯章《白石集》予鈔之近百首，蓋能參活句者。白石詞家大宗，其於詩亦能深造自得。自序同時詩人以温潤推范石湖，痛快推楊誠齋，高古推蕭千巖，俊逸推陸放翁。白石遊於諸公間，故其言如此。其詩初學黄太史，正以不深染江西派爲佳。

余於宋南渡後詩，自陸放翁之外，最喜姜夔堯章。堯章又號白石道人，學詩於蕭千巖，而與范石湖、楊誠齋善。時黄巖老亦號白石，亦學詩於千巖，時稱雙白石云。

《白石詩集》一卷，附《詩説》一卷，宋姜夔撰。夔有《絳帖平》，已著録。羅大經《鶴林玉露》稱夔學詩於蕭𣂏，而卷首有夔自序二篇，其一篇稱『三薰三沐師黄太史氏，居數年，一語噤不敢吐，始大悟學即病，不若無所學者之爲得』，其一篇稱『作詩求與古人合，不如求與古人異；求與古人異，不如不求與古人合而不能不合，不求與古人異而不能不異』。其學蓋以精思獨造爲宗，故序中又述千巖、誠齋、石湖咸以爲與己合，而己不欲與合，其自命亦不凡矣。今觀其詩，運思精密，而風格高秀，誠有拔於宋人之外者，傲視諸家，有以也。《宋史·藝文志》載夔《白石叢稾》十卷，陳振孫《書録解題》載《白石道人集》三卷。今止一卷，殆非完本。考《武林舊事》載夔詩四首，《咸淳臨安志》載夔詩三首，《研北雜志》亦載夔詩一首，皆此本所無，知在所佚諸卷之内矣。夔又有《詩説》一卷，僅二十七則，不能自成卷帙，舊附刻詞集之首。然既有詩集，則附之詞集爲不倫。今移附此集之末，俾從其類。觀其所論，亦可以見夔於斯事所得深也。

各家酬贈詩

進退格寄張功甫姜堯章

楊萬里廷秀

尤蕭范陸四詩翁，此後誰當第一功。新拜南湖爲上將，更推白石作先鋒。可憐公等俱癡絶，不見詞人到老窮。謝遣管城儂已晚，酒泉端欲乞移封。

題堯章新成草堂

周文璞晉仙

早將心事付漁樵，若被幽人苦見招。多種竹將挑筍喫，旋栽松待斫柴燒。壁間古畫身都碎，架上枯琴尾半焦。猶有住山窮活計，仙經盈卷一村瓢。

姜堯章金塗佛塔歌

又

白石招我入書齋，使我速禮金塗塔。我疑此塔非世有，白石云是錢王禁中物。上作如來捨身相，飢鷹餓虎紛相向。拈起靈山受記時，龍天帝釋應惆悵。形模遠自流沙至，鑄出今回更精緻。錢王納土歸京師，流落多在西湖寺。錢王本是英雄人，白蓮花現國主身。蛇鄉虎落狗脚朕，何如紅袍玉帶稱功臣。天封坼開即退聽，兩漸不聞笳鼓競。歸來佛子作護持，太師尚父尚書令。一枚傳到白石生，生今但有能詩聲。同袍秦外銛師兄，哦詩禮塔作佛事，同喫地罏山芋羹。何曾薰陸綺牀供，但見相輪銅緑明。哦詩禮塔猶未畢，蘆葉低飛山雨濕。

弔堯章

又

相逢蕭寺已纍然，自詠離騷講太玄。極目舊遊惟白石，傷心孤塚只蒼烟。兒從外舍收殘稿，客向空山泣斷絃。帝所修文與張樂，魂兮應是到鈞天。

和堯章九日送菊二首

王　炎晦叔

對花懶舉玉東西，孤負金錢滿緑枝。短髩不堪重落帽，枯腸何可强搜詩。

又

花品若將人品較，此花風味似吾儒。秋英餐罷含清思，曾有離騷續筆無？

題堯章舊遊詩卷

出郭栽花涉小園，歸調琴譜輯詩編。少年豪健今摰斂，休羨騎鯨李謫仙。

臘中得雪快晴成古風呈堯章銛老　又

蒼頭熟睡喚不應，光射紙窗疑月明。更籌可數夜方半，杙上一雞先誤鳴。曉起飛花堆户外，幻出人間無色界。九街車馬不知寒，蹴蹋銀杯翻縞帶。杲杲日升東海東，須臾光彩蒸霞紅。不憂桂玉頓增價，人在冲融和氣中。貝闕珠宫五雲際，遥知天上龍顔喜。麥畦白白覆青青，農事年來定豐美。

清明日訪白石不值　葛天民無懷

花薺懸燈柳拂簷，老懷那得似餳甜。畫船已載先生去，燕子無人自入簾。

重訪白石　又

長安惟白石，與我最相關。每到難逢面，翻思懶下山。欲歸愁路永，小住待君還。盡日看幽桂，無人似我閒。

六月一日與堯章泛湖　又

六月西湖帶雨山，小舟終日傍鷗閒。風烟如許關情甚，賓主相推下語難。幾點送君歸大雅，一涼今夜滿長安。江湖遠思知多少，歸去風前各倚闌。

荷葉浦中詩

又

急雨捐荷分外奇，珠璣狼藉錦紛披。下塘六月開心處，西塞扁舟入手時。卻傍青蘆今夜宿，還思白石去年詩。平生浩蕩烟波趣，月淡風微只自知。

《劍南詩稿》三十四《上方銛老求宿蘆詩宿蘆蓋所寓室名》

次姜堯章贈詩卷中韻

陳　造唐卿

徐郎巢已焚，庭竹亦無在。太倉五升米，舉室枵腹待。雲何鮭菜供，日與長翁對。世有作金術，閭里頗猜怪。丘嫂翦髻餘，舊質疊新債。詩傳侯王家，翰墨到省寺。姜郎粲然文，翚飛見孔翠。論交辱見予，盧馬果同異。念君聚百指，一飽仰臺餽。我亦多病過，忍口嚴酒戒。終勝柳柳州，吐水賦解祟。壯年志在行，皇皇困無君。老矣此念灰，去住如閑雲。詩壇二三子，一見勝百聞。徐郎吴下業，絢麗工語吉。滔天自濫觴，昔人求其源。隱几有妙領，未覺市聲喧。自甘謝祖風，屑屑掃一室。準擬高史來，函丈置三席。聲名絶輩行，文字追古昔。黄白馬上郎，覿面不相挹。

眼青節食事，日耐飢雷吼。茲幸陪衆後，酒巵甫到口。不離寂莫濱，徑造無何有。問津歸有期，尚許尋盟否？

次堯章餞南卿韻二首　又

姜郎未仕不求田，倚賴生涯九萬箋。稇載珠璣肯分我，北關當有合肥船。

風調心期契鑰同，誰教社燕辟秋鴻。莫年孤陋仍漂泊，可得斯人慰眼中。

足姜句　蘇　洞召叟

那知身百歲，未辦屋三間。見客慵開口，逢僧託買山。喜無他志願，幸不礙清閒。社燕秋鴻裏，人生各有還。

金陵百詠第三十三首　又

白石鄱姜病更貧，幾年白下往來頻。歌詞翦就能哀怨，未必劉郎是後身。

寄白石姜堯章　又

稽山却棹酒船回，冷水灣頭兩意開。一路有詩吟不穩，當時悔不共君來。

寄堯章并簡銛老　又

山繞樓臺水接天，袈裟同上闔門船。相思一夜梅花落，儻有人來寄短篇。

寄堯章　又

聞似磻溪隱姓名，阿鬟仍是許飛瓊。涼風昨夜驚新鴈，想見吹簫月又明。

憶堯章　又

數月書齋懶出門，眼看世事但紛紛。長安豈是無相識，除却西湖但憶君。

夢堯章桂花下　又

撲鼻清香兩絶詩，分明參到小山辭。如今獨自秋風下，不似當初並馬時。

到馬塍哭堯章　又

初聞訃告一場悲，寫盡心肝在挽詞。今日親來見靈柩，對君妻子但如癡。

南宮垂上鬢星星，畢竟襴衫不肯青。除却樂書誰殉葬，一琴一劍一蘭亭。

花桉空空但滿塵，樂章起草徧窗身。孺人侍妾相持泣，安得君歸更肅賓。

兒年十七未更事，曷日文章能世家。賴是小紅渠已嫁，不然啼碎馬塍花。

右十一詩從《泠然齋集》補録。

乾隆乙巳六月十四日，知不足齋續録。

酬堯章

范成大致能

鷟鷟聲喧雪臆豪，直前不憚夜行勞。更能橐鞬尊裴度，千古人知李愬高。

曹元忠引《浩然齋雅談》卷中。

和姜堯章桂花裙字詩

敖陶孫器之

紅紫有偏尚，桂花總宜人。蠣雪明孤斟，絳雪嬌小顰。可憐愛花人，兩履穿秋雲。懷人小山作，寄愁中書君。向來鷲嶺詩，政坐書檄嗔。月中落桂子，習氣知幾塵。潘郎桃李姿，頗亦尊所聞。提攜風露前，縷衣深紺裙。

承燾案：潘郎指潘檉德久，陶孫集中有寄德久詩，韓淲《澗泉集》詩注亦云嘗與潘、姜同在西泠看木犀。

題姜堯章白石洞詩

韓　淲仲止

詩眼玩塵世，漫作威鳳鳴。經行茗溪水，乃見白石清。拂衣鑑須眉，喚起仙骨驚。胡爲隨人間，歎息百慮縈。洞中應笑我，何不高舉輕。明時樂未正，尚欲追英莖。他年淳氣合，肯有爵服情。癡人莫説夢，烈士徒殉名。轉庵偶饒舌，已足壓旦評。古來曠達者，談笑得其生。臨酒賦招隱，一奏朱絃聲。

雨寒寄姜堯章

劉　過改之

一冬無此寒，十日不得出。閉門坐如鈎，老去萬感入。冶游亦餘事，況乃燈火畢。獨憐鏡湖春，一一各□□。枝條綴芳蕤，慘悴變倉卒。凡草何足云，誰弔梅柳屈。東城有佳士，詞筆最華逸。持此徑問之，雨濺袍袴溼。蠻箋定送似，來時詩思澀。醉字作蛇鴉，行草倩蘇十。

白石集版本小記

白石詩集著録於宋代陳振孫《直齋書録》二十，作一卷。今日流傳各本出於宋刊者有四：

一爲影鈔《南宋六十家集》本，詩一百六十八首，内《寄俞子》一首是兩首誤合，實得一百六十九首。第二頁「自叙」後有「臨安府棚北大街陳宅書籍鋪刊行」二行，知出南宋陳起刊本。前後有「毛晉」「汲古閣主人」印，或謂實是清初影鈔，近人鈐汲古藏印，以充毛鈔。（此趙萬里君告予。）全書影寫精工，雖偶有誤字，大都點畫小差，如《湖上寓居雜詠》「二陵風雨晉師還」，「二」作「土」，「鈎窗不忍見南山」，「鈎」作「鈞」，「布衣何用揖王公」，「揖」作「挹」。餘如「斑」誤「班」，「亦」誤「一」，「去」誤「云」，皆詳于校記。白石詩集出于宋本者，當推此爲最善。

二爲《羣賢小集》本，嘉慶六年辛酉（一八〇一）讀畫齋刊，乃鮑廷博鈔自汪氏振綺堂者，實亦出於陳起刊本。首數次序皆符影鈔，字句則偶有異同；如《别沔鄂親友》詩「中郎逝千載」，《小集》「逝」不作「遊」，《湖上寓居雜詠》「二陵風雨」句，「二」不作「土」，反勝於影鈔。《詩説》之後，「附録諸賢酬贈詩」有楊萬里一首、周文璞三首、王炎三首、葛天民三首，不知何人所輯，其末後蘇洞十一首，明著『乾隆乙巳六月十四日知不足齋續録』，則出鮑廷博手。

三爲乾隆八年癸亥（一七四三）江都陸鍾輝刊本，亦覆陳氏《羣賢小集》本。陸氏于得陶宗儀鈔本《白石歌曲》六卷時，與詩集、《詩説》同刊。其自序謂《羣賢小集》白石詩『更竄入麗水姜特立《梅山稿》中詩，幾於邾、婁之無别』，自謂於詩集『稍分各體釐定，去竄入之作』。今以影鈔、《小集》校陸本，首數同爲一百六十九首，小集並無竄入姜特立之作。檢乾隆三十六年辛卯（一七七一）洪正治刊白石集，詩集中誤列他人之作二十餘首，中有姜特立詩。陸氏乃張冠李戴，以自張其校訂之功，實無的放矢也。

影鈔與小集編次本無條理，陸氏依詩體分爲二卷，尚便讀者。惟校勘不精，脱誤甚多，以開首《别沔鄂親友》十首爲例，第六首小注脱『武子』二字，第七首『中郎逝千載』，『逝』誤作『遊』，『放浪討幽事』，『討』誤作『計』，末首『風霜摧翅翎』，『摧』誤作『催』；又好改字句，如《昔遊詩》第五首『杙船遂登岸』，陸改『杙』作『划』，而不知『杙』有『繫』義；（今江北通語，『靠近』曰『弋』，如靠船近岸曰弋船。）第七首『波裏任傾攧』，陸改『攧』爲『側』，今檢字書無『攧』字，然唐宋大曲有攧編，據白石此詩及南宋楊无咎《逃禪詞·天下樂》『睡不着、心身自暗攧』句，正可證此字之讀音，若改作『側』則出韻矣。（此詩韻脚：『攧』字上『懾』下『潔』，與『側』不同韻。）第八首『作齋爲禳禬』，『禬』義爲『除災祭』，亦不必改『祓』。凡此皆影鈔與

《小集》同符之字而陸本妄改者。全編惟分《寄俞子》一首爲二首，爲勝於影鈔、《小集》。細檢陸本，可取者少；惟後來覆刊甚多，在白石詩各本中，此爲流行最廣；爰取作底本，詳加校正，庶不復疑惑讀者。

四爲《中興羣公吟稿》，其戊集之卷六爲白石詩。《吟稿》不知何人編選，全書本四十八卷，百五十三家，見宋人趙希弁《郡齋讀書志附志》。今讀畫齋所刊僅存戊集之前七卷，末頁尚有殘缺。其所選白石詩共七十六首，比陳起刊本少九十三首，略以古今體分編，與陳刊次序亦異。今排比目録詳校，乃知《吟稿》所録，盡是影鈔十六頁以前之詩，其間只删去《寄上張參政》、《湖上寓居》等數首，影鈔十六頁以後之詩則不登一字。不知選者草率，僅録其上半，抑此卷下半亦非全書？以其出於宋本，字句與影鈔互有短長，雖不全亦足珍耳。

白石歌曲自元代陶宗儀鈔本重見於清初，世人始得見姜詞之全。清代傳刻傳寫共三十餘本，大半出於陶鈔，而以陸鍾輝本流行爲最廣。張奕樞刊本與江炳炎鈔本亦出於陶鈔而行世較晚；（張刊清季有沈曾植影印本，江鈔民國初年刻入朱孝臧《彊村叢書》。）最近又發現厲鶚抄本，則知者尚少。以四本互校，張本誤字較多，如《念奴嬌》『王謝』作『玉謝』，《虞美人》『纔上』作『繞上』等是；其餘點畫參差，同音假借者，如『窪』作『洼』、『宫』作『官』、『都』作『多』、『誤』作『悮』、『羸』作『嬴』等尤多。其勝處在旁譜依宋本描摹，在三本中最少差誤。（厲鈔無旁譜。）又《虞美人》有别名曰『巫山十二峯』，僅見於此刻；《醉吟商小品》『暮鴉啼處』以下空一格，定爲雙調，亦勝他本；《石湖仙》『綸巾欹雨』句『雨』不作『羽』，用郭林宗墊角巾事，與悼石湖詩『尚留巾墊角』句合，尤足正陸刻之誤。故清人校姜詞者如張文虎、吴昌綬、鄭文焯等皆甚推此本。

陸鍾輝本刻于乾隆八年癸亥（一七四三），比張本刊于乾隆十四年己巳（一七四九）者，相距僅五年，而二本頗多異同。朱孝臧謂『大抵張之失在字畫小譌，尚足存舊文、資異證，陸則併卷移篇，部居失次，大非陶鈔六卷之舊』。今案陸本併陶鈔卷一之《鐃歌鼓吹曲》、《琴曲古怨》與卷二之《越九歌》爲一卷，併卷五之自度曲與卷六之自製曲爲一卷，最受人非議。然《鐃歌鼓吹》、《琴曲》、《越九歌》本與詞異體，自度曲與自製曲其實無分别，（説在《白石歌曲箋》。）陶鈔自製曲只四首，亦不成卷，陸氏合繁歸簡，未可厚非。惟其間譌文錯簡，往往貽誤樂律，如《琴曲古怨》因第一段泛聲末尾一字之妄移，遂致下二段旁譜皆誤對一格；卷四《淒涼犯序》『宫犯羽爲側』句下誤多一『宫』字，致不可句讀。凡此誠非筆畫小差而已。友人丘彊齋作《白石歌曲通考》，以清代倪燦《宋史藝文志補》載有《白石歌曲》四卷别集一卷，疑陸刻不出于陶鈔，而是此四卷别集一卷本之覆景本或再覆刻本，陶鈔僅供參考而已。又以黄昇《花庵絶妙詞選》於《淒涼犯》下注『仙吕調犯商調』，又小序『側』字下多一『宫』字，（《詞源》亦然。）《惜紅衣》下注『無射宫』、《法曲獻仙音》下注『俗名大石、黄鍾商』，《玲瓏四犯》下注『此曲雙調，世别有大石調一曲』，皆與陸本相合而與張、朱二本不同，因疑《花庵詞選》即取材於此宋刻四卷别集一卷本。（以上丘文。）案陸刻自序明云從符藥林得陶南村手鈔，因並詩集開雕。上舉各條，安知非陸氏傳刻陶鈔時，以參考《花庵詞選》而添入？陸刻詩集，嘗妄連洪正治刊本所載姜特立詩，以自耀其訂正之功，其人蓋鹵莽無學者；《淒涼犯》小序沿《花庵詞選》、《詞源》之誤多一『宫』字而不知删，足見其昧於樂學之一斑矣。

朱孝臧《彊村叢書》用江炳炎鈔本，乃民國二年癸丑（一九一三）得自蘇州者。朱跋謂『江氏手自寫校，未付剞人，亥豕之嫌，自較二刻爲尠』。今以陶鈔傳録之四本互校，江鈔誠最少譌誤。惟詳勘文字，有四本同誤者，如卷一《鐃歌鼓吹曲》序，『慶元五年己亥』，『亥』當作『未』；卷二《醉吟商小品》序『湖渭州』，『湖』應依《欽定詞譜》作『胡』；卷四《暗香》序『使工妓隸習』，應依《硯北雜志》作『使二妓肄習』；《角招》次句應依張文虎校删一『西』字；《秋宵吟》是雙拽頭曲，『曉』下應空一格分作二段；錢希武題跋『辰』應改『戌』。凡此不知由是陶氏誤鈔，抑沿嘉泰原刻之誤。

厲鶚鈔本亦出于樓敬思所藏陶宗儀本，蓋與陸、張、江三本同源。今由袁寒雲家流入浙江師範學院。予細驗之，實非厲氏手筆，蓋馬氏小玲瓏山館過録本，其書出于鈔胥，譌字尤多於張本。而亦有較勝于三本者：如《江梅引》序『將詣淮而不得』，『而』作『南』；《浣溪沙》序『臘花』作『蠟花』；《秋宵吟》『暮帆烟草』作『暮煙衰草』等是。其别集《小重山令》《虞美人》二小序，與他本不盡同；卷二後録《硯北雜志》一則，卷六後録《慶元會要》一則，俱他本所無，而可與趙與旹跋『《會要》所載，奉常所録』語作印證；（知此本實比他本尤近宋刻元鈔真面。）惟卷中盡删十七譜工尺及琴曲、《越九歌》旁譜，則不及他三本之完整。羅振常跋謂『欲見陶氏原鈔真面，莫此本若』，未免過譽耳。（予於厲鈔另有考辨。）

宋人詞選若趙聞禮《陽春白雪》，黄昇《花庵絶妙詞選》、周密《絶妙好詞》皆録白石詞，黄、周二家所選尤多，當時所見應是嘉泰原刻，而與張、陸、朱三家傳刻又互有異同，所注宫調亦往往爲三家本所無，疑莫能明。至若《疏影》上段『昭君不慣胡沙遠』，今本《絶妙好詞》有改『胡』字作『吴』者，此必出於清人避嫌，自非周密書之舊矣。

〔附〕白石晚年自定集辨僞

今所傳《白石晚年自定集》寫本，出于姜忠肅祠堂，乃清乾隆間白石二十世孫姜虬緑所手鈔。詩集二卷，删改甚多，與通行各本大異。有删去全首者，（《古樂府》、《乍涼寄朴翁》、《明妃》、《剡溪圖》、《壽朴翁》等共十餘首。）有删數句者，（《和轉庵丹桂》删二句、《送項平甫》删八句。）有增句者，（《禽言》。）有改易前後首次第者，（《昔游》、《除夜自石湖歸苕溪》、《湖上寓居》、《雪中六解》、《觀燈口號》。）以文義案之，多不可通。如開卷《别沔鄂親友》第四首結句云『兒輩例學語，屋壁祝蒲盧』，許增刊本注云『舊鈔本「蒲」作「呼」』，已是妄改，此本乃作『祝壁鳩蒲盧』，更不成語，不知蒲盧即蜾蠃，明見《爾雅》；末首結句云『著書窮秋濱，可續離騷經』，改『濱』爲『中』，不知其用韓愈文『寂寞之濱』；《悼石湖》云『九轉終無助，三高竟欲尋』，改『三高』爲『三神』，則並忘《石湖仙·壽石湖》詞有『三高游衍佳處』之句。其尤不近情理者，並卷中附載楊萬里、潘檉、韓淲之詩而亦改之。此必無識者妄爲，託之白石晚年手定以譁世。其《歌曲》與《詩説》妄改之多，一如詩集，已詳于予作《白石詞箋·版本考》中，此不復贅。

一九五五年六月，夏承燾。

姜白石叢稿輯校

姜白石叢稿輯校序

白石著述，《宋史·藝文志》惟載《白石叢稿》十卷，不列其《詩集》與《歌曲》；《文獻通考》則無《叢稿》而有詩三卷、詞五卷。似《叢稿》實併括詩、文、雜著，與曾鞏《元豐類稿》、洪邁《野處猥稿》、楊冠卿《客亭類稿》同。周密《齊東野語》謂白石『詩詞已板行，獨雜文未之見』，是《叢稿》在宋流傳未廣。兹編于詩、詞外輯録《詩説》及論樂、論法書、雜著諸文，勒爲若干卷，聊窺白石學術之全，不知視《叢稿》原書何如。其有疏謬，通博者教之。

夏承燾

姜白石叢稿輯校目録

一、詩説陸鍾輝刊本。……（六四一）

〔附〕許印芳《詩法萃編·跋白石詩説》……（六四五）

二、書法……（六四六）

甲、續書譜據商務印書館《説郛》本、趙宧光校點明黑口本、詹景鳳輯《王氏書畫苑補益》、汪砢玉《珊瑚網》、胡文焕編《格致叢書》、雍正壬子繆曰藻鈔本校景弘治本《百川學海》。……（六四六）

〔附〕余嘉錫《四庫提要辨證》……（六八四）

欽定四庫全書簡明目録……（六八六）

余紹宋《書畫書録解題》……（六八六）

乙、絳帖平據明鈔本、文瀾閣本、乾隆鈔本校《武英殿叢書》本。……（六八八）

〔附〕《硯北雜志》……（八二〇）

《珊瑚網·法書題跋》……（八二〇）

《珊瑚網·書品題跋》……（八二一）

朱彝尊跋……（八二一）
丙、蘭亭跋白石手蹟影印本、《名賢法帖》本。……（八二二）
丁、禊帖偏旁考附翁方綱注。據周密《齊東野語》、陶宗儀《輟耕録》及翁方綱《蘇米齋蘭亭考》校《珊瑚網·法書題跋》。……（八二八）
〔附〕翁方綱《蘇米齋蘭亭考》自序……（八三四）
文徵明跋……（八三五）
戊、保母志跋據葉紹翁《四朝聞見録》，參白石手寫本。……（八三六）
〔附〕《四朝聞見録》附録……（八四一）
各家題詠……（八四二）
三、樂學……（八四四）
甲、大樂議《宋史·樂志》。……（八四四）
乙、琴瑟議《宋史·樂志》。……（八四八）
〔附〕《吴興掌故》……（八五〇）
《硯北雜志》……（八五〇）
四、雜著……（八五一）
甲、自述《齊東野語》。……（八五一）

〔附〕《齊東野語》…………（八五二）
乙、梅溪詞序黄昇《中興以來絶妙詞選》。…………（八五三）
丙、張循王遺事陸友仁《硯北雜志》。…………（八五三）
〔附〕樓鑰《攻媿集·跋姜堯章所編張循王遺事》…………（八五三）
五、後編〔一〕
甲、版本小記
乙、年譜

注

〔一〕編者按：該部分存目。

一、詩説

自序

淳熙丙午立夏，余遊南嶽，至雲密峯。徘徊禹溪橋下上，愛其幽絶。即屏置僕馬，獨尋溪源，行且吟哦。顧見茅屋蔽虧林木間，若士坐大石上，眉宇閴爽，年可四五十。心知其異人，即前揖之。相接甚温，便邀入舍内，煎苦茶共食。從容問從何來，適吟何語。余以實告，且舉似昨日望嶽『小山不能雲，大山半爲天』之句。若士喜，謂余可人。遂探囊出書一卷，云是《詩説》：『老夫頃者常留意兹事，故有此書。今無作矣，徑以付君。』余益異之。然匆匆不暇觀，但袖藏致謝而已。問其年，則慶曆間生。始大驚，意必得長生不老之道，再三求教，笑而不言，亦不道姓名。再相留噉黄精粥，余辭以與人偕來，在官道上相候。告别出，至橋上馬。徧詢土人，無知者。惟一老父嘆曰：『此先生久不出，今猶在耶！』與欲語，忽失所在。悵然而去。晚解鞍細讀其書，甚偉。常寘枕中，時時翫味。好事者有聞，間來取觀，亦不靳也。昔軒轅彌明能詩，多在南山。若士豈其儔哉？白石姜夔堯章序。

詩說

大凡詩自有氣象、體面、血脉、韵度。氣象欲其渾厚，其失也俗；體面欲其宏大，其失也狂；血脈欲其貫穿，其失也露；韵度欲其飄逸，其失也輕。

作大篇尤當布置，首尾勻停，腰腹肥滿。多見人前面有餘，後面不足，前面極工，後面草草。不可不知也。

詩之不工，只是不精思耳。不思而作，雖多亦奚爲？

雕刻傷氣，敷衍露骨。若鄙而不精巧，是不雕刻之過；拙而無委曲，是不敷衍之過。

人所易言，我寡言之；人所難言，我易言之。自不俗。

花必用柳對，是兒曹語。若其不切，亦病也。

難説處一語而盡。易説處莫便放過。僻事實用，熟事虚用。説理要簡切，説事要圓活，説景要微妙。多看自知，多作自好矣。

小詩精深，短章醖藉，大篇有開闔，乃妙。

喜辭鋭，怒辭戾，哀辭傷，樂辭荒，愛辭結，惡辭絶，欲辭屑。樂而不淫，哀而不傷，其惟《關雎》乎？

學有餘而約以用之，善用事者也。意有餘而約以盡之，善措辭者也。乍敍事而間以理言，得活法者也。

不知詩病，何由能詩？不觀詩法，何由知病？名家者各有一病，大醇小疵差可耳。篇終出人意表，或反終篇之意，皆妙。

守法度曰詩，載始末曰引，體如行書曰行，放情曰歌，兼之曰歌行，悲如蛩螿曰吟，通乎俚俗曰謡，委曲盡情曰曲。

詩有出于《風》者，出于《雅》者，出于《頌》者。屈宋之文，《風》出也。韓柳之詩，《雅》出也。杜子美獨能兼之。

《三百篇》美刺箴怨皆無跡，當以心會心。

陶淵明天資既高，趣詣又遠。故其詩散而莊，澹而腴。斷不容作邯鄲步也。

語貴含蓄。東坡云『言有盡而意無窮』者，天下之至言也。山谷尤謹于此。《清廟》之瑟，一唱三嘆，遠矣哉。後之學詩者可不務乎？若句中無餘字，篇中無長語，非善之善者也。句中有餘味，篇中有餘意，善之善者也。

體物不欲寒乞。

意中有景，景中有意。

思有窒礙，涵養未至也。當益以學。

歲寒知松柏，難處見作者。

波瀾開闔，如在江湖中，一波未平，一波已作。如兵家之陣，方以爲正，又復是奇；方以爲奇，忽復是正。出入變化，不可紀極，而法度不可亂。

文以文而工，不以文而妙。然捨文無妙。聖處要自悟。

意出于格，先得格也。格出于意，先得意也。吟咏情性，如印印泥。止乎禮義，貴涵養也。

沉著痛快，天也。自然與學到，其爲天一也。

意格欲高，句法欲響。只求工于句字，亦末矣。故始于意格，成于句字。句意欲深、欲遠，句調欲清、欲古、欲和，是爲作者。

詩有四種高妙：一曰理高妙，二曰意高妙，三曰想高妙，四曰自然高妙。礙而實通，曰理高妙。出事意外，曰意高妙。寫出幽微，如清潭見底，曰想高妙。非奇非怪，剥落文采，知其妙而不知其所以妙，曰自然高妙。

一篇全在尾句。如截奔馬，辭意俱盡；如臨水送將歸，辭盡意不盡。若夫辭盡意不盡，剡溪歸棹是已。辭意俱不盡，温伯雪子是已。所謂辭意俱盡者，急流中截後語，非謂辭窮理盡者也。所謂意盡辭不盡者，意盡于未當盡處，則辭可以不盡矣，非以長語益之者也。至如辭盡意不盡者，非遺意也，辭中已彷彿可見矣。辭意俱不盡者，不盡之中固已深盡之矣。

一家之語，自有一家之風味。如樂之二十四調，各有韵聲，乃是歸宿處。模倣者語雖似之，韵亦無矣。雞林其可欺哉！

《詩説》之作，非爲能詩者作也，爲不能詩者作而使之能詩。能詩而後能盡吾之説，是亦爲能詩者作也。雖然，以吾之説爲盡，而不造乎自得，是足以爲能詩哉？後之賢者，有如以水投水者乎？有如得兔忘筌者乎？噫！吾之説已得罪于古之詩人，後之人其勿重罪余乎！

〔附〕許印芳《詩法萃編·跋白石詩説》

語語精緻，中有意旨深微者，初學猝難領會。由淺入深，循序漸進，積學有年，細繹其言，始能悟解。而堯章惜墨如金，因之條件簡約，不無漏義。

二、書法

甲、續書譜

番陽姜夔堯章

總論

真、行、草書之法，其源出于蟲篆、八分、飛白、章草等。圓勁古淡，則出於蟲篆；點畫波發，則出於八分；轉换向背，則出於飛白；簡便痛快，則出於章草。然而真、草與行，各有體製，歐率更、顔平原輩，以真爲草。李邕、李西臺輩，以行爲真。亦以古人有專工正書者，有專工草書者，有專工行書者。信乎其不能兼美也。或云，草書千字，不抵行書十字。行書十字，不抵真書一字。意以爲草至易，而真至難，豈真知書者哉？大抵下筆之際，盡倣古人，則少神氣。專務遵勁，則俗病不除。所貴熟習兼通，心手相應，斯爲妙矣。白雲先生、歐率更書訣亦能言其梗概，孫過庭論之又詳，皆可參稽之。

【校】

〔總論〕趙宧光校點明黑口本（以下簡稱趙本）各篇皆無題。汪砢玉《珊瑚網》卷二十三下及雍正壬子繆曰藻手鈔本（以下簡稱繆鈔）皆無此題。

〔源〕《説郛》（商務印書館本）卷七十六作『原』。

〔發〕《説郛》作『潑』。

〔歐率更〕《説郛》、趙本、繆鈔、《佩文齋書畫譜》（以下簡稱《佩文齋》）《論書七》『歐』下皆有『陽』字。《王氏書苑》同，『歐』並作『毆』。

〔以真爲草〕《説郛》『以』上有『皆』字。

〔李西臺輩〕《佩文齋》『西』上無『李』字。

〔以行爲真〕趙本『真』作『艸』。

〔有專工行書者〕《珊瑚網》『專』作『耑』。

〔兼美也〕繆鈔『兼』下無『美』字，眉校：『趙本作「兼美也」。』

〔不抵行書十字行書十字〕趙本前一『書』字作『草』，《佩文齋》二『書』字皆作『草』。

〔不抵真書一字〕趙本『抵』作『如』。繆鈔『抵』作『及』，眉校：『趙本「不及」俱作「不抵」。』

〔意以爲〕《珊瑚網》、繆鈔『以』下無『爲』字。

〔盡倣古人〕繆鈔『倣』作『仿』。

〔熟習〕《説郛》作『習熟』。

〔兼通〕趙本『兼』作『精』。

〔妙〕趙本、《珊瑚網》皆作『美』。繆鈔同，眉校：『趙本「美」作「妙」。』

〔白雲先生歐率更〕《珊瑚網》『雲』下無『先生』二字，『歐』作『與』。繆鈔同，眉校：『趙本「白雲先生歐陽率更」無「與」字。』

〔又詳皆可參稽之〕趙本『又』作『甚』，《珊瑚網》『又』作『尤』，趙本、《佩文齋》『詳』下無『皆』字。

真

真書以平正爲善，此世俗之論，唐人之失也。古今真書之妙，無出鍾元常，其次則王逸少。今觀二家之書皆瀟灑縱横，何拘平正？良由唐人以書判取士，而士大夫字畫，類有科舉習氣。顔魯公作《干禄字書》，是其證也。矧歐、虞、顔、柳前後相望，故唐人下筆，應規入矩，無復晉魏飄逸之氣。且字之長短、小大、斜正、疎密，天然不齊，孰能一之？謂如『東』字之長，『西』字之短，『口』字之小，『體』字之大，『朋』字之斜，『黨』字之正，『千』字之疎，『萬』字之密，畫多者宜瘦，畫少者宜肥。魏晉書法之高，良由各盡字之真態，不以私意參之耳。或者專喜方正，極意歐顔；或者專務匀圓，專師虞永。或謂體須精匾，則自然平正，此又有徐會稽之病；或云欲其蕭散，則自不塵俗，此又有王子敬之風：豈足以盡書法之美哉？　真書用筆，自有八法。　吾嘗採古人字列之以爲圖，今略言其指。　點者，字之眉目，全藉顧盼精神，有向有背，隨字異形。　横、直、畫者，字之骨體，欲其堅正勻浄，有起有止，所貴長短合宜，結束堅實。　丿音瞥乀音拂者，字之手足，伸縮異度，變化多端，要如魚翼鳥翅，有翩翩自得之狀。　挑剔者，字之步履，欲其沉實。　晉人挑剔或帶斜拂，或横引向外。至顔、柳始正鋒爲之，正鋒則無飄逸之氣。　轉折者，方圓之法，真多用折，草多用轉。　折欲少駐，駐則有力；　轉欲不滯，滯則不遒。　然而真以轉而後通，草以折而後勁，不可不知也。懸針者，筆欲極正，自上而下，端若引繩。　若垂而復縮，謂之垂露。　翟柏壽問於米老曰：『書法當何如？』米老曰：『無垂不縮，無往不收。』此必至精至熟然後能之。　古人遺墨，得其一點一畫，皆昭然絶異者，以其用筆精妙故也。　大令以來，用筆多失。　一字之間，長短相補，斜正相拄，肥瘦相混，求妍媚於成體之後，至於今世尤甚。

【校】

〔真〕趙本無此題，首句『真書以平正爲善』連前『總論』篇末句『可參稽之』下，二篇併作一篇。《珊瑚網》、繆鈔、《佩文齋》『真』下皆有『書』字。

〔真書以平正〕趙本『真』作『謂』。

〔真書之妙〕趙本、《珊瑚網》、繆鈔、《佩文齋》『之』下皆有『神』字。

〔鍾元常其次則王逸少今觀二家之書〕《珊瑚網》、繆鈔此句作『鍾王二家，今觀其書』。

〔瀟灑〕《説郛》、《王氏書苑》『灑』作『洒』。

〔字畫〕《珊瑚網》、《佩文齋》『畫』作『書』。繆鈔作『書』，眉校：『趙本「書類」作「字畫類」。』『畫』應作『書』。

〔作干禄字書〕繆鈔『禄』下無『字』字，眉校：『趙本「禄」字下有「字」字。』

〔小大〕《珊瑚網》、繆鈔、《佩文齋》作『大小』。

〔黨字〕《説郛》『黨』作『當』。

〔宜瘦〕《格致叢書》『宜』作『宐』，下同。繆鈔『瘦』作『踈』，眉校：『趙本「踈」作「瘦」。』

〔良由各盡〕繆鈔『各』上無『良由』二字。

〔不以私意〕繆鈔『私』作『己』。

〔或者專喜方正〕繆鈔『或』下無『者』字，『專師』作『專涉』，『方』作『平』。眉校：『趙本作「或者」。』

〔極意歐顔〕《説郛》『極』上有『則』字。

〔或者專務勻圓專師〕趙本、《王氏書苑》、《佩文齋》『專』皆作『惟』。繆鈔同，又，『或』下無『者』字，『專師』作『專涉』，眉校：『趙本作「或者專務勻圓愛師」。』

〔精匾〕《説郛》、趙本、《珊瑚網》、繆鈔、《佩文齋》『精』皆作『稍』。《珊瑚網》、《佩文齋》『匾』作『扁』。

〔或云欲其蕭散〕繆鈔『或』下無『云』字。趙本『蕭』作『瀟』。

〔則自不塵俗此又有〕繆鈔『自』作『字』，『俗』下無『此』字。

〔足以盡書法〕《説郛》、《格致叢書》『書法』作『法書』。

〔吾嘗採〕《珊瑚網》、《佩文齋》『採』作『采』。

〔古人字列之以爲圖〕趙本『字』上有『之』字，『爲』上無『以』字。《珊瑚網》『字』作『筆』。繆鈔『字』作『筆』，『列』下無『之』字，眉校：『趙本「筆」作「之字」二字，「列之以爲圖」。』《佩文齋》『字』上有『之』字。

〔點者〕《説郛》『點』上有『如』字。《珊瑚網》『點』上有『夫』字。繆鈔同，眉校：『（趙本）「指點者」無「夫」字。』

〔顧眄〕《説郛》、《珊瑚網》、《佩文齋》『眄』皆作『盼』。趙本『眄』作『盻』。

〔骨體〕《珊瑚網》、繆鈔、《佩文齋》皆作『體骨』。

〔堅正勻浄〕《説郛》『勻』作『圓』。繆鈔『堅』作『硬』，行間校『硬』作『堅』、『浄』作『静』。

〔所貴長短〕《説郛》『貴』上無『所』字。繆鈔同，行間校有『所』字。

〔丿音瞥乀音拂〕《説郛》作『丿乀音瞥音拂』。趙本無音。《格致叢書》『瞥』作『撇』。繆鈔『瞥』作『撆』。

〔自得之狀〕《珊瑚網》『狀』作『趣』。繆鈔同，行間校『趣』作『狀』。

〔挑剔〕《佩文齋》『挑』上有『乚』字。

〔或横引向外〕繆鈔行間校『向』作『而』，眉校：『趙本亦作「向」，「而」誤。』

〔轉欲不滯〕繆鈔『欲不』作『不欲』。應作『欲不』。

〔轉而後通〕各本『通』皆作『遒』。

〔不可不知也〕趙本『知』下無『也』字。

〔懸針者〕《珊瑚網》『針』作『鍼』。

〔若垂而復縮〕《珊瑚網》『垂』上無『若』字,『復』作『後』。繆鈔同,行間校『垂』上有『若』,『後』作『復』。《格致叢書》『復』作『後』。

〔翟柏壽〕《説郛》、趙本、《王氏書苑》、《珊瑚網》、《格致叢書》『柏』作『伯』。繆鈔同,行間校『翟』上有『故』字。眉校:『趙本無「故」字。』《佩文齋》『翟』上有『故』,『柏』作『伯』。『柏』應作『伯』。

〔書法當如何〕趙本、《珊瑚網》、繆鈔、《佩文齋》『如何』作『何如』。

〔米老曰〕繆鈔行間校『米老』二字旁加『√√』記號。

〔無垂不縮無往不收〕趙本『垂』下及『往』下都有『而』字。繆鈔行間校有此二『而』字,眉校:『趙本作「無垂不縮無往不收」。』

〔用筆多失〕《珊瑚網》『失』作『矣』。繆鈔同,行間校作『失』。《佩文齋》作『尖』。

〔斜正相拄〕繆鈔『拄』作『駐』,行間校作『柱』。

〔今世尤甚〕趙本、《珊瑚網》、《佩文齋》『今』下無『世』字,『甚』下有『焉』字,繆鈔同,眉校:『趙本作「今世」。』

用筆

用筆不欲太肥，肥則形濁；又不欲太瘦，瘦則形枯；不欲多露鋒芒，則意不持重；不欲深藏圭角，則體不精神。不欲上小下大，不欲左低右高，不欲前多後少。歐率更結體雖太拘，而用筆特備衆美，雖少楷而翰墨灑落，追蹤鍾、王，來者不能及已。顔、柳結體既異古人，用筆復溺一偏。余評二家爲書法之一變。數百年間，人争效之。字畫剛勁高明，固不爲無助，而魏晉風軌掃地矣。然柳氏大字偏傍，清勁可喜，更爲奇妙。近世亦有倣之者，則俗濁不足觀。故知與其太肥，不若瘦硬也。

【校】

〔用筆〕趙本無此題。《珊瑚網》作『結體』。繆鈔同，眉校：『趙本「結體」作「用筆」。』

〔肥則形濁〕趙本『肥』上有『太』字。

〔瘦則形枯〕趙本『瘦』上有『太』字。

〔不欲多露〕趙本『多』上無『不欲』二字，下同。繆鈔行間校『不欲』二字旁加『∨∨』記號，下同。

〔鋒芒〕《珊瑚網》、《佩文齋》『芒』下有『露』字。繆鈔同，眉校：『趙本無「露」字。』

〔圭角〕《珊瑚網》『角』下有『藏』字。繆鈔同，行間校『藏』旁加『∨』記號，眉校：『無「藏」字。』『角』下應有『藏』字。

〔左低右高〕《珊瑚網》、繆鈔『低』皆作『高』，『高』皆作『昂』。《佩文齋》作『左高右低』。

〔歐率更〕趙本、《王氏書苑》、《珊瑚網》、繆鈔、《佩文齋》同『歐』下有『陽』字。

〔結體雖太拘〕《佩文齋》『體』下無『雖』字。

〔特備〕《珊瑚網》『特』作『大』。繆鈔同，行間校作『特』。

〔少楷〕趙本、《珊瑚網》、繆鈔、《佩文齋》『少』作『小』。

〔灑落〕《王氏書苑》『灑』作『麗』。

〔不能及已〕趙本、《王氏書苑》、《珊瑚網》、《佩文齋》『已』皆作『也』。繆鈔同，行間校作『矣』，眉校：『趙本「也」、「矣」俱非，作「已」。』

〔既異古人〕《珊瑚網》、繆鈔『異』下皆有『於』字。

〔復溺一偏〕趙本、《珊瑚網》、繆鈔『溺』下皆有『於』字。

〔余〕趙本、《王氏書苑》、繆鈔、《格致叢書》皆作『予』。

〔剛勁高明〕《珊瑚網》『勁』下無『高明』二字。繆鈔同，行間校增『高明』二字。

〔固不爲無助〕《珊瑚網》『爲無』作『無爲高明之』。繆鈔同，行間校此五字旁皆加『、』，眉校：『趙本無「之」字。』《佩文齋》『無』上有『書法之』三字。

〔風軌掃地矣〕趙本『風』上有『之』字。《佩文齋》『軌』下有『則』字。繆鈔『地』下有『盡』字，行間校『盡』旁加『、』。

〔然柳氏〕繆鈔行間校『然』字旁加『、』。

〔偏傍〕趙本、《珊瑚網》繆鈔、《佩文齋》『傍』作『旁』。

〔近世亦有傚之者〕繆鈔『傚』作『效』，行間校『亦』旁加『、』，眉校：『趙本作「近世亦有傚之者」。』《佩文齋》『傚』下有『效』字。

〔則俗濁不足觀〕趙本、《王氏書苑》、《珊瑚網》、《佩文齋》『濁』下皆有『不除』二字。繆鈔同，行間校『不除』二字旁皆加『、』。

此篇自『歐率更結體』以下至篇末《説郛》皆無。

草

草書之體，如人坐臥行立、揖遜忿争、乘舟躍馬、歌舞擗踊，一切變態非苟然者。又一字之體，率有多變，有起有應。如此起者，當如此應，各有義理。王右軍書，『羲之』字、『當』字、『得』字、『深』字、『慰』字最多，多至數十字，無有同者，而未嘗不同也，可謂所欲不踰矩矣。大凡學草書，先當取法張芝、皇象、索靖等章草，則結體平正，下筆有源。然後傚王右軍，申之以變化，鼓之以奇崛。若泛學諸家，則字有工拙，筆多失誤，當連者反斷，當斷者反續，不識向背，不知起止，不悞轉换，隨意用筆，任筆賦形，失悟顛錯，反爲新奇。自大令以來，已如此矣，況今世哉？然而襟韻不高，記憶雖多，莫湔塵俗，若使風神蕭散，下筆便當過人。自唐以前，多是獨草，不過兩字屬連。累數十字而不斷，號曰連緜遊絲，此雖出於古人，不足爲奇，更成大病。古人作草，如今人作真，何嘗苟且？其相連處，特是引帶。嘗考其字，是點畫處皆重，非點畫處偶相引帶，其筆皆輕，雖復變化多端，未嘗亂其法度。張顛、懷素，最號野逸，而不失此法。近代山谷老人，自謂得長沙三昧，草書之法，至是又一變矣。流至於今，不可復觀。唐太宗云：『行行若縈春蚓，字字若綰秋蛇。』惡無骨也。大抵用筆，有緩有急，有有鋒，有無鋒，有承接上文，有牽引下字，乍徐還疾，忽往復收。緩以倣古，急以出奇，有鋒以耀其精神，無鋒以含其氣味，横斜曲直，鈎環盤紆，皆以勢爲主。然不欲相帶，則近於俗。横畫不欲太長，長則轉换遲，直畫不欲太長，多則神癡。以捺代乀，以發代辵，辵亦以捺代之，惟丿則間用之。意盡則用懸針，意盡須再生筆意，不若用垂露耳。

【校】

〔草〕《珊瑚網》、繆鈔、《佩文齋》『草』下皆有『書』字。趙本無此題。

〔擗踊〕《説郛》、《格致叢書》、《王氏書苑》、《珊瑚網》『擗』作『躃』。趙本『踊』作『踴』。

〔一切變態〕繆鈔行間校『切』下有『應』字，眉校：『趙本作「一切變態」，無「應」字。』

〔王右軍〕趙本、《佩文齋》『右』上皆無『王』字，繆鈔行間校『王』字旁加『√』。

〔深字慰字〕《佩文齋》無『深字』二字。

〔未嘗〕繆鈔『未』上有『卒』字，行間校『卒』旁加『、』。

〔可謂所欲不踰矩矣〕《説郛》『所欲』上有『從心』二字。《王氏書苑》『矩』作『距』。

〔索靖等章草〕趙本、《佩文齋》『等章草』作『章草等』。

〔然後倣王右軍〕《説郛》、繆鈔『倣』皆作『仿』。繆鈔『右』上無『王』字。

〔不悮轉换〕《説郛》、趙本、《珊瑚網》、繆鈔、《佩文齋》『悮』皆作『悟』。

〔失悟顛錯〕《説郛》、《佩文齋》『悟』作『悮』。趙本、《珊瑚網》、《格致叢書》『悟』皆作『誤』。繆鈔同，又『錯』作『倒』，眉校：『趙本「顛倒」作「顛錯」。』

〔然而襟韻〕《説郛》『然而襟韻』以下至末了皆無。趙本『韻』作『運』。

〔湔〕《珊瑚網》作『洗』。繆鈔作『澣』，行間校作『湔』，眉校：『趙本無「澣」字。』

〔若使風神蕭散〕趙本『蕭』作『瀟』。《佩文齋》『若』下無『使』字。

〔屬連〕《珊瑚網》作『連屬』。繆鈔『屬連』二字旁，行間校有『▼▲』記號，眉校：『趙本作「屬連」。』

〔累數十字而不斷〕繆鈔『十』下有『百』字，行間校『百』字、『而』字旁皆加『、』。

〔嘗考其字〕繆鈔行間校自『嘗考其字』以下至『偶相引帶』，『嘗』旁、『帶』旁有『√』，是表無『嘗攷其字』三句。眉校：『趙本無「嘗攷其字」三句。』

〔是點畫處〕趙本『處』作『者』。

〔雖復變化多端〕繆鈔『復』字旁有『√』記號。

〔未嘗〕趙本、《佩文齋》『未』上有『而』字。繆鈔同，眉校：『趙本無「而」字。』

〔最號野逸〕《佩文齋》「最」上有「規矩」二字。

〔又一變矣〕繆鈔行間校「矣」字旁加「√」。

〔若綰秋蛇〕趙本、《珊瑚網》「若」作「如」。

〔承接上文〕趙本、《佩文齋》「文」作「字」。

〔忽往復收〕繆鈔行間校「忽」作「或」，眉校：「趙本無「或」字。」

〔緩以倣古〕《佩文齋》「倣」作「效」。

〔有鋒以燿其精神〕趙本、《佩文齋》「燿」作「耀」。繆鈔同，行間校「以」上有「則」字，下句「無鋒以含」，「以」上也有「則」字。

〔然不欲相帶〕趙本、《珊瑚網》、繆鈔、《佩文齋》「帶」下有「帶」字。

〔則近於俗〕繆鈔「近」下無「於」字，行間校有「於」字。

〔橫畫不欲太長長則〕繆鈔行間校「則」字上有「太長」二字。眉校：「趙本少「太長」二字。」

〔直畫不欲太長多則〕《珊瑚網》、《佩文齋》「長」皆作「多」。繆鈔同，行間校「則」字上有「太多」二字，眉校：「又少「太多」二字。」

〔以發代辵〕《珊瑚網》「以」下有「丿」。《格致叢書》、繆鈔「辵」作「走」。

〔辵亦以捺代之〕《佩文齋》「代」下無「之」字。

〔惟丿〕趙本作「唯之」。繆鈔行間校「丿」作「乀」，眉校：「趙本亦作「丿」，非「乀」也。」

〔用之〕趙本作「用乀」。

〔懸針〕《珊瑚網》『針』作『鍼』。

〔意盡須再生〕《佩文齋》『意』下有『未』字。繆鈔行間校『須』作『則』。

用筆

用筆如折釵股，如屋漏痕，如錐畫沙，如壁拆，此皆後人之論。折釵股者，欲其屈折，圓而有力；屋漏痕者，欲其無起止之跡；錐畫沙者，欲其勻而藏鋒；壁拆者，欲其無布置之巧。然皆不必若是。筆正則藏鋒，筆偃則鋒出。一起一倒，一晦一冥，而神奇出焉。常欲筆鋒在畫中，則左右皆無病矣。故一點一畫，皆有三轉，一波一拂，又有三折，一丿又有數樣。一點者欲與畫相應，兩點者欲自相應，三點者必一點起、一點帶、一點應，四點者一起兩帶一應。《筆陣圖》云：『若平直相似，狀如筭子，便不是書。』又如口音圍當行草，尤當泯其稜角，以寬閑圓美爲佳。心正則筆正，意在筆前，字居心後。』皆名言也。故不得中行，與其工也，寧拙；與其弱也，寧勁；與其鈍也，寧速。然極須淘洗俗姿，則妙處自見矣。大要執之欲緊，運之欲活。不可以指運筆，當以腕運筆。執之在手，手不主運；運之在腕，腕不知執。又作字者亦須略考篆文，須知點畫來歷先後。如『左』、『右』之不同，『剌』、『刺』之相異。『王』之與『玉』，『示』之與『衣』，以至『秦』、『奉』、『泰』、『春』，形同理殊，得其源本，斯不浮矣。孫氏有執、使、轉、用之法，執謂深淺長短，使謂縱橫牽掣，轉謂鉤環盤紆，用謂點畫向背，豈偶然哉？

【校】

〔用筆〕趙本無此題。

〔如壁拆〕趙本、《佩文齋》『拆』作『坼』，《王氏書苑》『拆』作『折』，下同。繆鈔眉校：『趙本「如壁上坼」。』

〔折釵股者〕趙本、《佩文齋》『股』下皆無『者』字。繆鈔行間校『者』旁有『√』記號。

〔屈折〕《珊瑚網》『折』作『坼』。繆鈔『屈』作『曲』，行間校作『屈』。

〔屋漏痕者〕趙本、《佩文齋》『痕』下皆無『者』字。繆鈔行間校『者』旁有『√』記號。

〔無起止之跡〕趙本、《佩文齋》此句皆作『横直勻而藏鋒』。

〔錐畫沙者二句〕趙本、《佩文齋》『沙』下皆無『者』字。繆鈔『錐』字旁有『√』記號，此行上低一格眉校：『無「錐畫沙者」二句。』

〔勻而藏鋒〕趙本、《佩文齋》皆作『無起止之跡』。《珊瑚網》『勻』作『句』。

〔壁拆者〕趙本、《佩文齋》『拆』作『坼』。

〔然皆不必若是〕繆鈔行間校『然』字旁加『、』，此行低一格眉校：『「然」字亦無。』

〔筆正則藏鋒〕《佩文齋》『藏鋒』作『鋒藏』，下同。

〔一倒一晦一冥〕趙本『倒』作『側』、『冥』作『明』。繆鈔行間校『冥』作『明』，眉校：『趙本亦作

「冥」。』《佩文齋》『冥』作『明』。

〔常欲筆鋒〕《珊瑚網》『鋒』上無『筆』字。繆鈔同，行間校有『筆』字。

〔故一點一畫〕《説郛》自此句以下至篇末皆無。

〔又有三折〕《佩文齋》『又』作『皆』。繆鈔行間校同，眉校：『趙本亦作「又」。』

〔一點者欲與畫相應〕繆鈔行間校『者』字旁加『、』，『欲』作『又』。眉校：『「一點又與畫相應。」』

〔兩點者〕繆鈔行間校『者』字旁加『、』。

〔笇子〕趙本、《珊瑚網》、《佩文齋》『笇』皆作『算』。繆鈔同，眉校：『趙本「算」作「笇」。』

〔又如口音圍當行草尤當〕趙本作『如當行草時尤宜』，眉校：『「如當行草時尤宜」七字，一本作「又如口當」四字。』《格致叢書》『草』下有『時』字。《珊瑚網》『口』下無『音圍』二字，『草』下有『時』字。繆鈔同，又後一『當』字作『宜』，眉校：『趙本「宜」作「當」。』《佩文齋》『如』上無『又』字，『草』下有『時』字，後一『當』字作『宜』。

〔大要執之〕趙本、《佩文齋》『大』下有『抵』字。

〔又作字者〕《珊瑚網》、繆鈔『又』作『欲』，『作』下無『字』字。

〔刺刺〕繆鈔、《佩文齋》作『刺剌』。

〔形同理殊〕《佩文齋》『理』作『體』。

〔孫氏〕趙本、《珊瑚網》、繆鈔、《佩文齋》皆作『孫過庭』。

〔執使〕《珊瑚網》『使』作『便』。

〔執謂〕《珊瑚網》『執』下廿八字無，而多『當熟玩之』四字。繆鈔同，眉校：『趙本無「當熟玩之」四字，有「執謂深淺長短，使謂從横牽掣，轉謂鈎環盤紆，用謂點畫向背，豈偶然哉」等語。』

〔深淺長短〕趙本、《佩文齋》作『長短淺深』。

〔轉謂〕《格致叢書》『謂』作『相』。

〔偶然哉〕趙本、《佩文齋》『偶』皆作『苟』。

用墨

作楷墨欲乾，然不可太燥。行草則燥潤相雜，潤以取妍，燥以取險。墨濃則筆滯，燥則筆枯，亦不可不知也。筆欲鋒長勁而圓，長則含墨，可以運動；勁則有力，圓則妍美。予嘗評世有二物，用不同而理相似。良弓引之則來，舍之則急往，世俗謂之揭箭。好刀按之則曲，舍之則勁直如初，世俗謂之回性。筆鋒亦欲如此，若一引之後，已曲不復挺，又安能如人意耶？故長而不勁，不如勿長。勁而不圓，不如不勁。蓋紙、筆、墨，皆書法之助也。

【校】

〔用墨〕趙本無此題，連前《用筆》篇末句『豈偶然者』之下，二篇併作一篇。

〔作楷墨〕《説郛》『墨』上有『則』字，趙本『作』上有『凡』字。

〔不可太燥〕趙本『太』作『大』。

〔燥潤相雜〕繆鈔『燥潤』作『潤燥』。

〔潤以取妍〕《佩文齋》『潤以』作『以潤』。

〔燥以取險〕《佩文齋》『燥以』作『以燥』。

〔燥則筆枯〕趙本『燥』作『滯』。

〔勁則有力〕《佩文齋》『則』下有『剛而』二字。

〔引之則來〕趙本、《珊瑚網》、繆鈔、《佩文齋》『來』上有『緩』字。

〔好刀〕繆鈔『好』作『寶』。

〔則曲〕趙本『曲』作『屈』。

〔已曲不復挺〕《佩文齋》『挺』下有『之』字。

〔故長而不勁〕趙本『不』作『無』。

〔不如不勁〕趙本『不勁』作『勿勁』，《佩文齋》作『弗勁』。

〔蓋紙筆墨〕《佩文齋》『紙』上無『蓋』字。

趙本篇末校云：『子昂墨本止此，可對攷。』

行書

嘗夷考魏晉行書，自有一體，與草不同。大率變真以便於揮運而已。草出於章，行出於真。雖曰行書，各有定體，縱復晉代諸賢，亦苦不相遠。《蘭亭記》及右軍諸帖第一，謝安石、大令諸帖次之，顔、楊、蘇、米亦後世可觀者。大要以筆老爲貴。少有失誤，亦可輝映。所貴乎濃纖間出，血脈相連，筋骨老健，風神灑落，姿態備具。真有真之態度，行有行之態度，草有草之態度。必須博習，可以兼通。

【校】

〔行書〕趙本無此題。

〔嘗夷考〕繆鈔『嘗』下無『夷』字，眉校：『趙本「嘗」下有「稽」字。』

〔與草不同〕趙本、《佩文齋》『草』下有『書』字。

〔晉代諸賢〕《説郛》『諸』作『之』。

〔苦不相遠〕趙本、《佩文齋》無『苦』字。《珊瑚網》『苦』作『各』，繆鈔同，眉校：『趙本「各」作「若」。』

〔右軍〕趙本『右』上有『王』字。

〔顔楊蘇米〕趙本、《佩文齋》『楊』作『柳』。

〔後世〕趙本『後世』下有『之』字。

〔大要〕繆鈔眉校：『趙本「要」作「約」。』

〔以筆老爲貴〕《珊瑚網》、繆鈔『老』作『力』。

〔少有失誤〕《説郛》、《佩文齋》『誤』作『悮』。

〔血脈相連〕《説郛》、趙本、繆鈔『脈』作『脉』。

〔備具〕趙本、繆鈔作『具備』。

〔博習〕趙本、《佩文齋》『習』作『學』。《王氏書苑》『博』誤作『慱』。

〔通〕趙本、《珊瑚網》、繆鈔『通』下有『焉』字。

《説郛》本惟以上七篇，以下各篇皆無。

臨

摹書最易。唐太宗云：『卧王濛於紙中，坐徐偃於筆下，可以嗤蕭子雲。』唯初學者不得不摹，亦以節度其手，易于成就。皆須是古人名筆，置之几案，懸之座右，朝夕諦觀，思其運筆之理，然後可以摹臨。其次雙鈎蠟本，須精意摹榻，迺不失位置之美耳。臨書易失古人位置，而多得古人筆意。摹書易得古人位置，而多失古人筆意。臨書易進，摹書易忘，經意與不經意也。夫臨摹之際，毫髮失真，則神情頓異，所貴詳謹。世所有《蘭亭》，何翅數百本，而定武爲最佳。然定武本有數樣，今取諸本參之，其位置、長短、大小，無不一同，而肥瘠、剛柔、工拙要妙之處，如人之面，無有同者。以此知定武本雖石刻，又未必得真蹟之風神矣。字書全以風神超邁爲主，刻之金石，其可苟哉！雙鈎之法須得墨暈不出字外，或郭填其内，或朱其背，正得肥瘦之本體。雖然，尤貴於瘦。使工人刻之，又從而刮治之，則瘦者亦變爲肥矣。或云雙鈎時須倒置之，則亦無容私意於其間，誠使下本明，上紙薄，倒鈎何害？若下本晦，上紙厚，却須能書者爲之，發其筆意可也。夫鋒鋩圭角，字之精神，大抵雙鈎多失。此又須朱其背時稍致意焉。

【校】

〔臨〕趙本無此題，首句『臨摹書至易』連前篇末句『可以兼通焉』之下，二篇併爲一篇。《珊瑚網》、繆鈔、《佩文齋》『臨』下有『摹』字。

〔摹書最易〕趙本『摹』上有『臨』字，『最』作『至』。

〔可以嗤蕭子雲〕趙本、《佩文齋》『可』上有『亦』字。

〔初學者〕《王氏書苑》『者』上有『書』字。《珊瑚網》、繆鈔『者』作『書』。

〔座右〕趙本『座』作『坐』。

〔諦觀〕《格致叢書》『諦』作『締』。

〔思其運筆〕趙本『其』上無『思』字，『運』作『用』。

〔可以摹臨〕趙本、《珊瑚網》、繆鈔『摹臨』皆作『臨摹』。

〔精意〕《珊瑚網》、繆鈔『意』皆作『神』。

〔摹榻〕趙本、《珊瑚網》、《佩文齋》『榻』作『搨』。繆鈔『榻』作『拓』。

〔迺〕趙本、《珊瑚網》、《佩文齋》皆作『乃』。

〔古人筆意〕《珊瑚網》『古人』作『其』，下同。繆鈔同，眉校：『趙本二「其」字俱作「古人」。』

〔毫髮失真〕《佩文齋》『毫』作『豪』。

〔神情〕《珊瑚網》作『神精』。

〔世所有《蘭亭》〕《珊瑚網》『亭』下有『叙』字。繆鈔『亭』下有『序』字，『世』下無『所』字，眉校：『趙本「世」字下有「所」字。』

〔何翅〕繆鈔本眉校：『「翅」作「啻」。』

〔定武爲最佳〕趙本、繆鈔『武』下有『本』字。

〔然定武本〕《珊瑚網》、繆鈔『武』下無『本』字。

〔大小〕《格致叢書》、《王氏書苑》皆作『小大』。

〔要妙之處〕趙本『要妙』以下至篇末皆無，『要妙』下另有『亦異』二小字。

〔定武本雖石刻〕《格致叢書》本、《王氏書苑》、《佩文齋》『武』下無『本』字。《珊瑚網》『武』下無『本雖石』三字。繆鈔同，眉校：『趙本「武」字下有「石」字。』

〔真蹟之風神矣〕《珊瑚網》『蹟』下無『之』字。繆鈔『風』字上原無『之』字，眉校：『趙本「風」字上有「之」字。』

〔其可苟哉〕繆鈔『可』作『或』，眉校：『趙本「或」作「可」。』

〔郭〕《珊瑚網》、繆鈔皆作『廓』。

〔使工人刻之〕繆鈔『工』作『二』。

〔鋒鋩〕《格致叢書》、繆鈔、《佩文齋》『鋩』皆作『芒』。

〔多失此〕《珊瑚網》『此』下有『意』字。繆鈔同，眉校：『趙本「意」字無。』

書丹

筆得墨則瘦，得朱則肥，故書丹尤以瘦爲奇。而圓熟美潤常有餘，燥勁老古常不足，朱使然也。然刻者不失真，未有若書丹者。然書時盤薄，不無少勞。韋仲將升高書凌雲臺榜，下則鬚髮已白。藝成而下，斯之謂歟！若鍾繇、李邕，又自刻之，可謂癖矣。

【校】

〔書丹〕趙本無此題，此篇在『血脈』篇後。《佩文齋》此篇在『血脈』篇後，繆鈔此篇在『臨』篇後。

〔得朱則肥〕趙本『朱』作『硃』，下同。《珊瑚網》『肥』下有『此常然也』四字。繆鈔『肥』下有『此當然也』四字，眉校：『趙本無「此當然也」四字。』

〔朱使然也〕《珊瑚網》、繆鈔『朱』上皆有『蓋』字，『使』下皆有『之』字。

〔然刻者不失真〕趙本、《格致叢書》、《王氏書苑》『然』作『欲』。《珊瑚網》、繆鈔同，又，『刻』上有『石』，『刻』下無『者』字，『失』下有『其』字。

〔若書丹者〕《珊瑚網》『者』下有『之善矣』三字。繆鈔『書丹』下有『之善』二字，『者』下有

『矣』字。

〔盤薄〕趙本、繆鈔『薄』作『礴』。

〔不無〕趙本『無』作『无』。

〔已白〕趙本『已』作『爲之』。

〔歟〕趙本作『與』。

情性

藝之至，未始不與精神通，其説見於昌黎《送高閑序》。孫過庭云：『一時而書，有乖有合。合則流媚，乖則凋疏。神怡務閑，一合也；感惠徇知，二合也；時和氣潤，三合也；紙墨相發，四合也；偶然欲書，五合也。恐遽體留，一乖也；意違勢屈，二乖也；風燥日炎，三乖也；紙墨不稱，四乖也；情怠手闌，五乖也。乖合之際，優劣互差。』又云：『消息多方，性情不一。乍剛柔以合體，忽勞逸而分驅。或恬澹雍容，内涵筋骨；或折挫槎枿，外曜鋒芒。察之者尚精，擬之者貴似。』『至於未悟淹留，偏追勁疾；不能迅速，翻效遲重。夫勁速者，超逸之機；遲留者，賞會之致。將反其速，行臻會美之方；專溺於遲，終爽絶倫之妙。能速不速，所謂淹留；因遲就遲，詎名賞會。非其心閑手敏，難以兼通者焉。假令衆妙攸歸，務存骨氣；骨既存矣，遒潤加之。亦猶枝幹蕭疎，凌霜雪而彌勁；花葉鮮茂，與愛日而相輝。如其骨力偏多，遒麗蓋少，則枯槎架險，巨石當路，雖妍媚云闕，而體質存焉。若遒麗居優，骨氣將劣，譬夫芳林落葉，空照灼而無依；蘭沼漂萍，徒青翠而奚託。是知偏工易就，盡善難求。雖學宗一家，而變成多體，莫不隨其性欲，便以爲姿：質直者則徑挺不通，剛很者又掘强無潤，矜斂者弊于拘束，脱易者失于規矩，温柔者傷于軟緩，躁勇者過于剽迫，狐疑者溺于滯澁，遲重者終于拙鈍，輕瑣者染于俗吏。斯皆獨行之士，偏翫所乖。』『必能旁通點畫之情，博究始終之理，鎔鑄蟲篆，陶鈞草隸。』『至若數畫並施，其形各異；衆點齊列，爲體互乖。一點成一字之規，一字乃終篇之準。違而不犯，和而不同，留不常遲，速不常疾，帶燥方潤，將濃遂枯。泯規矩於方圓，遁繩鈎之曲直。乍顯乍晦，若行若藏。窮變態於毫端，合情調於紙上。無間心手，忘懷楷則。自可背羲、獻而無失，違鍾、張而尚工。』其言盡善，故具載。

【校】

〔情性〕趙本無此題，此篇在『筆鋒』篇後。《珊瑚網》作『精神』。《佩文齋》此篇在『筆鋒』篇後，自『乖合之際，優劣互差』以下皆無。繆鈔作『精神』，此篇在『書丹』篇後，眉校：『趙本「精神」作「情性。」』

〔《送高閑序》〕趙本『閑』下有『上人』二字。《珊瑚網》『序』字下有『與孫過庭乖合篇二語詳之矣』十二字，乙去以下一大段，與『血脈』章『夫字有藏鋒……』接，併二篇作一篇，繆鈔同。

〔凋疏〕趙本『疏』下有『略言其由，各有其五』八字，《百川學海》孫過庭《書譜》同。《佩文齋》『凋疏』作『彫疎』。

〔神怡務閑〕《書譜》『務』作『也』。

〔恐遽體留〕趙本『恐』作『心』，《書譜》同。

〔二乖也〕《書譜》無『乖』字。

〔紙墨不稱〕趙本『墨』作『筆』。

〔手闌〕《書譜》『闌』作『開』。

〔又云〕《佩文齋》自『又云』以下皆無。

〔性情不一〕趙本『性情』作『情性』。

〔恬澹〕趙本『澹』作『淡』。

〔外曜鋒芒〕趙本『曜』作『耀』。

〔擬之者貴似〕趙本『貴』作『合』，『似』下有『況擬不能似，察不能精，分布凋疎，形體未檢』十七字。

〔至於未悟〕趙本、《格致叢書》『於』作『有』。《書譜》同。

〔翻效遲重〕《格致叢書》、《王氏書苑》『翻』作『飜』，『效』作『効』。《書譜》『翻』作『飜』。

〔心閑手敏〕趙本『手』作『守』。『手』應作『守』。

〔兼通者焉〕趙本無『者焉』二字。

〔衆妙攸歸〕趙本『妙』作『善』。

〔遒潤加之〕《書譜》『遒』作『而道』二字。

〔枝幹蕭疎〕趙本『蕭』作『扶』，《書譜》同。

〔凌霜雪而彌勁〕趙本『彌勁』作『不改』。

〔與愛日而相輝〕趙本、《格致叢書》、《王氏書苑》『愛』作『雲』。《書譜》同，又『輝』作『暉』。趙本『而』作『以』。

〔則枯槎〕《書譜》『則』下有『若』字。

〔而體質存焉〕趙本『而』作『有』。

〔譬夫〕趙本『夫』作『如』。

〔落葉〕趙本『葉』作『蘂』，《書譜》同。

〔漂萍〕趙本『萍』作『蘋』。《書譜》『萍』作『蓱』。

〔便以爲姿〕趙本『便』作『所變』。

〔則徑挺不通〕趙本『徑』作『勁』，『通』作『遒』。《王氏書苑》『通』作『遒』。《書譜》『徑』作『俓』，『挺』作『侹』，『通』作『遒』。

〔剛很者〕趙本『很』作『狠』。《書譜》『很』作『佷』。

〔掘强〕趙本『掘』作『倔』。《書譜》『掘』作『崛』。

〔無潤〕趙本『無』作『无』。

〔矜斂者弊於〕趙本『斂』作『式』，『弊』作『蔽』。

〔滯澁〕趙本、《格致叢書》『澁』作『澀』。

〔輕瑣者〕《王氏畫苑》『瑣』作『鎖』。

〔拙鈍〕《書譜》『拙』作『蹇』。

〔染于〕《書譜》『染』作『諒』。

〔偏翫〕趙本『翫』作『玩』。

〔必能旁通〕《書譜》『旁』作『傍』。

〔陶鈞草擊〕趙本、《格致叢書》『擊』作『隸』。《王氏書苑》『草』作『若』。《書譜》『鈞』作『均』，『擊』作『隸』。

〔至若數畫〕趙本、《格致叢書》『若』作『如』。

〔數畫並施〕趙本『並』作『兼』。

〔其形各異〕趙本『形』作『容』。

〔之準〕《書譜》『準』作『准』。

〔和而不同〕趙本『同』下有『流』字。

〔留不常遲〕趙本『留』下有『而』字。《格致叢書》『不』作『而』。

〔速不常疾〕趙本作『遣而不恒疾』，《書譜》作『遣不恒疾』。《格致叢書》『不』作『而』。

〔將濃遂枯〕趙本『濃』下『遂枯』二字爲小字。

〔繩鉤之曲直〕趙本『繩鉤』作『鉤繩』，『之』作『於』。
〔合情調〕趙本『調』作『詞』。
〔忘懷楷則〕趙本無此四字。
〔其言盡善〕趙本『其』上有『由』字。
〔故具載〕趙本『故』作『所以』，『載』下有『焉』字。《格致叢書》『載』下有『之』字。

血　脈

字有藏鋒出鋒之異，粲然盈楮。欲其首尾相應，上下相接爲佳。後學之士，隨所記憶，圖寫其形，未能涵容，皆支離而不相貫穿。《黄庭》小楷，與《樂毅論》不同；《東方畫讚》，又與《蘭亭》殊旨。一時下筆，各有其勢，固應爾也。予嘗歷觀古之名書，無不點畫振動，如見其揮運之時。山谷云：『字中有筆，如禪句中有眼。』豈欺我哉！

【校】

〔血脈〕趙本無此題，此篇在『情性』篇後。《格致叢書》、《王氏書苑》、繆鈔『脈』作『脉』。《珊瑚網》無此題，連『情性』篇『與孫過庭乖合篇二語詳之矣』之下，二篇併作一篇，繆鈔同。《佩文齋》此篇在『情性』篇後。
〔字有藏鋒〕《珊瑚網》、繆鈔『字』上有『夫』字。

〔盈楮〕趙本『楮』作『者』。

〔後學之士〕趙本作『後之學士』。

〔貫穿〕《珊瑚網》、繆鈔『穿』作『串』。

〔《黄庭》小楷〕《珊瑚網》、繆鈔『庭』下無『小楷』二字。

〔《樂毅論》〕《珊瑚網》、繆鈔『毅』下無『論』字。

〔《東方畫讚》〕趙本『方』下有『朔』字。《珊瑚網》、繆鈔『畫』上無『東方』二字。

〔又與《蘭亭》殊旨〕趙本、《格致叢書》『旨』皆作『指』。《佩文齋》『亭』下有『記』字，繆鈔『與』上無『又』字。

〔予嘗歷觀〕趙本『予』作『余』，《珊瑚網》、繆鈔『觀』上皆無『歷』字。

〔古之名書〕趙本『之』作『人』。

〔禪句〕趙本、《珊瑚網》、繆鈔『禪』下有『家』字。

〔豈欺我〕《珊瑚網》、繆鈔此三字作『信然』。

燥潤 見用筆條

勁媚 見情性條

【校】

趙本、《珊瑚網》、繆鈔、《佩文齋》皆無此二題。

方圓

方圓者，真草之體用。真貴方，草貴圓。方者參之以圓，圓者參之以方，斯爲妙矣。然而方圓曲直，不可顯顯，直須涵泳，一出於自然。如草書尤忌横直分明：横直多則字有積薪束葦之狀，而無蕭散之氣。時時一出，斯爲妙矣。

【校】

〔方圓〕趙本無此題，此篇在『臨』篇後。《佩文齋》有此題，在『臨』篇後。

〔不可顯顯〕趙本『可』下只一『顯』字。《珊瑚網》作『各自有異』。繆鈔同，眉校：『趙本「直」下有「不可顯□」四字。』《佩文齋》『顯顯』作『顯露』。

〔直須〕《珊瑚網》、繆鈔『直』作『真』。

〔而無〕趙本『無』作『无』。

〔尤忌〕《珊瑚網》、繆鈔『忌』作『嫌』。

〔時時一出〕《珊瑚網》『一出』作『變換以出之』五字。繆鈔『一出』作『變換一出之』，眉校：『趙本「變換」作「一出」，無「一出之」三字。』《佩文齋》此四字作『時參出之』。

〔斯爲妙矣〕《珊瑚網》、繆鈔『妙』作『善』。

向背

向背者，如人之顧盼指畫，相揖相背。發於左者應於右，起於上者伏於下。大要點畫之間，施設各有情理。求之古人，惟王右軍爲妙。

【校】

〔向背〕趙本無此題，此篇在『方圓』篇後。

〔顧盼〕《格致叢書》、《珊瑚網》、繆鈔、《佩文齋》『盻』皆作『盼』。

〔指畫〕《珊瑚網》『畫』作『示』。繆鈔同，眉校：『趙本「示」作「畫」。』

〔相揖相背〕《珊瑚網》、繆鈔作『相迎相揖相逐相奔』。

〔情理〕趙本作『情性理致』。

〔惟王右軍爲妙〕《佩文齋》作『右軍蓋爲獨步』。

位　置

假如立人、挑土、田、王、衣、示，一切偏旁，皆須令狹長，則右有餘地矣。在右者亦然。不可太密太巧。太密太巧，是唐人之病也。假如口在左者，皆須上齊，鳴、呼、喉、嚨等是也。在右者，皆欲與下齊，和、扣等是也。又如■頭，須令覆其下，走、辵，皆須能承其上。審量其輕重，使相負荷，計其大小，使相副稱爲善。

【校】

〔位置〕趙本無此題，此篇在『向背』篇後。

〔田王衣示〕趙本作『田言王示』。繆鈔『王』作『玉』。

〔偏旁〕趙本『旁』作『傍』。

〔在右者亦然〕趙本、《王氏書苑》『右』皆作『左』。

〔不可〕《珊瑚網》、繆鈔『可』下有『涉於』二字。

〔太密太巧是〕趙本、《佩文齋》『巧』下有『者』字。《格致叢書》『太巧』作『大巧』。

〔口在左者〕趙本、《格致叢書》、《佩文齋》『口』下有『字』字。《珊瑚網》『口』下有『字旁』二字。繆鈔『口』下有『字傍』二字。

〔皆須〕《珊瑚網》『須』作『與』。繆鈔同，眉校：『趙本「皆」字下有「須」字。』趙本、《王氏書苑》、

《佩文齋》『須』下有『與』字。

〔喉嚨等〕《珊瑚網》、繆鈔『嚨』下有『唯喻』二字。《佩文齋》『等』下有『字』字。

〔在右者皆欲與下齊〕趙本、《佩文齋》『欲』作『須』。《王氏書苑》『在』下有『下』字。《珊瑚網》『皆』下無『欲』字。

〔和扣等是〕《珊瑚網》、繆鈔『扣』下有『知如加』三字。

〔■頭〕趙本作『下頭』，《格致叢書》作『山頭』，《王氏書苑》作『平頭』，《珊瑚網》作『宀人疒尸等字』六字，繆鈔作『冖人疒尸等字』六字，《佩文齋》本作『冖頭』。

〔走辵〕趙本『走』下無『辵』字。《珊瑚網》、繆鈔皆作『辶』，『辶』下有『兀心等字』四字。

〔皆須能〕《珊瑚網》、繆鈔『須』上無『皆』字。

〔審量〕《珊瑚網》、繆鈔『審』下無『量』字。

〔相稱爲善〕《珊瑚網》、繆鈔『善』作『妙』。

疏密

書以疏爲風神，密爲老氣。如佳之四横，川之三直，魚之四點，畫之九畫，必須下筆勁静，疏密停匀爲佳。當疏不疏，反成寒乞；當密不密，必至凋疏。

【校】

〔疏密〕趙本無此題。

〔書以疎爲風神〕《佩文齋》『爲』作『欲』。

〔如佳之四横〕《珊瑚網》、繆鈔『佳』作『圭』。

〔勁静〕趙本作『遒勁』。《珊瑚網》、繆鈔作『輕勁』。《佩文齋》『静』作『浄』。

〔疎密停匀〕《珊瑚網》、繆鈔『停』上無『疎密』二字。趙本『匀』作『均』。

〔反成寒乞〕趙本『反』作『必』。

〔凋疎〕《珊瑚網》、繆鈔『疎』作『零』。《佩文齋》『凋疎』作『彫疎』。

風神

風神者，一須人品高，二須師法古，三須紙筆佳，四須險勁，五須高明，六須潤澤，七須向背得宜，八須時出新意。則自然長者如秀整之士，短者如精悍之徒；瘦者如山澤之輩，肥者如貴遊之子；勁者如武夫，媚□如美女；欹斜如醉僊，端楷如賢士。

【校】

〔風神〕趙本無此題。

〔向背得宜〕趙本『背』下無『得宜』二字。

〔則自然〕趙本『自』上無『則』字。

〔山澤之輩〕趙本、《佩文齋》『輩』作『癯』。《格致叢書》、《王氏書苑》、《珊瑚網》、繆鈔『輩』皆作

『臞』。

〔武夫〕《珊瑚網》、繆鈔『夫』下有『之勇猛』三字。

〔媚□〕趙本、《王氏書苑》、《佩文齋》『□』作『者』。《珊瑚網》、繆鈔『□』作『者』。

〔美女〕趙本『女』作『士』。《珊瑚網》、繆鈔『女』下有『之嬌嬈』三字。

〔賢士〕《珊瑚網》、繆鈔『士』下有『各任其態也』五字。

遲速

遲以取妍，速以取勁。先必能速，然後爲遲。若素不能速，而專事遲，則無神氣。若專事速，又多失勢。

【校】

〔遲速〕趙本、《珊瑚網》、繆鈔此篇皆連前『風神』篇『端楷如賢士』之下，二篇併作一篇。

〔遲以取妍〕《珊瑚網》、繆鈔『遲』上皆有『夫』字。

〔必先能速〕繆鈔『必先』作『先必』。

〔然後爲遲〕趙本、《珊瑚網》、繆鈔『爲』上皆有『能』字。

〔而專事遲〕趙本『專事』作『專務於』。

〔若專事速〕趙本、《佩文齋》『事』作『務』。

筆鋒

下筆之初，有搭鋒者，有折鋒者。其一字之體，定於初下筆。凡作字，第一字多是折鋒，第二、三字承上筆勢，多是搭鋒。若一字之間，右邊多是折鋒，應其左故也。又有平起者，如隸畫；藏鋒者，如篆畫。大要折搭多精神，平藏善含蓄。兼之則妙矣。

【校】

〔筆鋒〕趙本無此題，此篇在『風神』篇後。《佩文齋》作『筆勢』。

〔下筆之初〕趙本『之』下有『際』字。

〔凡作字〕繆鈔『作』下無『字』字。

〔承上筆鋒〕趙本、《佩文齋》『鋒』作『勢』。

〔右邊多是折鋒〕趙本『折』作『搭』。

〔應其左故也〕趙本『其』作『於』，『左』下有『邊』字。

續書譜序（《格致叢書》九十三）

姜夔字堯章，番易布衣也。自號爲白石生。好學無所不通。嘗請於朝，欲是正頌臺樂律，以議不合而罷。有《大樂議》、《琴瑟攷》、《鐃歌》等書傳於世。予略識於一友人處，知其爲名士，頗敬之，不知其能書也。近閱其手墨數紙，運筆遒勁，波瀾老成。又得其所著《續書譜》一卷，議論精到，三讀三歎，真擊書學之蒙者也。夫自大學不明，而小學盡廢，游心六藝者，固已絶無堇有，而堯章乃用志刻苦，筆法入能品。予固恨其不遇于時，又自恨向者不能盡知，而不獲摳衣北面而請也。因爲鋟木，以志吾過云。

嘉定戊辰天台謝采伯元若引

繆鈔跋

吾鄉文子公，姓繆氏，諱曰藻。由榜眼爲督學，德行文章炳於當代，而書法尤工。此譜其手鈔也。鴻於公爲外曾祖，惜乎生之也晚，不獲登公門而親炙也。竊慮譜尾僅書年月，未列姓名，恐久而無考，因爲之序其畧云。

嘉慶元年冬十月既望後學陸鴻識

姜堯章《續書譜》，繆文子手書。用筆清矯，似得力孫氏《書譜》者。嘗謂本朝學術事事勝于明人，惟行草則不逮。明人書即氣息不純，筆皆健拔。本朝人書即秀倩可觀，然失之太弱。文子此書，猶有明人筆意。階平道兄見而激賞之，可謂精于鑑别者矣。

丁巳十月朔上虞羅振常誌于蟫隱庵

〔附〕余嘉錫《四庫提要辨證》卷十四

《書史會要》曰：『趙必䍐字伯暐，宗室也。官至奏院中丞。善隸楷，作《續書譜辨妄》，以規姜夔之失。』案必䍐之書今已佚，不知其所規者何語。然夔此譜自來爲書家所重。必䍐獨持異論，似恐未然。殆世以其立説乖謬，故棄而不傳歟？

嘉錫案：元鄭杓《衍極》卷三《造書篇》云：『孫虔禮、姜堯章之《譜》何夸乎？』劉有定注云：『堯章著《續書譜》二十條，其首章《總論》曰：「真行草之法，其原出於蟲篆、八分、飛白、章草等。圓勁古淡，則出於蟲篆；波發點畫，則出於八分；轉換向背，則出於飛白；簡便痛快，則出於章草。則真草與行各有體製，歐陽率更、顔平原輩，以真爲章；李邕、李西臺輩，以行爲真。大抵下筆之際，盡倣古人，則少神氣；專務遒勁，則俗病永除。所貴習俗相通，心手相應。白雲先生、歐陽率更亦能言其梗概。孫過庭論之又詳。皆可參考之。」伯暐名必䍐，號大蓬，庸齋忠清公之孫，官至奏院宗丞。善棣楷題署，作《續書譜辨妄》，以規堯章之失。其略曰：「夫真書者，古名隸書。篆生隸，篆隸生八分與飛白、行草。載在古法，歷歷可考。今謂『真草出於飛白』，其謬尤甚。又謂『歐、顔以真爲草』，夫魯公草書，親受筆法於張長史，又何嘗以真爲草？若謂李西臺以行爲真則是。然自此體漸變，至宋時蘇、黄、米諸人皆然。楷法之妙，獨存蔡君謨一人而已。堯章略不舉是，未知楷書者也。又謂『白雲先生、歐陽率更論書法之大概，孫過庭論之又詳』，殊不知古人法書訣、筆勢、筆論文字最多，特堯章未見之耳。行書，魏晉以來，工此者多，惟《蘭亭》爲最。唐之名家甚衆，豈特顔、柳而已哉？況至宋朝，書法之備，無如蔡君謨。今乃置而不論，獨取蘇、米二人，何耶？讀至篇末，又有『濃纖間出』之言，此正米氏字形也。此體流敝，至張即之之徒，妖異百出，皆米氏作俑也，豈容厠之顔、柳間哉？」』有定爲元英宗時人，自序題至治壬戌冬。在陶宗儀之前。《書史會要》陶宗儀著。宗儀元末明初人。《會要》有《劉有定傳》。宗儀爲趙必罕立傳，其説蓋即本之有定。惟『必罕』、『必暈』，音義不同，則疑傳寫之誤也。觀有定所録『必暈』之説，則其所著《續書譜辨妄》，大旨尚可考見。《提要》謂『不知所規者何語』，亦失之不考。

必罕之於姜夔，辨詰不遺餘力，無異康成之《發墨守》。然以二人之説考之，則必罕以意氣相争，攻擊往往過當。如姜夔謂『真書出於飛白』，自是指鍾、王以下之楷書而言，不謂古隸亦出於飛白。唐人雖謂真書爲隸書，然真之與隸，點畫雖同，至其結體用筆，則有間矣。夔云云，蓋就真書筆法言之，謂鍾、王筆意，參合蟲篆、八分、飛白、章草之長云耳，非不知隸書先於飛白也。細翫語氣，其義自明。必罕之言，可謂好辨。夔云『白雲先生、歐陽率更能言梗概，孫過庭論之又詳』者，謂習俗相應，心手相通之義，此數人皆能言之。蓋援引古人以自明其立説之有本，非謂古之論書法者止此數人也。堯章之在宋末，亦是通人，觀其著作詩詞，非不知古今者，何至并《法書要録》、《墨藪》中所録之筆勢、筆論舉未之見耶？必罣吹瘢索垢，吾所不取。惟其不滿米元章而推重蔡君謨，其意欲以救狂放之失，尚不得謂爲毫無所見耳。鄭杓詆毀虔禮、堯章，而獨盛稱伯暐，蓋是丹非素，意有所偏，未協是非之公也。

〔附〕欽定四庫全書簡明目録

宋姜夔撰。蓋續孫過庭《書譜》也。凡二十篇，皆抒所心得。世有兩本，一本僅十八篇，次序先後亦稍異，然十八篇之文並同。

〔附〕余紹宋《書畫書録解題》

是書題爲《續書譜》，似爲續過庭已亡之篇。今核其書，殊不爾，蓋偶題耳。若爲補過庭之作，書中必自言及，且應曰『補』，不曰『續』也。其體例亦應依過庭之旨，補作執、使、用轉諸篇，不宜自爲分目。況其中『情性』一篇，全録過庭之説，亦爲續補體例所無，因知其非爲補亡而作。包世臣譏其非過庭本旨，豈知謂其補亡亦非白石本旨乎？兹編大旨宗元常、右軍，謂大令以下用筆多失，則唐宋以下自不待言。持論不免過高，宜後來諸書加以抨擊。趙必罤《辨妄》之編今未得見，姑舉鄭、馮兩家以資參證。前有嘉定戊辰謝采伯序。

元鄭杓《衍極》曰：孫虔禮、姜堯章之《譜》何今乎？曰：語其細而遺其大，趙伯暐之《辨妄》所以作也。

馮武《鈍吟書要》曰：姜白石論書，略有梗概耳，其所得絶粗。趙松雪重之，爲不可解。如錐畫沙，如印印泥，如古釵脚，如壁坼痕。古人用筆妙處白石皆言不必。然又云側筆出鋒，此大謬。出鋒者末鋭不收，褚云適過紙背者也。側則露鋒在一面矣。

《四庫提要》曰：是編，其論書之語。曰《續書譜》者，唐孫過庭先有《書譜》故也。前有嘉定戊辰天台謝采伯序，稱『略識夔於一友人處，不知其能書也。近閲其手墨數紙，筆力遒勁，波潤老成。又得其所著《續書譜》一卷，議論精到，三讀三歎。因爲鋟本』。蓋夔譔是書至采伯始刊行也。此本爲《王氏書苑補益》所載，凡二十則：一曰總論，二曰真書，三曰用筆，四曰草書，五曰用筆，六曰用墨，七曰行書，八曰臨摹，九曰書丹，十曰情性，十一曰血脈，十二曰燥潤，十三曰勁媚，十四曰方圓，十五曰向背，十六曰位置，十七曰疏密，十八曰風神，十九曰遲速，二十曰筆鋒。其『燥潤』、『勁媚』二則均有録無書。『燥潤』下注曰『見用筆條』，『勁媚』下注曰『見情性條』，然燥潤之説實在『用墨』條中，疑有舛誤。又『真書』、『草書』之後，各有『用筆』一則，而『草書』後之論用筆乃是八法，並非論草，疑亦有譌。敬考《欽定佩文齋書畫譜》第七卷中全收，是編『臨摹』以上八則次序相同，『臨摹』

以下，則九曰方圓，十曰向背，十一曰位置，十二曰疏密，十三曰風神，十四曰遲速，十五曰筆勢，十六曰情性，十七曰血脈，十八曰書丹。先後小殊，而『燥潤』、『勁媚』二則則並無其目。蓋所據之本稍有不同，而其文則無所增損也。《書史會要》曰：『趙必睪字伯暐，宗室也。官至奏院中丞。善隸楷，作《續書譜辨妄》以規善夔之失。』案必睪之書今已佚，不知其所規者何語。然夔此譜自來爲書家所重，必睪獨持異論，似恐未然。殆世以其立説乖謬，故棄而不傳歟？

乙、絳帖平

提要

臣等謹案：《絳帖平》，宋姜夔撰。夔字堯章，鄱陽人。攷曹士冕《法帖譜系》云：『絳本舊帖，尚書郎潘師旦以官帖私自摹刻者，世稱潘駙馬帖。又稱潘氏析居法帖，石分而爲二，其後绛州公庫乃得其一，于是補刻餘帖，是名東庫本，逐卷各分字號，以日、月、光、天、德、山、河、壯、帝、居、太、平、無、以、報、願、上、登、封、書爲别。』今夔所論每卷字號，與士冕所説相合，然則夔所得者，即東庫本也。宋之論法帖者，米芾、黄長睿以下，互有疎密，夔欲折衷其論，故取漢官廷尉平之義，以名其書。首有嘉泰癸亥自序，云：『帖雖小技，而上下千載，關涉史傳爲多。』觀是書，攷據精博，可謂不負其言，惟第五卷内論智果書梁武帝評書語：『武帝藏鍾、張二王書，嘗使虞龢、陶隱居訂正。』案虞龢宋人，其《上法書表》在宋孝武帝之世，去梁武帝甚遠，斯則攷論之偶疎耳。據《墨莊漫録》，其書本二十卷，舊止抄本相傳，未及雕刻，所載字號，止于『山』字，其『河』字以下亡佚十四卷，竟不可復得。然殘珪斷璧，終可寶也。乾隆四十七年二月恭校上。

【校】

〔絳帖平〕文瀾閣本下有『六卷』二字。

〔鄱陽人〕文瀾閣本下有『工書法，《通考》載《絳帖平》二十卷，今止六卷』一段。

〔攷曹士冕〕文瀾閣本『攷』作『按』。

〔又稱〕文瀾閣本下有『絳帖』二字。

〔無〕文瀾閣本作『何』。

〔與士冕所説相合〕文瀾閣本作『尚存』。

〔米芾〕文瀾閣本作『自』。

〔互有疎密〕文瀾閣本作『蓋有數家』。

〔觀是書〕文瀾閣本作『此言最善夔所』。

〔不負其言〕文瀾閣本下有『矣惜此書』四字。

文瀾閣本『舊止抄本相傳』至『竟不可復得』一段在『惟第五卷』句上。

〔惟第五卷〕文瀾閣本作『又其第四卷』。

〔梁武帝評書語〕文瀾閣本作『一條末後附云』。

〔據墨莊漫録其書本二十卷〕文瀾閣本無。

〔然殘珪斷壁終可寶也〕文瀾閣本無。

〔四十七年二月〕文瀾閣本作『五十一年九月』。

原　序

小學既廢，流爲法書。法書又廢，唯存法帖。法帖乃古人陳迹耳，况數經摹刻，已失筆意。然苟能習之，亦勝面牆。法帖始自貞觀，褚遂良所校館本《十七帖》是也。我太宗皇帝造《淳化閣帖》十卷。自後有所謂劉丞相沆《潭》、潘尚書師旦《絳》、《臨江》，劉次莊、宗氏將字世章《汝刻》、《續帖》、《大觀》之類，不可勝計，要皆本諸《淳化帖》。《淳化帖》今難得，而諸家舊帖亦不易致。《絳帖》傳至今者復有三四本，潘師旦所刻爲勝，絳公庫本次

【校】

明鈔本、文瀾閣本作『絳帖平序』。乾隆鈔本無原序。

之，厥後漫滅，屢經補治，甚至字畫乖謬，嘗以相校，乃知其有三四本也。嘉泰辛酉，予入越，友人朱子大以《絳帖》遺予，歸而玩之，因爲之本事釋文，名曰《絳帖平》。按《淳化帖》王著所集，其間固已真僞混淆，名代爽失。潘氏不悟，又從而刻之，如劉次莊、王輔道、劉無言諸人皆嘗刊帖，亦不知其非也。世有劉氏《釋文》二卷，山谷《跋法帖》一卷、《跋絳帖》一卷、《評潭帖》一卷，秦少游《官帖通解》六篇，米元章《官帖跋》一卷，黄長睿《刊誤》十篇，陳去非《校定釋文》一卷，俞子才《潭帖釋文》一卷，秘閣有《法帖字證》二卷，北方有《絳帖字鑑》二卷，近日滎芑有《絳帖釋文》一卷并《説》一卷、《曾氏釋文》一卷。諸家惟黄長睿鑒賞最精，然恨太略。予因《絳帖》條疏，而增備之，使覽者識其真僞，通其義理，然後究其點畫，不爲無益於翰墨矣。若王著以率更爲何氏，東坡以鐵石爲梁人，米老以王恂爲張旭，以晉帖爲羊欣，劉氏以臨海爲諂誨，以修齡爲修鄙，諸如此類，不可悉數，皆辨正之。蓋帖雖小技，而上下千載，關涉史傳爲多，惟慚淺陋，考訂未詳，故著其所解，闕其所不解，以俟博識之君子。嘉泰癸亥五月九日，番陽姜夔堯章序。

【校】

〔面牆〕明鈔本作『牆面』。

〔貞觀〕明鈔本『貞』作『正』。

〔太宗〕明鈔本『太宗』上空二格。

〔淳化閣帖〕明鈔本、文瀾閣本無『閣』字。

〔條疏〕明鈔本『疏』作『流』。

〔王恂〕明鈔本、文瀾閣本『恂』作『珣』。

〔番陽〕文瀾閣本『陽』作『昜』。

絳帖平總録

宋姜夔撰

【校】

明鈔本、文瀾閣本無『絳帖平總録』五字及『宋姜夔撰』四字。乾隆鈔本無『總録』。

敘　時

【校】

明鈔本作『總録敘時 一』，文瀾閣本作『總録敘時』。

上古

蒼頡黄帝史，撰鳥跡書。

三代

夏禹

史籀周宣王時史。

仲尼

秦

李斯丞相，上蔡人，撰小篆。

程邈獄吏，下杜人，撰隸書。

後漢

張芝字伯英，弘農人，號曰草聖。

崔子玉名瑗，善草篆。

蔡琰中郎邕之女。

魏

鍾繇字元常，潁川人，太傅。《書苑》云：『真書絶世，剛柔備焉，點畫之間，多有異趣。可謂幽深無際，古雅有餘，秦漢以來一人而已。』

吴

皇象字休明，青州刺史。善章草、八分，沉著痛快。

西晉

武帝炎，字安世。

張華字茂先，司空。

衛瓘字伯玉，録尚書事。

衛恒瓘子，字巨山。《書苑》云：『善正書，入能品。』

山濤字巨源，河内懷人，司徒。《書苑》云：『善正書。』

陸雲字士龍，吴郡人。

索靖字幼安，燉煌人，張芝姊之孫，征西司馬。草書絶代。

【校】

〔姊〕明鈔本作『妹』。

東晉

元帝睿。

簡文帝昱。

卞壼字望之，濟陰人，侍中，驃騎大將軍。善草書。

劉超字世踰，琅邪人，官至衛尉。

王導字茂弘，琅邪人，丞相。

王敦字處仲，導兄，大司馬。

王廙字世將，羲之叔，平南將軍，荆州刺史，侍中。善正書，謹録法，祖述張、衛。

王邃

王恬字敬豫，導子，後將軍，會稽内史。草隸當時無與爲比。

王洽字敬和，恬弟，中書令，領軍將軍。衆書皆善。

王羲之字逸少，導從子，右軍將軍，會稽内史，亦稱大王。

王凝之亦工草隸，江州刺史，左將軍，會稽内史。自凝至獻，皆羲之子。

王徽之字子猷，黄門侍郎。《墨藪》云：『行草隸入中上品。』

王操之

王涣之

王獻之字子敬，中書令，世稱大令。

王珣字元琳，洽子。

王珉字季琰，珣弟，中書令，善正行。自導至珉，三世工書。

王廞字伯輿，導孫，薈子。

王濛字仲祖，晉陽人，司徒，左長史。工草隸、章草，俱入能品。

王坦之述子，太原人，丞相。

王循

王劭字敬倫，建威將軍，吴國内史，導子。

庾亮字元規，太尉，征西將軍。
庾翼字稚恭，車騎將軍，荆州刺史。善草隸，少與右軍齊名。
郗鑒字道徽，草書尤絶，古而復勁。
郗愔字方回，鑒子，司空。學書於衛氏，尤長章草。
郗超字嘉賓，愔子。
桓温字元子，樵國人，丞相，大司馬。
謝安字安石，太傅。正書入妙品。
謝萬字萬石，安弟。
張翼字君祖，下邳人，東海太守。尤善草隸。
沈嘉字長茂，吴都人，吴興太守。
劉瓌之字元寶，沛國人，御史丞，義誠伯。
紀瞻字思遠，丹陽秣陵人。好讀書，手自抄寫。驃騎將軍，常侍。
馬攸
謝發
衛夫人名鑠，字茂漪，尤善鍾法，正書入妙品，如碎玉壺之冰，爛瑶臺之月。

【校】

〔廞〕文瀾閣本作『厥』。

〔稚恭〕明鈔本、文瀾閣本『稚』作『雅』。

〔樵〕明鈔本、文瀾閣本作『譙』。

〔誠〕明鈔本、文瀾閣本無。

宋

明帝彧。

劉穆之字道和，東莞莒人，侍中，司徒。

王曇首琅邪人，太子詹事。

羊欣字敬元，泰山南城人，史云尤長隸書。中散大夫。

謝璠伯

謝莊字希逸，中書令。

羊諮

司馬攸

孔琳之字彦林，山陽人。《墨藪》云：『放縱快健，筆墨流利，二王之後，難其比肩。』

蕭思話南蘭陵人，郢州刺史，加都督。受學羊欣，得行書之法，史云頗工隸書。

薄紹之字敬叔，丹陽人。《書苑》云：『善正書，入妙品。』與羊欣並師小王。

【校】

〔彧〕明鈔本、文瀾本下有『姓劉』二字。

〔縱〕明鈔本作『衆』。

齊

高帝道成。

王僧虔珣孫，弱冠工書，祖述小王，尤尚古直。尚書令，簡穆公。

【校】

〔道成〕明鈔本、文瀾閣本上有『蕭』字。

梁

武帝衍。

沈約字休文，吳興武康人，特進、光禄大夫。

蕭確字仲正，邵陵王綸之子，有書名。

阮研字文幾，陳留人，師逸少，正書入能品。

王筠僧虔之孫，尚書。

【校】

〔衍〕明鈔本、文瀾閣本上有『蕭』字。

〔邵陵〕文瀾閣本下有『人』字。

陳

陳逵

永陽王伯智。《書苑》云：『善行書。』

【校】

〔逵〕文瀾閣本作『達』。

隋

僧智果《書苑》云：『工書銘石，煬帝甚善之，行書入能品。』

唐

太宗世民。《書苑》云：『工草隸。』

高宗治

歐陽詢字信本，長沙人，太子率更令。《名書贊》云：『格氣俊逸，如孤峯之崛起萬仞，而四面削成。』

虞世南字伯施，上虞人，秘書監。《名書贊》云：『用意沉静，如登太華，百盤九折，委曲而入杳冥。』

褚遂良亮子，右僕射。《名書贊》云：『如皇王奉道，娛樂自安。』《國史異纂》云：『少則服膺虞監，長而師祖右軍，正書甚得其媚趣。』

褚庭誨時人謂之小褚。

陸柬之李嗣真云：『柬之學虞。』《名書贊》云：『酷嗜奇變，如天陵偃蓋之松，節節奇勁。』

薛稷河東人，太子少保。師褚遂良，正行入能品。

李邕善子，陳州刺史。善行書，時稱李北海。

張旭吴郡人，時號張長史。《書苑》云：『以草書得名，亦甚能小楷，蓋虞、褚之流。』

懷素字藏真，長沙僧。

宋儋字藏諸，開元中人。《名書贊》云：『如幽澗餘花，空庭驟雨，悉心鍾衛，兼善歐陽。』

顔真卿字清臣，琅邪臨沂人，太子太師。善正行書。周越云：『真卿正書結筆濃秀，而尤尚字學，可謂書之大雅矣。』陸羽嘗論其得羲之筋骨心肺也。

柳公權字誠懸，善正行書，初學王書，徧閲近代筆法，體勢勁媚，自成一家。

徐嶠之洛州刺史。《名書贊》云：『楷行草三者備敵。』

僧高閑善草書。

【校】

〔世民〕明鈔本上有『李』字。

〔服〕明鈔本作『伏』。
〔奇勁〕明鈔本『奇』作『皆』。
〔閑〕明鈔本作『閒』。

五代

錢俶吳越國王，書入神品。

皇朝

太宗皇帝

李建中學王書，號李西臺。

以上古人帖中所題，或時代差誤，或官稱爽失，或名字乖落。今以正史及雜書校之，皆得其正。其不可考者，姑因帖之舊文，並以諸書所稱其人能書之實各條於下。然古之能書者衆矣，帖中十未得一，他皆罕傳，而所傳者又半是僞跡，可歎也。

【校】

〔他〕明鈔本作『它』，文瀾閣本作『也』。
〔可歎〕明鈔本上有『亦』字。

人名

【校】

明鈔本、文瀾閣本作『總録人名』。

日

仲尼書

有吴君子吴季子。

史籀書

歙州砦易唐人。

古法帖

散騎二君見『山』字卷。

玄日具問晉吴興太守張玄之、會稽西史謝玄同時人。

長史斷潤晉司徒、左長史王濛，司徒、左長史王廞，大司馬、長史王禎之。

衛夫人

規模鍾繇已見。

懷素

真書過鍾繇。

草不慽張張芝，已見。

月

張芝

祖希時面晉張玄之字祖希，嘗爲冠軍將軍。

冠軍暫暢釋

不見奴王右軍家兒小名，見《右軍帖》，如所謂官奴、興奴、小奴者。

侍郎郗愔，或是范武子，皆王氏姻，並爲中書侍郎。

鄱陽王廙嘗爲鄱陽太守，故《二王帖》多稱鄱陽，或云鄱陽歸鄉，或云鄱陽一門，或云鄱陽歲使。

【校】

〔暫〕文瀾閣本作『暫』。

〔姻〕明鈔本作『婿』。

鍾繇

文若魏荀彧，字文若。

奉事先帝謂魏武。

松等隕慟松，見《王右軍帖》。

郗還末王獻之婦。

中郎郗曇。

范母子范，王氏甥范武子也。後云范新婦，《破羌帖》云范生，皆此人。以上四條皆右軍，時人誤作鍾帖。

光

庾亮

娖子娖，母也。當是小兒名。

沈嘉

沈嘉長沈嘉字長茂，帖云沈嘉長，誤矣。嘉善草書。

索靖

及計來東計，上計使。日部古帖云：『計至故應必有秀。』亦同。

【校】

〔故應必有秀〕明鈔本『故』作『必』，又無『必』字。文瀾閣本『秀』作『香』。

王坦之

已與謝郎當是謝安。

詣公自陳當是王彪之，或會稽王道子。

王涣之

倫王氏女。右軍云：『倫等還殊慰意。』子敬云：『常欣倫早成家，豈謂奄失此女？』下云倫奴同。

直王氏女。子敬云：『此來得直疏。』又第六卷《小國帖》云：『得華直疏。』

姑如復小勝右軍妹，嫁曹氏，涣之姑也。《右軍帖》：『曹妹可耳。』

王操之

得識婢書婢，王家兒女小名。右軍云：『小婢比小下。』子敬云：『静、婢自常不和。』又云：『婢日夕疏意慰。』又云：『婢腹痛。』

王凝之

不得姜順消息姜、順，王氏女。《大令帖》所謂華姜者也。右軍云：『告姜道等平安。』子敬云『秀順至慰意』，知姜、順是兩人。

郗中書愔

庾氏女王家女適庾氏者，猶淵明言程氏妹也。

陸雲

征南晉杜預爲征南將軍。

謝發當是晉末宋初人。

晉安因所守郡而名。陶詩有殷晉安。

天

智果

殷均梁人。庾元威云：『學正書宜以殷均、范懷約爲主。』出《法書苑》。均姓名見《梁·南平偉傳》。

陶隱居名弘景，字通明，梁秣陵人。師鍾、王。

曹喜後自有扶風曹喜，依《法書要録》當是袁崧。

蔡邕後漢陳留人，字伯喈。善小篆、八分、飛白、正書。

桓玄晉人，温之子，字敬道。景慕小王，善於草法，自蜀丞相僭號曰楚。《法書苑》云：『温書如快馬入陣，隨人屈曲，與此不同。』

范懷約梁人，阮研、殷、范，並見《述書賦目録》。

扶風曹喜後漢人，字仲則。篆若薤葉。邯鄲淳師之。

邯鄲淳後漢人，字子淑。精古文、大篆、正書。

師宜官南陽人，八分入妙。

梁鵠魏人，字孟皇，安定烏氏人。受法於師宜官。

鍾司徒會，魏人，繇之子。

【校】

〔通明〕明鈔本『通』作『道』。

〔葉〕文瀾閣本無。

隋朝帖

皇帝敬問文帝。

宋儋

左攜鄭君或是鄭虔。

德

王洽

亡兄王悦字長豫，丞相導之子，早亡。洽，其弟也。

郗愔

知弟漸佳愔弟曇。

敬豫王導之子恬字。

郗超

段龕見《晉紀》永和七年。

王江州王允之後。江州隸庾翼，翼亡後，龕以青州來降，詳見本條。

謝萬

朗等萬之子。《謝安帖》云：『告淵、朗、廓、攸、靖。』

【校】

〔廓〕明鈔本作『節』，文瀾閣本作『廊』。

山

王羲之此部所稱皆同時。

袁生即袁宏。

二謝謝安、謝萬。『河』字卷謝二侯同。

子嵩庾子嵩。

熙郗曇字重熙，後亡。熙，或云重熙，并同。

穆松未詳。又一帖誤在鍾繇部，云松等隕慟，似是王氏甥。又『無』字卷：『穆松難爲情地。』又《法書要録》第十卷《右軍帖》語：『得松旨問馳白。』又按史，右軍從子穆爲臨海太守，丞相導孫，劭之長子。

張平不立平，并州刺史。

荀侯荀羡，下同。

修載王耆之子。

散騎王敬豫，官止散騎常侍。《子敬帖》云：『散騎殊常喜也。』亦同。

慶等王家兒子名。子敬《割至帖》云：『慶等。』又云：『慶等已至也。』右軍《發吴興帖》云：『慶等別不可言。』又『山』字卷：『慶等近消息。』

永嘉《謝邈傳》：『父鐵爲永嘉太守。』二謝之弟。

【校】

〔此部所稱皆同時〕明鈔本下有『人』字，文瀾閣本無注。

〔兒子〕明鈔本無『子』字。

〔又云〕文瀾閣本『云』作『言』。

明鈔本、文瀾閣本『右軍發吴』至『别不可言』句在『又云慶等已至也』上。

河

王羲之

桓公大司馬桓温。

蔡公謨。

仁祖謝尚字。

謝光禄

參軍王協敬祖嘗爲撫軍參軍，王珣嘗爲大司馬參軍。又《法書要録》右軍帖語云『羊參軍尋至』，當是羊模，《蘭亭詩》有行將軍羊模，詳見本條。

長素又《法書要録》云：『長素轉往。』

許君許詢字玄度。

范生范甯字武子，汪之子。

謝生謝萬。

謝司馬謝安嘗爲桓温司馬。

阮生裕，字思曠。

敬和王洽字。

謝二侯

丹陽王胡之嘗爲丹陽太守。

太常王策。

僕射王劭字敬倫，丞相導之子。《子敬帖》：『僕射表解臺職。』亦同。

司州王脩齡字胡之，下同。

向亦得方書謝萬。

叔虎王彪之。

期王氏子。又李偉家藏有《期小女帖》。《世説》：『王承字安期，阮裕所謂王氏三少者也。』據史，

承是太原族，非琅邪族，裕所稱期非承，乃此期耳。

【校】

〔王羲之〕明鈔本、文瀾閣本無。

〔謝生謝萬〕明鈔本、文瀾閣本『謝萬』下有『字萬石』三字。

〔謝安嘗爲〕明鈔本、文瀾閣本『謝安』下有『字安石』三字。明鈔本無『爲』字。

〔謝二侯〕明鈔本、文瀾閣本無。

壯

王獻之

阮新婦思曠家女，王氏婦。

衛軍王敬文。王珣亦嘗爲之。

冠軍見張芝條。

婢日夕疏解見王操之條。

育故羸

倪比健二人皆王家兒名，後有。

姉郗氏女，獻之婦。

天寶王氏小名。

倫子敬兄弟之女，解見渙之條。

華右軍《范新婦帖》有『華等』之語，華、姜自是二人，姜解在操之條。

姜

直解見涣之條。

【校】

〔華等〕明鈔本『等』作『寺』。

帝

王獻之

領軍王邵。或是王洽。

丹陽王胡之。

承修東轉修載，王耆之子。

鄱陽已見。

敬祖王協，丞相導之子。

玄度許詢字。同時伏滔亦字玄度，然非右軍語。

興公孫綽。

黄門王恂、琳、謐皆嘗爲之。徽之亦爲此官，然卒在子敬後，不得言黄門殞背也。

秀順順已解在操之條。秀亦王氏兒女，《大令帖》云：『秀已還也。』

【校】

〔王獻之〕明鈔本、文瀾閣本無。

〔王耆之子〕明鈔本『子』作『字』。

居

王獻之

桓江州桓冲。桓氏雲石、秀石、生玄皆嘗爲江州，然而不合。

鐵石謝鐵，安石、萬石之弟，辨在本條。

鵞王氏小兒名。《大令帖》云：『鵞還慰姊意。』又云：『鵞差否。』

東陽諸妹

【校】

〔王獻之〕明鈔本、文瀾閣本無。

〔東陽諸妹〕明鈔本下有『王邵妹』小注。

太

太宗皇帝

張祜晚唐詩人。

平

晉元帝

司馬睿元帝姓名。

宋明帝

休祐休範宋文帝二子。休祐，史作休祐。

彧報明帝名彧。

【校】

〔明帝名彧〕明鈔本、文瀾閣本上有『宋』字。

梁武帝

二謝此是贗帖，或是臨大王帖，蓋二謝非梁人。

【校】

〔梁武帝〕明鈔本無『帝』字。

唐太宗

江叔高宗之叔江王。

奴高宗小名。

娘子長孫皇后。

耶耶太宗自稱。

太子無事謂高宗。

五代忠懿王錢俶謚。

【校】

〔五代〕明鈔本、文瀾閣本無。

無

王羲之

永興王右軍從妹胡母氏所居，見《十七帖》。

侍中徐邈。

得大等書王忱字佛大。

太宰武陵王晞。

中郎已見鍾繇部。

以

王羲之

曹妹右軍妹適曹氏者。

官奴子敬小名。

官奴婦郗氏女。
東陽王劭敬倫爲東陽太守。
先師王氏奉五斗米道之師。
阮公思曠。
先生許邁，見《真誥》。
殷生浩字深源。

報

王羲之
周常侍撫。
臨海郗愔嘗爲郡太守。
賓蔡氏子，名亦見《法書要録》十卷。
卞公卞駙馬，見《秘閣續帖》。又《蘭亭詩》有鎮國大將軍卞迪，當是此人。
方回郗愔字。
都督謝尚。
宰相簡文帝。

願

王羲之

姜導等已見。

謝范新婦已見鍾部。

壽故不平復大令云：『貞壽不成病。』

素右軍云：『長素差不？』

上

王獻之

掾王珣。

貞壽王氏女。

鸗還已見。

劉家疾患獻之妹嫁餘杭劉氏，右軍女也，見《乞假表》。虞龢云：『謝靈運母劉，子敬之甥。』以此可證。

李參軍充，衛夫人子。

登

薄紹之

江參軍夷，與羊薄同時，爲宋武帝鎮軍行參軍。

薛八侍中此帖贋，見黄氏《刊誤》。

封

張旭

藏真懷素字，潘不曉以爲張旭書。

書案：此下原本缺。

【校】

明鈔本、文瀾閣本『書』下無小注。

辨僞

【校】

明鈔本、文瀾閣本作『書跡辨僞』。

日

蒼頡

夏禹

仲尼

史籀

李斯

程邈六家皆僞。

古法帖是王子敬等書。

衛夫人僞。

何氏是歐陽詢書。

【校】

明鈔本末有『蔡琰僞』一條。

月

張芝前四帖是唐人臨晉帖。

崔子玉僞。

鍾繇前一帖是王右軍臨，後一帖非鍾，乃右軍帖。

皇象後一帖僞。

張華僞。

【校】

〔唐人臨〕明鈔本『臨』作『師』。

〔張華僞〕明鈔本、文瀾閣本無小注。

光

庾翼後一帖僞。

沈嘉僞。

杜預後一帖僞。

王循

劉超

劉瓌

劉穆之

紀瞻

張翼

陸雲

山濤八帖皆僞。

王操之非。

【校】

〔沈嘉僞〕明鈔本無小注。

天

卞壺

謝法

羊欣三帖皆僞。

【校】

〔法〕明鈔本作『發』。

德

王廙第一帖僞。

謝安僞。

【校】

〔謝安僞〕明鈔本『僞』上有『後一帖』三字，文瀾閣本無小注。

山

王羲之

行成

兄靈柩

闊别稍久

承足下還來

知遠

荀侯六帖僞。

僕近修小園子半是僞，半是子敬。

河

王羲之

足下時事少

吾怪足下

前從洛三帖僞。

十月七日羲之報是集字。

云足下尚停亦僞。

期已至語是，書非。

壯

王獻之

節過歲終

思戀無往帖並差，非僞。

【校】

〔帖並差〕明鈔本、文瀾閣『並』作『玄』。又明鈔本『帖』上有『二』字。

帝

王獻之

復面悲積僞。

鵝羣僞。

玄度時來往非。

薄冷

益部二帖皆歐陽詢。

鬱鬱澗底松僞。

前者先以非。

仲宗

黄門

令外甥三帖皆右軍。

居

王獻之

吾嘗以後九帖多是右軍語，唯一帖有獻之字，然書非二王矣。

太

王獻之

七月二日獻之白臨失。

極熱

服油並僞。

【校】

明鈔本無『太』字及『王獻之』三字。文瀾閣本無『王獻之』三字。

平

晉武帝僞。

晉元帝前後僞。

齊高帝

梁武帝並僞。

唐太宗

勅十一日

不識夜來二帖是高宗書。

五代忠懿王僞

【校】

〔晉武帝、晉元帝、齊高帝、梁武帝〕明鈔本、文瀾閣本皆無『帝』字。

〔五代忠懿王〕明鈔本、文瀾閣本無『五代』二字。又文瀾閣本此條在『晉武帝』條下。

無

王羲之

今遣鄉里人

疾不退

適得書

知欲東

差涼五帖僞。

以

王羲之

勿殺生

近日東陽二帖皆非。

報

王羲之

宰相安和

噉豆鼠二帖皆非。

願

王羲之

告姜道等

諸女無復

得奈如告

間者一兩

當近道

想彼悉佳六帖皆子敬書。

上

阮研

蕭確二帖僞。

衛恒後一帖非。

登

虞世南

大運不測僞。

薛稷

褚遂良皆僞。

封

張旭大字是懷素。

書

王廙僞。

凡言非者，是他人，非此人書。僞者，乃後人所作。

【校】

〔他人〕明鈔本、文瀾閣本下有『帖』字。

九品書人

上上品

夏禹作形象篆

史籀大篆

文宣王大篆十字已辨其非，姑列于此。

李斯小篆

崔子玉篆隸草書

張芝草書

鍾繇正書散隸

皇象八分

王羲之行草飛白

張旭大小草書

【校】

〔上上品〕明鈔本作『書品上上』。

〔大小草書〕明鈔本『草』下有『正』字。

上中品

索靖草行

衛瓘隸行

衛夫人正行

王獻之行草飛白

上下品

庾翼行草

謝安行草

桓温行草

梁武帝篆正行

羊欣草隸

中上品

王凝之行草隸

王徽之行草隸

蕭思話行草

歐陽詢正及行

陸柬之行草

褚遂良行草隸

虞世南正草

中中品

郗超行草

阮研正及行

中下品

郗愔行隸

下中品

山濤行隸

薛稷行草

右出《墨藪》，今但録帖中有其名者列于此，使攬者知之。餘尚多不録。若帖中所有而《書品》所無者，不敢復以己意定其高下也。

絳帖平卷一

宋姜夔撰

【校】

明鈔本無『卷』字及『宋姜夔撰』四字。乾隆鈔本無第一卷。

日

蒼頡書二十八字

【校】

明鈔本、文瀾閣本小注四字另行大字。

《述異記》云：『頡葬北海，呼爲藏書臺。周時得其書，莫識，遂藏之書府。至秦李斯識八字，云：「上天作命，皇辟迭王。」漢叔孫通識十二字。』杜子美云：『蒼頡鳥跡既茫昧，字體變化如浮雲。』則頡之書亡久矣。周宣王時，史籀變古文爲大篆。李斯又減籀體爲小篆，作《蒼頡篇》，謂之秦篆。斯所作篇首有『蒼頡』二字，因以名篇，非能傳頡書跡也。頡之文字，一變于籀，再變于斯，而絕矣。此字疑是梵書。前代譯經，中國梵書無數，皆漆書貝多葉，與此同。

夏禹書十二字

子坐行齊春□□□尚

禹時用科斗書。韓退之詩云：『岣嶁山尖神禹碑，字青石赤形模奇。科斗拳身薤葉披，鸞飄鳳泊拏虎螭。事嚴跡秘鬼莫窺，道人獨上偶見之。』《山海經》云：『衡山一名岣嶁。禹巡衡山，夢得金簡玉字之書，遂得治水之要。』今勝業寺猶有禹桓碑，當是此時刻也。《南嶽總勝集》云：『有人嘗至岣嶁峰下，見蛟龍踞石上，光彩絢爛，意必禹書之神靈。』此類小篆可見其妄，與蒼頡書皆一手僞作也。

【校】

〔齊春尚〕明鈔本『春』與『尚』間缺一字，文瀾閣本同，注云『缺』。

〔岣嶁山尖〕明鈔本『山』作『峯』。

魯司寇仲尼書十二字

【校】

明鈔本、文瀾閣本無小注。

□□□有吴君子之

【校】

明鈔本、文瀾閣本無『□□□』。

世傳仲尼表季札墓云：『嗚呼！　有吴延陵君子之墓。』案唐張從申跋云：『玄宗嘗命殷仲容摹搨。』大曆中，潤州刺史蕭定作季子廟，重刻此碑，傳至今。予按魯昭公二十七年，闔閭殺吴王僚自立，季子聘還，復命于墓。哀公十年，嘗將兵救陳，後不知其所終。

《皇覽》曰：『季子冢在毗陵縣暨陽鄉，至今吏民皆祠之。』歐公云：『考仲尼歷聘，不聞至吴。又其字特大，非古也。』墓闕題字，唯東漢有之，皆作分書，若劉文饒、王稚子闕之類。又《水經》載朝歌縣牧野比干冢前有石銘，隸云：『殷大夫比干之墓。』今已中折，不知誰所識，亦當是東都耳。洪氏《隸續》云：『西都彝器皆是篆書。』又按西都墓甎亦多是篆書『某人之墓』。以此詳之，季子墓題必是西漢時吴人所刻，懷季子之賢，故曰『嗚呼』。蓋魯壁藏書，文皆科斗。商周彝器，並用刀書。此是筆書，又雜小篆，決非仲尼所爲，後世好事者傅會耳。予考篆文『⿱罒口』乃『君』字，或曰季子，非也。漢神寶鑑銘『君』字正如此，以此知其爲漢篆也。舊碑只十字，皆大尺餘。此字小，惟『有吴君子之』五字同，餘更大異。復多二字，尤見其妄。秦少游云：『季子墓銘，其真者猶疑非仲尼書，況依倣爲之者。』

【校】

〔殺〕明鈔本作『弑』。

〔哀公十年嘗將兵救陳〕明鈔本、文瀾閣本此九字小注。

〔君字正如此〕明鈔本、文瀾閣本『君』作『郡』。

史籀書

歙州砦易悳系

衛恒云，周宣王時，史籀始著大篆十五篇，或與古同，或與古異，世謂之籀書。韓文公以石鼓文爲籀所作，不知何據。夾漈鄭樵云：『籀與古文用刀書，故字畫首尾皆鋭。秦篆則漆書，故字畫首尾皆刓。石鼓之文，其端皆刓，以此知其爲秦篆，非籀也。』然樵之説，亦未爲盡是。《詛楚文》，秦篆也，而用刀書。汲冢書，古文也，而用漆書。先秦鐘鼎固有刓者矣。秦漢兼用刀筆，故有鋭者矣。辨石鼓之非籀，不在是也。古文轉折圓無圭角，秦因之。予按書有八體，秦漢所常用者篆隸耳。夫隸者，篆之捷也。先漢士大夫賤之，不以書金石。桓靈之際，始書金石矣。楷者，隸之捷也。始於上谷王次仲，至魏晉方盛，然亦不以書金石也。章草者，楷之捷也。始于杜伯度，章帝愛之，因以爲名。此赴急之書也。予謂古文生籀，籀生小篆，小篆生隸，隸生楷，楷生草。每降愈捷爾。庾肩吾云：『隸書，今之正書也。』是知隸與楷本一種，而有波磔者爲隸，無波磔者爲楷。然古人總謂之隸。後有行草，因以正名之故。書家不謂之真草，而謂之草隸；不謂之真書，而謂之隸書。史稱王羲之尤善隸書是也。洪文惠兄弟以漢人所書爲隸，魏晉以後爲八分。此説非也。杜詩云：『大小二篆生八分。』張懷瓘云：『八分者，王次仲所造。』既言次仲作楷，又言造八分，則知曰隸、曰分、曰楷，曰正其實一耳。自漢以後，楷既自成一家。南北分裂，隸又分爲二體。北方一體，則魏《受禪碑》是也。南方一體，則吴《天發神讖》是也。蓋魏人專法中郎，方勁可愛；吴人雜用篆法，奇古無倫。爾後北人多用魏體，南人多用吴體，皆有碑可證。

東晉之末，字轉折方，歷代承之，故漢以後篆皆方。至唐李陽冰乃以鐘鼎筆法書小篆，故自成一家也。今石鼓字方，與《詛楚》同，是爲秦書明矣，非籀也。況此七字乃唐人小篆耶？

【校】

〔不知何據〕文瀾閣本『據』作『異』。

〔故字畫首尾皆鋭〕文瀾閣本『故』作『致』。

〔未爲盡是〕明鈔本、文瀾閣本無『是』字。

〔秦因之〕明鈔本、文瀾閣本無『秦』字。

〔桓靈之際〕明鈔本、文瀾閣本『桓』作『威』。

〔尤善隸書〕明鈔本『善』作『喜』。

秦丞相李斯書

田疇耕耨爲政朞月而致法令使父子爲鄒魯

米元章云：『不知何人書。』黄長睿云：『乃李陽冰篆，明州刺史裴公紀德碣中字。』此摹十八字爲斯書，無銖黍差。斯書傳至今者，有太山刻及秦權衡斤量銘，乃弃案此下原書闕。

【校】

明鈔本『乃弃』下作『不録』二字。文瀾閣本作小注『缺』。

秦程邈書

天得一以清　地得一以寧　神得一以靈　谷得一以盈　萬物得一以生　侯王得一以爲天下正　其致之　天無以清將恐歇

今人稱隸書爲隸古，非也。《書序》所謂隸古者，《書》有古文今文之别。隸爲今文，古爲古文。漢靈帝時，劉陶删定古今文，《尚書》是也。隸書始于程邈。衛恒云：『秦既用篆，奏事繁多，篆字難成，即令隸人佐書曰隸字。』漢道術盛行，符籙所用，皆作吴體。至唐則總爲一耳。國初以來，多作唐體。自歐、趙著録漢刻，士大夫始重漢而貶唐。唐體誠拘，然漢刻亦有工拙，不能皆佳也。此帖雖無波磔，謂之隸書，亦何不可？若以爲邈書則非。黄云：『自蒼頡至程邈皆僞。』

【校】

〔古今文〕明鈔本『今』下有『二』字，文瀾閣本『今』下有『一』字。

〔國初以來〕明鈔本、文瀾閣本皆提行。

又按：周越《法書苑》：『丘光庭云：「《左傳》『亥有二首六身，如布筭之狀』，古文『亥』作『㤥』。」』依此語，則春秋時已有隸書矣。酈善長《水經注》云：『臨淄人發古冢得銅棺，前和隱起爲隸字，云「齊太公六代孫胡公之棺」，唯三字是古，餘同今書。』證知隸字出古，非始于秦，而邈推廣之耳。

【校】

〔恔〕明鈔本、文瀾閣本作『布』。

古法帖

知賢弟至舍晚寒想顧之傷歎遂爾永惟痛壽春富陽苑道長體氣以小勝前日得此暑大都尋常新婦書寄物示諸人散騎二君何時還兄子皆佳能數爲也

此帖乃王大令書，筆勢可見。所稱『散騎』，王敬豫也。《大令帖》云：『阮新婦勉身得雄，散騎殊常喜也。』詳見山字卷。

孤不度德量力欲侯義於天下而措術淺短遂至昌蹶然至於今日志猶不息君謂計將安出

亮曰董卓已來豪傑並起跨州連郡不可勝數曹操比於袁紹則名微而衆寡故能克紹以弱爲强今日擁百萬之衆挾天下而令諸侯誠能不可與争鋒也

【校】

〔亮曰董卓〕文瀾閣本接前段『計將安出』下。

〔已〕明鈔本作『以』。

古蜀昭烈與諸葛亮問答，其半在居字卷大令書中。米云亮書，固非。山谷以爲兼張芝、索靖之美。黄云：『此逸少書，似《豹奴帖》。』予按二帖雖章草，未爲精密。又數經臨摹，大小不等。且妄增損史文，殊無義理。與《豹奴帖》皆非逸少筆法矣。逸少學皇象章草，當不止此。

【校】

〔古〕明鈔本作『右』。

既移屋近西牆微援裏地成大寬援裏起小三架如步廊政可一丈梁得使二家通出入作門閤也此屋之東故應作牆直步廊一壁太單空園中彌宜移三間屋故當不甚難重複粗畫啚如别耳

【校】

〔啚〕文瀾閣本作『圖』。

足下既即意適閑曠亦當忘暑耶遊矚疎數至對告卿少吾今年病垂耳始

小差大小今度病惛忽移日耳每每深望遠言慰尚賒慨然玄日具問可與音介
匆匆書後既即直入理略絶何緣復有周旋理長史斷闊亦不慽卿惟公事時相瞻
望耳吾面促遂至今不著不可解計至故應必有秀但不知好惡云何耳須得

此二帖，米云羊中散書，後有『欣白』字。黄亦以爲中散書，非也。此晉帖耳。所稱『玄』，謂吴興太守張玄之，或會稽内史謝玄。所稱『長史』，謂司徒左長史王濛，或是大司馬長史王禎之，或是司馬左長史王廞。皆晉人也。以此推之，乃王徽之輩書耳。欣晚出，非欣書也。『援』與『園』同，見皇象《急就章》。諸家釋『心暑』爲『惡暑』、『忌暑』，皆非。以上文尋之，乃『忘』字耳。張芝帖中『講忘不忘』，上『亡』字亦如此，下『心』字作三點。劉次莊又釋作『竟』，可怪。釋『有秀』作『有香』，亦誤，謂秀才隨上計吏至也。東晉諸州舉秀才一人，既不講習，遂坐所舉，故至者多稱疾而去。帖中『好惡云何』，似爲此。『慽』，古『減』字。懷素云『草不慽張』，亦同。劉釋作『憾』，尤非。

【校】

〔王禎之〕明鈔本、文瀾閣本『禎』作『禛』。

〔心暑〕明鈔本『心』作『忘』。

〔好惡云何〕明鈔本、文瀾閣本『云』作『如』。

黄云：『王世將帖後兩表極古，信能傳鍾氏筆意，而右軍學之也。』表中云：『頓乏匆匆。』案《顔氏家訓》云：『世中書翰多稱「匆匆」，相承如此，莫原其由。或有妄言此「忽忽」之殘缺耳。《説文》：匆者，州里所建之旗。蓋以趨民事，故忩遽者稱「匆匆」。』僕謂顔氏以《説文》證此字爲長，而今世流俗又妄于『匆』字中斜益一點，讀爲『忽忽』字，彌失真矣。按《祭義》云：『匆匆諸其欲其饗之也。』注：『匆匆，猶勉勉也，慤愛之貌。』杜牧之詩：『浮生長匆匆。』是知『匆匆』出于《祭義》，古人詩中用之，不特稱于書翰。

何氏書

投老殘年西崦已逼恒慮儵忽歸骸玄壤溘爾冥滅竟不一言以此在懷預爲其備於茲路唯有憑心他餘不能有益年將八十可以意求欲望長存何可得也道大難俗情見善從善如登見惡行惡如崩必須榮怠惰勤精進愛日惜力乃可獲耳吞聲飲氣不勞頓爾他便生異議速自詳荅取竟勿滯留也十六日

【校】

〔十六日〕明鈔本無此三字。

去留深情故當所爾餘散輩停歲積故切思歸三月下旬還非賒冀叙不遥

南路行乃寂絶傷心

【校】

明鈔本此段連前段『勿滯留也』下，文瀾閣本連前段『十六日』下。

黄云：『何氏書，若曰如何人耳，或以爲姓，非也。』米云：『是歐陽率更令書。』按《法書苑》：『率更名詢，長沙汨羅人，唐貞觀十五年卒，年八十五。』此帖有『年將八十』之語，詢書明矣。詢墨跡今世尚多，筆勢皆如此。

【校】

〔貞觀〕明鈔本、文瀾閣本『貞』作『正』。

蔡琰書

我生之初尚無爲我生之後漢祚衰

此兩句琰所作《胡笳》曲辭。琰，中郎之女。因董卓之亂，爲胡所掠。在胡中生二子。曹公贖琰歸，至洛陽，見胡雛而念其子，作《胡笳十八拍》，琴家傳之。『祚』字劉釋作『祀』，此易曉。右旁先點，後乙爲『祀』，先乙，後點爲『祚』。山谷云：『琰自書十八章，極可觀，不謂流落僅餘兩句，亦似斯人身世。』即以予觀之，與皇象後一帖一手僞作耳。

【校】

明鈔本此帖注云：『在何氏帖前。』

衛稽首和南近奉勅寫急就章遂不得與師書耳但衛隨世所學規摹鍾繇遂歷多載年廿著詩論草隸通解不敢上呈衛一弟子王逸少甚能學衛真書咄咄逼人筆勢洞精字體遒媚師可詣晉尚書館書耳仰憑至鑒大不可言弟子李氏衛和南

衛夫人書

【校】

自『李氏衛和南』起至下段『王子敬年五歲神清朗悟已有書』止，明鈔本缺。

衛夫人帖，唐初李懷琳贋作。竇臮《述書賦》云：『稽康《絶交書》、《七賢帖》，亦李所贋也。』黄云：『此帖尤疏繆。』按梁蕭子雲《答武帝敕》云：『臣昔不能拔賞，隨時所貴，規摹子敬，多歷年所。二十六著《晉史》，至《二王列傳》，欲作《論草隸法》，言不盡意，遂不能成。十許年始見敕旨《論書》一卷，商略筆狀，洞徹字體。始變子敬，全範元常。逮爾以來，自覺功進。』此僞帖皆竊取子雲啟中語，欲小改之，遂失其句讀。又衛夫人乃李矩妻、李充母，名鑠，字茂猗。與師書自當著名。不但稱夫族及姓也。以數事考之，其僞不疑。前輩論此帖，以其『敕』字從『力』、『館』字從『舍』爲僞，未中其病。蓋自二王以來，謁字甚多，『陳』爲『陣』、『策』爲『筴』，皆二王輩自製，不可據此定真僞也。予按，懷琳字殊少韞藉，與此不同。此似非懷琳自作。觀其諸字皆楷，而『不可言』三字作草，必是集晉字爲之。《法書苑》云：『夫人是廷尉展之女弟，恒之從妹，中郎李充之母。』充善楷書，妙參鍾、索，此聖善之教也。夫人既是恒之從妹，書安得不佳？王子敬年五歲，神清朗悟，已有書意，每從諸兄造焉，夫人因書《大雅吟》賜之，後右軍亦嘗臨寫。《墨藪》云：『夫人見右軍小時書，語太常王策曰：「此兒必見用筆訣也，妾見其書，便有老成之智。」因流涕曰：「此子必蔽吾書名。」』少陵云：『學書須學衛夫人，但恨無過王右軍。』其傳尚矣。

僧懷素書

右軍云吾真書過鍾而草故不悈張僕以爲真不如鍾草不及張所爲世之所重以其能懷素之不足以爲道其言當不虛也

懷素此言似訶右軍。董逌云：『此阮籍臨廣武戰場之歎也。』孫過庭云：『伯英不真，元常不草。彼之二美，而逸少兼之。擬草則餘真，比真則長草。雖專工小劣，而博涉多優。』蓋謂此也。唐太宗謂鍾書體則古而不今，字則長而逾制，心摹手追，右軍而已。庚翼舊藏伯英草書十紙，過江亡失。見右軍書，焕若神明，頓還舊觀。翼與太宗在前，其言如此；過庭、懷素後出，其言如彼。何也？

張旭書

足下晚後不知疾痛如何深極憂難比也上下安之必得發耶

得足下十五日問爲慰僕前患差張旭書

【校】

明鈔本、文瀾閣本此行接前段『必得發耶』下。

此兩帖非贋，亦非合作。世所傳《千文》豪甚。今秘閣有二蹟，其一佳。

絳帖平卷一

【校】

明鈔本無『卷』字。

絳帖平卷二

宋姜夔撰

【校】明鈔本、乾隆鈔本無『卷』字及『宋姜夔撰』四字。

月

漢張芝書

知汝殊愁且得還爲佳也冠軍𨷂暢釋當不得極蹤可恨吾病來不辨行動潛不可耳

【校】〔辨〕明鈔本、文瀾閣本、乾隆鈔本都作『辦』。

終年纏此當復何理耶且方有諸分張不知以去復得一會不講忘不忘可恨汝還當思更就理一昨遊悉誰同故數往虎丘不此甚蕭索祖希時面因行藥欲數處看過還復共集散耳不見奴粗悉書云見左軍彌數論聽故也

今欲歸復何適報之追不具揔散佳並侍郎耶言别事有及過謝憂勤

【校】

〔適〕文瀾閣本作『時』。

二月八日復得鄱陽等多時不耳爲慰如何平安等人當與行不足不過彼與消息

八月九日芝白府君足下不日秋涼平善廣閑彌邁想思無違前比得書不遂西行望遠懸想何日不懃捐業漂没不當行李又去春送舉喪到美陽須待伴比故遂簡絶有緣復相聞飡食自愛張芝幸甚幸甚

【校】

〔漂没〕文瀾閣本『没』作『泊』。

太平興國中，詔天下搜訪前哲墨跡圖書。先是荆湖轉運使得張芝草、韓幹馬以獻。此帖是也。按芝字伯英，弘農人。凡家之衣帛，必書而後練之。臨池學書，池水盡黑。下筆必爲楷則，號『忩忩不暇草書』。寸紙不見遺。韋仲將謂之草聖。此五帖僅一真。

【校】

〔書〕明鈔本、乾隆鈔本作『畫』。

〔弘農人〕乾隆鈔本『弘』作『宏』。

『不知以去』，『以』與『比』同，蘭亭以爲陳迹，或作『比』，非。『講忘』或釋作『竞』，非也。『竞』字當於德字卷郗愔帖看之。

【校】

〔與比〕明鈔本『比』作『已』，乾隆鈔本作『以』。

米云：『五帖皆張長史書。』黄云：『張祖希玄之字，與大令同時，當是長史書。』黄云帖辭耳。予按《續晉陽秋》：『張玄之嘗爲冠軍將軍。』又按《世説》：『王東亭珣與張冠軍善，既作吴郡，人問小令王珉曰：「東亭作郡，風政何似？」答曰：「不知治化如何，惟與張祖希情好日隆。」』前兩帖所謂『冠軍蹔暢適』、『祖希時面』、『數往虎丘』等語，似是珣作吴郡時帖，以爲伯英過矣。顔魯公《虎丘寺》詩云：『拾宅仰珣珉。』則知珣又嘗居吴也。後兩帖云『侍郎』者，郗愔也，『鄱陽』者，王廙也。當是右軍父子帖。以上四帖，皆經長史或藏真手臨。藏鋒圓勁如篆筆，所謂錐畫沙者也。長史嘗以此法授顔平原，平原授藏真，柳公權、楊凝式皆得之。近時惟思陵獨擅其妙。第五帖章草，高古可愛，真伯英之妙跡。『不日秋凉』，諸家皆不曉『不日』二字。伯英既是弘農人，則送喪至美陽，應亦有之。美陽，岐山也。山谷云『此書絶妙無品者』，信然。《淳化官帖》十卷，除二王書多佳者外，唯有張芝小草、皇象前帖、鍾繇《宣示帖》、王廙二表而已。荀伏膺於此四家，亦足以跨唐人矣。

【校】

〔玄之〕乾隆鈔本『玄』作『元』，下同。

〔黄云帖〕明鈔本、乾隆鈔本作『二王帖』。

〔王珉〕三本都作『王珉』二小字。

〔虎丘〕乾隆鈔本『丘』作『邱』。

〔拾〕明鈔本、乾隆鈔本作『捨』。

〔惟思陵〕明鈔本、乾隆鈔本『惟』字下空二格。

三本『第五帖』都提行。

〔弘農人〕乾隆鈔本『弘』作『宏』。

後漢崔子玉書

賢女委頓積日治此爲憂懸憔心今已極佳足下勿復憂念有信來數附書

知聞以解其憂

【校】

〔憔〕明鈔本、文瀾閣本作『燋』，乾隆鈔本作『焦』。

〔聞〕乾隆鈔本作『間』。

崔瑗，字子玉，後漢安平人。善小篆，草師杜度。衛恒云：『章帝時杜度，號稱善作，後有崔瑗、崔寔，亦皆稱工。杜氏殺字甚安，而書體微瘦。崔氏甚得筆勢，而結字小疎。』此帖『附書知聞』，是唐人語，筆亦不古。子玉書有《張平子碑》。傳于代。

【校】

〔號稱善作後有〕三本『善』上都無『號稱』二字。『作』下有『篇』字。

〔殺〕文瀾閣本作『度』，明鈔本、乾隆鈔本作空一字。

〔結字〕三本『字』都作『體』。

吴皇象

文武將隊乃俾俊臣整我皇綱董此不虔古君子即戎從身昭其果毅尚其桓桓師尚七十氣冠三軍詩人作歌如鷹如鸇天有泰一五將三門地有九變丘陵山川臣象言頑闇容薄加以年老凡百乖穢無所聞宜特蒙哀傷殊異之遇安

【校】

三本此帖皆注云：『當在鍾後。』

感騎乘之懽遊息之燕湆和足使忘軀命榮觀足以光心膂延望翹翹念在效報
而蕭走垂須終何才力以荅新恩惟尚有借近趙走文過首貧尚尋天恩智方當
私成無任顔愛自彌文唯

【校】

〔文武將隊〕明鈔本、乾隆鈔本『隊』作『墜』。

明鈔本『從身』下有『所以』二字，乾隆鈔本『身』下空二字。

〔昭其果毅〕乾隆鈔本『毅』作『毅』。

三本都無『有九變丘陵山川』七字，『臣象言』提行。

〔蕭〕三本都作『萠』。

〔彌文〕文瀾閣本、乾隆鈔本『文』作『又』。

皇象，吴人，字休明。前一帖乃寫後漢東觀校書郎高彪送幽州督軍第五永箴。其文曰：『文武將墜，乃俾俊臣。整我皇綱，董此不虔。古之君子，即戎忘身。明其果毅，尚其桓桓。吕尚七十，氣冠三軍。詩人作歌，如鷹如鸇。天有泰一，五將三門。地有九變，丘陵山川。人有計策，六奇五間。』云云。蔡邕等甚美其文，以爲莫尚也。此以『明』爲『昭』，以『吕』爲『師』。盖范曄作史，因晉代舊書，避晉諱耳，當以此爲正。第五句欠一『之』字，『忘』誤作『從』，或是傳訛。然書跡妙絶，遂爲章草之冠。

【校】

〔永〕文瀾閣本作『泳』，乾隆鈔本作『氷』。

〔墜〕文瀾閣本作『隊』。

〔忘身〕乾隆鈔本『忘』作『忠』。

〔第五句〕此三字三本都無。

〔從〕文瀾閣本、乾隆鈔本作『竕』。

魏鍾繇書

尚書宣示孫權所求詔令所報所以博示逮於卿佐必冀良方出於阿是蒭蕘之言可擇廊廟況繇始以疎賤得爲前恩横所眄睨公私見異愛同骨肉殊遇厚寵以至今日再世策名同國休慼敢不自量竊致愚慮仍自達晨坐以待旦退思鄙淺聖意所棄則又割意不敢獻聞深念天下今爲己平權之委質外震神武度其拳拳無有二計高尚自疏況未見信今推款誠欲求見信實懷不自信之心

【校】

明鈔本此帖注云：『合在皇象前。』

亦宜待之以信而當護某未自信也其所求者不可不許許之而反不必可與求之而不許勢必自絶許而不與其曲在己里語曰何以罰與以奪何以怒許不與思省所示報權疏曲折得宜神聖之慮非今臣下所能有增益者與文若奉事先帝事有數者有似於此粗表二事以爲今者事勢尚當有所依違願君思省若以在所慮可不須復臭節度唯君恐不可采故不自拜表

【校】

〔必冀良方〕乾隆鈔本『冀』作『異』。
〔蒻蕘〕乾隆鈔本『蒻』作『芻』。
〔眄睨〕明鈔本、乾隆鈔本作『眄睨』。
〔休慼〕乾隆鈔本『慼』作『感』。
〔致愚慮〕三本『致』上都有『切』字。
〔高尚自疏〕文瀾閣本、乾隆鈔本『疏』作『流』。
〔實〕三本都作『寔』。
〔臣〕三本都作『目』。
〔臭〕明鈔本作『貌』。
三本『故不自拜表』下都有『已欲日安厝即其情事長畢奈何松等隕動哀情頓泄亦難可言郗

還未卜聊示友中郎相憂不去心感遠懷近增傷惋每見范母子哀號使人情悲』一段。

褚遂良《右軍書目》，有鍾繇《宣示帖》一條。山谷云：『繇書大小有數種，予獨善此小字。』又云：『鍾繇書有十二種，意外巧妙。世所傳者，乃右軍臨本爾。』案袁昂《評書》云：『鍾司徒有十二種，意外巧妙，絶倫多奇。』又云：『鍾繇如雲鶴遊天，群鴻戲海，行間茂密，實亦難過耶。』以此言之，十二種巧妙，乃鍾會耳，非繇也。又按《法書要録》，梁武論鍾繇書十有二意，謂平、直、均、密、鋒、力、輕、快、補、損、巧、稱，非前所謂也。王僧虔云：『亡高祖丞相導，喪亂狼狽。將鍾繇尚書《宣示帖》衣帶中，過江在右軍處。右軍借王敬仁修。敬仁死，其母以修平生所愛，并以入棺，真跡遂絶。』正觀御府所藏，乃右軍臨本。開元中，與大令所臨《白騎遂帖》在滑臺人家，國朝刻之《淳化帖》。蓋蘭亭之外，此帖便足爲寶，在《樂毅論》之右也。但今人不能研味之耳。世復有《丙舍》、《戎路》、《力命》、《白騎遂》、《黄帝張樂》五帖。近世汪氏有《漢復帖》，云是鍾書。皆别有平，此不載。

【校】

〔王敬仁修〕三本『修』都爲『仁』右下小字『脩』。下『修』字亦作『脩』。

〔近世汪氏有漢復帖〕明鈔本、乾隆鈔本『漢』字下空一格。

三本此段後皆有『范母子等語，二王帖間多有。米云齊梁人書，非也。余觀松，即右軍帖所稱穆松也。郗，王獻之婦也。中郎，郗曇也，字重熙，嘗爲北中郎。乃知是王右軍書爾。示安得爲齊梁人書』一段另起。

《宣示帖》云『昔與文若奉事先帝』，『昔』訛爲『者』。『以在所慮』，古文『以』、『已』一爾。《漢書》云『是時漢兵以踰勾注』亦然。『不須復白』，『白』字下有兩點，古『白』字印文皆然。此帖黄初二年作。是年八月，孫權奉章遣于禁等還魏，故曰『權之委質』也。

【校】

〔爾〕乾隆鈔本作『尔』。

〔不須〕三本『不』下都無『須』字，而『不』上有『故』字。

晉丞相張華書

得書爲慰僕諸惛疾已甚蹔西卧歸還乃悉比將念及不其〔具〕張華呈

【校】

〔比〕文瀾閣本、乾隆鈔本作『以』。

范陽張茂先終于司空，非丞相也。唐世已無書跡，此帖僞作。麄惡多俗筆，與李懷琳所作《七賢帖》同，其末一筆皆下垂也。

【校】

〔終于〕明鈔本、乾隆鈔本『于』作『於』。

晉丞相桓温書

大事之日僕在都謂無所復見慰勞又計時事也還節往來已具言意餘所慰勞諸相問答邊將粗當爾耳僕無所復治庶意

【校】

〔還〕明鈔本作『逐』。

〔往〕明鈔本作『郎』。

〔問〕明鈔本作『具』，文瀾閣本、乾隆鈔本作『聞』。

〔爾〕乾隆鈔本作『尔』。

〔無所復治庶意〕明鈔本注云：『《閣帖釋》作「無所使酒席意」。』

按《晉史》：『温鎮荆州，母孔氏卒，上疏解職，欲送葬宛陵，詔不許。』此云『大事之日，僕在都，無所復見慰勞』是也。『還節往來』者，温使人送旌節還臺也。『諸相問答，邊將粗當爾耳』者，謂邊將自能奏報，已可以去官也。『無所復治庶意』者，謂不復有意治軍政民事也。或謂温時是在江陵，不當言都。殊不知古稱邦國都鄙，《左傳》稱『大都三五之一，小九之一』，後世稱軍爲都，所謂『黑雲都』、『雁子都』是也。陳去非釋『治庶』爲『酒席』，殊無義理。《述書賦》云：『元子正草，厚而不倫。若遺翰墨，猶帶真淳。似山林之樂道，非玉帛之能親。』信然。

【校】

〔温時是在江陵〕三本『時是』都作『是時』。

〔元子正草〕乾隆鈔本『子』作『予』。

〔遺〕三本都作『爲』。

〔猶〕三本都作『由』。

明鈔本、乾隆鈔本『信然』下都有『由與猶同』四字。

晉丞相王導書

省示具卿辛酸之至吾甚憂勞卿此事亦不暫忘然書足下所欲致身處尚

在殿中王制正自欲不得許卿當如何導亦天明往

導白改朔情增傷感濕烝自何如頗小覺損不帖有應不懸耿連哀勞滿悶

不具王導

【校】

〔覺損不〕三本『不』都作『否』。

山谷絶喜王茂弘此兩帖，云『傷感濕悉』字皆佳。張懷瓘稱其行草兼妙，疎柯迴擢，寡葉危陰，此蓋彷彿矣。懷瓘又論王會稽羲之草書第八，在王廙世將、茂弘下。案張懷瓘《書議》，草書世將第五，逸少第八。世將，王廙字。並無茂弘。當是堯章誤記。若爾何足以壓右軍？當別有合作者。山谷云：『「足下所欲致身處尚在殿中」，諸家多作「彀中」。』字雖摹失，山谷爲優。《十七帖》中『殿』字與此不相遠也。『濕悉』，劉作『濕惡』。

【校】

〔王廙〕三本都作小字，在『世將』下。

〔弘〕乾隆鈔本二『弘』字皆作『宏』。

『案張懷瓘』至『誤記』二行小注三本都無。

〔若爾〕乾隆鈔本『爾』作『尔』。

〔當〕三本都作『應』。

晉丞相王敦書

敦頓首頓首蜡節忽過歲暮感悼傷悲今意想自如常比苦腰痛憒憒得示知意反不以悉王敦頓首頓首

【校】

〔頓首頓首〕下『頓首』二字，三本都無。

〔悲今意想〕明鈔本『意』作『邑』，文瀾閣本『意』作『此』。乾隆鈔本『今』下缺一字。

〔反〕三本都作『及』。

王大將軍書極佳。不論其人乃可爾。『憒憒』，劉誤作『怏怏』。

【校】

〔爾〕乾隆鈔本作『尔』。

絳帖平卷二

【校】

明鈔本、乾隆鈔本無『卷』字。

絳帖平卷三

宋姜夔撰

【校】

明鈔本、乾隆鈔本無『卷』字及『宋姜夔撰』四字。

光

晉太尉庾元亮書

亮白奉告書葙先爲媞子作輒先以奉之研今作之支髮枕今作無作模若

有可權付之亮再拜

【校】

〔葙〕三本都作『箱』。

〔模〕乾隆鈔本作『摸』。

『媞』，音『氏』，又音『啼』。江淮呼母爲『媞』。此當是以名小兒耳。王僧虔云：『庾征西少時，與右軍齊名。右軍後進，庾猶不分，在荆州與都下人書云：「小兒賤家雞，皆學逸少書。須吾下當比之。」』觀此帖，誠去右軍遠矣。亮，字元規，誤題曰元亮。

晉車騎將軍庾翼書

故吏從事中郎庾翼參軍事劉遐死罪白昨所啟罷遣孟昺所請求述上事事須檢校諮論光駕當出請不從詣録事中郎共詳處別白謹啟翼遐死罪死罪

【校】

〔死罪死罪〕文瀾閣本、乾隆鈔本只一『死罪』。

已向季春感慕兼傷情不自任奈何奈何温和足下何如吾哀劣何賴愛護時不足下頃氣力熟若別時

【校】

〔熟〕三本都作『孰』。

庾翼，亮之弟。嘗爲陶侃府從事中郎。晉有兩劉遐：其一，太寧二年，以平王敦功，封泉陵公；其一，南岳魏夫人之息，此泉陵也。黄云：『此啟當是與侃、二庾皆以能書名，此不能佳。』

第二帖贋作。

晉太守沈嘉長書

十二月十三日嘉頓首頓首歲有感懷深寒切想各平安僕勞弊遣不具沈嘉頓首頓首

【校】

三本『不及』下都有『右軍』二字。

〔搏〕三本都無此字。

〔丘〕三本都作『古』。

《述書賦》云：『長茂草勢，既挺而疎。慕王不及，獨斷所如。猶鷙鳥擊搏而失中，因蹭蹬於丘墟。』此帖贋可知。嘉字長茂，題作嘉長，亦非。

晉侍郎杜預書

十一月十四日預頓首歲忽已終别久益兼其勞道遠書問又簡間得來況知消息申省次若言面

親故數移轉想祖父自具云也祖父如足下來言小大云具絶女親親也有信數附書信以慰吾心也

杜征南第一帖，筆畫稍佳，而措詞非古。黄云：『或是江左人書。』第二《親故帖》，大體與皇象第二帖《崔子玉帖》同，語亦似崔帖。皆僞也。

【校】

〔措詞〕明鈔本『詞』作『辤』，乾隆鈔本『詞』作『辭』。

晉王循書

七月廿四日循詹頓首秋月感思深得近示爲慰餘熱比復可不僕疾患故爾不平復頓勿力書不宣王循詹頓首

【校】

〔廿四〕三本都作『二十四』。

米云：『王循、馬攸、王劭、劉瓌之、劉穆之、王廞、張翼、陸雲、山濤、卞壼、謝發、羊欣與章一手僞帖。』

【校】

〔帖〕文瀾閣本作『書』。

晋劉超書

超死罪白如命皆令有本末保任然後受隨宜分處謹白

此帖與庾翼第二帖同一手僞書。按超爲人忠謹清慎，書跡與元帝相類，乃絶不與人交書。《述書賦》云：『元帝之用筆可觀，世瑜之呈規仰似。』世瑜，超字也。此帖與元帝大别，其僞可知。

【校】

〔忠謹清慎〕三本都無『謹』字。文瀾閣本『清』下有『勤』字，乾隆鈔本『清』下空一格。

〔仰似〕明鈔本『似』作『侶』。乾隆鈔本『似』作『侶』，是『侶』誤。

晋散騎常侍謝璠伯書

此計江東精兵不可卒得唯當善養見者而事慮日多如比來憂懷實已萬端

江東，謂吴中也，項羽所謂『江東父老』者也。此似右軍論時事帖，書亦甚似。但已經唐臨，失其精妙處爾。

【校】

〔此似〕明鈔本『似』作『侣』。乾隆鈔本『似』作『侣』，是『侣』誤。

晉謝莊書

弟昨還方承一日忽患悶當時乃爾大惡殊不易追企恒想諸治昨來已漸勝眠食復云何頓日寒重春節至居患者無不增動今作何治眼風不異耳指遣承問謝莊白呈左僕射

【校】

〔復云何頓〕明鈔本『頓』作『頃』。

〔至居患者〕明鈔本、乾隆鈔本『居』作『㞾』。

謝憲子書，全倣子敬，風氣殊佳。案史，莊素多疾，與大司馬江夏王義恭牋，自陳兩脅癖疢，眼患五月來便不復得夜坐。此云『眼風不異耳』，當是此時書也。爾時蕭思話爲左僕射，愛才好士，人多歸之。此帖當是與蕭啓。莊，宋人。誤題爲晉。

晉劉瓌書

瓌之頓首頓首朱陽遠感閏知有患耿耿知以自屈恨不相見力及不比望

瓌之

【校】

〔閏〕乾隆鈔本作『閏』。

劉瓌之善八分。大令既不肯書太極殿榜，謝安遂令瓌之以八分題之。此僞帖也。黄云：『與王廙二十四日帖無異。』題欠『之』字。

晉黄門侍郎王徽之書

得信承嫂疾不減憂灼寧復可言吾便欲往恐不見汝等湖水泛漲不可渡遂復隔絶不然尋已往彼故遣疏知吾遠懷不具徽之等告

王右軍七男，見《十七帖》。凝之、操之、徽之、涣之、獻之并有書跡傳世。下二子玄之、肅之書跡不傳。黄云：『集帖者，不惟失諸子之序，而誤以坦之參其中。意謂坦之亦右軍子也。殊不知坦之王述子，乃太原族。右軍乃琅邪族耳。』按史，右軍嘗謂其諸子曰：『吾不減懷祖，而位遇懸邈，當是汝輩不及坦之故耶？』

【校】

〔并〕明鈔本、乾隆鈔本作『並』。

〔玄之〕乾隆鈔本『玄』作『元』。

〔琅〕明鈔本、乾隆鈔本作『郎』。

〔邈〕乾隆鈔本作『遜』。

右軍家山陰。『湖水泛漲』，謂鏡湖也。

晉王坦之書

【校】

明鈔本無『晉』字。

坦之惶恐言不知已與謝郎論坦之事未其意良不了者今當諸公自陳願

告坦之惶恐言

【校】

〔坦〕三本都作『坦』。

〔告坦〕三本『告』下都有『之』字。

此帖中言謝郎，似指謝安。安爲僕射時，坦之爲北中郎將、徐兖二州刺史。觀其稱公，非與尚書令王彪之，即會稽王道子也。何以知？下云『惶恐言』，乃與所尊者啟耳。筆差不凡，工夫少。

【校】

〔似〕明鈔本作『侶』。乾隆鈔本作『侶』，是『侶』誤。

〔惶恐言〕乾隆鈔本『言』作『云』。

晋王涣之書

涣之等白不審二嫂常患復何如馳情倫直等平安計嫂倫奴已應在道企遲適東五日動静最差速姑如復小勝冀遂和耳猶不寧餘上下故常患反側此悉佳涣之等白

涣之此帖，或是大令書。倫、直，皆王氏女子，大令屢言之。『姑如復小勝』，王右軍妹適曹者，所謂曹妹也。『餘上下故常患』、『上下』、『患』三字頗難辨。

【校】

〔上下患〕三本『上』字上都有『姑』字，而『下』字下無『患』字。

晉王操之書

操之等近得識婢書慰意知年光數問可不不得姜順消息懸心操之頓首

此帖當是好事者集大令帖中字爲之。『操』、『婢』、『姜順消息』等字皆同。但熟觀大令帖，方知其爲集字也。《秘閣續帖》中，操之自別有《草蹟帖》，與此大懸，足了此爲僞草。

【校】

〔近〕『近』字欠末復一筆，故諸家釋爲『上』。

〔復〕明鈔本作『後』。

晉王凝之書

八月廿九日告庾氏女明便授衣感逝悲歎念增遠思得郗中書書説汝勉難安隱深慰懸心漸冷産後何似宜佳消息吾並更不佳憂之遣不次凝之等書

【校】

〔廿九〕三本都作『二十九』。

〔並〕文瀾閣本作『并』。

案史，郗愔嘗爲中書侍郎，又爲臨海太守，與姊夫王羲之、高士許邁，並有邁世之風。

愔，蓋凝之舅也。所稱『郗中書』，即愔也。庾氏女，似是凝之或徽之女。女子已嫁從其夫姓，猶陶淵明所謂『程氏妹』也。但不曉古人父與女書而稱名。《秘閣續帖》有徽之與女帖，末云『徽之等告』，亦不可曉。然謝安與其猶子書，乃云『父告』，何也？予意已行之女，古人以客禮待之，故稱名。勉，産也。今俗間謂之分免。《漢書·許后傳》：『今皇后當免身。』大令『阮新婦勉身得雄』，亦如此。

【校】

〔士〕明鈔本作『世』。

〔邁〕明鈔本、乾隆鈔本作『詢』。

右逸少四子。黄云：『皆得家範，而體各不同，是善學逸少者。』顔延年對宋文帝論其諸子，自謂『竣得臣筆，測得臣文，㚟得臣義，躍得臣酒』。書亦猶是也。僕今以擬王氏諸子：則逸少之書，凝之得其韻，操之得其體，徽之得其勢，涣之得其貌，獻之得其源。予觀世無真跡久矣，未易作許平也。

【校】

〔韻〕明鈔本、乾隆鈔本作『韵』。

晉海陵恭侯王邃書

寒佳不張丞婿事云何是良對足不可時令知女決也王邃白

邃書亦不落流俗，可喜。

晉征西司馬索靖書

七月廿六日具書靖白雖數相聞不解勞倦信至得書喜知弃云宅及計來東言展有期索靖白

【校】

〔廿六〕三本都作『二十六』。

〔聞〕三本都作『問』。

〔弃〕三本都作『棄』。

索靖帖，字皆作古體。山谷云：『此字筆端意長，誠不可及。』長沙古帖中，有《急就章》數十字，劣於此帖。黄云：『靖七月二十六日帖，本七紙，晉王平南廙每寶翫之。值永嘉之亂，乃四疊綴衣中以渡江。唐蒲州桑泉令豆盧器得之，疊跡猶存。』今所録惟一紙耳，摹傳失真，無復意象。予觀『信至得書喜知弃云宅及計來東』者，『云』，云山也。《漢書》：『泰山郡蒙陰縣有云云亭，所謂禪云云者也。』『弃云宅』者，猶杜詩所謂『春宅棄汝去』也。『計』者，上計吏也。『來東』者，猶詩所謂『我來自東』者也。按史，靖嘗爲魯相。豈有故人未仕者在云云耶？此數語人多不曉，『喜知弃』三字又訛，當以理會。《劉禹錫嘉話》云：『歐陽詢見索靖所書碑，駐馬觀之，良久而去。行數百步復還，下馬立觀，疲倦即坐。因宿其旁，三日而後啟行，欣然若有所得。』

【校】

〔我來自東者也〕明鈔本、乾隆鈔本『東』下無『者』字。

〔棄〕三本都作『弃』。

〔渡〕三本都作『度』。

晉侍中劉穆之書

亦知足下家弊耳倉卒無禄官推遷不得不相用事已御出寧復吾所得迴復足下且當就之公還當思更律昏申師情事也劉穆之白

劉穆之雖晉人，實劉裕之敬翔耳。穆之與朱齡石嘗于武帝坐答書。自旦至日中，穆之得百函。齡石得八十函，而穆之應對無廢，足見其敏。此帖僞。

【校】

〔于〕明鈔本、乾隆鈔本作『於』。

〔函〕乾隆鈔本兩『函』字都作『凾』。

晉車騎將軍紀瞻書

瞻白昨信來案原書缺二字今盖又貧家無以將意今粉二斗少香所謂物微意全者也力言不多紀瞻頓首

【校】

〔案原書缺二字〕明鈔本『來』下空三格，無此六字。乾隆鈔本同。文瀾閣本『來』下注云『缺』，亦空三格。

黄云：『觀「物微意全」等語，不待見書，知其僞。』予謂瞻晉名儒，必不作此帖。官終驃騎，非車騎也。凡僞帖中不可解者，皆不合草法。

晉太守張翼書

廿三日翼頓首節過多懷得近書爲慰意以何如深旁弊頓曳力還不具

【校】

〔廿三〕三本都作『二十三』。

〔翼〕明鈔本、乾隆鈔本『翼』上有『賴』字。

王僧虔《評書》云：『王右軍自書表上晉穆帝，帝令翼别寫題後答之。右軍當時不别，

久後方悟云：「小人幾欲亂真。」』此帖僞作可見。

晉陸雲書

三月十六日雲白春節餘不適得示知足下平安爲思面未知何由如何信

數之及卿既清邃可之經高言人歎之當令征南取之也

【校】

〔面未〕明鈔本作『面示』。文瀾閣本、乾隆鈔本作『而示』。

陸雲帖與紀瞻帖，同一手僞作。

晉中書令王恬書

得示知足下問吾故不差殊劣劣力不具王恬書

【校】

〔書〕明鈔本注云：『「書」作「白」。』

豫，丞相導第二子。書兩行極佳。竇蒙云：『恬、洽皆不見真跡，不知官帖何從而有二人書也。』

【校】

〔二〕乾隆鈔本作『兩』。

晉太守山濤書

侍中尚書僕射奉車都尉新沓伯臣濤言臣近啓崔諒史曜陳准可補吏部郎詔書可爾此三人皆衆論所稱諒尤質止少華可似敦教雖大化未可倉卒風尚所勸爲益者多臣以爲宜先用諒謹隨事以聞也

【校】

〔近〕乾隆鈔本作『進』。

《七賢帖》中有《山濤書》，已是李懷琳僞作。此帖亦僞。黄云『恐是寫當時語耳』，亦非也。濤爲奉車都尉時，未爲侍中。後爲冀州，轉北中郎將。鎮鄴，乃入爲侍中，遷尚書。

此見其妄。且濤爲侍中奉車都尉時，銓選非所典掌，不應擬此三人爲郎。以此見好事者假託山公啟事之名而爲之。

【校】

〔奉車都尉〕乾隆鈔本「車」作「軍」。

絳帖平卷三

【校】

明鈔本、乾隆鈔本無「卷」字。

絳帖平卷四

宋姜夔撰

【校】

明鈔本、乾隆鈔本無「卷」字及「宋姜夔撰」四字。

天

晉侍中卞壼書

足下佳不朝北中郎上獲諸誠文墨至便在舍事許改愛子紙下物知此草

勿令一人見也吾今勑書事令不發亟付卿發發便密令人房之卞壺白

【校】

〔令〕文瀾閣本、乾隆鈔本作『令』。

〔發發〕文瀾閣本、乾隆鈔本只一『發』字。

『壺』誤題作『壼』。『發便密令人房之』，『房』、『防』古通用。

【校】

〔房〕明鈔本末注云：『《閣帖》「房」作「傳」。』

晉謝發書

晉安素自强壯且年時尚可當延遐期豈謂奄至於此自畢遠境二三惋愕不能已已未欲旨問悲酸悒悒想不久可得還耳執筆惻感

【校】

〔已已〕文瀾閣本作『已者』。

〔悒悒〕文瀾閣本作『怏怏』。

〔惻〕乾隆鈔本作『測』。

晉安，如陶詩『殷晉安』之類。以上二帖，語雖古而書非。晉置晉安郡，今福州，梁簡文所封。

宋特進王曇書

昨復散差可然不過佳請示所宜如更增劇恐難爲力耳未能令遣俗有餘念故耳王曇首和南

【校】

〔請〕文瀾閣本、乾隆鈔本作『諸』。

〔南〕乾隆鈔本無。

王曇書名，昭然有一『首』字，而王著違之，劉亦不覺其非，釋爲『荅』也。曇首事宋文帝，以太子詹事侍中卒，年三十七。當時稱王詹事，未嘗爲特進也。

【校】

〔王曇〕乾隆鈔本『曇』下有一『首』字。

〔昭〕明鈔本作『照』。

宋中散大夫羊欣書

三月六日欣頓首暮春感摧切割不能自勝當奈何奈何得去六日告深慰足下復何如脚中日勝也吾日弊難復令自顧憂歎情想轉積執筆增惋足下保愛書欲何言羊欣頓首

【校】

〔得去〕乾隆鈔本作『去得』。

羊敬元年十二時，王子敬甚知愛之。夏日著新絹裠晝寢，子敬見之，書裠數幅而去。欣書本工，因此彌善。王僧虔《評書》云：『欣書見重一時，親受子敬，行書尤善，正乃不稱名。』袁昂《評書》云：『欣書似婢作夫人，舉止羞澀，終不似真。』蓋謂不盡力於正書也。而史稱其善隸書，何耶？欣自有筆精帖傳于世。此帖僞作。謝發云『執筆惻感』，此云『執筆增惋』，字雖大小真行不同，觀其筆勢，乃一人所作耳。

【校】

〔彌善〕乾隆鈔本『彌』作『弥』。

〔傳于世〕乾隆鈔本『于』作『於』。

〔惻感〕乾隆鈔本『惻』作『測』。

〔增〕明鈔本作『憎』。

宋太常卿孔琳書

日月深酷撫膺崩叫心肝分膾尋繹懊憹觸感隕絶孤思悒悒自郡地窮當奈何不孝奈何念痛悼難勝得去月二示知君所患故爾不差甚有幽悒熱甚比復何似想已轉佳眠食極勝也善將治之孤子並疾患歎具恨恨脚中轉劇近服散未覺益惙頓何賴扶力迷甚不次孤子孔琳奈何頓首

【校】

〔崩叫〕乾隆鈔本『叫』作『叩』。

〔熱甚〕明鈔本、文瀾閣本『甚』作『盛』。

〔迷甚〕文瀾閣本『甚』作『力』。

孔琳之，字彦林，題欠『之』字。會稽人。宋太常。善草隸。此帖縱逸，亦可喜。竇臮《述書賦》亦稱其緊速也。大抵右軍以前書法，真自真，行自行，章自章，草自草。王子敬年十五六時，啟其父，乃于行草之間，别創新體。故當時傾慕，羊薄謝孔之徒，一時争效。而正行之體壞矣。蓋行草爲書，不惟便於揮運，而不工于字。但能行筆者，便可爲之。知古之士不貴也。自唐及今，書札之壞，實由于此。蓋縱逸甚易，收斂甚難。人心易流，宜其書之不古。甚者反以學古爲拘，良可歎也。今欲觀古人正行，《蘭亭叙》、《玉潤帖》之類是已。學者當知之。黄云：『此帖「恨恨」等十二字偏小，蓋行間側注，摹帖者妄以八行耳。當依□本爲勝。』予按王僧虔《伎録》載漢魏樂府歌辭，皆有側注也。『自』、『地』之間一字不可曉，諸家作『郡』未是。『示』、『君』之間作『知』字，雖失，猶有理。『歎具』或作『歎歎』。『迷』下一字不可曉，恐是『書』字欠一筆。『服散』，黄作『明散』，恐是摹失。

【校】

〔竇泉〕乾隆鈔本『泉』作『泉』。

〔乃于〕三本『于』都作『於』，下同。

〔别創新體〕明鈔本、乾隆鈔本『創』作『刅』。

〔争效〕明鈔本、乾隆鈔本『效』作『効』。

〔已〕文瀾閣本作『也』。

〔當依□本爲勝〕三本『本』上都無『□』。文瀾閣本『勝』作『甚』。

〔示君之間〕三本『君』下都無『之』字。

齊侍中王僧虔書

臣僧虔啟南臺御史謝憲乃堪駈使臣門義舊粗是所悉統内新故雜米數十萬斛實須督切憲今請假在此臣欲折以統攝庶得速辨其頻經督運已有前效謹以啟聞伏願聽許謹啟

【校】

〔統攝〕乾隆鈔本『統』下有『相』字。

王簡穆，琅邪人，書名齊代。此帖雖佳，亦應失真。簡穆自謂正書第一，今觀其位置，未爲盡善。盖自子敬以後，楷法不古。宋齊人喜效子敬行草，故于正書不甚用工也。然簡穆特善評書，言必稽古，未嘗以己意定高下。又與齊高帝較書之優劣，其言不讓，亦猶子敬自稱過父。當時人自重書名如此。

【校】

〔琅邪人〕三本『琅』都作『郎』。

隋僧智果書

梁武帝評書從漢末至梁有三十四人王僧虔書猶如揚州王謝家子弟縱

復不端正弈奕皆有一種風氣王子敬書如河朔少年皆充悦舉體沓拖而不可耐羊欣書似婢作夫人不堪位置而舉止羞澁終不似真阮研書如貴胄失品次不復排突英賢王儀同書如晉安帝非不處尊位而都無神明殷均書如高麗人抗浪乃不有意氣而姿顔自足精味徐淮南書如南岡士大夫徒尚風軌然不寒乞陶隱居書如吴興小兒形狀未成長而骨體甚峭快吴拖書如新亭傖父一往似揚州人共語語便態出柳產書如深山道士見人便欲退縮曹喜書如經綸道士言不可絶王右軍書字勢雄强如龍跳天門虎卧鳳閣故歷代寶之永以爲訓蔡邕書骨氣洞達爽爽如有神力程曠平書如鴻鵠弄翅頡頏布置初雲之見白日蕭思話書如舞女低腰仙人嘯樹李鎮東書如芙蓉之出水文彩如鏤金桓玄書如快馬入陣隨人屈曲豈須文譜范懷約真書有分草書無功故知簡牘非易皇象書如韻音繞梁孤飛獨舞孔琳之書如散花空中流徽自得李巖之書如鏤金素月屈玉自照薄紹之書如龍遊在霄繾綣可愛秦獄吏程邈善大篆得罪始皇雲陽獄增減篆體志其名名其書曰隸也扶風曹喜後漢人不知其官善篆及隸篆等少異李斯見重一時耶鍾司徒書字有十二種意外巧妙絶倫多奇崔子玉書如危峯阻日孤松單枝邯鄲淳書應規入矩方圓乃成師宜官書如鵬翔未

息翩翩而自逝梁鵠書如龍威虎震劒拔弩張張伯英書如武帝愛道憑虛欲仙衛恒書如插花舞女援鏡笑春索靖書如飄風忽舉鷙鳥乍飛鍾繇書如雲鶴遊天羣鴻戲海行間茂密實亦難過耶案梁武論鍾繇書有十二意均間平直疎密損益之類至唐人傳其法解釋尤詳此云鍾司徒書有十二種意外巧妙絶倫多奇未知是前十二意不然則傳流之差以元常爲司徒或司徒又自有十二種意外巧妙過其父耶

【校】

〔猶〕三本都無。

〔羞澁〕乾隆鈔本『澁』作『澀』。

〔南岡〕明鈔本、乾隆鈔本『岡』作『崗』。

〔形狀〕三本都無。

〔經綸道士〕乾隆鈔本『道』作『遺』。

〔虎卧鳳閣〕乾隆鈔本『閣』作『闕』。

〔鴻鵠〕乾隆鈔本『鵠』作『鴶』。

〔李鎮東〕文瀾閣本『鎮』作『正』。

〔桓玄〕乾隆鈔本『玄』作『元』。

〔李巖之〕文瀾閣本『巖』作『嚴』。

〔危峯〕乾隆鈔本『峯』作『霏』。

〔劒拔〕乾隆鈔本『拔』作『技』。

〔案梁武鍾繇書〕三本此句都提行，『案』都作『按』。

書評乃梁武命袁昂作，非武帝評也，事見《法書要録》。據此帖止有三十人，而兩曹喜。《法書要録》云：『袁崧書如深山道士，見人便欲退縮。蕭子雲書如經綸道人，言不可絶。』以此知智果誤以袁崧爲柳産、子雲爲曹喜也。然兩書所載人名，數各不同。

王僧虔　王子敬　羊欣　阮研　王儀同

殷均　徐淮南　陶隱居　吴拖　柳産

曹喜　王右軍　蔡邕　程曠平　蕭思話

李鎮東　桓玄　范懷約　皇象　孔琳之

李嚴之　薄紹之　程邈　扶風曹喜　鍾司徒

崔子玉　邯鄲淳　師宜官　梁鵠　張伯英

衛恒　索靖　鍾繇

右三十三人官帖。

【校】

〔桓玄〕乾隆鈔本『玄』作『元』。

〔索靖〕乾隆鈔本缺『索靖』，『鍾繇』上空一人名。

王僧虔　王子敬　羊　欣　阮　研　王儀同

殷　均　徐淮南　陶隱居　吴　拖　袁　崧

蕭子雲　崔子玉　師宜官　韋　誕　蔡　邕

鍾司徒　張伯英　索　靖　梁　鵠　皇　象

衛　恒　孟光録　李　斯　鍾　繇　王逸少

蕭思話　薄紹之

右二十七人《法書要録》。

【校】

〔孟光録〕三本『録』都作『禄』。

〔王逸少〕三本都無『王』字。

其他尚多牴牾，世無善本可校。案智果、智永，同是辨才弟子。果得右軍骨，永得右軍肉，皆以能書名。永書固爲妙絶，果書如此，未爲高古也。黄云：『此字局闕，天然少，疑非智果。』案梁武帝藏鍾、張、二王書至多，嘗使虞龢、陶隱居輩訂證，不獨袁昂也。

【校】

〔校〕明鈔本、乾隆鈔本作『較』。

〔局闕〕明鈔本、乾隆鈔本作『局束』，文瀾閣本作『局促』。

隋朝法帖

皇帝敬問婺州雙林寺慧則法師朕尊崇聖教重興三寶欲使一切生靈咸蒙福力法師捨離塵俗投志法門專心講誦宣揚妙典精誠如此深副朕懷既利益群生當不辭勞也猶寒道體如宜令遣使人指宣往意

隋朝帖當是吏筆，薄有吏氣。予嘗見唐吏筆亦如此。

宋儋書

自一接拜情同弟兄沈吟緬懷固非小子之所勤及也策質前謝恐乖昔賢共獎之道晦事勿語且絶詩人匪報之實遲回循軀佪俛未已殆將有辰矣足下多可不怪高情内含如筠斯清比蕙又暢儋不以感氣厚而修詐自廣不以撫己

多而私頌作德未致力謝馳懷宣書何陳萬 一也悚息今秋盡野外草木變衰長郊蕭條風物淒緊清都久客莫復相親足下退食公庭睡罷私室櫛沐晞景收視解聽豈念歲華不待厭倦爲旅之士哉頃者釀玉初令絃絲正調竟欲左攜鄭君幽指藥妙右對董叟高談道微情酣世忘浩去塵粃思足下能順試實其事爲何如哉時聞真聲迴閒笙鶴此復異於人境耳可以息宴可以嘯歌久不間然期今日之事也倚候騎氣自豫光臨幸甚謹馳疏不得 一一宋儋白

【校】

〔情同弟兄〕乾隆鈔本『情』作『隋』。

〔策〕三本都作『榮』。

〔回〕乾隆鈔本作『徊』。

〔矣〕乾隆鈔本作『芖』。

〔多可〕文瀾閣本作『多口』。

〔不怪〕乾隆鈔本無『不』字。明鈔本、乾隆鈔本『怪』作『恠』。

〔修詐〕明鈔本、乾隆鈔本『修』作『脩』。

〔釀玉〕乾隆鈔本『玉』作『王』。

〔浩去〕文瀾閣本『浩』作『治』。明鈔本『去』作『玄』。乾隆鈔本『去』作『元』。

〔何如〕三本都作『如何』。

〔閒〕三本都作『聞』。

〔此〕文瀾閣本作『比』。

〔可以息宴〕文瀾閣本、乾隆鈔本『可』作『或』。

〔白〕乾隆鈔本作『書』。

案竇臮《述書賦》云：『宋儋、李璆擅美中州，李師王而意淺，宋效鍾而體流。』注云：『儋，字藏諸，廣平人。高尚不仕。書作鍾體，而側戾放縱。』黄氏深不取其書，以爲但作側戾，殊失天勢。東坡、山谷殊不喜其文，乃云其人不解此狡獪，書便不足觀。前輩之去取，不同如此。然而譬之查梨橘柚，終不可棄也。

【校】

〔竇臮〕乾隆鈔本『臮』作『泉』。

〔棄〕乾隆鈔本作『弃』。

絳帖平卷四

【校】

明鈔本、乾隆鈔本無『卷』字。

絳帖平卷五

宋姜夔撰

【校】

明鈔本、乾隆鈔本無『卷』字及『宋姜夔撰』四字。

德

《絳帖》中此一卷皆晉代名賢之妙蹟，惟王廙二十四日帖、謝安後一帖是贋，餘皆可以爲師法。

晉中書令王洽書

洽白辱告承問洽故爾劣劣冀以復叙還白不具王洽再拜

洽頓首言不孝禍深備嬰荼毒蔭恃亡兄仁愛之訓冀終百年永有憑奉何圖慈兄一旦背棄悲號哀摧肝心如抽痛毒煩冤不自堪忍酷當奈何痛當奈何重告惻至感增斷絶執筆哽涕不知所言洽頓首言

【校】

〔備〕明鈔本『備』下空一格。

〔荼毒〕乾隆鈔本『荼』作『茶』。

〔涕〕明鈔本、乾隆鈔本作『㖒』。

洽頓首言兄子號毁不可忍視撫之摧心發言哽慟當復奈何奈何洽頓首言

【校】

〔奈何奈何〕文瀾閣本只一『奈何』。

洽白尚感塞不成叙得告承問殊乏劣白不具王洽再拜

【校】

〔王洽〕文瀾閣本無『王』。

王領軍敬和，丞相第三子，右軍之從兄也。王僧虔《評書》云：『領軍謂右軍曰：「弟書遂不減吾。」』變古制今，惟右軍、領軍不爾，至今猶法鍾、張。今觀此帖，清逸閑雅，真不在右軍下也。

【校】

〔閑〕文瀾閣本作『閒』。

晉司徒王珉書

珉頓首頓首此年垂竟悲懷兼割不自勝奈何奈何寒切體中比何似甚耿耿僕疾遂不差眠食少憂深遺書不次王珉頓首頓首

【校】

〔甚〕乾隆鈔本作『堪』。

十八日珉白比二書蹔至未更近問懸情不適比可不吾羸疾故爾憂深力書不具王珉敬問

何如僕故頓弊力書不次王珉頓首頓首上下何如僕上下上下大都蒙恩得書至之吾具

【校】

〔比〕乾隆鈔本作『此』。

〔何如〕文瀾閣本連『王珉敬問』後，不提行。

〔頓首頓首〕乾隆鈔本作『頓〻首〻』。

〔上下上下〕文瀾閣本只一『上下』。

〔得書至之吾具〕此六字乾隆鈔本無。

今欲出耳吾此月亟遣廿四是王濟祖日欲必赴卿可尅過明吾當下解相待餐出亦遣報既至王家畢卿可豫擬光公令作一頓美食可投其飯也王珉前報

【校】

〔餐出〕三本『餐』都作『湌』。

〔既至王家〕乾隆鈔本『王』作『三』。

王小令珉，洽之子。善行書。子敬云：『弟書如騎騾，駸駸欲度驊騮。』前代子敬爲中書，故世謂子敬爲大令，珉爲小令。卒贈太常，不爲司徒也。書視敬和爲小劣，與元琳王珣當雁行。第四帖尤奇。『王濟』當是人名。『祖日』者，祖餞之日。『尅』，過此也，與逸少帖『安石昨必欲尅潘家，尅，二十五日』同。陳子昂表云：『除此之際，未有尅期。』至今陰陽家謂之尅擇。黄云：『小令此年帖，本唐人所畜，與二種虞松三帖爲一卷。』珉帖末云『輔國司馬君』，筆勢婉雅，與此間矣。此亦無後五字。

【校】

〔劣〕文瀾閣本作『者』。

〔王珣〕三本此二字都爲小注。

晉司徒王珣書

三月四日珣頓首末冬衆感得七月書知問寒何如就弊憂之劣不具王珣頓首白

元琳，季琰之兄，誤列在後。帖中如此多矣。山谷云：『「衆」、「感」字皆佳。』

晉侍中王廙書

二十四日廙白唯久白想適妙來行未面遲想得示知同云冀何生相見近及不多王廙白

臣廙言臣祥除以復五日窮思永遠肝心寸截甘雪應時嚴寒奉被手詔伏承聖體御膳勝常以慰下情臣故患匈滿氣上頓乏匆匆慈恩垂愍每見慰問感戴屏營不勝銜遇謹表陳聞臣廙誠惶頓首頓首死罪死罪

【校】

〔匆匆〕乾隆鈔本作『匆匆』。

〔不勝銜遇〕乾隆鈔本『銜』作『銜』。
〔頓首頓首死罪死罪〕乾隆鈔本作『頓〻首〻死〻罪〻』。

臣廙言昨表不宣奉賜手詔伏承聖體勝常以慰下情不審宿昔復何如承鄭夫人乃爾委頓今復增損伏惟哀亡愍存益勞聖心謹附承動静臣廙言

【校】

〔宿〕三本都作『夙』。
〔亡〕乾隆鈔本作『士』。

七月十三日告藉之等近日遣王秋書不言月行復半念汝獨思不可堪居奈何奈何雨涼不差嫂何如汝所患遂差未懸心不可言阿母蒙恩上下悉佳宜可行

【校】

〔秋〕三本都作『秘』。
〔月行〕文瀾閣本『行』作『復』。
〔奈何奈何〕乾隆鈔本作『奈〻何〻』。

瘧如復斷要取未斷愁人宜復具日發與別惘惘不可言今遣使未北反書

不具白復會日消息廙疏

王世將，從王敦之命爲平南將軍，故晉人多稱爲王平南。没贈侍中。爲明帝師。書爲右軍法。過江右軍前，平南爲最。今觀後一表，真有鍾元常之風。祥除表世别有全本。後云『具官臣王廙上』，此欠一行。七月十三帖，意筆清遠，天下之佳書。黄云：『世將信能鍾氏筆意。』山谷云：『王侍中學鍾絶近，真行皆好，如此書乃可臨學。』『雨凉不』下一字不曉，諸家作『悉』，後有『悉佳』，字不爾。

【校】

〔没〕明鈔本、乾隆鈔本作『殁』。

〔爲明帝師〕明鈔本『爲』上有『畫』字，乾隆鈔本『爲』上有『書』字。

〔爲最〕文瀾閣本無『爲』字。

〔世别有全本〕明鈔本『世』上有『臣』字。文瀾閣本『全』下無『本』字。

〔臣王廙上〕明鈔本無『臣』字。

〔十三帖〕三本『十三』都作『第二』。

〔意筆〕三本都作『筆意』。

晉太宰高平郗鑒書

鑒頓首頓首災禍無常奄承遘難念孝性攀慕兼剥不可堪勝奈何奈何望遠未緣叙苦以增酸楚鑒頓首頓首

【校】

〔頓首頓首〕乾隆鈔本作『頓〻首〻』。

〔孝性〕乾隆鈔本『性』作『惟』。

〔奈何奈何〕乾隆鈔本作『奈〻何〻』。

老郗雖非贋，《校官帖》爲無韻。竇臮云：『博哉四庾，茂矣六郗。』今存其三。『攀』字下省一筆。極佳。

【校】

〔竇臮〕乾隆鈔本『臮』作『泉』。

晉侍中郗愔書

九月七日愔報比得章知弟漸佳至慶想今漸勝食進不新差難將適猶懸憂遣不具愔報

【校】

〔惜〕三本都作『愔』。

〔得〕明鈔本下有『示』字。

〔差〕三本都作『羌』。

比書想悉達日涼弟佳不及數字愔報

遠近何地王右軍竟去不付石首干一節

【校】

〔地〕明鈔本、乾隆鈔本作『他』。

想親親悉如常敬豫何當來耶道祖故未善差恒在尚書不見來多日

【校】

〔悉如〕三本『悉』上都有『今』字。

〔耶〕乾隆鈔本作『即』。

〔未〕文瀾閣本、乾隆鈔本作『本』。

山谷云：『郗方回書，初不減王氏父子。』方回，右軍婦弟，書固常佳。第二帖似缺文。『石首干』，即『乾』也，古謂『干鳿』，二字通用。敬豫，王恬字，丞相子。道祖，未詳。

【校】

〔常〕明鈔本、乾隆鈔本作『當』。

〔瑦〕三本都作『鵲』。

〔通〕文瀾閣本作『過』。

晉中書郎郗超書

超言遠近無他説苟異問者定虚耳云段龕歸順不知審不王江州爲宗正似已定前所傳者虚妄耳異同自旨啓超言

按《晉書·地理志》：『石季龍末，遼西段龕自號齊王，據青州。永和七年，龕以青州來降，以龕爲鎮北將軍，封齊。』帖中言『段龕歸順』以此。又按史，庾亮亡後，逸少爲江州，王允之繼之。此咸康建元之間，去龕歸順尚十許年，不知何爲爾也。書亦不工。

【校】

〔晉書〕三本都無『書』字。

〔封齊〕明鈔本『齊』下有『公』字。文瀾閣『齊』下有『此』字。乾隆鈔本『齊』下空一格。

〔史庾亮〕三本都作『史亮庾』。

〔繼〕文瀾閣本作『斷』。

晉尚書令衛瓘書

頓州民衛瓘惶恐死罪中闕音敬望盡想懷在外累年始爾得還情甚踊躍

旦至卅里上須節度明日乃入奉説欣承福祚日白不具瓘惶恐死罪

【校】

〔盡想〕三本都作『想盡』。

〔在外累年〕文瀾閣本『外累』作『始爾』。

〔踊躍〕乾隆鈔本『踊』作『踴』。

〔卅〕明鈔本、乾隆鈔本作『三十』。

〔死罪〕三本都作『死罪死罪』。

『頓州民衛瓘』，『頓』字下當有一『首』字。古無頓州。瓘，河東安邑人。若以爲頓丘，又在衛地，了不相干也。瓘與索靖俱善草隸，號一臺二妙。雖嘗爲尚書令，終於太保。山谷云：『衛中令音敬帖。近世草書，不復敢望其藩籬。』此一章語亦佳。

【校】

〔有〕文瀾閣本作『存』。

〔頓丘〕乾隆鈔本『丘』作『邱』。

〔藩籬〕三本都無『籬』字。

晉黄門郎衛恒書

一日有恨知問未面爲歎欲七日云邪恒白

【校】

〔恨〕文瀾閣本作『限』。

〔面〕乾隆鈔本作『而』。

恒即瓘子，其論四體書，極有源流，非後世所及也。王簡穆云：『二衛書無以評其優劣，但見其筆力驚異耳。』此帖皆似失真。亦見上字卷。

【校】

〔王〕文瀾閣本作『至』。

〔似〕文瀾閣本作『以』。

〔上〕文瀾閣本作『生』。

晉太傅陳郡謝安書

安頓首頓首每念君一旦知窮煩寃號慕觸事崩踊尋繹荼毒豈可爲心奈何奈何臨書悽悶安頓首頓首

【校】

〔頓首頓首〕乾隆鈔本作『頓〻首〻』。

〔荼毒〕乾隆鈔本『荼』作『茶』。

〔奈何奈何〕乾隆鈔本作『奈〻何〻』。

〔悽〕乾隆鈔本作『淒』。

六月廿日具記道民安惶恐言此月向終惟祥變在近號慕崩痛煩寃深酷不可居處比奉十七十八日二告承故不和甚馳灼大熱尊體復何如謹白記不具謝安惶恐再拜

【校】

〔痛〕三本都作『慟』。

〔具〕乾隆鈔本作『其』。

安石書不在大令下，故不甚重大令書也。六月廿日帖，米云贋，誠然。黄以爲傳摹失真，過矣。山谷云：『道民安，盖事五斗米道者。右軍爲獻之女玉潤請罪，亦稱民也。』又云：『謝太傅墨跡，聞駙馬都尉李公照有之，不作姿媚態度，恨不見爾。』但如此去右軍父子間，可著數人。

【校】

〔謝太傅〕乾隆鈔本『傅』作『傳』。

晉散騎常侍謝萬書

七月十日万告郎等便流火感傷兼切不自勝奈何奈何轉涼汝等各可之知近問邑邑吾涉道動下疨乏劣力及不具告父疏

【校】

〔万告〕文瀾閣本、乾隆鈔本『万』作『萬』。乾隆鈔本『告』作『古』。

〔火〕乾隆鈔本作『大』。

〔奈何奈何〕乾隆鈔本作『奈〻何〻』。

〔問〕乾隆鈔本作『聞』。

〔疨乏〕文瀾閣本『疨』作『痑』。乾隆鈔本『乏』作『之』。三本『乏』下都有『勞』字。

〔告父疏〕明鈔本、乾隆鈔本『疏』作『疎』。

萬石人品在安石下，當時有『攀安提萬』之語。書亦然。然総謂之二謝。朗，萬兄之子，而自稱父告，亦猶疏受謂『疏廣叩頭從大人議』，盖古人之諸父，猶父也。『問』與『聞』同。

【校】

〔問與聞〕三本都作『聞與問』。

絳帖平卷五

【校】

明鈔本、乾隆鈔本無『卷』字。

絳帖平卷六

宋姜夔撰

【校】

明鈔本、乾隆鈔本無『卷』字及『宋姜夔撰』字。

山

晉王羲之書

山谷云：『右軍筆法，如孟子言性，莊周談自然，從説横説，無不如意，非復可以常理待之。』又云：『王氏書法，以爲如錐畫沙、如印印泥。』蓋言鋒藏筆中，意在筆前耳。承學之人，更用《蘭亭》永字，以開字中眼目。能使學家多拘忌，成一種俗氣。要之右軍二言，羣言之長也。

得袁二謝書具爲慰袁生暫至都已還未此生至到之懷吾所也

【校】

〔慰〕乾隆鈔本作『尉』。

〔暫〕明鈔本作『塹』。

『袁』謂袁宏。『二謝』謂安、萬。袁宏嘗從桓温北伐，謝安亦嘗爲温司馬。右軍當是得袁謝爾時書。『所也』之間，當别有一字。『袁』或是陳郡袁嶠之，與右軍、謝萬同燕曲水。

不得臨川問懸心不可言子嵩之子來數有使冀因得問示之

《法書要録》十卷載右軍帖語云：『僕有至臨川意。』蓋右軍嘗爲臨川也。庾敳，字子嵩，與王夷甫同遇害。黄云：『子嵩與右軍不同時。然此言其子耳。』

想大小皆佳知賓猶爾耿耿想得夏節佳也念君勞心賢姊大都轉差然

【校】

三本『勞心賢姊大都轉差然』都在『想大小皆佳』之前。

〔君〕文瀾閣本本作『居』。

〔姊〕三本都作『妹』。

『賓』，當是蔡公謨家兒。報字卷云：『蔡家賓至。』《法書要録》載右軍帖語云：『小大佳否，賓轉勝。』又云：『得官奴書，賓平安。』皆若人也。

【校】

〔公〕三本都無。

〔法書要録〕明鈔本、乾隆鈔本下有『十卷』二字。文瀾閣本有『卷末』二字。

又不能不痛熙薦亡政爾復何于求之度政當求之内事餘理不絶求之一條當有冀不信罔然前塗願具誨之以悟其心

【校】

〔求之度政〕文瀾閣本、乾隆鈔本『之』作『人』。

〔罔然〕三本『罔』都作『冈』。

郗曇，字重熙，右軍婦弟，爲北中郎將，戰敗左官而亡。亡在升平五年正月。右軍亦以是年亡，見《真誥》，但未知先後耳。或是右軍在後，作此帖也。薦亡者，謂曇代荀羡爲北中郎將，二人相繼早世也。陳簡齋甚疑此字。大意逸少因羡、熙之亡，感人生之短景，貽書高士，講求性命之理，故曰『求之内事』『當有冀不』。又云『前塗願具誨之，以悟其心』，似亦謂此。按許詢、郗愔與右軍皆從仙人許邁遊，此帖當是與邁輩，而傳臨之餘，字殊惡矣。

【校】

〔未知〕三本『知』後都有『孰』字。

〔謂曇代荀羡爲北中郎將〕三本都無『將』字。

行成旅以從是月也景風司至星火列宵伯趙鳴而載陰爽鳩習而揚武時可以升高望遠禮可以出宿餞行有詔具寮爰開祖

【校】

〔望遠〕明鈔本、乾隆鈔本作『遠望』。

〔禮〕文瀾閣本無，注云『缺』。明鈔本、乾隆鈔本作『礼』。

此帖六行。山谷云『恐是虞、褚輩早年書』，實不爾。黄云：『先輩以爲張説《送賈至文》，非也，乃賈曾《送張赴朔方序》。中云「備官而行，成旅以從」，下云「有詔具寮，爰開祖宴。且申後命，寵以蕃錫」。』此帖自『行』字上、『祖』字下皆亡，而作草書，皆不綴屬，當是集逸少書寫此序耳。米亦云：『自「是月」以下僞。』殊不知『行成』以下已僞矣。予按此帖墨蹟尚在秘省，乃流俗書，非集右軍字。

【校】

〔寫此序耳〕乾隆鈔本『序』作『字』。

〔行成以下〕明鈔本、乾隆鈔本無『以』字。

兄靈柩垂至永惟崩慕痛貫心膂痛當奈何計□□□

【校】

〔兄靈柩〕乾隆鈔本『兄』下缺一字，無『靈』字。

黄云此帖僞，非也，但嘗經俗筆臨耳。《褚氏書目》有《兄安厝情事長畢帖》，右軍不聞有兄，乃羣從耳。

羲之頓首闊别稍久眷與時長寒嚴足下何如想清豫耳披懷之暇復何致樂諸賢從就理當不踈吾之朽疾日就羸頓加復風勞諸無意賴促膝未近東望慨然所冀日月易得還期非遠耳深敬宜音問在數遇信忩遽萬不一陳

【校】

〔稍〕乾隆鈔本作『相』。

〔羸〕乾隆鈔本作『羸』。

〔信〕文瀾閣本作『有』。

〔萬〕明鈔本、乾隆鈔本作『万』。

〔一〕明鈔本無。

山谷云：『此好事者戲爲之耳。書末爲甚惡，而以亂逸少則不可。如云「吾之朽疾，日就羸頓」。皆懷素、高閑輩鄙語。』

【校】

〔日〕三本都作『行』。

日月如馳嫂棄背再周去月穆松大祥奉瞻廓然永惟悲摧情如切割汝亦

增慕省疏酸感

【校】

〔嫂〕文瀾閣本作『娌』。

〔廓然〕乾隆鈔本『廓』作『廊』。

〔疏〕三本『疏』都作『蹠』。

此帖似是右軍語。《法書要録》中亦載此數語，但多不同耳。穆松似是王氏兒。又一帖誤在鍾繇後，云松等慣慟，亦此人也。

【校】

〔慣〕明鈔本、乾隆鈔本作『隕』。

建安靈柩至慈蔭幽絶垂卅年永惟慕痛徹五内永酷奈何無由言苦臨紙

摧哽羲之報

【校】

〔靈柩〕文瀾閣本無『靈』字，注云『缺』。乾隆鈔本『靈』字亦無。

〔卅〕三本都作『三十』。

〔摧哽〕乾隆鈔本『摧』作『推』。

此帖墨跡在王順伯家，傳寶有緒。右軍帖傳至今者，秘閣尚有二十許軸，多唐人鈎臨。聞此妙跡，恨未得見。嘗有墨本，頗勝官帖也。帖語亦見《法書要録》。

【校】

〔嘗有〕明鈔本、乾隆鈔本『有』作『見』。

此諸賢粗可時見省甚爲簡闊遠須異多少患而吾疾篤不得數爲歎耳

知足下散勢小差此慰無以爲喻云氣力故爾復以悒怛想散患得差餘當以漸消息耳吾頃無一日佳衰老之弊日至夏不得有所噉而猶有勞務甚劣甚劣

【校】

『知足下』一段明鈔本、乾隆鈔本接『數爲歎耳』下。

〔甚劣甚劣〕乾隆鈔本作『甚ミ劣ミ』。

散者，何晏所服寒食散。解見《大令帖》。

近因鄉里人書想至知故面腫耿耿今差不吾比日食意如差而髀中故不差以此爲至患至不可勞力數字令弟知問耳

右三帖書有頓挫，鋒勢雄勁，真右軍名跡。

適重熙書如此果爾乃甚可憂張平不立勢向河南者不知諸侯何以當之熙表故未出不説説荀侯疾患想當轉佳耳若熙得勉此一役當可言淺見實不見今時兵任可處理

【校】

〔説説〕三本都只一『説』字。

〔役〕乾隆鈔本作『投』。

郗曇，字重熙，右軍婦弟。按史，殷浩北伐，以荀羨爲北中郎將，而羨有疾，朝廷以曇爲羨軍司，加散騎常侍。頃之羨徵還，仍除曇爲北中郎將。此帖『熙表故未出否』、『荀侯疾患想當轉佳』、『若熙得勉』等語，知是彼時作。蓋羨北伐時，年二十八，殷浩以羨在事有能名，故居以重任，右軍所以憂也。是時并州刺史張平爲苻堅所逼，奔平陽，穆帝升平二年六月也。曇爲北中郎將在八月。此帖右軍暮年筆。

【校】

〔得〕三本都作『自』。

小佳更致問　一一適修載書平安

【校】

〔修〕明鈔本、乾隆鈔本作『脩』。

修載，王耆之字。琅邪人，廙之弟。

【校】

〔修〕明鈔本、乾隆鈔本作『脩』。

〔琅〕三本都作『郎』。

慈顏幽翳垂卅年而吾匆匆不知堪臨始終不發言哽絶當復奈何吾頃至

匆匆比加下

【校】

〔卅〕三本都作『三十』。

〔匆匆〕三本兩處皆作『匆匆』。

此帖字畫未爲佳，然語見《法書要録》，當是臨失。

昨見君歡復無喻然未善悉想宿昔可耳脅中云何 一善消息值周轉勝也

耿耿

黄云：『似是集成，字意皆不相屬。』非也，此乃一筆書成。初書數字，筆鋒含墨，後乃筆乾耳。『值』或作『德』，皆未詳。

疾患小差與弘遠俱次遲共寫懷王羲之

【校】

〔與〕三本都作『云』。

〔弘〕乾隆鈔本作『宏』。

此帖非僞。『遲共寫懷』，『共』或作『無』作『與』，皆非。此『共』字昭然，特模多第二筆耳。弘、遠是二人名。俱次，次舍也，諸家解作論詣皆非。後卷期已至帖『次道』字，亦如此。

【校】

〔弘〕乾隆鈔本作『宏』。

〔次舍〕乾隆鈔本『次』作『二』。

承足下還來已久別欲參慰爲染患不能得往問眷仰情深豈此委具一兩日少可尋冀言展若因行李願存故舊今遇賢弟還得數張紙勞動幸不怪耳謹

此代申不具釋智永

【校】

〔一〕三本都作『乙』。

〔舊〕文瀾閣本作『久』。

〔怪〕明鈔本、乾隆鈔本作『恠』。

右帖末作釋智永，不待能者皆知其非右軍書。劉云：『太宗皇帝豈不曉此釋智永字？特取其筆法類右軍耳。』山谷云：『是永師書之不臧者。』以予觀之，不類右軍，智永亦不肯作此鄙語惡書也。此墨跡在秘閣，又與一帖同卷，題云『右軍書』，末有『弘白』二字，甚昭然可笑。然劉無言亦嘗編入《秘閣續帖》，以爲王右軍書也，殆不可曉。

【校】

〔弘〕乾隆鈔本作『宏』。

雪候既不已寒甚盛冬至可苦患足下亦當不堪之轉復知問王羲之

知遠以當造次遲見此子真以日爲歲足下得審問旨令君

【校】

『知遠』一段明鈔本、乾隆鈔本連『王羲之』下。

〔君〕文瀾閣本作『吾』。

右二帖是右軍書之平平者。

苟侯佳不未果就卿許企懷耳安西音信明云遇得歸洛也計介解有懸

休尋

【校】

〔不〕明鈔本、乾隆鈔本作『否』。

〔未〕文瀾閣本作『來』，乾隆鈔本作『米』。

〔介〕三本都無。

荀侯，似謂荀羨。『安西音信』，或作『安好』，非。安西謂庾亮耳。『西』字狡獪，非書之正。『遇得歸洛』，似言殷浩入洛也。然書體不古，恐唐人信手所臨。『就卿許』，猶《世説》『王大將軍許』。

知君當有分住者念處窮毒而復分乖當可居情想反理斷當

【校】

〔住〕乾隆鈔本作『佳』。

旦反想至所苦晚差不耿耿僕脚中不堪沉陰重痛不可言不知何以治之憂深力不具王羲之頓首

【校】

〔旦〕文瀾閣本作『但』。

右二帖皆右軍書。『反理斷當』，以理反觀而斷當也。

深以自慰理有大斷其思豁之令盡足下勿乃憂之足下殊當憂吾故具示得

【校】

〔豁〕文瀾閣本作『谿』。

『吾故具示得』，『具』字、『得』字訛不可讀。

僕近修小園子殊佳致菓雜藥深可致懷也儻因行往希見比二處動静故故常患馳情散騎癱轉利慶至姊故諸惡反側永嘉至奉集欣熹無喻餘可耳得華直疏故爾諸惡不差懸憂順何似未復慶等近消息懸心君並何爲耶此猶未得盡集理行大剋遲此無喻

【校】

〔修〕明鈔本、乾隆鈔本作『脩』。

〔菓〕三本都作『果』。

〔故故〕乾隆鈔本只一『故』字。

〔癱〕文瀾閣本無。

〔至姊〕文瀾閣本『至』作『慰』。

〔奉〕文瀾閣本無。

〔熹〕明鈔本、乾隆鈔本作『喜』。文瀾閣本作『憙』。

〔未得〕乾隆鈔本『未』作『末』。

〔剋〕三本都作『尅』。

右一帖，米以爲子敬書，黄謂『動静』以下方是子敬。然予觀此，自是兩帖。前一帖乃唐人書，所謂『近修小園子』、『儻因行往』，皆唐語也。觀其筆勢，乃與『安西音問』同一手所爲耳。後一帖乃是子敬書。散騎，王珣也。『慶』與『華直』，王氏内外孫，子敬帖中多有。永嘉，謝鐵也。

【校】

〔修〕明鈔本、乾隆鈔本作『脩』。

〔安西〕乾隆鈔本作『西安』。

〔孫子〕文瀾閣本、乾隆鈔本作『子孫』。

治頭眩腦悶或患癰腫頭不即潰者以此藥貼之皆良

【校】

〔此藥〕乾隆鈔本作『藥藥』。

蜱麻　巴豆　薫陸　石鹽　芎藭　松脂

六物粗搗如米粒許其巴豆三分減一松脂少加其分頭悶處先剃去髮方

寸以帛帖塗藥當病上帖之周時帖刮上爛皮以生麻油和石鹽塗上當有黄水出爲佳羲之上

【校】

〔粗〕明鈔本、乾隆鈔本作『麁』。

〔其巴豆三分減一松脂〕文瀾閣本此九字在『先』字後，『剃去髮』前。

〔塗藥〕文瀾閣本無『塗』字。

〔周〕乾隆鈔本作『用』。

官帖無《頭悶帖》，惟《絳帖》有之。黄云：『政和丁酉六月七日，丹陽陳君孝爻見過，云崇寧間彭諫議君時守潯陽，役兵于山間劚石。得一大石中空，内有小石，即此碑也。大石未破時，堅完無際，不解何緣中有此碑，殊可異也。陳之父時亦官潯陽，得此拓本，因以見遺。視之比《絳帖》差縱逸，結字互有工拙。要之此本當在絳刻前，但不知何世所刻。案逸少嘗在江州，豈晉以後好事者因移寫于石與？意其埋没既久，土變爲石，故是刻藏于石間，理不足怪。世或以此帖爲虞永興書，恐未必然。或虞嘗臨此書，微翻其體。』予案《秘閣續帖》有《永興齋會帖》，如出一手。又其中『煩惱』字，與此『惱』字相似，知是虞臨可信。又案晉武帝太康十年置江州，所統荆揚地十郡。初理豫章，至成帝咸康六年移于潯陽。逸少嘗在江州，盖是庾亮死後，咸康之末，即潯陽也。詳見郗超帖。

【校】

〔爻〕明鈔本、文瀾閣本作『友』，乾隆鈔本作『叉』。

〔因移寫于石與〕明鈔本、乾隆鈔本『與』作『歟』。

〔埋〕三本都作『薶』。

〔翻〕明鈔本、乾隆鈔本作『飜』。

〔永興齋〕乾隆鈔本『齋』作『亝』。

明鈔本、乾隆鈔本，『詳見郗超帖』下有小字『《宋書》作咸康六年移治潯陽，《續通典》作咸和元年』。

明抄本絳帖平，半葉九行，行二十字，書口上方有『弁陽山房』四字，前後有沈辨之印、沈与文印、姑餘山人、劉鳳、子畏、毛鳳苞印、子晉氏、宋筠、蘭揮等印。《汲古閣秘本書目》著録。丙子仲夏假秋浦周叔弢先生藏本校畢記。海寧趙萬里。

一九五五年四月臨校訖，距初校時，忽忽已二十年矣。萬里。

乙未四月據文瀾閣本校一過。閣本出于朱竹垞本，故末有朱跋。冷僧記。

絳帖平卷六

【校】

明鈔本、乾隆鈔本無『卷』字。

〔附〕《硯北雜志》

宋人書習鍾法者五人：黄長睿伯思、雒陽朱敦儒希真、李處權巽伯、姜夔堯章、趙孟堅子固。

姜堯章作《絳帖評》，旁正曲引，有功于金石，缺亦疑之。

趙子固謂姜書精妙，過於黄、米。

龍眠神氣洞馬腹，晚修静業追前非。

趙子固目姜堯章爲書家申韓。

〔附〕《珊瑚網·法書題跋》

宋尚書郎潘師旦用《淳化閣帖》增入别帖，重摹刻二十卷於絳州，北墨北紙，極有精彩，比淳化本又高二字。陳繹曾云：『骨法清勁，足正王著肉勝之失，豈但如昔人以絳爲淳化嫡子乎？』後入晉王府，不易得矣。卷二十一『絳帖』條。前條『太清樓帖』下注『弇州山人』，此或亦弇州記。

〔附〕《珊瑚網·書品題跋》

宋嚴羽卿論詩，姜堯章論書，皆精刻深至，具有卓見。及此自運，顧遠出諸名家後。大抵議論與實詣，確然兩事。議論者識也，實詣者力也。力旺者能蔑識，識到者又能消力。語云：識法者懼，每多拘縮，天趣不得泛溢也。觀白石書，咏滄浪詩，自當得之。卷二十四下『李君實評帖』。

〔附〕朱彝尊跋

鄱陽姜堯章撰《絳帖平》二十卷，予搜訪四十年，始抄得之，僅存六卷爾。記在都下于孫侍郎耳伯所，獲觀宋搨《絳帖》二册，光采焕發，令人動魄驚心。過眼雲烟，至今攪我心也。堯章于書法最稱精鑒，其言曰：『小學既廢，流爲法書。法書又廢，惟存法帖。』『帖雖小技，上下千載，關涉史傳爲多。』故于是編條疏而攷證之。一一别其僞真，察及苗髪。其餘若《續書譜》《禊帖偏旁考》《保母墓甎》，皆能伐其皮毛，啜其精髓，比諸黄長睿、王順伯爲優。抑《絳帖》摹自劉次莊，著有《釋文》二卷，外有黄庭堅《跋》一卷，榮芑《釋文》并《説》一卷，無名子《字鑑》二卷，而今要不可見矣，惜哉！秀水朱彝尊跋。

丙、蘭亭跋

蘭亭乃是舊本，今定州贋本略以十數，亦各有好處，然余輒能辨之。黄庭堅、周翰嘗觀。

嘉泰壬戌十二月，得於童道人。山谷跋乃少年書，已得永和筆法。周翰者，文及甫之字。

紹聖三應是『五』譌。年六月一日，因得秦璽，改元元符。戊寅，崇寧四年，龍集乙酉。是時定武舊刻猶在薛氏，未歸御府。此本王晉之題有『元符戊寅』語，葛次顔題有『薛氏世所有者』語，故姜跋云然。

都下有董承旨者，其先任定武，藏褉帖甚富。紹興中，有中貴任道源，欲盡買之，不許。

後尚方取去百本，酬以僧牒。時有堂後官高良臣及臺史盧宗邁皆得之。高、盧死，出以轉售，故吾得之。皆熙豐以前舊拓本，五字不損，紙墨如新。未經裝者，末後尚有一空行。姑存之，亦驗定刻之一助。嘉定二年長至日。

以上四跋見桑世昌《蘭亭考》卷七。

嘉泰壬戌十二月，因與鄰人湯升伯過童道人許，見此禊帖，知是烏臺盧提點者所藏定武舊刻。後數日，雪後更欲雪，上車寒凜，因詣童買得之。白石道人姜堯章書。

廿餘年習蘭亭，皆無入處。今夕鐙下觀之，頗有所悟，漫書於此。癸亥三月十二日，白石。

天下能事無有極其至者。袁昂謂右軍之字勢雄强，龍跳天門，虎卧鳳闕，歷代寶之，永以爲訓。然右軍在時，師法平南王廙。又衛夫人書《大雅吟》賜子敬，右軍亦嘗臨學，同時有荀輿字長倩，寫《狸骨帖》，右軍自謂不及也。大抵右軍書成，而漢魏西晉之法盡廢。右軍固新奇可喜，而古法之廢，實自右軍始，亦可恨也。今官帖中有張芝《章草帖》、皇象《文武帖》、鍾繇《宣示帖》、王世將廙《上表二首》，其筆高絶，具存古意。而《宣示帖》乃右軍所臨，不失鍾法也。右軍之前，既多名書，右軍同時，又有世將、李衛、長倩、王洽、謝安、珉、珣諸人，皆妙於此，故蘭亭不見稱於晉，而至隋唐始顯爾。癸亥六月九日，白石書。是日天乃大熱。

蘭亭出於唐諸名手所臨，固應不同，然其下筆皆有畦町可尋。惟定武本鋒藏畫勁，筆端巧妙處，終身效之而不能得其髣髴。世謂此本乃歐陽率更所臨，予謂不然。歐書寒峭一律，豈能如此八面變化也？此本必是真蹟上摹出無疑。學右軍書者，至《蘭亭》止矣。今世所傳石刻本刓一角者，皆定武所自出也。然其工拙妍醜，如人面之不同，覽者自當具眼耳。又定武一石，前輩紛紛各有異論，既自具眼，必知所擇，定不向人言下轉也。此卷有山谷題字，山谷之言云爾，乃知當時真贋混淆久矣。山谷之孫字子邁，今爲農丞，過予見後題，欲乞去，予不忍與，以爲去此題則《蘭亭》廢矣。周翰者，文及甫之字，多見其名於書帖後。雅尚如許，亦足以贖粉昆之疵矣。嘉泰壬戌十有二月，白石道人姜夔堯章書。此跋又見《珊瑚網題跋》卷十九，題『又別本蘭亭姜白石跋』。

以上四跋見俞松《蘭亭續考》卷一。

姜白石所藏《蘭亭》，載桑氏、俞氏《考》，而前後有互出者。桑氏《考》載白石所藏四本，其第一本有山谷、周翰跋者，白石自跋『嘉泰壬戌十二月得於童道人』，此本歸檢校黄犖家；或云『姜以他本聯此跋耳』。俞氏《考》載姜白石跋本藏俞松家者，有白石三跋，前二跋即今見落水本内之白石二跋，後一跋『癸亥六月九日天乃大熱』，其云『天乃大熱』，正是對前跋『雪後寒凛』而言，是此本後之跋無疑也。又一跋云『題蕭千巖所藏本，有山谷、周翰題字』云云，亦在嘉泰壬戌十二月，此與落水本同在一月，即桑《考》所載白石藏之第一本。而云『題蕭千巖本』，則是蕭千巖家非止一本也。俞《考》以白石三跋之本列於前，明言藏俞松家，而以姜題蕭千巖之本謂『有山谷、周翰題字』者列於後，不言藏俞松家；其爲兩本，判然明白。則知桑《考》謂『姜以他本聯此跋』，是此白石藏之第一本，即山谷、周翰題字之蕭千巖本，而非後來趙子固之落水本也明矣。趙子固於理宗寶慶三年丁亥初見此本於千巖之孫流家，上距嘉泰壬戌已二十五年，乃千巖之孫流，非親見千巖也。此與姜白石題千巖本非一事也。合桑、俞二《考》詳核之，知趙子固之落水本非桑《考》所載白石家第一本，有『得自童道人』一語之本也，實即俞氏《考》所載俞松家藏一本，有白石三跋并李秀巖跋者也。惟白石第三跋及李跋何時爲人割去；而趙子固得此落水本時，尚有白石第三跋及李跋皆在卷也。李跋論『鑱去五字』二語，蓋通舉《蘭亭帖》之前後大體言之，非謂此本鑱去五字也。不特五字未損無可疑，而帖尾有俞松小印之二半，尤足爲證。且袁起巖跋汪季路本所謂肥本有粉紋者，亦正與落水本相印合。又桑氏《考》所載白石藏第四本，亦白石得自盧宗邁，是五字不損，末後有一空行，蓋亦與落水本同得於盧宗邁，亦可以相證矣。翁方綱《蘇米齋蘭亭考》卷一。

白石道人姜堯章觀於紅橋龔明之寓舍。余宜中適至。嘉泰二年浴佛後一日。

所謂審定之法，在於望而知之。以紙墨字畫分真贋，右軍笑人矣。龔明之論亦然。後三日書。

定武石刻有二本：一本是耶律所遺，一本是薛紹彭重刻。據蔡條所記，與諸家不同，云是定武富人於山陰買得晉代古石刻，後籍没入官，裕陵時詔守臣孫次公進入，後以殉葬。薛氏所竊，乃當時别刻耳。如是，則三本矣。今總謂之定武，宜其腴瘠之不同也。夔記。

《蘭亭》真蹟隱，臨本行于世；臨本少，石本行于世；石本雜，定武本行于世。何延之記云：『右軍書此時，乃有神助。及醒後，它日更書數十百本，終無〔如〕祓禊所書。右軍亦自珍愛。此書付子孫傳掌，至七代孫智永禪師，永付弟子辯才。太宗求之不得，乃遣監察御史蕭翼以計取之。太宗殁，殉葬昭陵。及唐末，温韜盜發昭陵，其所藏書皆剔取裝軸金玉而棄之，於是魏晉以來諸賢墨蹟遂復流落人間。然獨《蘭亭》亡矣。』張芸叟云：『靖康中，有得《蘭亭》真蹟者，詣闕獻之，半途而京城破，後不知所在。或謂嘗入梁、陳御府，上有徐僧權押縫，今行間「僧」字是也。如此，則不得爲子孫傳掌矣。』案梁武收右軍帖至二百七十餘軸，當時惟言《黄庭》、《樂毅》、《告誓》，不説《蘭亭》，則後人指『僧』字爲僧權，似未足深據。張芸叟云靖康中有得《蘭亭》真蹟者將獻之朝，至中途而京城破，後不知所終。此真蹟之本末也。○太宗既得真跡，乃命供奉榻書人趙模、韓道政、馮永素、諸葛貞四人各榻數本，以賜皇太子諸王，近臣如歐率更、褚河南、褚庭誨皆曾臨榻。傳之本朝者，蘇舜元家所藏褚河南臨本也；藏之館閣，後有崔潤甫、李後主、徐鉉題者，唐儒臣所臨也；藏之鄧洵仁家，後歸米氏者，諸葛貞所臨也；周越所藏者，唐名手傳榻本也；蘇舜欽、胡承公所藏者，唐粉蠟紙本也。夔頊年亦嘗見褚河南臨本，但紙墨皆晦，未敢斷其真贋。此臨本之本末也。

此跋『真蹟之本末』一段又見文徵明《停雲館帖》。嘉靖十三年冬摹勒上石。案此文引張芸叟語，『詣闕』，『闕』字上，『半途而京城破』，『京』字上，皆空格，必是宋朝人書。小注中張芸叟云云，先後兩引；結尾『此真蹟之本末也』，亦與上文不連；疑是臨《蘭亭》前後偶然涉筆之草稿。白石遺文不多，吉光片羽，亟録存之。

以上四跋見《名賢法帖》第九『姜白石』二，北京圖書館藏。

丁、禊帖偏旁考附翁方綱注

『永』字無畫，發筆處微轉折。

【校】

〔轉折〕周密《齊東野語》卷十二、陶宗儀《輟耕録》卷二、翁方綱《蘇米齋蘭亭考》卷一皆作『折轉』。

『和』字『口』字下横筆稍出。

【注】

方綱按今所見本皆不可覓横筆稍出之迹，此條須善會之。

『年』字點畫上湊頂。

【校】

〔點畫〕《齊東野語》、《輟耕録》、《蘇米齋蘭亭考》皆作『懸筆』。

『在』字左人反剔。

【校】

〔左人〕《齊東野語》、《輟耕録》、《蘇米齋蘭亭考》『左』下皆無『人』字。

『歳』字有點在『山』之下，『戈』□之右。

【校】

〔戈□〕《齊東野語》、《輟耕録》、《蘇米齋蘭亭考》『□』皆作『畫』。

【注】

按『歳』字今所傳定武派之本，實皆無點，雖落水舊本淡拓亦無點。惟上海潘氏所祖石本及所翻刻吴静心本皆有點，可與白石此條相證。又按『歳』字『山』頭，定武本皆右外直畫緊收。近中惟國學本及潁上本、渤海藏真本，皆右外直畫微闊出向外，而『戊』之横畫覺似縮短者。此亦當由原本有點，故臨寫時不覺『山』闊而『一』狹，是則亦有點之證也。然則落水本所以不見此點者，蓋由石迹輕微所致。可以推見褚本與懷仁所集崇字『山』下不見左二點之故耳。落水本經白石珍賞，而白石獨表此有點者，蓋白石必嘗別見原石拓本，曾與落水本對驗，知此間之有點也。非專疏此落水本也。不然，何以貴白石偏傍之考耶？『和』字『口』横出，亦當以此意求之。

『事』字脚斜拂，不挑。

『流』字内『厶』字處就回筆，不是點。

【校】

〔回筆〕《蘇米齋蘭亭考》『回』作『迴』。

【注】

按此謂前一『流』字，今見落水本已昏糜不甚可辨，然則吾前條之説蓋不誣矣。

『殊』字挑脚帶横。

【注】

按此即所謂蟹爪。

『是』字下足三轉不斷。

【校】

〔下足〕《齊東野語》『足』作『疋音疏凡』。《輟耕録》、《蘇米齋蘭亭考》『足』皆作『疋凡』。

『趣』字波略及卷向上。

【校】

〔及〕《齊東野語》、《輟耕録》、《蘇米齋蘭亭考》皆作『反』。

〔卷〕《輟耕録》、《蘇米齋蘭亭考》皆作『捲』。

『欣』字『欠』右一筆，作章草發筆之狀，不是捺。

【注】

按此擬以章草最爲得之。《六研齋》載一條云：『鮮于伯幾本「欣」字脚作九轉折。』似形容過甚矣。

『抱』字『巳』開口。

『死生下大矣』，『亦』字是四點。

【校】

〔下〕《齊東野語》、《輟耕録》皆作『亦』，《蘇米齋蘭亭考》序作『亠灬』。下『亦』字也作『亠灬』。

『興感』，『感』字『戈』邊是直作一筆，不是一點。

【校】

〔是直作〕《齊東野語》『是』作『亦』。

〔不是一點〕《齊東野語》、《輟耕録》、《蘇米齋蘭亭考》『點』上無『一』字。

『未嘗不』，『不』字反挑脚處有一闕。

【校】

〔反挑脚處〕《齊東野語》『處』上無『脚』字。《輟耕録》『反』字上有『下』字。

又『仰』字如鍼眼。

【校】

〔又仰〕以下四句《齊東野語》、《輟耕録》皆無。

〔鍼〕《蘇米齋蘭亭考》作『針』。

【注】

按此謂十一行『俯仰』。

『殊』字如解爪。

【校】

〔解爪〕《蘇米齋蘭亭考》作『蟹爪』。

『列』字如丁形。

【注】

按此謂二十五行『故列』。

云字微帶肉。

【注】

按此句據《石刻鋪叙》載白石原文曰：『又云字微帶肉，乃唐古刻。』『又云』，『云』字屬上句，『字微帶肉』四字自爲句。『字微帶肉』者，猶言定武肥本以對後翻之瘦本言，故言此乃唐古刻也。今若截去『又』字，似以『云』字專指古人云，『云』字則失之。

《齊東野語》文末有『右法如此甚多，略舉其大概，持此法，亦足以觀天下之《蘭亭》矣』三句。《輟耕録》同，惟『足』作『可』，並多『五字損本者，湍、流、帶、右、天五字有損也』二句。

周密《齊東野語》

堯章攷古極精，有《絳帖評》十卷行於世。審定深妙，人服其贍。又嘗於故家見其所書《禊帖偏旁考》亦奇，因識於此，與好古者共之。

〔附〕翁方綱《蘇米齋蘭亭考》自序

桑、俞之《考》，世所共知，而繭紙流傳與石刻本末，説者或異辭。至如五字之損，謂出薛紹彭，而樓大防據畢少董兒時所見定武石，『帶』、『右』、『天』字已損。此在大觀之前，則五字未必皆薛氏鑱損也。宋人跋《蘭亭》者，皆稱『湍』、『帶』、『右』、『流』、『天』五字損。然而今所見古今新舊諸本，『湍』字並不損也。然則考系原委，參合同異，去古既遠，存以資印證而已。爲今日學者計，則非患其窮原之無本，而慮其沿流之或失也。是以愚今所考，但就今所習見之本，稍爲區擇焉，而弗敢竊附於桑、俞之編例也。

爲卷者八：一曰偏傍尺度考，此專以定武本言也；二曰神龍本考；三曰摘五字考，則以今所需講者得五字也，非舊説之五字矣；四曰蘇耆本考；五曰領从山考；六曰訂潁考；七曰趙跋考、潘刻考；八曰合集字考。

是編於乾隆乙未秋初脱稾，時齋壁有所摹蘇米書石，故以名之。今廿有七年矣。覆加校核，始芟去冗複，僅存此以俟再定。嘉慶八年癸亥秋七月廿二日，方綱識。《粤雅堂叢書》。

〔附〕文徵明跋

世傳蘭亭刻石，惟定武本爲妙。然古今議者不一，故有聚訟之説。桑世昌《蘭亭考》十卷最爲詳博，然不若姜白石所著簡明可誦。大意謂真蹟隱，臨本行世；臨本少，石本行世；石本雜，定武本行世。然但言其自出耳，未嘗及其真贋也。惟《齊東野語》載姜白石所書《偏傍考》，謂持此可以觀天下之《蘭亭》矣。其所論凡十有五處。余平生閱《蘭亭》不下百本，求其合于此者蓋少。近從華中甫觀此，乃鑱損五字本，非但刻榻之工，而紙墨亦異。以白石所論偏旁較之，往往相合，誠近時所少也。其後跋者七人，而鄧文肅善之、柯奎章敬仲皆極口稱之。二公書家者流，而柯尤號博雅，其言如此，余又何容贅一辭哉？

嘉靖十一年六月廿又七日，衡山文徵明識。《珊瑚網·法書題跋》卷十九。

戊、保母志跋

嘉泰壬戌六月六日，□□錢清三槐王畿字千里，得晉大令《保母志》并小研於稽山樵人周。二物予皆親見之。志以甎刻，甎四垂，其三爲錢文，皆隱起，已斷爲四。歸王氏，又斷爲五。凡十行。末行缺二字，不可知。按元蹟『知』字旁箋。第六行缺十二字，猶可考，曰：『中冬既望，葬會稽山陰之黄閍。』今作『祊』。硯背刻『晉獻之』字。上近右復有『永和』字，乃劃成，甚淺瘦。『永』字亡其磔，『和』字亡其『口』。硯石絶類靈璧，又似鳳咮，甚細而宜墨，微窪其中。或以爲王氏舊物，用故窪，非也。按米氏《書史》，晉、唐硯制皆如此，點筆易圓也。自興寧距今八百三十載八。按『八載』元蹟倒寫。異哉！物之隱顯，抑有定數，而古之賢達，皆前能按『能前』元蹟倒寫。知之歟？又按《畫記》，大令以晉孝武太元十一年，年四十三乃終，上推至乙丑歲，年廿二，其神悟已如此，言語翰墨之妙，固不論也。此字與《蘭亭敘》不少異，真大令之名蹟，不經重摹，筆意具在，猶勝定武刻也。梁虞龢云：『羲之爲會稽，獻之爲吴郡，故三吴之地，偏多遺跡。』蓋右軍自去官後，便家山陰，今蕺山戒珠寺乃其故宅，而雲門寺乃大令故宅，去黄閍皆不遠，宜有是物也。

《保母志》有七美，非他帖所及。一者，右軍與懷祖王述同家越，右軍郎邪族，懷祖太原族，故大令首言郎邪，所以自别。古人之重氏族如此。二者，世傳大令書，除《洛神賦》是小楷，餘多行草。此乃正行，備盡楷則。筆法勁正，與《蘭亭敘》、《樂毅論》合，已外雖《東方贊》、《黄庭經》亦不合也。三者，《蘭亭敘》世無古本，共寶定武本。定武本刻於數百年之後，寧不失真？此乃大令在時刻，筆意都在。求二王法，莫信於此。四者，不惟書似《蘭亭》，文勢簡秀亦類其父。又與叔夜、伯倫、淵明、遠公所作同一標置。五者，定武《蘭亭》乃前代巧工所刻，嘗以他古本較之，方知太媚。此刻甚深，惟取筆力，不求圓美。『雙』字之掠，『夫』字之磔，『載』字之『戈』，『志』字之『心』，再三刻削，乃成妙畫。蓋古之能書者多自刻，鍾元常刻《受禪表》，李北海之寓名黄仙鶴、伏令芝之類。此甎亦恐是大令自刻，不然，何其妙也？六者，意如婦人，而能文善書入元，乃知當時文風之盛，婦人可稱者不獨楊皇后、魏夫人、衛茂猗、謝道藴輩。又知古人教子，既使之外從師友，退居于内，亦使之按元蹟『之』字旁〻。婦人之能文藝、知道理者與之處，宜乎子敬爲晉名臣也。七者，預知八百年餘，按元跡『餘年』倒寫。事雖近於異，然古之賢達如此者衆。伊川之爲戎，樗里之知葬，此出於神明虛曠，自然前知，豈必運式持籌而後得之哉？但此字較之《蘭亭》，則結體小疎，當是年少故爾。右軍書《蘭亭》時年五十一，多大令卅年工夫也。數日與諸名公極論，因備著之。

《保母志》與《蘭亭》同者廿四字：之、三。年、在、各二。文、能、老、趣、興、歲、丑、日、終、以、曲、水、於、悲、夫、後、者。與右軍他帖同者十八字：行、秀、王、懃、書、善、七、十、三、二、月、六、無、小、冝、貞、而。二。其嘗見於按元蹟『於』字側注。大令雜帖者三字：獻、二。寧。而見於《蘭亭敘》、右軍帖者，大令帖中亦多有之。此刻大都百五字，其可以他帖驗者凡四十五字，餘六十字，如：保、歸、柔、恭、屬、解、釋、交、螭、墓、志等字，尤精妙絶倫，晉宋以來書家所未有也。壬戌十月，余故人了洪濼師攜墨本自錢清來示余，且言六月六日過王君，有野人自外至，出小硯以饋王君之子，云春時劚山得之。洪取視，見硯背有『永和』及『晉獻之』字，知是壙中物。問：『有碑否？』野人云：『一甎上有字，已碎矣。』亟使致之。明日持前五行來，是時猶未斷也。驗是大令《保母墓志》，而文未具。又使尋之，旬日乃以後五行來，斷爲三矣。一以支牀，上有『交螭』字者是也。一爲小兒壘塔，上有『曲水』字者是也。一棄之他處。碎而復合，似有神助。野人周姓，居越之稽山門外，去錢清六十里。不致之他人而致之王君，亦異矣。王君攜甎硯入都，余得借觀累日。或以爲王君贗作以欺世，亦有數人刻別本以亂真者。然余觀此志，斷非今人所能爲。予學書卌年，晚得筆法于單丙文，世無知者。諦觀此刻，若合一契。而謂王君能爲之歟？誠使今人能爲之，則別刻本便當並駕，何乃拙惡如彼也？或謂大令晉人，不應於研背自稱『晉獻之』，此見其僞。亦非也。大令刻硯背以殉葬，知八百年後且出，故先書晉以自見。又案，歷代印文皆不稱代，惟魏晉率善令，則曰『魏率善某官』、『晉率善某官』，生人用印，猶得稱晉，殉葬之研，不得稱晉乎？或謂又按元蹟『又謂』倒寫。蜀爲李氏所據，久非晉有，安得廣漢人而爲王氏之保母？此亦非也。獻之之稱郎耶，是時晉豈有郎耶哉？亦本其世之所自焉耳。今西北人子孫多矣，然亦按元蹟『亦』字側注。各從其父祖言之。按意如以惠帝元康六年生，爾後蜀雖亂，而晉遣使按元蹟『使』字旁〻。羅尚在蜀甚久，不可謂蜀非晉有也。永興元年，李雄克成都，軍大飢，蜀人流散，東下江陽。意如之出蜀，或在此時矣。或又謂佛之徒稱釋，起于道安，大令時未應有釋老之稱。此又不稽古之甚者。《阿含經》云：『四河入海，與海同流按元蹟『流』字旁〻。鹹，四姓出家，與佛同姓。』釋，佛姓也，此土謂佛爲釋久矣。志稱釋老，以佛對老，非謂佛之徒也。《晉史》云『何充性好釋典，崇脩佛寺』是也。然道安以前，比丘各稱其姓。道安欲令皆從佛姓，初不之信，後得《阿含經》始信之。爾後此土比丘皆姓釋，如釋惠遠是也。案何充是中興初人，道安、習鑿齒皆依桓温於荆州，正與大令同時，亦非異代事也。或謂此字多似《蘭亭》，疑後人集《蘭亭》字爲之。此又不然。大令字與《蘭亭》同者，何止《保母志》而已？然大令平生行草多、正行少，試以《官帖》第九卷中行書帖較之，《相過》一帖，同者十八字：相、終、無、日、在、未、蹔、坐、感、感、得、古、盡、痛、此、所、不、流。《思戀》一帖，同者九字：事、既、將、視、左、右、無、喻、盡。《十二月二十七日》一帖，同者十一字：日、操、之、歲、盡、感、懷、不、亦、情、得。《靜息》一帖，同者四字：靜、是、極、無。《發吳興》一帖，同者八字：吳、興、感、喻、不、靜、兄、情。其他三兩字同者，不可勝紀。右軍、大令既是父子，不應疑其書蹟之同，今人父子書蹟同者衆矣。大抵大令字與《蘭亭》合，縱是他字，偏旁亦合，如兄況、吴娱、掾䠞是也。縱是行草，下筆亦合，如無[?]、塹[?]是也。又案唐人集右軍書碑，率多俗惡，此則高妙，如老、夫、水三字，又似跳竈矣，決非集字也。或又謂降自南朝，始有銘志埋之墓中，大令時未應有之。此又不然。漢謝君墓甎云：『元和三年五月甲戌朔，謝君造此墓甎。』又武陽城東彭亡山之巔石窟中，有漢章按元蹟『章』字側注。帝建初二年張氏題識三所，洪氏《隸釋》云，此亦埋銘之椎輪也。其不始于南朝明矣。或謂東坡《金蟬墓銘》云：『百世之後，陵谷易位。知其爲蘇子之保母，尚勿毁也。』此末章似之爲可疑。予謂東坡意其理之或然，大令知其數之必然。作者之言，自應相邇。近越人於地中得一石，有詩云：『笑椎畫鼓過江東，身到蓬萊第一峰。坐看海雲迎日出，千山渾在缺二字。中。』末章又與東坡《潮》詩合矣。東坡固是文宗，然以兩《保母志》較之，高識者自能定其優劣也。或又謂保母王氏之妾，不當言歸王氏，《金蟬碑》謂之隸，蘇氏爲當。予謂既曰母矣，稱歸何嫌？且東坡銘其弟之保母，故稱隸。使子由自銘，則不忍稱隸矣。此以見古人之忠厚也。

世人好妄議如此，令人短氣。予恐流俗相傳，誣毁至寶，故不得不力辨。雖然，妄議可以惑庸人，博雅之士一見自了，不待予之喋喋也。甎既入土八百餘年，已腐壞，恐不能久。近所摹本，比初出土時已覺昏鈍，摹之不已，日就磨滅，得墨本者宜葆之哉！

予既作此跋，將書以贈千里，以疾見妨，自四月至于九月乃竟。既致諸千里，後月餘過錢清，與元卿、千里同觀，聊記其後。番易姜夔堯章。

按姜跋無印章，後『蒸壁』及『瀍書』二印，去跋稍遠，皆收藏圖記也。

〔附〕《四朝聞見録》附録

晉王獻之保母帖

郎耶王獻之保母姓李名意如第一行

廣漢人也在母家志行高秀歸第二行

王氏柔順恭懃善屬文能草書第三行

解釋老旨趣年七十興寧三年第四行

歲在乙丑二月六日無疾而終第五行

閼第六行

岡下殉以曲水小硯交螭方壺第七行

樹雙松於墓上立貞石而志之第八行

悲夫後八百餘載知獻之保母第九行

宮于茲土者尚　　焉第十行

〔附〕各家題詠

保母志各家題詠繁多，兹録其有關白石者數首如下：

姜侯才氣亦人豪，辨析區區謾爾勞。不向驪黄求駔駿，書家自有九方皋。鮮于樞

我愛保母帖，人傳中令書。不須疑斷缺，幸是出耕耡。芸閣磚何在，《蘭亭》字偶如。周姜題品重，瓦石亦璠璵。仇遠

大令書法美少年，玉函金籥隨飛烟。纍纍一百又五字，豈意近出黄閍磚。字奇文古兩超絶，保母從兹傾衆帖。誰將瓦合嘲玉碎，一片孤衷本相接。快劍横斫鐵山摧，戲龍猛跳銀河欹。方庭月無天地黑，仰視别有星離離。浪言貞石志千載，不及永和窪硯在。白石已仙千里死，千百人中幾人愛。《蘭亭》信美如捕風，貴耳賤目人響從。三日嘔血飢搥胸，葉公畫龍懼真龍。白珽

脱落黄礽帖，按辭大令書。稍作蘭亭面，七美諒匪虚。或訝缺勿毁，或疑集悲夫。攷真固云癖，訂僞亦以愚。第觀窾中藏，清玩唯研壺。晋人擅風流，宜與後世殊。所惜尚言數，卜年八百餘。貞石久且泐，雙松當幾枯。片磚曷未化，逮兹厄耕鋤。方其内幽鐫，要以托荒墟。孰知坐此故，反能誤意如。傳世豈所幸，況遭孽韓汙。辨端更爲累，但資文字娱。陶土或若此，何爲殉玉魚。王沂孫

予嘗爲諸君言，世遷物化以來，凡商彝、周鼎、漢碣、秦碑稍落人間者，傳譌襲是，奇詭蒼茫，豈能一一當時故物哉？而悠然悟賞間，正足寄吾千古之意而已。此刻清姝閒遠，如秋水芙蕖，超然自韻，故想見大令風度，而嘐嘐疵點何耶？姜堯章江東韻士，蒐微抉幽，銖商黍析，磊落人似不應爾也。嗟乎！予視數年來故陵玉盌之殉，道山芸閣之藏，永寧金籥之秘，悽然淪化，何可勝道，誰復過而睨之？此甎乃自託於江左承平之日，元公鉅人，争相繅藉。夫物故有幸不幸耶？把卷之餘，浩歎久之。壬辰正月。龍仁夫

集古歐陽尚未知，米家待訪録仍遺。討求賴有姜翁在，況出草窗藏弆時。高士奇

二、樂學

甲、大樂議

理宗享國四十餘年，凡禮樂之事，式遵舊章，未嘗有所改作。當時中興六七十載之間，士多嘆樂典之久墜，類欲蒐講古制，以補遺軼。於是姜夔乃進《大樂議》於朝。夔言紹興大樂，多用大晟所造，有編鐘、鎛鐘、景鐘，有特磬、玉磬、編磬。三鐘、三磬未必相應。塤有大小，簫、篪、篴有長短，笙、竽之簧有厚薄，未必能合度。琴、瑟絃有緩急燥濕，軫有旋復，柱有進退，未必能合調。總衆音而言之，金欲應石，石欲應絲，絲欲應竹，竹欲應匏，匏欲應土。而四金之音又欲應黄鍾。不知其果應否。樂曲知以七律爲一調，而未知度曲之義。知以一律配一字，而未知永言之旨。黄鍾奏而聲或林鍾，林鍾奏而聲或太簇。七音之協四聲，各有自然之理。今以平入配重濁，以上去配輕清，奏之多不諧協。八音之中，琴瑟尤難。琴必每調而改絃，瑟必每調而退柱。上下相生，其理至妙，知之者鮮。又琴瑟聲微，常見蔽於鐘、磬、鼓、簫之聲。匏竹土聲長，而金石常不能以相待，往往考擊失宜，消息未盡。

至於歌詩，則一句而鐘四擊，一字而竽一吹，未協古人槁木貫珠之意。況樂工苟焉占籍，擊鐘磬者不知聲，吹匏竹者不知穴，操琴瑟者不知絃。同奏則動手不均，迭奏則發聲不屬。比年人事不和，天時多忒，由大樂未有以格神人召和氣也。宮爲君爲父，商爲臣爲子，宮商和則君臣父子和。徵爲火，羽爲水，南方火之位，北方水之宅，常使水聲衰、火聲盛，則可助南而抑北。宮爲夫，徵爲婦，商雖父宮，實徵之子，常以婦助夫、子助母，而後聲成文。徵盛則宮唱而有和，商盛則徵有子而生生不窮。休祥不召而自至，災害不祓而自消。聖主方將講禮郊見，願詔求知音之士，考正太常之器，取所用樂曲，條理五音，隱括四聲，而使協和。然後品擇樂工，其上者教以金石、絲竹、匏土、詩歌之事，其次者教以戛擊、干羽、四金之事，其下不可教者汰之。雖古樂未易遽復，而追還祖宗盛典，實在茲舉。

其議雅俗樂高不下一，宜正權衡度量。自尺律之法亡於漢魏，而十五等尺雜出於隋唐。正律之外，有所謂倍四之器，銀字中管之號，今大樂外有所謂下宮調。下宮調又有中管倍五者，有曰羌笛、孤笛，曰雙韻、十四絃，以意裁聲，不合正律，繁數悲哀，棄其本根，失之太清。有曰夏笛、鷓鴣，曰胡盧琴、渤海琴，沉滯抑鬱，腔調含糊，失之太濁。故聞其聲者，性情蕩於內，手足亂於外。禮所謂慢易以犯節，流湎以忘本，廣則容姦，狹則思欲者也。家自爲權衡，鄉自爲尺度，乃至於此。謂宜在上明示以好惡，凡作樂製器者，一以太常所用及文思所頒爲準，其他私爲高下多寡者悉禁之，則斯民順帝之則，而風俗可正。

其議古樂止用十二宫。周六樂，奏六律，歌六吕，惟十二宫也。王大食三侑，注云，朔日月半，隨月用律，亦十二宫也。十二管各備五聲，合六十聲，五聲成一調，故十二調。古人於十二宫又特重黄鍾一宫而已。齊景公作徵招、角招之樂，師涓、師曠有清商、清角、清徵之操。漢魏以來，燕樂或用之，雅樂未聞有以商、角、徵、羽爲調者，惟迎氣有五引而已。《隋書》云『梁、陳雅樂，並用宫聲』是也。若鄭譯之八十四調，出於蘇祇婆之琵琶、大食、小食、般涉者胡語，伊州、石州、甘州、婆羅門者胡曲，緑腰、誕黄龍、新水調者華聲而用胡樂之節奏，惟瀛府、獻仙音謂之法曲，即唐之法部也。凡有催、衮者皆胡曲耳，法曲無是也。且其名八十四調者，其實則有黄鍾、太簇、夾鍾、仲吕、林鍾、夷則、無射七律之宫商羽而已，於其中又闕太簇之商羽焉。國朝大樂諸曲，多襲唐舊。竊謂以十二宫爲雅樂，周制可舉；以八十四調爲宴樂，胡部不可雜。郊廟用樂，咸當以宫爲曲，其間皇帝升降盥洗之類用黄鍾者，羣臣以太簇易之，此周人王用《王夏》、公用《驁夏》之義也。

其議登歌當與奏樂相合。周官歌奏，取陰陽相合之義。歌者，登歌、徹歌是也；奏者，金奏、下管是也。奏六律主乎陽，歌六吕主乎陰，聲不同而德相合也。自唐以來始失之。故趙慎言云：『祭祀有下奏太簇，上歌黄鍾，俱是陽律。既違《禮經》，抑乖會合。』今太常樂曲，奏夾鍾者奏陽歌陰，其合宜歌無射，乃或歌太吕。奏函鍾者奏陰歌陽，其合宜歌蕤賓，乃或歌應鍾。奏黄鍾者奏陽歌陰，其合宜歌大吕，乃雜歌夷則、夾鍾、仲吕、無射矣。苟欲合天人之和，此所當改。

其議祀享惟登歌、徹豆當歌詩。古之樂或奏以金，或吹以管，或吹以笙，不必皆歌詩。周有《九夏》，鐘師以鐘鼓奏之，此所謂奏以金也。大祭祀登歌既畢，下管《象》、《武》。管者簫、篪、篴之屬，《象》、《武》皆詩而吹其聲，此所謂吹以管者也。周六笙詩，自《南陔》皆有聲而無其詩，笙師掌之，以供祀饗，此所謂吹以笙者也。周升歌《清廟》，徹而歌《雍》詩，一大祀惟兩歌詩。漢初此制未改，迎神曰《嘉至》，皇帝入曰《永至》，皆有聲無詩。至晉始失古制，既登歌有詩，夕牲有詩，饗神有詩，迎神、送神又有詩。隋唐至今，詩歌愈富，樂無虛作。謂宜倣周制，除登歌、徹歌外，繁文當删，以合于古。

其議作鼓吹曲以歌祖宗功德。古者祖宗有功德必有詩歌，《七月》之陳王業是也。歌於軍中，周之愷樂、愷歌是也。漢有短簫鐃歌之曲凡二十二篇，軍中謂之騎吹。其曲曰《戰城南》、《聖人出》之類是也。魏因其聲，製爲《克官渡》等曲十有二篇。晉所製爲《征遼東》等曲二十篇。唐柳宗元亦嘗作爲《鐃歌》十有二篇，述高祖、太宗功烈。我朝太祖、太宗平僭僞，一區宇，真宗一戎衣而卻契丹，仁宗海涵春育，德如堯舜，高宗再造大功，上儷祖宗。願詔文學之臣，追述功業之盛，作爲歌詩，使知樂者協以音律，領之太常，以播于天下。《宋史·樂志》。

乙、琴瑟議

分琴爲三準：自一暉至四暉，謂之上準。上準四寸半，以象黄鍾之半律。自四暉至七暉，謂之中準。中準九寸，以象黄鍾之正律。自七暉至龍齦，謂之下準。下準一尺八寸，以象黄鍾之倍律。三準各具十二律。聲按絃，附木而取。然須轉絃合本律所用之字，若不轉絃，則誤觸散聲，落别律矣。每一絃各具三十六聲，皆自然也。分五、七、九絃琴，各述轉絃合調圖。

《五絃琴圖説》曰：『琴爲古樂，所用者皆宫、商、角、徵、羽正音，故以五絃散聲配之。其二變之聲，惟用古清商，謂之側弄，不入雅樂。』

《七絃琴圖説》曰：『七絃散而扣之，則間一絃，於第十暉取應聲。假如宫調、五絃十暉應七絃散聲，四絃十暉應六絃散聲，二絃十暉應四絃散聲，大絃十暉應三絃散聲，惟三絃獨退一暉，於十一暉應五絃散聲。古今無知之者。竊謂黄鍾、大吕並用慢角調，故於大絃十一暉應三絃散聲；太簇、夾鍾並用清商調，故於二絃十二暉應四絃散聲；姑洗、仲吕、蕤賓並用宫調，故於三絃十一暉應五絃散聲；林鍾、夷則並用慢宫調，故於四絃十一暉應六絃散聲；南吕、無射、應鍾並用蕤賓調，故於五絃十一暉應七絃散聲。以律長短、配絃、大小，各有其序。』

《九絃琴圖説》曰：『絃有七有九，實即五絃。七絃倍其二，九絃倍其四。所用者五音，亦不以二變爲散聲也。或欲以七絃配五音二變，以餘兩絃爲倍。若七絃分配七音，則是今之十四絃也。《聲律訣》云：「琴瑟龊四者，律法上下相生也。」若加二變，則於律法不諧矣。或曰：如此則琴無二變之聲乎？曰：附木取之，二變之聲固在也。合五七九絃琴總述取應聲法，分十二律、十二均，每聲取絃暉之應，皆以次列。』

按古者大琴則有大瑟，中琴則有中瑟，有雅琴、頌琴，則雅瑟、頌瑟實爲之合。夔乃定瑟之制。桐爲背，梓爲腹，長九尺九寸，首尾各九寸，隱間八尺一寸，廣尺有八寸。岳崇寸有八分。中施九梁，皆象黄鍾之數。梁下相連，使其聲沖融。首尾之下爲兩穴，使其聲條達，是《傳》所謂『大瑟達越』也。四隅刻雲，以緣其武，象其出於雲和。漆其璧與首尾腹，取椅桐梓漆之全。設二十五絃，絃一柱，崇二寸七分。别以五色，五五相次。蒼爲上，朱次之，黄次之，素與黔又次之。使肄習者便於擇絃。絃八十一，絲而朱之，是謂朱絃。其尺則用漢尺。凡瑟絃具五聲，五聲爲均凡五，均其二變之聲，則柱後抑角羽而取之。五均凡三十五聲，十二律六十均四百二十聲，瑟之能事畢矣。《宋史·樂志》。

〔附〕《吴興掌故》

姜堯章長於音律，嘗著《大樂議》欲正廟樂。慶元之年，詔付奉常有司收掌，令太常寺與議大樂。時嫉其能，是以不獲盡其所議，人大惜之。

〔附〕《硯北雜志》

姜堯章從奉常議樂，以『彈瑟』之語不合，歸鄱陽。過吴，見陸務觀談其事。務觀曰：『何不憶「二十五絃彈夜月」之詩乎？』堯章聞之，不覺自失。

四、雜著

甲、自述

某早孤不振，幸不墜先人之緒業。少日奔走，凡世之所謂名公鉅儒，皆嘗受其知矣。内翰梁公於某爲鄉曲，愛其詩似唐人，謂長短句妙天下。樞使鄭公愛其文，使坐上爲之，因擊節稱賞。參政范公以爲翰墨人品皆似晉宋之雅士。待制楊公以爲子文無所不工，甚似陸天隨，於是爲忘年友。復州蕭公，世所謂千巖先生者也，以爲四十年作詩，始得此友。待制朱公既愛其深於禮樂。丞相京公不獨稱其禮樂之書，又愛其駢儷之文。丞相謝公愛其樂書，使次子來謁焉。稼軒辛公深服其長短句。如二卿孫公從之、胡氏應期、江陵楊公、南州張公、金陵吴公，及吴德夫、項平甫、徐子淵、曾幼度、商翬仲、王晦叔、易彦章之徒，皆當世俊士，不可悉數。或愛其人，或愛其詩，或愛其文，或愛其字，或折節交之。若東州之士，則樓公大防、葉公正則，則尤所賞激。嗟乎！四海之内，知己者不爲少矣，而未有能振之於窶困無聊之地者。舊所依倚，惟有張兄平甫。其人甚賢，十年相處，情甚骨肉。而某亦謁誠盡力，憂樂關念。平甫念某困躓場屋，至欲輸資以拜爵，某辭謝不願。又欲割錫山之膏腴，以養其山林無用之身。惜乎平甫下世，今惘惘然若有所失。人生百年，有幾賓主？如某與平甫復有幾？撫事感慨，不能爲懷。平甫既殁，稚子甚幼，入其門則必爲之悽然，終日獨坐，逡巡而歸。思欲捨去，則念平甫垂絶之言，何忍言去！留而不去，則既無主人矣，其能久乎？云云。《齊東野語》卷十二。

〔附〕《齊東野語》

番昜布衣姜夔堯章，出處備見張輯宗瑞所著《白石小傳》矣。近得其一書，自述頗詳，可與前傳相表裏。云（中節）同時黄白石景説之言曰：『造物者不欲以富貴浼堯章，使之聲名焜耀於無窮也，此意甚厚。』又楊伯子長孺之言曰：『先君在朝列時，薄海英才，雲次鱗集，亦不少矣，而布衣中得一人焉，曰姜堯章。』嗚呼！堯章一布衣耳，乃得盛名於天壤間若此，則軒冕鐘鼎，真可敝屣矣。是時又有單煒丙文者，沅陵人。博學能文。得二王筆法，字畫遒勁，合古法度。于考法書尤精。武舉得官，仕至路分。著聲江湖間，名士大夫多與之交。自號定齋居士。與堯章投分最稔。亦韻士也。堯章詩詞已板行，獨雜文未之見，余嘗於親舊問得其手稿數篇，尚思所以廣其傳焉。《齊東野語》卷十二。

乙、梅溪詞序

奇秀清逸，有李長吉之韻。蓋能融情景於一家，會句意於兩得。

《中興以來絶妙詞選》卷七『史達祖』條：『有詞百餘首，張功父、姜堯章爲序，堯章稱其詞「奇秀清逸」云云。』

又達祖《綺羅香·春雨》一首評：『「臨斷岸」以下數語，最爲姜堯章稱賞。』

又達祖《雙雙燕·詠燕》一首評：『姜堯章極稱其「柳昏花暝」之句。』

丙、張循王遺事

姜堯章云：『無錫之有青山，張循王俊所葬。下爲石屋九。』《硯北雜志》。

〔附〕樓鑰《攻媿集·跋姜堯章所編張循王遺事》

柳河東以《段太尉逸事》上史館，自言好問老校退卒，能言其事。攷其所載者三：戮郭晞之軍士，撫焦令諶之農者，不受朱泚大綾之幣。顧太尉之忠節顯著，何必俟此三者而雖後爲賢？蓋惜其逸墜，且以見太尉之平昔，非一時奮不慮死以得名者。《舊唐史》之傳詳，以未見河東之狀，故三事者皆闕而不書。宋景文公謹謹書之，其爲佳傳之助多矣。堯章慕循王大功，而惜其細行小節人罕知者，矻矻然訪問而得此，將以補史氏之遺，其志可嘉也。七十一卷十頁。